Best Time

白 马 时 光

小夫人

〔英〕凯蒂·里根 著

杜家祥 译

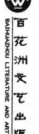

百花洲文艺出版社

图书在版编目（CIP）数据

小大人 /（英）凯蒂·里根著；杜家祥译. —南昌：百花洲文艺出版社, 2020. 12
ISBN 978-7-5500-3736-6

Ⅰ. ①小… Ⅱ. ①凯… ②杜… Ⅲ. ①长篇小说—英国—现代 Ⅳ. ① I561.45

中国版本图书馆 CIP 数据核字（2020）第 079198 号
江西省版权局著作权合同登记号：14-2020-0038

LITTLE BIG MAN by Katy Regan
Copyright © 2018 by Katy Regan Ltd
Published by arrangement with David Higham Associates Limited through Bardon-Chinese Media Agency
Chinese Simplified Character translation Copyright © 2021 by Beijing White Horse Time Culture Development Co., Ltd.
All Rights Reserved.

小大人 XIAODAREN

〔英〕凯蒂·里根 著　杜家祥 译

出 版 人	章华荣
出 品 人	李国靖
特约监制	王　瑜
责任编辑	兰　瑶
特约策划	王　婷
特约编辑	李　肖
封面设计	80鹰·小贾
版式设计	赵梦菲
封面绘图	尖角帽
内文绘图	王　飞
版权支持	程　麒　韩东芳
出版发行	百花洲文艺出版社
社　　址	南昌市红谷滩世贸路 898 号博能中心 I 期 A 座 20 楼　邮编 330038
经　　销	全国新华书店
印　　刷	三河市金元印装有限公司
开　　本	880mm × 1230mm　1/32
印　　张	11
字　　数	300 千字
版　　次	2021 年 4 月第 1 版第 1 次印刷
书　　号	ISBN 978-7-5500-3736-6
定　　价	45.00 元

赣版权登字：05-2020-58
版权所有，侵权必究
发行电话 0791-86895108　　网　址 http://www.bhzwy.com
图书若有印装错误，影响阅读，可向承印厂联系调换。

致佐藤星[1]

永远活在我心中。

---

[1] 《星际迷航》(Star Trek，又译作《星际旅行》) 中企业号太空飞船的通信官兼翻译官。

写在二〇一五年新年前夜

亲爱的利亚姆（或许有一天，我会称呼你"老爸"，但是现在你还没这个福气）：

见字如面。您的儿子扎克以此函向您问好。我给您一次机会。我知道您在我出生之前就抛妻弃子，逃之夭夭了，对于做我老爸根本没半点兴趣。不过话说回来了，要是咱俩还没见过面，您怎么知道您会一点兴趣都没有呢？我的死党蒂根刚搬来我们小区的时候，我也不知道我还想和她成为好朋友。幸运的是，她是一个心地善良的姑娘，虽然她有时候也会有些烦人。

我三岁的时候，老妈带我一起去了海滨度假胜地克里索普斯，在那里，我们登上了观光火车。就在那天，老妈告诉我世界上还有一个您，而我要称呼您为"老爸"。在这里，我无意冒犯，不过我一直都对您的所作所为感到非常愤怒。如果我是您的孩子，我不知道您为什么不想看到我，哪怕是给我打一个电话也好。您也从来没给我寄过生日贺卡。（顺便说一下，我的生日是五月二十五日。）这个世界上怎么会有连张生日卡片都不给孩子寄的老爸呢？

小大人

　　好了，现在我给您一个机会，让您来参加我十一岁的生日晚会。现在离生日派对还有五个月，因此，着手准备的时间还很充裕。我的生日派对会在托比烤肉餐厅举行，如果您膝下还有其他子女，而且他们也喜欢这个餐厅，您也可以把他们带来。

　　请记住：老妈现在对您还是耿耿于怀，外婆说一想到您，她就想吐。不过我还是愿意给您一次机会的。

　　外公常说"万事试了再说"，我对此深有同感。举个例子，我以前从来都不喜欢吃蘑菇，不过我现在会把蘑菇加入我人生最后一餐的菜单中。要是您见了我，我觉得您可能也会改变您的想法。

　　请务必回信。

扎克 敬上

　　附言：顺便说一句，您在托比烤肉餐厅只能吃两片肉，不过可以放开肚子吃各类蔬菜和约克夏布丁。

扎 克

世界真相：世间唯有三种动物有蓝色舌头：中国松狮犬、蓝舌蜥蜴和黑熊。

新年前夜，我给这些年来不知所终的老爸写了一封信，但说实话，直到那晚老妈经历了糟糕透顶的"地狱式约会"之后，我才萌发了要把老爸从茫茫人海中找出来的想法。在二〇一六年春天，是老妈亲手启动了这一切，之后的事情一件接一件，让我们的人生向着美好的方向飞驰。她说我是这一切的大功臣，但实际上我知道这应该归功于老妈，而不是我。（虽然她当时是喝醉了酒才这样做的，但她还是功臣。）嗯，说不定这就是喝酒能带来的唯一好处呢。几杯酒下肚，有时候人们就会把平常深藏心底的秘密和盘托出了。

格里姆斯比，二〇一六年二月初

萨姆·贝尔的老爸正顶着头上簌簌落下的雪花穿过我们所在的小区。远远地看到那顶毛茸茸的大兜帽，我们就一眼把他认出来了。不过，他小心翼翼的样子看上去像是在艰难地穿越北极。

"看那个，你能给他打几分？"我随口问道。

"哪个？萨姆的老爸？"蒂根答道，"不要。不选他。他以前跟人打架，坐过牢，千真万确。"

"不过听说他可是家财万贯啊。"我说。

"愿闻其详。"

"他家里有一个大浴缸，那可是顶级按摩浴缸啊，而且他家里还有一辆黄金小轿车。天啊，想想这得多少钱。黄金小轿车啊！"

此时，我和蒂根正一边在她的卧室窗户旁玩着"挑老爸"的游戏，一边不时从窗户里探出头来观察楼下的行人，看看挑选哪个人做我们的虚拟老爸。蒂根是我的死党，和我住一个小区，但是她家公寓所在的街区地势较高，而且她家位于大楼的第七层，从她家房间里可以俯瞰格里姆斯比的全貌，甚至能远眺大海。我们家则住在一栋复式住宅里，不但只有矮矮的两层，而且因为年久破旧，在里面待久了会让人提不起精神。但即使这样，我们家房子的内部装潢也已经比蒂根家好多了，因为我的老妈能外出工作，而蒂根的老妈缠绵病榻多年，总是全身乏力，更是无法外出工作。要是你把两家的优缺点相互抵消一下，那我们两家的情况也就半斤八两了。

那天，我之所以在她家里留宿，主要是因为老妈要去赴一个约会。在第二天还要上学的时候，我通常不会跑到别人家里留宿，但老妈也通常不会外出赴约，因此只能牺牲我的习惯，成就老妈的约会了。这是她一年半以来的第一次约会。此前她还曾经和杰森约会过一段时间，但是由于两人实在擦不出什么火花，于是便只得分道扬镳了。

"挑老爸"是我和蒂根两人自创的游戏。那时候，蒂根的老爸把工作从英国立博集团[①]换到了德国盖尔阀门公司[②]，借机抛弃了蒂根的母亲、蒂根，以及她的妹妹蒂娅。自此之后，她就再也没怎么见过他的面。对她老爸抛妻弃女的行为，蒂根胸中的怒火简直能烧穿天际，于是她就想着能再找一个新老爸。我的老爸在我出生之前就来了个"渣男跑"，不过

---

① 英国立博集团（Ladbrokes），英国及爱尔兰最大的外围投注博彩公司。
② 德国盖尔阀门公司（GAYLE），全球流体控制领域的主要生产和供应商之一。

老妈一直都说他就是一个百无一用的废物，他跑掉了对我们来说才是幸事。于是我也想哪天找一个还不错的老爸，而蒂根和我都觉得我们俩最好提前搞清楚哪种老爸才是最好的。

我们的游戏叫"老爸王牌大作战"，说实话，就是一个普通的"顶级王牌"游戏①，不过我们会根据一些好老爸的标准来给王牌们打分，这些标准包括：他们是否和蔼可亲，很严厉还是很搞笑，他们是不是腰缠万贯，会不会带我们踏上冒险之旅，还有他们能不能在打架的时候为我们挺身而出。这当然不是萨姆·贝尔的老爸打过的那种架，而是有正当理由的打架，是为值得打一架的东西而打架，不是为了打架而打架。

蒂根把我们给这些老爸打的分记在我们的特制文件夹里。到现在为止，雅各布·威尔莫的老爸得分最高。他有六块腹肌，开着一辆保时捷，是一个真正的好男人。过去他踢职业足球赛，现在有时会去帮着训练十一岁以下的少年足球队员。要是我有关于足球的天赋就好了，这样我就有更多机会看到他了。我们已经给学校里各位同学家的老爸打完分了，现在正给我们认识的其他人打分，这其中就包括萨姆·贝尔的老爸。

"扎克，他或许很有钱，但是他还有坐牢经历。"蒂根答道，"要一个整天被人关在牢里的老爸有什么用。你这辈子都见不到他。"

"言之有理。而且你要去探监的话，你根本碰不到他，而且他可能会一直和各种路数的杀人犯待在一块儿，和他见面的时候还要小心翼翼。"

"而且他还要穿一件橘红色的囚衣，"蒂根说道，"我在《加冕街》②上就看到过这种囚衣。"

蒂根不但和我一样住在哈乐昆小区，而且和我上同一所学校，不过班级不同。这样一来，在周一和周四我不去外公外婆家的时候，我们有时会在吃完茶点之后一起玩。我们喜欢玩"奥林匹克运动赛"的游戏。蒂根会

---

① 顶级王牌（Top Trumps），英国的一种益智类卡牌类游戏。
② 《加冕街》（Coronation Street），一部英国经典肥皂剧，是英国电视史上播放时间最长、收视率最高的剧集。

小大人

在单双杠（大体上就是三个不同高度的金属杠，位置就在我们小区的中间地带）上练习体操动作，而我就在旁边做奥林匹克运动会式的解说，"现在，蒂根·奥布莱恩开始表演杠上动作，此次她代表英国参战奥运会。"不过要是天冷或者下雨，我们就喜欢从她卧室的窗户里探出头去，从上而下俯瞰着格里姆斯比，在这一刻，我们感觉自己成为主宰，掌控着整座城市。我们小区在市镇边上靠近海的地方（事实上，那不是海，只是亨伯河河口，不过亨伯河最终还是会汇入北海）。千万别异想天开地认为这里会和克里索普斯度假区一样，有着漂亮的海滩，真实情况绝非如此。如果你从蒂根家公寓这么高的地方看下去，观察大海与格里姆斯比交界的地方，你会发现那里有很多起重机和船只桅杆，而码头塔就像一支红色火箭矗立在它们中间。亨伯河边有着各类拖网渔船停泊在各自的泊位上，因此河水与小镇的交界绵延曲折。我们的小镇是一个渔港，在我的曾外祖父还是渔民的时候，正处英国威权主义鼎盛时期，这里一直都是世界上最好的渔港。再之后就爆发了几次鳕鱼战争[①]，冰岛和英国对于谁应该在哪里捕鱼的问题而争论不休，可以说，正是这些纠纷摧毁了所有曾经美好的一切。

"嘿，你要是过来眯着眼看看那些雪，"我说道，一边闭上一只眼，一边学着每次我们走进考斯特卡特便利店时，店里的辛格先生假寐的样子，"你会感觉自己到了加拿大。"

"雅各布·威尔莫就去过加拿大。他跟我说那里超级无聊。"蒂根答道。

"我敢打赌那里肯定不是这样的，那里一定是美轮美奂的。"如果仔细看，你会发现我们这里的雪也是绚丽的。雪并不白，而是由各种不同的颜色混杂起来的。因为这些雪实际上是水的冻晶，就在那里反着光。我把这件事告诉了蒂根。"北极熊也是这样的，"我循循善诱地说道，"它们的皮毛也不是白色的，而是透明的，只是反射了阳光，因此看起来让人

[①] 鳕鱼战争（Cod War），指1958年、1972至1973年和1975至1976年就冰岛单边扩张捕鱼范围，发生在英国与冰岛之间的三次纠纷。

感觉眩晕。实际上，在皮毛之下，北极熊的皮肤是黑色的，而且下面还有十一厘米厚的脂肪。"

"骗人的吧？！十一厘米厚？"

"肯定的，要是你也住在北极圈，你肯定也需要十一厘米厚的脂肪。"

"在这个房间里，此次此刻，我感觉自己就生活在北极圈里。"蒂根说道，"我十一厘米厚的脂肪跑到哪里去了？"

她把身体更多地探出窗外去。她每次这样做的时候都让我感到万分紧张，因为她身材轻盈，我怕她会像一个薯片包一样飘走。从身材上看，蒂根是我们这个年纪的孩子中体形最小的，但是她对任何事情都无所畏惧。而我多数时间里都很胆小。有时候感觉真像是我们切换上了对方的身体。

我也将身体向外探了一些。窗外的寒冷感觉还不错，直接透过衣服传到身体，天上的月亮则发出橘色的光，看上去像一张充满悲伤和怜悯的脸庞。

"我在想我老妈现在在干吗呢。"我说道。

"为什么这么说？她现在在哪里呢？"蒂根问道，同时掸了掸她的头发。蒂根的头发是她最显眼的特征，就像我最显眼的特征就是我的眼睛。她的头发是深巧克力色，天生波浪卷。

"在约会。"我回答道。

"什么？和一个男人吗？"

"不是，和一只黑猩猩。"我随口回答。这个答案顿时让蒂根放声大笑。她的笑声充满放肆、畅快的味道，让人不由自主地和她一起笑了起来。我不想给老妈的约会带来什么霉运，因此老妈约会的事我之前一点都没透露给蒂根，但是我真的非常担心，心里一直期待着这件事能够一帆风顺。出门之前，我还对着《真相解密》做了祈祷。每年圣诞节时，外公都会送一件自己做的礼物给我。上个圣诞节，他的礼物就是这本《真相解密》。这本书的封面上写着"无所不知，无所不晓，穷尽世间奥秘"的字样，给人的感觉简直不要太好。我认为这本书有着能够带给人幸运的力量。我对了解世界真相的兴趣不亚于我对厨艺的热爱。在学习之外的事情上，我对于各种世间奥秘的了解恐怕也就仅次于雅各布了，毫不夸张地说，雅各布就是一个无所不知的万事通。不过这是因为他老爸在石油钻井平台干活，因此有钱带着他到全球各地游玩。

老妈现在约会的对象是一个叫多姆的男人。他认识劳拉阿姨（劳拉阿姨并不是我真正意义上的阿姨，实际上只是老妈的闺密，称呼她阿姨只是因为方便），开着一辆运动型汽车。老妈真的是需要一个男朋友了。她对我的爱透彻骨髓，但是我们家里确实需要一个男人来为我们挡风遮雨，不过我更喜欢她和杰森约会时所表现出来的状态。我现在都有点想杰森了。可能是我那时候就爱上他了吧。

蒂根叹了一口气。"宁愿是她，也不愿是我啊。"她说道。

"这话是什么意思？"

"我的意思是，宁愿你老妈，而不是我出去约会。我稍大一些之后也不会去和任何人约会。我不会结婚，甚至不会有男朋友。"

"为什么不呢？"

"因为男人都是愚蠢透顶的大白痴，就这么简单。当然了，很明显你不是这样。不过这只是因为你和别人不一样。"

我也不知道她口中的"不一样"是什么意思。在我仅有的人生经历中，人们都不喜欢与周围格格不入。他们不喜欢肥胖，也不喜欢过瘦，更不喜欢口袋空空、身无分文的家伙。当然，他们也不喜欢太有钱，又或者是有大鼻子、多动症的，有体臭、招风耳的，有怪异牙齿、戴眼镜的，也不喜欢独臂人士、古怪的名字或者有着怪癖的父母。说穿了，他们不喜欢任何表现显眼的人。我不认为这些事情很重要，事实是这些外在表象之下的那个人才是最重要的。不过不是每个人都有这样的想法，不是吗？那些理想化的想法根本就不是现实生活的样子。

街道对面公寓的窗户中发出橘黄色温柔的灯光。这些灯光亮起时，让对面的公寓看起来异常温馨。我在想，从对面看过来，蒂根家的公寓肯定也一样温馨。不过，千万不要被这些表象蒙蔽了，因为在你根本看不到的屋里，她的卧室到底是有多邋遢。你看不到各个角落里的窒息性气体，就像你看不到北极熊皮毛之下黑色的皮肤。你看不到这个家里没有一个身为老爸的男人在为她们挡风遮雨，或者是蒂根的老妈因为得了易疲劳的疾病而一直卧病在床。你也无法通过看到事物的表象来看清事实的真相。这些都是我一个人总结出来的人生哲理。

在我的脑海中还翻滚着这些乱七八糟的念头时，蒂根突然深深地吸了一口气。"妖怪啊！"她放声大喊，嗓门大得出奇，我敢打赌，她一定伤到了喉咙。我刚看到萨姆·贝尔的老爸抬头瞧，蒂根就猛地拉了一下我的胳膊，把我的身形猛地拉低下去，然后我们两人就背靠墙壁坐着，突然之间放声大笑起来，久久停不下来。和蒂根在一起时，我放声大笑的次数更多。和她在一起总是会让我忘记那些不快乐的事情。

"想吃点糖吗？"她说道，突然就趴到地上，钻到床下。蒂根的身材瘦小，你能把她在地上滑向任何地方。如有必要，你甚至可以把她像安妮·弗兰克[①]一样藏起来。她在床下扭动了几下身体，从里面拽出来了一个橘黄色的塑料桶。桶里装满了万圣节时候留下的糖果。"想吃什么，随便拿。"

"说真的？"

"千真万确。"

我不相信她竟然将这些糖果存了下来。万圣节，那可是四个月之前的事了！

我选了一个迷你型的火星巧克力棒、一颗棒棒糖和一颗水果软糖。

"就拿这几个？"她问道。嘴里咬着一颗超大块硬糖，她说起话来都不利索了。"多拿点，没事，多拿点。"

[①] 安妮·弗兰克（Anne Frank，1929.6—1945.3），二战犹太人大屠杀中最著名的受害者之一。安妮用十三岁生日礼物日记本记录下了从1942年6月12日到1944年8月1日亲历二战的《安妮日记》，成为第二次世界大战期间纳粹德国灭绝犹太人的著名见证。

小大人

在这个世界上的同龄人中，蒂根是唯一一个我在她面前吃东西，却不会感到害臊脸红的人，唯一一个我能跟她谈论食物的人，比如我和外婆一起烤了什么东西，以及我自己创造出了怎样的配方，她也是唯一一个了解我梦想的人。我的梦想就是成为杰米舅舅那样的大厨。她从来不会用奇怪的眼神看我，从来都没有过，不像是很多人看待我的方式。她和我说话的时候，她就会直视我的眼睛。有时候我还怀疑她是否注意过这些细节。

我们两人就坐在床上。除了我们剥开糖纸时的窸窣声响，周围一片静寂，月光洒满房间，这让蒂根的舌头看起来染上了大块硬糖染上的蓝色。然后突然之间，楼下传来了叫喊声。

"为什么？"一位女士在大声叫嚷着，"为什么？为什么？到底为什么？"蒂根看了我一眼，然后我们两人突然爆笑出声。"白痴！"那个女人大声叫着，我们两人也放声大笑。我们立马移动到窗户边想去看看下面发生了什么，结果发现那里有两个人，一个男人和一个女人正在雪地里打架，真的在打架！那个男人在绕来绕去，试图躲开那个正拿着手袋打他头的女士。那位女士的嘴里大声喊着，但同时也在哭着。她有着略带亚麻色或淡褐色的头发，有着和我老妈一样的发型，而且还穿着一件蓝绿色外套。

我一眼认出了那件外套。

"该——死——的——"蒂根一字一句地说着。她已经不再笑出声了，我也没了一丝笑的模样。"这不是你……"

说实话，没有任何一个十岁孩子希望看到他们的老妈在雪地里与人打架，还拿着手袋一次次砸向别人的头。这会让老妈看上去像一个精神病患者，太不淑女了，但是这一切都是正在发生的事情。我就那样看着老妈在雪地里，跺着脚向家中走去，然后我就在蒂根的床上坐了一小会儿，脑海中翻腾着我应该怎么做。但最后我还是回家了。蒂根能够理解，因为她知道担心自己的母亲是怎么一回事。

我赶到家的时候，屋子的后门还开着，因此我就直接走了进去。老妈正在厨房里炸香肠。她已经换上了她的睡衣,但是还没有卸妆,还戴着她为这次约会而专门从马特兰连锁店买的吊坠耳环。我真希望她从未为这次约会的事如此劳心费力。

"扎克!上帝啊……搞什么鬼啊……"她看到我的时候,吓得差点跳起来。当时的情况可能会有一点好笑,但事实上根本不好笑,如果你真理解我说的是什么意思的话。"你不是在蒂根家里吗?"她说道,同时用手指擦拭了一下眼睛下方。她的眼睛并没有看向我,而我看到她脸上的泪水破坏了眼妆,形成两条黑色的泪痕顺着脸颊流下。

"她感觉不太舒服。"我答道。我一撒谎就会浑身紧张,不过这时候我已经没有选择了。她伸手作势要和我拥抱一下,我顺势配合了一下。她身上散发出一种浓厚的酒吧味道。

"出什么事了?"我问道。她拥抱我的时候很用力,让我觉得有一点疼,但现在哪里是说这个的时候。"约会的时候发生了什么?出事了,是吧?"

老妈对我的问题不置可否。她只是开始把香肠放到旁边的几片面包上。面包片上有大块的黄油,上面还有更大的面包洞。"想来一块吗,小宝贝?这可是妈妈的秘制香肠三明治哟!"

她的嗓音听起来有点怪异,我对这一点很不爽,而且她也没像平常那样把三明治都切得干净利落;说实话,她现在的表现简直一团糟。

"事出反常必有妖。"

"妖?你哪只眼睛看出妖来了?"她答道,不过她又迈步向橱柜走去,想要拿一个碟子出来,这时候,她走路的步伐有点怪异了。我非常不喜欢她说话的方式。所有这一切都不喜欢。

"你喝醉了吗?"我问道,"因为我不喜欢你喝醉。请表现正常点,老妈。你现在的样子是想吓死我吗?"

她伸出手去拿碟子,但是在她转过身来,双目注视着我时,我看到她又哭了起来,这是一种惨不忍睹的哭法,她整张脸都皱巴了起来。"要是心理都不正常了，扎克小宝贝，我怎么能表现得正常？"她反问道，同时还不停低声啜泣着，神情悲伤至极，我甚至都看到她的鼻子旁边出现了一个鼻涕泡。"我是这么个让人恶心的大肥猪，身为一个人，却满身这么多肥肉，这个时候哪里会有'正常'这种东西？我就知道多姆根本不想亲我，甚至连你父亲都……"正在这时，碟子从橱柜中滚落下来，先是掉落在她头上，然后摔落地面，哗啦一声碎了一地，紧接着就是老妈叫嚷和哭泣的声音，同时伴随着我的叫嚷和哭泣声。随后我就开始捡拾碟子碎片，同时把老妈抱在怀里。在这一刻，我只希望这次的白痴约会和整个晚上的事情都从来没有发生过。

我不想让老妈一个人流泪到天亮，于是也钻到了老妈的床上，我们一起吃了香肠三明治。老妈还处于醉酒状态，因此把番茄沙司洒得到处都是。

稍后，我将头枕在了老妈的胸脯上休息。我很喜欢这样做，因为老妈的胸脯非常柔软，就像软软的棉花枕头一样。我甚至还给它们取了名字。一个是拉里（稍大一点的那个），一个是加里。除了老妈和我之外，没有人知道这件事。

"我该怎么办啊，扎克小宝贝？"老妈突然问道。她的嗓音很怪异，因为刚才哭的时间很长，她听上去像是得了一场重感冒。"这以后，我就没法儿通过相亲找男人了，没法儿再给你找一个爹了。再以后，你就会离开我，娶一个漂亮女生，因为你就配得上一个美女，然后我就只是一个养着几只猫的孤单老女人了。"

"要是你有猫陪着的话，你就根本不会孤单了，不是吗？"我答道，"另外，你会有非常非常友善的猫咪。不管怎么说，我是不会离开你的，永远都不会。即使我结婚了，我也会始终和你住在一起。"

老妈放声大笑起来。"你不会一直这样认为的。"她一边说着，一边对着我的头亲了一下，"我敢向你保证。"

"不管怎么说，你会找到你要找的那个人。外婆说利亚姆毁了你的自信，但是找到新男朋友之后，你会重拾自信的。你现在也称得上美艳绝伦了。我真是这样想的。"

　　接下来，在今晚发生的所有事情之后，老妈说出了让我感到欣喜不已的话。"但这就是问题所在啊，扎克。"她抚摸着我的头发。此情此景让我感到心旷神怡。"过去我只爱过利亚姆。我也不想再要一个利亚姆之外的男朋友。"

　　我的心开始怦怦跳起来。我不敢说话，唯恐老妈突然就不谈这件事了。

　　"我爱过他，他也爱过我，非常非常爱的那种。他爱过我，我知道他爱过我。我想象不出我能再找到这种爱的感觉。"

　　之后的一小会儿，她一句话也没有说，在我认为她已经沉沉睡去的时候，她重重地叹了一口气。

　　"这个贱人。"她说了一句。

朱丽叶

"好了。"我一边说着,一边用两只手把头抱在中间,仿佛不这样做,我的头就会立刻爆掉或者摔落下来。现在我感觉头疼得已经达到了人类极限,宇宙在我面前爆炸也不会让我皱一下眉头。"扎克先生,早餐主食想吃什么?想吃什么尽管说。"

扎克的眉毛上挑了一下。"真的?什么都行吗?"

"当然了,前提是我们得有才行。快点,你人生的最后一餐想吃什么?培根、鸡蛋、杰米舅舅的秘制煎饼,还是别的什么?"

宿醉总是让我的情绪非常不稳定,然后一个画面涌上心头,没有任何预兆地让我一阵哽咽。那幅画面就是我的小弟杰米在我们童年时期的厨房里做着他的秘制煎饼,他头上顶着一大团起床后未理顺的乱发,身上穿着紫色的连帽睡衣。过去,他每个周日早上都会为我们制作煎饼,还会把煎饼抛得很高,向大家炫耀他的厨艺,而每个周日早上,老爸都会对他开玩笑:"我的儿子好厉害,哈哈,帅帅的专业抛饼师一枚!"而每个周日早上,老妈都会随口斥责:"麦克,别说了,一点都不好笑。这话要是让大家听到了,他们会怎么想?"

而杰米和我则在一旁暗笑。实际上,暗笑的对象更多的是老妈每次都会发脾气,而不是老爸每次都开相同的无趣玩笑。

"你要先说你人生的最后一餐是什么。"扎克咧嘴对我笑着,将我的注意力拽回了他身上,回到了当前的时刻,这让我即将夺眶而出的泪水重新回到了这个周五早上七点十五分的这一刻。经过昨晚的一切,他看上去足够乐观,说实话,我都要认为这有点让人不安了。我之前做出了什么样的承诺?我说了什么?过去我一直都坚信自己即使在喝醉酒的时候,也不会说出什么让我后悔的话,特别是关于他父亲的话。但是现在这一刻,在经历了十年的单身母亲生活的损耗之后,我对自己也不是那么信任了。

"哦,先来香脆果仁玉米片,然后是两个煮蛋和超大杯咖啡。"我一边说着,一边还抱着我那颗隐隐作痛的可怜脑袋。这得是我在死刑执行之前,不会自然死亡的时候才有的事。(在脑海中想象即将被执行死刑的连环杀手的最后晚餐,在别人看来可能不觉得有趣,但我们似乎对此乐此不疲。)

扎克瞪着他漂亮的浅绿色眼睛,满脸狐疑地对我一阵审视。(他的漂亮眼睛遗传自他的父亲,运气还能更坏吗?!)他能感觉到这其中的种种过度补偿,但是他还是非常乐意趁机利用一下。我对此没有怨言。

"好吧,那就吃煎饼。"他一边说着,脸上也表现得高兴起来。有那么一会儿,我在纳闷儿,上一次一提到他最喜欢的食物或者电视节目的时候,他的脸上就表现出高兴的情绪是多久以前的事情了,这些简单的快乐有多长时间没能进入他的生活了。我能够继续保有这些东西吗?我一个人就足够了吗?

"不过能不能我来做,您来抛饼?"他问道,"杰米舅舅的食谱里说可以配着糖浆和培根肉一起吃,我能这样吃吗?"

"当然可以了,亲爱的。"

"真的?!"

通常来说，我让扎克在上学前做饭的概率基本为零。现在我肯定还处在醉酒状态。

扎克顺势从早餐台的凳子上滑落下来。"好啊！早餐就吃杰米舅舅的煎饼！"他嘴里唱着歌，轻手轻脚地走到冰箱前去取各种材料。

我的宝贝儿子外貌酷似我的弟弟，包括那种粗糙的淡黄色头发总是向上长，而不是在头上很服帖，还有他间距很宽的眼睛带来的那种面部宽阔感。即使是十年之后的现在，一听到我弟弟的名字，那种斯人已逝带来的冲击也会如现在一样偶尔出现。从我发现弟弟去世的那一天起，这种冲击感就一直伴随着我。然后我心中对利亚姆在那天晚上发生的一切中所扮演的角色感到一阵痛恨。我为我的这种感觉感到高兴，因为大家都知道，痛恨某个人的时候，你才会知道自己处在怎样的一个位置，不是这样吗？这种感觉更安全。

几年前，扎克大约七岁时，我们曾经去伦敦参加过一次一日游活动。那绝对是一次非常美好的体验。我当时积攒了充足的超市折价券，让我们可以去伦敦水族馆。直到现在，扎克都会不时谈起亲手碰触黄貂鱼和吃可丽饼的事（你可以想象那种欣喜若狂的感觉），但对我来说，我能记得那天发生的一件大事就是在回家的火车上发生的。当时我去了火车卫生间，关上了门，但忘了按下"上锁"按钮，结果几秒钟之后就有人过来，按下了"开门"按钮，然后门就那么慢慢打开了，露出了我坐在马桶上，而短裤褪到脚踝的一幕，让我整个人暴露在高峰时段拥挤火车上的乘客面前。从卫生间出来，回到座位的一路对我来说就是折磨，那些十多岁的小男孩都对着我拍掌起哄："怎么了？屁股卡在马桶里了。是不是啊，大美女？"

以前如果有人问我，"你人生中最为尴尬的事情是什么？"我都会告诉他们这个故事，不过现在我怀疑昨晚发生的一切已经超过了这个故事。

很明显，我通常都不会坐公交车和扎克一起去学校（扎克让我坐早一班车走，因为很明显，你都已经六年级了，再和老妈一起坐公交车就是让人不能接受的行为了），不过，好死不死，虽然我还无法说出完整的句子，浑身还散发着酒味，但学校里的人还是打电话让我去一趟，和扎克的老师们见一次面。

我们坐在公交车后半部分最高的座位上，扎克靠近窗户，我则坐在靠近过道的座位上。窗外的雪已经变成了灰色的泥泞，让格里姆斯比的街区比以往更加灰暗。我们乘坐的公交车正在经过弗里曼大街两边那些陈旧乏味的低层办公楼和商店：庞德斯趣乔廉价商店①和冰岛冷冻食品超市②、可汗时尚服饰商店③和地毯货栈商店④。一阵冷风吹来，让人倍感世间萧索，我看到在冰岛冷冻食品超市的前面，一辆手推车被风推动着脱离了一列手推车的队伍，缓慢而又优雅地转动着，就像一个巨大的银色肥胖仙女在运动着。

"老妈，昨晚你喝了多少酒？"扎克突然间问道，我心里咯噔一下。

"为什么问这件事？"

"只是想知道。"

好吧，现在你能怎么回答？无论怎么回答，结果都会很糟糕。

"宝贝，我只喝了半杯啤酒。"你在说笑吗？喝了这么一点酒，昨晚你就醉成那样了？我认为你应该戒酒了，都是当妈的人了。

"还有一瓶半白酒。"（这真的是事实。）真的假的？我觉得这时候应该有匿名戒酒互助社或者儿童教养热线的电话打来找我了。我认为你应该戒酒了，这位酗酒的妈妈。

事实上，我要为自己辩解一句，通常我都不会像昨晚那样饮酒。狂喝滥饮不是我应对压力时会选择的方式——只是当时我过于紧张，犯下了两个大错：空着肚子去约会以及喝白酒。这么做只会有一个结果。

---

① 庞德斯趣乔廉价商店（Poundstretcher），一家热门的英国廉价品牌连锁商店。
② 冰岛冷冻食品超市（Iceland），一家英国冷冻食品连锁超市。
③ 可汗时尚服饰商店（Khan's Fashions），一家位于格里姆斯比的时尚服饰商店。
④ 地毯货栈商店（Carpet Warehouse），一家位于格里姆斯比的地毯商店。

我把一只手放进了扎克那只胖嘟嘟、晒成棕褐色的手里——现在我仍然喜欢拉着他的手——然后说道："我想是喝得有点多了，扎克宝贝。"

我根本就不应该去赴什么约会——我就是一个废物。回首过去十年间我的约会史，那简直就是车祸现场。我最应该做的就是忘掉约会这件事，让所有人都解脱。在经过利亚姆以及二〇〇五年六月那个周末的可怕事件之后，我整整七年都不敢让自己靠近另外一个男人——想想我上一次与一个男人产生纠葛之后所发生的事情，这简直就是再自然不过的事情了。然后，在二〇一二年八月，杰森就猛地跳进了我的生活。事实上，他是从度假胜地克里索普斯圣廷苑夜总会的吧台后面跳出来的。那时候他做着两份工作，白天在健身训练中心工作，晚间在酒吧打工。当时我也是难得晚间出来一趟，陪在我身边的是我的闺密劳拉。那时她很担心我会一直抑郁（这一点我得承认），而且因为长时间待在公寓里不外出，我的脸色开始呈现出活死人般的苍白，于是她就坚持要请我喝酒。当时我好几个月都没有出来喝过酒，因此玩得有点脱线。不过在外人看来，这看上去可能只是我正在享受我的快乐时光。虽然没有人注意到这一点，但我知道当我在舞池里跳得浑身出汗时，在我一口气喝下几杯龙舌兰酒，然后将空杯砸在吧台上的时候，我心里涌动着一直压抑着的愤怒。该死的，利亚姆。该死的。第二天杰森给我打电话的时候，我脑海中只隐约记得杰森接受了我含混不清的约会请求。事实上，他在不知情的情况下接受了一颗正要爆炸的炸弹。

公交车绕过一个街角，我们经过了杰森现在工作的地方——一个名叫"健身情缘"的健身训练中心。我每天早上都经过这个地方，每一次都是在我伤口上撒一把盐，每一天早上我都会感到一阵后悔，后悔那一年让他经历了那么多乱七八糟的事情。不过，如果必须要选一个关系混乱的备胎男友的话，我真的希望这个男友能是一个与杰森相比不那么可爱，但更值得的人。给你举个例子来说明我错过了怎样的一个人（除了你一生中所见过的最完美的肱二头肌之外）：在我最后决定不再犹豫不决，承认我不想再继续这段关系的时候，杰森仍然希望能和我成为朋友。扎克则欣喜异常，因为他非常崇拜杰森。不过我不是那种认为与前任保持伙伴关系是个好主意的女人，因此我正在努力将这种朋友关系冷淡下来。我认为我们都应该继续自己的生活。

"老妈？"扎克突然用手肘推了我一下，让我一下跳了起来。

我有那么一刻还在担心他也注意到了"健身情缘"，正准备询问我们什么时候可以再见到杰森。

"我刚才说的，你还记得，是不是？"

"记得什么？"我很小心地问道。

"你昨天晚上说的啊？你知道的，关于老爸那些事。"

我一时间愣在当场。我的胃里一阵翻江倒海。这么说，我确实说了什么事情——不过说了什么，说了多少？难道我生气的时候把所有事情都说出去了？把那个能把他的整个世界炸得支离破碎的消息告诉他了，而我自己却什么都想不起来了？好吧，这样一来，你因为你老爸抛弃了你就感到很伤心了？事实上，这只是你遇到的问题中最弱的一个，因为全部的真相要比你知道的糟糕一千多倍。

我的宿醉感突然变得强烈起来，我的心也突然像是响板一样剧烈颤动，不过接着我就看向了扎克那张充满好奇的笑脸。如果我已经把所有事情都告诉他了，那么他肯定整个上午都会心烦意乱。在这个惊慌失措的时刻，我仔细观察了扎克的表情，在我完全相信这不是我所害怕的一幕之后，我才长长舒了一口气。

"我当然还记得，扎克宝贝。"我随口答道，一副"我怎么会忘记这种事"的表情。

他把头歪靠在我的一侧肩膀上。"最后一点，老妈，"他一边说着，一边轻声窃笑，"当时真好笑。你一下子坐起来，然后开始骂人……"

啊，老天爷啊。

小大人

　　我们经过了公园和古德小区抹着卵石灰浆墙面的杂乱建筑群，而我则慌乱地想要把昨晚的事情都拼凑起来。不过我的记忆中有着大片的空白，我甚至记不起多姆和我谈了什么。我只记得那种感觉：我见到他的那一刻，我心中对他想象时的慌乱感，感觉我们似乎能合拍——或者至少我认为我们能合拍——时候的兴奋感；在他开着跑车送我回家，而我则四仰八叉地坐在车里，抚摸着座椅，在醉酒中滔滔不绝地说着这车有多快时的眩晕感。老天爷啊……我们两人手牵手穿过小区时，周围的一切在雪中都如此完美。（不管怎么说，我眼中的世界就是，而他可能只是挎着我的胳膊来防止我跌倒。）我记得自己抬起头，闭上眼睛去亲吻他，然后就是被拒绝，在他将脸颊移开的时候，我感觉这就像是有人打了我一个耳光。

　　然后，就像我第一次遇到杰森时，我的暴怒情绪就像之前喝下的那一瓶半白葡萄酒一样骤然升起。突然之间，我大声嚷嚷起来，"为什么？为什么？到底为什么？"说实话，我当时是知道为什么的，毕竟这个答案就像是秃子头上的虱子。我禁不住去怀疑他为什么要和我出去约会？他本来已经看过我的照片了（虽然照片只显示了头部和肩部，不过锁骨、脸颊骨以及其他通常骨骼突出的地方在我身上都无法见到，这一点已经一清二楚地表明了我的身材如何）。

　　这个世界上有千百种用来拒绝胖女孩的借口，不过多姆还是选择了那个最经典的借口——"嗯，你的脸还是很漂亮的"，虽然事实上他也已经在我的漂亮脸庞前退缩了。如果当时我没在大哭的话，我想我一定会大笑。

　　时间回到现在。我闭上了眼睛，将嗡嗡作响的脑袋靠在凉凉的玻璃上。天啊，朱丽叶，我心中想道，你的心中对儿子有千般怜爱，但是这些不都没能阻止你昨晚的荒唐举动吗？难道这还不足以让你戒掉酒瘾，不再天天像个怨妇似的自怨自艾吗？

　　不幸之中的万幸，我几乎不记得自己是如何回家的了。我只记得各种流泪，有我的眼泪，也可能有扎克的眼泪，因为他一点都不喜欢我哭的样子，另外记得的就是今早下床的时候，我被地上残余的香肠三明治给绊倒了。那肯定是我回到家之后在愤怒之余做出来的。白葡萄酒不但能让人脑子断片儿，还会让你像到了世界末日，感觉未来永远不会再到来时渴望吃点带荤腥味的东西，在脑子真的反应过来之前，你可能就吃下了一个香肠三明治，给身体另外增加了五百大卡，而你却根本不记得吃了这些东西。

在我把扎克送到教室后，已经有三位老师在等着我：扎克的老师肯达尔老师，一个年轻漂亮、身材苗条的女子（不用说，这也是扎克的暗恋对象）、校长邦德夫人，以及学校辅导员布伦达。

去年十一月初，她们让布伦达加入我们的会面中时，说："布伦达将只会在学校里从精神上支持扎克。"当时扎克在学校里有点应付不来，而且有一天还逃学了，这可一点都不像他的作风。她们说他肯定愿意和布伦达谈一谈，而布伦达也肯定会和他站在一条战线上。（我就纳闷儿了，你们都一条战线了，难道我是你们的敌人，站在你们的对面？）

"很高兴见到您，朱丽叶。您还好吗？"邦德夫人问候我的时候，我正在取下围巾，脱掉套头衫，围巾似乎永远取不完，而我就像俄罗斯套娃，脱下一件衣服，我的身形就稍小一圈。当然，即使没有穿这么多层的衣服，我的骨架形体也称不上"娇小"。现在我正因为宿醉而浑身冒汗，我坐的椅子比我预计的要低了很多，结果最后我在椅子上坐定的时候，竟然不由自主地叫了一声。

紧接着，她们三个的眼睛就开始盯着我。我已经感到了一股股有毒的汗水从我上嘴唇上聚集起来，并且反着光。

"好吧，这真有点严肃。"我很愉快地说着，同时也意识到事实可能就是如此，"上帝在上，他到底做了什么？"

他没有做什么事，她们回答说。他只是看上去不像是她们所认识的任何一个五年级学生而已：他的学习成绩没有达到应有的水平，有时他看上去很愤怒，心烦意乱，情绪紧张。

"不过，他还是个孩子啊，"我回答说，"不是机器人。难道他不能像别人一样有表现不佳的时候吗？"

"当然可以了。"布伦达用息事宁人的语气回答说,"当然,他也有表现不佳的权利。但是现在的问题是这似乎不是一般的'表现不佳',感觉他从根本上就是……"她把头歪向一边,一副寻找恰当词语的表情。这个情形让我有点害怕。布伦达接着补充说:"目前在奋力挣扎求活。"

我的喉咙紧缩了一下。我太了解那种感觉了。

"当然了,我只是在十一月的时候才见过他,但是我肯定这是一个肩膀上背负太多东西的孩子。很可能上五年级以来没有发生任何事情,不过无论任何原因,他现在的情况不如之前好。"

这时,邦德女士插话进来:"咱们能不能先谈谈这个孩子的饮食问题?"我听到这个问题,不禁笑出声来。

"不好意思,饮食问题?哪里有这回事呢。扎克胃口很好,什么都能吃。"

这一刻,你甚至能够听到空气中最细微的波动。

布伦达探身向前,就好像一个马上要告诉病人坏消息的癌症医生。她给我的感觉就是这样,就好像她要告诉我扎克患上了疾病,要告诉我我的完美儿子有一些小瑕疵。"我们对于扎克的体重有点担心。六年级开始之后,他看上去确实增重不少,我们希望提醒您要注意这件事。"

到了现在,酒精对我的影响已经基本消失了,醉酒后的妄想症已经开始,而我也突然之间意识到了:就像必胜客的奶酪外皮,我的大腿也溢出了我坐的这把椅子,椅子对于我的身形来说小得可怜。这么说吧,我甚至开始感觉她们可能是故意给了我这样一把椅子。我怀疑这把椅子会不会马上突然断裂,一分为二,这时候我又应该怎样逃过坐坏椅子这种事情带来的羞辱感。如果这样的话,我又应该怎么样给扎克换一所学校……一时间,我的思绪已经不知飘到了哪里。

"请问是您家里发生了什么事情,才导致出现这种突然增重的情况吗?"

突然增重?她想要说什么?我就和他住在一起,因此我肯定注意到这个问题了?

"他有没有可能私下里吃东西,你知道的,比如吃一些你不知道的东西。"布伦达提出了自己的看法,"有些孩子在不知什么原因而心烦意乱的时候,就会这样做。"

我感觉我的脸颊红了起来,而且眼泪马上就要流下来了。你一个老师怎么会知道这种事情?我心中想着,你一个可能想吃什么就吃什么,吃了那么多,但还是骨瘦如柴的人知道什么?我强忍住才没有说出这些话来,只不过这时我已经有些咬牙切齿了。

"有人曾经发现他在操场的角落里一个人吃甜甜圈,看样子就好像是躲在那里一样。"她继续说着。开始的时候,我还能笑出声来,一部分原因是我有些紧张,另一部分原因是我想象着如果她们发现扎克手里拿着四罐联装的嘉士伯特别酿造啤酒,或许她看上去就不会这么严肃了。

"好吧,我从来没给过他甜甜圈。如果还有人有甜甜圈的话,那肯定就是我了!"我回答道。然后我突然就放声大哭起来。

"这是宿醉反应,"我对她们说道,"宿醉反应……会让我有点情绪化。"好吧,这个答案毫无疑问迎来了她们冰冷的目光。

布伦达递给我一张纸巾。"非常抱歉,"我一边说着,一边用纸巾轻轻擦拭眼下的位置,"我不知道我这是怎么了。"

"别担心,这只是情绪问题。"布伦达回答道,而她的答案让我感觉更糟。

"好吧,他肯定是在来学校的路上买了甜甜圈,我一直都会在他书包里放一个苹果。"学校给家长发了很多很多的信函,告诉家长说,孩子们的零食只能是水果或蔬菜。

"好吧,可能我们需要帮助一下扎克了。"这时,肯达尔老师温柔的声音响起。这位老师身上处处都体现出了温柔的一面:她的嗓音、她的脸庞、她那蓬松的金色长发。她看上去就像一个坠落人间的女神,一个天使。"首先要做的就是确保一点,那就是不要让他有钱在来学校的路上买东西或者买那些食物。"

那些食物？我开始有点愤愤不平，好像她们在告诉我，我应该给我的孩子吃些什么，又不该吃些什么。

"我能插一句话吗？"布伦达说道，"我观察扎克已经有半个学期的时间，我觉得我们已经对彼此有了充分的了解。在我的眼中，扎克这个孩子目前所面临的一切都已经失控。"扎克感觉周围的一切都已失控？痛心之下，我已经无法用一张纸巾阻止我的眼泪奔涌而出。"所有的事情都和他相关，这就是一个恶性循环：暴饮暴食，体重猛增，还有校园霸凌，然后导致他在学校里挣扎求活，之后就是其他的事情……"

"停，等一下，校园霸凌？"我的心里一沉，整个人感觉就像从过山车最高的陡坡上一头扎下来一般。"哪种霸凌？我知道扎克与同龄孩子比，是有些胖，但是我能够保证他绝对是这个世界上最温柔的男孩子。他是那种连只蚂蚁都舍不得踩的孩子。"

布伦达探过身来，轻轻地碰触了一下我的手。"哦，不是，我们当然知道这个了。扎克是一个很可爱的男孩。事情不是您想的那样。我们担心的是他成了校园霸凌的受害者，今天我们让您过来的原因就是我们想让您知道，我们学校一贯实行对霸凌零容忍的政策，所发生的这些事情并未逃脱我们的观察，特别是上周四发生在游泳课上的事情。"

游泳课？周四？

"我想您肯定注意到了他回家的时候穿了一件不一样的衬衫和套头衫。"

我马上开始回想过去。

"哦，没注意过，说实话，我有时候周四要工作到很晚才回家，所以扎克会自己开门进家。我回到家的时候十点了，他已经睡着了……"三个人看我的眼神又变得和刚才一样了，我感觉她们已经对我有了偏见。"我也没有办法，我在一个三明治商店工作，但是我们也承办餐饮宴会——你知道的，比如生日会、商务会议、工作聚餐，等等——我的工作需要轮班倒，工作时间也包括晚上。"

事情是这样的，上周四，在扎克的游泳课结束之后，有些小坏蛋偷走了他的校服衬衫和套头衫。没人承认是自己干的，而下节课的时间马上就要到了，于是他就不得不穿上了失物招领处盒子里的衣服，而里面的衣服没有一件适合他身材的。更糟糕的是，大约在两周之前，根据某项政府政策或者是什么规定，所有的六年级学生都要称重。我知道这一点，全是因为我傻乎乎地在同意书上签了名，而扎克明显不想参加称重。

"他就是不愿意，也可能是不想脱下他的校服套头衫，"布伦达说道，"而且还变得很是激动。"

"哪种激动法？"

"好吧，涕泗横流型的激动。号啕大哭。"她说道，"还有抗议，把自己锁在衣柜里不出来。最后我想尽办法让他安静下来，但是他还是一副心烦意乱的样子。"

"这又是为什么？"我不禁脱口问道，嗓音中已经开始夹杂着啜泣声。一想到我那个平常镇定自若、快快乐乐的扎克会变得如此心烦意乱，以至把自己锁在一个小空间里，一点都不像他平常的样子，我就忍受不了。然后，我开始怀疑我是不是像我自己想的那样了解我的儿子。

"我怀疑他的身材确实让他有些困扰。"邦德夫人说道，"事实上，我认为这件事让他一直倍感沮丧。"

再或者是他只是毫无救药地感到自己不快乐，而我天天被我自己那点破事冲昏了头脑，根本没有注意到他的一切？这个想法深深地植入了我的心底，就像是一块石头落入了海底一般。

"我知道他的身材有一点圆圆胖胖，不过他不是那种，你知道的……"整个房间在我眼中变得越来越小了，"我从来不给他吃垃圾食品。"

邦德夫人先是看向布伦达，然后又看向我。这个动作很短暂，但是确定无疑地发生了。就是那种在一秒钟内匆匆瞅一眼的动作，好像在说：好吧，我们知道肯定是你自己做错了什么事。

"事实上，扎克这个孩子在同龄孩子中，从医学角度来讲，属于超出正常体重的情况。"邦德夫人说道，"我想您肯定收到我们发给您的信函了。"

"什么信函？我没有收到什么信函。"此时此刻，我脸上的泪水差不多快要止住了。现在我已经开始感到愤怒了。"您说这话是什么意思，超出正常体重？那么又是谁规定了什么是正常？"

肥胖，她们回答道。超出正常体重就是肥胖。

"肥胖？"我重复了一下她们的话，一时间目瞪口呆，"他现在才十岁。我知道他的身体有点粗壮，但是这只是婴儿肥。等他蹿高的时候，这种情况就会自然消失的。"

而且，我又没法儿待在学校里，又怎么能应对他吃甜甜圈的问题呢？我告诉三位老师，我没有能力每天每时每分每秒地看着扎克，我需要工作，挣钱养家。她们又想让我做什么呢？难道是告诉各家商店不要再为他提供服务？还是给橱柜门上锁？拒绝他接触任何美好的东西？人生对于扎克来说已经足够艰难，想想他那个一直以来杳无音信的白痴老爸就知道了。

而且他还很爱烹饪。他简直就是一个美食家！你让她们想想，电视上的大厨们又有哪个是一身皮包骨的呢？我对她们如是说。英国明星主厨杰米·奥利弗就是身材粗壮的人，而且以前主持《周六厨房》节目的詹姆斯·马丁事实上也不是什么身材苗条的人。

"我的意思是说，他非常喜欢烹饪和烘焙食物。他在这方面很像我的弟弟，好吧，虽然我弟弟已经很不幸离开了我们。他很喜欢土豆泥，土豆泥是他最喜欢的东西。如果我们愿意，他连早饭、晚饭和下午茶恐怕都想吃土豆泥。他很喜欢拿各种土豆泥进行试验。你们想让我做什么？以后不再买土豆了吗？"

就像我刚才说的，宿醉总是会让我情绪化。

考斯特卡特便利店在我们小区一排商店的中间位置，对面就是公交车站。在回家的公交车上，一路上我就没有停下啜泣，哭哭啼啼的样子就像是家里有什么人不幸去世了。走下公交车后，我就进了便利店去买东西。宿醉反应以及对这个世界那种末日的感觉，再加上地面上的雪化成了泥雪混合物，所有这些都无法让我的心情好起来，我的心中一阵阵无助感和愤怒感传来。这种愤怒的对象是某些偷了我儿子的衣服的小白痴，是这所破学校竟然有胆子先说我儿子身体胖，而且还有人暗示（至少在我心里是这样想的）这让我儿子很自然成了别人霸凌的目标，扎克竟然一个字都没有向我吐露这些事情让我更愤怒。但是最重要的是，我感到这是我的错误，归根结底，如果我是一个比现在更优秀的人，一个更加出色的母亲，所有的这一切根本不会发生；如果他不用跟着像我这样的母亲将就着过日子，所有的这一切根本不会发生。然后我就又回到了这种思维循环中：利亚姆离开了格里姆斯比，抛弃了我们。好吧，他当时认为他没有别的选择了。但是那是十年之前的事情，现在我开始纳闷儿我这些年来到底是恨他什么呢？是他那天晚上做出的事情，还是他一直都没有再回来这件事？他难道不想得到我们的原谅吗？他就从来没有思念过我和扎克母子俩吗？他甚至从来没有为我们两人争取过什么，这一点又说明了我是怎样的人呢？还是说，他彻彻底底地结束了一段生活，开始了一段全新的生活，一路远去，从来不会回头看一眼？

我经常会纳闷儿他现在在干什么、他在哪里，不过在我脑海中使劲想要绘制出他的画像时，我的大脑就一片空白，这种感觉就像是他从那天晚上之后就径直走出了我们的生活，走出了这个世界；就好像他跳脱出了这个世界的命运轨迹，进入了无法测量的黑暗中。我尝试过，但是始终无法想象他在这个世界上存在着，而身边却没有我们陪伴的场景。

考斯特卡特便利店有一个熟食柜台，有人在那里做香肠卷和馅饼卖，热馅饼的味道从两公里以外的地方都能钻到你的鼻孔里。脚刚踏下公交车，我就知道对这种味道的任何抵抗绝对是徒劳的，不管怎么说，我本来就应当吃点东西。在经历了过去二十四小时的所有事件之后，我认为我应该得到整整一星期的馅饼来安慰自己。于是我就去便利店买了香肠卷，放到了白色外卖袋子里。然后我又买了一些杂物、面包、卫生间用纸，之后就走到了饼干和谷物食品的通道里，并打算直行到柜台去结账。我在和人开玩笑？我已经下定决心了。甚至在我踏入这家便利店之前，在邦德夫人告诉我说，我的宝贝正在遭受恐怖折磨时，我可能就已经下定决心了，而心头的种子一旦种下，肾上腺素就充满期待地在我的血管中冲撞着，我感觉到一切都可以结束了。但在我反应过来之前，我的手就已经伸出去，抓住了什么东西，塞进了我的袋子里。过程如此简单，于是我就又来了一次。我甚至不知道自己拿了什么，我只知道有什么东西在我的袋子里发着金光，这让我有一种非常刺激的感觉。我感觉我要超过的不是店主辛格先生（当然了，我对辛格先生感到永久的内疚），而是整个宇宙。因为如果不这样的话，我感觉这会将我整个人都吞没掉。

我步行穿过小区，前往我们家所在的住宅楼。此时冬日低低地挂在空中，那边有几个女孩躲在角落里抽烟，而尤妮斯正开着她的电动代步车横穿小区，要去考斯特卡特便利店购物。这是她每一天都要做的事情。

我朝她挥了挥手。

"雪都化了！"她说着，"马上就春天了。"

"我也盼着呢。受够这些灰泥浆了。"我对她喊道，但是在心底却感到一阵阵恐惧。马上就要春天了，这意味着六月马上就要来了，杰米的周年忌日，同样也是利亚姆离开我们的另一个周年，马上要来到了。对我来说，这件事从来都不是一件轻松的事。

我走了半层楼梯走到我们家门前，开门进去。走进公寓，公寓里空无一人，说实话，我并不享受这种感受，之前也从来没有享受过。你会认为在经历了十年之后，我肯定已经习惯了。但我永远都无法摆脱的一种感觉就是事情本来不应该是这样。我将从商店里买回来的东西放在桌子上,将香肠卷从银色镶边袋子里取出来,然后打开头顶的橱柜,想要拿出碟子来。我正伸手做事的时候,一眼看到了门前的脚垫上有一个褐色信封,就夹在《电讯晚报》和一张比萨送货宣传单之间。信封上面印着东北林肯郡卫生局的印章,从我站着的地方都能透过信封上小小的透明窗看到上面的一些词语,比如"扎卡里·哈钦森的家长或监护人"。我浑身发僵,两眼盯着这封信,就好像这是一只我刚刚发现的老鼠。我感觉自己心中充满怨恨,像是自己受到了侵犯,脑海中闪过了某个尽心称职的公务员将这封信一个字母一个字母打了出来,可能他们自己的体重就有两百斤,却在谴责着我的孩子身体肥胖,性格懒散。是谁给了他们权利这么做?

当我马上就要将这封信捡起来,然后扔到垃圾桶里的时候,我心中突然有一种感觉让我停住了脚步:我的脑海中仿佛看到了游泳课上我的儿子赤裸着上身站在换衣间的中央,心中充满着羞辱和恐惧。我知道这是怎样的感觉,现在我已经是成年人了,能够对这种情况感同身受。我感觉我对儿子的责任要求我至少要打开这封愚蠢的信。我探下身来,在改变主意之前,将信函捡了起来。

扎克

世界真相：中世纪的医生认为恶臭可驱散邪病，故常用牛粪治疗瘟疫。

游泳课上发生的事结束后，学校辅导员布伦达将我和艾丹叫去了她的办公室。她问艾丹，如果我顺手偷了他的衣服，他会感觉如何。结果艾丹说他会感觉很衰。于是我们两人握手言和。现在我们不是朋友了，但是我们也不再是死敌了，这个星期，他和他手下的小弟们基本把我冷在一边了。

不管怎么说，在听老妈说了老爸身上发生的事情之后，我突生一种万事皆可从容应对的壮烈胸怀。我体会到的幸福感可以荡平任何的不顺、不公和坏事。比如说，要是有人在游泳课上划破了我的衣服，我会大方地说："拿走呗！谁在乎！"我觉得我都能在泳池里裸游一圈而面不改色，心不跳。（好吧，可能没这么夸张，不过我不会那么在意了，绝对不会。）在整整一周的时间里，老妈讲的东西一直在我脑海中回荡。俗话说，好记性不如烂笔头。怕自己时间长忘记了，我还把她说的东西记了下来。"过去我只爱过利亚姆。"这是她的原话，"我也不想再要一个利亚姆之外的男朋友。"我的结论是：我现在需要知道的事情就是我的父母是否曾经深爱对方？我的老爸是个衰货吗？以及他为什么要离开我们？他就这么不想做我的老爸？我想这个问题我可以问问老妈，不过穷根究底的侦探是不会如此行事的。他们不会接受显而易见的表面东西，他们会顺着脑海中最先出现的想法进行推导，然后不断抽丝剥茧，加以验证。而我就想波澜不惊地有样学样。于是，我决定首先要做的事情就是下一次去见外公外婆的时候问问他们。

通常来说，我会在周二放学之后去外公外婆家（一般是在去参加过课外俱乐部活动之后），周三的时候，我们都会去杰米舅舅的墓地。杰米舅舅是老妈的弟弟，但在我出生后不久，就与世长辞了。虽然他去世的时候已经十八岁了，但是他的墓地还是放在了儿童和婴儿的墓地群中。从这方面说，他已经非常幸运了。婴儿的墓地是世间最让人悲伤的东西了。谁能相信婴儿也会夭折，但是事实就是这样。看到墓地的样子，你就能知道亲人们对墓地中的亡者是怎样一种爱了。杰米舅舅的墓地洁白光滑，看上去就像一大块梦龙白巧克力，由大理石制作，上面刻着镏金文字。其他的一些墓地则脏旧不堪，上面长满了苔藓，甚至看不到坟墓主人的名字。即使他们是一百年前死于瘟疫，但他们仍然是我们的祖先，因此这种情况根本就不该出现，家谱上仍然健在的后代子孙应当保持他们墓地的整洁肃穆。在学校历史课上，我们一直在制作家谱，我们都很喜欢这门课。（历史课是我最喜欢的课程了，里面有各种各样的事件。）不过我做的家谱不幸夭折了，因为家谱上属于老爸那一半的内容都是缺失的。不过肯达尔老师说没事，因为各个家庭的组织结构和规模都各不相同，但是在听了老妈告诉我的话之后，我感觉我终于了解一点老爸的情况了。我觉得我现在能把他重新放回到我的家谱上，这终于不是我自我安慰的谎言了。

除了周六，外婆每天都会去给杰米舅舅扫墓。我总会在周三和其他日子到他们家里去，因此我一直都是周三的时候陪着她和外公一起去墓地。我很喜欢去外公和外婆家。我们总是做着一成不变的事情：先是去墓地，然后去吃炸鱼薯条。有时候我也会在去过墓地后，与外婆一起做烘焙食品或者和外公一起看电视。我们会一起看足球比赛（外公和我都是曼联球迷，我不是因为受到外公的影响才成为曼联球迷，而是一开始就是曼联球迷），或者看大卫·爱登堡①解说的自然节目。通过电视，你能了解无数的世间真相。

外婆说，到公墓去的时候万万不能两手空空，所以我们每个周三都会给杰米舅舅带点东西。今天，我们给他带了一些用纸箔包裹的雪花莲，我还在纸上写了马麦酱面食的烹饪方法。杰米舅舅曾经是一个出色的厨师，所有人都说我在这方面很像他。外婆说如果他仍然在世，他也一定会为我以及我对厨艺的热爱而感到自豪。所以有时候我会在发明新烹饪方法之后写在纸上，然后带到墓地里，让杰米舅舅可以在天堂里读到。

马麦酱面食是天下最容易做的东西了：只需烹饪一些普通的意大利细面条，放入大量奶油，直至上面光滑发光，然后放入一大勺马麦酱，并在上面撒一些奶酪。相信我，这就是史诗级的美味晚餐。

外婆和外公正在因为花的事情而拌嘴。花盆托架一坏掉，这种事情就会发生。

外婆（语速犹如暴风骤雨）："麦克（这是外公的名字），看在上帝的面子上，别再那样把花放在上面了，哪次不是一放上就倒掉了？"

外公（看了我一眼）则说道："好了，琳达（这是外婆的名字）。镇定，镇定，这又不是世界末日。"曾经有一次，外公刚这样说完，外婆就怒斥一声："这就是世界末日了！"

我每次要负责的事情就是在墓地周围找一些石头来压住花盆。我喜欢在经过的时候看看周围墓碑上的内容。我已经看到了有一个墓碑上写的是扎卡里（也就是我现在的名字），属于一个可怜的夭折孩子，但是我还没见过墓碑上写着蒂根。她要是夭折了，可能是格里姆斯比第一个去世的蒂根，于是她就会是整座墓园里的第一个蒂根。我带着石头回去的时候很小心，注意不踩在墓上，要是踩在墓上，下面的死人会发怒，他们的在天

---

① 大卫·爱登堡（David Attenborough），一位杰出的自然博物学家和探险家、旅行家，被世人誉为"世界自然纪录片之父"。

之灵就会黑化，开始每天缠着你。外公把石头放在花盆底部，效果很好，雪花莲终于立住了。

"谢谢你，扎克宝贝。"外婆说道，"至少这里终于有个正常人了。"

然后我把我的马麦酱面食配方字条塞在了花盆下面，以防被风吹走。不过即使被风吹走了也没有问题，字条还是会直接飞入天堂的。

杰米舅舅的墓碑上写着：詹姆斯·哈钦森。致我们深爱的儿子、兄弟和舅舅。2005年6月12日去往天堂，享年18岁。斯人已逝，永留心间。

我心里很高兴墓碑上写了"舅舅"两个字，这说明我曾经有过一个舅舅。杰米舅舅去世的时候，我才两周半大，虽然他也给我买过一个带小老虎耳朵的套装，但是我对他没有什么印象。在外公外婆的客厅里有一张他抱着我的巨幅照片。

在将杰米舅舅的墓地打理干净之后，我们就在旁边的长凳上坐一小会儿，直到感觉心境平和为止。有时候，外公外婆会告诉我一些关于杰米舅舅的故事。有时候，我和外公会到处走走，看看那些老旧的坟墓，想想那些人曾经有过怎样的人生。外公认识他们中的很多人，这些人和他一样，都曾是渔民，为了打鱼而在海上拼命。外公打鱼二十五年，他的父亲如此，他父亲的父亲亦是如此。以前需要花三天时间才能到冰岛，外公他们打鱼时会离家整整三周的时间。这也是外婆的食品烘焙手艺这么好的原因：所有渔民的老婆都要在丈夫离家的日子里让自己忙碌起来。

打鱼是世界上最危险的致死工种之一，这也是为什么在格里姆斯比甚至有一个专门为死去渔民修建的教堂。这些渔夫可能是被缠在渔网中或是掉入海中而死去的，不管怎么说，这些人都死掉了。有时候甚至连全尸都无法找到。

坐在长凳上，我们最喜欢讨论的事情就是杰米舅舅现在可能正在天堂里做什么。

"外婆，你说杰米舅舅今天会做什么？"我问道。

"哦，"外婆答道，"这可真难住我了，小宝贝。"

"看电视比赛,然后来一品脱啤酒。"外公两眼望天,随后答道。

"你可拉倒吧,"外婆回道,"他才不会这样呢。我想他可能正在天堂里的一座美丽花园里散步,或者在那里为新认识的朋友们做一顿色香味美的大餐。你觉得呢,扎克宝贝?"

"我觉得他正在曼联打球,人生中最重要的一场比赛。(这时候我会站起来做示范。)他把球传给卡里克,后者将球传给鲁尼,鲁尼一脚球,球从中后卫的两脚间穿过,然后鲁尼又是一脚凌空抽射,将球从球门上角送入。天哪,一个完美进球!简直无与伦比!"

每次我解说的时候,外公和外婆总是会放声大笑。

蒂根和我有一套理论,认为天堂是一条巨大的走廊,里面有不计其数的门通向你生活中的每一天。门上的金黄匾额上写着每天所发生的事情,就像是一本日记,不过是以门的形式呈现,如果你想要重新度过哪一天,只要敲一敲门,你就能进去。如果你永远不想再看到哪一天,比如说艾丹·特纳把我的衣服偷走的那一天,你只要从门前径直走过去就行。我们已经挑选了我们进入天堂时想要一遍一遍经历的日子。蒂根选的日子是我们在电梯里捡到一张十英镑纸币的那天,我们把钱花了个精光,买了各种东西,而我选择的日子是和外公抓到一条鳟鱼的那天。

外公和外婆也了解我的这套理论,有时候我会问他们,杰米舅舅今天会选择哪一扇门。要是他们说"你出生的那一天",然后告诉我他是怎么来到医院里来看我的,我就会很高兴,虽然他们其实是在弥补老爸已经不在的事实。"他对于能成为舅舅感到很自豪,还把你放进那个小老虎套装里,那时候你满头浓发,看上去可爱极了!"外婆把这个故事讲了一遍又一遍,可是我每次都仍然喜欢听到这个故事,而我关于天堂长廊的游戏也总能让外婆高兴起来,因为这意味着她只需要记得她儿子人生中的美好日子就行了。我从未问过她杰米舅舅曾径直走过而置之不理的门户有哪些。

杰米舅舅是在跳下一座桥之后身亡的。他跳入的地方水不是很深,他的脊椎不幸断裂。要是你的脊椎断了,你很容易就死了,因为血液和信息无法再通过脊椎传达到你的大脑，这意味着大脑停止工作，你的身体死了，但灵魂仍然活着。我之所以知道这些，是因为蒂根告诉我的，我家里没人喜欢谈论杰米舅舅身上所发生的事情。外婆总是说，"你只需要知道上帝把他从我们身边带走了，他不是那么简简单单就去世了，扎克宝贝，现在他就和我们在一起。"

过去老妈也会经常这样说，但是现在她说她宁愿谈论那些美好的回忆，而不是他跳下桥后去世的事情。

外公和我去钓鱼时，两人之间的聊天总是畅快淋漓。外公告诉了我很多格里姆斯比城在光辉岁月里的故事，那时候的渔民在前往冰岛捕鱼的一路上都喝得酩酊大醉。现在他在一家工厂的办公室里干活，但心里却很想念打鱼的时光，这也是他喜欢和我一起去钓鱼的原因。

去年夏天的某一天，也就是我们钓到一条鳟鱼的那天，我要他告诉我杰米舅舅是怎么死的。外公沉默了很长一段时间后，告诉了我关于桥的事情以及杰米舅舅的脊柱是怎么断裂的。然后我又问了他一些问题。"那他只是跳下去了？""如果下面的水不够深，他为什么要跳下去呢？他看不到下面的情况吗？""他是遭人谋杀的吗？"

外公说这只是一场可怕的意外，但是我绝对不能告诉外婆他这样说过。我对着我们钓上来的鳟鱼发誓说我绝对不会说出去，但是我还是不理解，如果这就是真相的话，为什么我不能说出去。这时候，外公就告诉了我真相在不同人的眼里会有不同的解释。举例来说，我和蒂根在电梯里发现了那张十英镑纸币，然后用来买糖吃这件事，如果她告诉别人这件事，但是说的话中所有的事实都与我认为的截然不同，根本不是真实发生的事情，这就会让我生气和沮丧，而外婆听到外公对杰米舅舅的表述之后，恐怕也会有同样的感受。

从公墓折返之后，我们就去吃了炸鱼薯条。接着我们回到了外公外婆家，但因为我想在晚茶后做杰米舅舅拿手的脆皮柠檬蛋糕，所以我们路上还去了一趟商店。外婆家里有一大本杰米舅舅的食谱，妈妈在我们家里也放了一本。你可能会认为脆皮柠檬蛋糕很好做，其实它是最难做的蛋糕之一了。制作时，烘焙不能太过，否则就会变得疏松易碎，而不是湿软适用，而且还需要将丝状柠檬皮在正确的时间放在上面。

"过去，你杰米舅舅做得一手好柠檬皮丝。"外婆一边说着，一边将防油纸放在饼模里。这才是最难做的部分。她每次都会伸手帮我。"柠檬皮、咖啡和核桃，嗯，以前你杰米舅舅做这个最拿手了。而且他在做鱼方面也是绝对的奇才。他会做很神奇的酱汁，扎克宝贝，比你在饭店里花钱买的那些味道好多了。"

外婆将蛋糕放入烤箱，而我开始去舔碗里剩余的东西（这也是我最喜欢的东西）。我当时想着这可能是我问那个问题的好时机，我甚至决定了如何开口。你知道的，除了上面说的天堂长廊理论，蒂根和我还认为在某个人去世之后，你为之落泪的时间多长，就表明了你对这个人的爱有多深。

"外婆，杰米舅舅去世的时候，您哭了多长时间？"在外婆开始洗洗涮涮的时候，我开口问道。

"哦，很长很长时间，扎克宝贝。直到现在，我也在为他哭泣。"

"您认为如果我妈妈去世的话，我爸爸会为她痛哭吗？"

我心里很害怕会问出这个问题，结果这个问题却从我嘴里脱口而出。

外婆低下头，看着充满肥皂泡沫的水，时间仿佛静止了，眨眼之间过了好几年。"这个问题太奇怪了。"最后她回答道。

"那他会不会为此痛哭呢？"

"我也不知道。"

"要是老爸死了，您认为老妈会为他哭泣吗？"我又问了一句，这时候，外婆看上去已经有点生气了。

"我已经说过了，我也不知道，扎克宝贝。"她把碗从我手里拿过去清洗起来，虽然上面还有很多蛋糕糊，而且我还没有用完。"说句心里话，我一丁点也不关心。我对那个男人没有半点兴趣,对他对于任何事情有什么想法、怎么想都没有半点兴趣,你也不应当有什么兴趣。他根本不值得你去想他。"

外婆之所以不喜欢我老爸,是因为他抛弃了我们。她说老爸就是一个彻底的废物。不过我认为他不可能是一个废物,要是老妈曾经如此爱他,而且老妈的品位也非常不错,她知道一个好人应该是什么样子,那他就不可能是一个废物。

"不过如果他还爱我老妈,"我问道,"那么他为什么要离开呢?"

"扎克宝贝,拜托,够了够了。"外婆厉声说道,同时伸手关上了水龙头,"怎么突然之间问这些问题呢?"

但是既然已经开始了,那么我一定要把问题问完。

"不过,即使他不想做我老爸,他仍然爱我老妈,而老妈也爱老爸,不是吗?那他为什么又要离开我们所有人呢?"我心中迫不及待想要将老妈说过的话告诉外婆,却没有那个勇气。我甚至没有勇气告诉老妈她自己说过这些话,心里怕她把这些话收回。

"你又怎么能知道,扎克宝贝,要是……"外婆的眼中已经噙满泪水,而我真的不想让外婆落泪。"那时候,你妈妈和你爸爸还很年轻,他们不知道他们真实的感受到底如何。"

我真的不是十分理解或者相信这件事,感觉就像是外婆想要用语言把我敷衍过去而已。虽然我现在只有十岁,但是我已经有了自己的感受。我知道我爱老妈、外婆和外公,也爱蒂根,当然,是那种对哥们儿的爱,那么我的父母又怎么会不知道?那时候他们已经比我大了很多。我现在正思考的问题就是排除掉他抛妻弃子跑掉这件事,如果老妈那么爱他,那她又怎么会让老爸离开呢?如果那时候他们深爱对方,那为什么他们不能现在仍然爱着对方呢?

在与外婆烤完蛋糕之后,我就去和外公一起看电视了。当时电视上播放的是一档关于第一次世界大战的历史节目。在节目里,所有的士兵都待在战壕：他们要在那里睡觉，即使天上在下着大雨，战壕里泥泞不堪，泥浆已经升到了他们大腿的位置。有些士兵会看到他们朋友们的大腿，甚至半张脸在他们眼前炸飞。我喜欢学校里的历史课，喜欢看儿童电视喜剧《糟糕历史》，了解各种各样的真相，但是有时候我发现很难相信上面说曾经发生过的事情竟然真的发生过，而且都是板上钉钉的事实。这就与那些发生时你不在场的所有事情一样，仿若一个平行宇宙，不过，如果你不在那个宇宙中，你怎么能确信那个宇宙就存在呢？要是所有的一切都只是一个谎言，只是为了编一个好故事，这又该怎么办呢？

外公说有一点很重要，那就是要记住我们可能只是某个人鞋子上的一点微尘。我们认为自己是生活在地球上的重要人物，而地球则是宇宙中最重要的场所，但是如果我们认为的一切都是错的呢？如果外婆、外公和老妈都冤枉了老爸，那又该怎么办呢？要是老爸在某个地方，他心里知道他离开的真正原因，而没有人愿意去问他呢？

之后外婆回到客厅，看到了我和外公正在看的节目。"麦克，你觉得这个节目真的适合扎克宝贝看吗？"

当时电视上正放着一名士兵被炸得四分五裂的一幕，当然，谁都能看出来上面只是演员在演。然后外公就开始向她解释起来，不过我没有心思听，脑海中正想着老爸的事。我在考虑如果不相信他们每个人告诉我的东西，那么我能找出真相的唯一方式就是自己找到老爸，然后亲自问他了。给他写信是一回事，但是写信的真实目的是让他来这里帮助我们。而现在的情况是我想要帮助他，给他一个机会来澄清自己。想到这一点，我心里就变得异常兴奋。这种感觉从心底发出，很快就变成笑容呈现在我脸上。如果我找到了老爸，那么他和老妈很可能会再次陷入爱河，老妈也不用再去参加其他的烂约会了，他还有可能会在做我老爸的问题上改变主意呢。

"扎克宝贝，"外婆说道，"你在见牙不见眼地笑什么呢？"

或许外婆对老爸的印象也会有所改观吧？

麦 克

"找一个你能一个人待着的地方,"卡萝尔曾经在我们上周的治疗中这样说,"一个你能思考的地方。然后养成定期去那里的习惯,这也是一个定期与自己独处的机会。"

卡萝尔是我的心理咨询师。(好吧,我从没想过自己会这么说。)不过我很喜欢她。从我们第一次见面,也就是一月初我第一次接受心理辅导的时候,我就很喜欢她。

我在去年十一月的时候就去看医生了。那时候,朱丽叶和扎克都在面临生活中的各种问题,特别是扎克,士气低落,完全不似平日的自己。我感觉这一切都是我的错,这种感觉逐渐增强,我无法再有片刻的暂缓。在医生的办公室里,我说的第一句话就是"现在我在生活面前已经方寸大乱",而对此种状况见怪不怪的医生一脸镇定地建议我接受"谈话治疗"。

我第一次接受心理辅导时一定是像受了惊吓的兔子,不过卡萝尔马上就让我放松下来。她不是我想象中的那种"治疗师"。她做事直截了当,给了我很好的建议。必须承认,我现在坐在欢乐佳节餐厅里就已经感觉到了如释重负。以前出海捕鱼之前,我都会在码头尽头的廉价便利小吃店欢乐佳节餐厅里吃一顿油煎早餐。今天似乎与其他时候一样，是一个重新回顾历史的好日子，我的意思是真正地回溯过去发生的一切，将各种事件按照某个顺序排列，然后逐个检视。

我需要了解我们是怎么发展到现在这个情况的，我们的儿子怎么会不在人世间了，我当时又为什么会无法保护他。我是怎样让我们的两个孩子都失望的。虽然六十岁或许听上去并不老，但如果你像我一样经历过年轻时对身体的摧残，如果你的父亲也在六十二岁时去世了，而你在经历过二十五年的海上捕鱼生活后，又像我一样度过了相同的岁月，你就会有这种老去的感觉了，相信我。我需要在一切变得太晚之前了解到底发生了什么。扎克已经在问问题了，而他也应当了解事情的真相。我对这个孩子的爱超过我对生活的爱，这种爱有多深，我一想到都感到心悸。

正如我所说的，琳达是所有事情中重要的一环，我想我还是首先从她讲起。

我在一九七六年夏天邂逅了琳达。那个夏天作为"史上最炎热夏天"而名列英国史册。当时克里索普斯就像西班牙的度假胜地太阳海岸一样，挤满了来此消暑的人群。当时格里姆斯比的渔业已经开始日落西山，不复二十世纪五十年代格里姆斯比的黄金时期。在那个黄金年代里，格里姆斯比处于全世界中心的位置，那也是我父亲的辉煌年代。不过那时候这里还是有约两百艘的拖网渔船，要是人脉广，还是能找到工作的，而且弗里曼大街上的酒吧里总是人满为患。当时我刚从一次收获颇丰的捕鱼之旅中回港。我们捕了三百箱鱼，我分到手里的一千四百英镑就装在我的后兜里准备花出去。过去人们都叫我们"三日百万富翁"，因为我们去捕鱼的时间有三周，回岸的时间却只有三天，而这三天的大部分时间都会在酒吧里度过，所挣的大多数钱也会在那里挥霍掉。

他们说你会在你最意外的时候遇到命中注定的那个人，而我当时仍然穿着我的帆布装，两周之内唯一洗过的澡还是海水澡，可以说，正是最不希望遇见意中人的时候，但是她就在那里，我的未来爱妻，穿一身纯奶油色的短上衣,一头略带光晕的金黄色长发,就站在白骑士饭店外面。当时我想一定是超级明星法拉·福塞特来到了格里姆斯比。我也认为自己没半点机会,但在那个年纪,生活和酒精还没有将我的冒险精神耗尽,相对而言,我更加自信。我想我的开场白应该是"你这么漂亮的女孩在这样的地方晃悠什么呢?",听起来挺俗套。她告诉我她的名字是琳达·克鲁克香克,琳达的英文拼写中带有字母"y"(Lynda),很时髦,而且她是一个所谓的"梅吉人",也就是说,她出身克里索普斯,而不是格里姆斯比。她的父亲从事税务调查工作,很明显,她的出身比常人略高一等,不过她告诉我她"很喜欢有点不修边幅的人",而且"水手身上也有一点浪漫的感觉"。

鬼使神差地,那天晚上,最后我们竟然接吻了,我还步行送她回家,当时还是穿着我的那套帆布装。她说如果我要是不介意在我们的"下次约会"之前洗一个澡的话,她就有可能更喜欢我了,而我记得自己对着那句"下次约会"笑得见牙不见眼。当然了,两次约会之后有了十次约会,然后变成了婚礼和两个孩子,不过我觉得我始终认为这件事的奇迹之处就在于它怎么就这么发生了,我从来都不认为我配得上她。我始终都认为某一天她会突然醒过来,搞清楚到底发生了什么,然后离我而去。

我从一开始就告诉琳达我不想要孩子。我说我不喜欢流着鼻涕的小孩在地上爬来爬去,很明显,这是因为我自己就是一个还没长大的大孩子,我身边的人都这么说。不过我不会告诉她,事实是生儿育女的责任吓得我灵魂出窍,我很害怕自己也成为我老爸那样的人:整日酗酒如命,人人眼中的废物……我也害怕我无法胜任为人父的重大责任。后来的一切也证明了我确实这样。现实如此,真是有其父必有其子。

无论如何,她还是劝服了我,或者说,像在所有事情上一样,她打败了我,我还是顺其自然,因为这样做更轻松,而且我也爱她。她是一个很难对付的女人,不过我现在仍然爱她。

他们说生活中只有两种情绪,也是我们做任何事情的两个原因:恐惧和爱。在杰米和朱丽叶出生的时候，我感到的是这两种情绪的完美风暴。我对于这种爱的爆炸毫无准备，这种情绪瞬忽而来，而且两个孩子出生的时候皆是如此。这不是我能够控制的东西，这让我措手不及，就如同在十级狂风中从甲板上滑落（相信我，我确实曾经处在这样的环境中，而且在这种情况中，任何人都束手无策）。

琳达一直都说她无法描述分娩过程中的疼痛，那与她所了解的各类疼痛都完全不同。但我对于爱的感觉与此相同：这也不是我所了解到的任何称为爱的东西。这种爱值得用一个新的词语来定义。这是我曾经拥有过的最好的感情，也是最令人感到恐惧的感情。

很明显，在我们的儿子杰米出生时，我正身处酒吧之中，说到这一点，还得说回到我们那个年代去。那是一九八七年，而且还是一个周六。当时我每天要在腌鱼厂工作十小时，其间一直忙着给鲑鱼剥皮，然后等着一份新工作的开始，多数时间都累得一副快要死掉的样子，要是不在周末的时候找点乐子，那我肯定得疯了。当时我正和沃恩·琼斯在大烟客酒吧厮混，然后我母亲打电话给酒吧，告诉我说我的儿子出生了，然后让我赶紧去医院。现在想到我听到我的儿子来到人世间的那一刻，那时我正在喝一品脱酒，我感觉那一刻有些疯狂、黑暗，甚至有些诗意。谁能想到我会在十八年后埋怨我的儿子太早地离开这个世界。过去琳达一直的口头禅就是"有其父必有其子"，不过有些搞笑的是，这句话从来不会对我说，只是在谈到利亚姆的时候才会说。而且她很是瞧不起沃恩的酗酒和酒后大吵大闹的样子，更重要的是，她对于沃恩带着我误入歧途，离酒瓶越近，而离她越远的行为嗤之以鼻。就琳达所知，过去沃恩曾经因为致人严重身体伤害而入过狱，而他们一家也让淳朴的渔夫人家背上了骂名。过去她经常说："任何头脑清醒的人都不愿意与琼斯家族的人有联系。"她指责沃恩把我带坏了，事实上，我在这方面从来都不需要别人的怂恿，我就是我本来的样子。

第一次把儿子抱在怀里时，我竟然像一个小孩一样哭了起来。"爸爸为什么要哭呢？"当时两岁半的朱丽叶开口问道。琳达则笑了起来，我现在都能想象到她当时大笑的样子。"因为他喝醉了！"她回答说。然后，她又补充了一句："而且太高兴了，还有快要被吓死了。"这句话似乎是在回答朱丽叶，实际上更多是在对我说。

自从我的孩子出生之后的三十年里，码头这里到底发生了多少变化啊。这简直可以成为奇耻大辱了。所有的工厂和熏制室都关门大吉，冰厂也惨遭遗弃。这只会让你想起有多少时间从你的指尖溜走，所有的一切现在都已经清晰明了，现在我不再需要酒精的刺激，已经过去了足够的时间，除了杰米之外，我也能够记起其他五分钟以上的事情了。我感觉就像是我掉落到了地下，数年之后醒来，爬到地面上之后发现所有的一切都已消失。

现在我想起了我与我们家杰米宝贝的关系，不禁摇头叹息，因为我意识到我们之间多数的交流都是在酒吧里进行的。要么是他在白骑士饭店外闲逛，吃着永远吃不完的薯片，而我在白骑士饭店里喝得酩酊大醉，要么是他年龄稍大一些之后，他也和我一样喝得酩酊大醉。杰米和我关系亲密，是最好的伙伴，远超出了普通的父子关系。只是在过去的几年里，我才意识到他需要我成为他的父亲、榜样，而不是他的酒友。

在渔船返回港口的当天，我们一下船就会前往特里·查普曼俱乐部，而这里的人会在早上六点给我们送上早餐和一品脱啤酒。我记得在杰米七岁的时候，有一次他迫不及待想要看到我，于是琳达就在早上八点的时候带他到俱乐部来看我，她看到我半醉半醒的样子马上就勃然大怒。后来也有其他时候，那时候杰米才十来岁，虽然还未成年，但周围人都不在乎这一点。那些都是美好又有趣的时光。或许当时我们不应该做这些事，不过这些事仍然是我们的美好时光。

父子之间的关系与父女之间的关系完全不同。正如我所说的，杰米就是我的伙伴，我的好哥们儿。而朱丽叶从出生那一刻起就是受照顾的那个人。我所了解的杰米与他母亲所了解的杰米截然不同：在他母亲眼中,可爱、婴儿脸的杰米会把早餐送到妈妈床上去(他知道如何做才对自己最有利)。不过到了酒吧里,和伙伴们待在一起的时候,他就是另外一副样子了。他也会做出一些愚蠢无脑、不负责任的事情来,在这一点上,杰米与同龄的任何孩子都一样。在他十八岁早逝时,他已经在向着酷似我的行事风格的路上突飞猛进了,而且我觉得那时候琳达始终不承认这一点。她能够一眼看穿利亚姆的本质,但在杰米身上却总是有着身为母亲的盲目。

还有什么来着?从一开始,他们两个就是完全不同的。我第一次将朱丽叶抱入怀中时,心中涌动的是满满的保护欲。她的身体如此弱小,我都说不出有多重,暗示我要去保护她,让她一生平安,最重要的是要保证不管她最终要和哪一个男人厮守终身,那个男人必须也要爱她,保护她。不过这也就是对待女儿时的不同了:你知道,终有一天,她会更热情地爱上另外一个人,远比她对你的爱更多,于是从一开始,你就已经在放手了。要是个男孩的话,情况就截然不同了。他们在更大意义上是你的拓展,更多地保有你身上的特质,至少我是这么认为的。结果我发现我把这一切都视作理所当然的事情了。夜半时分,我一闭上眼,眼前就会出现我们的儿子,就那样静静地躺在医院的病床上,奄奄一息,身上缠满了各种管子,身边是呼吸机的活塞抽动声;我能听到利亚姆在外面踱来踱去的脚步声以及琳达的大声叫嚷:"我知道你就在现场。这里不欢迎你。滚!马上滚!"

朱丽叶

扎克看了看眼前的盘子，又抬头看向了我。"这是干什么用的？"他问道。

"干什么用的？这是水果。"我回答道，"口味很不错的。喏，我还把它摆成了一个笑脸。"

我面前也有一个：一根香蕉充作笑脸，几颗葡萄充作眼睛和鼻子，橘子瓣充作眉毛。

扎克眼睛直勾勾地瞅着盘子里的东西。

"嘿，看上去有点像雷蒙德。"我说道。随着水果出现在早餐桌上，一种古怪的气氛就弥散开来。我只好尽力消解掉这种气氛。雷蒙德在我工作的商店里做送货员。扎克非常爱他，因为他一有时间，就会让扎克帮着把三明治原材料的盒子从厢式货车搬到厨房区，然后负责开包，这时候，扎克就会想象着所有不同的装填组合，完全一副如鱼得水的样子。

"我无意冒犯，不过老妈，一想到早餐的时候要吃雷蒙德的脸……"扎克摇了摇头，然后装作要呕吐的样子（而且效果还很逼真），"我认为我还是吃平常吃的东西就行了，拜托了。"

所谓"平常吃的东西"就是麦片和吐司面包。我一直都认为那就是世界上最健康的早餐组合，不过自从两周前的谴责信事件之后，我已经开始对此有所怀疑了。毕竟我肯定是做错了什么事情。于是，我在扎克对面坐下。

"扎克宝贝，"我一边说着，一边抬眼直视他那可爱的蓝色明亮眼睛，"我真的希望你能吃水果，拜托了。"

"但这又是为什么呢？"他一边说着，一边闷闷不乐地将双臂交叉放在胸前，"我讨厌吃水果。"

"你不讨厌。"

"真的讨厌，水果看着就让人恶心。"

"说什么傻话呢。要是放弃整整一个食物类别，那你就永远也成不了一个好大厨，而且你也很喜欢草莓酱的，不是吗？那里面都是草莓，扎克，那也是水果啊。"

"不过我为什么一定要吃水果呢？"

"因为这对你身体好，而且好吃呀。"我拿起其中一个橘子做的眉毛，然后放在嘴里，就为了向他表明这个东西吃起来有多么可口。橘子有点酸，让我不得不努力控制不让自己的脸部肌肉抽搐。你要是问我的话，我会告诉你这就是早餐吃水果的麻烦所在：你的嘴巴还没有为此做好准备。

扎克用两个拳头撑着自己的脸颊，可怜兮兮地低头看着我做出来的水果笑脸。

"我不用五分钟就会再饿，这点东西我根本吃不饱。给我吃吐司面包，我才会吃这个。要不煎饼也行！嘿，要不我做一些杰米舅舅的煎饼，然后在上面放一些水果！"自从我与多姆那次末日约会第二天的早上之后，扎克就要求每天做煎饼，而且多数时候，我都是一副精疲力竭的样子，不愿与他争论。（而且，扎克做的煎饼味道极好。）现在我也是心累得不想吵架，现在他已经需要准备好去上学了，我则需要去上班了。

"水果煎饼"似乎是一个不错的折中办法。

谴责信来到之后的那一周里，它就躺在微波炉上让我如芒在背。我自己怎么也没法儿让自己再看一遍信。整件事情给我造成了太大的压力。对我而言，那封信就是个大麻烦，而现在我身上已经有太多的麻烦了。不过之后学校就打电话让我去参加与学校护士和布伦达的跟进会面，内容是关于扎克可以做出的轻松改变，比如早餐时喝麦片粥和吃水果，而不是蜂蜜燕麦圈和吐司面包抹黄油。不得不说，这些东西都很不错，很有人文主义的关怀。最重要的是，他们像我一样，所有想要做的都是帮助扎克。我觉得我至少应当表现出欣然接受的样子。

不过我觉得那封信函的口吻就没有这些特质了。信中说：

相对于其当前身高，您的孩子已超过健康体重，身体质量指数达到30，根据专业医学标准，他现在属于肥胖人群。

随信一起送过来的还有一些关于"体重管理课程"和"散步俱乐部"等东西的宣传单，扎克可以通过参加这些活动结识其他"小胖墩"，然后一起围着人民广场散步，或者一起玩呼啦圈。一大群"小胖墩"在公众场合一起玩呼啦圈，恐怕这些孩子对自己的感觉都不会太好，而这些宣传单中对此则轻描淡写。我感觉这像是将扎克扔向了狼群中。自从收到那封信，我先是对一个陌生人怎么有权利将我的儿子贴上"过于肥胖"的标签而感到愤怒，然后这种情绪就转向了沮丧，因为说实话，我也无法理解他怎么会被贴上"肥胖"的标签，虽然他现在的情况确实如此。他吃的东西与别的孩子也没什么差别，我的意思是说，他们也都会选择吃汉堡，而不是沙拉，难道不是这样吗？我猜他确实属于"小胖墩"行列，不过我一直都认为小孩子和婴儿一样，都是具有自我调整能力的，他们只会吃他们身体成长所需要的东西。"过于肥胖"对于一个十岁孩子来说是一个该死的标签，我极害怕会伤害到他的自尊，而他的自尊已经遭受到了严重打击，因为他觉得他父亲就不想要他，我们必须面对这个问题。你想知道收到那封信后什么让我感到最难受吗？就是那种美好而神圣的东西受到玷污的感觉。因为对我来说，扎克始终都是完美的，他就是我人生中唯一完美的东西。然后这封信从天而降，白纸黑字地告诉我他并不完美，告诉我，我人生中唯一感到自豪的东西还不够好。

"一定要记住了。"扎克站在门槛上，肩上背着他的帆布背包，对着我说道。我则双手捏着他的脸颊，让他看着我。自从那封信到来之后，我们每天都来一遍这套冗长的对话。"现在的你美若天仙，任何对此有异议的人，嗯……"

"那是他们做人的失败。"扎克机械地学着我说，"老妈，你把我的脸颊捏疼了。"

"我爱你。"

"我也爱你。"他回答道。我看着宝贝儿子和他的曼联标志帆布背包渐渐远去，成为远处的一个小点，然后就转身回屋里给自己做一个培根三明治，顺便再自怨自艾地小哭一会儿。

对扎克在校情况的担心让我开始吃更多的东西。这一点毋庸置疑，虽然我很明显也正在努力否认这一点。我知道这件事很反常，但是我还是吞下了今天的第六块巧克力味饼干，这就像是在你的孩子被诊断患了哮喘之后，你依然不改吸烟的恶习。不过从他早上离家到下午回家那一刻，我一直都会感受到那种噬心的焦虑，而我吃下的这些东西就是唯一可以缓解这种焦虑的东西。现在他情况还好吗？是不是有人在欺负他？身为一个单身母亲，我的脑海中一直都翻滚着这些琐碎的烦恼，即使是我尽了全力，那么我所做到的最好情况就真的足够吗？

在离家去工作之前，我大约还有半小时的时间，于是我就做了培根三明治，不过接着我就发现自己在房间里游荡。现在这种事情经常发生。在扎克还非常小的时候，我通常都迫切渴望想要有一点自己的时间。虽然我非常爱他，但我还是会在他入睡之后有点自己的时间，这样我就能看看

《翻滚先生》之外的电视节目,吃几轮吐司面包抹奶酪,我想这就相当于我奢侈地打开了一瓶葡萄酒,而后者是我心心念念,却负担不起的东西。不过现在,我很不喜欢扎克不在我身边。这会让我急躁不安。一般来说,他在我身边,我就会感到更安全,这一点也让我有些忧心,因为我在担心这种行为会让我成为怎样的家长。有时候我感觉他既是一家之主,也是我的孩子,二者合而为一,成了我的小小男子汉。

我走进他的房间,坐在床边,吃着我手里的三明治。屋子里的点点滴滴都带有曼联球队的特点,而且自从他六岁时我们搬到这里,他的屋子就一直都是这个样子,由于他是人生中第一次有了自己的房间(和床铺),我就让他自己选了卧室的主题。当然了,老爸和老妈也给了些钱。我们对卧室进行了彻彻底底的改造,装上了清一色曼联球队的被套、灯罩和窗帘。我们本来想贴上曼联球队的壁纸,不过他还是喜欢墙壁空着,这样你就能看到他在墙上贴的照片,不用在满眼的曼联红中到处寻找。我很喜欢看这些照片。这些照片就是扎克内心的体现,说明了他是怎样一个人。其中有一张海报是北极动物,其中的逆戟鲸是他"一生所爱"的动物;还有一张世界地图,这张地图让我有点想哭,因为除了那一天去了一次伦敦,扎克的足迹基本上没有出过格里姆斯比;另外还有一张我弟弟杰米的镶框照片。那是他从厨师学院毕业那天穿着一身白色厨师服的样子,看上去对自己感到非常自豪,好像在说:看看我,我独自打出了一片天下,没有像老爸一样做渔夫。他是我们家族四代人中唯一摆脱渔夫命运的人。

我信步走到相框前。我很喜欢靠近这幅照片,双眼直直地看向杰米的眼睛,想要看看我是不是能以某种方式与我弟弟沟通,无论他现在在哪一个宇宙中,我想在所有的事情发生之前的某个时间和地点见到他。我一直都认为虽然扎克从来都不认识他的杰米舅舅,但是他仍然很崇拜杰米舅舅,这是一件非常贴心的事情。我希望能告诉扎克更多关于杰米的事情,就像我也希望能告诉他更多关于他父亲的情况一样。我会幻想着我们是一个正常家庭,有着自己的故事,而不是秘密。你知道的,就是那种"老爸和老妈是如何认识对方的"之类的故事和"我出生的时候是个什么样子"之类的故事。但对我们以及扎克来说，这些都是禁忌话题，就像是一套用木板围起的房子，木板上写满了"危险"字样，因为你永远不知道这些话题在下一刻会引导到什么问题上去。

不过，这一切都无法阻止我想象一下如果事情截然不同的话，我又会说些什么。有时候扎克在我身边入睡，我喜欢躺下来，装作我正在告诉他关于我们首次接吻的故事："于是，在你的爸爸和我第一次接吻时，我们正在克里索普斯镇提琴手酒馆的外面，当时的情景简直绝妙，而且酒馆里还有一个本地的水货乐队在演奏《活在祈祷中》这首歌，不过我几乎听不到唱歌的声音，因为我当时正忙着体会你爸爸的嘴唇落在我嘴唇上的感觉，因为他有着世界上最为柔软的唇，就像你的嘴唇一样。当时天空一片粉红，天上的云彩看上去就像要快速远离我们，而在建筑物间以各色轨迹飞翔的海鸥则都成了剪影的样子。那是一个美妙的夜晚，你爸爸在吻我时，停下了一会儿。'看，那个是鱼鳞天，'他说道，'这就说明雨水离我们还有大约六百公里远……'我自己就是一个船长的女儿，虽然我也曾数百次听到过他说的类似东西（虽然这只是我们的第一次接吻，而你爸爸也只是一个普通的甲板水手），但这些话还是我听过的最为浪漫的话语。当时我已经在祈祷着我能成为一名渔夫的妻子了……"

是的，这就是我想要告诉他的事。不过现在的问题是每当我想到这些故事，我都不再认为这些故事是真实的了。它们看上去就像曾经存在过的故事的鬼魂。我感觉这些故事都是死的，因为它们勾勒出了另外一个男人，一个不一样的主角，一个从来没有可能抛弃自己儿子的男人。

利亚姆离去之后的头几个月里，我一直纠结于杰米死去的那天晚上发生的事情，以及如果利亚姆那晚没有那么干的话，我弟弟很可能仍然活着。我对老妈的情况非常担心，脑海中始终挥之不去的一幕就是在医院工作人员取出插在他身上的各种管子之后，老妈就爬上了杰米的病床最后一次拥抱他。当时她已经心碎欲绝，实际上，直到今天，她仍然是这个样子，而且那也是我人生中最糟糕的一晚。不过从某些角度来看，也就是我对利亚姆的感情方面，那时候则显得更为轻松一些。伴随着我的悲伤所带来的刺痛，我已经无法体会到比对利亚姆的怒气更复杂的感觉。我只需要看看我父母的状态，我就知道我已经没有机会再与他厮守终身了。

但是那时候，随着时间一点点过去，我的感觉也发生了变化。这并不是说我真的曾经谴责利亚姆"杀死"了我弟弟，而是我的怒火从一开始就指向了他的轻率鲁莽，而且我还和老爸老妈一样，在格里姆斯比躲着不见他，而现在，我的怒火则转移到了他一直都没有再回来这件事上。他不要继续为我们两人而战了吗？难道他看不出来，现在应该由他来将我们两人解救出去，因为要是我这样做的话，我的行为就是背叛了我的父母吗？特别是对我母亲的背叛。她的悲伤就像一块不断燃烧的煤块，太过灼热而让人无法安然处之，需要不断传给下一个人。谴责是让她免于崩溃的东西。我怎么能对此肆意践踏？

甚至就在杰米去世之前，老妈一直都说利亚姆是烂泥扶不上墙。"他一定会步他父亲的后尘。"那时她一直都这样说，"酗酒、打架，然后进监狱……"这时候我总是会大发脾气，满脸怒火地为他辩解，因为我所关注的是这个男人内在的胸怀，我知道他的胸怀如大海般广阔。再然后，杰米就死了，而这改变了所有的事情。我一度认为他会证明老妈所说的关于他的一切都会成真。现在我有时候仍然会这样想。不同之处在于现在不是因为杰米身上发生了什么，而是因为他从来都不曾回来看看我以及他的儿子。

扎克的睡衣和家居服（自然也是曼联样式的）在他卧室地板中央堆成了一个红堆，很明显，今早他是匆忙间扔下衣服的。我探身过去，捡起家居服，脑海中想着怎么会有这么一个从来不踢足球的足球迷小孩，然后将他的家居服贴在了我的脸上。衣服中弥漫着一股扎克的味道，其中包含着洗衣粉、早餐煎饼的油烟味，以及他的头发和皮肤的气息。我深深地吸了一口气，仿佛可以将我十岁宝贝儿子的本体永远吸到我的心中，用瓶子封闭起来，这样一来，等他长大，爱上一个女人后离开我，我仍然能够打开这个瓶子，回忆起我们曾经的岁月。

家里很长时间以来都只有扎克和我，而他总是认为我说的所有事情都千真万确。现在还有不到三个月，他就要十一岁了，他的天真无邪不会永远持续下去。然后他就会提出各种问题，有着各种悲伤和各种叛逆……我心中痛恨利亚姆将我一个人抛下来应对所有这一切：所有的担心和恐惧，所有这些可怕的爱。所有的一切都由我一个人承担。

有件事听起来可能会有一点讽刺，那就是，我虽然在食品行业工作，因为这一直都是我的杰米弟弟最喜欢的行业，但是我除了吃掉食品之外，对于食品没有任何兴趣。不过"三明治大王"的老板吉诺认识我老爸（整个镇子里的人都认识我老爸），因此他就让我可以领现金工资，这样我还可以申请社会福利，而且有需要的话，我还在晚上的宴会活动上多干几小时，而我也经常利用这个机会。我知道有些人可能会跳出来说我每周都会让我的孩子自己回家，然后自己上床睡觉，不过对这些人，我只想说一句：你去试试全家一周只靠一百一十英镑过活啊。因为只有这样才是可行的，但是也仅仅是可行而已，这时候家里不能出差错，除了生存的基本需要之外，我们也没有额外的支出需要支付。不过如果你想要生活的话，我指的不是去豪华餐馆或者度假，我指的是偶尔吃点冰激凌和攒点钱过生日，那你就得加班工作。

有时候，就像今天我步行进入城镇去上班，经过维多利亚码头购物中心附近熠熠生辉的高级办公楼时，我也幻想着能有一份不错的工作。我想着如果我不在"三明治大王"这里，我又会在哪里工作呢，然后我一般都会头脑一片空白。格里姆斯比不是什么以"前途无量"而著称的城镇。"这个城镇里只有一条路进，一条路出。"过去我的奶奶经常这样说，就好像这是一件多么好的事。"这就是说，这里的每个人都是格里姆斯比血统的。"著名品牌？著名人物？任何来自格里姆斯比著名的东西？做梦呢，连我也都不是呢。你要是开车进入格里姆斯比，镇口的欢迎牌上就写着"欢迎来到扬氏渔业的故乡格里姆斯比"。曼彻斯特有英式摇滚，而我们这里只有冻对虾。不过虽然存在这种先天不足，但我十多岁的时候还是有着自己的梦想的，我也曾打算离开这个地方，找一份好工作，甚至还想过去上大学。过去我常常想要成为一名教师，因为我一直都喜欢孩子，别人也说我很有耐心。或许我还想过要在办公室里做着某些我还不太能完全理解，但是听起来让人热血沸腾的时髦工作：活动组织人、广告文字撰稿人，如此等等。问题是，我从来没有机会去探索这些事情中的任何一件。在二〇〇五年六月那将近三周的时间里，我生下了一个孩子，失去了我的弟弟、我的男朋友，而我的生活也走上了与我想象完全不同的轨道。这条轨道让我最后住进了哈乐昆小区。

最后我竟然搬进了奎因小区（哈乐昆小区的当地称呼）居住，这听起来有点好笑，因为在我们还小的时候，老妈一直对这个小区嗤之以鼻（当然了，现在她的态度也没有改变）。这个地方也是她和老爸之间发生争执的关键点之一，因为老爸就是在哈乐昆小区出生和长大的，可以说，所有的渔民家庭都是在那里出生和长大的。"这些人就是我们的父老乡亲啊，朱丽叶，社会的中坚力量。"他常常这样对我说。事实上，只有两条道路将我们原来在女王大街居住的地方以及奎因小区分离开来，我们原来居住的地方有着卵石灰浆墙面的半独立式住宅，是像我父亲这样的船长们居住的地方，而奎因小区则是水手（现在则是我和扎克）在摩天大楼和公寓楼中艰难讨生活的地方。但是我母亲脑海中关心的只有这两条路，虽然她深爱着父亲，但是她一直都感觉自己是"下嫁"了。那时候母亲一直想给我们更大、更好的东西，我想现在的我对母亲而言是令她失望的人吧。

现在我轮早上九点到下午五点的班，劳拉和我正在做一天当中的第一项工作，也就是将三明治混合原料送到前方的托盘里。这毫无疑问是一种艺术。你需要把鸡蛋或鸡肉块的尺寸对齐,然后放上恰当分量的蛋黄酱,否则就会有人非常不高兴了,特别是吉诺老板。他对他的三明治馅料总是小心翼翼地保护着,那些都是精美食品,你不知道吗?夏威夷式混合馅料、加冕鸡混合馅料,放在赛百味卷、去籽百吉饼和丹麦布鲁姆面包里就冲着你来了……我们面临这种情况已经有四年时间了。谁胆敢试着建议改变一下,那肯定是嫌小命太长了。如果饭店里只有我和吉诺的话,很可能现在这里早就有了一次谋杀,幸好这里还有劳拉,也正是她和我的日常交流,才让我可以忍受这份工作。劳拉的父亲也曾是一名渔民。我从自己只有大人膝盖高的时候就认识她了,过去我们经常在出海日到码头去,挥手送别我们的父亲出海,而且还彼此较劲,看谁能表现出最具有戏剧性的不舍之情。(而且一直都是我获胜。)

"发生什么事了?"劳拉问道。这时我们正并排站立,她在忙着剁鸡肉,我则忙着处理鸡蛋。这就是和你最好的朋友一起工作的坏处:你不能把工作当成你躲避日常生活中糟糕事情的途径。特别是你最好的朋友永远有着占星家水准的洞察力,而你一旦脸上一副"我现在……"的表情,那么所有的一切就都不打自招了。

"我?我什么事都没有。"我答道,但事实上,现在我正在担心扎克。现在已经将近上午十点了,他课间休息时会有一个朋友与他一起玩吗?他现在的情况还好吗?

"你看看你一副别人欠你很多钱的样子,到底怎么了?"劳拉问道。

我叹了一口气,唉,什么都逃不过她的火眼金睛。"我就是有点担心扎克,"我回答道,努力想让自己的声音在我和她听起来都轻松一些,"现在有人在欺负他。"

"受欺负了?"劳拉停下了手头的活,挥舞了一下她的黄油刀,"谁干的?谁在欺负我的扎克宝贝?"劳拉是扎克的教母,这不是说我不是一个会保护孩子的人,而是我觉得既然他身边没有父亲或叔伯舅舅,那他就需要尽可能多的监护人,于是我就让他接受了洗礼。仅仅有我们两个人住在一起看上去可一点都不安全，要是我发生了什么事情，比如某一天我感觉压力过大，就从加里波第公寓的楼顶一跃而下，扎克又该怎么做呢？如果我说从来没有动过这样的念头，那我肯定是在说谎。

"快点说，谁在欺负他？告诉我。"劳拉再次逼问，"你知道我出身于东马什小区，我一定会让你明白，我铁石心肠，冷酷无情，比你们这些出身哈乐昆的小娘儿们狠辣多了。不管是谁在欺负扎克，都要问问我答不答应。"

"说得对，劳尔斯……"她和我都知道这里的治安维持制是如何一步步崩溃的。我又回去继续剁鸡肉。

"不过，别人为什么欺负他？"她问道，而我仍然什么都没有说。"是因为他有一个奇怪的妈妈？"

"笑话不错，不过不是。是他的体形。"我回答着，手上剁肉的力道不禁又加大了一丝，"我是说，你能相信吗？他只有十岁，我知道他有一点圆胖，但是不比其他孩子胖多少，这只是婴儿肥，谁都能看出来。他们竟然说扎克事实上是'肥胖'……我是说，他们使用了'肥胖'这个词来说他。肥胖，你能相信吗？"咦，怎么没听见劳拉说话呢。我继续说着："你不觉得这简直太荒唐了吗？"

劳拉停下了手上剁鸡肉的动作，眼睛看向另一边，手里的刀子保持着一个动作定在那里。

"好吧，你知道以前还有别人是胖小孩吗？"在经过一段很长的停顿期之后，劳拉说道。我摇了摇头，脑海中一片空白。

"是我啊！你不记得了吗？"劳拉和我在学校时属于同一伙人（事实上我们这伙人希望离开格里姆斯比，让我们的生活有一个大改变。在三明治商店工作期间，我们有很多午饭时间都用来讨论我们的六人小组中的四个人怎么最后在伦敦从事时髦的公关工作，而我们两人现在却只能戴着发网，给软面包卷涂抹黄油……）。

"好吧，我当时就很胖，难道不是吗？"她说道，"虽然你现在很明显根本不知道这件事。"她把她的双手放在臀部来强调了一下她细细的腰肢。劳拉一副骨瘦如柴的样子，穿的衣服可能是十号。我离开学校之后，体形就在不断变宽，而她则越来越窄。在扎克四岁到六岁期间，我们之间有了一次现在看来根本不值得兴师动众的无脑吵架，结果我有一两年的时间没有见到过她，在此期间，她的体重减了三十公斤，而我则增加了二十公斤。当初我们两人站在街道上聊天，但都心照不宣地没有谈及对方彻彻底底的体形变化，现在想来真是好笑。

"当时我就是彻头彻尾的肥猪。"劳拉继续说道，"身材就像母牛。我在十四岁的时候，腰围就有四十二英寸！你不记得了。那些男生总是对我极尽讽刺之能事。因为体重问题，我的普通中学毕业考试也没通过……"

"怎么会有这种事。这也太夸张了。"我随口说着，但是我心中涌起了一种感觉，一种我无法找到合理解释的恐惧感，就好像是即将到来的台风一样在地平线上出现了噩兆。

现在劳拉和我正忙着我们称之为"拉锯轮班"的活计，也就是前一分钟直起身来，下一分钟弯下腰去，然后周而复始。我们有一个在最后时刻才敲定的自助餐会要在上午完成，地点就是鱼市那里的一个商务会议，而吉诺就紧紧地跟着，一刻不停地监督着我们干活，就好像这就是他的命，不过餐会之后，我们就没有事情可以做了。下午的时间过得很慢，天空到三点的时候就已经开始变暗。当时吉诺去了一位供货商那里，因此劳拉和我就靠着新创和分类新型潜在三明治馅料打发时间，如果吉诺有点眼光，那他肯定能看出来这对业务发展至关重要。而劳拉则一直在忧伤地回忆着她还是一个胖小孩的时光。出于某种原因，我不断问她各种细节。作为一个病态肥胖的孩子，那时她是怎样一种情况？备受排挤，她告诉我，完完全全地遭受屈辱的感觉，而且作为她的好朋友，我甚至都从来没有考虑过她的感受。

扎克知道要在周一放学后直接到我工作的地方来，因此他总是在下午三点四十五分就已到这里了。但是今天直到四点,我也没有看到他的影子。我查看了一下我的手机,结果发现手机已经断电关机。我的手机就在我儿子最需要我的时候用完电了,而我的儿子可能正在经历他人生中最黑暗的时刻,这难道不是经常出现的事吗?!因此,他在下午四点十五分终于穿过店门走进来的时候,我看到他浑身沾满了褐色的东西,这一刻,我的身体不禁颤抖了起来。我就站在柜台后面,身边直到眼睛高的位置都是加冕鸡的鸡肉,而我就在那里颤抖得像一片风中的叶子,因为我想着他的校服上衣、他那可爱的金色头发、他的脸上都涂满了粪便,此刻我的想法就是:"我向上帝发誓,无论是谁对扎克做了这件事,我一定会弄死他。"

然后扎克就扔掉了他的曼联背包,有些拖拽着步伐,走到了我这一侧的柜台边,我意识到了他身上的东西不是粪便,因为闻起来不像粪便的气味。我快速闻了一下,确认了这一点。他全身沾满了巧克力蛋糕或者是松糕。蛋糕的碎屑沾满了他的头发,就像是一滴滴的咖啡。

劳拉开始大声叫嚷起来:"这是谁干的,扎克?"

这一刻,我除了嘴里喃喃说着"哦,天啊,哦,天啊……"就什么也不会说,什么也不会做了。

"老妈,给我来条新裤子,有吗?"扎克问道。

当时我已经用手掩住了嘴唇。我仍然戴着我的塑料食品处理手套,手头散发出阵阵加冕鸡肉的糟糕味道,但正是因为有这种味道,我才没有失声尖叫出来。"你要裤子,什么意思?"

然后他就转过身来,我看到他的校服裤子的整个臀部部分已经被扯掉,能看到亮红色的内裤,上面是"愤怒的小鸟"图案。

好吧,现在我也是一只愤怒的母鸟了。哇呀呀,现在我也是一只暴怒中的小鸟了,就是这么愤怒。

"这是谁给你弄的?"

"不知道,几个孩子弄的。老妈……"他的眼睛飞快地移向门口,"你这里有裤子吗,备用的?"他的两只手就捂在屁股上,"有我能穿的上衣吗？谁都能看到我的内裤了。"

"我看到了，不过我现在不关心你的内裤，扎克。我想知道是谁把你弄成这样的？"

"我不知道！"他说话的语气似乎是对我有点恼怒了，"公交车上的几个孩子。"

"什么，那个公交车司机就那样袖手旁观？"

"老妈，别嚷嚷。他没看到。"

"你是说，有些孩子把蛋糕扔满你全身，然后把你的裤子弄烂，结果司机什么都没看见？"

"当时他们在拽我的内裤，刚开始只是个玩笑。"

"玩笑？扎克宝贝……"说实话，我的儿子总能看到别人身上的优点。这是他身上我最喜爱的一点，但是这也成了他的缺点。

"是艾丹·特纳吗？"

"不是。"

"那肯定是。"

我不知道我为什么会这么说，因为我从他的脸上就能看出答案。扎克或许能看到别人身上好的一面，不过他至死都不会撒谎。

"扎克，告诉我实话。"

"好吧，刚开始的时候是个玩笑，他在后面拽我内裤。平常他还是我朋友来着，说实话，他……"扎克的嗓音越来越小，"就是后来过火了。他不是有意的。"

"我弄死那个小崽子。"劳拉从她站着的地方发出声来。

"劳拉，你别管了。"我说道，"放着我来。"

我能感觉到怒火在我心中不断累积起来，就像烟花一样发出刺刺的声音，但是扎克那大大的蓝色眼睛噙满了泪水，我为刚才对他大声叫喊而感到愧疚不已。于是我还戴着盖满咖喱的手套，没有换衣服就拥抱了他一下，好吧，这一点已经不重要了，不是吗？现在我们已经一大堆麻烦了。下一刻,吉诺从商店后面走了出来,两只胳膊举在空中,一副地中海人的夸张架势,正好是现在我们这个场景最需要的。你要是摸准了他的脾气,吉诺就能与你和平相处,不过有时候他也会成为一个真正恼人的浑蛋,在我的经验里,他这一点与很多男人都一样。

"朱丽叶,老天,这边吵吵嚷嚷的干什么呢?"他一身厨师的白色工作服,倚在门框上的样子就像米其林三星大厨戈登·拉姆齐。"发生什么事儿了?"

"有人袭击了我儿子,吉诺,这就是发生的事。"

我抱住扎克的头放在我的胸前,就好像我永远也不会让他离开我一样。吉诺向前走了几步,看上去一副不敢向前的样子,看了一眼扎克,压着嗓子骂了一句,然后两只手举在头上走开了。我对着他背后喊道:"镇定点,这只是巧克力!"

下一刻,铃铛响了一下,一个顾客走了进来。你可以看到吉诺突然紧张了起来,他走了过来,对着扎克耳语说:"抱歉,小朋友,抱歉,这太可怕了,不过你能到后面去把自己捯饬干净点吗?"

于是扎克照做了。我的好儿子啊。下一刻,我已经在解自己的围裙。现在我已经是一个有着自己任务要完成的女人。

"我现在马上去学校。"

这时,吉诺看看我的样子就像是马上要携手攀登珠穆朗玛峰的时候,我却丢下他而自己离开了。

"你看到他现在的样子了,不是吗?我是他母亲。"我回答说。吉诺还没有理解在这种事情上,扎克总是第一位的,不过他会明白的。

"我们这里还有客人呢。你的轮班到五点才结束,你就不能等一会儿到五点吗?"

"不能,等不及了。"我很小心地把自己的嗓音压得很低。我不想吓跑店里的客人,不过吉诺根本不让我轻松走开。"那时候女校长就已经走了,我现在就要知道他们为什么会让这种事情发生。"该死的,现在我又开始哭了起来。"给扎克弄一块三明治。"我对劳拉说道,"他不喜欢面包皮,喜欢鸡肉和甜玉米。"然后我就拿起我的包和外套,走出了门,同时告诉吉诺我明天会补上时间。

外面寒冷彻骨,路边的树就像是愤怒的木头人。太阳正在落下,天空中就像是着了火。我快速走向公交站台,两只胳膊紧紧地抱住身体。有警报器的声音长鸣而来,声音变得越来越大。我想到了我觉得扎克全身都是粪便的时候,我胸中的那种感觉,那种感觉就像是一场大地震正在积累力量,马上就要掀起天大的混乱。"杀气腾腾",应该就是这个词。在那个时候,不论是谁对扎克做了这件事,我铁定会杀了他。那一刻过去之后,我自己心里却吓得要死,因为如果我真的杀了什么人,那么接下来我们又会发生什么呢?我们会陷入一个比现在的麻烦更大的麻烦中,这一点可以说确定无疑。

一辆救护车急冲过街角,发出的警报声震耳欲聋,我不由得捂住了耳朵。我感觉这车正在朝我冲过来,就像是突发事件正从我体内冲出来。接着我突然想起了劳拉说话时我有的那种感觉。那种感觉就像是即将到来的龙卷风。他就是那个小胖墩。我儿子,他就是那个小胖墩,就是那个每个人都会当作小胖墩来记住的人,就像人们记住劳拉一样。我必须得做点什么了。我一定要帮帮我的孩子。

扎 克

世界真相：在母亲的子宫里，触觉是五感中最先成形的。

肯达尔老师的真名与我老妈只存在一个字母的差别。她的名字是朱莉，而我母亲的名字是朱丽叶。我对肯达尔老师有着深深的喜爱。她有时会很严厉，但真的是很和蔼的人。上周公交车事件发生后，她说只要我愿意，可以在任何时间去找她聊聊，每天在离校回家之前，我们都会来一次特别会面，她会问我："扎克，五分打几分？"我觉得今天过得值几分，我就会伸出几根手指。如果数字低于三，我们就会聊一聊，不过如果我不想聊，她也不会勉强我。这就是我们之间的暗号，这样她就能随时了解我的情况。

那天是周一，也是我平常运气最坏的日子，因为我们下午就有体育课，我们马上要开始指导阅读课的时候，肯达尔老师来到了我们面前，拍了拍手，让我们注意一下有话要讲。我们也拍了拍手回应，表示我们正在听。

"好了，孩子们，"她说道，"开始今天的阅读课之前，我要宣布一件事。一条好消息。"

当时坐在我旁边的康纳在唱歌。我用胳膊肘轻推了他一下，这样我们就能听老师说的好消息了。

"你们中可能已经有人注意到我的体形有点变大了,特别是在腹部这儿。你们肯定会想我是吃了太多蛋糕变胖了,我现在就告诉你们我的好消息:如果一切顺利的话,在五月末左右,我就会当上妈妈了!"

教室里传来了一些惊讶的倒抽冷气声,主要来自女孩。我则满面笑容。我心里高兴得要死。这个小宝宝甚至会和我有一样的生日。

"你在笑什么?"康纳问道。

"因为他也有喜了。"坐在我们后面的卢克·沙尔克罗斯说道。卢克就是艾丹手下的小弟。"这就是为什么他的肚子这么大,因为他吃起蛋糕也停不下来。"

卢克桌子旁的人都哄笑起来,我则是按照布伦达老师说的,对他们视而不见,然后杰克就问道:"你是有喜了吗,老师?"

"当然了。"肯达尔老师答道。她脸上的开心笑容让她就像是一部卡通片里的某个角色一样。我从来没有见过有人会这么高兴。

"您知道肚子里的是男孩还是女孩吗?"

"当然知道。你们想猜猜吗?"

接下来,教室里的人就像疯了一样,几乎所有的男孩都猜测会是个男孩,所有的女孩都猜测会是个女孩。在肯达尔老师说怀的是个女孩时(这也是我的猜测),几个男孩发出抱怨的声音,康纳则装出一副"我病倒了"的样子。肯达尔老师则只是笑着,她说我们都是解密高手。

有人想知道肯达尔老师是不是已经给孩子想好了名字。她回答说还没有想好,不过愿意听听大家的意见,于是康纳建议说可以叫杧果。大家都开始笑起来,其中也包括我。这真是太好玩了。康纳患有注意力缺陷多动症,而妥瑞氏综合征①的情况还算轻微。有时候他会很愤怒,让你滚到一边去,不过他也很喜欢"杧果"这个词。没人知道这是为什么。有时候,

---

① 多在2~15岁间发病,平均为7岁,男多于女。此种患童会不自主动作,包括抽搐、眨眼睛、噘嘴巴、装鬼脸、脸部扭曲、耸肩膀、摇头晃脑,及不自主出声,包括清喉咙、大叫或发出怪声。

他还称呼我是胖柠果,不过他仍然是我真正的好朋友。"

寇特妮举了举手:"不过,老师,您还没有结婚呢?难道不是要结婚之后,才能生孩子吗?"

"哦,不是这样的。你说的事实上并不对,寇特妮。有些人是这样,有些人不是。"

接着有些孩子开始大声叫起来,说他们的父母就没有结婚,但还是生下了他们。我怀疑这些同学中有多少甚至根本不知道他们的父亲是谁。我扫视了教室里的每个人,最终确定了我才是唯一的一个。

接着肯达尔老师又拍了拍手,让我们安静下来听她讲话。

"好了,孩子们,我觉得寇特妮刚才提出了一个很重要的问题。生孩子并不是只有一种正确的方式,家庭也不是只有一种类型,是不是?我们在制作家谱的时候就提到了,有已婚父母的家庭,有非婚父母的家庭,有时候也有单亲的家庭。好,劳伦你说。"

"我就有两个爸爸,老师。我的亲爸住在赫尔,不过我的继父就像我的亲爸一样,和我们住在一起。"

"瞧见了吧。世界上有各种类型的家庭。"

"过去他们是好朋友,但是现在因为艾伦和我妈妈是一对了,他们就不让我爸爸过来了。"

"哦。"肯达尔老师皱了皱眉头,"好吧,这太不好了。我觉得一个家庭中最重要的东西就是爱。爱是你最需要的东西。"

然后,乔·希尔迪奇就接着问道:"老师,我们需要爱上某个人,然后才能生孩子吗?"

"是的,我认为是这样。"老师考虑了片刻,回答道,"我认为这当然会有所裨益。"

"那么您现在也陷入爱河了?"乔问道,接着所有人又突然之间开始放声大笑起来。

"是的。"肯达尔老师回答道,现在她已经满脸羞红!"是的,乔,我也陷入了爱河。"

这肯定更加证明了老妈所说的事都是真的：她肯定是爱上了老爸，因为你只有爱上了另一个人，才可能会生下孩子，这是肯达尔老师说的。我决定一回到家，就把这一条记在我的"寻父"人物文件夹中。

一般来说，我会把所有事情都事无巨细地告诉蒂根。好吧，我从来不说学校里不愉快的事情，但是肯定会告诉她所有其他的事。不过我现在还没有告诉她关于寻找我老爸的事，我还想给老爸一个自己来找我们的机会。蒂根的亲生父亲在不久前离开了他们，我不想伤害到她的感情，如果我要请她帮我（现在我就要请她帮我了），我也想在开始之前先有几个方案。我想先做一些准备工作，比如先做一个不错的侦探。毕竟这是我的任务，在你开始任何任务之前，你需要先有一个"工作方法"，也就是拉丁语的 modus operandi，简称 MO。这是我在维基百科上查到的，不过在英语里表示"工作方法"。连环杀手则有自己的"作案手法"，就像开膛手杰克会将受害者的喉咙割开，取出她们的心脏和内脏。

不过"工作方法"也可以用作调查，这也是我正要做的事情。

到现在为止，在我的文件夹中，我的"工作方法"包括：

·除蒂根外，我不会告诉老妈、外婆、外公或者任何人我在做什么。我想让这成为一个惊喜。我知道这件事成真时，老妈肯定会心花怒放。而如果我提前告诉她，我觉得她一定会生气抓狂的。

·我要找到哪个利亚姆·琼斯是我老爸，因为我发现有一大堆人叫这个名字。很久以前，我把这个名字输入谷歌搜索的时候，有一个著名的赛马骑手和一个摄影师都叫利亚姆·琼斯。要是我老爸实际上也很有名，那可怎么办？

·我一定要找到他的地址，这样我就能真的给他写一封信，邀请他来参加我的十一岁生日庆祝活动，虽然我在"寻父"任务正式存在之前就已经给他写过信了。（不过要是他不再住在格里姆斯比了，那可怎么办？他可能像埃莉·莫兰三年级时所做的一样,也移民澳大利亚了。我希望不是这样。要是这样,我就不得不取消我的计划了,因为我可能要花费七十年的时间才能攒够飞往澳大利亚的机票钱,到那时候,他肯定已经早早去见上帝他老人家了。)

·我会继续做调查,并问老妈、外婆和外公很多关于我老爸的问题,但是不要引起他们的怀疑。如果你想要找到某个人,比如那时候人们想要找到开膛手杰克,你就需要找到尽可能多关于他们的信息。

·我会在任务文件夹中写下我的所有进展情况。这是要通晓事态发展必须做的事情。

和平时一样,我和蒂根在午餐排队的时候碰面了。她和我一样排队领免费午餐,因此我们总是能碰面。今天的菜是猪肉饼和土豆泥,午餐监督员迪安正在食堂里工作。每次迪安当值的时候,我们就感觉很好,因为他每次都会多给我们饭菜。他的一条胳膊上有一个蓝精灵的刺青,靠近心脏的部位有他几个孩子出生日期的刺青。他肯定是深爱着他的孩子们,才会经受这些刺青的痛苦。我们发现这些之后,他在"老爸王牌大作战"游戏中的排名就从第五位升到了第二位,屈居雅各布·威尔莫的老爸之下。

"嘿,我的伙计们来了!"迪安一见到我们,就开口说道。他在为我们分配食物的时候需要戴着一个橘黄色的须套遮住自己的胡须,这让他的整体形象非常非常滑稽。"你们二人组今天好吗?!"

接着他就想要和平时一样给我们一大块加量土豆泥,不过他刚要把土豆泥放在蒂根的盘子上时,蒂根让他停一下。"还是不了,谢谢你了,迪安,今天我们不想要大份的。"他的勺子就放在蒂根的盘子上方晃悠着,你能看出来他到底有多惊讶。"至于扎克,"她接着说,"他一点也不要。"

"刚才你在干什么呢?"我们刚坐下,我就迫不及待地出声询问。

"我只是现在不那么喜欢土豆泥了。"

"但是我喜欢啊。"我说道,"我怎么办?"

"嘘！"她答道，"不说土豆泥的事了，说点有趣的。"

然后我就告诉了她我老妈喝醉酒之后说过的关于如何深爱我老爸的话。

整个过程中，蒂根就这么一边瞅着我，一边皱着眉头。

"不过我记得你说过他是一个傻瓜来着。"她说道，当时我就感觉一直以来这样说老爸真是太不对了。过去我一直认为我老爸会是个看起来一塌糊涂的人，就像萨姆·贝尔的老爸一样，而且因为打架斗殴，导致一些牙齿掉落，身上还有伤疤，不过现在我知道他不会是那个样子。我知道他肯定看上去是一个正常的老爸。

"我以前就那样想的。不过现在我在想他会是怎么样的人？是不是老妈真的爱过他，他也爱过老妈？"

"暂停一下，"蒂根说道，"如果他爱你母亲，那他为什么要抛弃你们而离开呢？"

"这就是我想要调查的东西！"我答道，心里想着我们两人真是英雄所见略同，这种找到知己的感觉真好。"我想要给他一个解释和说出真相的机会，然后或许他会成为我老爸，或者他还可能与老妈破镜重圆，重归于好。不过我得先找到他，才能找到真相啊。我需要和他面对面谈一谈。"

在这时我才询问蒂根是否愿意帮助我，而她则欣然应允。于是，她就正式成了我的"寻父"任务的副手。

外公说人生的多数日子都如同大黄奶油硬糖，不过因为太执着对香甜奶油部分的吸吮，你会感觉不到酸酸的大黄味道。那个周四就是这种日子，因为那天既有肯达尔老师怀孕的快乐部分，之后又有回家在公交车上发生的事情……

现在我已经掌握了一种技巧。我就坐在上一层，不过位置是在车内前半部分的座位里。如果幸运的话，艾丹·特纳或者他的那群人上车时不会注意到我就在那里。如果我还记得穿一件连帽衫的话，这个计划就更天衣无缝了，因为他们根本无法从我后面的头型认出我来，而且他们的脑子里也根本想不出来那就是我。

不过今天已经有人坐在前座了，而且下一层的人太多了，要不我就得站在司机旁边，这样一来，他们就不会怎么骚扰我了。最后，唯一的空座就是艾丹·特纳前面的两排。刚开始，他们只是窃窃私语，但是公交车启动之后，窃窃私语的声音就变得越来越大。

"嘿，哈钦森家族的大肚子贾巴，好好听老子说话。你的孩子什么时候出生？你是跟肯达尔老师上床了吧？可别是你在上边吧，要不你会把她压碎的。"我的心脏怦怦跳动得更加强烈，我甚至能听到心脏跳动的声音，不过我还是把目光转向了窗外。对他进行反驳没有任何意义，因为一个男人根本不能有自己的孩子。

有时候，你会在一天里经历数次大黄奶油的甜蜜与酸楚，这就是生活中美好的一面了：不会因为你刚品尝了大黄的酸味，你之后就无法再品尝奶油的甜蜜。

下了公交车后，我决定步行回家，其间要走很长的路，还会经过杰森工作的健身情缘训练中心，我想看看杰森是不是还在那里。

我在健身中心外面停下脚步，嘴里吃着我的呼啦圈饼干。当时已经日上三竿，太阳似乎一直以来都挂在天空中，照在我脸上暖暖的，很温馨，就像我躺在浴缸里，头上蒙着一块热法兰绒毛巾一样。大家都应该试试，那种感觉真的是让人很放松。

我能在我的小姆指上挂上五个呼啦圈饼干，相邻的手指上挂一个，不过再多就不行了。我九岁的时候，我只能在我的中指上方挂一个呼啦圈饼干，由此我就知道我确实长大了。你需要咬掉正确的量，才能让呼啦圈饼干碎掉，但又不会伤到你的手指，而我每次这样做时，我都在心底暗暗希望杰森能够神奇地出现在我面前，然后，我的愿望成真了！太兴奋了。生活中奶油的部分出现了，这就像是魔术一般，因为杰森径直走出了健身情缘训练中心。

他看到我的时候，既有惊喜，也有惊讶。"扎克小子，你在这里干吗呢？"

"正巧路过。"

"见到你太好了。"杰森说着，把他的手放在了我的肩膀上；这种感觉非常好。杰森浑身肌肉虬结，身高一米九。英国身高最高的人是尼尔·芬格尔顿，身高两米三，因此杰森也不是高得过分。我的身高到杰森的腹部，不过我敢打赌，要是站在尼尔·芬格尔顿身旁，我可能只有他膝盖高。"你是想要加入我们的拳击俱乐部吗？"杰森就在健身中心教授拳击、合气道和空手道。他能攥着我们的厨房门框来上二十个引体向上。

"嗯，不，不是的。"

"不会吧！"他说着，推了我一下，不过我知道他只是在开玩笑。"来参加球类运动？"

"不是。"

"不会吧。你可是一个优秀的小守门员啊。"

"我可不是什么守门员。"

"你可不就是吗。"

"多少年前的事了。"

"一日成为守门员，一辈子就都是好守门员。"杰森说道，然后还用一只胳膊拥抱了我一下。我感觉有一点尴尬，不过这只是因为我们很长时间都没有见面了。

"最近过得怎么样？"

"还不错。"对于没告诉他我的"寻父"任务，我自己感觉有点内疚。我也不知道为什么。

"你妈妈呢？"

"她一直很好。"

"最近她来克里索普斯了吗？又在舞场炫耀她的舞技了吧？"他伸手拿了我的三个呼啦圈饼干，不过我并不在意。"你妈妈就是一个天生的舞者。"他说道。而我则感到有点难过，因为我知道他可能是想到了他还是我母亲男朋友的时候，他们在一起的美好时光，比如他母亲的五十岁生日晚会。那次晚会在卡萨布兰卡俱乐部举办，我们所有人一整夜都在那里跳舞。我不认识那里的人，那天夜里只见到了杰森的家人，不过他们人都很好，很友善，我一直跳个不停，最后太热了，我在头上浇了一杯冰冷的凉水。没有人相信我会这么做。那天晚上真是我一生中最美好的夜晚。

想着杰森可能正在想着那些美好的回忆，我说道："没有，最近她哪里也没去。"然后，在我停下来之前，我脱口而出："只有一次因为约会来过这里……不过，她不喜欢那个男人！"我很快说道，虽然这时候已经有点晚了。我就有这个问题：我不会撒谎，也不会漏掉真话。似乎我耳边始终都有一个恶魔的声音在回响，"你一定要说真话"。

"她真的不喜欢？"杰森问道。

"不喜欢。她还打了他。"

"她打了他？"他的眼珠都瞪了出来，然后他就大笑起来，我也跟着笑了起来，虽然我也不知道为什么要附和一下。

"对啊，用她的手包打在他头上的，在我们小区中央的雪地里打的。我看着她打的。场面非常劲爆。"

"那个男人是谁？"

"不知道。是叫多姆还是什么的？"我又感觉到了心跳的声音。我多希望自己能停住别说了。

"多姆·帕里什？"杰森问道。

"我……我也不确定。"

"她为什么要打他？是他欺负她了？"杰森脸上的笑容尽去，看上去一副担心的样子。

"没有！"他很爱我母亲，我不想让他担心她，"她想要亲他，结果他不想让她亲，然后就……"我非常想拔足跑开，"当时我没看到。"

过去我一直以为老妈和杰森可能会复合。我有一次还去了一个基督教徒中心祈祷这件事能成真。那里有一幅《求神必有应》的壁画，于是我就对画祈祷，不过我的祈祷并未成真。这一点上我不怪耶稣，因为我肯定他每天都会收到很多很多的问题，可是一天却只有这么二十四小时。不管怎么说，现在我知道他们绝对不会再成为男女朋友了，不是因为有多姆，而是因为我老爸才是我老妈曾经爱的唯一的男人。

然后我们之间有一个停顿。停顿延续的时间有点长。我开始想到老妈让我不要再经常见杰森，果然是对的，现在我开始感到有点别扭了。

"好吧，听好了，代我向你母亲问好，好吗？"最后杰森说道，同时再次将手放到了我的肩上，"告诉她早点出来逛逛，来杯咖啡，会感觉不错，要不你也可以和我一起出来逛逛？"

"没问题。"

"想来球场踢一次球吗？"他问道，我则面露微笑表示礼貌，不过我也不知道要不要去。离上次踢球已经不知道多久了，现在我的球技可能都已经烂透了。

"好了，放松点，记得告诉你母亲我很关心她哦，好吗？"

"好吧。"我答道，"回头见。"一边说着，我已经开始走开。我可不想说"她也说她很关心你"，因为我知道老妈肯定不会这样，现在肯定不会了。我知道她只对老爸有着这种浪漫的情感。

自从我们收到寄到家里那封说我体重超出同龄孩子的信函之后，老妈就开始试着让我多吃一些健康食品。我们在周五的时候还是吃中餐，不过她最近在鼓励我早餐吃水果（水果要是放在煎饼上，也是我可以接受的），她则把所有的薯片和饼干放在了一个秘密橱柜里，我想要的时候，就只能向她要。

老妈不知道的是，我早就知道那个秘密橱柜在哪里，于是她去上班的时候，我就能自己动手，丰衣足食了。我也尝试过抗拒，不过抗拒诱惑太过艰难。如果他们不想让小孩吃太多，他们就不应该把对孩子有害的东西做得这么精致可口。如果我做了英国首相，我要做的事情就是告诉那些做巧克力饼干和薯片的人不要把这些东西做得这么好吃，这样，像我这样的人就不会一直想吃这些东西了。

我知道相对于我的年龄来说，我的体形有些胖，我也不喜欢别人因此而取笑我，但是我现在只有十岁，只是婴儿肥而已。外婆说我需要终生节食减肥。请注意，我外婆就在终生节食减肥，不过我看不出节食减肥产生了什么不同的效果。我认为我可能就像杰米舅舅一样。这就像是大厨的体形，他们只是很爱自己做的食物。主要的问题是我放学后独自回家这种情况，从晚餐到回到家的时间间隔太长，等我回到家的时候，我就已经跟《南方公园》的饿死鬼一样饿得前胸贴后背了。比如说，今天晚上，我就花了似乎是几年的时间来抗拒"肠胃的呼唤"（这是我和老妈饿肚子的时候对饥饿感的笑称），一直等到了喝晚茶的时间，其实四点半的时候，我就已经饥肠辘辘了，于是我就从秘密橱柜里拿了爆米花和焦糖薄饼吃，接下来，我就等六点钟冷冻特卖。我们的多数食品都是从这条路尽头的乐购超市六点钟冷冻特卖活动中购买的。超市会在那里倾销当日的食物，不过价格极低。你能用一英镑买到牛排，只要回家放在冰箱里就行。这对于我这样的初级厨师来说简直不要太惬意，因为你没法儿选择会有什么东西提供，你只需要看到这样东西，然后用这个东西做出好吃的东西来就行。今天那里只有一些约克夏布丁和一些胡萝卜，两者加起来也才花了我七十便士！于是我就下手买到，然后回到家中，做了晚茶（包括约克夏布丁、肉汁、胡萝卜和土豆泥）。不过今天我有了巧克力味土豆泥（味道绝棒，大家真的应该试试）。

老妈还在上班的时候，我会在晚上九点左右上床，而且总是带着我的《真相解密》。这本书简直完爆其他书籍。书籍封面上有一个人脑图像，里面有很多东西喷涌而出，包括恐龙、机器人、星球、各类机器、一座火山和一个希腊神庙，而且神庙的屋顶飞开，让你可以看到神庙内部的情形。这幅图就是向你展示在你读这本书时，你将会知道所有这些东西的奥秘。我最喜欢的部分就是书后面所有国家的旗帜。我喜欢将它们牢记下来，然后测试我自己记住了多少。

这本书上其他我最喜欢的东西之一是书籍的索引，用手指指着，向下逐个观看，你会发现有非常多的主题可以查看。我查看了一下关于"性"的词条，不过这并不在称为"性"的章节里，而是在一个称为"生命循环"的章节里，这种排列方式好像就是想要愚弄你一下。上面有一幅一个精子进入一个卵子的图片。它告诉你卵子如何受精，然后孩子如何成长。"在母亲的子宫里，触觉是五感中最先成形的。"这本书上如是说。那么我一定是触碰过母亲的子宫内部了！我心里想着。然后就是血液和皮肤以及其他各种东西的出现，天啊，太疯狂了。我又把书翻到索引部分。这本书真的很沉，你需要很小心才能不让它从你的膝上滑落下去。我有床头灯，因此灯光正好可以落在索引部分。然后我查看了一些字母 D 项下的内容。毕竟这本书确实在封面上写着"无所不知，无所不晓，穷尽世间奥秘"，于是我就认为还是值得一试的，而且这时候我还感觉有点小兴奋呢。这个词条下有"大坝"（dams）词条，甚至有"死亡"（death）词条，不幸的是却没有关于"父亲"（dads）的词条。就在这时，我决定了：在所有这一切发生之前我就写好的那封信末尾，我会再加上母亲说过的关于爱我父亲的那段话，因为任谁也不会无视一封有这些内容的信件，不是吗？要是我老爸根本就不知道老妈曾经爱过他，那可怎么办？而且要是这正是他离开的原因，那又怎么办？

现在我有了一个秘密：我在新年前夜写这封信的时候，虽然我说除了我之外，每个人都对利亚姆非常生气，但我其实也是生气的，虽然只有那么一点点。在二〇一五年，我都是流年不利。整整一年的时间，我都感到害怕和悲伤。自从五月过完我的五岁生日之后，老妈似乎变得更加悲伤了。她经常哭个不停，虽然我一直说她看上去美极了，而且不管怎么说，外表美哪里抵得过心里美啊，但她还是一直说着她自己身材肥胖，让人作呕。之后，在去年的万圣节上，她在莫里森连锁超市被人抓住在包里装了一块万圣节蛋糕和一袋奇巧厚涂层威化巧克力饼干没交钱。她说这是一个失误，肯定是扫描机出了问题，但是她还是需要与一位警官进入一个屋子，而另有一位女警官与我待在外面。老妈哭个不停，以至无法呼吸。之后，他们禁止我们以后在莫里森连锁超市购物，而我则开始担心我们身上可能发生的事情，比如说，如果她在乐购超市或考斯特卡特便利店被人发现在包里放了东西没交钱，那该怎么办？那我们要从哪里买食物？我天天忧心忡忡，后来有一天，我甚至没有去学校上学。我就是在镇子周围晃荡，用我在生日时候得到的钱买各种我想吃的东西，一直到雅各布·威尔莫的老妈看到我并把事情告诉了我老妈。然后她们就让学校辅导员布伦达与我谈话。所以说，虽然我确实是想给老爸一个机会，让他来参加我的生日聚会，但我主要还是想让他来帮助我们，帮助我。这些就是我在写那封信的时候心里想的事情。不过现在，事情已经发生了变化。我仍然想要他来我们身边，帮助我们，但是我还希望他再来见老妈一面，直到他仍然像老妈爱他一样爱着老妈，然后我们所有人就会过上幸福快乐的日子了。

　　我打开放着那封信的床头柜抽屉，拿出了我的笔。然后我在信末写下了关于老妈非常爱老爸这点的补充内容。现在我只需要弄到他的地址，更好的情况是找到他，然后亲自将这封信交给他，因为一旦这样，他就没法儿再忽视后面补充的内容了。

麦 克

"您是詹姆斯·哈钦森的父亲吗?"

我永远记得那段对话。那是二〇一五年六月十二日的午夜刚过,我打开门,发现门前的阶梯上站着两个身穿霓虹夹克的警察,他们身后闪耀着一片蓝色的灯光。

"是的。"我答道。我在家里的靠背长椅上坐得有点神志不清,而且当时我也有点不知所措。那时候我想我可能仍然在做梦吧。

他们看向了我身旁,眼睛看向了屋子里。

"你现在是一个人在家,还是您妻子也在家?"这时候我就意识到一定是发生什么问题了,这一刻,我的心都跳到嗓子眼儿了。

"她不在家,她还在工作,她在一个老年护理中心工作,今晚是她值夜班。"

"我们能进屋坐下说吗?"他们问道。

我感觉我的勇气瞬间瓦解,一种绝对的恐惧感像一阵刺骨的寒风掠过了我的身体。

"他到底做了什么?"我问出这个问题的时候,脸上还带着微笑,不过我已经知道一定是有什么可怕的事情发生了。

"我想我们最好还是进屋坐下来慢慢说。"

他们迅速低下了头,他们的霓虹夹克以及对讲机的哔哔声和噼啪声似乎占据了整个客厅。他们两人看上去都还只有十几岁的样子,几乎和我一样害怕。在之后的许多年里,我一直在怀疑,这是不是他们第一次做这种业务:在午夜以后敲开某个可怜老家伙的大门,然后在他的生活中打开一个巨大的空洞。

他们进入屋里,坐了下来,但我没坐。沙发的扶手上有一杯几乎没有碰触过的咖啡和吃了一半的三明治。我拿起三明治,送到了厨房,可能是想要拖延时间,我知道他们来到这里是想要告诉我什么坏消息。他们解释说在维多利亚大街的船坞那里发生了一个事件。杰米和利亚姆·琼斯在那里与另一个人发生了一次严重的斗殴。他们认为利亚姆是我女儿的伴侣,我对此进行了证实。他们之所以不告诉我们另一个人的名字,是因为这也是他们正在进行的调查的一部分,不过我想到这人肯定是克里斯·海德。他是我认识多年的一个当地人,也是一个著名的玩具商人。这次斗殴导致杰米被打倒在地,在人行道的角上摔破了头,结果现在昏迷不醒。

我的胃里一阵翻江倒海。我的脑海中顿时出现了一幅他向后摔倒的慢动作图像,他的脸颊因为外力击打而发生震动,口水横飞,骨断筋折。

"他还好吗?"

"我想问题很严重。"

"有多严重?"

"他已经被送往意外急救中心。那里的医生正在竭尽所能抢救他。"

他们询问我是不是想让他们开车带我去琳达工作的护理中心,而且他们会和我一起去告诉琳达整件事故,或者我可以让他们通过无线电呼叫另一位警官过来,我们在医院会合。我回答说让我们直接去医院。他们肯定也觉得我在这样的时刻没有想要立即找到我妻子,同时和孩子的母亲一起去是件很奇怪的事情,但那时我就知道我不想直面她的眼睛,这种事情我做不到。有时候我感觉自己自从这件事之后，就无法直视琳达的眼睛。我忍受不了看到她眼中透露出的痛苦。

我们走向了警车。警车的闪灯让我的眼睛看不到任何东西，我的腿抖得很厉害，一位警官搀着我，送我坐进了警车。我没有哭泣，现在还不是哭泣的时候；在之后这个事件所代表的含义都降临到我身上之后，哭泣就会到来了。此时的我已经被震惊打击得有些麻木。

坐在警车后座上，我双手抱头，嘴里喃喃自语。他躺在地上多长时间了？他是受到击打后，立即失去意识的吗？还有别人参加斗殴吗？我想听到别人的名字。我想要惩罚自己。警车外的周六夜晚继续着，很快就要天亮了。我怎么才能面对这个儿子不再存在的新一天，这个新世界？

"目前我们还处在调查阶段，哈钦森先生。我们还得录口供，不过，在所有参与的人醒酒之前还无法录。"我尝试着咽了一下，不过嘴里没有唾液，喉咙里干得要命。

"他们都喝得很醉吗？"

"他们都已经是严重醉酒状态。请尽量保持镇定。"坐在乘客座上年纪较大的警官对我说，"我们到医院之后，会尽快给您找些甜茶喝。"

我不想要什么茶。我想要我的儿子完好无损。天啊，我多想自己是其他人。

我们到达意外急救中心的时候，利亚姆已经等在了接待处。当时他正坐在一个红色塑料椅子上，手里抓着一个塑料杯，他的双手颤抖得很厉害，任谁都能看到杯子里的热水正在抖动，他抬头看过来的时候，双眼中噙满泪水。

我径直向他走去，不过他没有看我，而是不断摇着头，好像要逃避这一切。"对不起，真的对不起。"他嘴里会说的话只有这些。他的膝盖上下抖动个不停。虽然他现在无疑已经酒醒了，但我仍能闻到他身上的酒味。

我在他对面的椅子上坐下，身体前倾，双手以一种祈祷的方式紧握在一起。

"这不是你的错。"我说道,但他只是摇着自己的头。

"就是我的错。我的错。是我开的头,麦克。"他说道,直直地看向我的眼睛,"我揍了海德,要是我没打他,杰米就不会出来劝架……之后的事情就都不会发生了……天啊。"他抬头看着天花板,身体几乎在颤抖着,他无法忍受这一切,"那时候我太生气了,太激动了啊。"

"为什么生气?"我问道,虽然我心里知道到底是为什么。

"要是我直接走开,要是我头脑清醒,没喝得该死的这么醉。"他说道,我感到一阵血涌上了我的脸庞,"我真的没有打人,一拳都没打。"

"好了,利亚姆。"我说道。那一刻,我甚至还对他很同情,毕竟杰米还没有死。所有的一切还有希望重归正轨,我的家庭还能恢复正常,我们还有另外一个机会。"你千万别这么想。不管怎么说,我……"我开口说道,但是无法说出完整的话。即使是那时候,我也说不下去了。不过我脑子里想不到我自己什么样,或者利亚姆怎么样。我唯一能想起的就是杰米,还有就是我多么想让杰米恢复如初。

意外急救中心人满为患。毕竟这是周六的晚上,这里一片混乱。婴儿的哭声、电话铃声、护士快速跑过的声音、不断变长的排队人群,而我的儿子就在所有这一切的中心,躺在那里,努力想要活下来。利亚姆就坐在那里,大腿上下抖个不停,嘴里咬着指甲,就像一个吓坏的小男孩。突然之间他直身站起,我通过他眼睛里的神色就知道这是琳达来了。

我站起身来,转过身体。琳达正朝我们走过来,她双目怒视,脸色苍白得像一张白纸。我能看出来她肯定是看到了利亚姆,但是她没有和他说话,甚至都没有正眼瞧他。当然,她对于我们女儿爱上的这个男人已经有自己先入为主的观点,在当下这一刻,所有的一切似乎看起来是她曾经担忧过的情况。这些担忧就要得到证实了,只不过那一刻她还不知道而已。

我们几乎没对对方说一句话,此时此刻已经无话可说。一个护士走过来,说她要把我们带到亲属间。于是我们开始随着她走过一条条走廊,走过一个个小单间,有些拉着帘子,有些则没有。里面有各种管子和机器,那些身着外套的亲属坐在塑料椅子上，抓着病人的手，低声说着什么。亲属间里空荡荡的，非常安静，亮着灯，不是那种意外急救中心接待处的明亮荧光灯，这种灯光似乎想要把你包裹起来，远离恐惧。但一点作用都没有。我的心脏似乎跳得更厉害，在那间屋子虚假的平静之下，我的恐惧也在不断加强。

那里的医生介绍自己是神经外科专家，没有称呼自己是医生，而是拉扎鲁斯"先生"。他的介绍让我全身上下都一阵冰冷。医生解释说杰米是坐救护车来的，抵达医院的时候意识清醒，但是与这种头部受伤的病人一样，他的情况也迅速恶化。他们已经给他做了扫描，发现他的头部有"值得注意"的出血。现在他昏迷不醒，我们不要被他身上插着各种管子和机器的样子以及声音吓坏，不过他现在还在用着呼吸机来帮助他呼吸。这些话语，他告诉我们的这些事实，我都一时间理解不了。就好像他在说着别人家的孩子。

他告诉我们，杰米已经被送到特护病房，他们正在竭尽所能进行抢救，但是杰米极有可能无法复原。

然后，又是一片寂静无声。

"不过他最后还是会康复的，是吧？"最后琳达说道。我不敢看她。我双目紧盯着桌子上的杯垫，上面好像是什么药品的广告或者其他东西。

"我刚才说了，恐怕有极高的可能性无法恢复。通常像这种头部伤害的愈后都不好。"

"但是还是有恢复的可能，是不是？"我问道。我的牙齿都开始上下撞击，咔咔作响。

"可能性很小。"拉扎鲁斯先生回答道，"不过他脑部的出血值得注意，我刚才说了，出血情况很有可能会变得更糟。"

然后琳达开始啜泣起来，我知道我应该握住她的手，不过不知怎么，我的手就是没法儿从我的大腿上拿开。我正不知道医生会怎么看待我的时候，琳达将她的手放在了我的手上，深吸一口气，仿佛是为接下来很多愤怒的问题和指责做好准备："他到底怎么会刚来医院的时候还神志清醒，能说会唱，然后就濒临死亡了呢？给我个说法。"他们对他采取了什么措施？他们又对他没有采取什么措施？是没有尝试过吗？救护车花了多长时间才接到杰米？"我的儿子杰米不是那种动辄寻衅滋事的人，"她说道，"他从来不会，也根本不可能挑衅别人打架。看看利亚姆，利亚姆啊，毫发无损地坐在那儿……怎么会这样？"她不断提高说话的嗓音，我嘘了一声，想要让她安静下来，结果她狠狠瞪了我一眼。

之后院方允许我们探望杰米。杰米是一个身材高大的小伙子，非常壮实，脚很大，说话声音很高，以前我们经常开玩笑说他的头发可能都很壮实。但是躺在病床上的杰米看上去就像一个小男孩，围绕在他身体周围的是各类生命维持设备，似乎在如此长的时间里，或许是有生以来第一次，我看到我的儿子杰米如此需要我的保护，而此时我却无能为力。

琳达伸手轻抚着杰米的头发，和他说着话："嘿，宝贝，妈妈现在来了。你一定会好起来的，知道吗？你绝对会好起来的。我爱你。"

在接下来的时间，我告诉了琳达关于利亚姆在整件事中的所作所为。我不知道我为什么会告诉她。我想可能是我觉得她应当了解这些东西，我想让她了解事件的全部或者部分真相，而不是到处指控别人，即使这些指控内容都是真实的。最重要的是，我别无选择，这是我能给她的唯一真相。

在我告诉她真相时，琳达始终一言不发。她的眼中只有母爱在流转，唯有严肃、紧闭的嘴部表情说明她现在正怒火中烧。

起先我没注意到利亚姆就站在抢救隔间的帘子之间，不过在我们眼神交会的时候，他的眼神躲闪开了，因为他知道他不应当待在这里。我怒视了他一眼，示意他离开，这也是为了他好。在那个时候，我还是很同情他，我知道事情发展成这样，他一定也同样很难受，不过琳达不会看到这一点，也根本不会关心这一点。

在琳达开始对着利亚姆说话之后，我才意识到琳达已经知道了利亚姆当时就在出事现场。她一定是已经看到他了，恐怕即使是通过他躲在私密遮帘后面的身形也能认出他来。

"就是你干的。"她怒斥道,"是你起的头。你到底为什么要跟人打架,利亚姆,竟然还在庆祝你当父亲的晚上出去打架?你就是这样给孩子做父亲的?说话啊!有你这样做事的人吗?"

她气得整个身体都在发抖,我永远也无法忘记她嘴角因生气而向下弯曲的样子。似乎自从那晚弯曲成那样之后,她的嘴角就一直没有变过。无论如何,大风已经过去,冷锋已经到来,而且会永远停留下来。

"我就让你知道,这件事我就怨你。你和你父亲就没有什么差别!"琳达继续说着,嗓音不断提高。利亚姆就站在琳达眼睛看不到的地方,不过我仍然能看到他。我还试着想要让琳达冷静下来。就像我说的,那时候杰米还没有死呢。当然,杰米之后还是离开了这个世界。

二〇〇五年六月十二日凌晨三点三十四分,我的独子因心搏停止而去世。院方取掉了他身上插的各种管子,现在他已经不再需要这些东西了。

在他离去之后,护士告诉我们:"您可以与他多待一点时间了。"这是所有话语中最为空洞、最让人心碎的一句,因为多长的时间都不会有你需要的那么多。你什么时候能确定你和你的孩子共度了足够长的时间,足以让你在余生回味?一小时后?两小时后?是在尸僵已经出现的时候吗?

琳达趴到了床上,抚爱地拥抱着杰米,就像杰米小时候在夜里做了噩梦时她拥抱着他一样。而我,那一刻的我太过惊慌失措,太过愧疚。说实话,那一刻,我无法原谅自己。所有事情都变了。我离开隔间,出去找利亚姆算账,那一刻的我像极了一只野兽,像极了一个恶魔附体的人。没走几步,我就找到了利亚姆,他正迈着缓慢而悲伤的步子向出口走去,我双手抓住他的肩膀,用力将他扳过身来。

"我就知道会是这样。他死了,你也可以离开了。你个无胆鼠辈。"我说道。

他目不转睛地盯着我。"他死了?"他低语道,"不,他没死。他不可能死。"

"他死了。"我说道,而他事实上已经因为震惊而有点脚步蹒跚。我觉得他的双腿可能失去控制了。

我迈步上前,脸对脸直接面对利亚姆。我已经无法控制自己,脑中的话语不受控制地从我嘴中发出,一时间唾液四处飞溅。胸中的怒火——实际上多数是恐惧,完全的恐惧——让我变得脸色煞白。"我告诉你,这次全怨你,"我说道,"我怎么瞎了眼没听琳达的话。她说得没错。你就跟你父亲没两样,利亚姆。你比他好不到哪里去。老鼠的儿子会打洞,你们家一代一代摆脱不了了。你说你以前从来不挑事打架,这次是你第一次打架,以后还会有很多,你就听着吧。以后你就不会消停了。"

"别,别这样说。天啊,麦克。"利亚姆不断哭着,眼泪从脸上哗啦啦流下来,"求求你了,我……"

我告诉他马上离开,离开他的新家庭,离开这个小镇,因为"以后你在这里永远活不下去",我说道,"我说话算话。"

我们的眼神再次交会。我记得当时我的牙齿在咯咯作响,而且我也知道当时他心中可能想的是:"是我搞砸了这一切,不过我不是唯一一个,你不也搞砸了自己的生活吗?(现在你的儿子都死了。)"

"你就跟你父亲没两样。"我又说了一遍,好像是要阻止他说出他的那些想法,他似乎在我的目光前逐渐消散了。"永远别忘了。"

他直接看向我的眼睛,好似在祈求我说点话,能够态度缓和一点,不过我依然没有表现出一点的仁慈之心。在意识到我的态度坚决之后,他转过身,然后离开了。我看着他走到走廊尽头,回到隔间门口看了一眼我已经死去的儿子,然后整个人都崩溃了。

"我没有保护好他,琳达。"我抱着杰米毫无生命气息的身体,不断啜泣着,怀里抱着杰米轻轻摇晃着,"我说过我不应该要孩子的,我没有能力保护他们。"琳达伸手越过杰米,抓住了我的手。"这不是你的错。"她说道。我一直不断回忆起的就是这句"这不是你的错"。

朱丽叶

"这就是我们选的笔记本了。"

在礼物商品里帮我选东西的女士看上去就是一个常使用笔记本的人。她脖间围着一条丝质围巾，戴着的银色耳坠摇晃不停。"您看，这里有您需要的硬封面装饰性笔记本以及标准普通装帧笔记本，要不试试魔力斯奇那品牌系列的笔记本？"她一边说着，一边拿起了一个普通的黑色笔记本，笔记本四周有一圈松紧带包裹着，"这些都是非常可爱的笔记本。以前大作家海明威用的就是魔力斯奇那的品牌笔记本。"

"那个多少钱？"我一边说着，一边从她手里拿过了笔记本。

"十英镑。"

我旋即将笔记本送回了架子上，感觉自己的脸颊开始发烧。十英镑？就一本平淡无奇的黑色笔记本？你是在和老娘开玩笑吧！我才不关心美国的总统是不是使用这种笔记本，要是机智一点，你都能用这十英镑从奥乐齐超市买上一周所需的食物了。

"不过刚才我也说了，魔力斯奇那品牌的笔记本是一种特别的笔记本，"那位女士说道，很明显她已经注意到了我脸上的震惊之色，"您买笔记本是专门为某件事还是某个人？"

"不是，不是，不是。"我一边说着，手指一边顺着货架滑到其他货架上，然后我就又考虑了一下，"好吧，嗯，事实上，我想就是这样。这个笔记本是要用在我马上开始的一个计划中的。"

我有一个计划，一个可以帮助扎克的计划，我觉得这个计划很好，已经超出了好的程度。我感觉这是一个了不起的计划。我的脑海中不时翻滚。为这个计划专门弄个笔记本的想法是今早我躺在床上的时候想起的。直到现在，我都有在手机上做笔记的习惯，不过扎克只是用手机玩"部落战争"或者"植物大战僵尸"的游戏，这就意味着他看到这些计划的概率会很高，而在他正式开始"减肥"的问题上，我根本不想让他感觉到我在策划什么事情。这会让他避而远之。现在我还不想要这样，我需要让他参与到减肥计划中来。

当时我决定我要在去工作的路上买一个笔记本，于是我就到了乐购超市，看了那些价格一点五英镑、只提供基本功能的笔记本，但是我对是否要买一本那样的笔记本犹豫不决。（我可以随便凑合一个笔记本，因为正如我说过的，我兜里的每一分钱都有用处。）但之后我就想到，不，不行，这是一件神圣无比的事情，我们这里说的是我儿子的未来。就算我没有能力给他一种全新的生活，那我也绝对相信我能让他现在拥有的生活稍微好一些。正是出于这个原因，我才来到礼物商店买一个漂亮的笔记本。通常情况下，我从来不会进入这样的商店，因为我觉得他们从来不卖你需要的东西，而卖的每一样东西都恰是你不需要的，例如价格十英镑的锡盒，盒体上写着"买啤酒的钱"。我一直在周围晃荡着，看上去有点迷路的样子，一直到这位销售助理可怜我，才有人接待了我。

"我想我还是买这个吧。"我说道，同时手里捡起了一个紫色硬壳笔记本，上面布满了旧式的自行车图像。我觉得这或许可以激励我，虽然对我而言，三点五英镑花在像笔记本这样奢侈的东西上仍然是一件前所未有的事，不过与要花掉十英镑相比，已经几乎是明智的选择了。我付款之后离开了礼品店，如平常一样，抄近路，穿过弗雷谢尼广场购物中心前往我工作的地方。不过现在我就已经等不到走到工作单位了，我在步行区中央的一个长椅上坐下来，从漂亮时髦的纸袋中取出了那个笔记本。笔记本在我手里感觉很可爱，很结实，散发出一种崭新的味道。我在手包里翻捡了一下，现在我只有一个红色签字笔，于是我就在内封面上写了"扎克健身计划"。然后我又想了想，将之划掉，写上了"扎克幸福计划"。

我沿着平时的路线去上班，这是过去的三年里我每天都在走的路。现在是二月一个普通周一的早上九点四十五分，不过我感觉到有些不同，似乎浑身充满了活力。我注意到了一些东西，比如说一道光柱正从一大团灰色云朵中照射下来，并马上在某个时刻释放出光亮，将其经过的通道变成液体金色。我注意到路边的树开始吐绿，到处开满了雪花莲，一团一团地布满教堂院落以及市政广场；脏脏的鸽子在啄食着掉落在小镇潮湿人行道上的垃圾，而这座小镇有一条路通向镇里，一条通向镇外，而所有这一切中都有自然与美的存在。

离上次我有一个计划到底有多长时间了？我是说，除了艰难活过今天，或者见到明天的太阳之外的什么计划？（还有减肥计划。不过这一次是轮到扎克减肥了，不再是我，不再是我那种对我自己无休无止的虚声恫吓了。）

小时候，在真实的生活切实展现在我面前之前，我一直都在做各种计划，只是后来真实的生活猛然到来，将我撞落悬崖。在我的计划里，我要么在通过兜售充满腐臭味的自制"玫瑰"香水来建立我的商业帝国，要么制作各种徽章在学校里售卖，或者想出各种各样拯救这个世界上的醉鬼和流浪汉的方法，我说的"这个世界"指的是格里姆斯比的东沼泽地，那里有很多醉鬼和流浪汉，可以让我忙活很长一段时间了。过去我和我弟弟一直都在制订各类计划。我们会玩一种称为"我们笔下的谋杀"的游戏，基本上就是设想出一个谋杀案，然后想尽办法解决这个案子。我们会在各个街道上搜寻所谓的"证据",这时候,一个碎裂的啤酒瓶就不再是一个瓶子,而成了谋杀武器;在矮树丛中发现的那个手套则是我们的受害人在逃离时不得不舍弃的东西……我记得我每天上床的时候兴奋得不行,迫不及待想要明天起来继续开展我们的计划,而这也正是制订我的新计划之后我的感觉。我感觉自己就是一个好母亲。我已经很长时间没有这种感觉了。

在两周前那个可怕的"巧克力事件"发生的晚上,我决定我需要制订一个加黑体的计划。那时大雪阻碍了公交运行,因此等我赶到学校的时候,学校已经关闭,所有人都已经各回各家,现在的我对当时的情况还是感到很高兴的。那时候我已经冷静下来,在我透过邦德夫人办公室的窗户向室内看去时,我能看到的就是在"三明治大王"的扎克在回头看着我,他浑身沾满巧克力,嘴里不停在说着,"妈妈,求你了,不要去学校了,你只会让事情变得更糟!"好吧,要是照我的性子来,我会让艾丹·特纳品尝一次他人生中被人拽内裤的经历,在全校师生面前用他的裤子把他吊在屋梁上,不过我同意了这次我不会打电话了。学校里有一个"校园霸凌举报箱",孩子们可以匿名将欺负人的小坏蛋的名字投诉到里面去,这就是说,学校职员在处理校园霸凌的时候不会像以前一样无的放矢,因此作为妥协,扎克答应我会将艾丹的名字放到举报箱中,于是我们就把这件事情解决了。那天晚上,他唯一想做的事情就是早点上床睡觉,并且让我睡在他身边,然后从他的《真相解密》一书中提问各种问题。

我从来不知道有孩子会像扎克一样对于各种真相有着如此的渴望。这就像他需要每天的日常饮食一样,好像这些知识能让他感到安全一样。在我看到他和我父亲一起观看他们两人都非常喜欢的一档自然节目时,扎克向我父亲抛出大量的问题,而我父亲则不停对他说话,对各种事物都加以解释,好像扎克就是世界上最重要的人一样,于是我就不禁担心我这个爱打破砂锅问到底的儿子以及他那些所有还没有答案的问题。我想象着他对于他父亲和我之间关系的所有问题一直都环绕在他心头,就像是漂流木漂流于海上,而且都是他知道他不能开口询问的问题。我在怀疑那些问题到底去了哪里，这种情况又对他有着怎样的影响。

在巧克力霸凌事件之后的那个晚上，扎克就睡在我的床上，他倒头就睡，而我则在床上辗转反侧，看着月光下儿子那张略带雀斑的睡脸。他的嘴巴大张着，身体放松，我感觉这就是信任感的最终体现。我绞尽脑汁地想要找出让他减肥，并在不损害他自信心的情况下，获得周围人接受的方法。（尽管如此，我还是对要怎样做才能让那些校园霸凌的小混混离我儿子远一点这件事感到耿耿于怀。为什么这个世界就不能爱我的儿子，接受他本来的样子呢？）

我已经开始利用我工作的休息时间来考虑可以帮助扎克的方式，帮他减肥，让他变得更健康，不再成为校园霸凌者的目标，总之就是变得更幸福。首先就是做到一些显而易见的事：不再从奥乐齐超市买巧克力饼干和合装包薯片、比萨饼、香肠卷以及那些一英镑（一英镑啊！）一个的超级香槟松露巧克力；鼓励他锻炼。不过这里马上就有一个障碍，因为你恐怕无法找到一个比扎克更怯于体育锻炼的孩子了，单单提到"散步"这个词，他都会犹豫不决，止步不前。过去我一直都认为他不爱好体育运动是一件幸运的事情，因为参加体育运动很费钱，参加各类体育俱乐部也很费钱。带他去游泳需要花三点五英镑，踢足球或者打板球每周需要七英镑，说实话，这十点五英镑我可以拿来干很多事情。但是如果我想要帮他减肥，我知道我们就不得不直面他的锻炼恐惧症。更不要说我也有锻炼恐惧症了。

"那么，试试跑步怎么样？跑步不需要花钱。"劳拉对我说道，现在她就坐在我和我的新笔记本对面。（劳拉对于我有了一个计划而感到欣喜若狂，如果你问我的真实想法，我觉得她有点太高兴了。她的神情好像是认为这件事在数年之前就应该发生了。）

"我说过，朱丽叶，我肯定是迫不及待想要和你一起跑步了。"接着她说道。而我很明显没有在听她说什么。"真的，跑步充满乐趣。"

我看向她。"恕我冒昧，"我说道，"我的儿子扎克看起来像一个爱好跑步的人吗？你认为我除了放放洗澡水之外，还会去跑步吗？"

"哦，朱丽叶，你知道即使你已经重达一百公斤或者更重，我都会爱你。"劳拉令人难堪地说道，"不过，你要想看上去更像一个跑步的人，或者说自己感觉像是一个跑步的人，唯一的方式就是你真正开始跑步，而且我会帮助你，我会带着扎克一起跑。我会带着你们两个一起跑！咱们能沿着克里索普斯步行区跑步，一直跑到沙丘那边去，那里的景色壮丽极了。真的，你真的错过了很多东西。"

"好吧，你说的话有点吓着我了。"我说道，有点紧张地将手在脖颈后面摸了摸，"刚才你把跑步和景色壮丽放在一个句子里了。"我说这句话的时候带着一点幽默感，而我自己却一点也没有感觉出来幽默。我知道我自己说话的语气听起来多像一个久经失败的人。非常可怜，真的非常可怜。而这还只是我想到了我与劳拉一起去跑步的情景，其中一边是身穿莱卡运动衣、像小羚羊一样灵活的劳拉，一边是穿着T恤、像河马一样笨拙的我，一跑起来肉浪翻滚。

"好吧。"劳拉耸了耸肩，一副被打败的样子，"我的意思是说，我觉得你应当把那些他会听话、他喜欢的其他人一起加入计划之中。这也是为了帮助你啊，朱丽叶，因为只要是一到涉及扎克的问题上，你就会所有事都扛下来，你在这方面做得不错，不过，所有的决定都要自己做也是很难的。"

我对此报以微笑，同时感觉自己是一个彻底的骗子。我心里想，你完全不知道，我自己做事有多烂，我在处理事情方面手足无措，我所谓的应对机制有多脆弱，其中就包括早上四点的时候吃掉整个巧克力蛋糕以及偷食物，而且一再告诉自己我是一个穷光蛋。你不知道我根本没有多少自尊心，一旦别人拒绝我，我就会攻击别人，而且我一直虚度光阴，现在我都回忆不起来我对我的十岁儿子到底说过什么。

看上去很奇怪，不过这些真相，我那些不足与外人道的小秘密，多数时间都深藏在我意识中遥远的地方，因为这是我能够面对自己的唯一方式，但是在过去的一周里，自从决定我要做点事情之后，我就意识到这些东西突然之间就像幽灵列车上的食尸鬼一样跳到我的面前，让我除了直视着它们丑陋的小脸之外，别无选择。我还没有准备好向劳拉承认所有问题。

"你说得对，"我说，"我确实是自己做各种决定，这很难，不过你的意思是什么？是说扎克根本不会听我的话吗？"

"无意冒犯，亲爱的。"劳拉站起身，将我们的两个早餐盘子拿到水槽那里，接着说，"不过，你又什么时候听过你妈妈的话？"

太毒舌了，我竟然无言以对。

"那就想想他生活中的其他人，仅此而已。那些他深爱和尊敬的人，让他们也都加入计划中来。一定要团队协作。"

接下来的几天里，我就一直想要这样做。我不需要担心蒂根，因为在一天下班回家的时候，我又照常遇到她挂在单双杠那里锻炼，于是我就和她谈了。当时她在头发上戴着一朵巨大的红色假花，但是没有穿外套，可别忘了当时可是三月初啊，我就问她为什么没有在学校上课。

"昨夜里我哮喘发作了。我们坐着救护车到了医院。医生说如果我们再晚一点的话，事情可能就已经无可挽回了。他的意思是说，我可能就已经死了。"她郁郁地说，三言两语就把事情说清楚了。

"你不穿外衣在室外玩，到底在干什么呢？"我问道。然后她告诉我，她在练习体操的时候"从来不会冷"，而且她妈妈说与其在室内与湿气待在一起，待在户外反而对她的肺部更好一些。我发誓，如果我中了彩票，一定会给蒂根买一处新房子，更要给她换新的体操课。我从来没进过蒂根的家，不过扎克说她们家的四壁上有很多黑的地方，她卧室的窗帘上都有绿苔，而他说话是从来不会夸张的。她的妈妈妮姬患有紧张性精神分裂症并发抑郁症。难怪蒂根非常喜欢到我们家来玩了。

"政府的人一直说要让我们搬到其他地方去，但是目前还没有空闲住房，所以我们只能待在这里。扎克放学后会来玩吗？"似乎是察觉到了我对她现在生活悲惨状况的尴尬和无助感,她转换了一个话题,将我从那种情绪中拯救了出来。我觉得现在正是我向她开口谈扎克的时候。

我心底的某一部分却希望我从来不曾这样做。

"你的意思是说,他们用一个圆规扎他的屁股?"我难以置信地问道。

"对啊,然后他们就假装他的屁股像气球一样嘭地爆炸了,他们还叫他'哈钦森家族的大肚子贾巴',当然,这是因为他的姓氏就是哈钦森,他们说他要是进了游泳池,那里面的水就会被他的身体排挤干净了,而且他在楼道里走过的时候,他们经常会在他背后说三道四的。"

我心底那种想要杀人的感觉像波浪一样重新涌起。

"他没有反击吗?"

"没有,而且他说这些事根本不会让他分心,不过我知道这确实让他烦恼来着,因为之后我就发现他情绪很怪。"蒂根说到这些事情的时候,一只手放在胸部位置,就好像她就是扎克患难与共的小媳妇一般,这种情况让我强忍着已经开始要流出的眼泪,然后笑了起来。"要是我的话,我会一拳打在他们脸上。"她又说道,随后加上了一段自己对这些校园霸凌者的复仇幻想,包括将这些人锁在烤漆橱柜里几天时间,每天只给他们喂稀粥……

我们一直聊天,直到我们的影子在夕阳下拉得很长,好像巨人一样,笼罩在我们的小区上,而天气也变得更冷,于是我就与蒂根一人一半披着外衣。

"作为扎克最好的朋友,"在我离开之前,我问道,"以你来看,你觉得帮他减肥会减少别人欺负他的情况吗?"

"当然了,不过我知道做什么能对此更有帮助。"

"那做什么能更帮助他呢,蒂根?"

"不再胆小害怕,至少比现在要更加不胆小害怕。因为那些欺凌弱小的人能够嗅出害怕的味道,你知道吗,他们有着狗一样灵敏的鼻子,我之所以知道这一点,是因为他们以前就欺负过我。过去他们给我起外号'小乞丐'，说我因为家里的潮气，身上闻起来怪怪的，以前我也是一直忍着，直到有一天我就发了疯。真没开玩笑，我感觉我当时就是无敌浩克！我妈妈都被叫到学校和邦德夫人谈话，我还得在休息时间待在学校里，整整一周时间啊。不过这还是值得的，"她说着，似乎非常享受这一切，"因为那件事之后，他们就对我敬而远之了。"

"好吧，这么说除了鼓励他给那些人来一次狠的，你认为你能帮我一下，帮着让扎克变得不再那么胆小吗？"我问道，"比如减点体重，变得更健康一点，然后更有自信？我不确定我能单枪匹马做到这些，蒂根。"

"当然可以了，不过我不能只告诉他怎么做就行了，"她说道，"他自己也必须参与进来才行。"

"当然了。"我感到自己更加坚定了目标，"当然，我知道的。"

直到我回家之后，我才意识到就我与蒂根的整场对话而言，最让人悲伤的事情莫过于蒂根根本没有提到公交车上的巧克力事件，这让我意识到她根本就不知道这件事。这又一次让我心碎不已，因为我意识到扎克甚至都没有告诉他最好的朋友所有那些发生在他身上的事情。不过接下来，我就有事要做了。

劳拉说过，要让那些扎克热爱和尊敬的人一起加入计划，因此我决定和老妈谈一谈，因为如果这个世界上有那么一个扎克热爱和尊敬的人，那肯定就是他的外婆了。当然，也不要忘了他的外公。他的外公就是他心目中的英雄。事情很简单，因为只要是涉及食物的问题，我就需要与老妈谈一谈。不过我需要做的是如何在开始这个话题的时候，避免与老妈吵架或者几天的时间里都受她冷落。我和老妈之间的关系复杂又脆弱。如果我和她说这件事，她肯定会说这件事很荒唐可笑，不过我认为这只是因为真相已经如此，背后的缘由显而易见且根深蒂固，实际上她都没法儿谈起这些原因。

一次又一次，只要你走进我父母的房子，你就会马上看到我的弟弟杰米。老妈和老爸居住的排屋让你可以入门之后径直走到客厅,而在护面墙上就是杰米的一张照片(而且占据了一半的墙面)。我经常怀疑她无法讨论这些事情是否就是她将这些照片弄得这么大,而且屋子里贴得到处都是的原因,就好像她在说:"就是这儿,这儿就是我的痛苦所在。"

在所有事情发生之后,扎克和我曾经搬到我父母的房子里住了一段时间,但是我一有能力,就找了自己的地方,不管那个地方到底有多烂,都从这里搬了出去,因为这处房子就像是一个神龛:你入目所及的任何东西都是我弟弟的脸庞以及我母亲的痛苦所在。

走进客厅,你会见到在客厅的照片上,杰米正抱着当时只有四天大的扎克。当时扎克正穿着杰米为他买的老虎套装,杰米的表情包含着喜悦、自豪和那种"老天爷啊,我姐姐生了一个小娃娃"的想法。唉,你知道我看着这张照片的时候,我看到了什么吗?我看到了将我的儿子与我的弟弟联系在一起的那个人。我看到了我和母亲之间关系脆弱的深层原因。

我看到了利亚姆。

这些年里,她一直都在喋喋不休地说着关于利亚姆的刻薄话语,而她却从来没有埋怨过是我先与利亚姆走在一起,带他进入我们这个家庭,才有后来的事情发生。但是这种埋怨绝对就在那里,就在潜流之中。我能感觉到这种埋怨指向我的手指上那丝丝的冰冷。

我一走进屋子里,烘焙食物的香味就飘进了我的鼻孔里,让我立马就开始流口水。"老妈,我刚做了一个奥利奥蛋糕!"扎克在屋后的厨房里大声喊着,而我想的是"干得漂亮"。我不确定是哪一种"干得漂亮":是挖苦讽刺的那种,还是能立时将整个蛋糕吃掉的那种。为了给扎克精神支持,我正在努力变得好说话,而且今天我做得确实不错,但是现在绝对有点饿了。老妈穿着她那件写着"继续镇定,继续烘焙"的围裙走出了厨房,上面还在掉落着糖粉。

"哦,亲爱的,今天你可来早了。"她一边说着,一边用手掠过她略灰的金黄色头发，"你看到了，今天下午我们一直很忙。他绝对和他舅舅是一个模子刻出来的，这可是他自己想出来的配方啊。"

扎克从厨房走进了客厅，手里托着的盘子里放着他刚做的蛋糕，他满脸自豪，微笑起来有着我弟弟那种带小酒窝、厚脸皮的笑容，然后最可怕的事情发生了。我父母的厨房自从扩建之后，向屋后延伸了更长的距离，因此他走进客厅的时候需要多走几步，而在他走过来的几步里，我看到了扎克的体形有多大。虽然在我看来这丝毫不减整幅画面的美感，但是他的体形仍然很大。我第一次看到了快走对扎克而言已经相当困难，因为他的大腿在他走动时会相互摩擦，这一幕给了我一记重击。

"你想来一块吗，老妈？"他满怀期待地抬头看着我，他看上去对他能自己做点东西送给我感到极为自豪，我赶紧将脸扭到一边去，因为我的眼睛里已经噙满泪水。我也知道我必须拒绝，虽然我心里如此迫切地想要吃一块。"我刚刚吃过了，亲爱的。"镇定下来之后，我回答道，"不过给我留一块晚一点再吃。"

然后扎克就走到客厅里，与我父亲一起看电视，吃蛋糕，一发现危机解除了，我就马上找到了机会与母亲谈这件事。

"老妈，咱们能谈谈吗？谈谈扎克好吗？"

"噢，关于扎克的什么？"老妈回答道，同时背靠在橱柜的操作面上，似乎让自己为接下来的战斗做好准备。

我吸了一口气，抬头看向了后院，那里现在已经陷入一片黑暗。你还能大致看出墙壁上镶嵌的小石子、晾衣绳，以及所有这一切之外远处各个码头上闪烁的灯光。在将扎克从医院带回家的那天，利亚姆和我就曾经坐在这个后院里，对于扎克的降生而感到惊喜，当时两人都无法相信我们会如此幸运。我心底里不想进行这场对话。我对于老妈和扎克之间的亲密关系也感到由衷的高兴，因为这种关系本来可能会走向完全不同的方向，所以我一直以来都很小心不要说一些可能会危及这种关系的话语。生活的悲伤不幸和愤怒感让老妈异常脆弱。她动辄开口怒斥，我则小心翼翼地试探着。

我对老妈解释了事情的原委,包括他的体重、校园霸凌以及我是多么需要她出手帮助我,帮助扎克,可老妈做出的反应只有翻翻白眼以及怒视的眼神。

"喏,我不是说,在他来您家里的时候不要给他任何吃的东西。我只是想或许先别总给他吃很多东西,我们能先把烘焙食品的数量减下去吗?"这时我看到了她脸上的震惊之色!"我知道他很喜欢吃这个,老妈……"

"说实话,那个可怜的孩子。他身边没有一个父亲的角色作为榜样,你是觉得生活对他还不够苛刻是吗?你还要把他还算保有热情的东西也拿走吗?你知道,他非常像你的弟弟。你弟弟把双手放进一碗面粉中的时候是他人生最幸福的时刻,扎克也是这样啊……"

这时候,我心底似乎有一个声音:"但是扎克不是杰米啊,老妈。他是一个独立的个体,他是我的儿子,不是你的儿子。"同时我心底的另一个声音:"她现在可以从看着扎克做烘焙食品和回忆那些美好的时光中得到些许的愉悦。我又怎么能够从她身边拿走呢?"

我面对着天花板叹了一口气:"你看,老妈,我不是说要一下子把所有东西都停掉。只是可能的话,别每周都一个大蛋糕。这有点难。"这时,我说话的语气带着更多的坚决,"不过我就是觉得我们需要开始对他说不了。不要总是对他屈服。"

老妈双臂交叉放在胸前,用一种指责的态度噘起嘴唇。"好吧,那是你,只有你这样做。"

"您说什么?"

"只有你才对他屈服,朱丽叶,我知道这全都是出于爱……"

我心中想着,您说起话来真是绵里藏针啊,能在讽刺挖苦的恭维话里藏这么多东西。

"不过这基本上都是出于安慰目的的喂食,事实就是这样。你觉得事情已经很糟糕了,于是你就总是对他说可以做这,可以做那。"

"等一下。"眼泪马上涌出我的眼睛,"刚才我可是听见你叫他'扎克,没爹的娃'。"

"对啊,不过我的意思是任何父亲,不是那个男人。他哪里有做父亲的样子。扎克没有他做父亲根本不是什么遗憾。"

"刚才我在想你会为我做点有意义的事情而感到高兴呢。"接着我说道,"做点能帮助扎克的事情。"

"我当然高兴了!"然后她的眼睛里也噙满了泪水,这时候我也感到很不好。"只是,我很喜欢和他一起烤东西,朱丽叶。这是我们两人的'好时光'。以前这也是我和杰米在一起的好时光。你就不能让我有点好时光吗?"

要是由我决定,并且这又是涉及我的话,我最不愿意向之寻求帮助的人就是杰森。不是因为他不会帮我,而是因为我知道他绝对会帮我,但是在经历过那年我让他经历的一切之后,我感觉是我欠他太多,而不是他欠我太多。

与老妈谈话那个周三之后的周六上午,我穿过健身情缘的旋转门时仍然在提醒自己,这不是为了我,而是为了扎克,所以我可以将我的自尊心和疯狂蔓延的自我毁灭之心扔在家里。

"有什么可以帮您吗?"前台的小姑娘问道。她的姓名牌上写着"海莉"。我看出来她做了喷雾晒肤,有着畚箕刷一样的睫毛。

"杰森·斯通今天来了吗?我能和他说几句话吗?"

"哦,听起来不太妙啊。希望他没什么麻烦吧,"她一边说着,一边转身看了看她身后一个白板上的值班表。她穿着一件统一蓝绿色的马球衫,黑色长袜,身体极瘦,从大腿根部一直向下有着明显的粗细差异。这些人是怎么变得这么瘦的?我一直纳闷儿。她们就从来不想着每天都吃个不停吗?

"他在健身房。"我还没回过神来,她就转过身对我说道,这让我不得不赶紧移开视线,不再张着大嘴看着她的大腿粗细差异。"愿意的话,你可以直接过去。没关系,我觉得他可能没跟客户在一起。"

我穿过迷宫般的走廊和形形色色的回转门,经过一堆堆身着超小莱卡紧身衣、有着紧绷的褐色腹部皮肤的莺莺燕燕。我的天啊,怎么做才能让腹部变成那样呢?这对人类来说简直是不可能完成的任务。你需要将你的全部生命投入进去才行,就像有些人将他们的生命投到了拯救贫困人口或者气候变化之类的事情上。像他们这样,你根本没有时间去工作挣钱了。

最后,我找到了健身房。在我想要进门的时候,一个健身房的会员正巧要出门,结果我们两人就撞在一起了,当然,这只是纯粹的不凑巧而已,导致有几秒钟的时间,事实上我们的身体都抵在一起了,直到我转过身,让自己不再对着他,他也转了身,不再对着我,我们才摆脱接触。此时我身上都已经出汗了,这还只是想要进入健身房而已。健身房里,杰森正在陪着一位客户健身。那个男人背靠着墙采取坐姿,不过屁股下没有座位,而且他的脸上正汗如雨下,双腿抖个不停,而杰森则在旁边踱来踱去,一副气定神闲的样子,好像正在刺激他。

"一、二、三。"杰森嘴里数着数,"保持住,保持住。四。"停顿一下之后,他说了"五",更长一点停顿之后,说了"六",此时他的那位客户一副绝望无比的表情,将口中的空气一下喷出,身上的汗珠四下飞散。这一切都让我看得于心不忍。

"嘿,这可不公平。你每个计数的间隔可是越来越长了。"

杰森侧转了一下。"朱丽叶?你好。好久不见,来这儿做什么?"

"我也在问自己这个问题呢。"我答道,同时环顾了一下这个地方。"不过你现在可以休息一下了。"我随口开着玩笑,然后对着那个靠墙静蹲的家伙说道,"我可是救了你一命哦!"

那个人站起身来,用一条毛巾擦了擦自己的眉毛。"事实上,我是花了钱请他这样做的。"他语气平淡地说道。对我打断他的个人培训课程,他看上去一副波澜不惊的神情。他身材结实,肌肉虬结,我有点期待着看到他身上像是气垫一样在某个地方有一个阀门。

你能看到杰森听到我们的话都准备要笑出声来了,不过他是一个极富职业精神的人,绝对不会笑出来。"稍等我一下,皮特。要不你先做一下拉伸?"他说道。皮特则像一条听话的小狗,自己趴到地上做起了拉伸。

杰森转向我,一条厚重的黑色眉毛挑起。"好吧,你来这里是为什么?"他说着,唇上露出了一丝笑容,"想要确认一下我还没有找到工作,也还没有女朋友吗?"

"我想要加入健身训练中心。"我面无表情地答道,没有理会他语气中的挖苦之意。自从我们两人最终接受了我无意接受的一段感情,我们处于这样的关系有两年多时间了,现在我们都能对此开玩笑了。他知道在我说"这不是你的原因,而是我的原因"时,我并不只是想要恭维他。"我已经报名参加了一个铁人三项全能比赛。"

杰森翻了一下眼珠,朝我身后看了一眼。

"扎克也来了吗?"提到扎克的名字时,他脸上笑容绽放的样子让我不经意间感动异常,不禁想起了我、扎克和杰森三个人一起逛街时的美好时光,真是有一种怀旧的感觉。至少现在我已经不再是蠢蠢的,也不会因为突然的身体形象问题而在半夜里将杰森赶到外面去。(我从来都无法接受的一点就是虽然他是一个健身教练,但整天都和身穿十码衣服的人士待在一起,他竟然幻想着我的身材有多好。)

"没有,他在家里。"我答道,"不过这次来确实是关于扎克。"

杰森的脸沉了下来。"现在他还好吗?"

"嗯,还行吧……抱歉,我刚才不知道你还有客户在。"我突然之间意识到跑步机上有一排人在看着我,让我有一种非常显眼的感觉,我开始觉得自己像是一只被一群猎豹追逐中的小象。

"好吧,我们五分钟内结束。"杰森说道,回头看了一眼皮特,这时的皮特躺在地上,已经将膝盖拉伸到了下颌处。"过会儿我到楼上的咖啡屋见你，行吗？"

在我离开时，我听到皮特问道："这也是你的一个客户吗？"

能够读懂完全陌生的人的心意可不是经常发生的事情，不过我想这一次我做到了。

我们在健身房的咖啡屋面对面坐着，在我看来，这里的灯光太亮了，这个屋子四周是及地的窗户，让你感觉正待在一个金鱼缸里，接受周围人的观看。

除了我们之外，这里只有另外三个人，不过我还是感觉自己暴露在了别人的视线中。

"受欺负了？为什么啊？"杰森问道，同时喝了一大口他的全脂可乐（他从来不会考虑他的体重问题，因为他就是那种健身狂人），有那么一秒钟的时间，我在想我是不是小题大做，成了惊弓之鸟，我是不是让学校给洗脑了？

"猜猜看？"我答道，不过杰森看上去被这个问题难住了。

然后我看到他的脸色黑了下来，应该是想到了答案。"天啊，真的吗？不过这就像是因为别的孩子戴眼镜或者有姜红色头发而欺负他们。这都是二十世纪八十年代才发生的事情好吗。"

"那可不是，恐怕现在侮辱胖子的行为仍然大行其道。他在学校里的生活简直像是在地狱一般，杰森……"噢，到了这一刻，我又忍不住抽泣起来，下嘴唇都在颤抖个不停。我真的是需要停止哭泣了，这时候的眼泪半点效用都没有。"以前我从来没有意识到这一点，我可是他妈妈啊。那天他们在游泳课上偷了他的衣服，然后藏了起来。他们还用圆规扎他的屁股，该死的。"

杰森用手轻轻地抚摸了一下自己的胡子。他留胡须是最近才开始的事情，不过很适合他，让他看起来更有男人味，因为虽然杰森身材很高（他身高一米九，我才一米六，这也是我们在一起的时候始终看上去有点怪的另一个原因），但是他真的有着一张娃娃脸，包括随时露出齿龈的笑容、红润的双颊、黑色的浓发以及男孩一样天真的绿色眼睛。他看上去像是这个星球上最为友好的家伙，然后等你看到他在工作中让他的客户经历的那些看似折磨的活动，你就会想，他可能会比外表看上去更坚忍不拔。他可不是一个"好好先生"。

"那么你想让我怎么做，去学校把那些小浑蛋找出来？"他说道，丝毫不差地说出了我心中所想，"然后用一个空手道动作将他们打翻在地？"

我只能对着面前的茶笑了笑，虽然那一刻我知道他说的是心里话，也就是说，他也有与我同样的想要杀掉某个人的感觉。我看了看他那伸展开、覆盖在一层细细黑色毛发下面的肱二头肌，还有两只巨大强壮的臂膊，我曾经在很多的夜晚让他用这双臂膊拥抱着我。我心底也有些希望杰森能走进学校操场，用一只手抓起艾丹·特纳，对着他发表一通"你要是再敢碰扎克·哈钦森一根手指头，我要你好看"之类的话语，然后像摔跤大师胡克·霍根一样将他狠狠摔在地上，不过我知道这始终只会是我的幻想而已。

"我不确定义警行为是不是正确的选择。而且，艾丹的老妈也很棘手。不过，我现在的思路是你来帮助扎克，你知道，让他对自己的感觉能更好的一些运动。"

杰森皱了皱眉。

"比如说，和他一起做一些锻炼，让他对身体锻炼活动产生兴趣。任何锻炼活动都行！"我说道，语气中略带一点绝望，"我是说，我知道他是那种你能见到的最不喜欢体育活动的小孩，他总是对身体锻炼活动敬而远之……"

杰森嘴里发出啧啧之声，眼睛看向窗外，那里有一些孩子正在踏板车上忙活个不停。

"朱丽叶，要是他从来没有机会参加体育活动，你怎么知道他会不喜欢体育活动呢？"他说道，"如果他从来没来过健身房，你怎么知道他不喜欢这里？他和我踢过几次足球，他很喜欢踢球，而且还是一个表现不错的小守门员。"

"你和他一起踢过足球?"对我来说,这可算是大新闻了。

"当然了,只是随便踢踢,就是他放学回家的路上,偶尔会来这里看看。"

"他从来没和我说过。"我说道,心里纳闷儿他为什么不告诉我,而杰森则看上去一副吃惊的样子。"你看,我当然会付钱给你。"我说道。杰森却笑了起来。

"朱丽叶,你付不了钱。你手里没有什么钱。"

"我会弄到钱的。"

"别犯傻了。"

"这点很重要,我一定会找地方弄到钱的。"

杰森双手紧握,向前探了探身体。"我会帮忙的,"他说道,"我肯定会帮忙的。"

我突然有了一个主意。"好吧,那么就用三明治。"

"什么意思?"

"我会向你支付三明治,因为这似乎是我能给世界上的所有人提供的所有东西了。"

杰森皱了皱眉,又摇了摇头,一副对我很绝望的样子。"你看,要是这样做能让你感觉好受一点,那你就用三明治交费吧,不过我要那种美味、健康的东西,一定记住。不要给我你们那种毫无新意的白面包配奶酪。"

我突然感到心头涌出一阵感激之情。

"谢谢你。"我说道,"真心真意谢谢你。"

我们又聊了一小会儿,没有什么特定的话题,我觉得待在一个中立的地方,又没有扎克在身边,这种感觉真的很好,我意识到我一直都想念这种感觉,就是和杰森静静地聊天,与一个不是我家人,也不是劳拉的另一位成年人待在一起。正在这时,杰森问道:"那个,能问你一个问题吗?你是怎么和多姆开始约会的?"

一时间，我震惊万分，嘴里竟然发出了一个大大的"哈！"的惊异声音。"什么？你怎么……？"这一刻我恍然大悟。"哦，扎克，你个小坏蛋。"事情就是这样的，我在这里请求杰森帮我一个大忙，而杰森则……

"你认识他吗？"

"当然了，他是我的一个客户。"

"上帝啊。这叫怎么回事啊！"难道这个小镇就保守不住什么秘密吗？"不算什么事，只是一次约会，其实是车祸现场，可别……"我甩了他一眼，"说你怎么对这件事一点都不惊奇。"

杰森的嘴巴朝一侧弯了一下。我不知道这是因为浅笑，还是因为感觉受到了伤害。他向后一靠，坐在了椅子里。

"我要是另外一种男人，"他说道，"我可能会感觉很受伤，你知道的，你原来说你明显是'太疯狂，不适合一段关系'，不过看起来，倒是适合和别人的一段关系。"他满怀疑问地看了我一眼，挑了挑眉毛。

他说得对极了。我就是因为心里很烦恼，所以不适合和他在一起的一段关系，但是我现在仍然是这种情况，还是不适合与任何人开始一段关系！我是说，有哪一类成年女人会因为一个家伙不想吻她，就攻击那个男人呢？

我感觉屋子里突然热了起来，我们的声音也显得更大。我将身体靠向桌子。

"你看，杰森。"我说道，"我和你约会了有一年时间。自从我们家里发生那件事之后，你是我约会的第一个人。"

"好吧，这句话让我感觉好受多了。"

他从桌子上捡起了一个小薄片，而我就在那里看着他。

突然之间我意识到这可能会是一个非常糟糕的主意。我站起身来准备离开。"上帝啊，好吧，抱歉，我不该过来求你帮助我们的。我知道在与我相处的那段时间，你就只想让我离得远远的。"我说着，拿起了我的钥匙和包，却听见杰森发出了一阵呻吟和有些不耐烦的声音。

"朱丽叶,打住。"他说道,我看向他的时候,我意识到他真的看起来非常生气。"就此打住,行不行?不要动不动就是这个反应。我只是很好奇,仅此而已。我知道你肯定是疯了,才没能把握机会把我抢到手,这是你的错,而不是我的。"他咧开嘴淘气地笑着。

"这不说明任何问题。"

"扎克说你心情低落。"

"好吧,这么说,你是知道所有的事情了。你也知道了我拿手提包砸他头的事了?"

"呃……"

"老天啊!真是没有一点隐私了!"

"你看,朱丽叶。"杰森揉了揉脸庞。我正在让他变得身心疲惫。过去我就总是会让他身心疲惫。"我答应了,我就会做到的,相信我。不过,我还是觉得你应当和扎克一起来。"

"什么?为什么?你是什么意思?"

"我觉得你也应该和扎克一起做运动了,或者是自己单独来也行,就和我在一起练习,无论怎么做,都能对他有所支持。我在健身中心有一个自由通行证。我们可以一起游泳,打羽毛球,打乒乓球,想玩什么都可以……我觉得这对你们两人都会很有好处。"

我心头突然涌过一丝惊恐的感觉。我说不准到底是为什么,大概是杰森会看到我穿着一身泳衣了。我真的有泳衣吗?

"好吧,杰森,你能想着我们,真是太感谢了。"我到底在这里做什么?难道我不是正在让我们之间存在友谊的事情冷下来吗?不过那样的话,他就能够帮助扎克了。我知道这一点。他真会出手帮助扎克的。

"为什么不呢?"

"因为这件事不是关于我的事,这是扎克的事。"我说道。

"真的吗,朱丽叶?"杰森说道,同时再次捡起了那个小薄片,"你确定你相信自己说的话?"

扎 克

世界真相：从有记录以来，最重的男人重达635公斤。

渔夫教堂建于一九六六年，这是教堂门顶上情况介绍中的内容。

介绍中写道："致神的荣耀，沉重悼念丧命于海上之人。""沉重"表明悲伤和严肃的氛围。我每次来这里都感到非常沉重。在这里，周围的气氛有点悲伤，但是也绝对很有趣。这里有许多木板，上面刻满了一九二〇年以来所有去世航海者的姓名（"航海者"是对渔民的另一种称呼，不过我更喜欢航海者这个名字，因为听起来绝对非常有冒险性）。这里的介绍甚至还会告诉你，随他们沉入海底的是哪种船只。我要找一次机会到教堂里，在那里花一整天的时间背诵各种历史事件；我还会带着一份打包好的午餐去那里，整整一天记诵那些拖网渔船的名称，这是我一直以来的小野心。例如，在一九三二年一月二十八日，就有一艘名叫S.T.莱斯特的拖网渔船不幸沉没，全体船员不幸罹难。他们的尸骨可能还在海上四处漂荡。

不过，我来小教堂的目的也不只是了解那些逝者的故事，我来这里是因为海洋就在我的血脉里（不是真实的海洋，实际上，我的血液和任何其他人都一样，这只是一种比喻，意思是我也来自一个渔民家庭）。所以来到这里之后，我就感觉我与他们同在，就像我的家人已经超出了我的母亲、外婆和外公组成的圈子，变得更大。这种感觉只可意会，不可言传，但是这种感觉妙不可言。而且，我来这里也会祈祷。我不会双膝跪倒在地，而是只坐在长椅上，在脑海中默念祈祷词。这就是祈祷这件事的好处了，没有人会知道你正在祈祷。

今天，我的祈祷文是这样的：

"亲爱的耶稣（我的祈祷文也是向神说的，不过我觉得我与耶稣之间有更多的相同之处。你看，他的父亲也不在他身边，而且他的朋友也都是渔民），我向您做的告解，希望您在倾听。我从未将艾丹·特纳的名字放到'校园霸凌举报箱'中。我告诉老妈我这样做了，是为了让她高兴，但是我真的没有做，对不起。因为如果我真的做了，艾丹就会知道是我，他就是会知道，然后我又会害怕他会对我做什么，蒂根说那些小混混能够像狗一样闻出恐惧的味道。上帝啊，我不想再害怕了，我讨厌害怕这种感觉。害怕会让我的肚子很难受。撒谎也让我感觉很难受，但是我正在适应撒谎，您也会适应这种情况，只是一段时间而已，到我最后赢得胜利就好了。这就是我所做的一切：给我的老爸一个机会，也找到我母亲曾经爱过的唯一男人。我不能让那些小混混耗费我的精力，因为我需要为了完成寻父任务而积攒精力，这也是我没有将艾丹的名字放到举报箱中的原因。知道老妈曾经爱过老爸，这本身就已经让我不那么害怕了，那么耶稣，您能原谅我更长一点时间吗？您知道我一般都不撒谎，这次的撒谎必然有所值。另外，如果您对我不是那么生气，我能够加一个让我快点找到我老爸的额外请求吗？"

正在这时候，出乎意料地，教堂门旋转打开，阳光一时间照射进来，蓝色的玻璃窗仿若巨大的蓝宝石般骤然亮起。难道是耶稣驾临，回应我的祈祷词了？很快，我意识到不是耶稣降临了。门口进来的是一个老头儿，身材高大，戴着所有老年人都会戴着的那种帽子。他在我面前停下。我对他微笑了一下，但是他没有对我回以微笑，只是默默在小教堂里四处走动着，速度非常缓慢。你只能听见他的鞋子踩在地板上发出的咯噔咯噔的声音。这种声音已经让人有些毛骨悚然了。我不知道我是应该离开，还是留下来，于是我就留了下来没有动。不管怎么说，我感觉我的屁股就像黏在了椅子上。突然之间，那个老头儿转过身来。

老头儿："能问问你在干什么吗？"

我："没干什么，就是看看。"（我不想告诉他我在祈祷，这种事很私密，让人有点尴尬。）"你是教堂的业主吗？"

老头儿："不是的，我是教堂的一个托管人。那么你自己一个人到底在这里做什么呢？我得告诉你，我可不是刚出生的小朋友。我知道你们这些小子最近一直来这边，把这儿当成了收容中心，对这个地方太不敬了。"

为什么有些成年人心底认为所有孩子都是坏蛋呢？我开始朝外走去，一副表示抗议的样子。

老头儿可能是现在感到很内疚，就在我身后喊道："喂，你不是和别人一起来的吗？你妈妈或爸爸呢？你的家人呢？你要是进来坐坐的话，一定是有人陪着的。"

我在门口转过身，抬手指着纪念石碑："实际上，他们就是我的家人。那个石碑上的每个人都像是我的家人一样。过去我的外公就做了二十五年的渔夫！海洋就在我的血脉里。"那个老头儿则是一副看上去非常震惊的样子。

于是我步行回到了家里。我既为那些渔夫感到愤怒，又感到悲伤，因为我敢打赌，他们也不想要一个这样颐指气使的托管人，但现在他们远离人间，他们肯定也没有什么发言权了。不过最重要的是，我感觉好多了。我感觉自己很伟大，当然，这只是我自己心里想的。我看着商店窗玻璃里的自己，放声笑了起来。

蒂根和我决定，以后每个周一都将是我们的寻父任务日。所有人都知道周一是一周中最无聊的一天，但是现在周一成了我最为期待的一天。而且老妈说我现在周一不需要到她工作的地方和她一起回家。这样我就可以直接回家，无形中让我和蒂根有了更多时间参与我们的寻父任务俱乐部的活动。但是那个周一，我在学校里过得并不好。有个人在我的椅子上放了一封信，课间休息之后回到教室时，我就发现了这封信。信上说："亲爱的哈钦森家族的大肚子贾巴，约吗？我觉得肥胖男孩很性感哟！！！"在我读信的时候，艾丹·特纳和他的手下都在放声大笑。整件事情很愚蠢。我把信随手扔进了垃圾桶里，不过这封信还是让我心里感觉很难受，一种恶心，但是又饥饿的感觉同时爆发，这种感觉在我意识到他们在游泳课上偷了我的衣服或者去年圣诞节会演时我要走上舞台的时候都有过。

迄今为止，我们已经开了一次会议，但是地点是在我们小区环岛的总部里。这个环岛里的所有东西都破破烂烂的了，一脚踩在上面都会踩穿木头。不过这里是秘密行动的绝佳总部，因为这里垃圾遍地，没人怀疑你会在这里策划寻找亲生父亲这么重要的任务。今天外面在下雨，于是我们就在我房间里开会。蒂根坐在我的床上，而我则坐在我的懒人沙发上。懒人沙发绝对是这个世界上最令人舒服的东西了，你一坐进去，这种沙发就会把你拥抱起来。

"那么，到现在为止，你发现什么了？"蒂根腿上放着我们的文件夹，还在用我的曼联钢笔有一下没一下地敲着文件夹，"我来做笔记。"

我们的首次会议只涉及各种规则，比如在另一个人说话的时候，你不能说话，而且我们也发誓要保守秘密，如果任何人告诉了其他人任何事情，那这个人就会被这个"寻父"任务俱乐部开除（而由于这个俱乐部只有我们两个人，这种事一旦发生，就是灾难），而如果你想要在会议之外的地方讨论这件事，你需要在开始说话之前，先说"杧果"。这是我们从同学康纳那里学到的。"杧果"就是我们的秘密口令。

不过这次确实是我们的第一次正式开会。整个会议让人感觉既兴奋，又害怕，就像是我们在进行一次正式调查一样。

"我告诉过你我知道的事情了。"我说道。时间已经过去一周,而我收集到的情报寥寥无几,我感觉很是难堪。之前我觉得既然我知道老妈不恨老爸,那么问她一些关于老爸的事情会很轻松,但结果却不是,恰恰相反,变得更难了,因为似乎这件事变得更重大了。我跟外婆谈到老爸,她只会告诉我,"你只需要知道你最好是对此一无所知就行。"所以现在我就只剩下外公可以问了,结果他只会在外婆不在场的时候才谈到老爸。而在上周三的时候,我们还一起去吃了炸鱼薯条,于是我就问了他一些问题(而且还得到了一些答案!)。

"我知道你告诉过我,不过还是再跟我说一遍吧。"蒂根说道,"这样我就能记在文件里了。"有时候,我觉得蒂根就是喜欢用不同的钢笔把东西记录在纸上,至于记录的是什么反而不重要。

"他的名字是利亚姆·琼斯,在格里姆斯比出生,和我母亲在一起的时候是一个甲板水手,也就是说,他要为船上的全体船员做饭,当然,还要做打鱼的活儿。那时候他很可能会像我外公一样做一个渔夫。"

"你找到关于他长相的任何资料了吗?"蒂根问道。

"他有一头黑色头发,身材普通。"

"身材普通,你是什么意思?"蒂根说话的时候,她头发里插着的巨大红色花朵摇曳不停。这是她最喜欢的东西,自从在达美乐比萨饼店外面发现这朵花之后,她就一直都戴着,而我也很喜欢这朵花,因为我可以隔着几里远就看到她。"你说,什么是正常?所有存在的东西都是正常,这也是为什么正常就是正常,因为它存在。只有那些你从来没见过的东西才是不正常的。"

"举个例子?"

"比如说带角或者有三只眼睛的人。你从来没见过这些东西,是吧?"

我摇了摇头。

"这就是为什么它们都不正常。"她一副斩钉截铁的样子。

"我是说,不是真的很胖,也不是真的很瘦,"我说道,"介于两者之间的大小,我的意思就是这个。"

"介于两者之间的大小。"蒂根一边说着,一边将我的曼联钢笔换成了一支绿色的签字笔,"我把这个用绿色记下来,因为这属于描述部分,行吗?"她在我床上向后坐了一下,靠着散热片——那里是我的懒人沙发之外最温馨的坐处了——看着我们文件里的信息。然后她深深地叹了一口气。"手上就这么点东西,我们根本找不到他。格里姆斯比有很多身材普通,又是黑发的人。"

"可不是有很多人都叫利亚姆·琼斯的。而且,我知道了!"我说道,一边把我的手指掰得啪啪响我有了一个灵感,"咱们可以去码头问问那里的人。如果他是一个甲板水手,那里的人可能会认识他。"

蒂根的小脸皱了起来。每当这个时候,她的小鼻子就显得更小了,而实际上,她的鼻子已经是你能见到的最小的鼻子了。难怪她觉得有时候很难正常呼吸呢。

"不过我们还不知道你老爸是不是还在打鱼啊。就因为他在格里姆斯比出生,在你出生的时候,他还在打鱼,并不说明他现在还在打鱼啊。我老爸就在格里姆斯比出生,以前甚至还没有什么工作。他很可能在你出生后就跑了,还换了工作,这样的话,我们的调查就会浪费很多时间。我觉得咱们应该先找出一些关于他的信息,还有他住在哪儿。在镇子上查找那些与你相像的人的时间总是有的。"

"不过他看上去可不像我。"

"你怎么知道的?"

我心想:"因为首先来说,他身材普通啊。"

"我就是知道。"

我真希望我能有一张老爸的照片来帮我们一下,不过不幸的是真没有。我从来没见过他长什么样子,因为在我出生之前,他就已经跑了。他甚至从来没见过我或者拥抱过我,就那么离开了。但现在我知道了,如果我老妈曾经如此爱他,那么他的离开必定有一个非常强大的缘由。我要做的就是找出这个缘由。

我们两人都静坐不言,心里翻滚着自己的念头。我能听见老妈在厨房里做着我们的下午茶。然后有一个灵感涌上我的心头。"我有个主意。"我说道,同时站起身来。从懒人沙发里站起来是一件非常难的事,这就是懒人沙发唯一不好的地方。"你在这里稍等一会儿。"

我蹑手蹑脚地下了楼。"你还好吗,扎克?"老妈从厨房里对我喊了一声。我应该派蒂根过来,而不是亲自下来。蒂根可以在你听不见的情况下跑到家里的任何地方。她身轻如燕,做这种事情真的是太容易了。

"很好啊。"我对着老妈喊了一声。

"你在干什么呢?"

"给蒂根看点东西。"

"好吧,下午茶很快就要好了。就吃烤金枪鱼意面,行吗?"

自从收到那封信之后,老妈就整天在 iPad 上翻找健康食谱,还亲自下厨煮饭。"噢,好的。"

"十分钟后,好吗?"

"好,到时候我们下来。"

我轻手轻脚地走到客厅,走到靠背长椅的扶手处拿起 iPad,顺手塞进了我的套头毛衣里。最近老妈可是一直坐在靠背长椅这里查找各种食谱。我可没有感到有什么内疚。外婆和外公把这台 iPad 作为送给我和老妈两人的圣诞礼物,而且,所有这一切都是为了一项伟大的事业。等我找到我老爸,而老妈也重新得到她一生所爱的人,我们甚至还有了更多的钱之后,他们都会感谢我的。我输入密码(也就是我的生日),然后上了楼,在蒂根身边坐下。

"看这个。"我说着,然后在搜索框中输入了"如何寻找你的父亲"。

很多条信息一下子就跳了出来!毕竟互联网是史诗级的发明,它能告诉你你想知道的关于任何东西的真相,你只需要向互联网问一个问题就行。你甚至可以输入"关于香蕉的十个真相"来搜索,互联网就会告诉你十五个真相。比如说,你知道香蕉有放射性吗?

出现在搜索结果开头的网址是 www.findergenie.com。我们俩很喜欢他们的"寻亲精灵"这个名称,于是就点了进去。"想要找到你父亲吗?"网站上写道,"我们能帮您找到您的父亲。"网页上有一幅一位女士和她父亲在一起的照片,他们看起来好幸福,就是向你表明以后将会发生什么,而且网页上还有一个视频。

"点击视频!"蒂根说道,一边拍着手。视频里面是一位金色头发的女士对着你说话:"他们在二十四小时之内就找到了完整的联系信息和地址。"蒂根发出一声小猪一样的兴奋尖叫声。但是视频上的女人看上去不是那么高兴。她说话的样子就像是那些人找到了她丢掉的一只鞋子而已。"要是我找到我老爸,我一定会比她更兴奋,然后他们就会拍下我的视频放上去了。"

我们查看了一下"寻亲精灵"这个网站。想要寻找父亲,你需要做的就是填写一个表格,但这个表格要求有一个电子邮件地址,这恰恰是我们没有的。

"不过这儿有个电话。"蒂根说道,"给他们打个电话!"

"我不敢。"

"为什么不敢?"

"我就是不敢。"

这可能是耶稣在回应我的祈祷,但是我感觉这个答案来得太快了,我还没有准备好。要是他们也在二十四小时之内找到了我的父亲怎么办?那就是明天会发生的事情,我可不想我们的调查这么快就结束。而且,我也突然之间对于见到老爸有点害怕,不过我还不敢告诉蒂根这一点。

于是我就钻进了老妈的卧室,拿起了老妈放在床边的电话。不过在下一刻,我就手里拿着电话,愣在了那里。

如果他不喜欢我会怎么样?如果他不支持曼联球队或者不再当厨师了,我该怎么办?如果他已经有了一个能和他一起踢足球的儿子,我又该怎么办？是他儿子不用总是当守门员的那种正式的足球比赛吗？

我听见蒂根在叫我，但是我还不想现在就去她身边。从老妈的房间，你能看到我们以前在加里波第公寓住过的地方，我曾经在那里与母亲同住在一间卧室里，卧室里的床还中间下陷。公寓窗户里的灯都已经亮起，因此那些窗户都发出橘黄色的光。这让我想起了我咳嗽或者喉咙酸痛的时候老妈给我的菱形止咳糖。

如果我们真的在二十四小时之内找到了我老爸，那么我的生活就会在周末之前发生改变。我会有一个老爸，老妈也会有一个男朋友，我们的生活就不会再只有我和她了。

正在这时，蒂根跑进了房间，带动着头上的红色大花颤动个不停。"你在干什么呢？"

我把电话递给她。"求求你来打电话好吗？我不想打这个电话。"

蒂根在我身边坐下，把我的手轻轻推到一边。"不行，必须你来做，扎克。"她说道。她的眼睫毛非常长，几乎可以碰到她的眉毛。"你是要找到你自己的老爸。"

我的心怦怦跳着，我又体会到了那种恶心，但又饥饿至极的感觉。我在键盘上按下号码。有人接听了！

"您好，欢迎致电寻亲精灵！"

接电话的女士是美国口音，听起来非常友好的样子。

"您好。"我说道，"我的名字是扎克·哈钦森，目前我在格里姆斯比的索恩比中学上学，我需要找到我父亲，请问……"不过那个女声只是在继续说着。

"非常高兴您选择我们替您寻找对您来说至关重要的人，我们可以非常自豪地说，您的寻亲之旅可以到此结束，因为我们保证寻亲的结果。然而，作为世界上最为成功的寻亲公司之一……"

"您好？"我再次说道，"您能听到我说话吗？"

"怎么了？"蒂根对我低声问道。

"她不管我,正自顾自说着呢。现在说我们正在排队中。"

"告诉她我们需要快一点。要是你老妈发现的话,她一定会发疯的。"

"呃,不好意思,你觉得我们能插一下队吗?"

不过这时候已经有音乐响起了。播放的音乐正是英国女歌手埃利·古尔丁的《一切都会发生》。我和蒂根两人放声大笑,真是太好笑了。电话中的女人直接就开始放音乐,把我们扔在一边了!

"扎克吗?你们俩在我卧室里干什么?"

突然之间,老妈出现在门前,看起来一副生气的样子。

"什么也没干。"

"那你给谁打电话呢?"

"没给谁。"

"好吧,我可没钱给你付打给那个'没给谁'的电话费,你自己出钱哦。"

然后蒂根就出来拯救了整个场面。"事实上,我刚才想要给我老妈打电话,看看她情况还好吗,因为我妹妹得晚一些回家,现在只有我老妈一个人在家。"她的眼睛看向了我。我嘴巴用力吸着脸颊,因此没有微笑。

老妈看了看我,又看了看蒂根。你能看出来她对我们的话连标点符号都不相信。"好吧,那么,请问你们现在可以下楼来了吗?你们的下午茶已经准备好了。"

喝完下午茶之后,我和蒂根就又给寻亲精灵网站打了电话,这一次,我们终于打通了。不过这发生在我们发现这是一项付费服务之后。刚开始,我以为她的意思是他们会付钱给我,但结果不是,太不幸了,她的意思是我们要付钱给他们!首先我们要支付四百英镑,而我们两人的银行账户里只有一百四十六英镑,这还是将两个账户的钱加在一起的金额。而且,你的年龄必须到了十六岁才能使用寻亲精灵的服务,或者是请一位家长来帮助你。

这样的话,就没有什么可说的了。我们没有四百英镑,我们没有电子邮件地址，我们也不可能找老妈来接电话。最后我们认为寻亲精灵无法帮我寻找到父亲。

之后，我步行送蒂根回家。外面的雨下得正大，我们两人都伸出舌头，接着从天空落下的雨滴。只要你不住在像切尔诺贝利那样放射性强的地方，直接喝雨水是十分安全的事，而且味道非常好。比如说，如果你要制作一种称为"世界之饮"的饮料，那它肯定就是河流、天空和山川的味道。

"我觉得咱们应该回到最初的计划上，就是问问本地人来查找信息。"在我们回到她住的大楼时，蒂根说道，"我们不能只靠你母亲或者外婆，因为在正式调查的时候，他们会到处去问的。"

"不过我不知道我能找谁去问。"

"只要是知道点什么的任何人都行。"

"要是他们对我们发火该怎么办？"

"他们不会发火的。而且，扎克，"她的眼神向旁边瞟去，好像她对要说的话感到很紧张，"我想要说的是，只是想要见到你父亲，这或许还不够。"

"什么意思？"

大楼外面的灯光让她的眼睛像是老虎的眼睛一样在闪着光。"我的意思是，我想要看到我老爸，但是他不想看到我，甚至他在一年以前还和我住在一起呢。"

"我知道。"我说道，眼光落在地面上。我不知道还能说什么。

"我不是说你身上也会发生同样的事，我也真的希望这种事情不会发生。但是这种事确实有可能发生，所以我想要你做好准备。"

"好吧。"我答道，虽然我真的不知道如果我们都不准备要找到我老爸了，她说的这一切的意义又何在。

"无论如何，让咱们尽量利用这次任务吧。"她说着，脸上又露出了笑容，"从现在起到你生日那天，让咱们利用好我们生活中的每一天。"

我觉得你应当尝试一下好好玩玩,无论能否找到你父亲,都要做最好的自己。"

"好啊。"我鹦鹉学舌地重复着。我再一次不知道接下来该说什么。"明天见。"

步行回家的途中,我独自悄悄地仰头喝了一路的雨水饮料。我也在想我的老爸会在哪里。他有可能还和我在同一个国家吗?他和我一样处于同一片雨下吗?他是否曾经想起过我?我有如此多的疑问想要得到答案。

"扎克,过来一下,我有话和你说。"回到家之后,老妈对我喊道,而我觉得在打过她卧室里的电话之后,我的麻烦要来了。"好吧,你肯定会为这个消息欢欣雀跃的。"在我们都在靠背长椅上坐下来之后,老妈开口说道,"从现在起的每个周一,你不用先回家,然后在家里等我下班回家了,我已经安排你去见杰森了。"

我的心情沉重起来,我又有了那种站在电梯里下行过快时的感觉。

"为什么?"

"就是在健身中心,"老妈答道,"做一些有趣的事啊。他可能会带你去踢足球或者游泳。你还可以在他的健身室玩一下,扎克。他能免费使用那里的设施。机会难得啊。"

"周一我没空。"我答道,心里却想着我们的寻父任务俱乐部,这个该怎么向老妈解释。

老妈笑了起来。"扎克,你十岁了,你说你周一没空是什么意思?你周一的时候要干什么?玩掷飞镖吗?还是和小伙伴们夜里外出?"

"我就是没法儿去,也不想去。"我答道。然后老妈就看上去一副很沮丧的样子,而我也感觉很不好。

"扎克。"老妈坐回靠背长椅上,用一种似乎她从来都不曾认识我的眼神看着我,然后说道,"这可不像你。我还以为你会非常高兴呢。我以为你很想杰森,你之前还一直问我咱们什么时候去见他。我看不出你为什么再也不想见他了。"

我感觉压力有点大,我想快点离开这里。"我真的很喜欢杰森,我也确实很想他。不过他还是可能会跑掉的,不是吗?就像我的亲生父亲一样。除了外公之外的男人都会像这样跑掉。我只信任外公一个人。"

说完后,我站起身来就要离开。我说出的话确实是我心里想的,不过没说出来这么恶言恶语而已。我这样说是因为我想要有一个站起来离开这里的理由。但是老妈拉住了我的手,把我拽回了长椅上。

"扎克,坐下。现在你来告诉我你发生了什么事。为什么突然之间就说你父亲的事呢?为什么有这么多问题?我也很抱歉他没有与我们联系,亲爱的,不过我也没有办法。我告诉过你,他不配有你这样的孩子,没有他的存在,你会过得更好,为什么你就不能接受这一点呢?"她眼中噙满泪水,双手也在颤抖着。这种情况真有点烦人啊。我已经知道了她对老爸的真实感受,那她为什么要撒谎,说没有老爸在,我会过得更好?

"而且咱们过得还不错,不是吗,扎克?"她说道,伸手轻轻抚摸我的后背,不过她这样做是因为她心情不好,而不是因为我。"咱们过得不是很好吗?只有你和我两个人,不行吗?"

"嗯。"我答道,不过我不知道,真的不知道。我不知道应该想什么或者相信什么。

"那现在我能告诉杰森,你答应了吗?"我不想让老妈马上开哭,于是我点了点头,老妈则满脸微笑,站起身来离开了房间,不过我仍然有很多的问题要问。

"我会去的,不过你为什么不告诉我真相?"我在她背后喊道,这时老妈刚走到门口,随后立即停下来。

"什么真相?"她转过身,问道。

"关于我老爸的真相。你曾经很爱他,但为什么现在一直说他是一个很讨厌的人,是一个废物?我搞不懂。"

老妈双手捂着嘴巴,深深地吸了一口气,布伦达老师告诉过我在我感觉很紧张或者伤心的时候,可以这么呼吸。

"你什么意思,扎克,你说我曾经爱过他?"

"你自己说的。"我答道。我再也憋不住了,真的是受够了天天憋在心里的难受劲儿。"你喝醉酒的那天晚上,你说你爱过他,他也爱过你,你只想要一个他那样的男朋友。如果你那时候那么爱他,那他肯定是一个不错的人,我想知道关于他的真相,老妈。我想你告诉我关于他的事情。"

老妈已经一言不发,只是双眼瞪着我,一副不敢相信我竟然说出这些话的样子。

"扎克宝贝。"她语气沉静地开口说道。在我的心脏开始怦怦跳起来时,我意识到就因为我之前一直屏住呼吸,我的心脏之前就已经怦怦跳了很久。"我不爱你的父亲。"这时候,我又体会到那种恶心,但是又饥饿的感觉慢慢进入我的肚子,取代了那种快乐幸福的感觉,就好像从一个美好的梦中惊醒一般。"我的确曾经爱过他一次,很久以前了,但现在不是了。我怎么可能在他离开我们,离开你之后,还爱着他?你可是我生命中最重要的人。扎克,有时候你觉得你了解某个人,但实际上你根本不了解。我以前认为他是一个不错的人,值得我托付终身,但是结果并不是这样。"

下一刻,我突然放声大哭起来。我想要控制住不流泪,但根本无法控制住。

朱丽叶

　　扎克去睡觉之后，我首先开始吃的就是吐司面包。我的胃中那种七上八下的感觉始终只能用吐司面包来压制，特别是在晚上九点钟的时候。吐司面包怎么说也算有益一些，要比松露巧克力、千层雪冰激凌蛋糕或者香肠三明治有益多了……不过在我吃下一整条面包之后呢？问题是，我知道在我处于这种状态的时候，只要我将一片面包放进烤面包器，那么唯一可以帮我放松这种紧张感的事情就是再来一条吐司面包。

　　之前我还认为我有多长时间？直到他十三岁吗？还是十六岁？难道我可以直到我生命的尽头都不用告诉他关于他父亲的真相吗？我将另两片面包放进了烤面包机，心里想着我对现实的抗拒怎么变得如此糟糕了。我还说过我爱他！很明显就是这个样子，虽然扎克是不是听错了我的话还不得而知。我为什么会那么说？我怎么能在所有这一切发生之后，仍然爱着他呢？

　　不过，我一直都在告诉他同样的事情，他也一直都深信不疑，至少我一直都保持着一致的态度。"你父亲从来不想知道，他在你出生之前就离开了。他从未见过你。他就是一个废物。"所有这些都只是为了保护他，而这一切原来都很好，只是近来才有各种问题开始汩汩而出。不过我觉得这只是一点无伤大雅的好奇心而已，我还能应付得来。以前我觉得要是他不问一些奇怪问题的话，我可能会猜想他会不会有点不正常。但是今天晚上，他的问题对我来说已经到达了一个全新的层级，触及了我心理准备的盲区。那些都是一个事关重大的问题和要求，这种情况下，我又该说什么？真相只会让他伤心欲绝。

上一次他问我关于他父亲的下落时，他还只有三岁。那是在八月，当时我们正坐在环绕着克里索普斯步行区跑动的小火车上。当时我们前方有一个和扎克同样年纪的小女孩和她父亲一起坐在车厢里，每一次我们乘坐的火车经过一些有趣的东西，比如泛舟湖或者海滩上的驴子，她都会大声尖叫，"爸爸！爸爸！快看啊！"

扎克则是一副呆若木鸡的样子。他一言不发地坐在那里，双目瞪着前方，绝对是被那个和她父亲一起外出游玩的小姑娘给迷惑住的样子，这种情况一直持续到他问了一句："我的爸爸在哪里？"他说这句话的时候正看向大海，好像是在向大海询问着这个他人生中迄今为止最大的问题，而我没有听到回答（因为我也因为听到这个问题而害怕着呢），他开始大喊起来，"我爸爸在哪里？我爸爸在哪里？"那个小女孩觉得这样太好笑了，于是也加入进来，他们两人就不停叫着："我爸爸在哪里？"他们两人在火车上不停喊着，直到那个小女孩的父亲转过身，不管他们的吵闹，对着他们说："要是他比我更明智的话，那很可能是在做比照顾你更轻松的事了。"

除了在那辆小火车上感受到的糟透的羞辱之外，我觉得我可能已经摆脱了这个问题。但那天晚上，在我送扎克上床睡觉的时候，他又问了我一次他父亲的问题，这一次可就更难以糊弄过去了。

"我爸爸在哪里？"他问道，一双冰蓝色的大眼睛直接看着我，一副对我说的话完全信任的样子。

我和他一起钻进被子里，那时候这也是我的床，而且这个床中间下陷,就像一个吊床一样,所以我们两个能滚在一起睡觉,就像一个网里的两条鱼,然后我回答说:"亲爱的,每个人都有一个爸爸,但不幸的是,不是每个人的爸爸都和他们住在一起,也不是每个人的爸爸都是好爸爸。"

"我爸爸是个好爸爸吗?"

"不是,真的不是,宝贝。"

"为什么?"

"因为他甚至都没有尝试做你爸爸,这不是你的错,而是因为他非常愚蠢。"随着扎克长大,这种套话也不断变化,"没有尝试"变成了"逃之夭夭","他非常愚蠢"变成了"他就是一个废物"。但是里面所传达的信息是相同的:他不想知道你,而且没有他,你的生活会更好。

吐司面包从面包机里弹了出来,让我立马跳了起来,我在上面涂抹了很多的黄油,以至黄油在上面累积成一个小池塘,看上去就像水淹的平地。我很快吃掉那两片面包,上面美味略咸的黄油顺着我的下巴流了下来。吐司面包尚未烤透,但色泽金黄,正是我最喜欢的样子。但是那种焦虑感挥之不去,让我如鲠在喉。现在扎克正在楼上睡觉。我知道到了明天,我可能就要不得不回答关于他父亲的更多问题了,我不知道我能说什么。他是一个废物吗?我以前从来不这样想,我曾觉得他是千年才出一个的好男人!我无法想象这个男人能够属于我。但是利亚姆·琼斯,如果你都不在这里为你自己负责,你能让我怎么想?怎么回答这十年来我一直百思不解的无数个问题呢:那天晚上到底发生了什么——你为什么要和别人打架?你是否始终都像你父亲一样,而我因为对你的爱,却始终对此视而不见?为什么你从来不曾联系过我们或者为我们拼过命?你是否真的爱过我?最重要的是,你是不是从来没有想过你的儿子是什么样子?你曾经与他度过两周甜蜜的日子。没有了他,难道不会给你的人生留下一个空洞吗?我的生活中没有了你,我的人生中就一直有着这样一个空洞啊!

现在已经是九点三十分,我打开电视,想要转移一下自己的注意力,但是没什么能抓住我的注意力。我仍然有着那种可怕的胃部紧缩的感觉,而我知道任何的抗拒都是徒劳无功的。这就是焦虑感、头疼(无论你用什么称呼它)对我造成的影响,这种影响让我觉得,如果我不能像在火苗上盖下床垫来灭火一样消灭这种影响或用食物来麻痹这种影响,我一定会因此而死掉。于是我转身进了厨房,打算再只多吃一片吐司面包,结果大约半小时以后,我在吃了三片面包以及几乎一整个蒜味大法棍面包之后,才从厨房出来,但我绞尽脑汁也想不出来我什么时候把那个大法棍面包放到烤箱里的。当时我心里想的是,我都已经这样做了,干脆一条道走到黑,彻底放飞自我算了。于是接下来,我又吃了一块巨大的千层雪冰激凌蛋糕,上面还饰以松露,我感觉我是在恍惚之间吃掉了这块蛋糕,而等到我察觉到自己在用手指刮着碗,将蛋糕吃得一干二净的时候,我被吓了一大跳,我想了一下是不是要让自己恶心一下,把吃下去的东西吐出来。不过这个想法只是一闪而逝,很明显,我对自己的震惊还不是那么大。于是我再次打开电视,想要再次转移一下自己的注意力,但这时候,电视上已经没有什么节目了。现在离我真正上床睡觉的时间还有至少一小时,而我觉得那种痛苦和孤独的深渊已经在我体内打开,就像我意识到了某件重要的事情,一件能让我悲痛欲绝的事情,而我却无法确定,无法真正理解它。这可能就像是你所爱的某个人去世后,第二天早上你醒来的最初几秒钟。这种痛失亲人的感觉还没有降临到你身上,但是你知道它正在前来的路上。

我记得冰箱里有两罐啤酒,于是我就找出来,坐在桌子旁边,借着冰箱灯发出的光,将两罐啤酒喝掉,都懒得将厨房的灯打开。我觉得我已经有一点醉了,这也是为什么我做了接下来的事情,那就是到了楼上。家里没有可以照见全身的大镜子,不过有一个可以照到腰部的中等尺寸的镜子,在卫生间里还有一个差不多大小的镜子。于是我将一个镜子靠着我卧室里的暖气片放着,另一个镜子靠着木片,在上面放好。如果我向后站得足够远，我就能看到我的全身。我想开一个针对我个人的批判肥胖人士的晚会。于是我首先脱掉了我的运动衫，上身只穿文胸站在那里。从前面看还算不错，我觉得女人身上凸凹有致的地方，我仍然保持得不错。我仍然是一个女人，虽然说是一个有些柔软和圆乎乎的女人，要比我脑海中所存的照片宽大一些，但是并没有比我心底怀疑的要坏。不过之后我就脱掉了牛仔裤，这样我就只穿着内衣站在镜子前了，我侧了一下身，脱掉了文胸。我凝目注视着我在镜子中的映像，强迫我自己仔细观察。身体凸凹有致，该瘦的地方瘦，该肥的地方肥，但是还有几片后背脂肪，其中两三块就在我后背的肋骨处凸出着，就像是我垂在肩头的两块多余的布匹。我的腹部是蓝白色的，这是因为这部分肌肤已经好几年没有见过太阳了，而且像是围裙一样悬在我的扎口短裤上。我尝试了一下动用我所谓的胃底肌来拉起腹部，结果它仍然垂在那里一动不动，好像在向我做一个大大、肥肥的道歉。我探身向前，让自己承受更猛烈的羞辱，让这段肌肤整个悬空晃荡着，它看上去就像是一个巨大的奶牛或山羊乳房，根本就不像是我身上的东西。如果我用手把这块肌肤收集起来，我就有了可以覆盖一个小孩子全身的皮肤和脂肪。

有时候，我也在纳闷儿利亚姆是否曾经在脸书上搜索过我的信息，就像我曾经搜索过他的信息一样（他不在脸书上，很明显他不想让我们发现他），是否曾经见过我现在的身材，然后心里想着他，而不是我，才是有幸逃离这一切的人。再说，我的身材也从来都不曾苗条过，我就想在他和我约会的那段时间里，他真的从来没有对我产生过什么幻想吗？在那段时间里，他说我怀孕的时候美得让人惊心动魄，以及在此之前，他一直说他非常爱我的身材线条，难道他说的话都是在糊弄我？要是这样的话，事情就讲得通了。因为他离开我们的时候是那么淡然。

在我生下扎克之后，虽然我一开始就爱上了这个小家伙，但是那时的生理反应的确让我很难受，特别是在最初的那一周。我患上了乳腺炎，扎克也不好好吃奶，接着就是我身上的缝线（因为扎克是一个重达十磅的新生儿，所以缝线是针对生产过程中出现的二级撕裂伤）也感染了。不过利亚姆对我非常温柔，满满的柔情蜜意。我从未感受过在那段时间所感受到的安全感。我曾经以为没有人能够像他那样爱我。但现在我怀疑，在他将温暖的法兰绒衣服放在我不断发痛、出现涨奶的乳房上时，在他抱着我，而我一边哭着，忍受着下身那种可怕的牵拉痛，同时又半笑着，问他，"利亚姆，现在你心里还对我有那种幻想吗？"而他回答说："更多了，我对你的幻想更多了。"所有这些的时候，他难道是对我完全的撒谎吗？在他们本来要去"为初生婴儿的健康干杯"的那个晚上，他出去喝酒，喝醉了并和人打架，就是因为他突然之间感到遭人设圈套，怒而伤人吗？他是一个父亲，一个二十一岁，所有的小伙伴仍然自由自在，享受单身生活的父亲。

在我发现自己怀孕的时候，他曾经有过一段犹豫不决的时期。那时我们非常年轻，我才二十岁，他才二十一岁，我们有一周的时间没有见面，这让我颇为震惊，而老妈告诉我，"我早就说过，朱丽叶，他根本胜任不了父亲这份工作。如果你想要知道对一个男人的评价，只需要看看他父亲就行了。利亚姆和沃恩没有什么两样。"不过那时候利亚姆一直都很诚实，我们再次见面之后，他向我坦言说，他很害怕自己无法承担做父亲的责任，他也从未在这种恐惧上向我撒谎。不过他说他很爱我，他会站在我身边支持我，他也会竭尽所能不会重复他父亲的历史。随后我们相互拥抱，他向我再三保证，而不是用他的诚实态度把我搪塞过去，因为这就是利亚姆，他从来不会装出样子来糊弄人。他总是把自己心底的话说出来。但是现在我怀疑老妈是否正确：他可能只是一直都无法胜任父亲这份工作，或者，更直接一点来说，这是一份他不想要的工作。

"朱丽叶，你不觉得在为烤餐会点火之前，我们最好先把衣服收起来吗？"

十年之后，每当我想起利亚姆说这句话的时候，仍然会让我露出会心的微笑。这几乎算不上什么值得回忆的一句话，这句话既不是对不朽之爱

121

的宣称，也不是特别有趣，但是正是这句话，让我在脑海中一遍一遍回味，带着久违的爱意一遍遍冲刷我的思维，因为这句话成了那个时候、那几周里利亚姆的缩影。这句话概括了扎克出生之后，利亚姆瞬间承担的两个角色：男人和父亲。

在他说这句话的时候，他正站在我父母的厨房里，扎克就放在他胸前的婴儿吊兜里，他站着切卷心菜，准备做他的家庭凉拌卷心菜。那时扎克只有十天大，朋友和家人们都会来参加我们的烧烤餐会。

我则开着他的玩笑。"请问您是谁啊？"我问道。同时将身子挤进工作台和扎克之间，用我的双臂抱住他们两个人。"我是刺猬温迪琪夫人？"他向后探了探身子，看着我，像以前做的一样，用他宽大柔软的手掌帮我把掉落在脸上的头发拂开。他黑色的头发遮住了他的一只眼睛，阳光从我们那天早上从烤餐店里买的烧烤架的耀眼光芒上折射过来，直接闪进了他的眼睛里，凸显了他瞳孔周围迷人的黄色。烧烤架是送给老爸和老妈的礼物，也是我们正式成人的象征。我仍然记得当时我感到自己是多么幸福，他当时看上去是多么英俊潇洒、风流倜傥，而我们的孩子绑在他的胸前，更是凸显了他的这种气质。

"什么？"他答道，一半是笑着，一半是因为我在打趣他展示对家庭挚爱的过程而有点受到冒犯。"我可不想他的连体衣被烟熏着。我只是头脑清醒而已。这里一定要有一个人头脑清醒才行。"他说得对，问题就在这里了。他成了那个头脑清醒的人，成了那个像是鸭子喜欢水一样喜欢上抚育婴儿、将家庭放在第一位的男人，而我却仍然在努力适应着全新的环境和角色。那一刻，我感觉利亚姆整整一生都在等着说"我们最好先把衣服收起来"这么一句话。我曾经认为他在长大的过程中就不曾了解过那种温馨的对家庭的挚爱，而他现在则正乐在其中。

但现在，即使是在十年之后，我仍然无法将这两个人的形象合在一起，一个人说着要将他孩子的衣服收进来，以免被烟熏到，并且还在周六的下午站在厨房里切卷心菜；另一个人则与人打架，导致我弟弟不幸身亡，然后自己从这个地球上消失得无影无踪，也不想回来看看自己的儿子。

感到也有点自讨苦吃了，我将放在另一个镜子之上的镜子拿在手中，转过身，将镜子举在身前，以便我能看到仍放在暖气片顶上的镜子里我自己的后背、我的整个身体后面、硕大的屁股，以及所有的东西。下一刻，我的眼泪喷薄而出，因为这不仅仅是我的身材或者我身上的肥肉。这是所有这一切的现存状况导致的，包括在我臀部皱起、让屁股看起来像两袋粥的脂肪团、皮肤的下垂以及身上的多个洼处，还有，我看起来就像多年来就一直将我的这具身体塞进裤子、文胸和内衣里，但在十年的时间里，从来都不曾考虑过它、照顾它或者真正观察过它。现在我三十一岁，而我的身材却如同两倍于我相仿年龄的女人。我母亲的身材都要比我好。接下来，我开始失声痛哭起来，但原因并非只是我的身材。在我人生中的另一段时间里，比如说，在我生下扎克，而且身材肥大的少数几天快乐日子里，我每天幸福得忘乎所以，会因为围裙所代表的含义而将围裙围在我的牛仔裤外面。但现在，肉肉的"围裙"代表着完全不同的含义。

你看，虽然我从来没有承认过这一点，但是我始终都认为我要比这个小区的人都要略高一个等级。我生命中的这个阶段就只是一个阶段而已，我注定会得到更好的东西，我的归宿一定是在某一个地方：扎克和我肯定会找到回到那种归宿的路径。我也考虑着有一天我会找到重回大学校园的机会，届时，我可以接受教师培训并成为我儿子的行为模范。过去我一直认为我这么爱我的儿子，这样就已经够了，但实际上，事情并非如此，不是吗？仅仅爱他们是不够的，你还要去指导他们，变得更坚强。我自己并不坚强，我很软弱，这是我看到镜子里的我时对自己的看法。我并不比住在这个小区里的大多数人更好。我和他们一样，也将自己的生活过得一团乱麻。

我感觉在你真的精疲力竭之前也只有这么长的时间抒发感情了，而我最终在十一点的时候沉重地倒在了床上，让黑暗慢慢笼罩我，也慢慢笼罩住我肆意漂流的思绪。

在成长的过程中，我们的生活就围绕着食品打转。我们用食物来怜悯、庆祝以及安慰自己。老爸从来不在周一的时候出海，因为周一出海被认为是不祥（不要问我为什么，渔民的风俗就是这样），这就意味着扬帆远航的日子一般都是周二，而这也同样表示在周一的晚上会有一场盛宴：面拖烤肉、老妈的红肉卷、鸡蛋和培根馅饼……而且届时总是会有一份很丰盛的布丁，一般是一块蛋糕或者提拉米苏。老妈甚至说这顿晚宴的目的是在老爸前往冰岛或格陵兰岛深水区域为期三周的航海旅程之前让他吃胖起来，这样一来，他到了那里，只要靠朗姆酒和香烟就能活下来了，不过这毫无疑问只是她在安慰自己而已，因为一旦她又一个人待在家里，她就会开始担心这一次老爸是不是能够安全回家了。

一旦老爸出发，烘烤食品的生活就开始了，这也是她转移注意力的方式之一：馅饼、果馅饼、蛋糕和香酥粒面团……一样接一样。老妈说我弟弟双手放在面盆里是最快乐的时候，而我敢说她也是这样。老妈会提前知道老爸的回航是否有好的收获，如果是的话，她就会从码头办事处回来的路上弄到一笔贷款，而且总是能从那里拿回很多食品做的礼物来补偿之前一周里我们在食品方面的匮乏。当然，接下来就是接风宴，这时候，老爸总是会晚到，浑身散发着一股啤酒味，从本次的渔船战利品中带回家几包鳕鱼或者挪威海蜇虾作为晚回家的赔罪。对于渔业社区来说，钱或许一直很紧张，但是食品却从来不会短缺。如果老爸失业了，或者几次出海捕获都成果不佳，那么其他的船长和甲板水手，甚至还有码头工人、切鱼片工人和那些认识老爸的人都会在我们门前放一些装满鱼的匿名袋子，里面的鱼类包括黑线鳕、鳕鱼，甚至龙虾。

所以我们一直都有食物，而我可能一直都是一个等待发掘的吃货，只是那种身为女孩的虚荣心才让我免于变得过胖。实际上是这种虚荣心和爱才帮助了我。不过在我感到悲伤或者孤单，而现在又是深夜的时候，我还是认为我只有吃下半袋饼干才能暂时感到幸福，这是在杰米去世，而利亚姆又离开我之后，我才形成的一种应对不良情绪的机制。我这样做是为了填补我心中那种空空如也的大洞，当然，这些食物从来都没有够过。没有什么东西能填补我心中的空洞，相反，似乎我吃得越多，生活对我的侵蚀也就越大。

我对扎克进行安慰投食了吗？我当然想要安慰他。但是多数情况下，我是吃东西来安慰我自己，他只是搭个顺风车吃点东西而已。

这是我第一次用这个角度来看问题。现在，我将此付诸笔端。扎克身体肥胖是因为我身体肥胖。我意识到我对扎克有所亏欠，亏欠他那些欢乐的时光。我一直以来都不是那种表现最好的妈妈。毕竟我说过我不爱他的父亲，这个消息已经让他非常失望了。难道不是我亏欠了他，至少要让他了解更多关于他父亲的情况吗？作为他的母亲，难道我不是可以为他做这件事的最佳且唯一人选吗？

麦 克

今天又是周二,这是扎克来我们家的一天,也是我们最喜欢的日子,而现在,扎克正和我坐在客厅里看电视。我们最喜欢自然节目,比如英国广播公司的《蓝色星球》《哺乳类全传》《地球脉动》……系列纪录片,而现在是"扎克与我的星球"节目时间。这是我们两人的"节目"。我们一起观看电视时也有自己的仪式:那就是我们两人都会倒上一杯茶,通常还伴有一块蛋糕,由扎克在放学回家之后与琳达一起制作完成,而我总是坐在我的扶手椅上。扎克会坐在最靠近我椅子的沙发一侧,所以我们两人看上去几乎是并肩而坐。在他大约七岁之前,他一直都是坐在我的腿上,或者挤在我的大腿和扶手椅的扶手之间,然后手里抓着我的耳垂玩,对他来说,这就相当于他的安心毯子。现在他已经长大,不再适合坐在外公的腿上。我现在开始强烈怀念那些时光,怀念那种身体接触带来的亲密感、他胖嘟嘟的身材以及我把鼻子伸进他的头发里感受他的气息。他的头发呈麦黄色,像是粗糙的厕所刷子,与我们的儿子杰米小时候一样。有时候他也会伸过手来,拉住我的手,刚才他就这样做,握住了我的手。我经常无缘无故从他那里得到一个拥抱。在这些美好的时刻,我心里想的是:怎么从来没有人告诉过我们,你会像爱你自己的孩子一样爱你的孙儿辈的孩子,而且他们也会回报你的爱,给你带来如此多、如此浓烈的爱,至少我的外孙是如此。在一个拥抱最初美好时刻的几秒时间里,我心里一直想着这拥抱怎么就成了我生命中最美好的享受,最可爱的惊喜呢。接着我就记起了我曾经做过的一切,我所面临的现实状况,而这已经成为我最大的痛苦,而且这一切始终是苦甜参半。所以,在我欢快地问"嘿,我到底做了什么,得到这样的结果?"时,我真的是在问我自己这个问题,但始终找不到答案。

要是你是一个改过自新的酒鬼,你也会在按照两条共存的时间线中生活。一条时间线浮于表面,多数普通人(也就是非酒瘾患者)的生活就依据这条时间线:我今天做了什么,我明天要做什么,我上周做了什么……然后就是另一条时间线。这条时间线藏在你的心里,位于你心底最深的地方,蜷缩起来,充满焦虑与不安,只涉及"当下":当下我没有在酗酒,当下我的情况还不错。如果我能够将一只脚正放在另一只脚的前面,向前走成一条直线①,那么我就一切还不错。

到今年夏天,我就已经戒酒九年了,而我仍然不觉得生活中有什么可以让我无须根据后一条时间线生活的阶段。如果你能将这种纠结解开,展开它,你就会发现这是我每天都在走的钢丝,一不小心就容易从上面掉下来,但是前方还有很长的路要走。我还会再次酗酒吗?我相信我不会这样做。但是我心里并不清楚。对我来说,这是除了失去扎克和我的家人之外,世界上最可怕的事情,但我本应当之前就想到这一点的。

突然之间扎克倒吸一口气,身体向他座位的边缘挪动了一下。"我的天啊,外公,看看那头小象多大啊!它是怎么出来的……"

---

① 此为步行回转试验,属于人体平衡试验的一种形式,用于测试受测者是否有能力驾驶机动车辆,被试人员须沿着一条直线行走九步,边走边大声数步数(1,2,3,…9),然后转身按原路返回。

我则暗自发笑。"什么？是母象怎么生下它的吗？"

现在我们两人正在看着电视上的纪录片《动物宝宝们》，这也是他最喜欢的纪录片之一。琳达则在我们四周忙着，拍拍靠垫，让靠垫蓬松起来，收拾各种盘子，听到我们说的话，则翻了一下白眼。"你们两个人啊，说实话，"她说道，"我从未见过像你们两个软塌塌躺在那里这么懒散的。"

"好吧，这就是你从你妈妈身体里出来时候的样子。"我对扎克说道，"我们都是哺乳动物。我们进入世界的方式都一样。"

他看着我，眉毛上挑，好像在说"你说的话信息太多，我有点不懂"，然后又重新开始看节目，但是我知道接下来会发生什么了。

"外公，再跟我说一遍好吗？就是我出生时候的故事。"

"哦，不行，不能再讲了。"（我只是在开玩笑，我很喜欢这样，扎克同样也喜欢这样。）

"不行不行！就讲这个。"

于是我就告诉了他在我第一次见到他的时候，我是如何放声痛哭的（他很喜欢这段小故事，这说明他稍微有点自恋），以及在他从医院回到家里的第一天，他又如何无缘无故地大哭大叫，没有谁能把他安抚下来。但在我把他抱起来的时候，他又是如何停止哭叫的，诸如此类的种种故事。

"外婆说过什么？"他问道，满脸笑容，虽然他早就知道答案，而且之前已经听过这个故事上百遍了。

"天啊，快看看！你照顾自己亲生孩子的时候怎么没有无师自通这种技能呢。"然后扎克就会咯咯笑着，他每次听到这儿，都会这样笑。

我不会告诉他琳达是如何加上后面的话的。"我本来说你呼吸出来的气息都是白兰地味的，不过我现在已经不能这么说了。"扎克对于我曾经酗酒的情况一无所知。他不知道在他出生之前五个月的时候，我是如何在前半生酗酒的生活之后痛下决心，戒掉酗酒这个坏习惯的。

在二〇〇四年圣诞节，我在酒馆里连续待了十小时。琳达把我从里面拖出来，对我下达了最后通牒，"继续狂喝滥饮，还是咱们的家，你自己选一个。"直到这个时候,我才意识到当时就是必须做出决定的时刻了。当时朱丽叶孕期已经大约度过一半,我还记得圣诞节那天,我喝醉了坐在桌子旁边,看着朱丽叶在厨房进进出出帮她母亲做饭,我的女儿也马上要做妈妈了,当时我心里想的是,"够了,我不能继续这样下去了"。除了最开始那段宛如酷刑一般的脱离酒精环境的过程(在开始那段时间,我在没有匿名戒酒互助社的帮助下做到了),我无法否认的一点就是之后的几个月里可能是我一生中感觉最好的日子。过去我一直都认为要是你喝酒的话,酒吧里会发生很多很多有趣的事情,但是如果你不再饮酒的话,你会发现你的生活中会发生更多有趣的事情。身边的一切似乎都明亮了起来,就仿佛我的世界打开了变光开关。色彩变得更加绚烂,各种气味也能更触动味蕾;我的种种念头也如此清晰,我甚至可以看到这些念头。突然之间,各种小小的奇迹就在我所到之处出现了,我在哪里都能找到那种简单的乐趣,比如太阳从云彩下方穿过的时候照耀得码头上的破旧房屋一片金黄,让它们似乎重新获得了往日的荣耀;阳光照射在布伦德尔公园球场上,让格里姆斯比镇的球员们看上去像是超级巨星;海上飘来的空气;海鸥的叫声。我很长时间以来都错过了这些美好的东西。

但现在,我又重新活了过来。我感觉自己就是一个全新的人。我在生活中有如此多可以期盼的东西。其中,首先也是最重要的,那就是我那个英俊可爱的外孙。现在我瞅了他一眼,看到他的全部注意力都在《动物宝宝们》这部纪录片上,一张嘴张得大大的,加上他圆胖的身体、睁大的眼睛和对我那种令人痛彻心扉的信任,在我看来,他仍然是一个婴儿。他给我带来了无法言喻的快乐。

我仍然能准确地描述出我彻底爱上扎克宝贝的精确时刻,甚至那一秒。那时他只有四天大,家里只有我、朱丽叶和扎克。当时朱丽叶要去午睡,于是我说让我来照看孩子。结果他一会儿就醒了过来,一副紧张不安的样子,我想他可能是在纳闷儿他妈妈怎么不在身边,跑到哪里去了。于是我就抱着他到屋子外面去,到我们的后院中。我抱着他站在院子里,他暖暖的小身子就在我肩头慢慢动着。我仍然能够历历在目地记起那是怎样一种感受，他的身体是多重。于是，我就对着他不断说话，告诉他我在海上打鱼时的故事、高达十五米的海浪以及某些神奇的时刻。那时，我们的船几近倾覆，我们都觉得在海洋的飞沫中看到了耶稣的脸庞。最终，他再次睡去，小小的嘴巴张着，就像此刻他满脸惊奇的样子。然后，我低下头看向臂弯里的他，他头部的新生儿囟门带着全新的生命气息不断搏动，他的眼睛在眼皮下不断动着，我在此时只能感受到那种纯粹的、令人心旷神怡的爱，那时我想，我再也不想去海上挣生活了，再也不想酗酒了。我不想冒险做任何可能将我从扎克这个小宝贝身边带走的事情。我变成了我能做到的最好的外公。这可能是我人生中最美好的时刻了。

但是接踵而来的就是杰米去世的那个晚上，我生命中所有的灯光都骤然熄灭，我感觉我刚刚从沉睡中醒来，直面我的人生，却发现我已经再次失去它了。

扎 克

世界真相：地球表面积百分之七十的地方都被水覆盖。

"好了，全体注意！"劳拉阿姨身穿光闪耀眼的紧身裤，头戴一个忍者头带，站在克里索普斯海滩的中央位置，像一只大猩猩一样甩动自己的双臂。她的样子让我们所有人都咯咯笑起来。"首先我们需要热身。要是你在跑步或者做任何锻炼之前不先热身，那可就是自找麻烦了，大家明白了吗？"我、老妈和蒂根都点头表示知道了。我们都抬手遮蔽着自己的眼睛，因为此刻的太阳正在从海面升起，从劳拉阿姨背后散发出光芒，衬托得她如同天使一般耀眼。"所以我希望你们三个都照着我来做。首先是屈膝，我说的是真正做到位的深位屈膝，胳膊要像这样摆动，懂了吗？"不过，她的一举一动更像个军士长。老妈说感觉我们就像是进了军队。

"一——二——你可以做一个更深一点的屈膝，朱丽叶，加油。"

此时此刻劳拉阿姨就像一个专家。在她屈腿后蹲时，她的屁股几乎能碰到沙子。我也在学着她后蹲，但是我的胳膊卡死在高处，我也没法儿让我的腿同时弯曲，两条腿完全不听我使唤。整个场面真的是非常非常搞笑。

"呃……咱们能集中点精神吗，扎克？"劳拉阿姨在大声喊着，不过因为受到空旷海滩的影响，她的声音听起来仍然不大。克里索普斯海滩占地极大，风景秀美，而且这里的沙子是制作沙堡的绝佳材料。家门口就有这样的好地方，谁又会傻傻地跑到国外去玩沙子呢？你甚至不需要一直跑到海里去舀水来让沙子黏在一起，你的沙土炮塔本身就能屹立不倒。所有这一切都来得无比自然。

老妈在我的右侧，蒂根在我的左侧（我身处中间位置），我们都不愿看着对方，就怕自己开始放声大笑起来。不过，蒂根双臂甩动得比我快多了，我能用眼角看到她的双臂像疯了一样转动。"呃……没有人觉得咱们这样有点傻吗？"突然她开口说道，她的声音听起来有点小。她仍然在头上戴着那朵红色大花。大花在海风中晃动不止，我担心她可能会把大花给丢了，因为我感觉这朵花下一刻就会飘到空中，掉落到令人发晕的海中，从此再也见不到了。

"请集中精神，蒂根。"劳拉阿姨说道，"我今天不想任何人在热身的时候不专心而导致肌肉拉伤。"

一位遛狗的女士在劳拉阿姨身后停下脚步。她就站在那里，双眼瞅着我们，甚至连假装一下没在看我们的样子都懒得做，而她的小狗在一小块海草上拉了一小块便便。这一点我无法埋怨她，因为我们看起来肯定是一副很傻的样子，而劳拉阿姨的脸色则是严肃无比（而且她也不知道有一只小狗在她身后的地方拉了便便）。这让我们更难控制自己不咯咯笑出声来。

"下面，双臂像这样画圈！"

"咱们要是飞起来了怎么办？"蒂根问道。

"你说的话只代表你自己哦。"老妈说，"有你的两条小胖腿，你一时半会儿也飞不起来。"

这句话正说到点子上，我们所有人都突然放声大笑起来。劳拉阿姨的脸色又转为严肃，老妈在她背后的地方敬了一个礼。然后我们所有人都笑了起来，这次，劳拉阿姨也忍不住和我们一起笑起来。她说我们都是怎么教都不会的噩梦学员，特别是我老妈。

"我算是知道了，朱丽叶·哈钦森，你还是那个班级耍宝王，"她说道,"仍然是最厉害的班级耍宝王啊。"

现在正是周六早上。天气晴朗却寒冷,这一般是我最喜欢的天气,不好的一点则是我们所有人都在克里索普斯海滩上准备跑步。(至少现在不是热得要死,否则情况岂不是更糟?!)不过与跑步相比,我还有至少一百万件其他的事情想要在周六早上做。下面就是其中的前四项:

1. 观看《周六厨房》这档节目。我最喜欢的部分就是他们评选最喜欢食品和最厌恶食品。现在我最喜欢的食品是奶酪土豆泥,而我最厌恶的食品就是糊状豌豆。我无法想象有人会真的喜欢糊状豌豆。你只要打开装食物的盒子,就会发现它们闻起来像放出来的屁一样。
2. 观看足球比赛。
3. 在我的《真相解密》一书中查找各类真相。
4. 吃吐司面包上我自己的耳垢。

最后一项只是一个玩笑,只是用来说明我是多么不喜欢跑步。今天我站在这里,一部分原因是到这里跑步是劳拉阿姨和老妈的主意,而我不想伤害她们的感情,但主要的原因是我和老妈之间订下了一个协议……

"扎克。"我们做完热身之后,蒂根对我低声说了一句。跑步还没开始呢,我就已经累得要死了。"过来一点,我和你说句话。"

我马上就靠过去。蒂根一滴汗珠都没有流。要不是她正拿着药物吸入器吸了一口药,你根本不会知道她刚才做了身体锻炼。蒂根有哮喘症,这也是为什么她在六年级的时候一直请假。现在她需要频繁地定时使用吸入器,目的就是以防万一。

"现在,我是知道这样做简直太可笑了。"她低声对我说话,这样老妈和劳拉阿姨就听不到我们说话了。不是说她们本来就能听到,而是因为海鸥的声音太大了。我感觉这些海鸥很是知道海滩是属于它们的,它们想多大声就多大声。"不过还真的觉得咱们得集中注意力，是吧？"

"当然了。"我说道，就好像我真的是这个意思（好吧，我真的是这个意思）。"当然了，绝对的。"

"我可不想你浪费什么精力在那里咯咯咯直笑。"她一边说着，一边将她的头发绾在头顶，扎成一个马尾（她扎马尾的速度快若闪电，简直让人叹为观止），"而且我也不想你在前五分钟里就用尽所有的力气。"

"我不会的，真的。"

"那就好。"

"我一定会按照自己的节奏走。"

"我会给你加油的。"蒂根一边说着，一边将吸入器放入她的拉链口袋里。你一眼就能看出她是怎样一脸意志坚定的模样。"等你觉得很难到达的时候，我就已经会在那里了，就像啦啦队队长一样。一定记住啊，我们可不能失去这次机会，你母亲可能不会再给出这么好的条件了。"

她说得对。我可不能把事情搞砸了。老妈已经许诺说我每跑步五分钟，她就告诉我一条关于我老爸的真相。这是一次不容错过的机会。这就意味着如果我能跑上半小时，她就会告诉我六条真相了，而如果我能跑一小时，那就会是十二条，谁知道呢，说不定其中一条真相就是至关重要的线索，也可能成为我们调查的突破口。所以蒂根也跟着过来了，这样一来，她就能在旁边为我加油鼓劲儿，提醒我如果我能一直跑下去，我可以得到多少条真相，而且其中有那么一条真相说不定就能让我找到老爸。

最初，在老妈说她不再爱我老爸之后，我受到了沉重的打击，我甚至还为此大哭不已。就好像是寻找老爸的这次任务本身，包括我们放进文件夹中的所有信息和我们召开的所有会议都只是在浪费时间而已。我感觉任何事情都没有意义了。如果我老妈不再爱我老爸，那么让我老爸来参加我的生日聚会也就没有任何意义了，只会让整个场面变得很尴尬而已。

我知道，在新年前夜给老爸写那封信的时候，我仍然认为老妈非常痛恨老爸的胆小如鼠。那时候我对此也不关心。我只是想要他来帮助我们。这种情况就像是在你要溺亡的时候，你绝对不会说"不，对不起，你不能救我，因为我老妈说你是一个笨蛋白痴"。你根本不会对此吹毛求疵。不过之后就是那次地狱约会夜，老妈说了那些话，这改变了一切。我无法描述这是什么情况，不过我第二天早上醒来的时候感到万分兴奋，这种兴奋的感觉比我有过的其他任何感觉都要更强烈，甚至强过了我想要上厕所时肚子里那种非常非常强烈的感觉。这种感觉大过其他一切感觉，超越了那些感觉。而现在，这种感觉也烟消云散了，那些原来的感觉又回来了，而且比之前更糟糕的是，我心灰意冷，甚至连蒂根都不想见到。

不过接着，在大约十天之后，事情就乱套了，而我却突然对万物的真谛有了一丝顿悟。顿悟是指你悟通了什么大道理，这个词也表示主显节这个节日，也就是你需要把圣诞树拿掉的日子。你肯定不会相信一个单词能够同时表示一件如此让人热血沸腾的事物，和一件让人失望至极的事物。

我的顿悟是在我完成一些非常简单的事情时出现在脑海的，那时候我正在写下我了解到的所有真相，并且意识到这些事情没有一件真的发生了变化。我甚至还了解到了另外几个真相：

真相一：虽然老妈说她不再爱老爸，但她毕竟曾经爱过他，那么也肯定能再次爱上他。

真相二：我在信中写的东西仍然是真的：好吧，我老爸确实遗弃了我们，不过要是他从来没有见过我，他怎么知道他不想成为我父亲呢？如果他和我老妈永不再见对方，他们又怎么能一直爱着对方呢？

真相三：让他们两人破镜重圆是我的责任，因为除了我，还能有谁做这件事呢？

真相四：老妈一直告诉我，我老爸不想知道我们的情况，不过似乎她也不想知道老爸的情况，不是吗？不尽然。她从来没去找过他，也没有再给他一次机会。

小大人

　　我给蒂根打了电话，告诉她要在双杠那里会面，到时我给她看所有收集好的信息。她很高兴我有了一次顿悟。我们两人甚至说我们很想念对方，因为我们之前从来没有过连着四天没见对方的时候。

　　她手里拿着我们的文件夹，坐在最低的单杠上，读着我写下的清单。突然，她非常夸张地用力喘了一口气。

　　"就这个第四条！"她一边说着，一边用手指戳着纸面，"太真实了，我老妈当年就是这么干的，或者说这就是她当初没去做的事。"

　　"你的意思是？"

　　"我的意思是我老爸离开我们，跑去跟那个盖尔住在一起的时候，我老妈是又怒又气，不过她也没尝试着想要劝他回来，不是吗？或者是再给他解释的机会。她除了上床去休息，别的什么都没做。这简直太诡异了。"

　　我耸了耸肩，但一句话都没说。我可不想对蒂根的母亲出言不逊。

　　"总体来说，我就是认为成年人总是动不动就屈服。"她一边说着，一边伸手将头发拢到耳后去，"他们缺乏坚忍，总是太快就放弃了。这就是为什么他们有时会需要我们，就是对着他们屁股给他们一下。"

　　我放声大笑。"你准备怎么做呢，给他们屁股来一下？"

　　"以前我老爸就经常对我妹妹这么说。"蒂根说道，"意思就是说她需要更加努力才行。"

　　从她说话时将脸转向一边去的样子，你就能看出来她现在非常想她父亲。

　　外公一直都对我说，你在遇到第一个障碍的时候，一定不能放弃。我意识到现在就是这个时候了，这就是一个障碍，一个暂时的问题。

　　"没问题，所有的重大调查都会面临暂时的问题。"那天我们两人在阳光下步行回家的时候，蒂根说道，"那你觉得像《无声的证言》①这样的节目为什么会长得没边没沿？就是因为他们需要时间才能发现凶手。他们

---

① 《无声的证言》(*Silent Witness*)，1996年2月21日英国BBC首播的悬疑、惊悚、剧情、犯罪类电视系列剧。

从来不会在第一天就发现凶手，不是吗？"

她说得对，但是我仍然有点蒙。"不过咱们不是在找凶手啊。"我说，"咱们是在找我老爸啊。"

劳拉阿姨将我们所有人排成一队，准备好跑步。海滩在我们前方折了一个弯，就像一条巨大的臂膀想要给我们一个大大拥抱，我脑海中试着想象海滩的神魂拥抱着我，好像在对我说："你能做到的，扎克！什么都会好起来的。"同时，我还在努力不要向前看太远，因为这样做只会让我心里焦急不已。基本上来说，这个海滩巨大无比，其中包含各种地形，有沙滩、草滩和岩石滩，一直延伸到比克里索普斯更远的地方。海岸线环抱着整个英国，也可能环抱着整个世界，如果我开始这样想的话，我的肚子就肯定已经受不了了，因为我绝对不可能跑得完这么大的沙滩。这么跑下去，我肯定会受伤的。

"接下来我们要跑多远？"老妈问道。她也很紧张。我通过她的嗓音已经听出来她变得有点暴躁，而且在向下拉她的 T 恤，虽然她没有必要下拉衣服，因为这件衣服怎么说都已经几乎可以垂到她的膝盖了。

"别担心，咱们肯定能跑得愉快而轻松。"劳拉阿姨一边说着，一边开始动身跑步（她在我们都没想到的时候就骗着我们开始跑起来，简直太鸡贼了），"如果觉得需要，那就开始走动，如果觉得你能撑下来，那就从走动转为慢跑，好吧？"

我抬眼看了看蒂根。我可不会刚开始就走路，要想弄到我想要的真相，我得不停地跑起来。于是我马上开始跑动起来（好吧，只是慢跑，但是绝对不是走路），而且这可是我人生中第一次跑步（当然，不包括在体育课上的跑步），我甚至觉得这还不错，不管怎么说，我在脑海中将自己多么不喜欢跑步的念头扔得一干二净，一心专注不断跑动，一直看着我们前方那个沙丘的折弯处。昨天，蒂根在我们的寻父任务俱乐部总部对我进行了一次加油打气的谈话，现在它仍然在鼓舞着我集中注意力向前跑着。

蒂根在给人加油打气方面简直是天才。如果她做不成体操运动员,我觉得她应该做一个专业的加油打气家。当时她给我加油打气的时候是这样说的:

蒂根:"想想《我是名人,救我出去!》这档节目里那些身处丛林深处的人。你觉得他们喜欢喝鲸鱼尿或是吃打碎的牛阴茎吗?"

我:"不喜欢。"

蒂根:"是了,他们当然不喜欢了。他们这样做只是因为他们想要赢得星星,这样他们和他们团队里的其他人就能吃到有三道主菜的宴席,而不是只有稀粥喝。"

我和我的这次跑步也同样面临这样的情况,只不过我做这些是为了了解真相,而不是拿什么小星星,我多么不喜欢跑步这件事并不重要,因为我跑步是为了我的老妈和老爸(当然,也为了自己和蒂根),找到我老爸这件事要比吃上一顿丰盛的三道主菜的晚餐重要多了。如果非要我在连续一年三道主菜的晚餐与只能和我老爸在一起待一天相比,我敢向上帝发誓,我一定会选择我老爸。

我的腿很快就痛了起来,于是为了转移一下注意力,我将视线转向了大海。太阳在海面上洒满了闪耀的亮点,如果你认真看过去,你会发现这些亮点就像篝火节上的烟火一样摇曳闪烁。不过海洋通常让我头脑发蒙,就像海滩一样,你不知道海滩或者海洋从哪里开始,到哪里是尽头,很有可能"无边无际"这个词的定义就来自海洋。毕竟这个世界上百分之七十的面积是水,而几乎所有的地方都是海洋。你不禁会想我们得一直穿着我们的高筒雨靴,天天在水里游泳,每天涉水而行,而实际上,我们并不这样,你说这不是疯了吗?

老妈突然用胳膊抱住了我。"干得好,扎克·史泰龙同志!"她在超过我的时候说了一句(一切还好吧,她腿比我长,跑得比我快),"表现不错,为你骄傲。"现在蒂根和劳拉阿姨正在我前方跑着,不过我一点都不关心,现在我可不需要一个啦啦队长,而且她跑得好快啊!跑动间,她头上的马尾在她身后唰唰甩动，配上她肤色苍白、骨瘦如柴的胳膊和腿部，她看上去就像这海滩的精灵。

现在我们仍然跑在鹅卵石较多的地方，所以还不是很难受，但是我的短裤已经在我不可描述的部位卡住，跑动间摩擦起来很痛。我真希望我当时穿着劳拉阿姨穿的那种亮闪闪的打底裤，这种打底裤看上去要舒服多了。

"咱们跑多长时间了？"我问道。这时地势开始向上升起，因此跑动起来难度更大。老妈看了一下她的手表，稍停了一下，靠近我身边。"三分钟了，不过感觉过了好久了是吧？"

我微笑了一下，不过没有再说话。我怎么也不肯相信现在竟然只过了三分钟，不过我仍在积攒力气，继续跑动。想要在沙漠里活下来，你必须始终保持嘴巴闭合才行。这是我从书上学到的一个小窍门。

劳拉阿姨转过身来面向我们。

"你们两个还行吗？"

"当然不，绝对不行了！"老妈大声叫着。

"加油，朱丽叶。你能做到的。"

"耶，加油，你绝对能做到的！"蒂根也在那里喊着，她的嗓音很高，都盖过了海鸥的声音，"扎克，你还好吗？"

我点了点头，但是依然没有说话。蒂根之所以敢浪费自己的精力大声叫喊，是因为她精力充沛，而我不能这么做，我可得小心一点。

我开始发现在跑步这件事上，跑步并不跟台球甚至足球一样有着同等的难度；根据你跑步的地方不同，跑步的难度也不同。如我所说，石质地面还算可以，不过你要是爬山，或者在一个沙土质的丘陵上向上跑，那就惨了！现在我们跑步的地方就是如此。这就像是因为地面突然变得更难走而突然在自行车上换挡一样。我的双脚不会在沙土地上弹起来，甚至都无法拔出地面。我的双脚陷进了沙子里，这一刻我在想，这是不是就是在月球上走路的感觉，可能这也是宇航员在进入太空之前必须要保证身体极为健康的原因吧。

"天啊,再跑就要死人了。"老妈一副气喘吁吁的样子,看上去就像蒂根家的小狗,不过她还是坚持向前跑着,我不禁为她自豪。我也非常想停下来,或者稍微走上这么一会儿,不过如果老妈都在如此努力了,我绝对不能放弃,更别说这样一来,我就无法拿到我想要的真相了。

"好了,现在六分钟了。"蒂根说着,好像她能够读懂我的心思一样,"已经比五分钟多一分钟了,你知道这是什么意思的,朱丽叶。"(在她真的想要什么东西的时候,蒂根也会变得脸皮很厚。她根本不关心别人会想什么,总是有什么说什么。)

"好吧,蒂根,谢了!不过没错,一个真相到手了。"

我很高兴我们终于拿到一个真相了,但是也很担心这只是一条真相,而跑步已经变得很难了。按照这个速度,我绝无可能再跑上三十分钟,甚至是十分钟了。

"加油,扎克,你做得很棒。"现在蒂根跑在我身边,不断鼓励着我。不过我的双腿感觉就像是两根木桩,我的脸部一片滚烫,我觉得要是你碰一碰我的脸颊,你的手指头一定会被灼伤。

大家都认为跑步是很轻松的事,因为那些善于跑步的人给人的感觉就是跑步很轻松。我说的不仅仅是像莫·法拉之类的专业人士,我说的是学校里的人。以康纳为例。因为他嘴里不停说着"忙果",有时候还发出像马一样的声音,大家都认为他是个怪咖,不过康纳在跑步方面是一个好手,这是一种令人叹为观止的技能。要是你看到他跑步,你会发现他让跑步这件事变得轻松简单,甚至会让你不自觉地认为要是你也试一下的话,跑步肯定也很轻松简单。但实际上不是这样的。我可以向你保证,跑步是一件极难极难的事情。跑上两分钟,你可能觉得还不错,不过接下来你就会感觉自己马上就要死掉了。

然后我们就跑完了十分钟——又一个真相到手!不过老妈一副很担心的样子。她不停地问我是不是想要停下来。

老妈在我双目前视,继续跑动的时候,凝视着我,一副好妈妈担心心爱儿子的模样:"我觉得他应当停下来了,劳拉,他看上去马上就要晕倒了。"

劳拉阿姨说:"你想停下来吗,扎克?要不咱们先暂停一下?"

蒂根对我耳语道:"你想停下来吗?停下来也没问题的。"

不过我正想象着那些真相能像踏脚石一样带我找到我父亲。现在我不能停,我只有两条真相。"不。"我吐出这个字的时候,几乎没有张开嘴,因为这会耗费我的精力,"不,我还好,我要继续跑。"

告诉你们一个秘密,我已经在播放老爸温馨电影了,这就是可以帮助我继续跑下去的秘密计划。老爸温馨电影只是在我脑海中播放,事实上就是我想象着我能和老爸一起做什么。在我难以入睡或者想要将我的思维从难受的时刻——比如现在的跑步——转移开的时候,我就会在脑海中播放电影。我脑海中有各种不同版本的电影,不过这次的是海滩版:我想象着父亲在海中推着我在小船上行驶,或者是在海浪间搏斗跳跃,或者是在海滩上玩扔飞碟。我老妈的确很酷,因为她根本不在意做这些事情,而我看到其他孩子与他们的父亲一起做这些事情的时候,就禁不住想象这会是怎样一种感觉。

"十二分钟了!"蒂根说道。在脑海中播放老爸温馨电影绝对是有帮助的,不过我还有三分钟才能到十五分钟,马上就能有另一个真相到手了。而现在跑步对我来说也越来越难了。"加油,扎克,你做得很棒。你绝对能跑到十五分钟,还能跑更多。"

不过我不确定我能再相信她的话了。我感觉我可能就要吐了。

"我知道他需要什么!"蒂根突然说道,"他需要一个真相,不过得是一个能让他振奋不已的真相。"

"好吧。"现在老妈几乎已经是在走动了,不断扇动她的 T 恤裙,想要多呼吸一点空气,"要不咱们还是停下吧,行吗?停下来更简单。"

"不行,一个真相。"蒂根说道,"一个你现在就告诉他的真相。一

小大人

定得是一个有价值的真相哦。"

老妈没有说话。这一刻,没有人说话。你只能听见海鸥的叫声,我们所有人都一副气喘吁吁的样子。

然后蒂根就大叫起来:"朱丽……叶!"(好吧,她还真是不屈不挠。)

老妈深深地叹了一口气——你这时候不知道她这样做是因为她一边走路,一边说话太累了,还是因为她根本不想告诉我任何真相。"好吧,他有蓝色眼睛。像你一样漂亮、浅蓝色的眼睛,瞳孔周围有一圈金色。"她说道。

我对蒂根微笑了一下——我觉得这就是一条非常不错的真相了(而且老妈还说他的眼睛很漂亮!这可是个好信号)。想到还有一个与我有着相同眼睛的人存在于这个世界上,还真让人有一种史诗般的使命感,不过蒂根却拉长了脸。

"嗯,你还有另一个真相吗?因为我虽然很喜欢刚才的这条,不过这个世界上有几百万人有着浅蓝色的眼睛,我看不出……"我死命地朝着她使眼色。我觉得她马上就要把我们想要获得真相以便寻找他的事情脱口而出了!感谢老天,她适时地停住了。"好吧,那么他的中间名是什么?"她转而提了一个问题。

老爸的中间名是沃恩。(后来蒂根说这个名字听起来像是珀恩[①]。艾丹·特纳嘴里天天念叨不停的就是这些色情的东西。他说色情的东西就是两个人脱掉文胸和短裤,然后相互亲吻对方。)对我来说,这真的是一个非常古怪的名字,但是正因为其如此古怪,才是一个超级好的真相,因为整个英国不会再有别人叫利亚姆·沃恩·琼斯了。而且,蒂根的计划也发挥作用了:我了解的真相越多,我就越加坚定了继续跑下去的决心。

我了解到我老爸的半个大拇指缺失,这是因为他的父亲在醉酒之后不小心用门掩住了老爸的手指,而且他的头发也像蒂根的头发一样黑(而不是我和妈妈的浅褐色),不过蒂根并不满意。她想要更多的真相。她想

[①] 此处差点听错的姓氏是珀恩(porn),也指色情文学、作品、照片等。

要"百年来最大的老爸真相"。每个人,包括劳拉阿姨都对这个要求放声大笑。也就在这时,老妈告诉了我,我老爸的梦想就是做一个厨师,就像我一样。我简直不敢相信自己的耳朵。这是我人生中听到过的最美好的事情之一了。我对烹饪的热爱不仅继承自杰米舅舅,还继承自我自己的老爸,现在我不想跑步了,我要停下来问问老妈更多的事情,更多关于老爸的真相!

我连续跑了半小时。这已经超过了我从出生之日起加起来的所有跑步时间,等到停下来的时候,我甚至都没有机会坐下,而是俯身摔倒,就像你在奥林匹克运动会上看到运动员做的那样。即使我似乎是已经很长时间肺部呼吸不足了,即使我的整个身体疼痛不已,双腿摩擦的地方也有了一片红疹,但我确实做到了,这种感觉真的很不错。我从来不知道有一种疼痛能感觉如此美妙,不过确实会有这种疼痛。

劳拉阿姨带我们去了一家小餐馆庆祝。这家小餐馆有一个柜台,柜台前方布置了很多不同口味的冰激凌(简而言之,简直就是天堂一般)。那里甚至有我一生最爱的薄荷加巧克力渣冰激凌。不过你猜怎么着?我甚至都没有吃冰激凌,而是吃了一块果汁冰糕。(老妈甚至连这个都没有呢,她只是喝了一杯咖啡!)"想吃就可以吃冰激凌的,扎克。"在我们几个站在柜台前,所有人表现出一副口水直流的样子时,劳拉阿姨对我说,"不过我先提醒一句哦,果汁冰糕的卡路里含量很低很低,要是来一盒冰激凌,你刚才跑步可就算白跑了。"

我调动了全部的意志力才放弃了选择冰激凌。除非你是我,否则你不会理解这对我代表着多大的意义。不过我做到了,我抵抗住了来自冰激凌的呼唤,吃了一个柠果味果汁冰糕(里面的柠果用来向康纳致敬)。没人相信我能做到这一点,连我自己也不相信。

朱丽叶

出于某些我不想过多思考的原因，在我们首次开跑的那天之后，扎克就开始将跑步称作"为老爸海滩跑"，或者是一个让我心里更加担忧的名字——"为我老爸的海滩跑"。他第一次说这个名字的时候，我正喝一杯橘子汁，接下来的一刻在我身上所发生的事情你可能觉得只会在情景喜剧中出现：我听到这个名字之后几乎被呛死，而且紧接着把果汁吐得满地都是。

"老妈！"扎克使劲拍着我的后背，一副关心至极的口吻，而我则在那里不停地咳嗽着，嘴里喷溅着果汁。

"没事了，"我的脸憋成了深褐色，在我最后能说话时，我说道，"刚才只是岔气了。"你说得对极了。

我最初不理解他的这种说法为什么会让我如此警觉，不过然后我就思考了一下，我觉得这是因为我突然就感觉他的名字，"老爸"这个词，这个概念（在许多人的生命中如此简单和理所当然的概念，但在我们的生活中如同他们的一支装满子弹的枪一般成了不能碰的话题），突然之间就从假设的安全领域变成了我们中间活生生的东西，成了真实且存在的东西。

这让我开始明白过来：要是让我选择来告诉扎克关于他父亲的信息，

那我会不断解开关于他的真相，就像扎克喜欢用从我父母那里拿到的零花钱从庞德斯趣乔廉价商店里买来的"自己动手挖化石"玩具一样。你会得到一个包裹熟石膏的蛋和一个小锤子，你需要敲掉蛋上的东西，才能看到里面的鹦鹉螺化石或者恐龙化石。我觉得是发现的乐趣才给了他如此多的满足感。现在所有的"化石"都在他卧室的架子上排列着呢。

虽然这让我很警觉，但我还是得承认整件事有点让我感动的，因为扎克只了解了少数几个真相和支离破碎的信息，他就开始到处使用"老爸"这个词了，就好像他从小就认识这么一个人一样。这是想要原谅他的典型表现啊。那个笨蛋废物都不想认识他的儿子（这一点上更显得他是个傻瓜），也没有做出半点努力想要在扎克的生活中扮演任何角色，但是稍微有他的一点风吹草动，扎克就已经开始称呼"老爸这个""老爸那个"了。

当初我为什么要同意告诉扎克这些真相呢？因为我已经伤透了扎克的心，这就是原因。当我告诉他我一点都不爱他父亲的时候，他脸上的那种表情是我始终都无法忘掉的。我的本意是执行一次"让扎克幸福计划"的活动，但突然之间，他就变得非常不幸，于是我略微能做的一点事就是给他继续前进的动力，激励他继续跑步，而实际上经历过这么一件伤心的事之后，跑步恐怕是他心目中最不想做的事情了。（简单来说，即使是一切情况都很正常，跑步依然是他最不喜欢做的事情。）

不过，我真的没有"想要"告诉他什么事情。这就像打破了我这么多年来一直围绕在利亚姆身上的保护性壁垒上的封印。不过在最后，我觉得我更希望见到的是扎克再次绽放微笑，这种愿望盖过了我想要将关于利亚姆的所有事情都掩盖起来的想法——实际上只有我才失去了理智。不知怎么，蒂根用甜言蜜语从我口中套出了许多我本来没打算告诉他们的信息。

这次跑步之后，事情就变得更糟糕了。肯定是跑步后的缺氧以及看到扎克整个人都意气风发起来给我带来的眩晕感，一下子让我头脑发蒙，于是我开始热情奔放地说了起来，告诉他们所有的事情——我们的初吻以及他首次告诉我他爱我的时刻——而令人不安的事情是我竟然非常享受这个过程。就好像我的灵魂中多年以来就有一个锁起的阁楼,突然之间,阁楼大门就打开了,带进来新鲜的春风。我们确实玩得很高兴,真的很高兴。

但是,人生就是这样,给你一样东西时,就会取走你另一样东西。在那次跑步约一周之后,老爸和老妈就来到了我工作的地方,我大肆透露利亚姆信息的行为终于产生了事与愿违的结果。当时我正待在店外,在商店外面竖立的广告牌上写着新的午餐套餐。现在"三明治大王"处于风雨飘摇之中。吉诺从来不会拒绝任何一个把每个人都催得忙成狗的机会。昨天他召集我们开了一次"危机会议",把我、劳拉和雷蒙德(现在连送货员都无法逃避责任了)叫到了后面的房间,在那里向我们爆出了消息,那就是"三明治大王"已经沦落到与"三明治王子"一个级别了(需要指出的是,这就是他的原话),而如果我们不快点采取行动的话,我们的"三明治大王"很快就会沦落成"三明治狗屁"了。排除掉吉诺话语间的夸张,这确实让我感到天大的担忧。上帝啊,这个世界上我避之唯恐不及的就是失业了。我们所有人都怀疑问题的关键就在路对面新开的一家小餐馆,那里提供的"精美凉拌菜自助桌加靓汤"正在诱惑着我们的死忠粉白面包夹香肠三明治爱好者离开我们的商店。可能是大城市的小餐馆文化最后终于来到格里姆斯比了吧。

无论如何,今天我们所有人都必须想出一个好主意来。我的主意就是对博姿连锁店午餐套餐的无耻抄袭:一个三明治、一块油酥糕饼加一份热饮只卖四英镑。吉诺欣然应允,于是我就负责将套餐内容写在广告牌上。正在这时,我发现在阳光下,有个熟悉的二人组在朝我大步走来。我说大步走来的"两人组"是因为老妈在大步前行,无论在任何地方,我都能认出来老妈那种上半身先冲到前面来的走路方式,而老爸则在后面跟着,这些天来,他似乎一直都是这个样子,就好像他是老妈身上掉落的什么附属物。

他们两人来到镇子里是以前闻所未闻的事情,更别说在九点之前起床了(一方面是因为丧子的影响;另一方面是因为老爸突然完全戒酒了),我的心猛地一跳,出现的第一个念头竟然是扎克发生什么事了。要是有人在下半夜叫醒你，然后告诉你，你的弟弟正在医院里挣扎求生，你的脑子也永远不会正常运转了。从某一方面讲，你会一直都保持高度警惕。

随着他们走近，我很紧张地从蹲伏姿势缓慢站起身来。

"发生什么事了？"我说着，手中的粉笔悬停在空中，脉搏已经开始加速跳动。

"看吧，你现在已经让她开始担心了。"老爸嘴里含混不清地说着。

"那就好，可能她就需要这样担心一下。"老妈也含混不清地回嘴道，对此，我脸上只有困惑又恼怒的神情。至少这不可能是扎克，"那就好"这个词永远不会在关于她唯一外孙的不安语境中出现。

"是有事，很抱歉就这么突然到来。"老妈叹了口气，但听上去一点抱歉的意思都没有，"实际上，我们来这边是购物来着，不过你爸和我想和你说几句话。"

"好吧。"现在我仍然是既困惑，又恼怒的神情，"那个，我现在没法儿离开，老妈，我正在工作呢。能不能等等？"

老妈抚平了一下她的头发，好像她是在和我谈正事，而我注意到老爸则一只手插在衣兜里玩着一些硬币零钱，让硬币撞击发出一些响声，还一边看着身旁的路人，一副这件事和他完全无关的样子。"那么，你休息的时候怎么样？"她说，"你中午都不休息的吗？"

"一小时后吧。"我答道，"不过休息时间很短。我得赶紧回去应对中午的用餐高峰。"

"好。"老妈说道，"怎么说，我们也得在镇子里买点东西，要不咱们十点四十五分在博滨餐厅会面？"

她看着我的脸色，又补充了一句："我们付钱，别担心。"

接下来的一小时里，劳拉和我绞尽脑汁想要搞清楚那个迫切的问题可能是什么。老妈看上去有点忧虑，不是特别生气的样子。难道她和老爸没法儿再抽出他们的时间来照顾扎克了？他们是准备收拾一下，搬到西班牙住吗？恐惧感在短暂的时间内占据了我的心。没有了他们，我如何才能应对生活中的这一切？要是"三明治大王"倒闭了怎么办？要是那样，我就完蛋了。不过接下来我就觉得，他们也不会无事自扰地想要离开我，尤其是老爸，他是不愿意离开扎克的，扎克就是他生命中的光芒，而且老妈也绝对不会把弟弟一个人留在格里姆斯比墓园的那个安息之地。除非老爸最后突然怒气冲冲地说他们需要继续前行，重新开始他们的人生，要到一个没有代表着过去的鬼魂始终在他们耳边低语的地方，在那个地方不会再随处见到杰米小时候的朋友，见到那些朋友与他们的妻子和孩子幸福地生活在一起，有着他们自己的人生。

等我到了博滨餐厅时，他们两人已经在那里了，而且正在排队。老爸还想着先和我聊聊天，而老妈则很明显急切地想要直入正题。我点了一杯咖啡和一片百万富翁黄油酥饼，事实上，我根本不需要，我早前在忧心忡忡的时候，恍恍惚惚就已经吃了六个刚烤好的奶酪酥条。

老妈选了角落里的一张桌子，在杯子里倒好了茶。

"到底有什么事？"我开口问道，目光从老妈身上转到老爸身上。接着，老妈看了一眼老爸，而老爸将双手合十，指尖抵在嘴唇上，双目注视着不远处，这一刻，我突然想到他们可能是想要告诉我他们要离婚了。我觉得即使这样，我也不会感到多惊讶的，不过我会为此感到很伤心，自己的这点情绪变化倒是让我感觉有点惊讶。

幸亏事情不是我想的这样。

"我们就是有一点担心。"她一边说着，一边将茶壶放在桌上，"呃，不是，事实上，我们非常担心，担心扎克现在说的一些事。"她现在用那双严厉的蓝色眼睛直直地盯着我的眼睛，她的眼睛里从来都揉不得沙子，而我则嘴里吃着东西，一下停在那里。

"关于什么的？"我手里抓了一些掉落的黄油酥饼渣，正在这时，母亲靠近我身边，降低了声音。

"关于……你知道是谁。"她说道，"关于利亚姆。"

她在十年的时间里几乎就没有说过这个名字,而现在她刚一说完,我就很震惊地注意到我的胃里有一点不舒服,完全是无意识地抽动了一下。

"就在昨天,他在我们家里一起烤东西的时候,他说他知道他父亲以前一直都想做厨师……就像他一样。"

"哦,这个。"我身体僵住了,"没错。"

"之后他在客厅里和你父亲待在一起,觉得我听不见他说话,就说了一些让我倒抽一口凉气的话——是吧,麦克?我真的倒抽了一口凉气。"

老爸懒洋洋地点了点头,几乎是一副很不情愿的样子。

"因为他说他也知道他父亲的中间名是沃恩,而且有着和他一样的浅蓝色眼睛,瞳孔周围还有黄色。有太多的细节,这一切根本不可能是巧合。"

"老天在上。"

"是啊,老天在上。"老妈说道,声音可不小,不过我的"老天在上"更多是对扎克说的,我可怜的小宝贝,那么无辜,那么容易兴奋,根本无法阻止那些话语从自己的嘴里流淌出来,却根本不知道这些话语的意义。我对于我一直期望他能做到的事上有了一种来自母亲的内疚感。

"好吧,他一定是从某个人那里得到了这些信息,朱丽叶。"老妈继续说着,而我和老爸两个人都一言不发。"我肯定那个人不是我们中的。"

我叹了口气,突然感觉自己浑身精疲力竭。"你看,老妈。"我感觉自己夹在两种选择之间左右为难,我不想让我的父母或者扎克失望,"他现在十岁了,而且年龄也只会越来越大。你没法儿再用一个字的答案把他糊弄过去,也不能想着让他别再问任何问题了。"

"不是这样的。"老妈几乎是语气中带着一种胜利感说着,同时用茶匙敲着茶碟作为强调,"不过我还是希望你别回答这些问题,朱丽叶。"

在我意识到自己在干什么之前,我对着窗户那边翻了翻白眼,因为我第一次意识到老妈对于这件事已经变得多么妄想,处事多么不理智,而且听上去是多么疯狂。我不会怨她。我弟弟的死摧毁了她,不知怎么就改变了她的内心,所以她才变得如此不可理喻,不过她一直都迫不及待地想要让扎克不接触到这些事实,她在期望着扎克做到这不可能的事情。

老妈在说接下来的话之前,先是迅速扫视了一下房间。(在杰米去世的时候,格里姆斯比有好几个月的时间都在谈论杰米,虽然这个小镇中很多人都已遗忘了杰米·哈钦森太长时间,但是老妈的举手投足仍让人感觉杰米仍然是镇子的头条人物,说实话,这种事情让我感觉很伤心。)

"我原来还想咱们达成一致意见了呢。"她继续说道,"那就是咱们一直都保持一致口吻:他从来不想认识你们,他也不值得去了解。"

"您说得对,不过扎克永远都不会只接受这么一点东西!"我的语气中是恼怒夹杂着恐惧,"这种做法或许在他五岁、六岁甚至七岁的时候都还冠冕堂皇,但是孩子年龄越大,他们的好奇心就会越强。我和他朝夕相处,您可没有,所以您根本不知道这是什么情况。"接下来,我住口不说了,因为事实上,扎克确实和我父母住过一段时间,但只是十一月才有的事。那是我被发现在莫里森连锁超市偷窃东西之后,那时候我感觉自己应付不了生活中的事情,而且当时各种事情很不顺……

老妈小口啜了啜她的茶,老爸则轻咬着他的手指甲,继续表示出一副所有这一切与他毫无关系的样子,就好像要是他足够安静,一动不动,他就能让自己在我们面前隐身一样。

"你看,他已经开始问问题了,还有更多问题,比这更严重的问题。"我说着,却跳过了引发这次谈话的源头,那就是我是怎么告诉他我爱过利亚姆的。(我的老天,要是我老妈听到我这样说,我觉得这肯定就是她人生的终结了。)"于是我就同意告诉他一点点情况。我们已经约好了:我们和劳拉一起在海滩上跑步,他每跑五分钟,我就会告诉他一个真相。这就是一种激励手段,而且真的很有用,老妈,他上次跑了整整半小时!"

老妈的眼睛从茶杯上方打量着我。

"而且,我觉得要是他开始想要了解这些消息了,那至少像这次一样,我能对此有所控制。"我又回想起了上次早上跑步之后,我们在小餐馆中的时候,我热情奔放地对着吃惊得睁着大眼睛的扎克和蒂根说着利亚姆和我是如何相遇的。这可能就是所谓"有所控制"的反面吧。

"啊，不过这么说可就是你错了！"老妈说着，她的眼睛开始发着光，"因为事实上，他知道的越多，你能控制的就越少。"她把杯子放在桌子上，停顿了一下，可能是为了加强一下戏剧性的效果吧。"不要把他从一个单词变成活生生的人，朱丽叶。"她说道，"因为你一旦开始，结局就注定了——他就会变成一个完全丰满的个人形象，变成一个扎克能与之产生共鸣，甚至逐步发展出感情来的人。想想要是最后他发现真相，知道他自己的亲爹竟然杀了他的亲舅舅，这对他会造成怎样的打击。"

我的目光移向一边，因为我根本不相信这些事情。我真的不相信。利亚姆不是我曾经认为的那样优秀的人，但是要说他是杀人犯？一个喝醉酒之后挑事打架的恶魔？我可不这么认为。是的，他确实是揍了克里斯·海德——恐怕只有老天才知道他当时到底怎么鬼上身做了这种事——而且确实，如果他不这样做，我的弟弟也不会插手干预，结果卡在两人的火线中间，而利亚姆的一击力道极大，将海德打倒在地，结果不幸撞到了杰米。这就是一个意外，但是我又怎么能这么和老妈说呢？就像她说的，如果那天晚上利亚姆没有挑事打架，杰米肯定仍然会在这里活蹦乱跳，这就是真相。正如扎克一直在告诉我的，你是无法对真相进行争论的。真相就是真相。而且，对利亚姆的大肆妖魔化也是能让她心中的火保持旺盛的唯一的事情，要是没有了这个，她的心也就死了。

我看向了老爸。"老爸。"我说道。他一直都是沉默寡言的样子，我几乎都注意不到他了，"您怎么认为的？"

他想要开口说话，但是老妈马上插话进来。

"哦，该死的，别问他。"她说着，随手扔下了纸巾，"他就是个骑墙派。以前一直都这样，我看也不会改了。"

在那天下午的工作中，我翻来覆去思考着老妈在博滨餐厅说的话，但是我更多的是在思考老爸没有说的话。在我还很小的时候，我就是一个和爸爸特别亲近的女孩。他是我在社交生活中很合群的象征（很难想象那时候，我多少个月都不会有什么社交生活），他整个人坦率诚恳，像我一样"充满阳光"（虽然我深深厌恶这个词，因为我觉得这个词的同义词就是"肥胖"）。不过自从杰米去世后，他就不仅仅是一个洗心革面的人，而且成了完全不同的人。现在，似乎我们两人只能通过扎克进行交流，几乎就好像老爸在躲着我。要是把我们两人一起放在一间屋子里，身边又没有扎克的话，我都不知道我们是不是能和对方说点什么。这真是太让人感到悲伤了。我很想念他。在杰米葬礼的前一天，我们三个人一起去太平间看杰米最后一面。要是你在几年之前问我，要是某些不可想象的事情发生了，比如我的弟弟不幸去世，我父母会做何反应的话，我肯定会说老妈会整个人变得歇斯底里，老爸则会成为家中给我们力量、爱和镇定的人，但是后来发生的事情推翻了这一切的想当然。

相反，最初是来自他的怒火，如我所说，我都不知道他的怒火是针对谁的，利亚姆、他自己还是这个世界。当时的情况如此失控，如此本能。不过之后，他就变得沉默寡言，甚至不断哭泣，我的意思不是那种静默无声、显得很有尊严的眼泪，而是那种双手抱头、让人无法安慰的大声号哭。这种情况会让人感到很惊恐，即使是在当时的情况下，也让人很担忧。

以前，只要闻到酒味，老爸就完全不是原来的自己了，但是在其他所有方面，他对孩子慈爱体贴，对妻子温柔爱护。而现在，他似乎正在我们面前慢慢毁灭自己，这种情况吓坏了我。在我们最需要他的时候，我们竟然完全指望不上他。他到了任何地方，似乎一波的悲伤就跟在他身后变化弥漫开来，你会发现他整个人都被这种悲伤所包围，完全地沉浸其中。在杰米去世大约一个月之后，我在一天早上很早的时候又一次正巧看到他在后院无声啜泣，用自己的拳头狠狠击打自己的头，就好像他忍受不了脑海中正在发生的事。你要是抱住他，他就会哭出声来，紧紧地抱着你不松手。但是老妈呢？她悲伤的时候，什么人也不会抱住。她的悲伤只是她和杰米之间的事。她对其他任何人的参与都敬谢不敏。

我还记得负责太平间事务的男子很年轻，在两侧装着木制饰板、铺着如同苔藓般深褐色厚地毯的走廊里，他陪着我们前行时，他看上去都因为自己活着而对我们表现出一副很歉疚的样子。我们走过了一个、两个、三个房间，然后他停了下来，抬手对着一个有着黄铜把手、紧紧关闭的红木门向我们示意，对我们说道，"你们可以进去了，有事叫我。"

太平间里有些冷，闻起来有松木和防腐剂的味道。那些人真没骗我。这真的是一个停尸间，木制的嵌板和厚重的地毯，看上去特别像一间温馨房间的停尸间。一辆手推车上面放置着棺材（也是红木质地）正靠右侧墙放着，左侧墙边则有一个小桌，上面放了一个花瓶，瓶中有几枝花，还有一张杰米的照片，就是那种报纸上使用的照片。照片是一次全家人到克里索普斯的沙丘去散步的时候拍摄的，那时全家人极少一起外出散步，在照片里，杰米脸色红润，笑容满面，身材粗壮，浑身散发着生命的气息。

杰米的尸体就停放在那里，他的头离门最近，因此你走进来时，所有能看到的地方就只有他的双脚。他穿着他那双最喜欢的黑色小山羊皮匡威全明星帆布鞋，鞋子略有磨损。老妈和我还曾经对他这双鞋子有一次争论。我说这双鞋就是杰米的缩影，他穿上这双鞋就感觉最是舒服自在。她则说她从不会有一个死了之后躺在那里，脚上还穿着"两只老鼠"的儿子。（弟弟啊，这次姐姐胜出了！）

正如我说的，我曾经以为母亲会一下子扑到棺材上，然后放声哀号，不过最后却是父亲在看到我弟弟的那一刻崩溃了。他站在那里，一只手臂圈在杰米的胸部，好像是要保护他的心脏不受一点伤害，唯恐心脏一不小心就跳出来，而另一只手则捂住双眼哭泣。当时我也在哭泣，无声的泪水哗哗流下，我的羊毛衫袖子根本擦不完，不过老妈一滴泪都没有。她还在把杰米当作小婴儿一样对他抱怨着（当然了，一旦我自己成了母亲，我就理解了那时候杰米仍然是她的小宝贝，而且也始终都是她的小宝贝）。

我很紧张地向着杰米那边移动过去。他看上去很像唐纳德·特朗普。（爷爷去世的时候，杰米和我进了太平间去看他，他们在他脸上化的妆让他看上去脸色很黄,杰米一边流着泪,一边就说了'他很像唐纳德·特朗普'这句话。这句话让气氛缓解了不少。我们两人一边哭着,一边很是无礼地窃笑。不过眼下这种情景可没有任何值得笑的地方。)

老妈则在发着牢骚:"他们怎么能让杰米这样躺着?他看上去一点都不舒服,麦克。我想给他头下添一个枕头。他们就不能给他双手化一下妆吗?他的两只手都有杂色了。"杰米的双手有着很可怕、病态的紫黄色,但是他的脸看上去几乎正常,只是下巴有一点肿,他看上去好像牙痛很严重的样子。老爸只是向后站了站,仍在哭个不停。与你认为的一般人最后一次见到他们孩子时的表现不同,他没有靠近前去亲吻他的额头或者抓住他的手。老妈向后看了他一眼:"麦克,没听见我说话吗?我想在他头下放一个枕头。这里太平坦了,没有什么支撑他的头部。"

"杰米,你的在天之灵能听见他们在说什么吗?"我的心里真的想说,"你都死了,她还在开口教训老爸。"要是他能看见我们,我知道他一定会笑出声来。

"好,我马上去弄一个来。"老爸应承了下来,但是动作很轻,声音很小,好像是他感觉他没有权利待在那里。然后他就转头走了出去,回来的时候将枕头递给了老妈,然后他就说他再也受不了这里,想要离开。

在后来的日子里,老妈讲起她在太平间里见到儿子的故事,依然能够力压全场,让一众听客鸦雀无声,就像她能用针对利亚姆的刻薄话语以及"他做过什么"之类的话语让人哑口无言一样。她就像是在到处传播福音的牧师,只不过传播的恰恰是与福音相反的东西。她会告诉理发师、劳拉和那些愿意听她说话的人杰米曾经如何风流倜傥,一表人才,是多么完美无瑕,以及麦克在最后一次见到杰米的时候是怎么连碰都不敢碰他。她对于人们避讳死亡的做法丝毫都不关心。无论是杰米活着的时光,还是死去的时刻,她只想和别人谈论我的弟弟。但是老爸却不怎么谈到杰米或利亚姆,甚至根本都不怎么想到他们。

麦 克

  我小时候整天都听着我老爸和他的好朋友们对着我吹嘘他们的船被巨大的海浪拦腰拍断的故事，见证着他们在接近死亡时闪现的同志情谊，于是我心里想着要去体验一番。我也想要那种荣耀，和一些小伙伴想要上战场一样，我想到海上搏击风浪，在小镇上做一个英雄。现在，我的儿子都已经在地下沉睡了，所有的梦想都太讽刺了。

  那是在一九七一年的六月，当时我才十六岁，终于在船上找到一份工作。很自然地，这份工作是我从酒吧的一个人那里搞到的。别忘了，酒吧就是任何事情都会发生的地方，也是任何事情开始的地方：不管是各种关系，还是生命（你母亲从电话里叫我过去的时候就是告诉我你弟弟出生的消息）、工作和伟大的主意。但是这里也是那些事情终结的地方。还有各种机会。我是最知道那些机会的……

  最终我得到了我梦寐以求的短时工作——在船上做厨房帮工，每天削土豆皮，做各种杂活，清洗盆盆罐罐。不过那时我也和一些船员在一起喝酒，而且，你必须得喝酒，才能保持身体温暖、保持清醒，应对一天连续二十小时待在冰冷刺骨的潮湿和寒冷中的时光。我们可以一天两次从船长那里拿到"配额食品",包括两个芥末瓶大小的朗姆酒和三罐啤酒。不过,从一开始,我就和别人学着将我的配额藏在抽屉里,然后装作我从来没有得到过配额,这样我就能重新拿一份。在一九七六年我邂逅琳达之前,我已经是一个问题酒徒了,但是我们两人都不认为这是一个问题。我那种派对狂的生活方式也是我身上她最爱的特点之一,而且当时我也在享受那时的美好时光。那时候有很多美好时光:整个夏天,只要我不出海的时候,我就喝得醉醺醺的,在提琴手酒馆外面晒太阳。我们即兴就开一次烤肉聚餐晚会的事情成了镇子上的话题——麦克和琳达·哈钦森总是随时准备开一次晚会。这里的人们非常喜欢这样,因为没有人(至少是我们认识的人中没有人)有很多钱。我们也没有钱在假期的时候坐飞机到很远的地方去玩。我们拥有的只有彼此(和酒),我一度感觉这就是天堂了。

不过一切改变的信号早就已经出现了。在我们结婚约两年之后,同时也是我们的两个孩子降生之前(所以说应该是在一九八二年左右),我和沃恩·琼斯(当时已经在格里姆斯比臭名远扬了)在"欢乐佳节之旅"号上找到了一份工作。那是一艘长达一百五十米的大船,即将前往毛里塔尼亚去捕捞马鲛鱼和鲱鱼,然后在大加那利岛停靠四天,届时会将很多吨的鱼搬离船上。这意味着船员们都不能回家,而且有整整四天可以参加狂欢,如果有老婆孩子的话,船员们还可以坐飞机回家看他们。不过沃恩说服我,说我们需要一次狂欢更胜过需要任何老婆,于是我就告诉琳达,由于这是我第一次乘坐该船出海,我没能获准回家。后来我的小计划不幸泡汤,因为琳达在前去弗里莫大街的路上碰巧遇见了我的同伴托尼·麦凯和他的妻子在一起。麦凯也是第一次登上"欢乐佳节之旅"号,而当时我可能正和琼斯一起,在一个游泳池旁的酒吧里买醉。"等一下,麦克告诉我你们都没获准回家啊?"琳达问道。对此,麦卡(每个人都这么称呼麦凯)简直笑破了肚皮,而琳达显然不希望表现得像一个说话粗野的女人或者一个讨厌的人,也放声大笑起来,嘴里说着:"那个不要脸、杀千刀的,我饶不了他!"又过了二十年之后,在我陷入低谷的时候,琳达才对我下了那个最后通牒"继续狂喝滥饮，还是咱们的家，你自己选一个"，她告诉我，她在街上见到麦卡的时候，她的心里对我是多么失望。这不仅仅是因为我撒了谎，还因为我竟然意志薄弱到了让沃恩把我引入歧途，因为（按照她的看法）我想要和他一起喝酒的心愿强过了和她一起待在家中的渴望。她告诉我，也就是那一天，她开始意识到我可能也有一个问题，虽然一直过了很长时间之后，她才使用"酒鬼"这个词来称呼我。

我第一次使用"酒鬼"这个词是在二〇〇六年一月，我在一个冰冷刺骨的教堂首次参加匿名戒酒互助社的聚会上。"各位好，我叫麦克，我是一个酒鬼。"以前我觉得人们只会在电影上说这样的话，但是一旦你要在现实生活中这样说，这种感觉就像是一种令人感到恐惧的放松感要脱困而出，就像是要祛除一个恶魔一样。那时已经是我们失去杰米六个月后，离我第一次准备独自戒酒有两年时间，当时我已经不仅仅是郑重其事想要戒酒，更是感到前途一片渺茫，极度绝望。当时，自杀是唯一的选择，现在听起来有点戏剧性，但是那就是事实。杰米已经死了。我让他、让我的家人和我的整个社群失望了，至少我是这样感觉的，而且那时我唯一还活着的理由就是扎克，我对他的爱和我对杰米的爱并无二致。但是坦白说，没有谁想要一个酒鬼做外公，在我看来，如果我没能成功戒酒——这件我唯一还能为扎克做到的事情——那么我存在的意义又是什么呢？在那天夜里匿名戒酒互助社的聚会上，我在七名陌生人面前哭诉着这一切。他们说我能来到这里，本身就是做了一件勇敢无比的事。在我以往的人生中，我从未感到我是如此可耻的诈骗犯。

在"欢乐佳节之旅"号撒谎事件被戳破之后，过了很长时间，琳达才原谅我。中间充斥着许多悔恨的泪水、道歉和空洞的承诺，所有这些都是酒鬼的骗人手段，不过很明显，在之后的日子里，由于我还是一个酒鬼，我还是像以前一样酗酒。在我们两人一起外出放松的时候，这或许还不算太坏，但是在孩子们出生之后，这件事就变成了琳达在家里照顾孩子们，而我则出海或者待在酒吧里，然后所有的生活乐趣就到头了，无论如何，对她来说就是这样。

不过那时正是二十世纪八十年代，捕鱼业的情况还相对较好，虽然当时琳达很多时候都对我很生气，却也忙着抚养孩子们长大，懒得将我从酒吧拽回家里去。但等到了二十世纪九十年代晚期，以及二十一世纪的前十年，工作机会就真的开始减少了，琳达也得在一个老年护理中心轮班工作挣钱补贴家用。我感觉自己就是一个失败者，于是我喝酒就更多了，之后琳达就越发不喜欢我，这样就让我更感觉自己是一个失败者，事情就这样持续恶化下去。我的酗酒问题变得更恼人，更令人讨厌。到酒吧里喝酒的老伙计越来越少（他们都出去找活儿干了，在他们的捕鱼事业每况愈下时，他们都在做着能让自己的家庭维持生计的任何活计，这其实也是我应该在做的事情），我经常发现自己是酒吧里唯一的人。我就是那个悲伤又孤单的酒鬼。但是这一切又是为什么？这也是我直到现在依然在问自己的问题。是的，我们身无分文，但是我还有两个超级优秀的孩子和一个能够重新爱上我的美丽妻子，前提是我能抓住这次机会。那么我的酒精成瘾到底是怎么来的呢？我本来可以将其归罪于我那骇人听闻的童年经历，说是因为我厌恶我自己，所以才不停酗酒。但事实是我的情况正好相反：我是喜欢饮酒，所以我就喝了又喝，然后我才开始讨厌自己的。这一切都是可以避免的，如此的不必要。但是受到狂喝滥饮所带来的那种甜蜜放松感的诱惑，我爱上了饮酒，无可救药地迷上了醉酒的时刻，那种醉酒的临界点。在这个临界点到来之前，你还有继续喝下去，还是不喝下去的选择。但是这时候，我总是想要继续喝下去，想要冲过这个临界点，结果冲得太猛，使得事情已经没有回头的可能，于是我就像那个被重新扔回海里的滑不留手的猎物，溜出了渔网，进入那个充满美味、没有界限的深渊。

这件事的问题在于你最终还是需要浮到海面上来呼吸，然后直面真实的自己。

扎 克

世界真相： 蓝鲸拥有世界上最大的心脏，重约七百公斤。

辛格先生告诉我，我爷爷的名字是沃恩·琼斯，也是一名渔夫。辛格先生是一个超级聪明的人。你看到他的时候不会认为他很聪明，因为他坐在他的店铺里总是闭着一只眼，你会觉得他是半睡半醒。但他就像一只老鹰：他坐在他的凳子上就能看到所有发生的事情，因为他在这个镇子的每个地区都有店铺，他认识格里姆斯比的每一个人。

我在昨天才发现这件事（要是我早点知道，我早在几百年前就问他关于我老爸的事情了）。不过我还是问了问他是否会碰巧认识我老爸。当时我觉得还是值得一试的。

"您认识利亚姆·琼斯吗？"我在买牛奶付账的时候随口问道。（我还买了火星巧克力棒，但是那只是我那周吃的唯一一块巧克力。我绝对有资格吃一块巧克力。）

"是谁要问这个问题？"辛格先生问道。

"是我。"我答道，而辛格先生则笑了起来。"他很喜欢烹饪，像我一样，而且有黑色头发。他小时候就在格里姆斯比长大。"

"你怎么想问这个的？"辛格先生问道。他笑起来的时候如此与众不同。你能看出来他的内心深处是一个很善良的人。

"是为了完成一项学校作业。"我答道。这是第一个跳进我脑子里的答案,"是对本地人进行的一次调查。"

然后辛格先生就又笑了起来,非常努力地想了好一会儿。"利亚姆·琼斯……"他说着,手指在柜台上一下下敲击着。辛格先生的双手非常干燥,看上去就像是在面粉里蘸过一样。"你是说是一个格里姆斯比的家伙?他年龄有多大了?"

"不知道,有三十二岁吧?"我答道。这只是一个猜测,因为我老妈到十一月就要三十二岁了,通常来说,你的男朋友和你的年龄也会是一样的。

辛格先生慢慢地摇了摇头,但是接着就像某个人突然连接到了他的脑子里,他的双眼猛然睁开。"利亚姆·琼斯。我知道利亚姆·琼斯!他是沃恩·琼斯的儿子。"

"谁是沃恩·琼斯?"我问道。整件事让人非常兴奋。

"沃恩·琼斯?他是一个远近闻名的船长,原名叫沃恩,原来住在罗洛小区。我肯定你外公一定认识他。"(我不停点头,露齿而笑,虽然我从来都没有听说过他。)"我已经有十多年没见过沃恩了,"辛格先生说道,"在你出生之前很久的时候就没有见过他了。不过利亚姆十多岁的时候还给我送过报纸,那时候我还在罗洛小区开办辛格新闻社来着。不过,你怎么想到去了解利亚姆·琼斯的?他怎么和你的学校作业扯上关系了?"不过这时我尽快将我买的东西放进了我的包里,然后准备跑出门了。"谢谢了,辛格先生!"我对着身后喊道。然后我就像游隼一样飞跑回了家。我要在忘记之前,把所有东西都记下来。

那天是复活节周末放长假之前的周四,每个人(不仅仅是康纳)都一副坐立不安的样子,根本没法儿集中精神学习。我也不例外,因为今天早上,蒂根让我在休息时间到操场的哈里森的长椅那里和她会面,因为她对于我们的寻父任务有了一点灵感。哈里森的长椅是一个专门供哈里森坐的长椅。哈里森是一个我们还在读三年级的时候就因为脑瘤而去世的男孩。在他由于癌症化疗而变成光头之后,他曾经来看我们,然后在那个暑假,他去世了。你根本不会相信这种事情会发生。没有人想要坐在教室里他的空椅子上,于是我们就把那个地方空了下来,不过每一次你走过的时候,你都能感受到他的鬼魂就在那里。

等我赶到长椅处的时候,蒂根已经在那里了,她正吃着一袋培根味玉米片。

"我考虑了一下可以问你妈妈的最重要的问题。"她说道。通常来说,我们都会在说我们的暗号"杧果"后,才能在交叉路口的总部之外讨论任务的事,但是现在她直接谈论了起来。

"到底是什么?"我问道。

"我们需要问她,她最后一次见你父亲是在哪里。在针对失踪人士的所有调查中,大家都是这么做的。这是我在昨晚的一部纪录片上看到的。"蒂根的老妈很喜欢看纪录片,所以蒂根也看了很多纪录片。我曾经和她一起看过一个关于某个没有手脚、只有躯干的男孩的故事,不过这个男孩还是生活得很幸福,因为他的家人非常爱他。"他们会问那个搜索人员,也就是寻找失踪人士的那个人,他们什么时候见过那个人,当时他们在干什么,以及当时他们是否表现得很古怪。"

"什么,搜索人员?"

"不是,是那个失踪人士!笨蛋!搜索人员会知道他们本身是否表现得很奇怪,不是吗?"我点了点头,不过我还是不太确定。我老爸在很久之前就抛妻弃子跑掉了,那么我老妈又怎么会记得他什么事情呢?而且跑掉和成为失踪人士是一件事吗?这些让我头脑有点蒙。

"基本上来说,就是重新追溯你做过的事。"蒂根说道,这时我只能一言不发。"不过这个方法真的很有效。我们可以问你妈,让她回想一下最后一次见你父亲那天发生的事情,因为这会让我们更了解之后他可能去了哪里。相信我，职业侦探就是这么干的，只不过他们都会在正常的警察局询问别人，而我们只能在你们家的厨房里这么做。"

蒂根将还留在包装袋底部的剩下一点培根味玉米片压碎。这样做的话，产生的碎屑会看起来像培根碎，不用去必胜客，你只需要五十六便士就能享受到绝佳培根碎的味道。这是我和蒂根一起发现的秘密。

我知道她从"重新追溯你做过的事"的方向来协助调查是对的。有一次我丢了《真相解密》那本书，心里害怕得要命，然后我就重新追溯我做过的事，记得我在等人的时候将这本书带到了炸鱼薯条店。之前我曾经把那本书落在那里两天，但是书仍然在那里。大家都觉得我们小区有很多小偷，但他们对此只是有偏见而已。

对于蒂根的建议，我面临的难题就是如果我们问老妈太多问题，她就会怀疑我们正在寻找我父亲，然后她可能就会试图阻止我们，因为她不会认为这件事最终对大家都很好。

我向蒂根解释了这件事。她看上去很失望。"哦。"她说道。我为自己否决了她的主意而感觉不好意思。"我还真没想到过这一点。就是说，咱们不能问她更多问题了？"

我想了一分钟。"咱们还是能问的，"我说道，"只是不能问太明显的问题。"我告诉她不要担心，因为秘密调查要比正常的非秘密调查困难多了。然后我说咱们应该重新复习一下我们从"为老爸海滩跑"和我们的任务中得到的真相。我想让她在我们的会面结束之前再次兴奋起来。现在已经是三月末，五月末就是我的生日聚会了，而我们现在还没有把信发给我老爸。

我身边没带着"寻父"任务文件夹，于是我就拿出了我的拼写本，在本子背面记下东西。我们必须要很小心，因为肯达尔老师在课间休息值班。现在她的肚子已经很大了，让她看上去就像贪吃先生。

我们已经获得的关于我老爸的真相：

- 他的中间名是沃恩。
- 他父亲的名字是沃恩·琼斯。
- 他父亲曾经是船长,他们曾住在罗洛小区。
- 我老爸十几岁的时候做过送报纸的工作。
- 他父亲喝醉酒的时候不小心用门掩住了他的手指,因此他的大拇指缺失一半。
- 他有着和蒂根一样非常黑的头发。
- 他的梦想是做厨师,和我的杰米舅舅一样(虽然我老妈认识他的时候,他还是一个和我外公一样的渔夫,但是他可能和我的杰米舅舅一样去了烹饪学校,这后来的事谁能说得准呢!)
- 他有着浅蓝色的眼睛,和我一样。
- 他第一次吻我老妈是在克里索普斯一个叫提琴手的酒馆。
- 在他们的第三次约会上,他做了一桌巨大无比的有三道主菜的晚饭,其中包括新加坡香辣蟹(这是我老妈尝过的最好吃的东西),老妈吃了很多,最后不得不绕着大楼散步以缓解饱腹感。老爸说他就是在那时候爱上老妈的。

"嘿,你还记得她脸上的表情吗?"写完真相清单,我对蒂根问道,"就是她告诉我们我老爸如何爱上她的那个故事时的表情。"

于是蒂根就做了一个我老妈的表情,配合上她那悲伤又充满爱的双眼。场面真是滑稽极了。

"而且她还说到了你的眼睛。"蒂根说着坐了起来,"她没有说双眼是'蓝色的',而是说他的双眼是'像你一样漂亮、浅蓝色的眼睛',那时候她一直在扑闪着眼睛呢。说实话,她看上去有点疯疯癫癫的。"

"看到了吧,"我说道,"这样她就不能否认她曾经爱过他了,是吧?即使因为他离开后再没回来,她对他恨之入骨。那我们现在的任务就是找到他为什么要这么做,这样她才能原谅他,他们也才能再次相爱。"

小大人

在中午休息结束，我们也重新回到教室的时候，蒂根的情绪已经被调动起来。

有时候，只有当相反的事情发生在你身上时，你才会真正理解或者意识到某件事情。这就像我在海滩上跑步，感到很热的时候，我就会完全体会到一瓶冰冰的芬达汽水是多么美好。外公常说："要是你每件事都用同一种方式做，你只会得到同样的结果。"过去我从来都不懂他说的是什么意思。以前，他一这样说，我和外婆就会互相看对方一眼，因为我们完全搞不懂他说这些话的意思是什么，不过自从相反的事情在我身上之后，我就意识到了外公的意思是什么。基本上来说，在我（当然，包括老妈）以不同方式做了一件事（出去约会）之后，接踵而来的其他所有事情就都大相径庭了，不过这一切真的是太好了。因此我已经写下了一条新的说法：如果你改变了一件事，那么在其之后发生的所有事情也会改变，还很有可能在朝着最好的方向改变。

我在我的"寻父"任务文件夹中写下了我的理论，以及这条理论是如何发挥作用的。（做任务就像是做数学题，写出做题过程总是一件好事。）

· 如果我老妈没去参加那次体验极其糟糕的地狱约会，她也就不会喝醉，然后说她曾经爱过我老爸。

· 因此，我也就永远不会决定要寻找他。

· 因此，我也永远不会同意参加"为老爸海滩跑"，因为我根本就不会需要关于我老爸的各种真相（因为可以肯定的是，这就是我参加跑步的唯一原因）。

· 不过接下来，之前我从来没有尝试过跑步，也不会意识到锻炼身体其实也是不错的事情，而且锻炼也会让人感到很兴奋。

· 我从来没有怀着良好的态度（因为即使是态度不好，也是起不到什么作用的）同意参加杰森的健身课程，我还记得我曾经多么喜欢他。

这甚至不是说我忘记了，只是因为我不用看到他也能记起来。

这里我要坦白一件事：我在三周前开始参加健身课程，一直都在避免见到杰森。因为上次肯达尔老师告诉我们她怀孕的那天，我就在"健身情缘"健身训练中心外面遇到了他，此后我就一直都对着我的《真相解密》祈祷，让我不要再不小心撞见他。遇见他让我感觉很尴尬，而躲着他会让我很有内疚感。我觉得我在隐藏一个秘密，就是我在寻找我老爸的秘密，而且我担心如果杰森发现了这个秘密的话，如果他仍然爱着我老妈，那么他可能会很忧伤，所以我最好是不要见他，以免不小心把事情说出来。

不过接下来，老妈说她为我安排了健身课程，当时我就吓傻了，不仅仅是因为上面说的原因，还因为我觉得这就意味着他和我老妈要再次走到一起，而这会破坏掉我想让老妈与老爸破镜重圆的想法。在老妈说她不再爱我老爸之后，我感觉其中的风险更大了。（我并不是对杰森有什么偏见。只是所有的孩子都希望他们的父母能够在一起，这是无法改变的事实。）不过最后我还是无法抗拒，因为从心底来说，我还是很想见到杰森的。

今天的课程是足球（上周我们上了乒乓球课，要比看上去更加耗费精力），我和杰森来到铁路轨道后面的球场，就像是很久以前所做的一样。我们很快就要开始踢球了，不过杰森首先要猜一下我在今天的三明治里放了什么。这也是我们会面时的规矩之一：他负责健身的部分，而我则给他带来一份我发明的三明治。我是在老妈工作的地方做的三明治。有时雷蒙德会在周六早上提早让我进入店里练习发明新的三明治。我会帮着他从货车上卸货，然后他就会让我尽情选用做饭的原料。我会像老妈一样戴上塑料手套和帽子，假装我就是一名职业三明治制作师。这是一种史诗般的体验。完成之后，我就会离开，并在周日去和杰森一起上课的路上制作新的三明治。我给我们的规矩加了一条，那就是杰森需要在试吃三明治的时候，先戴上眼罩，然后告诉我他觉得里面都有什么食材。

健身之后，我们就会一起吃我做的三明治。健身之后，人就会变得很饿，这时候的三明治吃起来总是香甜可口。

杰森身体靠着门柱，戴上了眼罩。（我们使用了一个足球袜来做眼罩，效果好极了。）然后我就给了他我做的三明治。我一直都用老妈工作的商店里才能拿到的褐色纸来包裹三明治，这样做的三明治看上去很专业。

"好吧，你今天给我带来了什么三明治呢？"杰森说着，剥掉包裹三明治的包装纸，闻了闻，"不管是什么，闻起来都超级棒。"

他话一出口，我就开心地笑了起来。这种感觉真是太好了。

他吃了一小口，非常缓慢地嚼了嚼。他这么一副小心翼翼的样子让我感到有点想笑。杰森甚至都不用说一句话，都会让你想放声大笑。老妈说这是因为他有着一张喜剧演员的脸。

"嗯，绝对有鸡肉。已经比你第一天给我带的那些乱七八糟的东西好多了，那可是七层的生菜加一大块火腿，那个东西怎么能给正长身体的小伙子提供营养呢？"他对你好，不单单是因为你是一个小孩。就好像他从来没有意识到你是一个小孩，不过这种感觉很好，我很喜欢。

他不停嚼着。"这是西红柿吗？"

"对啊，不过，是哪一种？"

"啊，晒干的那种！"他停了一下，马上说道，"很好吃，扎克，非常美味，我喜欢。"（我也很喜欢这个游戏。）

"没错，不过另一种蔬菜呢？"

"还有其他蔬菜？"

"三种不同的蔬菜。"我听过他说蔬菜颜色越多，对你的健康就越好，于是我就在老妈工作的地方尝试了各种不同的搭配，想要找出非常好的组合。

"好吧，甘蓝？"

"什么？"以前我从来没听说过这种东西。

"要不就是菠菜？"

"没错。"

"还有红辣椒。"

"事实上,这是黄辣椒。"我说道,很高兴自己能找到他的错误,"不过也算你对了,因为我一直以来都是这样宽宏大度。"

这一次就轮到杰森放声大笑了,因为他知道我刻意这么做是为了给他留下一个好印象。"好吧,扎克,你已经超越了你自己。"他吃掉一半三明治之后,说道。(他非常喜欢我做的三明治,每次都是立刻吃掉。)"我的朋友,这个才叫'三明治之王'啊。"我觉得他这句话简直太酷了,因为这块三明治就是我在"三明治大王"制作的。

杰森将剩下的三明治放在一边,然后问我想要做什么。

"不知道。去麦当劳吃饭?好吧,我开个玩笑!"和杰森在一起,你可以一直开玩笑,他从来不会认为你很淘气,不过他也不会对你所有的笑话都发笑,这样你就知道哪一个笑话最好笑了。

我们先做了热身运动,这一点是必须要做的。今天的热身运动包括星状跳跃(按照我列出的一到十级所有最糟糕身体锻炼中,这一项名列第九级),围着球场的一次慢跑(这一项名列第六级,因为现在我已经更适应慢跑了),然后是一些仰卧起坐,这个绝对属于第十级了。在之后的几天里,你必须要非常小心,因为只要你一笑,你的腹部就会感觉被刀扎了一样,不过这也是练成六块腹肌的必由之路。

"好吧。"我们完成了热身运动,我因为刚练完仰卧起坐,正躺在地上,一副要死的样子,这时杰森说道,"咱们马上开始踢足球怎么样?"我痛苦地呻吟了一声,不过我还是站起来,走到球门前,站着开始守门。杰森只是站在那里,一只手抚摸着他的胡子。

"你在做什么?"

"守门啊。"

"为什么这样选?"

"因为我总是守门啊。以前我和您打球的时候也是负责守门,而且格雷姆肖先生"——格雷姆肖先生是我们的体育老师，杰森也认识他——"也一直把我放在守门员的位置。他说这是对我最好的位置。"

杰森极其缓慢地点了点头。他看上去有点生气，同时又有点悲伤的样子。"他现在还这么认为吗？"他说道，"好吧，我得告诉你一些东西，哈钦森先生。事实上有两点。第一点，如果我以前一直都把你放在守门员位置上，我为此感到很抱歉，这只能说明我眼光很烂，处事不公，这只会显得我是一个以次充好的教练，更别说是一个很不称职的伙伴了。第二点，你不用再到守门员的位置了。"然后，他开始走向我，一副神情坚定的样子。

"什么？我不用了？"我的肚皮翻滚了一下，像一道波浪滚过。我在体育课上唯一一次没有站在守门员的位置（还是在六年级时），是在一位替补体育老师教课的时候，那位老师不知道我一直都是站守门员位置，大家都说我应该戴上文胸，因为我一跑起来，我的胸部就会跳动不停。

"不，不用了。"杰森说着，伸出了他的手，"过来，到这边来。"我把手伸到他的手里，不过我仍然没有动。"快点。"他又说了一遍，这一次拉动了我一下，"咱们先移动起来。"

"不过我一直在守门员这边移动啊。"

"我的意思是真正的移动。"

我不知道我到底出了什么问题。我一直都想要踢足球，也不想一直待在守门员的位置上。我想要和其他每个人一样到处跑动，而不用担心自己一副大汗淋漓的样子或者是我看上去像要戴上文胸才可以。我也想要完成诸如"单脚绕球动作"和"彩虹式颠球过人"之类的酷炫球技，像一只壁虎一样敏捷地在所有球员中钻进钻出。要是你看到雅各布·威尔莫这样做的话，你会感觉那就像是在舞蹈。他的双脚运动速度极快，快到让你无法想象，等他踢进球的时候，所有球员都会压在他身上，像爱一个英雄一样爱他。现在，杰森给了我尝试的机会，周边也没有其他人看着，而我却不想这样了。这也太蠢了。

杰森放开我的手。"怎么了?"

"不知道。我只想留在守门员的位置。"

"好吧,下周怎么办?"

"我不再做守门员了。"

"这周做出选择和下周做出选择又有什么差别呢?"

一时间,我竟无言以对,也不知道该说什么。我只是开始希望我从来没有决定来参加这些健身课程过。

我们两人都没有说话。你只能听见火车在我们身后经过时发出的嗖嗖声。

杰森靠在门柱上,叹了一口气,真的是非常深的一口气,就好像他突然之间感到非常疲劳。"你在害怕什么,扎克?"

"什么都不怕。"我答道,但是我撒谎了,因为突然之间,我就害怕上了很多东西:害怕看起来很傻;害怕去上学;害怕永远胖下去;害怕杰森和老妈发现我正在寻找我的父亲;害怕老妈和杰森重归于好。最重要的是,我还很担心自己在足球方面一直技术很烂(我指的是满场追球跑动的时候,不是指守门)。我还害怕杰森会对我失望。我在想要是我遇到了我的父亲,又会发生什么呢。足球是儿子和父亲一起参加的活动,这是事实。这不是我的《真相解密》中列举的真相,但是确实是真相。要是我遇见了他,而他也想和我一起踢球,但是我的球技依然很烂,那该怎么办呢?

杰森将一只手放在了我的肩膀上。

"要是我让你到处跑,你会觉得这样很难吗?"

我耸了耸肩。"嗯,有一点。我的意思是说,我能跑,我还在海滩上跑过,都没有问题"——当然,那时我是有想要得到的真相在激励我跑步——"不过我担心的事情是足球。嗯,我喜欢足球,也知道很多关于球的事情,不过……我做不到,我做不了那些技巧很多的事情。我甚至连头球都做不了。我速度太慢,很快就会喘不过来气,而且……"

"哦，哦！镇定一点，哈钦森。"杰森说着，推了我一下，还把双手放在了他的头上，表现得很夸张的样子。不过他只是在开玩笑。他这样做是为了让我放声大笑，让我放松。这确实起到点作用了。"你看，这不是格里姆斯比镇青年学院的入学考试。咱们也不是想要进入要求超严的英国特种空勤团。"一个微笑爬上了我的脸庞，我忍不住想笑。"咱们只是想要好好笑笑。足球、健身这些都应该是乐子。看你脸上的表情，就好像我刚才要求你裸跑穿过布伦德尔公园一样。"

"什么跑？"

"裸体快跑啊，扎克，想想在光天化日之下，你跑过到处是观众的体育场，你头上的王冠左右晃动，看上去就像鸡毛一样五颜六色，对啊，你就应该笑出来，因为刚才你吓坏的样子就很好笑啊。"

"这么说你不会把训练弄得很难？"

"不会！不这样做的一个原因是你老妈会杀了我的。"

"要是我表现得很垃圾，你也不会对我失望吗？"

"不会。不过要是你不尝试一下，我可能就会失望了。快点，你个小笨蛋。过来帮我把这些训练障碍拿出来。"

我的技术不太好，不过这只是我的第一次尝试，我的表现也不是很差。我得到的奖励是比我预想的还要多的乐趣。我们练习如何在障碍之间控球（要比看上去困难多了！你需要把肌肉保持得非常紧张才行）。我甚至还用头顶了几次球！杰森说我肯定会做得很好，因为我的脑子很大，所以我的头也很大，而且他还想让我的头变得更大。在训练课结束的时候，他说我以后都无法让我的大头进入教室了。我会是一个很好的守门员，但是也能是一个相当好的前锋。我将成为"不可或缺的队员"。（"不可或缺"就是非常好或者非常重要，你没有它就不行的意思，我专门在词典里查过了。）我们一直都在踢球，杰森一次都没有像我的体育老师格雷姆肖先生那样告诉我坐下来，我们就是不停玩着，我已经忘记了所有的担忧，不过我的大脑却将所有的事情都理顺了。健身对头脑清醒有好处。

比如说，我就想出来了为什么如果杰森知道了我在寻找我老爸，他就会很伤心。他和我老妈在一起的时候，我真的想让他们结婚，这样他就能成为我继父，但是自从现在启动我们的寻父任务之后，我就开始想杰森是不是也是这样想的，也是这样希望的。不过之后老妈就甩了他，那么如果我找到我老爸，我就不能和他一起玩了，这样就好像我也甩了他一样。这让我感觉很不好，就像你最好的朋友选择了另一个最好的朋友（却抛弃了你一样）。

我尽量不怎么去想他和我老妈分手那天的情况，因为整个场景实在是太让人悲伤了。前一分钟，他们两人还是一对，我们甚至还打算开着杰森母亲的拖车到斯凯格内斯去过我的第一个假期。下一分钟，老妈就说我们可能不会再见杰森了，因为他们已经不再是男女朋友关系了。

那天晚上上床睡觉的时候，我哭了很长时间。我对以后不会再见到杰森而感到伤心，但最重要的是，我是因为再也不会有一个人对老妈这么贴心而伤心（我当然也会对老妈很贴心，不过我是她儿子，情况不一样）。过去杰森常告诉她说，她一直都很漂亮。她总是告诉杰森快点走开，不过她很喜欢杰森说的话，这一点你一眼就能看出来。

上完足球课之后，我们两人坐下来吃三明治。三明治尝起来就像是上帝用一根绳子从天上送下来的美食，我们俩都非常饿，太阳晒在我们背上感觉很热，但让我们感觉非常舒适。不过接下来，杰森就开始问我一些问题。

杰森："你复活节周末准备干什么，扎克？"

我："不做什么。"（事实上是在思考，寻找我老爸！！！）

杰森："什么，真的什么事都没有？这就太不应该了。"

我：（一言不发。）

杰森："为什么突然不说话？这可有点不像你。"

我："什么？我可没有不说话。"

两人间又是一阵安静。

杰森:"好吧,或许咱们可以加一些训练课程的补充?或许你妈妈也可以一起来?"

我(我的三明治卡在我的嗓子里,所以我好长时间都没法儿说话):"不,不是的,很不幸,我们没法儿来。这个复活节,实际上我们会非常非常忙。"

杰森(放声大笑):"我还以为你刚才说你没有事情做呢。"

我:"我刚才忘记了。"

我们两人很长时间都没有说话。我们就坐在那里,靠着门柱,吃着我们的三明治。

然后杰森说:"好吧,哈钦森,实话实说吧。你妈妈是要结婚了,还是怎么着?你知道,这些事情我都能接受的。"

"没有!"

"啊,好吧,那么你肯定是在做什么神秘任务,特别作业。别担心,我理解。"

这时候,我的眼睛几乎要跳出我的眼眶。他是已经知道我在寻找我老爸了吗?

朱丽叶

今天我放假休息。扎克正在参加康纳的生日聚会，整个下午都会在那里，而且他今天早上洗澡的时候，就一直唱着歌，为自己能成为仅有的四位受邀嘉宾之一而感到异常兴奋，于是我就决定独自到人民公园散散步。这种说法听起来似乎到那里散步这种事一直都在发生，但实际上根本不是。我看不出"去散散步"有什么用。要是你要走到某个地方，比如朋友家、中国餐馆、汽车站，那完全是另外一件事，但要是说为了散步而走路？过去我一直认为这就是在浪费时间的奢侈行为。不过现在我开始认为，这只是在为我的懒散行为找借口。我已经开始在这些事情上对自己认真起来，这肯定就是进步了。

事实上，最近我问了问劳拉她是怎么在多年前减肥成功的，其实当时我希望她会说"基本自我控制，朱丽叶。你改天应该试试"。不过她没有。她说："醒悟。要是你意识不到你在做什么，以及你想要改变什么，你就无法改变任何事情。"这是一种心灵启示，而且在我身上确实很有用，因为我最近发现，事实上不会有多少事情真的对我很有用。这说明了我学东西就是学不会。于是我就将写了"醒悟"两个字的字条用磁石固定在了冰箱门上。我仍然可以选择打开这个冰箱，用我的牙齿咬下一块切达奶酪，不过至少会是我选择这样做，而不是奶酪选择我，这种选择关系基本上也反映了这些年我和食物之间的关系。

我在努力醒悟自己要更加活跃主动。现在扎克情况不错，我对他感到由衷的自豪。他肯定已经减了一些体重，而且还不仅于此，他似乎看上去更快乐了。就像他突然之间找到了人生的目标。无论情况如何，我的"扎克幸福计划"可能正在起效，我想要以身作则来支持他，不过现实的情况是，我觉得与他相比，反而是我觉得这件事更难做到。我先是做上几天好妈妈，接着就开始对身边的所有事情都忧心忡忡，担心我告诉他的那些真相会将我们的生活引向何处。我到底开始了怎样一件事啊？！然后我就故态复萌，回到了老路上。

不过，当下我正漫步穿过公园。这是一个阳光明媚的春日，天空一片浅灰蓝色，似乎只有早春的时候才有这种天气，周围的一切闻起来让人心情很好，感觉清新自然。扎克身上发生的事情一件好过一件，我暂时感觉到我们正处于一个上行曲线的开头，不过我也感觉到了一种混杂着似曾相识和不祥预感的病态，因为所有这样的春日都会让我想起十一年前的同一时间。只有在那个时候，我才能真正地享受这些春日的时光，那时我的脑海中完全想不到我的生活马上就会脱轨倾覆。

我选了环绕小湖的那条路，想要再次体会一下那种心中对未来只怀有希望的感觉。那时候，也就是那一年（二〇〇五年）三月底，我已经怀孕七个月，体态丰腴，每天快乐得像枝黄水仙，心中充满爱，迫不及待想要见到我们的儿子。我爱上了怀孕的感觉，怀孕越久，这种喜爱之情更甚，一般情况下我松垂的腹部都会成为任何时尚服装的大克星，但此刻也已经变成了充满荣耀意味的沙滩球，紧鼓紧鼓的，我总是禁不住看向这里，找个机会就会穿上最紧身的莱卡内衣，到处炫耀我的腹部。这是我人生中第一次、也是最后一次为我的身材感到自豪（而且我也因此能身穿紧身莱卡内衣到任何地方去）。当我在街上走动时，我感到周围的人投来的目光是倾慕的，而不是在对我评头论足。我则心里发苦地想着："我从来没这样重过！我一辈子也没有吃过这么多的切片奶酪！"怀孕之前，利亚姆一直都说我闭月羞花、沉鱼落雁、貌若天仙，如此等等，不过我从来没信过他的鬼话，总是告诉他闭嘴，别再这么说了。但是现在，在我有时候站在那里刷牙或者往水壶里灌水时，我就会看到他用那双好玩的蓝色眼睛看着我，拳头贴着嘴边，好像是要止住嘴里的什么东西溢出来……

"想说什么？"这时候，我会很害羞地问他，当然，心里是完全知道他想说什么的，不但因为他以前早就说过了，而且也因为我人生中第一次感到他说的话如此真实。

"我想说的是，宝贝，你美得惊心动魄。"他会这么说。

我不知道我和利亚姆两人到底谁才对孩子的出生更兴奋。他想要给孩子所有的新东西。我们婉拒了别人送来的其他小孩子小时候穿过的衣服，虽然说实话，那些衣服我们还是能用得着的，不过我知道，虽然利亚姆从来不曾说过，但他还是希望证明他有能力挣钱养家。最重要的是，我知道他想要证明（多数是对我母亲），他和他的父亲是完全不同的人，这也是我对于所有的事情发展成最后的样子无能为力的原因。

我恰好知道他在二〇〇五年六月十一日那天晚上穿了什么衣服，因为我记得那时我满脑子想着他看上去非常性感。"要是你在奶孩子，你肯定不会想让他在靠近你的地方。"身边的女人们似乎总是乐此不疲地告诉我这类话，不过我肯定是她们所说这条规则的例外，因为虽然我的身体经过生育之后有些伤了元气，但我还是对他爱不释手。我最喜欢做的事情就是仔细观察利亚姆的脸庞，然后是扎克的脸庞，心里数着他们之间的相似之处。我每天都能发现新的相似点：眼睛，那肯定是了，还有嘴唇、小小的耳垂，甚至是他们脖颈后侧那个神奇的 X 状褶皱。看着扎克，就好像重新发现利亚姆的各种特点，感觉像是重新爱上了他。不过，我肯定怀疑过我的幸福小世界很快就要被击得粉碎，因为我记得那天晚上利亚姆离家之前每个最后时刻、每个细节都如在放大镜前一般历历在目，几乎就像是我知道我最好是将这一切都放慢下来，然后深深记入脑海中："我曾经拥有过一次这种真正的幸福。如此真实，真的曾经发生在我的身上。"

于是，那个夜里，在他离家外出之前，我们两人就站在我们租住的两层小房子前门廊处，大门敞开着，空气中传来初夏的花香。他穿着他的黑色牛仔裤和一件红色花呢格纹衬衫，最上面的纽扣没有扣，稍微露出一个小三角范围的胸毛。由于肤色很深，他总是很注意他身上的毛发，总是想要盖起来，但我觉得我肯定是喜欢这种有着男人味的男人，我很爱他这一点，特别是我将脸庞靠近他的胸膛时，他身上传来的气息。那天我们就站在那里，我就这样将脸贴着他的胸膛，扎克则趴在我的肩膀上熟睡，整个人处在一片幸福中，根本不知道这将是他最后一次见到他的父亲。

当时已经大约是七点三十分了，不过外面还是很温暖，残留着阳光的气息，我也还清晰记得我们这个全新组建的三口之家的影子在阳光下变长，落在走廊里的米黄色地毯上。在外面，海鸥发出悲伤的号叫，似乎它们知道一些我们所不知道的事情。孩子们在放声大喊着。滑板车行过的声音一阵阵飘过。

"好了，你去好好和他们玩吧。"我说着，从他身边退后一步，将他的黑发拨到一边，摆成我想象中他最好看的样子，"好好玩，这是你应得的。"我没有说"千万别喝醉了"，因为我知道——至少我认为我知道——他不会喝醉。如果有什么差别的话，他喝醉酒之后会每隔十五分钟就打电话问问我们的情况，然后在九点半之后回家，而这些事情都会让我头疼不已。

他伸出手，抚摸了一下扎克的头。"你真的不介意？我觉得这个时候出去喝酒有点对不起你。"

"为什么？别这样想！"我说道，而且是真心话，"现在可不是你一天二十四小时需要奶孩子。我要是你，我肯定也会跑开的。"我努力地想要开个玩笑，他对此只是翻了翻白眼。"不过别让我弟弟做傻事，好吗？他觉得他能掌控一切，遗憾的是，他根本做不到。看好他，好吗？"当时我担心的是我弟弟，而不是利亚姆会喝得太醉，如果这不是本世纪最大的轻描淡写，那现在看来也是对我最深的讽刺。如果我对利亚姆有任何担心的话，那也是他可能无法好好享受生活；我感觉他已经被圈起来好几个月了，很需要一次休息。

按照当时的计划，利亚姆会到我父母住的地方接上杰米，然后老爸会开车送他们到酒馆去。老爸到那时候已经有五个月滴酒不沾了，这让我们惊讶不已，更让我们为他感到自豪。他将为孩子主持洗礼仪式的事交给了我弟弟和利亚姆。老妈当天要在老年护理中心值夜班，于是就告诉老爸提前给他们做一下垫肚子的面食。

"我肯定不会晚的，行不行？"利亚姆说着，先是亲吻了一下扎克的前额，又亲了我的前额，再将他的前额抵着我的前额一小会儿，让我们两人的嘴唇几乎都碰到彼此。接下来他说的话将会永远留在我的心中："我现在真的好幸福，朱丽叶。"

这句话发乎本心，自然流出，让他和我都吓了一跳，因为他从来不是一个善于说出情感宣言的人，接下来我在他微笑的大嘴上狠狠地亲了一口，因为我知道，或者说我认为我知道他心里就是这么想的。我觉得，对他来说，最美丽的惊喜就是这整件事竟然是真的，而且孩子这个最终结晶的出现才让这一切成真。这也证明了他虽然从遗传角度来说还是沃恩·琼斯的儿子，但是他们之间相似的地方就仅此而已了。

但是自从发生这些事情之后，我就像对其他任何事情发出的疑问一样，对此也发出了疑问：我问我自己，在他说出这些话的时候，他是否发自真心，还是想要劝服他自己相信自己说的话；是在对我、我们以及所有这一切进行思考之后才说出的话；是否这才是他为什么要出去，结果做下之后所发生的事情。

那天夜里，扎克很奇怪地显得极不安生，我刚刚把他哄睡，正在慢慢入睡时,手机就响了起来,将我吵醒,我看到利亚姆的名字显示在手机上。我拿起手机:"利亚姆,你搞什么……老天爷。"我对他找了这么个不恰当的时间打电话过来而感到有点生气,当时我根本不知道我马上就要对远比这更大的事情生气了。我听不清他在说什么。他只是在不断啜泣,气喘吁吁的,停不下来,我一下子跳下床来,大声叫着让他告诉我到底发生了什么。结果这些声音吵醒了扎克,于是我们三个人都在尖叫着。很明显利亚姆仍然醉着,说出的话含混不清,让人搞不懂是什么意思,在他的啜泣声之间,我能听到的就是"杰米,打架,医院,我的错"。

我在抽屉里迅速翻找了一下,想要找点能穿的东西,我在那个时间心中只想着要去和杰米在一起,而家里没有其他人来照顾扎克,因此扎克也要和我一起去,在我找东西的时候,他就在婴儿篮里放声大哭。

"他的情况到底有多坏?"我嘴里在说着,"他会好起来的,是吧?"不过利亚姆没有回答,只是不停啜泣,啜泣声不断延伸,延伸。然后,他说道,或者说有点颠三倒四地说:"打了一架。我挑的头,朱丽叶。我看见出血了。是我出拳打架的……我也不想这样的。当时我太生气了,朱丽叶。该死的,该死的。当时我喝得太醉了。"

当时我的脖颈一阵发凉,我现在还记得那种感觉。

"我爸和我妈知道了吗?"接着我问道,然后等他说他们都已经到那里了之后,我就告诉他,"告诉他们我马上就到。"在我说着这些话的时候,我突然感到我们两人之间有一层冰冷的幕布降落下来,将我们两人隔开,这几乎就是一种反射行为。

利亚姆还在说话,我却将电话挂了。对我想知道的来说,这些已经足够了。我不想再从他那里听到任何消息。我也不想再看见他——那时候是真心不想再看到他。

在我带着捆在我胸前的扎克迅速穿过意外急救中心的一扇扇大门后,我还是一头撞见了他。

"朱丽叶。"他抓住我的肩头,竭力想要让我停下来。就在我的眼前,他还在哭着,大声喘息。"求求你,我能和你谈谈吗?"他身上散发出一种狂醉后的气息,在我眼中,他已经不是我平时所认识的那个人。"求求你,求求你……"不过在那个时候,我不能,甚至也不想看着他。

"我不能,利亚姆。"我说着,努力想将他推到一边去,然后继续向前走,"一边去,我要去看我弟弟。"

于是,我就走开了,走向那似乎在将我围住的医院走廊,那里很长,有些闷热,直到那时,我还不知道我将要面对的恐怖事情:我的小弟弟,身上插着各种管子,已经让我认不出来了。我之所以能知道那里就是杰米,只是因为我父母就在那里。老爸坐在那里,双手抱头,这个姿势他在过去的十年里一直都保留着,而我母亲也没有空看我一眼。当时她在对我生气,那时候我就知道这是因为我与利亚姆之间的关系而遭受牵连,现在我也不能说我会怪她。有时候我在想她是不是已经不再对我生气了。

此后,我就没有再见过利亚姆。在杰米去世后的第二天早上,我只和他在电话里有过一段很简短的谈话。他打电话过来,我想也没想就直接接了起来。开始的时候他一言不发,然后他说道:"对不起,真的对不起。我非常爱你,爱扎克。我知道你现在不想和我说话,不想看到我,不过我们能在电话里谈谈吗?就等你准备好的时候?"随即我挂了电话。在他身上,我感到更多的是身体上受他排斥的那种感觉,而不是恨意,这恰恰是我们在提琴手酒馆外面首次接吻时那种让我们彼此相依的吸引力走向了反面。系船索已遭砍断,我们两人所在的小舟已渐行渐远。在杰米去世后最初几周难过的日子过后,我了解到了那天打架的细节,于是我开始认为这只是一件充满悲剧色彩的可怕意外。但是在那个时候,在接听电话的时候,我知道的所有一切就是我弟弟死了,我那悲痛欲绝的父母认为利亚姆对此要负责,于是,我就无法与他保持任何关系了。

我随身带了一瓶咖啡和几个少得可怜的胡萝卜条,将自己的羊毛衫铺在一棵树下,然后坐了下来。在我对面就是一个儿童游戏区,不过我觉得你可能会把这里称作"冒险区"。不管怎么说,这是对我们小区中日渐衰败的设施一次重大的提升。我在想,在扎克还小的时候,到底是什么原因才让我没经常带他来这边玩,这里可以免费玩,而且就在家门口。

这里有六个孩子正在由轮胎和电线打造的秋千上晃来晃去。六个孩子中的四个(我之所以知道这一点,是因为我数过孩子的数量)都和他们的父亲在一起。我一直都会很注意身边有孩子父亲出现的情况。我对于孩子那种拜父亲教式的崇拜就如同我想象着那些无法拥有孩子,但很期望有孩子的妇女对于怀孕妇女的那种感情。我喜欢用一种特别的方式惩罚自己,那就是观察这些父亲与他们孩子在一起,他们如何聊天,倾听他们的聊天,看他们站在那里,就因为那些孩子想要他们这么做,而且他们也爱他们的孩子,于是就推着他们的孩子在一个无聊至极的秋千上晃来晃去,做着那些无聊至极的事情。因为做父亲的就是要做这些事情啊。

我坐在方便观察他人的隐身处,很用力地嚼着我带的胡萝卜条,头顶的树叶发出沙沙响声。这一刻,所有的一切都很安静,这里只有两个小女孩在玩跷跷板;下一刻,只有一个小女孩站着,另一个则趴到了地上。然后就是一声号啕大哭,接着是另一个孩子的号啕大哭,声音更大,这一点谁都能猜到是怎么回事,这时我便站起身来,一直以来,我听到孩子像这样哭的时候总是会立马站起,因为我的本能就是要到她们的身边去,不过其实我不必站起,她的父亲已经一把把她抱起来,把她抱在胸前安慰着她。"好了好了,没事了。"我能在孩子的哭号声中听到她父亲的声音。"没事了,宝贝,看看你不是挺好的吗……"他轻轻抚摸孩子的后背,在臂弯里温柔地晃动孩子,他对着另外一对一脸关切、赶过来看看小女孩情况如何的父母说话的方式是如此温柔,如此自然,让我不禁潸然泪下,我不知道我是在为谁感到难过,是那个小女孩?我?扎克?抑或是利亚姆?

那位父亲带着他的女儿到旁边的长椅上坐下,检查着她的伤势,除了膝盖擦破之外,应该没有什么更严重的事。那位父亲身材瘦而结实,完全不是我喜欢的类型,不过我还是看着他,心中不止一次地想着:我能不能根据一个男人做一个好父亲的能力,而不是他是否"适合"我的情况来和一个男人发生一段感情呢?这中间真的需要什么狗血的烟花相伴吗?上周,我在扎克的房间里发现了我真的希望从来都不会发现的东西。当时我正在他房间里打扫卫生(这也给了我一个不要给别人房间打扫卫生的教训),我拉出了他那个装满缺腿少头塑料人物玩具的玩具盒,他已经有好几年没有玩这些玩具了,结果我发现就在玩具盒后面偷偷放着一个蓝色活页夹,封面上用透明胶带粘着一张白纸,白纸上是扎克软塌塌的立体字体文字:"老爸王牌大作战""扎克和蒂根的秘密游戏!!"很明显,世间恐怕没有什么东西能像"秘密"两个字一样将你忍住不打开的意志力一击而溃,于是我就打开了文件夹。里面有数张 A4 纸,每一张纸的抬头处都写着一个不同男人的名字。卡尔(雅各布·威尔莫的父亲)、菲尔(萨姆·贝尔的父亲)、辛格先生(拉维的父亲,同时也是考斯特卡特便利店的老板)……每页纸的顶部还写了不同的品质——风趣幽默、心地善良、搞笑好玩、家财万贯——然后是对每个人的评分。

  我立马就知道这是怎么回事了。世事洞察皆学问,我现在看到的东西已经足以证实我心中的恐惧。所有这些年来,我一直都让自己相信我们两个人过得还不错,扎克也没有因为生活中没有父亲而感到缺失了什么,但是这一切都只是我在糊弄我自己。他心心念念地想要一个父亲。而且,他还对父亲这件事迷恋至极,像我一样,是一个拜父亲教信徒。我儿子需要一个父亲,难道这不比我需要我生命中的那个真命天子更重要吗?我不需要拥有一个我能够与之陷入爱河的人,我只需要一个能够爱我儿子的人。在以前我确实和利亚姆做过灵魂伴侣、激情澎湃之类的事情,现在看看这些东西又给我带来了什么呢。或许现在是时候把我孩子的需要放在我自己的需要之前了。

  最后我终于吃完了胡萝卜条——我发现这些蔬菜的好处之一就是需要花很长时间才能吃完——然后站起身准备离开,但是有个人从我的侧面视野中钻出来，吸引了我的一半注意力。

这个人伸手摸了摸了我的头发："你好，朱丽叶。"

"老天爷！"竟然是杰森。这一瞬间，我震惊得差点犯了心脏病。

"你在这里干什么呢？"他浑身大汗，一副气喘吁吁的样子，很显然正在跑步。他看上去很有男人味，充满生命的活力，双眼闪闪发光，脸色红润。

"哦。"我怯怯地说道，"实际上，我是在春游散步来着。就是锻炼一下，你知道的……"

"朕批准了。不过，你们那个声势浩大的沙滩跑步怎么样了？"

"哦，那还用说，我跑得像瞪羚一样欢快了。"

杰森上下打量着我，一副看好戏的样子，让人忍不住想动手拧他。

"怎么了？"

"没什么，就是你的脸色，"他说着，对着我轻声笑着，"只要一谈到任何和身体锻炼有关的事情，你的脸上就会有一种很特别的表情。"

"谢谢。"

"说到身体锻炼，你考虑过我和你说过的和扎克一起来上课的事吗？要是你愿意，你也可以自己来。我觉得要是知道你也参加了健身课程，这对他会是很大的鼓励。"

我也一直在考虑这件事。在过去的一周里，我对此思虑再三。想到最近这几年扎克所忍受的一切：一个整日心烦意乱、暴饮暴食、常年兜里没有闲钱的母亲；虽然有一个全身心地爱着他的母亲，但是这些都无法改变那些事实。这是我可以为他、为我们做的事，而且也不用我花什么钱。这样一来，我还可以和杰森在一起，说实话，我还真有点想他。

"好吧。"我说道，"我一直在想这件事，我觉得我还是愿意去的。也是时候动动身体，锻炼锻炼了，是吧？"

他又笑了起来。我立刻想他为什么发笑，但是接着就恍然大悟。

"看看脸，"这次我们不约而同地说道，"一谈到健身，脸上还是这个表情。"

麦 克

我想重新回忆一下利亚姆·琼斯第一次走进我们生活的那一刻。我记得这一幕仿佛就在昨天，这本身就是奇迹，因为那时候我天天都处于醉酒状态，现在对那段时间的日常事件已经记不得多少了。不过我确实还分毫不差地记得那天夜里的情况：特里·查普曼工人俱乐部的大门带着声声可闻的吱嘎吱嘎声打开，傍晚的阳光洒进来，露出了静坐在酒吧里的我们八九个人，沃恩·琼斯家的小子利亚姆走了进来，手里牵着的正是我的女儿。我在这一刻几乎能够听见琳达勃然大怒的声音。

那是二〇〇三年十月的一个周六，天气异乎寻常地温暖，我的姊妹凯斯和她的丈夫布莱恩正为他们的二十五年结婚纪念日进行一次小聚。按照我们家族的传统，我说"小聚"的时候，实际上就是待在酒吧里喝酒的借口而已，而且可以喝一整天，而不是只有几小时，之所以能待一整天，是因为酒吧里有很多香肠卷和三明治。我从我喝掉的第四、第五（我实际上根本没在数）还是第六品脱酒中抬起头来，然后我的眼睛就突然盯在了利亚姆的脸上。

似乎我的大脑就知道这个男人会成为我生活以及我们所有人生活中

更为重要的人,而不仅仅是我女儿的男朋友一样,了解到这一点,我酒精迷醉的脑子里产生了一条缝隙,让阳光得以照射进来,让我可以清晰地看清他是怎样的人。我可以确定我的女儿是否需要他的保护。我保护女儿的那种本能在她还是新生儿的时候是如此强烈,但是这么多年一品脱一品脱的酒喝下来,这种本能已经不断稀释,但是此刻却又重新泛起。

凯斯的小聚在数小时之前就已经开始,所以我们都已经烂醉如泥,但是朱丽叶一整天都待在外面做一些有趣的事情,说是她会在下午早些时候将新男朋友带过来见家人。说实话,琳达和我都没有怎么太在意。她当时十九岁了,已经处过几个男朋友,但是我们家里(可以说我们的小区里)还从来没举行过什么"男朋友见面会"的特别聚餐。那种事情只会发生在电影里或者是南方地区,我不太了解……不过在我们这边,新的男女朋友,不论是杰米的女朋友,还是朱丽叶的男朋友,都先是要在正巧碰见我们的场合和我们见一面,然后就可以和我们继续相处了。我们不会问他们问题,他们也不会问我们任何问题。除了打趣说笑、小聚一下或者争论之外,我们根本就没有什么社交场合的"谈话"。这也是我为什么在匿名戒酒互助社里刚开始的时候始终一副艰难挣扎的样子。告诉别人我的故事以及倾听别人也诉说自己的故事,天啊,这些事情对我来说是如此陌生。

不过朱丽叶无疑是想要将利亚姆正式"引荐"给我们,她明显认为他是一个特别的人,因为她就站在那里等着,一直等到我们所有人的目光都瞧向她。

"大家好,这是利亚姆。"她脸上绽放出迷人的笑容(我用"绽放"的意思是因为她的眼睛真的在闪闪发光)"利亚姆,这是我的家人。"她将头靠在他的肩膀上,在说出"家人"这个词的时候做了一个鬼脸,似乎在说"是的,对不起,不过我们现在已经这样了,你又能怎么样?"

"你好。"他说道,只是简单地抬起一只手,然后用一只胳膊搂住了朱丽叶,"很高兴见到你们。"他有着不可思议的漂亮眼睛,你看到他的第一眼就会注意到这一点。这是他身上你无法忽视的东西。他的双眼真的是冰蓝色,后来我才意识到,他与我外孙有着相同的眼睛。

大家都没多说什么,这真的有点尴尬,所以最后我说:"我知道你小子。"然后我拿起了酒杯以示欢迎,"你是沃恩家的小子。"

"没错,就是我。"他回答道,语气中透露着轻松感,同时也感到了鼓舞,因为真的有人在和他说话了,同时也有点机敏,因为他也意识到了沃恩在镇子里的声名不佳。"真倒霉。"

朱丽叶继续喋喋不休地说着,用她以前惯常使用的方式,附在我们耳边低声告诉我们一些他们在一起的细枝末节,这是她还是小女孩时候的习惯,一直到后来,她生命中的这股活力离她而去,不过我却一直在观察利亚姆。他有着茂密的乌黑头发,就像他父亲的头发变得灰白之前的样子,还有着苍白的皮肤,一个耳朵上还有一个小小的环形耳坠。我不知道是因为他在朱丽叶说话时一咳嗽就用攥成拳的手那么毫无必要地遮掩一下的方式,还是因为意识到在他乳头下方的汗渍沁透衣服,形成了两个浸湿布片,因而扇动他T恤衫的方式,不过我能看出来他有些紧张、不自信,甚至有些谦卑。他与朱丽叶中学六年级时从学校里带回来的那些小家伙全然不同,那些人都肆意散发着自然而然的自信,似乎要么是善于装腔作势,要么是健壮的运动员。

他们两人随即走开,琳达马上来到我身边,用胳膊肘碰了碰我。"老天爷,麦克,"她低声说道,"她想要干什么?找什么人也不能找他啊。"

"还是要给年轻人一个机会的。"我说道。这主要是因为当时我已经喝醉,完全没有能力组织一句更好的话,不过我记得当时我也有些警惕。在格里姆斯比这么多小伙子中,她怎么就选择了沃恩·琼斯的儿子呢?沃恩·琼斯就是一个笨蛋,整日只知惹是生非,在琳达的眼中,他就是将我引入歧途的狐朋友狗友之一,虽然我本性如此,不需要别人的怂恿,我就会成为现在的样子。"而且,谁都没法儿确定他们的感情会持续多长时间。"

不过我对此心知肚明。我早早地就已知道。我能从利亚姆看向朱丽叶的方式感觉到他们的感情。他们之间是有着真感情的。

扎 克

世界真相:"复活节"这个词来自盎格鲁—撒克逊女神伊斯特(Eastre),象征着野兔和鸡蛋。

外婆说复活节会让她变得多愁善感,而且她都不知道因为什么。她觉得一部分原因是复活节恰好是杰米舅舅最喜欢的美食时间,他总是会为每个人做一顿大餐,因此复活节会让她更思念杰米舅舅。在复活节到来两天前的耶稣受难日(复活节前的星期五),杰米舅舅会用他调制的特别酱汁烹饪一条很大的鱼。(在耶稣受难日,你只能吃鱼,而不能吃肉,这是为了向耶稣表示敬意,毕竟他忍受了生锈铁钉穿过自己的手和脚后被钉在十字架上的痛苦。)外公说在复活节前的周六,杰米舅舅常常烹饪你在人生中能品尝到的最美味羊肉。这也是复活节时最美好的一天,原因有二:第一是你可以吃复活节彩蛋;第二是耶稣会复活。这羊肉会从羊骨上自行脱落,做到这一点的唯一方式就是在完美的温度烹饪很长很长时间。杰米舅舅是厨艺高手。我真希望现在他还活着,向我展示他最厉害的手艺。我不敢问外婆,因为我不想让她生气,不过我敢打赌,她在复活节的时候也会很悲伤,因为这也是一个儿子(也就是神之子)去世的日子,只不过耶稣得以复活,而杰米舅舅却永远不会复活。

不过我们还是要庆祝这个节日。今天我和老妈要到外公外婆家,一起吃一顿特别的复活节下午茶。

"好了，扎克。"外婆用她的围巾擦了擦手，打开钱包，给了我一张十英镑的纸币，"你确定知道自己要买什么吗？把清单给我说一遍。"

"薄荷酱、一些黄油、奶油和一袋子迷你巧克力彩蛋。"

"好孩子。没有别的了，是吧？别再买一堆薯片和糖果回来了，要不你妈就会天天跟我抱怨个不停了。还有，时间别太长了，咱们要尽快吃饭。你外公就要饿死了。"

外公外婆家附近的商店要比考斯特卡特便利店小多了，没有香肠卷柜台，不过有一个自选搭配糖果区，还有一只仅有三只脚的猫，名叫梅布尔，所以要是优缺点相加，这两个便利店也算不分伯仲了。走到商店只需花五分钟的时间，我尽量不踩在路面的标志线上，想要一点特别的运气来支持我们的"寻父"计划。昨天，老妈告诉我，她正准备和我一起上杰森的健身课程。这是她想要和杰森一起约会的确切证据，这会毁了现在所有的一切。不过我还不能表现出自己很失望的样子，因为我还不想让她怀疑或者伤害她的感情。在她告诉我她的决定的那一刻，我就决定我们需要将调查"升级"（基本上来说，就是对着他们屁股给他们一下的意思），这样我们就能在我老妈和杰森重新陷入爱河之前找到我老爸。

在完成秘密任务的问题上，我自己总结出来的一条经验就是：在最终给人一个大惊喜之前，你无法避免会在此过程中伤害到别人的感情。这有点像在劳拉阿姨三十岁的时候，她老妈为她组织了一次惊喜生日晚会。那天晚上劳拉阿姨让我们所有人都到酒吧去，我们都装作没时间去的样子，只有她的老爸和老妈才有时间。于是她觉得没有人关心她，而且这种情况会让人觉得很难受，不过最后在她走进酒吧，我们所有人都大声喊着"生日快乐"的时候，所有这一切都显得很值得。

我抵达商店的时候，小猫梅布尔正站在门边。它似乎一直都在瞧着我从街道尽头走过来。

我（跪下来，用手抚摸着小猫）："你好，梅布尔。我是你的好朋友扎克。"

梅布尔：喵喵喵。

我（抱起它，拥抱了它一下）："见到我高兴吗？我觉得你很高兴，是不是？"

一个多管闲事、有着绝对不属于格里姆斯比的时髦音调的女人："我要是你，绝对不会抱猫的，你可不知道它到过哪儿，也不知道它身上有什么东西。"

很多人觉得梅布尔很邋遢，因为它只有三条腿，但是那只是偏见而已。我对它尊敬更深，因为它是一直要在四条腿的猫组成的世界中奋力挣扎求活的三脚猫。这意味着它要更勇敢，即使它不能跟它的小伙伴跳得一样高。它现在只有三条腿，不是因为它自己犯了什么错，它的第四条腿之所以被切掉，是因为那条腿长了肿瘤。

我很快就找到了薄荷酱、黄油和奶油，现在就希望尽快找到迷你巧克力彩蛋，然后回到家里，将它们放在复活节蛋糕上。今早老妈出去购物的时候，我和外婆在家里做了这个蛋糕。这个蛋糕使用了杰米舅舅食谱书里他自己的秘方，实际上是一个普通的巧克力蛋糕，不过内部使用了巧克力奶油乳酪，四周加上了一圈威化巧克力棒，让这个蛋糕看起来就像是一个围起的栅栏。蛋糕里甚至还有一只倒置放入的复活节兔子，使用白色糖衣制作而成。在蛋糕顶部放上迷你巧克力彩蛋之后，整个蛋糕看上去就像是一只兔子俯冲进了迷你巧克力彩蛋中！如果做好的蛋糕和蛋糕粉一样细腻（因为复活节是一个很特别的节日，所以外婆让我可以将碗和食品搅拌器上的残留都舔掉），那么它将取代柠檬淋浆，成为我最喜爱的杰米舅舅的蛋糕秘方。

我花了很长时间寻找迷你巧克力彩蛋，但始终找不到。

"需要帮忙吗？"站在结账柜台后面的女士问道。

"请问，你们这里有迷你巧克力彩蛋吗？"

"抱歉了，小伙子，这个都已经卖完了。这一周每个人都在买这个。"

我有点抓狂了，杰米舅舅的食谱上可是写了"迷你巧克力彩蛋"啊，这可怎么办，不过在这时，那位女士有了一个主意。

"哦，不过我刚才想起来了，我们在自选搭配糖果区有迷你巧克力彩蛋，虽然和普通的迷你巧克力彩蛋不太一样，不过你看能将就一下吗？"

"那当然了。"我答道。松了一口气的感觉真是太好了。那位女士给了我一个纸袋，然后告诉我在位于商店另一侧的自选搭配糖果区柜台自己动手。我正挖着迷你巧克力彩蛋，进行着让它们一个不落地滑进纸袋里的挑战任务，突然有个人猛地撞上了我的后背，用力如此之大，我一下没有握住挖勺，所有的巧克力彩蛋瞬间飞出。

"哎哟哟，可真对不起喽！"

我转过身来。站在我身前的正是艾丹·特纳，身边还带着几个他的小弟，不过看不出一丝"对不起"的样子，因为他撞我本来就是故意的。

"刚才我觉得我得帮你一个忙。你不是想要吃这些巧克力吧？你是要把肚子再减一些下去的吧？"他把自己的肚子凸起来，然后摸了摸。周围人（除了我）都在放声大笑。

"这些不是都给我吃的。"我说道，想要将巧克力彩蛋捡起来，"这是我做复活节蛋糕用的。"

"天哪。"其中一个小弟凯·哈迪说道。以前他在我们学校上学，但现在已经在上七年级了，"他要自己吃一整个蛋糕加上这个商店里的迷你巧克力彩蛋。"

"不是，蛋糕是给大家吃的。我是为我妈妈、外公和外婆做的蛋糕。过会儿我们还要一起吃复活节下午茶……"他们这帮人笑得更大声了。

艾丹·特纳从地板上捡起巧克力彩蛋，不过接着就把一些彩蛋朝我丢过来。这些巧克力彩蛋只会在丢中脸的时候伤到人。有一个巧克力彩蛋正中我的鼻子，让我的眼睛因为疼痛而淌出了眼泪，这一刻，我是如此想快点逃出这家商店。虽然我没有哭,但是我很担心他们会认为我在哭,这时我想起了蒂根告诉过我说他们能够闻到别人身上的恐惧,以及杰森在我们第一节课上告诉过我的东西。"你这么做是因为你感觉自己就是一无是处的废物。"我一边说着,一边躲避着他发射过来的巧克力彩蛋,同时还从地板上捡起一些巧克力彩蛋,放在我的兜里。如果我想快速离开,我最好还是要有一些巧克力彩蛋的,即使这些彩蛋曾经碰触过地面。"你们想着让别人也感觉自己是一个一无是处的废物,这样你们才会感觉比别人厉害。你们这群人真是把自己的人生活成了悲剧。"

"哟哟哟,他的胆子越来越大了。"艾丹·特纳说道,"竟然敢给老子甩脸子。他说咱们是'一无是处的废物'!小胖墩,你再不住口,以前给你吃过巧克力蛋糕,那么爷们儿这次就把这些巧克力彩蛋砸到你脸上。"

"哼,敢这么跟老子们说话,我跟你没完,你个浑蛋小胖墩。"凯·哈迪说道,然后他推了我一把,但是力道比第一次更大,于是我整个人就被推得飞起,后背狠狠撞上了一个货架,一些饼干掉落下来。我有几秒钟都无法呼吸,我觉得我可能要昏过去了,但接下来,店主就从收款台后面走出来。梅布尔则正站在门边,用它那邪恶女巫的猫眼死死盯着艾丹·特纳。

"这边到底怎么了?"店主女士问道,而凯、艾丹和他的小弟们都弯下身,一副乖宝宝的形象,若无其事地开始从地上捡起一盒盒饼干。"你们怎么着这个男孩了?我怎么看着他很疼的样子。"

就是在这个时候,我做下了一个决定。

我本来可以向店主告发他们,但是接下来,他们会被禁止来这家商店,很可能会在我们重返学校上课之后,甚至是在复活节假日期间对我做出更恶劣的事情来,而我却需要集中所有的精力完成我的"寻父"任务。我承受不起因为挨打而耽误的时间、精力。我和蒂根已经开始到处走动,询问当地人有关情况。我们有镇上所有餐馆的名单,需要逐个进入询问,确定我老爸是不是在那里工作,然后再把这些店名划掉。不过要是我因此太害怕,不敢外出怎么办?我不能冒这个险。

于是我站了起来，让自己重新开始呼吸。"没什么事。"我说道，"我没事。我刚才不小心绊倒，碰到货架，就把饼干碰下来了。对不起，我会摆好的。"艾丹和他的小团伙可能以为我太害怕了，才不敢告发他们，但是我这只是战略性撤退，两者之间有着天差地别。

在我走出商店，开始沿着街道步行回外公外婆家的时候，我才意识到他们刚才说的话"你是要把肚子再减一些下去吧"，这就说明我已经减掉一些腹部脂肪了。

随着我离家越来越近，我已经能看到外公正在前院里吸烟。他在我出生的时候就戒了烟，同时还戒了酒，这并不是说你只能喝茶，只是说你不能再饮酒，但是外婆还是让他在某些特别情况下吸一支烟。他走到人行道上，张开双臂。我在想他是不是知道了商店里发生的事情，但是他怎么会知道呢？

"小子何幸能得外公亲自相迎？"我问道，而外公则面露微笑，因为他说出的话正是我经常毫无缘由地走到他身边给他一个拥抱时他所说的话。

"无他。"他说道，"随兴所至，对我的外孙怎么就不能想抱就抱？"

他抱了我一小会儿，我却感觉时间很长很长。他的套头毛衣闻起来有烟草味，但是在和外公拥抱的感觉面前，这种味道已经烟消云散了。

在屋里，外婆和老妈正在摆饭桌。"买到薄荷酱了吗，扎克？好孩子。请把薄荷酱直接放在桌子上。"外婆拿出了她每个复活节都会拿出来的毛茸茸黄色小鸡，然后在饭桌中央一字排开，每人对应一只小鸡，包括杰米舅舅。其中一只小鸡现在只有一只眼睛了，不过我也不介意把这只独眼小鸡分给我。我将薄荷酱拿出来，然后进入了厨房，外婆随着我进入厨房，然后顺手关上了门。

"你买到迷你巧克力彩蛋了吗？"她对我小声说着。

"买到了。"我也对着她小声说着，同时举起一个混合糖果袋。我不知道我为什么在低声说话。低声说话就像是打哈欠一样,见一个人传染一个。

"好,那么,接下来完成装饰工作吧。"她说道,同时打开罐子,把我们的蛋糕拿出来,"把所有巧克力彩蛋放在上面,把复活节兔子先生放在中间。"

"咱们怎么都在小声说话啊?"

"咱们在小声说话吗?对不住,就此打住。"外婆说道。

我开始摆放巧克力彩蛋,尽量将不同的颜色分散开,这样你就不会看到黄颜色或蓝颜色巧克力彩蛋堆在一起了。外婆微笑地看着我做事,但是眼中一直含泪。"以前这是我们家杰米最喜欢的活计了,就像你现在一样把彩蛋放上,让同色彩蛋不要聚太多在一起。留神,以前你杰米舅舅放在蛋糕上一个彩蛋,嘴里就已经吃下三个彩蛋了。"外婆放声大笑起来,"干活到这个时候,他恐怕已经吃掉一半彩蛋了。"

"这就是说,我也可以吃一些了?"

"稍吃几个。我的意思是别太多了。"外婆说道,"不过扎克,"现在我嘴里已经塞了太多迷你巧克力彩蛋,真的没法儿搭话了,"别告诉你妈妈。事实上,别告诉她你和我一起做了蛋糕,好吗?绝对不要说我让你吃了这么多蛋糕粉。我的天啊……要不你妈以后就不会让你再进厨房了。"

在下午茶时间,我们甚至还因为今天是特殊节日,而吃了一次开胃菜。这是一道鱼,可能因为鱼是杰米舅舅的拿手菜,而且还因为格里姆斯比的人平时就吃鱼很多。这里是英格兰甚至可能是全世界的渔业之都。开胃菜是淡水小龙虾,加了用辣根制作的特别酱料,这种辣根单吃的话,真的会让你的眼睛流泪不止,因为简直太辣了,不过外婆将辣根和法式鲜奶油混在一起,味道还不赖。

"简直太美味了,外婆。"

"绝对的,味道简直绝了。"外公说道。

"我太爱这个酱了。"老妈说道,"吃起来像是鲜虾盅,不过味道更佳。"

"好吧，这要感谢你弟弟，别感谢我。"外婆一边说道，一边痛快地吃着，"以前他经常给咱们做这个，是吧，麦克？"

"没错。"

"他做的鱼晚餐是最让人放不下筷子的，你还记得吗，朱丽叶？"老妈点了点头。"那时候，我们会用鱼做开胃菜，然后是黑线鳕鱼加上他的自制面糊，或者是一点大比目鱼。他用马鲛鱼做的那道漂亮菜式是什么来着，迈克尔？"

"哦，是加了甜菜根和橘子的那个吗？"

"对。"外婆说道，"味道清淡，但是入口美味至极，而且不花什么钱。"

开胃菜非常美味，随后上的菜就是羊肉。简直让人不敢置信：羊肉竟然能从羊骨上自然脱落，而且羊肉上沾满了用杏肉和面包碎屑制作的硬壳。你永远也不会想到在羊肉上放杏肉，但是真的很美味，相信我。每个人都该尝试一下。

"这绝对是杰米舅舅食谱里最好的肉制品秘方了。"我说道，"手上这个和刚吃的那个炸鸡吃起来像肯德基的味道，不过比肯德基好多了。"

桌旁的每个人都面露微笑。

"对啊，他的烹饪天赋简直无人能及。"外婆说，"他知道哪些口味能混杂在一起。你的这个天赋就是从你舅舅那里来的，扎克。"

"也是从我老爸那里得来的。"我说道，"因为他也很喜欢烹饪。"不过接下来，老妈在桌子下面踢了我一脚，感觉真的有点疼。"噢！"我伸手揉了揉腿，"我刚才是说，因为我知道杰米舅舅是一个杰出无比的厨师，但是我也有着我老爸的另一半基因，要是从舅舅身上能继承到四分之一天赋的话，那么更有可能我从我老爸身上继承了我的烹饪技能。这就像我也有着和他一样的蓝色眼睛。"

"扎克。"老妈说道。现在桌边没人说话了，整个房间也陷入了一片

小大人

安静。"你就不能……"

"什么?"

"还要我求着你吗?"老妈在使劲盯着我。

接下来更长一段时间都鸦雀无声。我知道这可能是因为我谈到了我老爸,而外婆不喜欢这样,但是我也因此有点生气。虽然老爸抛弃了我们,但我有我老爸的一半血统,因此不停地说他是一个糟糕透顶的人对他也是不公平的。而且,老妈告诉了我关于他的一些事情,让我感觉他还很不错,他不可能是一个糟糕透顶、一无是处的家伙。

这时候仍然没有人说话。我很不喜欢这样。唯一能听到的声音就是我们的刀叉在盘子上的撞击声。如果蒂根在这里,她会用"好尴尬啊"描述现在的场景。

外婆正看着她面前的盘子,一口一口吃得很慢。周围非常安静,你都能听见她呼吸时空气进出鼻孔的声音。"看到了吧,我说过这会发生的。"她接着说道,同时将她的刀叉放下。而老妈则叹了一口气,接着外公说道:"哦,琳达,别说了。"

"是你告诉扎克那些事情,然后他的脑子里就形成了概念。他就会开始想他,想象他的事情……小孩子就像是海绵一样,他们学东西就像海绵吸水一样。"外婆说话很轻柔,但是看到她使劲看着她眼前的碟子,将手指紧握在一起,双手的颜色开始因用力而失血变白,你就会知道她很生气。

周围更安静了。我很不喜欢这一点。

"我不知道你想让我说什么,母亲。"过了一会儿,老妈说道。

我听到外婆咽了一口饭。"我不想让你说任何事情,不论是关于他的,还是对扎克说什么事情。"她说道,同时对着我点了点头示意,"这就是我想让你说的。因为扎克不需要知道任何事情。这对他没有任何好处。"

"但是我想知道啊!"一时间我脱口而出。我不想加入她们的谈话,但是她们说话的样子就好像我根本不在场,"我想要知道,因为无论你们喜不喜欢,他都是我老爸。我也想知道他不是那么坏,因为如果他真的那样,那么他身上很多不好的地方肯定也会传到我身上。事情就是这样。你不会只得到好的基因,你知道的,比如厨艺很好,你也会得到坏的基因。"

老妈倒抽了一口气。"扎克!请不要这样说话。你身上没有任何坏的基因,亲爱的。"她把头转向外婆,"看到你挑头之后发生了什么?"她接着说道,"好了,因为你一直不遗余力地把利亚姆叫作无恶不作的妖魔,现在扎克开始认为他自己本质很坏了。因为这也是小孩子经常做的事啊,老妈。"

"朱丽叶。"外公咆哮了一声,双手抱头停在那里。

外婆看上去一副马上要哭的样子。在她接下来再次说话时,她的嗓音微弱而颤抖。"你怎么能这样说?你怎么能说我在妖魔化他?你知道我为什么会这么想。你知道我为什么不想提到他的名字。"她给了我一个眼神,我知道这个眼神的意思是她不想在我面前说任何更多的话。

老妈举起她的双手,完全一副无可奈何的样子。"我知道,但是这不是扎克的错,是吧?你看,我对利亚姆也很生气。"

"生气!"外婆说道,"我觉得这算得上这一百年来最精彩的轻描淡写、欲盖弥彰的话了,你说呢?"

"好吧,我真的真的非常伤心,也是为扎克伤心,同时也很失望。但是事情发生了就是发生了,所有的这些痛苦和怨恨都不会让我弟弟复活,我觉得杰米也不会想……"

"杰米?"我说道,"杰米舅舅?我老爸和杰米舅舅又有什么联系?我老爸认识杰米舅舅吗?"

外婆将她的餐巾纸狠狠扔在地上,然后从桌旁站起身来,她站起的速度太快,似乎所有东西就像经历了一场地震一样震动了一下。我们都一言不发地坐在那里。外公在外婆之后,也站起身来离开。"这不是你的错,扎克。"他说道,拍了一下我的胳膊,"知道吗?所有这些都不是你的错。"

但是我的感觉可不是这样。

朱丽叶

老妈气冲冲地走进厨房,老爸也随她走入厨房,关上厨房门,扎克和我对坐在那里,听着他们吵架。

老妈:"该死的,我受够了你整天一副骑墙派的样子,迈克尔。"

扎克(倒抽一口凉气):"刚才外婆说了'该死的'?"

我:"是啊,但这不是说你也可以。"

老爸:"我就是觉得像这样把扎克隔离起来不公平,无论以前发生过什么。他还只是……"

老妈:"'无论以前发生过什么',你是什么意思?你知道发生了什么!不敢相信你竟然会这么说,就好像什么事都没发生过一样,就好像你觉得我已经疯了,我完全不可理喻了。"

老爸(长久的寂静,然后语气听上去精疲力竭,像一个崩溃的男人一般):"我没觉得你不可理喻,只是,只是这不是他的错,不是吗?"

老妈:"不是,这也是我想要保护扎克的原因,让扎克远离他!不再知道关于他的任何事情。"(老妈的高声耳语随着每个句子都上升一个八度音阶,声音已经高到无法再高。)"这只会带来痛苦,迈克尔。逃不脱的。"

扎克用他那双大大的悲伤眼睛看向桌子对面的我。我伸出手，将我的一只手放在了他的手上。"这是我的错，是不是？"他说道。

"什么是你的错，扎克？"

"大家都在争吵不停，复活节下午茶完全没吃。我不该问一些关于我老爸的事情。"

"不是，扎克，你没做错任何事情。"我说道，虽然说实话，他确实做错了。从正常的外部世界来说没有错，但是在这所房子、这种生活和这种……嗯，邪教氛围中就是错的。这些年来，我感觉这就是一种邪教，一个将利亚姆视为恶魔，奉行"不可在此屋檐下款待恶魔"这一信条的邪教。不过到底为什么他突然之间就开始问老爸和老妈各种关于他父亲的问题了呢？这一切让我大吃一惊。我感到懊悔不已，因为我没能在老爸和老妈在博滨餐厅对我进行一番说教之后，与扎克坐下来，告诉他永远不要在他们面前再次提到他老爸。需要补充的一点是，在经过我们所有人长达十年的洗脑之后（不仅仅是老妈，虽然她一直都是主要负责给人洗脑的人），我觉得这个想法不会进入他的脑海，更别说他还有这个胆量说出来了。我心底对他的勇敢还是有点小骄傲的。

厨房里传来更多刻意压低的低语声。我正想要建议说要不咱们先去别的地方，这时，扎克说话了："老妈，我能去找蒂根一起玩吗？"

"什么，现在吗？"我看了看钟表。现在是下午三点二十分。

"是啊，原来我告诉她我今天没法儿和她一起去……"他用自己的手指捂住了嘴唇，好像他要说出什么他不应该说出去的事似的，不过紧接着就继续说道，"我想去看看她。这里的气氛不太好，你知道的。"

"我知道。"关于这一点，我竟然无言以对。今天老妈不会从这种情绪中摆脱出来，单单是今天可不行，而且我们两人一副小心翼翼的样子留在这里也没有任何意义。"那你现在就走吧。记得离开前，探头进厨房和外公外婆说再见。他们不会在意的。"

扎克离开了,我拿了三个复活节彩蛋(明天才是复活节星期天。耶稣或许还没有复活,但是我老妈却已经勃然大怒,整件事给我的压力太大,我想吃巧克力了),将它们紧贴着胸部,回到了我的卧室。我躺在我儿时的床上,感到一股很可怕的似曾相识的感觉传遍全身。我以前就在这里睡过,这既是指字面意义上的我在这里睡过觉,带着我偷藏起来的巧克力躺在这里,也是指更宽泛意义上的在这里,也就是我对此的感觉。这张床是我以前常躺着的那张床,那时候大多是上午很早时,还未成年的我就是躺在这张床上,与同样喝得醉醺醺、头脑发晕的弟弟透过薄如纸的墙壁一起聊天。然后就是杰米去世,利亚姆离开,而我则不得不搬进这里,我在这个房间里度过了很多时光。回想那时候,我会躺在这张床上,听着我母亲在那里哭泣,在半夜时分,那种啜泣声似乎撕裂了整座房子。

在白天,很多时候她都沉默不语。这时候我面临的是天天以泪洗面的父亲。母亲在杰米的卧室里给杰米设了一个灵位,那里放着他那天夜里和利亚姆一起外出时穿着的衣服(还没有清洗过,也永远不会清洗)、用木框镶起来的厨师学院证书,以及他在八岁之前都会抱着睡觉、亲个不停的旧婴儿毯子,这个毯子让人感觉很恶心,而且她一天的大部分时间通常都会将自己锁在那个房间里,沉浸在杰米的宇宙里。

我们还小的时候,杰米得到照顾的时间比我要长,这一点我可以接受,因为我天生就是一个更自立的人,但在他死后,所有的一切也都发生了,我比以往更需要母亲的支持。但是这座泪水之屋已经不会再有母爱出现了,这里的每个角落只会充斥着我母亲那超越其他任何人想象和理解能力的悲伤。老妈已经失去了生活的目标,甚至会将日历上的每一天都划掉,称自己离与杰米在装饰着珍珠的天堂门前相遇的日子又近了一天。这就好像我们所有人都已经死了一样。

然后就是各种尖酸刻薄的话语。因为在她看来,从一开始,她的观点就始终是正确无比的:究其核心本质,利亚姆不愧是沃恩·琼斯的儿子。

我也曾经有一段时间因为这件事而对他痛恨不已。我甚至还和母亲站在一边，觉得遭到了他的背叛，因为他在我面前成功隐藏了他的这一面，同时也很生气，因为在我这么多年来一直不遗余力为他辩护时，他却证明了我母亲所说的话完全正确。不过随着这么多年过去，而他也没有回来找扎克和我，我的这种怨恨逐渐变成了困惑，因为怨恨不会无休止地叠加下去。以前他从没参与过斗殴，更别说煽动一次斗殴了，如果这一次斗殴就会让他步入他父亲的后尘，成为他打架斗殴和监狱生涯的开始，那么他为什么要等待这么久才这样做呢？没有谁是一夜之间完全转变自己的个性的。我开始意识到，他打向海德的那致命一拳本质上是一个错误，但每个人都会犯错，不是吗？通常情况下，他们都会逃脱惩罚。如果杰米还活着，那么利亚姆也肯定会逃脱惩罚。

我已经在床上躺了快一小时，不能再待在这里了。我站起身来，将复活节彩蛋塞进我的包里，准备下楼回家。我进入餐厅的时候，老妈正独自坐在餐桌旁，用几根手指收拾着她盘子上的羊肉。老爸则已经出去抽烟了。

"我要走了。"我说着，将我的包背上了肩头。

"你也要走？"她根本没有抬头看我，只是把肉推到她盘子的周围，就好像刚才什么事情都没发生，似乎其他人都只是反应过度而已。每次发生刚才的这种情况，她就会用这种方式来应对。

"是啊，我感觉您可能是想要自己静一静，我也想在扎克回到家的时候，在家里等他。"

"好吧，亲爱的。"她叹了口气，双手轻抚着自己的脸庞。现在她仍然双目含泪，我则犹豫不决，考虑着是不是要给她一个拥抱，向她道个歉，然后保证我会和扎克好好谈谈，让他永远不要再谈起利亚姆这个名字。但是我没有这样做，因为我实在左右为难，一边是我的母亲，一边是我的儿子，我能怎么办。我不喜欢看到这对老妈造成的影响，但是我也需要考虑到扎克——此时的他应该会感到怎样的沮丧、怎样的困惑啊。

小大人

我一直都知道这件事什么时候会发生,在我关上父母家的前门离开的时候,我知道这件事又要马上发生了。现在空气凉爽而潮湿,正下着毛毛雨。在经历过我父母房子里那种恐怖幽闭的事件之后,走在这样的天气中真是一种解脱,我一边向前走着,一边抬起脸庞,迎向落下的小雨,去感受自由奔放,不过同时,我也像被磁石吸引着一般走向了道路尽头的商店,但我的脑海中,正思绪翻腾:"赶紧停住。直接从旁边走过。想想你儿子。你早已经不做这种事了,老姐。"但是在我的心底深处却有一个空洞亟须填满,否则的话,就会一直疼下去,不断为琐事耗时,喋喋不休,小题大做。现在与我脑海中所想完全相反的事情需要成为现实,于是我的身体似乎是脱离了思维的控制,让我不自觉地穿过商店的大门。

这就是这件事给我的感觉。我觉得我就处在精神恍惚之间。然后就是一阵令我头晕目眩的肾上腺素传遍我的全身,一种极度快乐的感觉达到了极度的兴奋状态,我的耳朵里嗡嗡作响,下一刻,我就已经从商店中走出,有点气喘吁吁地再次走上马路,但此刻我包里已经有了一块偷来的维多利亚三明治、一份太妃糖口味的薯片和一份杂志。

然后,我的手机铃声响起,将我吓了一大跳。

"你好?"

"朱丽叶吗?"电话那头的声音听起来又熟悉又陌生,两种感觉同时存在,我一时间无法确定。而且声音听起来很遥远,就像是打电话的人站在什么空旷,但是又很嘈杂的地方,比如像是飞机场这样的地方。"我是你的保罗舅舅。希望你不会介意我这时候打电话给你。这边有点情况,扎克和他的朋友正在码头这边,他正在询问关于利亚姆·琼斯的事情。我觉得你应该知道这件事。"

瞬间我的身体僵硬在那里,同时感觉到了我手中的包压在身上的重量。利亚姆。为什么我的儿子会到那里去到处打听他父亲的情况?在没有事先告诉我的情况下,就跑到码头那么远的地方,这一点完全不符合扎克平常的人设,他肯定是不想让我担心他。保罗叔叔肯定是误会什么事了。

之后,我的心头又感到一阵恐慌。他在离开老爸和老妈家的时候肯定很伤心,对他不知怎么毁掉了一切而感到内疚,扎克是一个很有良知的人。老妈一定是在用她自己的反应来恐吓扎克——扎克可能已经在猜测,思考着这里肯定有着比利亚姆离开我们更多的事情不为他所知晓。要是他决定离家出走,跑到某条船上偷渡走了怎么办?要是他现在就上了某艘开往苏格兰的船怎么办?要是他摔倒在海港高墙上,或者是卡在某种机器中怎么办?码头可真不是适合孩子玩的地方。

"我马上就过去。"我说道,脚下已经朝码头那边走去,"告诉他待在那里等我。"然后我就双手颤抖着挂上了电话,开始朝惠灵顿大街走去,然后朝着弗里曼街拔腿狂奔,跑向了格里姆斯比镇的边缘地区,那里有着钢闸门和混凝土建筑、海港和起重机,而且船桅林立,再往外面,就是一望无际的深邃大海。

现在我只想尽快赶到我儿子身边去,但是我已经能听到我的急促呼吸声和鞋跟击打在地面上的声音,我隐约意识到海鸥在我上方的天空中划过,好像要将我带往那里,指引着我找到扎克。在危急时刻,你会震惊地发现你身体中存储着巨大的能量,因为我感觉我已经飞了起来,似乎我一生中都没有跑过这么快。我从商店里偷到的东西在我的包里晃来晃去,而我则感到一种可怕的内疚在我心底挥之不去:几分钟之前我还沉浸于我那令人羞耻的坏习惯,那种扭曲的占有欲,而这时,我的儿子正需要我。他现在正处于情绪混乱的当口。

但是,等我抵达码头的时候,我的担忧中已经掺杂了一丝的愤怒,虽然这是由恐惧所产生的怒火,但是始终也还是怒火。我已经有几年时间没来过码头这边了,随着一阵混杂了海水、鱼腥和工业设施气息的味道传入鼻孔,一股怀旧之情油然而生。那是我父亲的味道,也是我童年的味道。

我没费什么功夫就发现了扎克和蒂根正沿着海港高墙无聊地闲逛,我在他们背后尖叫起来:"扎克!"他们马上转过身来。"你们到底在这里干什么?担心死我了!"还好一切都安全,我在心里告诉自己,他就在这里，他还活着。我迈步向扎克走去，"你在这里干什么？为什么你要这么做？"

"对不起。"受到周围宽阔空间和大海的影响，扎克的声音很微弱。

"只说对不起可不够！以后只要不事先告诉我一声，永远也不允许到任何今天的这种地方来。"

他对着我眨了眨眼睛，对于我是如此生气感到很是害怕。"对不起，老妈，"他说道，"真的对不起，我只是想……"他停顿了一下，吸了一口气，重新开口，"我只是想找到我老爸。"

海上传来一阵强烈的风，将我们的头发吹得东倒西歪，如蛛丝网般精巧细腻的毛毛雨正慢慢落在我们的脸上。

"蒂根。"虽然因为刚才的跑动而喘不过气来，但我仍然接着说道。她看上去混杂着害羞和挑衅的神情。"能让我们谈一谈吗？"

"好啊。"她点了点头，但一步也没有动。

"让我们俩单独谈谈好吗？"

她仍然踌躇不定，我在这时才意识到一个十岁的孩子在一个我们现在所处的环境中需要自己做决定的时候肯定手足无措，于是我打开我的包，拿出一个吉百利的碎片复活节彩蛋，正是我身上还剩下的两个中的一个。"给你这个，"我说道，"到那边坐一会儿，可以吃这个。我们只要五分钟就能谈完。"

她拿着彩蛋，看了看，好像是我把《查理和巧克力工厂》里旺卡先生的金奖券给了她。"什么，是全部给我吗？"

"当然。"接着我说道，"不过，我刚刚想了一下，要不给我留一小点儿？"

她看了一眼扎克，然后对我咧嘴笑了一下，接着向我刚才示意的墙壁走去。"好吧，要是你事情办得漂亮的话。"我听到她说道。扎克在看着地面，不过我看到他嘴角翘起，有笑容绽放。

我们两人站在那里看了对方一会儿，我的喘息声终于恢复到接近正常的水平。"咱们坐下吧。"我一边说道,一边独自走到海鲜市场的墙边,"到这下边来,别淋雨了。"

我在我儿子身边坐下。他正抱着自己的膝盖,后背靠着海港高墙,脸上的表情按照我老爸的说法,就像是"一只陷入网兜中的水母"。

"你们刚才在干什么,扎克?"过了一小会儿,我开口问道,"说吧,告诉我。"

空中的毛毛雨继续下着,整个天气构成了连续不断的白色背景噪声,风略大,但并不寒冷,抬眼向海面看去,船只、海水和目光所及之外的所有东西就是一团巨大无比,却变化无常的薄雾污迹。

"看见那边的拖网渔船了吗?"扎克仍然是一言不发,于是我就开口了,"那就是你外公称作'锈迹斑斑大破船'的东西。"我想我应该是看到他脸上露出了微笑,于是我继续说着,"也就是他以前出海的时候会坐的那种拖网渔船。"

"那是一艘围网渔船。"扎克说道。

"就是这样的。老妈,请您正确分辨。"扎克看着我,脸上露出了笑容。我肯定我们的交流上取得了重大进展。"我小的时候,"我继续说着,"我老爸,也就是你外公,会不定期地带我到他工作的船上去,带着我四处看看,让我知道各种东西是什么用途,可以做什么。以前你知道很多鱼类会被失事船只吸引吗?要是海上有失事船只的残骸,全球定位系统的屏幕上会出现各色闪光,渔民们就知道那里会有鱼群,于是他们就会朝船只残骸那边驶过去。"

"那是见到一堆堆的钱了。"扎克说道。而我也微笑起来,因为这也是以前我老爸经常说的话,"我们只要一看见鱼,我们就看见了一张张钞票啊。"

"说得没错。"我说道,"然后他们所有人就会很兴奋。他们会给其他拖网渔船上的渔民发信息,告诉他们鱼群在哪里。他们会彼此协作,共渡难关。"

"为什么外公从来都不带我去船上？"扎克突然发问。

"我不知道，亲爱的。或许你应该问问他。毕竟他现在已经不是渔民了，是吧？"

"不过我老爸曾经是渔民。"

"是啊。"我叹了口气，"你老爸以前确实是。"

"我想要找到他，老妈。"扎克一边说着，一边抬起头看着我，而我看到他眼睛的时候，我能看到他是多么想要找到他老爸。"我想找到他，找到真相，搞清楚为什么他会抛妻弃子地离开，为什么，那时候他爱着你，而你也爱着他……"

我向后仰着头，闭上了双眼。"扎克，亲爱的宝贝，咱们以前讨论过这个问题了。"

"我知道，但是你们肯定是在某个时候彼此深爱，才会生下我，如果你曾经爱过他一次，那么他就不可能是个坏人。"

"扎克，他从来就不是个坏人。"

"但是外婆说他就是个坏人。我想要知道他为什么不是，要是搞不清楚，别人会说有其父必有其子，我身上流着他的血，于是我也是个恶人。你知道的，孩子从父母那里继承来的东西可不只是眼睛颜色和头发颜色。"

接下来，我转过身体，正面对着他。"扎克。"我说道，"对不起，你必须要理解一些事情。首先，你老爸并非全然是坏人；没有人从头到脚都是坏人。同时，当然了，他过去不是，现在也不是。即使他是，这也不是说你从他那里继承了任何的坏人基因。你是我所认识的人中生性最善良，对人最体贴入微，外貌最为英俊潇洒的人，而且我不是因为你是我儿子才这么说的。"

他的双眼在我脸上来回巡视，好像在寻找接下来该说什么的线索。"我需要知道他为什么会抛妻弃子，一走了之。他为什么不想要我们。"接下来便是一段时间的宁静。"但是你也从来没有去找过他，是吧？"最后他终于说道，"你从来没给过他一个解释的机会。他的离开或许是有原因的，但始终没有机会说为什么。"

"没有。"我说道，同时感到内心一阵紧张。他不理解这一切——他又怎么能理解呢？不过，虽然他对于他父亲从我们的生活中完全消失的前因后果一无所知，但他的话还是有一定道理的。我没有给利亚姆解释的机会。我也从来没有找过他。"是，我是没有去找过他。但是我不需要去，扎克，因为行动胜于言辞，就像我以前说过的，他在我生下你之前就离开了。"我曾经无数次说过这件事，这都几乎感觉是真的了，"他从来不想要知道我们。他就是……他就那样走了。真的，这对他来说就是胜利大逃亡。"

扎克叹了口气，双眼朝着弥漫着灰色迷雾的海上和灰色天空看去，但是我知道他还有更多话要说。不过接下来扎克要说的话让我有些吃惊。

"我和蒂根正在到处找他。"他说道，"我想要找到他，老妈。我必须得找到他。你能帮我吗？"

我的心跳得飞快，让我有点喘不上来气。自从他出生以来，我心底一直害怕这天、这一刻的到来。一直以来，我只希望能让他幸福，或者至少让他不要伤心难过，但是现在我意识到他就是伤心难过。在心底，他渴望着父母的陪伴，但一直未能如愿。

"宝贝，我有一个秘密。"我说道。我真的需要尝试点什么了，"自从咱们收到那封信，你知道的，就是那封关于你身体超重的信，考虑到你在学校里受了欺负，总体来说，在学校的日子也不怎么好过，于是我就决定了：我在这个世界上只希望你更加幸福，让你变得幸福。这就是为什么我去求杰森来帮忙，也是为什么我处心积虑地把所有好吃的东西都扔到一个秘密橱柜里。那时候我只想要你健康，更幸福。这和你身体是不是更苗条没有关系，我只想让你对自己的感觉更好，而且，在这一点上，你得信任我，寻找你老爸不会让你更幸福。要是这件事让你更伤心难过怎么办？要是我们找到了他，然后出于某个原因，他仍然不想认你又该怎么办？我受不了这种可能性，扎克。看到你伤心难过，我会更加伤心难过的。"

扎克摆弄着他的套头毛衣，在我感觉似乎是很长时间都没有说话。然后他抬起头。"让我真正伤心难过的是没有尝试过。我只想要知道真相，老妈，我只想要知道他到底是怎么样一个人。"

这时候，我意识到，无论我喜欢与否，我们已经走得太远。他也已经走得太远。扎克肯定要去寻找他父亲的，如果不是现在，那么在他十五岁、十六岁的时候也肯定会去。这可能会成为他人生中曾经做过的意义最重大、最重要、最吓人的事情。作为他的母亲，难道我不需要陪在他身边吗？

我双臂抱着他。"好吧。"我说道，一边将他抱得更紧，"好吧，我的小小男子汉。如果你坚信你想要这样做，我一定会帮你的。"

扎 克

世界真相：格陵兰海豹只喂养和照顾它们的幼崽十二天，然后就会离开，任其自生自灭。

接着，事情就算真正开局了。

周六复活节那天，从码头回家之后，也是老妈同意了她会帮我们寻找我老爸之后，我、老妈和蒂根举行了一次特别会议。这就像是一次正常的"寻父"任务俱乐部的会议，只不过我们不需要在交叉路口开会了，我们可以在厨房里讨论这件事，因为这已经不再是秘密了。老妈说要是想让她帮助我们的话，她还有一些条件，那就是我们需要做某些事情，否则她就不会帮助我们。她说她想看到我们至今为止收集到的关于我老爸的所有真相的档案，了解一下在我们没有提前告诉她的情况下，我们为什么会到码头那边去，以及我们为什么还觉得这样做会是一个不错的主意。（要是成年人这样说的话，他们关心的不是答案，他们只想洋洋洒洒地大谈特谈他们为什么认为这是一个糟糕的主意。基本上来说，他们就是想要训你。）不过，我们还是告诉了她我曾经到考斯特卡特便利店见过辛格先生，以及他是如何告诉我我的爷爷琼斯也是一个著名的渔民，而这又怎么让我产生了前往码头区探听消息的念头，因为会有很多人听说过他和他的儿子（也是我的老爸）。

下面就是我们告诉老妈的东西：

复活节那天的下午茶（被我给毁掉）之后，我和蒂根会面，然后一起去了码头那边的海鲜市场。外公曾有一次告诉我说在格里姆斯比，海鲜市场可能是码头上最重要的地方，因此我们觉得那里是一个适合我们开始调查的不错的地方。

在海鲜市场的入口处有一位女士负责接听电话。你一眼就能看出来她很擅长自己的工作，因为同时会有很多的电话打进来，而她甚至都没有紧张的表现。我们告诉她，我们在为学校的一项关于渔业的项目进行一些调查，她告诉我们可以去和海鲜市场的经理香基谈一谈。不过等我们到了他的办公室，香基正巧不在，屋里只有他的助理"木桶"先生。香基和"木桶"都不是他们的真实姓名，而只是外号而已。"木桶"的真名是马克·克罗斯，但是由于他好饮啤酒，因此有一个像大木桶的啤酒肚，所以大家称呼他"木桶"。他对此欣然接受。有一个外号是受人爱戴的表现。他给了我们一人一个巧克力甜橙夹心小蛋糕，然后我们就询问他是否认识利亚姆和沃恩·琼斯，他回答说他当然认识，而且他还曾经和我老爸一起出过海，并说我老爸是一个"好小伙子"，不过他已经很多年没见过我老爸了。

当时蒂根把所有东西都记在了我们的档案里。整件事让我们感到很是兴奋（特别是在他们说我老爸是一个很不错的小伙子时！）。但是之后香基就回来了。他的真名是保罗·克鲁克香克。我们之所以知道他的名字是什么，是因为他的名字就显示在他的胸章上。克鲁克香克是我外婆与外公结婚之前使用的姓氏，但是我当时没有任何怀疑。我甚至不知道香基与我外婆有亲戚关系，结果后来才发现他就是外婆的兄弟。换言之，他就是我的舅姥爷！他对"木桶"告诉了我们一些实情的事勃然大怒。然后他一通电话就叫来了我老妈。

"好吧。"老妈用手指掩住双眼（虽然我们两人都平平安安，但是她对这件事仍然感觉压力山大），"于是你就觉得因为你能找到谁能认识……"（你看，这时候她根本不想说'琼斯爷爷'。）"沃恩·琼斯，然后这就是你们不告诉我，就两人前往码头区的好理由吗？"

我看向蒂根。看着其他人的老妈在训斥他们孩子真是非常尴尬的事情，这一幕会让你爆笑，于是她就双眼盯着墙，远离这边的硝烟战场。"呃，是啊，基本上是的。"我答道。

"你知道这种行为多危险，多不负责任吗？"老妈说道，先是看了我一眼，然后看了蒂根一眼。让老妈为我担心，我感到很愧疚。她本来就已经有很多事情需要担心了，比如家里总是入不敷出以及想念杰米舅舅。"任何事情都有可能发生。你可能会不小心滑倒，掉进海里，掉落到什么机器里，然后触电致死——你可能早就死掉了。"

"我知道，我也很抱歉，不过我告诉过你了。"我答道，"当时外公外婆家里发生的事情让我很生气，很失望。"

"这恰巧是你永远都不应该做一些冲动事情的原因，就比如到码头区，扎克。在你很激动、很情绪化的时候，你永远不应该做这种事情，意外往往就会在这时候发生。"

在老妈这样说的时候，我真的感到很害怕。我的脖颈甚至都体会到了刺痛感。我开始想象我们可能会死掉的各种方式，比如在鱼鳞清洗机里遭碾压致死、缠在巨型渔网中无法挣脱或者掉进水里，然后被吸到船底，从而加入船员溺死行列。想到那场面，我自己都瘆得无法呼吸。我深呼吸了一次才能再次正常呼吸。当时我们还不知道几天之后，蒂根身上会发生什么。

这个世界上有各种类型的爱，你甚至都没法儿相信到底有多少。以前我一直觉得爱只是一种感情，但事实上根本不是。你爱你的小狗的方式与你爱你外公外婆的方式截然不同，而你爱你男朋友或女朋友的方式也与你爱你孩子的方式大相径庭。老妈在码头上说她会帮助我们找到我老爸的那天之后的复活节周日，老妈向我说了上面的话，然后我就一直在思考这些话。

　　当时我们正在去参加杰森的健身课程（虽然那天是复活节的周日，但最后老妈还是组织了这次课程。感谢老天，杰森没有提到之前他问我周末计划的时候我表现得有多古怪！），我一直滔滔不绝地谈着我最喜欢的话题，那就是既然她爱过我老爸一次，那么她肯定会再次爱上他，问题只是在于她已经很长时间没有见他了。我说，她可能仍然爱着他，她只是对他很生气，而且他也没有陪在她身边让她继续练习爱他的感情。老妈说她对我的乐观感到很自豪，但是她需要给我的期望泼上一点冷水。"事情不是这样子的，扎克。"她说道，"这个世界上的事情可不是这么简单化的。"

　　"但是你不会仅仅因为你十年没有见我，就不再爱我啊。"我说道，于是她就向我解释了不同类型的爱。

　　"你对于孩子的爱是完全不同的。那种爱是无条件的。"我们走路的时候正拉着手，将我们的胳膊摆得很高。从我很小的时候我们就这样做，这个举动真会让人非常放松。

　　"'无条件的'是什么意思？"

　　"意思就是你爱他们是没有前设条件的。无论他们做什么，他们成了什么人，你仍然会爱他们。"

　　"要是我出生的时候没有胳膊或者没有腿，那么你还会爱我吗？"我问道，脑海中则在想着我和蒂根一起看的那个纪录片中的小男孩。

　　"当然了。"老妈说，"那样的话，咱们的日子会非常艰难，肯定要比现在难多了，不过你仍然会是我儿子，我也仍然会爱你。"

　　"要是我出生的时候没有脑子，那你还会爱我吗？"

　　于是她就放声大笑。她看上去好美，因为落日让所有东西都呈粉红色，包括她的脸。"扎克，要是没有脑子，你就活不下来了，你个小傻瓜。"她说道。老妈说得太对了，要是没有脑子，你怎么知道如何呼吸，然后通过心脏将血液运往全身呢？而且，要是没有脑子，又怎么会有爱的能力。你的脑子是你的所有人格的发源地：你的其他部分不过是骨头和皮肤而已。那些东西根本都不重要。

我们一路走到了"健身情缘"健身中心。虽然今天是属于复活节的周日时间,但杰森还是特别为我们开放了健身中心。

"要是我杀了人,你会仍然爱我吗?"我问道,老妈把这个问题考虑了很长时间,然后她说:"当然,我觉得会的。我会不喜欢你做的事情,但是我觉得我无法不再爱你。这只是我内心产生的一种感觉,即使我不想这样,但这种感觉仍会出现,就像是害怕和妒忌一样。"我知道她的意思是什么,因为我能感到很害怕,而我也希望能不再这样。接下来,她还告诉我她是怎么在我刚出生的第一刻就爱上我的。她说这就像是她早就认识我了,虽然当时也只是她第一次见我。她说我刚一出生就看上去一副非常睿智聪明的样子,就好像我以前曾经降临到地球上,能教她很多东西一样,这种想法太疯狂了。她说遇到我是她人生中最幸福的事情。

母爱就是那样一个真相——无论你做什么,母爱就在那里,不增不减,就如天上落下的雨滴,你无法抗拒。但是这和父亲不一样(也和蠼螋不一样,因为蠼螋妈妈只会照顾身体强壮的宝宝,而放任其他的宝宝自生自灭,整个场面太残酷)。父亲只会在他们确定你是他们亲生的孩子时才会爱你,这是我从《真相解密》中读到的。他们能知道你是他们孩子的原因就是你要长得像他们。这也是小孩子总是和他们的父亲长得一模一样的原因。这是真的,我和蒂根在我们的镇子里已经测试过了。大自然让这一切发生,就是为了不再让更多的爸爸和别人跑掉。这可能是我老爸跑掉的原因,他从来没有见过我,因此这种神奇的自然纽带没能发挥作用。如果他见到我,看到我长得很像他,那么他的想法就会改变。这么说,我在我给他的信中写的东西仍然会成立。

这件事发生的时候,我已经上床睡觉了。我甚至还听到了救护车的警报器声。从窗户向外看去,我看到了在小区中央的救护车和车上不断旋转的蓝色警示灯。我认为救护车是接小区里某个我从未听说过的老人的,而且由于当天晚上我忙着给外公外婆做一个奶酪洋葱馅饼（其实是为了向他们道歉），很晚都没睡，弄得我很疲劳，结果我就直接上床睡觉了。

然后今天早上，由于老妈要带我和蒂根坐长途汽车到斯凯格内斯去，因此我就绕道去找蒂根。我们计划要去海滩和拱形游廊玩，一起去吃炸鱼薯条，不到天黑不回家。这将会成为我们最重要的日子，但是当时却是蒂根的妹妹蒂娅给我开的门。

"蒂根进医院了。"她告诉我，"我妈妈也在那里。昨天夜里，她的哮喘发作很厉害。当时她无法呼吸，我们就打了急救电话。"这时我才意识到昨天夜里那辆救护车是干什么来的。

回到家之后，我就放声大哭起来。老妈说我也不可能早就知道那辆救护车是来救蒂根的，但是我本来就应当知道，因为我是她最好的哥们儿，最好的哥们儿就意味着你要知道别人都不知道的事情。

老妈和我还是去了斯凯格内斯。老妈觉得我们无论如何都应该去，而且景色的变化会对我们两人有好处，但即使整个旅程非常美好，我还是非常想念蒂根。

我们去了海滩，但是没有蒂根的陪伴，海滩之旅也没有什么乐趣。我们在一起就能做出超级宏伟的沙堡，上面会有你见过的最深的护城河。（其中的秘诀是你需要使用你的手，而不是用水桶或者铲子才能做出最坚固的沙堡。科学家们已经证明了这一点，这不是开玩笑，我们还在网上看到了。）

以前蒂根从来没来过斯凯格内斯，这次本来会是她第一次来。我对小区住户委员会非常生气，因为如果他们真的来清理了她卧室窗帘上的苔藓，她可能就不会哮喘发作，也就能和我们一起出来玩了。这就是为什么我决定拍一张我一个人的照片寄给他们作为对他们的抗议，这样他们就能知道他们行为的后果了。老妈说与成年人相比，人们更乐意倾听孩子的声音，但是我不确定他们是否这样。

Little Big Man

我光着脚,沿着沙滩一路走去。沙子很凉,但是感觉好极了。我能看到老妈在马路对面朝着我挥手,手里拿着的就是她买来给我加油的炸鱼薯条。我对着她挥手示意,然后继续在海滩上寻找我要送给蒂根的贝壳。之后我们会去医院探望她,我想把这个贝壳送给她。这必须是一个非常漂亮的贝壳,能缓解蒂根今天没能来海滩的遗憾,因此这会是某种好运贝壳,在她拿到手里的时候,会让她感觉更好一些。但是寻找一个真正特别的贝壳要比看上去难多了。大多数贝壳都破破烂烂的,要不就是只有单调的灰色,根本不适合蒂根。它们中的很多都不够特别。

我沿着海滩走了很长时间,一直都看着地面,等待着我要找的贝壳跳出来对我喊:"我在这里!选我选我!"我捡起了一个银色贝壳。我觉得可能就是它了。我很喜欢这个贝壳闪亮的样子,看上去可能会像钱或者珠宝一样,很珍贵。贝壳内部非常柔滑,我几乎要将这个贝壳放进我的兜里,几乎要选择它了。但是这时,我看到了另一个,我张开嘴,抽了一口凉气,因为我知道这绝对就是我要找的那个贝壳。这个贝壳是亮白色,珍珠质地,但是有着我最喜欢的形状,就是那种壳体又长又弯曲,底部有一个尖,凹沟如同刻进了壳体中。我很喜欢这个贝壳,它能让我想起很多不同的东西:扭扭糖、回旋滑梯或者是迪士尼电影中出现的那种城堡上高高的塔尖……但等到我真的意识到它到底像什么之后,我才知道这就是我要送给蒂根的贝壳。因为这个贝壳看起来就像一支火箭!

"这次调查所需要的东西,"我能听见她说,"就是一支竖直放好,准备发射的火箭。"我把耳朵靠近贝壳的时候,能听见贝壳内部传来咆哮的声音。人们一直说这是大海的声音,但是我觉得这更像是火箭起飞的声音。

麦 克

（扎克）还不满十一岁呢，"你老爸抛妻弃子，逃之夭夭"的故事已经不像以前那么可信了。这就像是在他脚下有一片沉沙，这片沉沙在彻底沉没之前的时间不会太久，因为随着扎克每问一个关于利亚姆的问题——正如在复活节周六那天他做的一样，而我当时只能愣在当场，心里想着这是不是就要成为真相水落石出的一刻——随着他收集的每一条信息，他就朝着真相更近一步。

真相已经如此之近。我能看到真相就在不远处，不断积蓄着力量准备展现自己，就像以前我能够看到暴风雨正在海洋和天空之间逐步靠近一样。你知道暴风雨就会来到，但你已经无处可躲，只能静观其变。但是这件事不同。我不再仅仅受到暴风雨的摆布，现在我成了暴风雨的协调人。我就像是上帝，不过我所有能创造的只有毁灭。我看着我的外孙，我那英俊可爱的外孙，我生命中最为珍贵的人，我常常想这会给他造成怎样的影响呢，这会给他的人生造成怎样的痛苦和破坏呢。现在我进退两难：如果不告诉他真相，我就无法心安；如果我告诉他真相，他就会悲伤欲绝。

而他的确是给了我人生中第二次机会的人。如果不是扎克，现在我可能已经在酒乡中喝死了自己。但那时他就在那里,他需要我,需要我把他从我也在其中起到重大作用的一地鸡毛中拯救出来,保证他的安全,让他得到爱护。如果他没能获得父亲的陪伴,那肯定是我欠他的。因此当时情况下发生的唯一一件好事就是我戒酒了,因为这是我欠扎克的。后来我戒了酒,也坚信我将成为我能做到的最好的外公。

朱丽叶

"说说,情况怎么样了?"杰森说道,同时在桌边坐下,将一杯咖啡从桌子对面推给我。

现在我们正在"健身情缘"健身中心的餐厅里。杰森刚才已经尝试过用跑完不知道多少圈的运动场来累死我。(他说他不知道跑多少圈才对我最好。这种锻炼方式能教会我接受这种方式,"享受"锻炼带给身体的不适感。我没有接受任何东西,只是嘴里脏话吐个不停。)

"很难啊。"我说道,同时感到很是窘迫,因为我们在几乎一小时之前就结束了健身课程,并在经过淋浴和所有的休息之后,现在我仍然汗如雨下。我能感觉到我的两条大腿借助汗水,黏在塑料座位上。

"要是用一级到十级划分呢?用一级表示最轻松?"

"大概是七吧。"

杰森慢慢点了点头。

"好吧,上帝,那就是九吧。这真的是太难了,杰森!"

杰森露出一副介乎抱歉和被逗乐之间的表情(虽然他已经在尽力隐藏被逗乐的部分,而这一点让我心中一动)。"问题是,我这周没有做过多少锻炼。我根本没有多少时间,所以我的健康水平可能有所下降。""什么,你是说从你上周的奥林匹克运动员水平上下降的吗?"我心里想象着他心里可能在想着这样的话——"我真的压力很大,所以你知道的……"我用一个宣传单给脸扇着风。杯中咖啡升起的热气对于我大汗淋漓的情况没有任何帮助。"饮食方面也有点偏离轨道。我一直感觉不太好,非常不好。上帝啊,抱歉。"

"有一点偏离轨道"这种说法实际上是欲盖弥彰了。在复活节的周六那天,在老爸和老妈家里的所有事情都发生之后,我大口吃掉了我的小龙虾和羊肉上面摆放的三个复活节彩蛋中的两个,而我意识到,在此之前,甚至在我们在饭桌旁坐下之前,我已经吃了几个法棍面包,并"试吃"了几块烤土豆,拥有了当天所需要的卡路里。然后,在经历过扎克跑到码头那边去、他向我坦白关于"寻父"任务以及最重要的是我宣称我会帮助他寻找利亚姆之后,我在回家的路上根本就没有能力径直走过路上的中国餐馆,而不进去大吃一顿。

我把今天的情况讲给了杰森听,解释了我不再赶时髦,学别人节食的原因,但同时隐藏了任何关于扎克"寻父"计划的信息,虽然这是我的节食计划一败涂地的主要原因。我甚至不知道我为什么没有告诉他,我就是觉得他不需要知道,更可能的原因是他不想知道。最近他为我们付出了大量的时间,这时候告诉他我们在寻找我们生命中的另一个男人让我感觉真的是太虚伪了。

"朱丽叶。"杰森脸上露出了他那可爱的微笑,手肘撑在桌上,探身前倾。要是你需要一个胳膊模特的话,那我觉得你找他准没错。"你知道,你不需要在我面前为自己辩护或者解释什么。"

"我不需要?"我心里有点失望。让我翻翻著名的《名人堂》演讲,那句"这条路上,我们还需要付出鲜血、汗水和泪水"难道就此失效了吗?他难道不应该因为我的表现而很是气愤,对我颐指气使吗?

"你真的不用这样,我又不是天天盯着你的食品或者健身警察,是吧？我只是想要帮助扎克，让他能自己感到更快乐一些，更自信一些。"他压低了嗓音，"说实话吧，我还想教他一些跆拳道的动作，把那些学校里的小混混狠狠地揍一顿。"

我不由得微笑起来。

"这才是你想要的，不是吗？"他咧嘴笑着，身子向后靠着，用双手拍着桌子，"而且，他还给我带来了很好吃的三明治。"

"你知道的，他喜欢给你做这些东西吃。"

"而且我也很喜欢吃这些东西。那些东西比他们这里卖的那些垃圾更美味，也对人更好。这边的人还标榜自己是健康中心呢。"

我在盯着他的双手。他的两只手非常漂亮，配合着那双漂亮的胳膊，现在很是柔软、硕大，显示出深褐色。我伸出手，碰了一下他的右手。

"非常感谢你能这样帮扎克。我觉得这真的增强了他的自信。"由于是杰森建议我也来参加运动（而且我也一直提醒自己，也是他提出这会对我有所帮助），我还想说这对我也有所裨益，但是还是觉得这样做会有一点过了。

"别担心了。我很喜欢这样。他是一个很可爱的孩子，比健身中心里面我的很多同龄人要有趣多了。"

"你的意思是？"

"哦，这里很多人都是很自我的。朱丽叶，说实话，这里有一些超一流的傻瓜。那些职业教练已经认识不到体育锻炼的目的是让你感觉美好，要让生活充满乐趣，现在呢，除非他们的客户在上完他们的课程时跑到垃圾桶那边呕吐不停，否则这些教练就不会高兴，他们认为身体锻炼的目的就是要成为一种施虐受虐的练习。"

听到他这样的话，我赶紧咳嗽了一下。

"哦，伙计。"伙计？他是从什么时候开始叫我伙计的？"要是我今天对你的要求太严了，那得说声抱歉了。我没有意识到……"

"我有多胖和多不健康是吗？"

他翻了翻白眼。

"对不起。"我说道。

"你看,我一点都不认同你关于自己的描述。"他简单直接地说道,"当然,除了要挑战困难的部分。"他把一次性杯子捏成一团,"不管怎么说,你知道我是怎么想的。"他站起身来,走到旁边,将一次性杯子放入了垃圾桶。

这是什么意思?我一直纳闷儿着。过去杰森一直说我容貌身姿倾国倾城,但是他的话,我连标点符号都不信,可是现在,我如此想念着他说这样的话。他现在仍然这么想吗?

"我能问你几个问题吗?"我说道,而他则在桌前重新坐下。我意识到我落座的方式表明我的乳沟全都显露出来了,但是我却无意改变这种情况。

"随便问吧。"

"好吧,我怎么样?"

他一脸无辜地看着我:"'你怎么样'是什么意思?"

"嗯,你是怎么想到要我也来参加健身课程的呢?你为什么花时间为我制订健身计划和饮食计划,并且在今天给我上了这次私人健身课呢?现在扎克正在老爸老妈家里,而我也终于有一次不用上班,因此我就抓住机会,预订了一次课程。你这一次仅为我就付出了很大的努力。"呃,让人有点不安。这也太多了吧。不是说我像是饿极了的水蛭一样想要从他那里得到夸奖,而是我真的不知道我为什么这样做。

就在他马上要回答我的时候,有什么东西或者什么人转移了他的注意力。我随着他的目光看过去。多姆正站在前台接待处那边。这一切发生得没有一点警告,没有时间让我跑开或者藏起来。

"我的妈呀。"杰森站起身来,"我忘了多姆要过来和我谈事情了,就是客户培训的事。你介意吗?用不了一会儿,我就回来。"

"不介意。"我本已经滚烫的脸颊感觉像是火烧起来了,我的脑海中不断翻滚着一个场景，那就是雪天、手包、一个发疯的女人像一个骂街的泼妇一般惊声尖叫着，但是我知道我只能在这里坐等事情过去。"没事，还好，我在这边坐着就行。"

感谢老天，他们两人站在那里的方式表明只有杰森在面对着我这边。我看到了他的身体语言与多姆相比是多么温馨和开朗，而多姆的身体语言即使从后背来看也更加僵硬，更加注重表现自己，表现为双手放在臀部，胸脯尽量鼓起，一副"我是一个经常锻炼身体的人"的样子。由于我也是一个"健身馆常客"（属于无稽之谈，这个也是），我注意到了另一件事情，那就是这些健身馆教练无论是看上去，还是其行为，都很呆板机械，就好像他们已经忘记了怎么做人，而只是关注如何成为超人。杰森与他们不同。与体育锻炼相比，他更喜欢与人为伴。事实上，如果要是按照他的性子，他会玩上半小时的举重，然后可能会就着一杯茶和别人聊一些往事，最好和五十岁以上的水中有氧操课学员或者扎克一起。他很爱和扎克一起上课。

他很擅长和扎克打交道，而且对扎克的帮助也非常大。

最近，我考虑了很多与杰森有关的事。找到扎克的"老爸王牌大作战"文件夹，看到里面对于理想老爸的描述，并且意识到他是多么需要一个父亲，我内心有点纠结为什么杰森就不能是那个人。在他告诉我我是多么沉鱼落雁、闭月羞花的时候，他对我儿子如此之好，而且整个人闲散怠懒到过分的时候，我又为什么放弃他了呢？通常情况下你都不会将闲散怠懒（在不涉及工作的时候接近人们对懒惰的定义，比如杰森和扎克一样都喜欢打电动游戏和吃比萨饼）这种品质与健身教练联系起来。你以为他们身上全都充斥着个人最好的东西和蛋白粉，他们一看到你就会计算出你的体脂率。但是杰森全然不是这样。他不喜欢这些人，便称他们为"蛋白军团"。他还说："我不信谁还能找出来一个比满嘴说着'请给我来一个蛋白煎蛋卷'的人更沉闷得让人头疼的人。"我们两人都不曾否认过我现在身体超重，因为我现在就穿着十八号的衣服（平常日子才穿，在经历过诺罗病毒引发的肠胃炎之后，大家都知道我能穿上十六号的衣服了，但现在这个尺寸已经升到了二十号,要不是我注意保持,这个数字可能还会更高),但是杰森出于某个我过去以及现在仍然极度怀疑的原因,总是会给我送上"花言巧语",总是说我要比由他训练的女孩性感多了,而他告诉过我那些女孩看起来就像拔了毛的烤肉用鸡,还总是将"血糖指数"这样的词挂在嘴边。他是出于工作原因才训练她们的,就是给客户她们想要的东西,但是他很喜欢在上完那些人的健身课之后到我这边来,帮我烹制一大盆面条,分量之大几乎可以喂饱半个小区的人,然后一起看点播的《飞黄腾达》。过去我一直在怀疑他为什么会和我在一起,怀疑他的其他职业教练同事会怎么想:健身房里多的是穿着八号衣服的美女供他挑选,但他为什么要和一个胖妞待在一块儿?

不过,自从和他一起参加健身活动,一起融入他的工作环境之后,我才开始意识到体育锻炼对杰森来说不是体重秤上显示的体重或者是所穿衣服的尺寸,而是要保持健康以及幸福快乐。现在我仍然在竭力搞懂这个概念,不过对此的理解正在加深。在我们那次在海滩上跑步之后,扎克总结认为体育锻炼让他很快乐。现在的问题是,体育锻炼让人快乐,意大利香肠比萨不也能做到这件事吗?最后结论仍然未见分晓。杰森小时候曾患过白血病,因此他有很高的概率罹患心脏病和肺病,诡异的是,还可能患上肥胖症。于是,体育锻炼对他而言不是成为超人的方式,只是让他保持身体健康并好好活下去的方式。

现在离我告诉扎克我会帮助他的那天已经过去了一周多。我知道我的决定是正确的。既然他无论如何都会去寻找他父亲,我怎么还能有其他选择。我也想陪伴在他身边,在他不小心跌倒的时候抱住他,就像他一直都在我身边为我守护一样。我希望在他受到情绪影响的时候在他身边。因为以我的看法,无论这件事如何发展,必然会有影响。我觉得这主要会有四种可能结果。我在我买的笔记本上记下了这些结果,就在我的"让扎克幸福"计划开始的地方火力全开,而我不知道的是,他已经开启了他自己的另外一条寻父任务。

可能的结果：

1. 找到他，但他不接受扎克。

2. 找到他，真相水落石出，但他不接受扎克。

3. 找到他，真相水落石出，但扎克不接受他。

4. 找到他，真相水落石出，谁都没有不接受谁，但是我需要找到向我父母解释这件事的方式。

将所有东西写下来让整件事情看上去更加可怕，但是我觉得杰森就是那个我在这些诡谲多变的水域中游泳时可游过去救命的坚强岩石。我能依赖他这一点突然之间成了最重要的事情。毕竟他在这一点上可以说比利亚姆靠谱多了。

杰森和多姆聊天之后折返回来，又在桌旁坐下。"都还好？"

"还好。"

然后就是一段较长时间的停顿，而我则祈祷着我的脸颊赶紧降温。

"没什么事，刚才多姆没提到……"

"我不想谈这个，永远也不想。"

"他可能甚至还很喜欢这样呢，你知道的，那种被包砸到头上，略带点调情风格的感觉。有些家伙还认为这样做会让他们性趣盎然呢。"

我在桌子底下踢了他一脚。

"抱歉。"他用口型默示了一下，满面笑容（这让我脸颊发烫啊！原来我还觉得他肯定会对我约会多姆和极度不理智的事感到很生气呢），然后打开桌上的报纸看了起来，而我在旁边小口啜着咖啡，两人都对安静地坐在这里感到异常满足。

最后，他感觉到了我的双眼紧盯着他看。"怎么了？"他问道。

"没什么，就是看你的胡子呢。真的非常适合你。"

我发现了一件事：加入对失踪人士的搜寻真的很耗钱。在获知他老爸也和他一样想要做一名厨师之后,扎克和蒂根就自告奋勇到附近的餐厅和饭店去打探利亚姆的下落。他们在格里姆斯比打探了两三次,要是那天去斯凯格内斯的时候蒂根也在场的话,他们肯定还会打探更多店面。原则上我并不在意,但我不想让扎克或者蒂根在饭店里到处虚度光阴,他们天天双眼瞪着别人,想看看他们是否有蓝色眼睛或者失去了半截拇指——最后他们都会被警察抓起来的。所以我或者是跟他们一起去,这时候就意味着给他们每人买点吃喝的东西,或者是我给扎克(以及蒂根,因为蒂根的妈妈妮姬的钱比我们还少)一点钱买吃喝的东西。我也担心扎克在他脑海中将他老爸的形象向英国明星主厨杰米·奥利弗的形象靠拢,而事实上,现在利亚姆很可能是个酒鬼,甚至可能入狱了,走上了与他父亲完全相同的道路。他可能变成了任何人,没人知道他在什么地方。我每天都对我要帮助扎克找到他的想法纠结不已,我也无法和我父母讨论这件事,因此现在只有劳拉能和我一起讨论了。

"好吧,让我捋一捋。"今天是周二,我们接到了为一个本地公司的客户会议提供"冷拼盘"的预订订单,因此我们两人早上很早就到了商店。"扎克已经决定要找到他爸爸,而你准备帮他?"

"呃,是啊。"这件事从她嘴里说出来,显得很是不可思议。就像是电影中才有的情节,而不是我的无聊人生中发生的什么事情,这是肯定的。看看劳拉脸上的表情,她心里肯定也是这么想的。

"要是我说错了,就纠正我一下,曾经我觉得你永远都不想再见到他了,你总是告诉扎克说他的人生中最好没有利亚姆的存在,更重要的是经历过他做的事情之后,你觉得你们所有人最好都让自己的人生中没有他。我的意思是,你的妈妈和爸爸会怎么想?他们知道这些计划吗?"

"好吧,劳拉……"我没有想到她会如此担心,"别这样说,即使现在还没把他们扯进来,我也已经担心得要死了。"

我继续切着拌沙拉要用的羊乳酪,想要用有规律的动作来压制心中的焦虑感。随着生意日渐萧条,吉诺已经决定在冷拼盘上走一点异域风情,因此拼盘中不只是鸡蛋、奶酪三明治和一点劣等火腿，现在也是希腊式沙拉（但是姑娘们，请务必省着点用橄榄油、羊乳酪和西红柿……日子还过不过了，务必以降低成本为要务啊……）。要是我从来不曾向我的闺密坦承我的真实感受，我又怎么能向她解释清楚这个重大的人生决定呢？我弟弟去世的时候，劳拉目睹了发生的一切。那个夏天，她多数时间都待在我父母的房子里，目睹了这个"怨天怨地神教"的发展壮大。她亲耳从我母亲那里听到了那些尖酸刻薄的话语，因为我母亲一直试图让劳拉加入她的反利亚姆神教中。那时候，劳拉从始至终都看到我在点头表示同意。她从来不知道当时我被悲伤和震惊所充斥，根本没有自己对这件事的想法，而且当时我也很害怕让我本已脆弱的母亲更加伤心。

但是，在摆脱最初几周的迷雾之后，我却有了自己对这件事的想法。利亚姆在这件事上让我大失所望，他不是那个我爱上的人应该表现的样子，但是他也并非凶手，他也不应当受到永远从他儿子的人生中剥离开来的惩罚。（他是不应该受到这种对待，但是他自己却对此听之任之；他自己做出了选择。）

我没有告诉劳拉我的想法已变以及我真正的想法——为什么不呢？是因为对我老妈的忠诚？是的。但同时也是因为高傲。因为我这么长时间以来向她吹嘘的那个男人从根本上说还是滚蛋了，不是吗？他对我的爱没有深沉到让他为我抗争，承认这一点让我感到很是羞愧，即使是对她承认这一点也是如此。

我抬起头来。劳拉在俯视着我，从她戴着的塑料帽子来看，像是在威胁，但我意识到她是在等待着解释。"你看。"我叹了一口气，将手上的厨用刀放下，"我在这件事上有点改变了想法。"不是，所有都错了，是我太过轻率了。我的真实感觉只在我脑海里存在，时间太长，我都已经不知如何说出来。清晨的阳光透过商店的窗户涌进来，在刀上反射后照射到我脸上，让我感觉整个人处于聚光灯下。

"继续说。"劳拉强调道。

"好吧,现在我想起利亚姆仍然怒火中烧。我永远也不会原谅他。但是这不是因为杰米身上所发生的一切。现在我能看出来那只是一次意外,一次可怕、不幸的意外。"

劳拉仍然双眼盯着我,专注地听着。

"好吧,他本来就不应该卷入一场会让他丧命的打斗中,是吧?他在离家之前没有这样计划过,他以前也从来没这样做过。这完全不符合他的性格。"

她继续点头,我则继续解释着。该死的,她怎么不说话。

"现在我很生气,是因为他从来不曾尝试联系或者来看看扎克,那时候他可是完全被扎克迷住了的。那时他非常爱扎克,从他看到扎克的第一眼就爱上了他。"而且那时候我也觉得他很爱我呢。

看到我开始变得激动起来,劳拉赶紧走过来,用一只胳膊抱着我。

"但是他没有。他没有为我们抗争过,而我们现在却想要找到他,我有些担心他会再次伤了扎克的心,那样我就真的永远不会原谅他了。"

劳拉像一个母亲般轻轻抚摸着我的后背。"不过,我能说句话吗?"她说道,"答应我,你不会对我大喊大叫,好吧?你也同样没有为他抗争过啊,朱丽叶。"这句话和那天扎克在码头上和我说的话如此相似,我再一次感到了不知所措。"我知道你弟弟死了,但是你也让他离开了,你从来没有再联系过他。为一段感情抗争是需要两个人一起努力的。亲爱的,无论杰米身上发生了什么事,你不能只把所有的抱怨对准利亚姆一个人吧。"

这样一来,两个可以说是与我父母不同,但又是我人生中最重要的人都和我说了这样的话。他们都说我没有为利亚姆抗争过。

225

扎 克

世界真相：十分之九的贝壳都是"右旋"，表明它们向右开口。

　　《猜猜我是谁》是我最喜欢和布伦达一起玩的游戏。有时候我们也玩《四子棋》，或者在沙坑里用小塑料人玩军队对战，但是《猜猜我是谁》是我的最爱，因为我总是能在这个游戏上打败她。

　　布伦达（脸上露出她知道我又彻底打败她的时候才会露出的好笑表情）："你的有光头吗？"
　　我："没有！"
　　（布伦达将所有的光头放下。）
　　我："你有络腮胡子吗？"
　　布伦达（叹了口气）："有。"
　　我："戴帽子了吗？"
　　我："没有！"
　　我："是杰拉德吗？"
　　布伦达："哦，扎克。说实话，我在这个游戏上真的不是你的对手。"

要是我不停赢下去，事情就会变得很好玩。这是因为我总是选择那些与身边人物没有多少差别的人物，比如没有戴帽子、眼睛或者有着有趣的络腮胡子。基本上来说，你只有与众不同，才能脱颖而出。这就是为什么布伦达无法猜出我的人物是谁，因为这些人物总是不起眼地混杂在许多人的背景中。我从去年十一月就开始见布伦达，现在已经是四月了，而在这段时间，她只赢过我两次。

"你的复活节假期过得怎么样，扎克？"我们将《猜猜我是谁》的游戏装备放在一边，在沙坑里胡闹的时候，布伦达问道。（我喜欢做壕沟，然后将塑料士兵放在两边，让它们准备好作战。）

"很好啊。"

"做什么有趣的活动了吗？"

"我和我妈妈坐公交车去了斯凯格内斯。蒂根本来要一起去的，但是没去成，因为她哮喘发作，去了医院。"

"哦，亲爱的，听到这些，我很抱歉。我知道你和蒂根是好朋友，对吧？"

"是啊，不过现在还好，因为她的情况好多了。只是我们没法儿像我们想的那样参与到'寻父'任务中去了。"

就这样，泄密事件就发生了。我没想要告诉布伦达我正在寻找我的老爸，但是当时就脱口而出了。但是一旦说出口，我也就没有那么纠结了。我老妈要帮助我们寻找老爸，这让整件事感觉不再是一个大秘密了。这绝对已经不再是大秘密了，因为我老妈已经知道了，现在是布伦达，之前还有杰森。上周我们踢完足球之后吃"格里姆斯比的大鱼传奇"三明治（我为杰森发明的最新款式三明治，其中包含金枪鱼、凤尾鱼、小黄瓜和鸡蛋）时，我就将这件事告诉他了。出乎意料的是，他提起了在他问到我这个复活节假期要做什么的时候，我的口气听起来是怎样闪烁其词。（那时候他肯定觉这件事很可疑了！）通常来说，人们会在做错事情的时候说话闪烁其词，但是寻找我老爸不再感觉是什么不适当的事情（只是外公和外婆对此有不同意见,但如今,我在他们面前也不再谈论这个话题),于是我就告诉他了。无论如何,我还是想要告诉他,因为他和老妈在一起的时间越来越多,似乎很可能他们要再次成为男女朋友了,而等我们找到我老爸,他们的恋情可能会以流泪分手而结束,于是我觉得要是我能给他一点警告就可以了。我想他可能会对我生气,但是他没有,他只是继续大口吃着大鱼传奇三明治,然后说道:"好吧,我为你感到骄傲,伙计,因为这可是人生大事,你可以说是同龄人的典范啊。"

我不知道他对这件事的真实感受如何。因为他将这些东西隐藏了起来,你根本无法了解。

布伦达和杰森一样,都知道了我老爸抛妻弃子跑掉了。我在去年十一月刚开始去接受她的辅导时告诉了她这件事,当时万圣节刚过,老妈在莫里森超市偷盗时被警察抓住了,而我在学校里一直受人欺负,心情很不好。不过现在,她在问我"寻父"任务是什么东西。她说我没有必要一定要告诉她,但是我心里真想告诉她。我喜欢讨论这件事。以前我没有告诉她所有的事情(就像我老妈说她过去很爱我老爸,因为这是超级机密),但是下面就是我告诉她的事情:

- 我想要知道我的老爸是谁,他是怎样一个人,因此我们正在寻找他,而这也是"寻父任务"的目的所在。
- 我老妈知道这件事,并且还出手帮助我们。
- 我们开了几次会,有一个还不错的档案,我也已经了解了关于老爸的很多信息,他是一个很和善的人,因为"木桶"在码头上就是这样告诉我的。

"哦,扎克,我能看出来你对这件事是真的非常激动。"布伦达说道,"这个真是个重大消息。"她安静了几秒钟,然后说道,"你在沙子里干什么呢?"布伦达老师很好玩。她总是问我很多我正在沙子里干什么的问题,而事实上,我只是在那里瞎玩。

"我只是在让它们准备好打仗。"

"哦!"她说道,"好吧,凡事预则立,不预则废,扎克。这事做得漂亮。你想过应该怎么为寻找你老爸而做准备吗?你的策略是什么?"

当时我正专注地为我的玩具军队做战斗准备工作。

"因为你要做的事情是一件非常非常勇敢的事,当然了,你找到他的机会很大,但是也可能找不到,他可能不想有人找到他。咱们能讨论一下可能发生的不同情况吗?"

我说我不介意。我只是想让某些事情发生而已。

你可以看出来布伦达很为我担心,就像蒂根和老妈也担心我一样。她们很担心如果最后我的"寻父"任务竹篮打水一场空的时候情况会怎样。我知道这是因为每个人都很关心我,但是心里一直想着坏事情一定会发生对于现实没有任何的好处。

复活节假期结束之后,我们已经重返学校一周了,但是给人的感觉可不止一周。现在蒂根状况好转。她在医院里住了四天,医生给了她一些缓解哮喘的药物,但是她的脸却养胖了。不过她说她根本不关心,因为她本来就很瘦。去医院里探望她的过程感觉不怎么好,不过看到她本人却让人心情好了很多。她睡在一个很奇怪的床上,只要过于疲劳,就会戴上一个氧气面罩,协助她的肺部呼吸。她的老爸本来要在我去探望她的那天晚上也来看她,蒂根也不断朝着门口看去,等着他出现的时刻。你能够看出来她真的想让他来看她,但是直到探视时间结束,他都没有出现。我问她感觉还好吗,她回答说很好。不过,我还是很高兴给她带来了贝壳,让她心情好了很多。

"你知道我为什么选择这个贝壳吗?"我把贝壳送给她的时候,问道。

"不知道,不过我很喜欢这个!是因为这个贝壳很瘦,又长又尖会伤人①，就像我一样？"

"你才不会伤人呢。"我说道，因为她根本不是这样。她是一个很和蔼、很善良的人。"不是，我之所以选择这个贝壳，是因为它看上去像一支火箭，你的口头禅里哪一句是带'火箭'两个字的？"

接着她就笑了起来："你需要屁股下面架上一支火箭。"

这时我就感觉好多了，因为她在微笑。她已经恢复正常了。

我从未告诉过老妈这一点，但是在蒂根哮喘发作的时候，我确实感到有些内疚。我担心这是因为我们之前刚去过码头。当时在下雨，天气阴冷潮湿，这真的是对哮喘病人非常糟糕的环境。那天她还忘了拿她的哮喘吸入器，要是她没在帮我寻找我老爸，这些事情一件都不会发生。蒂根身体全好回到学校之后，我告诉她我一直在考虑这件事，但是她只是做了个鬼脸。她甚至看上去对我有点生气。"我的哮喘发作与你没有任何关系。"她说道。当时我们正在排队买午餐，因此说话的时候需要不停向前移动。"你对任何事情都感觉很抱歉，真的。我只是患了该死的哮喘，这不是任何人的错。不过这倒可能是住户委员会的错。"我还没有告诉她，我给住户委员会寄了一封怒气冲冲的抗议信，里面放了一张我在斯凯格内斯的照片，但是照片上没有她。这件事只有老妈知道。

我告诉蒂根可以从我的"寻父"计划中退出来，但是她不想这样。她说如果她不参加这个计划，她的生活就会再次变得无聊透顶了。

"确实是，但是咱们也很有可能找不到他啊。"我们在吃着饭时，想着布伦达老师说的话，我不由得说道。（现在我不再吃薯条了，蒂根也不吃了。）"到时候咱们怎么办？"

"我们一定会找到他的。"蒂根说道。

"不过我觉得你刚才说了我们可能找不到。还有，我觉得你刚才说了我应该自己做好准备。"

"是啊，好吧，我已经决定了，这样想毫无价值，想着这个任务能够

---

① 此处使用双关。Spiky 既有"又长又尖"的意思，又有"暴躁易怒"的意思。

最终完成才更有趣。如果最后没成功，到时候才会毫无价值。在不知道将会发生什么的情况下感觉毫无价值就没有任何意义了。"

我觉得她这样说真的是太好了，特别是在她老爸都没能来医院看她的情况下。如果蒂根的老爸不想知道，那谁知道我的老爸就想要知道呢？或许蒂根是对的，我们给"寻亲精灵"网站打电话之后的那个晚上，我步行送她回她们家所在的大楼，她曾经警告过我，说我的老爸可能不想要知道。不过我不想有这种想法，于是我就努力想一些美好的事情，就是一些能够打破这种想法，使其彻底消失的事情。

有老妈帮助我们寻找我老爸的诸多好处之一就是我们无须等待一个特别的秘密"寻父"任务会议。我们能在任何想要的时候询问老妈问题，就算那些问题让她心里起疑也没有问题，反正她知道我们要干什么。

我们返回学校第一周之后的周六，蒂根和我一同来到了"三明治大王"，我要在那里为杰森制作明天健身课程上要用的特别三明治。和平时一样，老妈也来了，雷蒙德放了我们进来。你能看出来蒂根身体好了很多，因为她现在就像平常一样正做着傻乎乎的事，戴上老妈和劳拉阿姨制作三明治时戴的塑料帽子，然后跑到街上去。很幸运的是，现在还很早，镇子里没有什么人上街。我们所有人都笑得前仰后合。

"她可真是个小炮仗啊，不是吗？"雷蒙德说。雷蒙德是苏格兰人，因此他说"wee"这个单词的时候，意思是"很小"，这时候这个词与"去尿尿"没有任何关系。他觉得这个姑娘简直是疯了，但是你能看出来他还是很喜欢她。蒂根也很喜欢他。我们决定把他放到我们的"老爸王牌大作战"的第六位。如果他更年轻一些，他的排位会更高，但是他活的时间可能不会足够长，长到可以成为完美老爸的程度。蒂根正在问他各种各样的私人问题，比如他是否已经结婚（事实上真的结婚了），他是否有任何孩子（他有四个孩子）。然后她就问他能挣多少钱（老妈说这个问题就有点过线了），因为我们俩认为等我们年龄大一些，如果蒂根没能做成运动员，我们就能开一个像"三明治大王"这样的餐馆,而蒂根就可能做上和雷蒙德一样的工作。她也能开着厢式货车,成为送货员,我们也能一起给所有东西开封,并在干活的时候一起聊天,这样的日子就一天一天过下去。

我做好三明治(烧烤餐:猪肉、苹果酱、碎胡萝卜和甜玉米——听起来不太好,但是味道非常好)之后,我和蒂根就问老妈我们能否问她更多问题。

"是不是关于你老爸的?"

"是啊。"

"请继续。"老妈在餐馆窗户处的桌子坐下,面前有一杯咖啡,于是我们就和她一起坐下。"提问题吧,我们的私人侦探,哈钦森和奥布莱恩。"

蒂根拿出我们的笔记本,翻到一张空白页。毕竟这是一个非常重要的问题。我们在斯凯格内斯的时候没有机会问这个问题,因此我们现在就要问了。

朱丽叶

"你最后一次见他的时候,你们在做什么?"是这个世界上意图最为明显的问题了。那我为什么没有考虑过我会说什么呢?我怎么没能预见到这个问题肯定会到来呢?撒谎成性非常可怕,但老天爷,我就最善于撒谎了。天下人谁知道我天生就是一个善于讲故事的人?我干制作三明治的工作真是浪费了天资,我应该去写书。

我编造的故事是这样的:

当时我怀孕七个半月了,去了镇子里想要给你买一些小东西。我最喜欢买婴儿用品了。那天我去了超级药房[①],准备囤一些滑石粉、婴儿湿巾和尿布,我的心中充满喜悦,全然不知你的父亲正在家里整理包裹,准备从此弃我们而去。

蒂根用她那深黑色的严肃双眼盯着我,转动着手中的笔,就像一只罗威纳犬一样专注,死死盯着我。"嗯,不过这不是你最后一次见到他,是吧?要是你在镇子里,而他在家里整理包裹,那就肯定不是了。事实上你最后一次见他,肯定是你进镇子之前,"她说道,"所以……"她顿了顿,

---

① 超级药房(Superdrug),英国最大药妆连锁之一。

似乎这样做是为了达到某种效果,我脑海中勾勒了一下自己身处警察审讯室中的一幕。"你最后一次真的见到他的时候发生了什么?"

于是,我在假装的绝望之中又编出了另一个版本的灵感故事,当时我仍然是怀孕七个半月,但是在这个故事中,我在进镇子里去买儿童用品之前的夜里,利亚姆和我一起沿着克里索普斯海滩散步,目睹了美丽的落日情景(不得不说,魔鬼就藏在细节里),第二天早上我们一起起床——这也是平平无奇的事情——然后他在八点钟左右去上班,之后我就进了镇子,事情就这样了。毫不夸张地说,此后我就再也没听到过他的消息。

"那么,咱们上次一起到克里索普斯海滩跑步的时候,你怎么就没有提你们最后一次在克里索普斯海滩散步的事情呢?这可是一条非常重要的真相啊。"

又是蒂根在提问。等她最后真的在《新闻之夜》[①]做上主持人的时候,恐怕索恩比中学那些认为她无关紧要的员工要大吃一惊了。

"是啊,而且我觉得他是一个渔夫。"扎克插话进来,"所以当时他为什么没有出海?或者那次是他要出海的第一天吗?你没去送他出海吗?就像你送外公出海一样。这可就有点麻烦了,老妈。"

其实换个角度考虑一下,要是杰瑞米·派克斯曼采访我的话,会让我感觉更轻松一点。

"好吧,你看,当时他正在干一些装修房子的工作,"我继续撒谎,将谎言的大洞挖得越来越深,"在出海打鱼的工作之间,他也会在镇子周围做一些装修和杂活。"

"把这个写下来,"扎克说道,而蒂根也尽职尽责地甩掉了另外一支颜色笔的笔帽,"因为他可能在现在所住镇子里干的就是这样的工作。"

他们俩还有更多问题:你最后一次见到利亚姆的时候,他穿着什么衣服(我向他们俩指出,当时我很希望他以后能改变穿衣方式);他当时的

[①] 新闻之夜(*Newsnight*),英国广播公司的一个电视新闻节目,杰瑞米·派克斯曼(Jeremy Paxman)曾担任这个节目的主持人长达 25 年之久。

情绪如何？他说过以后有什么计划吗？

"你们从哪里搞到这些问题的？"我满心惊讶地问道。

"互联网啊。"蒂根轻描淡写地答道，"我们查了'寻找失踪人员时需要问的问题'，是不是，扎克？"

"是啊。"扎克答道，同时身体向后靠去，手上的笔有一下没一下地发出咔咔的声音。我面前这个男孩是谁？我的儿子什么时候变得这么这么……自信了？接下来就是那个最致命的问题了。如果不是我要回答这个问题，我肯定也会为他感到自豪的。"最后你们对彼此说了什么？"

我知道不应当，但可能就像我偷东西的癖好一样，一旦这个想法进入我的脑袋，我就无法抗拒了。我心里太想看到扎克的脸绽放笑容了。而且随着我的话，他脸上确实绽放笑容了。"我们说我们爱对方。"我答道，"我们亲吻了对方，然后说我们爱对方。"

"我可要写下来了！"蒂根满脸兴奋地说道。

我的语气是如此令人信服，我自己都差点相信我刚才说的话了。

那天肯定是在"寻父"任务上取得大进展的一天，因为在餐馆的询问结束之后，扎克又提出了他的一个灵感："我知道了，老妈，咱们可以试着找一下老爸的亲戚！他们会知道他以前在哪里。他没有任何兄弟姐妹吗？要是咱们能找到他们住在哪儿，我们就能去见他们了。"

说实话，他以前从来没问过我这样的问题，我都有点吃惊了。作为家里唯一的孩子，扎克一直都在寻找让他的家族变得更大的方法："凯斯姑姥姥和布莱恩姑姥爷家的狗布兰斯顿也能算作家人吗？""前台有一个叫查理·哈钦森的男孩刚入职，他有可能是我从没见过面的表哥呢？"你可以想象出来我回答他的问题，告诉他利亚姆有一个同母异父的姐姐凯丽时，他心里有多高兴了。凯丽是利亚姆的母亲与臭名昭著的沃恩在一起之前与另一个男人生下的孩子。

"这么说，我有一个和爸爸同母异父的姑姑了？"这一刻他简直心花怒放。

"我想是的。"

"她也住在格里姆斯比吗?这样咱们就能去看她了!"

"不是,不是,扎克。"我说道,同时胃里感到一阵翻滚,"她不住在格里姆斯比。"

不过,我确实知道她以前住在哪里。我只是没有告诉扎克,现在还没到时候。

扎克在"三明治大王"问我很多问题的事是在上周六,而今天是周一傍晚。我给杰森打了电话,想看看他能否在操场和我会面,给我上一次健身课。我对公然对我儿子撒谎这件事感觉非常不好。我发现自己很难直面他,还是出去慢走一会儿比较好,毕竟扎克已经足够大了,将近十一岁,可以独自一个人留在家里了。或许这样做的唯一好处就是在面对情绪大幅波动时,我不再动辄做一些以前常做的事情(将奶酪涂在吐司面包上,然后大吃特吃),我已经开始逐渐认为身体锻炼对我更有帮助。而且,现在我也有了更多的动力。万一我们真的找到了利亚姆,我也不想他认为"她也完全放飞自我了"。我想让他看到我们是如何在没有他的情况下活得很好的,不只如此,我们还活得风生水起。我要比我们在一起的时候看起来还要好。我正离这一刻越来越近,身体锻炼的好处就在于此。这不是说我的体重正在大降,但是我自己能看到这种差异。我变得更健康了。我感觉更好了。

等我一眼看到杰森的时候,我心里为给他打了电话而感到高兴。他身材高大,穿着一身阿迪达斯运动服,随着他靠着树做着身体拉伸动作,阿迪达斯运动服上的三根白色斜条在落日下闪闪发光。看到他就让我有一种舒心的感觉,这一幕将我拽回了我们坐的沙发上,他的一只胳膊环绕着我,我们一起看着《飞黄腾达》这档节目的那些日子。那一幕从来不曾完美,也绝对算不上多么浪漫,但是与我现在的感觉相比,那时候我感觉脚下的地面更为坚实。如果我要说我不是偶尔(事实上是经常)幻想着我们会重归于好,那我肯定是在撒谎,要是我俩重归于好的话,我的情况肯定要比现在这么挣扎活着好太多。我会有一个男朋友,扎克也会有一个父亲,然后他可能就不会感到有必要再找他父亲了,毕竟里面有着各种各样的风险。

我朝杰森挥了挥手,他也向我挥手致意。"过来,哈奇①,"他大声喊道,"快点。我可没有一整天的时间哦。"哈奇,这可是个新名字。我有点喜欢,又有点不喜欢。有点像是"伙计"这个词。不,我不喜欢"伙计"这个词。

"马上来。"我对着他喊道,"镇定一点,咱们还没开始跑步呢,你知道的。"

我选了一个非常漂亮的傍晚用来跑步。一直在下雨,这时正是四月的阵雨火力全开的时候,但是天空正在变得晴朗,落日从云彩背后照射出来,使得云彩看起来就像熔化的岩浆,让地上的草地呈现出最为生动的绿色。

杰森带着我做了一些弓步训练和拉伸动作,但我意识到接下来开始的并不是我期望的健身课程前的挑逗性对话,他倒是急着赶紧开始慢跑。我感觉他不是在开玩笑,他不是整个晚上都有时间待在这里,而且他这样做更多是出于学雷锋做好事,而不是因为他真的想要见到我。这个念头让我有些生气。

我们的课程从围绕着操场跑步开始,杰森沿着操场的中央位置蜿蜒前进,让跑的路更长。

"你这周过得怎么样?"他问道。

"好极了。"

"扎克还有他的'寻父'任务怎么样了?"

"哦,还好。"我不知道杰森对此事的态度如何,于是我没有深入这个话题,"都很好。不过,你知道蒂根住院了吗?"我说道,不动声色地

---

① 对'哈钦森'姓氏的昵称。

换了话题。

"啊,他告诉我了。她还好吗?"

"现在她好多了,不过当时情况很严重——那天夜里他们还打电话叫了救护车过来。"

"老天爷。你真应该让她也一块儿来参加一些课程——健身对哮喘和控制某些症状很有效的。"

"好主意。"我说道,心里想的却是她根本不会有机会来参加课程。要是我们不谨慎一点,健身课就会变成一个课堂,而不是私人课程,我喜欢健身课现在的样子——只要有我们三个人就行。(好吧,最理想的是,只要有我们两个人就行。)

跑完整整一圈之后,就到了仰卧起坐时间——绝对是所有活动中最糟糕的一项。

"说说,你这周坚持做了不少锻炼吧?"杰森伸出手来示意我做到正确练习时头部应该碰触到的位置,"你一直在提高你的步频吗?"

步频?这是你该问你前女友的问题吗?

"是啊。"我发出不满的哼哼声,"这个该死的动作还有几个?"

"八个。"

"我恨你。"

"八个,小意思,你能做到的。你一直在锻炼吗?"

"是!"我说道,因为我确实一直在锻炼。虽然可能没有达到杰森希望的程度,但是我在过去的几周里一直都在早上看《今天早晨》这档节目的时候做仰卧起坐和下蹲,而不是只吃吐司面包,这一点是我以前从来想不到我会做出来的事情。

"好吧,从你身上就能看出来了。你的腰部绝对已经显示出来一些效果了。"

"你也这样想吗?"我说道,满心欢喜,躺在那里伸展我酸痛的腹肌。

"必须的。"

我们又围着操场跑了两圈,杰森在我身边快速跑动,因为如果他跑得和我一样慢,他就会踩到自己的脚。

"你不用做得这么明显吧。"

"什么明显?"

"显得我跑得很慢的样子。"

"你跑得根本就不慢啊。想象我们刚开始健身课程的时候,你是什么样子,想象这一路走来,你进步了多少。"他说道。他说得没错,我心里想,我确实有了很大的进步。想象一下我竟然会建议在下午的时候围着公园跑几圈,而不是待在家里看电视、吃薯片,而且不仅如此,还要更享受这一切。好吧,有点享受。说实话,这一切变化让人震惊不已。

等我们上完健身课的时候,天几乎黑下来了。空气中传来的气息让人想起春天和最近刚下的雨,鸟儿在歌唱,而我也意识到我不想回家,至少现在还不想。

"要是我简单地坐一会儿,你不会介意吧?"我说道,同时仍然是一副气喘吁吁的样子,希望能将我们各自回家的时间点稍微向后拖得更长一点。"这下可累死我了。"

我在潮湿的草上躺下来,希望杰森或许正在欣赏我新近变得有型的腰部曲线和我的肌肤,我希望我的肌肤能像他的一样在淡紫色的黄昏中闪闪发亮。但是我显然抬头看他的时间太长,让人有点不舒服,至少对他是这样,因为接着他就很紧张地笑了笑,然后向后退了一步。

"你在干什么?看着我的鼻毛有趣吗?"

"没有。"我说道,脸上绽放出微笑,"就是看着你。"

他伸出手。"快点,站起来。"他说着。看样子,我的评论很明显让他感到有点手足无措。"你离开之前,咱们得做一点拉伸动作。"

"有什么急事吗?"在他帮我站起身来的时候,我问道,"因为你知道,咱们能一起去散散步、聊聊天什么的?"我故作轻浮地扑扇着我的眼睫毛，虽然是开玩笑的样子，但是很明显一点都没在开玩笑。

又是很紧张地放声大笑。他看上去有点糊涂了，我们两个站在那里看着对方一会儿，然后我也不知道当时我是什么鬼上身了，我觉得可能就是在那个果决的时刻，我就认定了人生没必要这么复杂，或许我所有的答案就正在我的面前，于是我就迈前一步，想要去吻他。

但是他转过了头。

"朱丽叶……"

"老天爷。"我双眼瞪着地面，脸上一阵发烫，看向地面的芳香，"老天爷。哦，太尴尬了。"

"你看，我……"

"不，没事的。"我的眼睛感到一阵刺痛。

"好吧，很明显不是这样的。你明显很不高兴。"

"我刚才想……"我刚才在想什么来着？"我想我是有点得意忘形了，觉得锻炼几周就能完全改变我！觉得我的魅力肯定是无可抵挡！但是我不是，我不是。"杰森站在那里，看上去绝对是一副尴尬的样子。这个场面绝对是很尴尬的。"我还是……"我用力吹气，鼓了鼓脸颊，徒劳无功地想要让这一切看起来像是一个笑话，但是杰森对我了解太深了，知道我不会对我的体重开玩笑。这就是一次全无保留的怜悯大聚会。"你看，我不傻，你知道。我知道为什么你们这些男人不想靠近我。"他在摇着头，双眼向一边看去，但是我仍然开足马力地说着，"这就是为什么我找不到男朋友，面对现实吧。这是为什么扎克也很胖，不快乐，在学校里受欺负——为什么我总是不够，而他……"我及时停住了话头，"这是为什么多姆不想靠近我……这也是为什么你不想和我约会。可能吧。"我知道我这样说就有点过了，我内心有些退缩，但是这些话已经说出口了。

"呃，打住，你说得够多了。"杰森有点生气地说道。杰森很少提高嗓门儿说话，现在他的嗓门儿让我一下子住口了。"首先，我没有说过我不想和你约会。是你说了你没有心情维持一段感情，这是完全不同的事情。第二,你口中所说的多姆不想靠近你,这个原因与你的身材没有什么关系。"

我有些震惊。

"这是因为你根本就不快乐,朱丽叶。"

我像一个情绪化的少女一样将目光向旁边看去。

"而且浑身充斥着自怨自艾。没有人想和自尊心如此弱的人一起约会的。"

"缺乏自尊心。"我嘴里嘟囔着。我的自尊心弱吗?我完全知道这个问题的答案,但是真的这么明显吗?

"你看,"看到我一言不发,最后他说道,"我就是觉得你需要在开始尝试拥有一段新感情之前想清楚一些事情。想清楚你真正想要的是什么——因为,好吧,我不认为你想要的就是我。"

我叹了一口气。我猜我已经知道他说的是对的了。"好了,凡事往好处想。"我说道,同时尽可能振作起来,试着让我们两人不会对现在的情况感到太过尴尬,虽然这种情况仍然让人隐隐作痛,"至少我没有用我的手包打过你的头。"

麦 克

即使是现在，我都能看到利亚姆站在产科病房里，扎克就躺在他的臂弯里，还有他眼中充满的爱意和恐惧。我从我的两个孩子出生时就能一眼认出这种表情。我亲吻了我的女儿，见到了我的第一个外孙，而且大家从一开始就都说我的外孙长得很像我，然后我就揉了揉利亚姆的头发，开玩笑地说："我们家的朱丽叶看上去还不错。怎么你看上去反而像是那个被火车撞了一下的人呢！"而他的目光从扎克身上移开，眼中一半透着微笑，一半透着迷茫，脸上写着我非常熟悉的那种想法：这个如此美丽、如此完美的东西怎么会与我有关呢？

这就是利亚姆和我一直都有的共同之处：自尊心弱。我想就是这个，就是相信我们需要证明我们自己，而且任何好的事情发生在我们身上的时候都只是巧合。这就是为什么在琳达担心的问题上，我总是站出来为他说话，因为我在他身上看到了我身上很多相同的东西。但这也是我知道如何能对他造成最大的伤害，如何摧毁他的原因。在他看向朱丽叶，脸上的表情表示他认为他就是这个世界上最幸运的男人时，我就曾经在三十年前以同样的方式看着琳达，并且一直这样做着，直到丧子的悲伤和痛苦将她完全淹没。说实话,看到利亚姆看上去对他儿子如此着迷的样子,我终于放下心了,因为在朱丽叶首次宣布她已经怀孕的时候,他就不知所踪了一段时间,那时我就担心要是他真的成了琳达口中所说的无用废物,要是他也步入了他父亲的后尘,那又该怎么办呢。沃恩或许曾经是我的好伙计(后来我才发现他只是酒友,因为在我戒酒之后,他就很自然地离我而去了),但是我和琳达一样,都不想这一切再发生在我们的女儿身上,虽然她也曾经说过她不在乎这些,还说我对于我们的孩子没有足够高的要求标准。我对孩子的要求标准太低,这是一直以来琳达对我的抱怨。

在朱丽叶告诉我们她怀孕的时候,琳达当时的心情可以用悲痛欲绝来形容。当时她也很生气,但大部分是对利亚姆的。别忘了,当时朱丽叶才二十岁,而且如果她能集中精力去做事的话,她要比一直都注重动手能力的杰米更注重学术研究,而琳达也有很宏伟的想法,那就是朱丽叶可能成为我们家族中第一个去上大学的人。不过,当时她已经把自己的全优成绩搞得一团糟,琳达说这一切的罪魁祸首就是利亚姆,但是我了解我的女儿(因为她和我是如此像),我知道她当时情感,而不是理智占了上风,所以才任由这一切发生。当时她沉迷在爱情之中,对于学校里的考试根本不屑一顾。但是那年她还是重修了几门课,虽然我看不出她会离开格里姆斯比和利亚姆,然后去上大学,不过琳达还是怀着万一的希望。直到十一月的晚上,她回到家里,靠着厨房的水槽,发出了她的宣言之后,琳达的所有期望都化为了泡影。她的宣言成了我们的生活脱离正常轨道的开始。"这件事真的是很难启齿,但是我还是要说。"她说道,"我怀孕了。"

正如我所说的,琳达顿时暴怒。而我很明显虽然怒火中烧,但没有足够的怒气。(我确实很生气。我当然会生气了。)不过生气的目的何在呢?大叫大嚷、大声咆哮又能让我们得到什么?这件事就是发生了。她已经怀孕三个月了。琳达告诉朱丽叶,她毁了她自己的人生,她的人生中不会再有那么多的机会等待她去获得。虽然发生了这一切不顺心的事情,但是我知道她对这段话是后悔的,因为她对扎克也爱到骨子里了。在所有事情都平息下来之后,我的唯一问题就是:"利亚姆是怎么说的?他会和你站在一起吗?他会去上大学,然后找一份体面的工作吗?"因为我比任何人都要了解,在二〇〇五年,做渔夫可根本不是什么安定生活的保障。

朱丽叶的言语中充满着辩解,整个人也很激动。"他当然会站在我身边支持我!"她用着最高的嗓门叫喊着,"他肯定不会一走了之的,是吧?"但接下来他真的跑掉了。一周之后,他就那么不辞而别,失踪了。朱丽叶告诉我们怀孕这件事让他很震惊,他只是还需要一些空间,但是那时我非常担心。当时我就醒悟过来。我心里想道,"该死的,你怎么敢,利亚姆。你竟然敢不顾我女儿的安危。"要是他真的一跑了之,我已经准备好找他和沃恩好好聊一聊。那时候我的怒火也达到一定程度了。当然,琳达一直都是那种"我告诉过你"的失败主义者、宿命论的态度,这一直都是她的处事态度,但是这却掩盖了一个事实,那就是她和其他任何人一样,也害怕得不行。

但是一两周之后,他就回来了。我们发现朱丽叶说对了。他只是需要理清一下自己的思路。当然,我们很担心他会再来这么一次,不过我可以很诚恳地说:从那一刻起,你无法再找到一个比他对你女儿更忠诚、更坚定的伴侣,也找不到比他对你外孙更慈爱的父亲。这就像是他一直都在等待着这个机会照亮他的人生,于是之后他自己也开始发光发亮。甚至是琳达也改变了她的态度。

"我看人一般都不会看走眼,但是我看他确实是看走眼了。"一天晚上,她突然就这么说道,而我竟然偷偷在一边沾沾自喜地微笑起来。琳达对此的反应就是用茶巾打在了我的耳朵旁边。但是这是真的。你无法想象会有更好的结果了。他整个人变成了最体贴的女婿、最慈爱的父亲,也成了杰米最好的伙伴。情况是这样的,他不但能与朱丽叶很好地相处,而且他还和杰米一拍即合。利亚姆从杰米那种与社会格格不入的自信以及社交生活中的举重若轻中获益匪浅,而杰米也很喜欢利亚姆那种闲散的好脾气,以及他是如何从不会对任何人有过多的期望。这是我记忆中的利亚姆。但是之后该发生的事情就都发生了,我们又重新回到了原点。琳达又开始将"我告诉过你"这句话挂在嘴边,但是现在我们的儿子已经不在了,她的这句话中夹带着真正的毒药,老天啊,直到今天,这些话语听起来仍然像是刀子一样割在我的心上。

扎克

世界真相：曼彻斯特城的建立开始于公元前七十九年，当时罗马人在此修建了一座木制堡垒。

人生中充满高峰和低谷。高峰是人生得意时，美好的部分；而低谷则是人生失意时，劫难的部分。这就像你骑着自行车外出，要是你经过了一个下坡，那么后面肯定会有一座山等着你去攀爬。你不能有了前者，就不要后者，这就是大自然的真相。人生也是这样。这也就像是外公说的大黄和奶油的日子，只不过格局更大，因为这不再是你的普通一天会是什么样子，而是你的整个人生。

世间最美好的事情莫过于人生高峰不期而至，就那么来到你的身边。它们不会经常发生；要是你一年能得到一个人生高峰，你就已经非常幸运了。我觉得在老妈说她会帮助我们完成"寻父"任务的时候，我就已经有了一次人生高峰，但是很快，有一件更美好的事情发生了——老妈说我们能去曼彻斯特了！我们能去我的凯丽姑姑家里，问一问我老爸在哪里。

周四的时候老妈来接我们放学，专门来告诉我们这件事。我们一路步行回家，她一直等到我们马上要转过拐角，靠近卡萨布兰卡俱乐部的时候，才将这个惊喜告诉我们。我认为卡萨布兰卡俱乐部一定是代表着好运，因为在那里只会发生好的事情。

"好了，我有一个好消息要告诉你们两个人。作为'寻父'任务，咱们任务的一部分，我准备周六带你们两个人去曼彻斯特。"

"什么？！"我和蒂根两个人异口同声地说道，这个场面简直太好玩了。

"我已经发现了你的凯丽姑姑就住在那里，咱们要直接过去，到她那里去。蒂根，就像你说的，咱们要给这次调查的屁股后面加上一支火箭。"

"太好了！"我用拳头对着空气击打了一下。

"蒂根，我问过你母亲了，她说你可以跟我们一起去。只要……只要……"老妈不得不再说了一遍，以确保蒂根确实听到了，因为她已经开始在人行道上做起了体操动作，她简直太兴奋了。"你要全程戴着你的哮喘吸入器，而且要带着一支备用的，并且要穿一件羊毛衫。"

"现在我就没有穿羊毛衫啊。哈哈，开玩笑的！我会穿上我的小黄人连体衣。只要准备好出发，我就会一丝不挂地穿上连体衣的。"她说道，同时来了一个侧翻。

凯丽是老爸同母异父的姐姐。她是姐姐，因为他们有着同一个母亲，但是凯丽的父亲不是沃恩·琼斯，而是另外一个我们不知道名字的男人。我老妈曾经见过凯丽，因为在她怀着我的时候，也在我父亲消失之前，她和我老爸一起探望了她。几天之前，老妈在脸书上搜索了凯丽的信息。她发现凯丽姑姑现在仍然住在以前在曼彻斯特的同一个地区。老妈弄到了她的地址，因此我们正准备到她房子那里去，看看她是否知道我老爸在哪里。老妈已经在脸书上给她发了信息，告诉她我们要去看她。我对她在完成我们任务时的投入感到由衷的自豪。

"不过，现在我不希望你们两个把希望设定得太高，因为即使她说了我们能去，她也可能不会告诉我们太多信息。"

"为什么不会？"

"哦，众生，人生……这一切太复杂了，扎克。"

在你认为你无法达到一个更大的人生高峰时，老妈就告诉了我们下一个消息：在我们前往凯丽姑姑家之前，我们要先去海洋生命中心，那是一个超大型的水族馆。老妈积攒了足够多脆谷乐包装盒上的令牌，因此去那里一次的价格非常低廉。（我们上一次去水族馆还是三年半之前，那时我才七岁，而且我还亲手碰了碰黄貂鱼。那是我人生中发生的十大最美好事件之一，而现在我可能要再做一次了。）

"水族馆是什么东西？"蒂根问道，这简直太有趣了，因为老妈告诉她什么是水族馆之后，她也惊声尖叫起来，但是她根本就不知道老妈说的是什么东西。

"那里很像这么一个很大的地方，里面有各种各样的鱼。"我说道。

"呃？但是格里姆斯比已经比世界上其他任何地方拥有更多的鱼了呀。"

听见她说这样的话，我和老妈都笑出声来。等她见到水族馆的时候，她肯定是不敢相信自己的眼睛的。之前她患了哮喘，没能和我们同去斯凯格内斯，这就是命运使然啊，因为在那里有一个更大的人生高峰，就在拐角处。这就是我所说的人生——人生充满惊喜，你永远不会知道下一刻会发生什么。

从格里姆斯比到曼彻斯特的距离有一百八十六公里。除了三百公里之外的伦敦，曼彻斯特是我人生中曾经到过的最远的地方。你也可以在火车上吃饭，不过那个价格贵到离谱，简直就是在光天化日下抢劫。于是我给大家做了我的特制三明治。我选了杰森最喜欢的两款三明治做了几份。我们还带了雀巢 Aero 品牌巧克力慕斯。（在下午六点的冷库售卖中只卖三十便士。）

吃完三明治后（我们一上车就吃掉了三明治，当时是上午十点，但是我们已经等不及了），老妈让我和蒂根坐在靠近窗户的地方，我们提出来进行一次挑战。挑战的内容是看看我们能看窗外某个东西多长时间，以及在火车经过的时候，我们能记住窗外多少东西。我想记住所有东西，但是人的眼睛哪能敢得过火车这么快的速度。尝试没问题，但是想要记住就近乎不可能了，因此你最终只能放弃，因为整个挑战太打击人了。

"告诉我你在想什么呢（Penny for your thoughts）。"老妈说道。这是英国的一句俗语，当某人看上去在考虑什么东西的时候，你就可以对这个人讲。当时我正想着外公和外婆，希望他们不会发现我们正走在寻找我老爸的路上。我知道如果他们（特别是外婆）知道的话，肯定会很生气，就像复活节周六那天一样生气，但是老妈说我不用再担心这件事。她说外婆只是对老爸离开我们这件事很生气，她只是想要保护我们。我知道这样做很好，但我搞不懂的是一个人怎么能在别人做了坏事的十年之后，仍然怒气冲天。这种事是不可能发生的。有时候，如果我和康纳，甚至是我和老妈吵了架，我就会自己发誓几年都不会和他们说话，但是这种情况最长只持续过一小时。从根本上说，对某人保持一种坏情绪简直太无聊、太让人感到在这个世界中的孤单了。最后你只会不断怀念他们，于是你就无法坚持下去了。

"你的眼睛看上去好像很忙的样子啊。"蒂根说道。

"真的吗？你的意思是……？"

"你的眼睛就这么动来动去。"她做出将眼珠从一侧快速移向另一侧的动作。这副样子让她看起来像是住在我们小区的达布罗夫斯基先生。这位先生是个盲人，但是他的眼睛总是动个不停。

我和蒂根认为我们需要到处看看，去探索一下。要为我们的"寻父任务俱乐部"紧急会议找到开会地点，讨论一下我们前往凯丽姑姑家里的时候需要问她什么问题。你看，老妈不准备和我们一起进到屋子里。她说正是出于同样的原因，她才认为由我，而不是她向住户委员会寄信是一个好主意，因为成年人更倾向倾听儿童，而不是成年人的声音。

火车上有很多稀奇古怪的怪咖。一路上只需要看着他们，你就能让整个旅程充满乐趣。其中有一位女士化着黑色的大浓妆，两条胳膊上遍布文身——她肯定是一只吸血鬼——旁边还有一位男士在那里打呼噜。这是世界上最有趣的事情了。他就像一只猪一样发出鼾声,嘴巴张开,但是自己却对此一无所知。

我们走到一道上面写着"头等舱"的门前。你已经能知道这里就是头等舱的车厢了,因为即使是门玻璃和标志牌也都很是时髦漂亮。我们进去的时候没有人挡路,于是我们就在那里坐了一会儿。我很害怕那里会有什么隐藏摄像机,会抓拍到我们,罚我们很多钱,但是蒂根一点都不在乎。

"咱们在这边开会吧。"

"那开完会之后呢?"

"别担心,扎克,真的。所有人都是在头等舱开重要会议的。在普通舱根本没法儿开会,有太多小孩子会因为掉了一支笔而大喊大嚷。"

我知道她说的是什么意思。

"等以后我成了职业运动员,"她开口说道,同时把我们的文件夹取了出来,"我就只坐头等舱,特别是等我在奥运会上得了奖牌之后更要这样。你知道的,你给国家赢了一枚奖牌,你就永远不用去坐普通舱了。你到哪里都是免费的。在火车站上收费厕所也不用交钱了。不过你到时候得给人家看一看奖牌。"

于是,我决定要是我无法赢得一枚奥运奖牌,我也要成为奥运奖牌获得者的厨师,为他们做饭。我能在火车的头等舱这里工作。"要是你愿意,到时候我每天做法式焗龙虾给你吃。"

"什么是法式焗龙虾?"

"是你能吃到的最最精美的菜。有钱人基本上是一周吃一次,对他们来说,这就像是吃意大利面圈一样稀松平常。"

曼彻斯特皮卡迪利车站会是你人生中遇到的最疯狂的地方了。每个人都在急着赶火车。车站里始终有一个女人的声音在通过广播播放,你甚至都不知道她在那里说什么,她就是这么不停地讲着。每个人都在说话。唯一没在说话的就是蒂根,这也是我和老妈第一次见到她一言不发的样子。

她差不多有十分钟一句话也没说。我们都有点害怕了！她就是那样默默跟着我和老妈一起向前走。

水族馆简直太酷了。蒂根简直无法相信自己的眼睛——她就像疯了一样从一个地点蹿到另一个地点，老妈必须得平心静气地告诉她不要霸占着观察窗。在观察窗那里，你会看到鲨鱼、水母和黄貂鱼就那么游来游去，这时候，它们就像是老板一样在你身边悠悠然地游过去。我们最喜欢的部分就是在黑暗中沿着窄街向前走，这时候，你头顶上就是玻璃天花板，你透过玻璃可以看到各种鱼游来游去。就像同时身处水底和太空中，伸出手去，你还可以假装你的双手在挠海豚白肚皮的痒。我们还碰了一条黄貂鱼，不过我觉得在所有东西都亮起来的水下空间中给海豚肚皮挠痒痒是迄今为止我的人生中最美好的事情。

参观过水族馆，我们需要乘坐公交车到一个称作乔尔顿的地方，也就是我的凯丽姑姑居住的地方。我们在谷歌地图上找到了她家所在的街道，然后询问了公交司机需要在哪一站下车。在去一个地方之前，你得查询很多东西。

我们在街道拐角站了一会儿，而老妈就开始对我的上衣大惊小怪地说个不停。（当时我穿着我喜欢的衬衣，上面遍布棕榈树，就是加勒比那边人喜欢穿的那类衣服。）"现在务必不要紧张。"她说道，"你也是，蒂根。我告诉你们的凯丽姑姑说咱们只是路过看看，她说她很欢迎。"老妈亲吻了一下我的脸颊，又亲吻了一下蒂根的头顶，"不管怎么说，现在你们两个顶呱呱，我相信你们俩魅力四射，肯定能立马把她拿下。"想到凯丽姑姑被我们的魅力射倒在地的样子，我和蒂根都笑了起来。

老妈让我们拿着一盒专门给凯丽姑姑买的糖果什锦巧克力（巧克力虽然冠以什锦团圆之意，但是现在根本不是团圆的时候，至少现在不是），祝我们好运，告诉我们凯丽姑姑家住在几号，然后她就去散步了。她说如果她没能提前收到我们的消息，她就会在一小时之后在这条路尽头的报亭旁等着我们。

小大人

  凯丽姑姑家肯定非常有钱,因为她家的房子超级大。她们家的房子是独门独户,不像我们家住在一个大楼里,而且房子的前面有四扇大窗户,不是像外公外婆家的只有两扇。房子前面还有花草和一个花园,而不只是街边人行道,还有一株大树,从树下走过的时候,树上会摇落撒遍你全身的花朵。我按响了门铃。我知道蒂根会认为我想让她去按门铃,于是我就先做了,就是想要给她来个出其不意。门铃的声音不是我们家里的嗡嗡叫声,而是你在电视上能看到的正常的叮咚声。我们安静地等着,但是没人过来应门,就在我要再次按门铃的时候,透过玻璃,我们看到有一个人过来了。

  那个人开了门,但是这个人并不是凯丽姑姑,而是一个女孩。她和我一样胖乎乎,有着褐色长发,看上去比我们稍小一点。我猜她有九岁大了。

  "呃,你好……我们来这里是……"

  "妈妈!"在我有机会说完要说的话之前,这个小女孩就大声叫了起来,"门口这边有人找你。"

  接着,一位女士冲下了楼梯。她一头金黄色的头发,梳成齐下巴的波波头,就像肯达尔老师一样,而且她身材消瘦,你都能透过她的牛仔裤看到她骨头的形状。她穿着一件正好可以露出肚脐的上衣,肚脐那里还装饰着一枚钻石。"莉比,你先上楼玩一会儿,好不好?"小女孩(莉比)盯着我们看了一会儿,然后就走开了。但是她一直不停回头看我们。你能看出来,她也很想要留下来和我们说话。我对她微笑了一下,这样她就知道我知道她也想留下来了。

  凯丽姑姑将房门打开,但是并不是很开。她看上去也和我们一样有点紧张。"你们好吗?我是凯丽姑姑,你一定就是扎克了?"她说道,向我伸出一只手。我微微点了点头,和她握了握手。然后她就眼睛直勾勾地盯着我。"该死。"她开口说道,我立马感到我的脸颊都开始发热。我们还只是初次见面,她就已经开始口吐脏话了。要是我这么干,老妈会把我活活打死的。

"这位女士是……？"她对蒂根问道，而蒂根则是径直走过她身边，进入了屋子里。

"我是蒂根。"蒂根答道。我不知道接下来该做什么，于是我也就跟着她的步子进入了屋子。

"好吧，嗯，你好，蒂根。"凯丽姑姑一边关上门，一边说着，"请进，快点进来。"

你能看出来他们家很有钱，因为家里的一切东西都符合大富之家的样子。凯丽姑姑把我们两个带到了房子后面一个四周都是玻璃构成的房间里。房间里有一把很大的靠背长椅，而我们刚才穿过前屋的时候，发现那里也有一把皮革做成的巨型靠背长椅。你能透过身周的玻璃看到周围的花园，这个花园比外公外婆家的小花园真是不知道大了多少，而且这里还有一张蹦床。我真的想跑过去试一试，那张蹦床真是酷毙了。

"自我介绍一下。"蒂根一边抬眼四顾，一边说道，"我是扎克的代理人。"

凯丽姑姑笑出声来。"不好意思，你的意思是……？"

"现在我正在帮他做事。"

"帮我寻找我的老爸。"我答道。这是我第一次将这件事告诉格里姆斯比之外的人，让我同时既感到害怕，又感到兴奋。我感觉我们就是正在开展一次调查的警察。

我把我们带来的那盒糖果什锦巧克力送给了凯丽姑姑，她说莉比会非常喜欢这些巧克力。凯丽姑姑告诉我们在家里随意一点后，就离开去给我们弄喝的东西。我们两人都在靠背长椅上坐下来。长椅像是海绵一样松软，一坐上去，你就会像坐在我的懒人沙发里一样，整个身体陷进去，而且太阳也透过玻璃屋顶照射进来，让玻璃房间里有一种令人舒心的温馨感。

蒂根用胳膊肘捅了捅我。"如果这就是你老爸的姐姐，"她低声对我说道，"那我猜你老爸一定也很有钱啊。"

"我可不这么认为。"

"我就觉得他有钱。"

"不过要是他真有钱,我也不会太过在意的。"

"我可很在意的。我真想有一个有钱的老爸,当然了,还必须得对我好才行,不过要是他很有钱,你就能去更多的地方了。要是你想的话,你都能每周去一次水族馆了。"

正在这时候,凯丽姑姑端着饮料走了进来。"这只是利宾纳维C果味饮料而已,希望合你们口味。"她在饮料里放了冰块,做法和酒吧里一样。她把饮料递给我。"很抱歉刚见到你就口吐脏话了,扎克。"她说道,"但是你真的是有着和利亚姆一样的眼睛。我简直不敢相信自己的眼睛。"

我和蒂根互视了一眼。我不知道能说什么。我只是知道她的说法让我感觉很好,我也在想,要是我老爸真的遇到了我,抱着我,看到我有着和他一样的眼睛,他会怎么想呢?或许那时他会希望做我的老爸吧。"你的眼睛颜色遗传自你父亲的父亲,也就是沃恩。"她说道,同时在我们身边坐下,"你看,我就只有这双平平无奇的褐色眼睛,运气太差,没有遗传到漂亮的眼睛颜色。你看我的双眼充满血丝,就跟雪地里撒尿孔洞的颜色似的。"我想她或许很有钱,但是她言谈举止就像一个粗鲁的大头兵。

蒂根重重地叹了一口气。叹气声音很大,让我和凯丽姑姑都看向她。她还没有意识到这一点。"那您知道扎克的爸爸在哪里吗?"蒂根接着说道,而凯丽姑姑则开始笑起来。

"上帝啊,你的代理人还真是说话毫不掩饰啊,是不是?一说话就直中要害,你说呢?"

我也不知道我是不是应该跟着笑一下。你没法儿知道她的意思是不是在说蒂根脸皮很厚。

凯丽姑姑向后靠坐在椅背上。她肚脐眼上的钻石在太阳下一闪一闪发着光。我注意到她的鼻子很尖,不是像我和老妈的鼻子一样软湿,我猜想我的老爸是有尖尖的鼻子呢,还是软湿的鼻子。我突然有一种想要去发现的兴奋感。凯丽姑姑将她的双脚放到了椅子上,然后小啜了一口茶。我可没法儿把我的双脚放到椅子上,原因就是我那胖胖的肚子。"好了,我跟你们说说吧。我比利亚姆大三岁,但是他一直都把我当作小妹妹一样对待,我们两个人像你们现在这个年龄的时候,脸皮厚度简直堪比城墙拐角。我们两人就像是死党二人组。我老爸不喜欢我们这样,因为,嗯,总之是一些成年人的事情,但是他很嫉妒利亚姆的老爸沃恩,因为基本上来说,沃恩就是从他身边将他的妻子,也就是我的老妈,偷走了。你们听懂什么意思了吗?"

"就是说,我的爷爷,也就是我父亲的父亲,从你的亲爸那里把你的亲妈偷走了?"

"是的。"凯丽姑姑说道,"基本上就是这么个情况。"

"哦。"我说道,"很抱歉。"

她放声笑起来。"这可不是你的错,你个小傻瓜!"

"哦,他一直都认为所有事情都是他的错。"蒂根说道,"别担心,他一直就是这么个样子。"

"嗯,有其父必有其子啊。"凯丽姑姑说道,同时滋滋作声喝了一口茶。虽然我不清楚在这件事上有共通之处是不是一件好事,但单单是听到她说出这些话,我就已经感觉到内心一个幸福的泡泡在慢慢形成。我希望我不会总是这么过于担忧,觉得所有事情都是我的错。现在我不仅仅有了我老爸的眼睛颜色,我还在其他方面和他很像。而且我意识到我一直以来只考虑了他作为我的老爸会是怎么样,现在我要考虑我作为他的儿子会是怎么样。这种感觉很疯狂,而且让我感觉自己聪明绝顶。

"利亚姆小时候简直和你一样。就是自己没做错什么事情的时候也会一直道歉,就是想要让每个人都很开心。为什么我一直认为他在开饭店方面会非常出色,这就是原因。他家的客户服务肯定是顶呱呱的。"

小大人

　　我一副笑得见牙不见眼的样子。我深深吸了一口气。（我意识到我已经有很长时间没有吸气了。我在听着凯丽姑姑讲故事的时候，一直都在屏住呼吸。）我不想错过任何一件事，这都是弥足珍贵的消息啊。

　　我们每人手里拿着一包百事薯片和一片橘味饼干。凯丽姑姑告诉我们她小时候对她母亲跟着我的爷爷沃恩一起私奔，在她很小的时候就弃她而去是如何生气，而且直到现在她仍然很生气。

　　"她当时觉得整件事不会那么坏，因为格里姆斯比，你知道的，离这里坐火车也只需花一小时，我在周末的时候可以去看她，和她待在一起，但是当时我可是伤心欲绝的。"她说道。

　　我不停点着头。我对凯丽姑姑的经历肯定是感到万分同情的。我老妈肯定不会离开我而去找什么男朋友的，永远不会。她对我的爱无边无际。

　　之后凯丽姑姑告诉了我一些关于我老爸的信息：他们还是十几岁少年的时候是什么样子，是怎样为所欲为地做事的，那时候，凯丽姑姑经常来格里姆斯比探望他，他也会去曼彻斯特探望她；那时候虽然凯丽姑姑比他大，但他还是一直照顾凯丽姑姑，而且他对别人介绍她的时候总是说"我的姊妹，凯丽"，虽然因为我老爸是和凯丽姑姑老爸的老婆私奔的那个男人的儿子，凯丽姑姑的老爸也不喜欢我老爸利亚姆，但凯丽姑姑还是知道他是一个与众不同的人，至少那时候她是这么认为的。

　　"那个时候，他就是我的兄弟，我的英雄。"她说道，"但是我一直没法儿理解他为什么会离开你们，让你的外婆……"

　　她在这时候突然停住了话头，就好像她马上要说一些她不应当说出的话一般。

　　"我外婆？"我问道，"这件事和我外婆又有什么关系？"

　　"我不是这个意思。"她很快说道，"我的意思是他离开了你们。他根本不应该这么做的。他根本不应该让事情变成这样。"

　　我感觉这个好机会根本就不该错过。于是我就从我的口袋里取出了我的那封信。我已经将这封信放进了一个信封里,信封正面上写着"利亚姆",信封背面是我的特别签名,还写着"请尽快回信(RSVP)"。(RSVP是法语"请回信"的意思。)

"您能把这封信给他吗?"我说道,"这是我写的信。信件有点私密,但是也很重要。"

凯利姑姑拿过那封信,瞪着看了好一会儿。然后她抬头看着我。"不过我不知道他现在住在哪里啊,亲爱的。"她说道。她说这句话的时候面带笑容,但是这个笑容中充满苦涩和悲伤。"我真的很抱歉。对于你和他也没有联系,我也同样很失望。不过自从,嗯,自从他离开之后,我就没有再见过他了。我已经有五年时间没有收到过他的任何消息了。这件事一直都有一点微妙,因为就像之前我说过,我老爸不喜欢他,等到你……等他抛弃你和你母亲之后……好吧,他就有点离群索居了,根本不想了解我们任何人。那时候我们的母亲已经去世了,你知道的,她一直都是我们之间的主要联系枢纽,于是我们就更难保持联系了。"

正在这时,门打开了。莉比就站在门口。你能看出来,她想要进来,但是不确定她妈妈是否允许她进来。

凯丽姑姑叹了口气。"好了,进来吧,要是你想进来的话。"莉比马上一副万分高兴的样子,就在靠近靠背长椅的地板上坐了下来。"这是莉比,我闺女。不好意思,现在她有点无聊,不知道自己一个人待着要干什么。"

"蒂根不和我一起玩的时候,我也会这个样子,因为我也没有什么兄弟姐妹一起玩。"我答道。

"我也没有。"莉比说道,"我有兄弟姐妹吗,老妈?"

"没有,而且咱们不是早就知道这件事了吗?"

"我倒是有。"蒂根说道,"不过感觉不怎么好,相信我。我妹妹很不喜欢我,那天她还在我头上倒了一碗香甜粟米片。"

接着我们所有人都笑了起来。气氛感觉非常好。莉比的笑声有点像我。这是因为她就是我的表妹。每个人的细胞染色体数目为四十六条，我们两个肯定是有一些相同的染色体。

至今为止，凯丽姑姑告诉我的关于我老爸的消息都让我感到更兴奋，我想要尽快见到他，但是接下来她告诉了我一个重要消息：在我老爸离开格里姆斯比之后，他就参军去了。她告诉我这个消息的时候，我的心里咯噔了一下，各种不同的感情在同一时间向我袭来。我为他能成为英雄而感到自豪，但是有一个不想要做你老爸的英雄老爸又有何用啊？那根本就不是你的真正父亲好吗！（外婆告诉我，任何人都能成为一个生物意义上的父亲，但是只有真正的男人才能成为社会学意义上的老爸。）然后我就想，要是他已经被炸死了又该怎么办？要是我这么长时间一直以来都在寻找老爸，而他却早已经不在人世了，那又该怎么办呢？

凯丽姑姑肯定是看出了我在想什么，因为她接着就说道："好了，现在他被派到外地去了，我也就知道这么多了。"她的话让我心里一松，这就像是你在累得要死的时候，终于可以上床睡觉了，只不过这种感觉更好。"我不知道现在他在哪里。我不知道他的地址，恐怕没法儿寄这封信。不过……"她在考虑着她能做到什么，而我则充满希望，私下里都把我的手指十字交叉，开始祈祷起来。"我可以问问我老爸是不是知道什么，不过我没法儿保证一定能问到什么东西。就像我说的，他出于自己的原因，从来都不喜欢利亚姆。"

然后，她就好像是突然想起了什么事情，站起身来，离开了房间。"怎么说呢，在你离开之前，我有点东西要给你看一下。"她在那座大房子里的某个地方大声喊着。我看向墙上的挂钟，离我们说的要和我老妈碰头的时间只差十分钟了。几分钟之后，凯丽姑姑拿着什么东西回来，将东西给了我。这是一张照片，上面的一个黑发男子坐在一把靠背长椅上，怀里抱着一个小宝宝，因为他正低头看着小宝宝，你看不到多少他的脸。突然之间我的心脏开始狂跳。我抬起头来，看向凯丽姑姑。

"这就是你老爸。"她满脸微笑,"这是他抱着你的照片。"

我看向蒂根,然后又重新看向照片。我不理解她说的是什么意思。整件事让我整个人有些发蒙。

"在你两周大的时候,你老妈和老爸带着你来曼彻斯特看我们。"她开始说起来,但是听在我的耳朵里却仿佛是外星语一样。"我告诉你老爸别过来了,因为他们要带着新出生的宝宝出行,我说我会尽快去探望他,不过他对你感到万分自豪,迫不及待地想要在我面前炫耀一下你。"

这时候我不知道该说什么。我感觉我的脑子已经忘记了如何说话,我只是感觉有些头晕,就像是下一刻我就要摔倒了。一次又一次地有一个想法在我脑海中转来转去:我老爸见过我,他抱过我,我老爸认识我……

我抬起头来看向蒂根,发现她也在皱眉。你能看出来,她恐怕也想要搞清楚这是怎么一回事。"我老爸见过我……"我的喉咙中就有那种马上要哭时略痛的感觉,而我想要摆脱这种情况。我心里不断想着:他知道抱着我是什么感觉,知道我闻起来是什么气味。他可能甚至给我换过尿布,喂过我。有人拍了一张他抱着我的照片,他看上去真的非常爱我。但是最后他仍然离开了。

我迅速将那张照片还给凯丽姑姑,快得像是把照片扔回去一样。她的手还没有准备好接住呢。

"现在我们要走了。"我说道,口中的话有点莽撞,脱口而出的样子,因为我仍然没法儿真正地正常说话,而凯丽姑姑则一副万分不解的震惊样子。

"不过蹦床怎么办?"莉比说道,"我还想跟你一起玩蹦床呢。"

"抱歉。"我说道。我感觉非常不好,她看上去非常失望。"但是现在我们真的要走,要去和我妈妈碰面了。"我就想赶紧离开这里。我老爸见过我……这是我脑海中唯一的想法,他见过我,但仍然离开了我们。

朱丽叶

扎克就坐在报亭外面的长椅上，直直地瞅着前方，他的脸上因为哭泣而有点脏脏的。蒂根正坐在他身边，她的胳膊抱在他的肩膀上，看上去很是瘦小。

"扎克，快点说话，你吓坏我了。"我站在他们两人面前，再次说道，但是扎克仍然一言不发。

"蒂根，你能告诉我发生什么了吗？"她充满歉意地耸了耸肩，但也是一言不发。"求求你们了！总得有个人说句话吧。"

我需要喝点水了，我的嘴里已经完全干了。我不知道在凯丽的家里到底说了些什么。我只知道在扎克走回来和我会面的时候，我的儿子扎克就对我没有一副好脸色。这是他人生中第一次这样做，我非常不喜欢这样。这种感觉太可怕了。

之前我在脸书上联系凯丽的时候，我不知道她对我、扎克或者我父母有什么看法。她是不是在所有事情上都站在利亚姆那一边，因为毕竟利亚姆是她的弟弟。我只知道她是可以直接联系到利亚姆的人，而且对扎克来说，她是值得一试的人。毕竟能发生的最坏的事情（我认为）就是她会对我们说"不"了。但是她没有拒绝,她(我承认,有一点不情愿)说要是扎克来找她,聊聊他老爸的事情,她感觉也会可以接受。为此,我还专门给她发信息说了下面的事情。

请不要告诉他杰米去世的那个晚上发生的事情,以及利亚姆在其中起到的作用。我会告诉他这件事,但是这需要是我或者是他的外公外婆告诉他,而不是其他任何人。他还没有为此做好准备,这会让他悲痛欲绝的。他知道利亚姆离开了我们,但是他不需要知道为什么。他只想要知道现在利亚姆可能在哪里,以及关于他父亲的某些一般性的信息。

(我曾经犹豫过,在敲出下一段词语之前,我的手指就停留在键盘上一段时间,但是最后我还是敲了下去)——关于利亚姆是怎样一个人的信息,就是他的另一半我们所不了解的样子。

她在一小时之后就给我回了信息,信息里说"相信我没有错",然后加上了一个拇指向上的表情符号,而我心里则想:我向上帝祈祷我真能信任你。但是现在看着扎克的脸,我在想我当时是否应该信任她,她是否把所有事情都对他和盘托出了。在我最初联系她的时候,我就知道这件事风险很大;如果她对与扎克见面这件事说可以,我们就离找到利亚姆更近了一步,但同时,也离整个悲伤的事件最终水落石出更近了一步。但是,我知道我已经向扎克做了承诺,于是我将所有的担忧抛之脑后,还是与她联系上了。但是现在我真的希望,上帝啊,我真的希望我从来没有联系过她。

蒂根现在正轻轻地,几乎是满含母爱地拍着扎克的后背。扎克正怒视着眼前不远的地方,他的眼睛中仍然满含泪水。以前我从未见过他这个样子。

我在他身边坐下,将我的一只手放在他的膝盖上,但是他将腿移开了,于是我只能移开我的手,将双手放在双膝之间,试着用路上公交车站里进进出出的车流转移我的注意力。

然后扎克就突然说话了。"老妈,原来你对我撒谎了。"他说道,这句话让我感觉我的肚子突然痛了起来。"你一直都在对我撒谎,你为什么要这么做?"他这句话是喊出来的,然后他的眼中又充满了泪水。这次不仅是小规模不停滴下的泪水,而是心碎的泪水。他现在这种极为可怕、完全伤心至极的啜泣声从他六七岁之后就从来没有再出现过。

从他出生之后,我就一直害怕这种时刻的出现,现在,这一时刻又来了,而且这次如此糟糕,就好像某种充满怜悯的更伟大的力量决定将我凌空拽出我的身体,让我不再经历这一切,因为在几秒钟的时间里,我感到了完完全全心不在焉的出神状态。这难道就是他们所说的灵魂出窍体验吗?

但是扎克仍然在看着我,低声啜泣着,等待着我的答案。蒂根则是晃着双腿,双眼盯着地面,可能也和我一样吓坏了。

我抬眼看向曼彻斯特那低低的灰色天空,似乎正像一个坟墓逐渐压低到我头上来,然后,我闭上了眼。"哦,扎克。"

然后所有的一切都一幕幕闪现在我眼前:他是怎么一直将杰米的照片放在一个基座上;他是多么爱他的外公外婆,要是知道他自己的父亲就是造成他们现在悲痛生活的始作俑者,不管这其中有多少的巧合,这会对他造成怎样毁灭性的打击;他心中关于他父亲是怎样的人,或者可能是怎样的人的种种想法现在就会被打成碎片。这简直就是灾难。扎克在努力做着深呼吸,努力想要让自己平静下来,用上全身的力气想要把眼泪憋回去。他很不喜欢在我面前哭,但是更不喜欢在其他孩子面前哭,即使是蒂根面前。

蒂根略略向前探身,这样就能看到扎克的脸了,然后轻轻碰了碰他的胳膊。"需要我离开一会儿吗?"她语气温柔地说道,"你想让我先离开吗,扎克?"看到一个十岁的孩子都能如此成熟地处理这种情况,简直让我羞愧不已。我让蒂根到旁边的零售店去看看,然后我转向扎克,但是他还是不愿意看着我。

"亲爱的,你凯丽姑姑跟你说了什么?"我感觉我从来都没有如此害怕过这样一个答案,"她说了什么?"

扎克看着我,眨了眨眼睛。他的脸上一滴泪珠颤抖了一下,然后顺着他胖胖的脸庞滑落下来。不管怎么样,我知道他希望我说这一切不是真的,但是我不能这么说。他还没有说话,我更不能说了。

从理想的角度来讲,我从来都不希望他能发现真相,但是我也肯定不希望他以这种方式发现真相。我谨小慎微地选择所说的话语,小心翼翼地试探着。"你看,我知道你现在肯定感到很震惊。你肯定是有很多的问题,扎克,但是我希望你明白你现在的任何感觉,无论你是感到愤怒、悲伤,还是两种感觉都有,还是都没有,无论你是否会感到羞愧,这些都是完全可以接受的事情,好吗?"

他皱了皱眉,一脸疑惑的样子。"我为什么要感到羞愧?"

哦,这个反应倒是我没有预计到的。"好吧……你不会感到羞愧,你也不应当感到羞愧,只是万一有这种情况……"我开始结结巴巴地说话,一时间找不到恰当的词语,"有时候,如果某个人做了错事,伤害到了其他人,特别是伤害到了我们爱的什么人,那么我们,因为我们是和他们有亲戚关系的人……"天啊,我到底在说什么?这一切都错了。我感到很羞愧,我竟然真的在说这样的话。

突然之间,他的脸稍微定了一下。"我搞不懂了。为什么,是你告诉我我老爸从来没有见过我,而我却要感到羞愧呢?你告诉我我老爸在我出生之前就跑掉了,而事实上他没有。我知道,他没有,因为凯丽姑姑给我看了一张照片,是我在两周大的时候,我老爸和你带着我到这里来看她的时候拍的。她说老爸是直到我三周左右大的时候才离开的。"他将衬衫上的袖子拉下来,用袖子擦掉了眼泪。

我的思绪重新回到脸书的信息上。当时我坚决要求凯丽不要告诉扎克任何关于那次打斗的事情,利亚姆在杰米的死亡过程中负有的重大责任,当时对此事的太过关注让我忘记了告诉她一直以来我都致力维护的另一个故事设定，那就是利亚姆从来没有见过扎克。我忘了告诉她还有这么一个秘密。我无法想象我到底有多蠢，简直蠢不可及。

扎克脸上的表情是崩溃的。"她说当时我老爸对我非常自豪，迫不及待地想要把我向别人炫耀。她说他很爱我。"

"他确实很爱你，扎克。他非常爱你，非常非常爱你。"

他盯着我看了很长时间，不停观察我脸上的表情，然后径直向前方看去。"不是，他不爱我。"他斩钉截铁地说道，"他不是真的爱我。要是他真的这么爱我，在做了我将近三周的老爸后，他为什么仍然要离开我呢？"

乘火车回家的路上比出来的时候安静多了。由于之前太过激动，扎克已经精疲力竭，上车之后几乎是立即就睡着了，蒂根在我手机上玩了半小时的游戏之后，也跟着睡着了，她的小脑袋有一下没一下地依靠在扎克的肩膀上，又晃回来。

我也想打一会儿盹儿，但总是睡不着，于是我就看了一会儿窗外，整个世界在嗖嗖地向后倒去，想要借助外面的树木、田地和牛群让我的思绪镇定下来，我把目光转回扎克和蒂根身上，现在他们两人已经对外界一无所知。扎克的前额靠在窗玻璃上，张着嘴；蒂根的小脑袋朝着相反的方向移过来，要是我偶尔梳理一下的话，她那满头黑发会很美，但现在她的头发都披散在了她脸上。我想，或许如果我对扎克满含说服力地说，"对不起，我对你撒了谎，但是你老爸确实很爱你，他真的很爱你"，从而安慰好了他，我现在肯定会感觉更好一些，但是事实上，我不能这样，因为我已经不再认为这件事是真的了。

事实上，如果有什么差别的话，扎克说的"他不是真的爱我"这样的话只是让我的这个想法变得更加可信，因为扎克是对的。事实如此，这又能让扎克怎么想？如果利亚姆能够像他现在做的这样一走了之，躲得远远的，又怎么能说他还爱着我儿子呢？他甚至都没有试着寻求我父母的原谅，让他们知道即使是杰米也不希望后来的一切发生，那就是让扎克失去他的父亲，让利亚姆失去他的儿子。

但是利亚姆还是离开了，不再回来。他从来没有尝试寻求我父母的原谅。一想到扎克在这件事上是对的，因而想要寻找他的整个任务都会徒劳无功，最终只会对扎克造成更多的伤害，我心里就有可怕的沉重感，就好像一团潮湿的水泥在我的胃里成形。

现在我也想停止这一切，所有这一切。但是这样做已经太晚了。这件事已经开始伤害到扎克，而可怕的地方在于，我知道还会有更糟糕的事情接踵而来。

麦 克

在杰米死后的最初几年里，当然，即使现在也偶尔会发生，琳达说她不想要我们房子里出现家人的任何新照片，因为看到那些新照片，她所有的关注点就只有我们的杰米宝贝在照片上应该站的那个地方。以前我也表示同意，这样她就能感到身边的人是理解她的。但让我忧心的不是那些没有杰米的照片，而是那些有他在的照片，因为我每次看到那些照片，就似乎在一遍一遍地经历他去世时的痛苦。

似乎他的脸在离我越来越近，那个充满爱意、大大的咧嘴笑，我愿意付出任何代价再见一次。接下来，就在我感觉可以很安全地伸出手，碰触到这张脸的时候，这张脸就变成了另一张脸，一张正在急速向后退去的脸，或者是插在他身上的各种管子被拔掉之后他的脸，因为当时他已经不再需要那些管子了，他就那么毫无生命地躺在医院的床上。我的这种情况在他死后持续了六个月的时间。如果我将这件事告诉了任何人，他们都会劝我去医院寻求帮助。但是我没有告诉任何人我的这种痛苦。我从来不曾告诉过任何人这件事，也从来不认为这是我应得的。不管怎么说，这种幻象后来就不再出现了，直到现在。

现在它们已经气势汹汹杀了回来。我感觉我的思维在不断试探我——在你崩溃之前，你还能承受多久？到达你的承受边缘之后，你多长时间才会坦白？第一个试探在一周之前到来，当时我来到这里，在这本日记里写东西。我觉得我脑海中的某个东西就这么崩塌了，就像是保险丝熔断了，我的目光离开日记本，向上看去，我的宝贝儿子就在那里，他的脸在朝我移动过来。这一刻美妙至极，但是就在我要伸手去碰触它的时候，砰的一声，他的脸就像是赛场上的拳击选手，被从一旁击中，然后向后退去。一两天之后，下一个幻象也出现了。在这次幻象出现时，当时我正在酒吧里一杯接一杯不停喝着酒。我的脸正变得更加红润，我的双眼也变得更加狂野，视野也在不断变得模糊。而这段时间里，杰米就坐在酒吧的另一边，对我大声叫着："老爸，老爸！"但是他的声音听起来就像是从水下传过来的，很是沉闷、含混，我听得不是很清楚，不过，我正在忙着将自己灌醉。我整个人迷醉在酒精和酒精带来的那种甜美的不省人事中，根本没有注意到我儿子在叫我。

扎 克

世界真相：地球上跑得最快的人类是尤塞恩·博尔特。

我不知道这是怎么发生的。我唯一知道的事情就是我正瞪着眼睛看着眼前的塑料盒子，而里面只剩下三个小仙人松糕了。

"好吧，其他的松糕到哪里去了，扎克？"对我来讲，不凑巧的是格雷姆肖先生（体育课老师）恰好负责主持今天的课后蛋糕售卖会。他总是和我过不去，今天早上，他还让我脱掉套头毛衣后上体育课，还告诉我说他的老妈虽然已经七十八岁了，但还比我跑得快。我根本不在意，我甚至都没有表现出很在意的样子。"这些松糕是你吃掉的吗？这也算是在蛋糕售卖会开始之前就将松糕给卖掉了。"

我带着一种恶心并饥饿的感觉瞧向盒子里。我的脸肯定是红得不行，因为我能感到脸上传来的热度，简直是超级发烫。就像是在杰森母亲的五十岁生日晚会上跳舞之后感觉到的热度，只不过这一次没有跳舞。我也知道是我（还有蒂根）吃掉了这些松糕（蒂根吃掉了其中的两个），但是我无法相信，我甚至记不得自己做过这件事。我只知道今天早上我来的时候带着十个小仙人巧克力松糕（也都是我做过的最好的蛋糕作品了，不是很干燥，乳油奶酪的加入量恰如其分，而且还是我和外婆一起做的），而现在里面只剩下三个了。本来我可以在没有任何人发现的情况下偷偷溜走的，但是就在放学回家之前，学校要所有人都带着自己带来的蛋糕在操场排队，然后帮着格雷姆肖先生把蛋糕拿出来，准备当天晚些时候的售卖会。蛋糕售卖会是为了给学校筹集资金，每个月都会轮到一个班级来举办这个售卖会，而本月就是多利班（也就是我所在的班级。好吧，我们学校里所有的班级都是用鱼类的名字来命名的）。你需要将所有的蛋糕都摆放在我们早就放在操场上的桌子上，这样大家就能在放学之后过来买蛋糕了。

我仍然在看着盒子里面，但这只是因为我不想抬头看着格雷姆肖先生的脸。

"我还给了蒂根几个。"我说道，但是格雷姆肖先生现在正在帮寇特妮把她的蛋糕取出来，而且他对于我的借口也根本不感兴趣。

"还给了康纳。"这就是没有什么恶意的谎言了，但是我知道要是我去让康纳做我的不在场证人，他肯定不会让我失望的。（现在我们是好朋友了——在我去了他的生日聚会之后，我们之间的关系更加亲密了。）我就那么站在那里。我不确定我是不是应该将松糕取出来，或者把我的三块松糕带回家。两种做法看上去都不是正确的选择。

格雷姆肖先生帮蒂根拿出了她带的东西（她带来了一个卷筒夹心蛋糕，是从商店里买的，卖出去的时候还要切短才行，但是这不是什么麻烦事），他的身子从桌子上面探过来，看着我。他摇着头，脸上带着微笑。"好吧，扎克。有什么东西就拿什么东西出来吧。总比什么都没有强吧。不过，你知道，下次尽量坚持一下，等到售卖会真的开始，好吗？"我用最快的速度将三个松糕取出来，拿起我的塑料盒子就离开了。我没有留下来继续参加售卖会，虽然外婆已经给了我一英镑可以用来买售卖会上的蛋糕，因为我心里太愤怒了。

自从我们去过曼彻斯特之后，我就一直感到很愤怒。我对老妈对我撒谎这件事很生气（我非常不喜欢对我老妈生气。要是你生气的话，你就无法享受自己的人生了），而且我对自己也非常生气。我没有对蒂根生气，但是我们已经暂停了"寻父"任务俱乐部的事务。我绝对没有不想继续做了，但是我已经不再对这件事感到万分激动了。我不知道这样做的目的何在。我老爸花了他生命中三周的时间和我在一起，但是仍然不想要做我的老爸，那么很明显，那种父子间的神奇血缘纽带没能在我们之间发挥作用。或许他只是不喜欢我的长相吧。

这让我开始思考我在《真相解密》中所了解到的真相，或许这些真相并不是百分之一百的真实。他们是怎么测试这些真相的，你又怎么可以确定这件事？谁说小宝宝长得像他们的父亲，他们的父亲就肯定会留在他们身边？我不知道还能相信什么。

我感觉这就像是诸多的人生低谷同时袭来，而且不仅仅是向我袭来。蒂根上周听说她老爸正准备搬到谢菲尔德去。他甚至都没有询问蒂根是否介意这件事，他只是说因为那个来自拉德布鲁克斯镇、名叫盖尔的女人的儿子就住在那里，而盖尔希望住在靠近她儿子的地方，因此他也要到那里去。不过这根本就不公平，因为蒂根也是她老爸的女儿。难道他不想要住在靠近蒂根的地方吗？蒂根说她对这件事没什么看不开的，她也从来不想再见到他，不过我能看出来她很不开心。我甚至都不知道现在她还想不想帮我找老爸。我唯一知道的就是我们的"寻父"任务俱乐部可能就要完蛋了。

别担心，这个任务持续到现在已经有了很好的成果。我们在一起做了很多酷酷的事情。要是我们没有做这个任务，我们就不会到码头那边去，就不会遇到"水桶"先生，也不会给"寻亲精灵"网站打电话，我们也不会前往水族馆、曼彻斯特，更不会一起做那么多事情。

我步行向家里走去。我不想坐上面有着艾丹·特纳、卢克·沙尔克罗斯和其他人的公交车。我只想自己一个人，暂时不考虑任何事情。我想回到家里，吃完下午茶，然后看电视。我决定要选一条不同的路，穿过公园回家。这样做没有什么原因，我只是想着换一下沿途的景色，但是上帝肯定是看我不顺眼，或者肯定是我做了什么事情让上帝他老人家对我很生气，因为接下来就有糟糕的事情发生在我身上了。

当时我已经走完横穿公园一半的路程，我甚至还感觉心情更好了一点。正在这时，我听到某人在我身后叫喊："哦哦，大肚子贾巴。"我的心脏剧烈跳动起来，但我还是没有转身，我只是对他们视而不见。但接下来，他们说话的声音更大了："哦哦，能让哥们儿几个吃你一块松糕吗？哦，那可不行，咱们可吃不上，因为你把所有的松糕都吃掉了，你这个满身肥肉的胖饭桶！"

我不知道应该怎么做。我不能逃跑，因为这样一来，他们就会在后面追我，我也不想转过身去，然后任由他们欺负。于是，我就双眼目视前方，继续向前走着。我脑海里什么都没有想。我用尽所有的思考力才能保持继续前行，以便更靠近公园的另一头，靠近街道，在那里会有很多人，这样他们就不会欺负我了。

"胖杧果！"接着有人在后面叫道，但是这并不是康纳的声音，我能听出来，他们说出这个绰号的时候没有善意。"胖杧果，哈，哥们儿几个和你说话呢。"我开始走得更快了。在不远的地方就是一条窄街，我知道这条窄街可以通到街道，我觉得要是我能跑到那条窄街上，然后穿过窄街，我就能更快一点到达街道上，如果他们还是要欺负我，我就能使劲大声叫喊。不过我已经能听到从我背后传来他们更快的脚步声，我听见他们在放声大笑。

"我可不知道你为什么这么害怕。"我知道这是卢克·沙尔克罗斯，因为他的声音就是这么低沉而沙哑（这是因为他的嗓音正处于变声期，他正在提早经历青春期）。"吃了那些蛋糕，你就更胖了，要是爷们儿几个给你几拳，你肯定感觉不到的。"

"是啊，要想打你，我们的拳头还得经过三米厚的肥肉才成啊。"另一个声音说道，这次是艾丹·特纳。"知道吗，像你这么胖还是有点好处的。这肯定是啊，要不你肯定是想要自杀的。"然后，他们开始笑得更大声,但是我却开始哭了起来,我控制不住自己,四周张望,想看看他们离我到底有多近了,但这肯定是我做过的最糟糕的事情,因为这样一来,艾丹·特纳就看到了我的脸。"啊,千万别哭啊!"他开始狂笑不止,听起来就像驴子在叫。"哥儿几个可找了东西来帮你对付那些肥肉。哥儿几个还有东西来帮你对付你的乳房来着,大肚子贾巴。你肯定会高兴正好碰见哥们儿几个的。"

接下来我就直接逃跑了。现在再不跑已经没有任何意义了。当时我已经靠近了窄街的边缘。我的想法就是我要尽快跑到哪里,然后我就安全了,我会处在大众的关注中。但是这样没有任何效果。他们还是在后面追着我。我对此无能为力。这就像是天上在下雨,对于天上下雨这种事情,你除了接受,还能做什么。总归是有些事情会脱离你的掌握的。

突然之间,我感觉就像是到了海上,一道突如其来的大浪向我袭来,然后正巧将我拍倒在地,因为下一刻我就已经倒在地面上,身上压着不知道几个人,而我的脸紧贴着地面上的小石头,疼得要命。"放开我!快滚开!"但是他们只是在放声大笑,笑个不停,还不停模仿着我的声音:"放开我,快滚开。"

"快拿出来。"他们中的一个说道,"快点,把胸罩拿出来!"我不断屈腿踢着,用头向后撞向他们,但是他们有三个人,分别是卢克·沙尔克罗斯、艾丹·特纳和来自另一班级的丹尼尔·兰开斯特,对付的只有我一个人,我没法儿摆脱他们。他们中的一个人把什么东西垂到了我的脸上,而另一个人则脱掉了我的套头毛衣,拽动的时候用力过大,把毛衣的胳膊拽掉了。

"这只是想要给你胸部一些支撑。"他说道,"这可是 G 罩杯,正好是你的尺寸。"

这是一个白色的蕾丝文胸。我知道将会发生什么,于是我闭上了双眼。我心里默默地向耶稣祈祷,让这件事快点过去。我告诉耶稣,我会更努力地减肥,更努力地参加体育课的锻炼,不会再从秘密橱柜里拿饼干吃,也不会再对我老妈生气了,只要耶稣能让这所有的一切停止下来。

现在我的肚子就贴在碎石地上,小石子揉进我的皮肤里。我用尽全身力气想要离开地面,但是我刚让身体脱离地面,他们就把文胸围在了我身上。"你应该在体育课上穿这个,这样你的乳房就不会晃来晃去了,贾巴先生。"

"快点拍下来!"

"正拍着呢,继续坚持!"

"该死的,太好笑了!"

我用双腿死命后踢,这一踢肯定是正巧踢中了压在我身上的某个家伙的小弟弟,因为他大声叫起来:"啊!我去!你怎么踢的。"但是我终于能再次正常呼吸了,这可是刚刚开始!我努力用双膝着地,将手伸到背后,但是我还是解不开那个文胸,这时候根本没有这么做的时间。

"他根本解不掉。"他们三个人都在说着,放声大笑着。卢克一边笑着,一边哭着。眼泪从他脸上滑落下来,他哭得就像一个小孩。"要是你开始戴胸罩了,那么你就得知道怎么解下来,贾巴先生!"

那时候我没有跑,当时还不是跑的时候。我只是捡起我的东西,将套头毛衣抱在胸前,这样别人就看不到文胸了。因为各种小石头的摩擦,我的脸和胃都痛得要命,而身上的文胸也让我的侧身很疼,我身前的硬钢丝都已经扭曲,但是我还是决意不哭。"你们几个简直太悲哀了。"我说道,然后他们开始模仿我的话:"你们几个简直太悲哀了。"

"祝你好运,能把胸罩解下来!"艾丹大声叫着,"不过戴在你身上还算不错,我们已经拍了视频了。"

在下一刻,我才开始跑开,速度比我以往任何时候都要快。跑向有光亮的地方,跑向街道,跑向家里。

朱丽叶

　　由于家里只有我们两个人住,因此家里的风吹草动动辄都会很猛烈。如果我们两人之间关系紧张或者出现争执,那我们两人简直无处可逃。家里根本没有另一位家长或者兄弟姐妹可以求助或抱怨,或者是吐槽一下作为某个人的家长又或者是某个人的儿子所要面临的精神压力。在过去的一周里,我对这个问题有了更为深刻的了解,因为自从扎克在曼彻斯特之行中发现我对他撒谎之后,他就一直对我很生气。他口头上没有说什么,因为这不是扎克的发泄方式,但是他也以自己那种挑衅的方式向我展示了这一点,其中包括在从学校回家的路上去买糖果,而且根本懒得去隐藏他的校服裤子里那些空空的包糖纸;他还拒绝按时起床去赶公交车,让我只能不断催着他,不断唠叨他赶紧穿衣服,赶紧出门。我知道他心里难受,但是要摆脱这种情况并不容易。如果我们要在这条路上继续挑战下去的话,这期间始终会有痛苦存在。

　　感觉这就像是天气预报知道我们房子里和我们生活中的种种风吹草动,因为天气预报也不知道应该怎么做。前一分钟,这里还是最明媚的春日阳光普照,天空中一片蔚蓝,让我们的小区看上去就像是任何好事都会发生的地方，而下一刻倾盆大雨骤然落下，雨势之大就好像是一个英式橄榄球队忙着从天空中将一篮子一篮子的东西抛落下来。但是阳光却不会停止，阳光就那么透过正在下的雨，直接照射下来，好像在和雨水比赛，看看最后谁能胜出。

就是在这么一段古怪至极的炽热阳光加暴雨如注的日子里，也是我们从曼彻斯特回来的几天之后，我正在衣柜上面的橱柜里找备用灯泡，结果发现了那个鞋盒。我已经完全忘记了这个盒子的存在。我从来没有真正到这个橱柜里探查过，但是在扎克的旧棋盘游戏玩具和装着从他的学校旧书到宜家工具包等（是的，还有灯泡）各种盒子中到处搜寻的时候，我发现了一个女鞋的旧鞋盒，上面用黑色马克笔胡乱地写着"我，怀孕中"的字样。脑海中我的过去与我的现在骤然相撞，让我的心脏猛地跳了一下。扎克至少在二十分钟的时间里不会回家，因此我就将这个鞋盒取了出来，坐到床上，打开了鞋盒。在鞋盒里面的几样东西中，有一个小小的医院腕带，是扎克出生的时候戴在手腕上的，用蓝色钢笔写着"朱丽叶·哈钦森的男婴"。在助产士把这个重达十磅的漂亮小宝贝交给我的时候，她问我们准备叫这个小家伙什么名字，但是那时候我们正在扎卡里和以利亚这两个名字之间犹豫不决。"你们两个什么时候成了该死的虔诚教徒？"我记得老爸曾经这样问。于是助产士就给写了"……的男婴"这个名字，后来我们的宝贝就有了名字：扎卡里·詹姆斯。当然了，现在看来这个名字似乎代表着某个不好的征兆。

在鞋盒里还有一个老虎婴儿睡衣，是我弟弟送给扎克的，我们把扎克从医院带回家里的时候，扎克就穿着这件衣服。鞋盒里还有一只小狐狸，也是扎克真正的第一个玩具。我把小狐狸拿过来，闻了闻。小狐狸身上仍然传过来小宝宝的气息，是我的小宝宝的气息，这可能只是我的幻觉吧，不过不管怎么说，很难相信我的这个小宝宝再有三周时间就要十一岁了，而且他在九月就要开始上中学了，而且很快，我的小小男子汉就会成为一个真正的男人，所有的一切都进行得如此快。

太快了，让我目不暇接。

在过去的数周时间里，寻找他老爸，发现他所发现的一切东西，我怕这所有的经历让他在准备好之前，就强迫他快速长大，强迫他这个"小小男子汉"将"小小"两个字去掉，我一直以来这样称呼他，至少在我的心里他是这样的。我不知道在我告诉他他老爸在他出生之前就逃之夭夭的事情时，我心里想的到底是想要保护他免受什么东西的伤害。我怀疑，不，我知道，我所保护的不仅是他，我同时也在保护我自己。

鞋盒里还有其他东西：一个小小的褐色信封，里面有一套拍立得相机拍摄的照片。这都是以前利亚姆在我怀孕的肚子慢慢变大的时候给我拍摄的，每隔四周拍摄一次，照片上的我只穿着文胸和内裤。我在这些照片上看着非常幸福，对自己身体的变化感到很舒适，用手指向下指着我的肚子，在我的肚子刚开始显怀的那张照片上，我还在咧嘴笑着。还有一张在老爸老妈家的后花园里拍摄的照片。上面是利亚姆弯腰下来亲吻我的肚子，有一缕耀眼的阳光从他光滑的黑发上反射开来，就像是光之皇冠，带着一丝宗教的严肃感，他看着相机，脸上带着惊讶和愉快的表情，而我则目光朝下看着他，对他咯咯笑着。我以为在扎克说寻找他父亲的工作结束了的时候，我会感到万分轻松，"谢天谢地，我终于能再逃开一会儿了。"但事实是，我没有感到万分轻松，没有像是心头卸掉了万吨巨石，我反而感到万分失望，因为我意识到不仅仅扎克想要得到答案，我也是这样。我想要知道他为什么永远不再回来。我想要知道他为什么从未为了我们而抗争，或者至少是想要见他儿子一次。最重要的是，我想要知道那天夜里到底发生了什么，因为我意识到我从未真正问过他那天晚上事件的细节。我只是把老妈说的一切当作了真相。

家里的门铃响了起来，顿时吓了我一跳。太奇怪了，我心里想着，这个时间怎么会有人按门铃？扎克有家里的钥匙，可以直接开门回家。我很快就把我的上衣放在鞋盒上，匆匆下楼去前门。阳光正透过窗户照射进来,似乎十分钟之前一点雨都没有下的样子。空气中感觉非常安静,我能透过玻璃门看到一个人影,是两个人影,但是我听到的声音让我的心变得冰冷一片:那是小动物式的痛哭。是我的孩子。

我猛地拉开门。

"刚才我在吉尔福德街拐角的地方发现他这个样子,于是我就送他回家来了……"说话的是一位女士,我猜大概有六十岁,就站在我家的门前,她的一只胳膊就抱在扎克身上。

"老天啊。"我的孩子,他们到底对我的孩子做了什么?"谢谢您,太谢谢您了……"

"小家伙,现在让你母亲来照顾你吧。"那位女士揉了揉扎克的胳膊,微笑着说道。那是一种带着悲伤、抱歉的微笑。

那位女士离开了,我将扎克带回屋里。他在呜咽地哭着,没法儿说话,也没法儿告诉我到底发生了什么事情。他脸庞的一侧有擦伤,软软胖胖的脸颊上有几处血迹,还有小碎石揉进脸颊中的迹象。他的套头毛衣上面已经沾满了尘土,而且被撕裂了,但是出于某些原因,手里抱着他的衬衫,他又在一边哭,一边打嗝,就像是他在曼彻斯特的时候哭的样子,而我很不喜欢这种情况出现。我忍受不了这种声音。我让他在楼梯底层的台阶上坐下,把他抱在怀里,就那样抱着他,慢慢摇晃着他的身体,爱抚着他的头发,直到最后打嗝的情况逐渐减轻,他也安静下来。

直到更晚一些之后,我才注意到文胸的事情,等我想要帮他把文胸取下来的时候,我看到了文胸在他皮肤上留下的红肿印记。我用脱脂棉清理了他肚子和脸上的擦伤,万分轻柔地将碎石粒取出来,然后将屁屁霜涂抹在上面,之后我让他换上了睡衣,把他放到靠背长椅上坐下,给他拿了一些吐司面包。他说他现在不想谈这件事。他只想吃面包,让我不要问问题,至少现在不要问。

我们两个人看了一会儿电视,他一个人完全沉浸在对鲨鱼饮食习性介绍的节目里,而我则想着到底是谁会对我儿子如此恶毒,我的儿子从出生到现在都从来没有故意去做什么事情伤害其他人。然后我问他喝茶的时候想要吃点什么,我还说他可以吃任何东西。他说他想吃基辅鸡肉卷和烤薯条,于是我就动身前往考斯特卡特便利店。现在已经是四点四十五分,外面再次开始下雨。我离开家的时候没想着要穿上一件外套,我正晕头转向呢,我跑过整个小区到商店那边去,一路上用一个塑料袋护着我的头,而这时,我心里又像以前一样出现了那个小小的声音,那种渴望可以缓解我胃里那种可怕、空虚的旋涡,能让我摆脱现在这种感觉,拥有另外一种感觉。

辛格先生正忙着帮一个带着孩子的男人,两人不停聊着这种"精神分裂症式"的天气,我则径直走向了冰柜。我希望他甚至都没有看到我走进来,接下来我就打开了冰柜,取出了薯片和基辅鸡肉卷,我告诉我自己,我根本支付不起,因为我要到下周才能拿到薪水,而现在要买的东西是为了扎克,为了帮助他,想要在这个世界对他如此冷酷之后为他加油打气,那么这个世界肯定就会原谅我这么做的。我在那里等着,直到我听到商店的铃声响起,表示那个男人和他的孩子都已经离开了,我迅速将这些食物塞进了塑料包里,然后藏在我的绒毛衫下面,冰冷的食物就这样贴着我的T恤,我开始步伐欢快地向门口走去。

"请稍等一下!"

我立马停住了脚步。所有的一切似乎都停下来了:雨水、这个世界、我的心跳。

"我可不是刚出生的小孩子那么好骗!"

我浑身僵住了,就呆呆地站在那里,根本不知道接下来该做什么,就像是慢慢投降一样,我让装着食物的塑料包从我的绒毛衫下面滑落到了地上,然后我开始放声大哭。"对不起!"我充满羞愧地双手盖脸,就像一个正在躲猫猫的小孩子,满心想的是"我看不见你,你也就看不见我"。"对不起,我原本正要过去付钱的。"我说道,在现在的情况下,这种话明显就不是真的,而且非常非常可悲。

辛格先生从地上捡起食物，速度又快，又有点慌张，就好像他对于事件的发展和我一样震惊。

"我会打电话叫警察的，朱丽叶。"他说道，嗓音沉着冷静，"你让我没有任何选择。我需要打电话叫警察，然后禁止你以后再来这个商店。"

现在这种情况的可怕和严肃性在我心头累积起来，让我处于一种可怕的恐惧和自怨自艾之中。我到底做了什么啊？我对我的生活做了什么啊？对我的生活和扎克的生活又做了什么啊？我是他的母亲，他已经感觉他的父亲让他失望了，因为对他撒谎，我也让他失望了。他现在只有我可以依靠。如果他发现了现在的情况，这又会对他有怎样的影响呢？

"不，求求你了！"我现在仍然像个小孩子一样把双手紧紧捂在脸上，"求求你了，请千万不要打电话叫警察，辛格先生。我会付钱的，还会给你更多。我愿意做任何事情，任何事情。我永远也不会再犯。只是求求您别给警察打电话。我今天过得太糟糕了，对不起，真的对不起。"接下来，我开始抽泣起来，因为这时候我也没有其他的事情可以做了。我感觉我的人生就这么随着烤薯条和基辅鸡肉卷摔碎在我脚下，而现在我却什么事情都做不了。

辛格先生就静静地站在那里，食物就在他的手上，就看着我像小孩子一样啜泣不停，而我的样子就像半小时之前扎克的样子。最后，我终于大胆移开手几秒钟，用我的毛绒衫袖子擦了擦眼睛，然后擦了擦鼻子。"今天扎克回家的时候，"我在啜泣声中说着，"他被人欺负得太狠了。有几个男孩给他戴了文胸，辛格先生。他们截住了他，把他的脸在水泥地上擦伤了，让他戴上了文胸，你能相信吗？谁会对我可爱的孩子做这种事情。他是如此悲伤，受到如此的羞辱。我只想让他开心起来。于是我就问他下午茶想吃什么，我告诉他想吃什么都可以告诉我，他就说想吃烤薯条和基辅鸡肉卷，但是我现在真的付不起，我刚才没有想清楚，我不知道我为什么会做这种事情……天啊，我真的希望我从来没有这样做过……"

辛格先生将食物放在柜台上。我觉得他马上就要说"很抱歉，朱丽叶，我真的很抱歉，但是你让我别无选择"，然后就会去打电话叫警察。但是他没有。相反，他伸出一只胳膊抱了我一下，在看到我还没有停止哭泣的时候，他伸出两只胳膊抱住我，而我就在他的肩头上哭泣着。"要是你承诺的话，"他慢慢地说道，低声对着我的头发说着，"要是你拿你的生命发誓你永远不会再这么做，我就不会打电话叫警察，而且你能把这些食物拿走。但是如果我要是再抓住你这么做，我就会毫不犹豫地打电话叫警察，这样行吗？"

我快速点了点头，退后一步，拿下双手，露出眼睛。"一定，一定。我用我的生命发誓。"

"那这就是我们的秘密了，好吧？我们就把这个归结为今天过得不好吧。"

我告诉辛格先生等我拿到薪水之后，我一定会给他钱的，然后我穿过小区，向家里，向扎克走去。一路上，我走得很慢，全身都在发抖，想要留点时间让我的脸变得正常一点。雨下得很大，阳光已经不在了，天空中出现了那种灰紫色，显示这场雨一时半会儿不会结束。我想起了扎克就坐在家里，就坐在那里；现在他应该感到多么悲伤，多么失望；他的生活看起来应该是如何失控。我知道我不能再这样下去了。我们，我们这个家庭，不能再这样下去了。我不能让这一天就这么过去，而我的儿子在这一天里仍然相信他老爸的离开是因为他老爸不想要他。我要告诉他所有的真相。

我用钥匙开门进家。"我回来了。"我大声叫着，"我给你带了鸡肉和薯条，我把它们放在烤箱里了。"

"好的。"扎克的声音仍然很小，听起来仍然处于悲伤之中，"谢谢你，老妈。"

我穿过客厅，看到门半开着，我能透过门缝看到扎克的脚后跟和他的红色曼联球队睡衣覆盖的双腿，就那么四肢张开地放在靠背长椅上，听着儿童频道那种熟悉的抚慰性窃笑声。我想他现在只是刚开始恢复，现在我要彻彻底底地将他熟悉的世界粉碎掉，但是我别无选择。他必须得知道，我作为他的母亲，不得不成为那个告诉他真相的人。我想要做那个人，现在我意识到这一点了。

烤箱开始加热了，我花了很长时间将扎克的下午茶放在一个烤盘上，想要将每根薯条都放置得彼此间距离相等，拖延着这不可避免会到来的一刻。最后我关上了烤箱门，将拳头紧靠在厨房的工作台上，我看到我的指节都已经发白。我向外看了看这个毫无生气的小区，这是扎克一直以来所接触到的唯一世界，是这个世界的缩影。我深吸了一口气，用充满决绝意味的三大步走进了客厅。扎克的脸上仍然有着白色的屁屁霜痕迹，他抬起头来，用和他父亲一样的眼睛看着我。"扎克？你能把电视关上吗？"我说道，"我想要告诉你一些事情。"

扎 克

世界真相：首部英文烹饪书，写于1390年，书名是《烹饪之法》(The Forme of Cury)。

我在杰米舅舅的坟墓前跪下。我知道他们说我不应该坐在别人的坟墓上，但我知道杰米舅舅不会介意我这么做一次。我无法解释为什么，但我就是这么觉得。我要说的话对他来说太过重要了。

我拿出了我写下的食谱——我特意将食谱放在一个塑料包装里，因为我的上一个第一号马麦酱面食没有持续两分钟就毁掉了，雨淋到上面，纸上所有的墨水到处乱窜——这一次，我把食谱放在石头天使下面，这样它就不会被吹走了。

"这次是香辣鳕鱼和扇贝扁面条。"我说道（我说话的声音不大，而且说话也只是在我脑海里发生的，但实际上，我是在与身处天堂的杰米舅舅交谈），"这是我老爸最喜欢的食谱之一，如果你有着合开一家海鲜餐厅的野心，那这道菜肯定要出现在菜单上。"

你可能会认为我的杰米舅舅不会想要任何来自我老爸的东西，认为他对我老爸恨之入骨，因为杰米舅舅的死就是他的错，但我知道不是那样的。这就是为什么我会来这里——我来这里就是为了解释。我闭上眼睛，就像在做一次祈祷，但我在脑海里解释了这一切，这样在墓地里游荡的其他人就不会认为我是一个疯狂的家伙了。

"杰米舅舅,现在我知道你当初是怎么死的了。我知道你没有从桥上掉下来,摔坏你的脊椎骨。之前每个人都这么告诉我,因为他们认为我会对真相感到非常不安,那就是你是因为一次打斗而死的,而且是我老爸挑头的一场打斗,结果这导致你的大脑受伤太重,无法继续活下去。

"杰米舅舅,你得听我说。我知道可能是我老爸挑起了那场打斗(因为当时他真的喝醉了),并且他做了一件蠢事,特别是因为你比他年轻很多,那时候他答应我的妈妈和外婆,他会照顾你,但那只是一个可怕的意外,你必须相信我,我知道最后你不幸去世,我老爸非常非常非常伤心,他会非常想念你,他甚至可能非常爱你,因为你是他最好的朋友。"

我开始告诉他各种故事,提醒他一些事情,主要就是妈妈告诉我的关于他和我老爸的故事。我告诉他:他和我老爸曾经开着我老爸的斯柯达汽车去谢菲尔德,后来汽车抛锚,但是最后他们不知道是怎么跟一个匿名戒酒互助社的男人交上朋友,那个男人顺道拉他们一起走,当晚他们还去参加了那个人的派对并在之后还保持着联系。我还提到,他们两人一起乘坐我老爸工作的拖网渔船去苏格兰进行为期三天的钓鱼之旅,当时只有他们两人和一些海鸥待在一起,待了整整三天时间!我还说了他们关于开设一家海鲜餐馆的梦想。我老爸为他能去餐饮学校学习是多么嫉妒,同时又是如何骄傲,但我的杰米舅舅告诉了他自己学到的一些食谱,然后他们如何学着电视上的《厨艺大师》表演厨艺。我老爸和杰米舅舅两人会一起做同样的晚餐,老妈、外婆和外公会用从一到十的分数给他们两个打分(打分人都不知道是谁做了什么饭菜),但我的杰米舅舅总能做出最好的布丁和烘焙面食,而我老爸最擅长做海鲜。(这是因为他在海上工作。他像我一样,在他的血管里有海洋的气息。)

我之所以告诉杰米舅舅这一切,是因为我想让他记住他们曾经是多么好的朋友,以及如果知道他会不幸去世的话,我老爸就完全不会喝醉酒,而后卷入最后导致舅舅死亡的打斗中。老爸肯定是非常想念杰米舅舅,我知道这一点,可能他至今还是这样想念杰米舅舅——就像要是蒂根去世了,我也会想念蒂根直到我生命的尽头。我告诉他我是怎么知道外婆指责利亚姆犯了错,但她如此恨利亚姆,只是因为她对杰米舅舅的爱之深,责之切。老妈向我解释——当他已经不在人世的时候,仇恨就会让关爱他的人日子变得更好过一点,因为这样一来,他们就有其他的事情可以考虑了。就像我害怕在学校被欺负一样,这时候我就在我脑海里播放我和老爸在一起的电影,这真的很有帮助。外婆选择了恨上我老爸,而不是在脑海中放一部好的电影来转移注意力,这简直太可惜了。不过这也可能会改变。

然后,我就不再和杰米舅舅说话了,我站起身来准备走开。我想如果我的杰米舅舅知道所有这一切,我也不会感到惊讶。因为上帝知道世上所有的真相。他可以直接看到你的脑海里、你的心里,知道你到底在想什么,所以我打赌天堂里那些和他在一起的人肯定也可以做到同样的事情。

在文胸事件(现在只是说到"文胸"这个词都让我的脸变热了)以及老妈告诉我老爸的真相的几天之后,所有的六年级学生都去参加学校郊游,一起去了博林布鲁克城堡。但艾丹·特纳和卢克·沙尔克罗斯除外,他们因为发生的事情而被停学。老妈让我告发了他们。实际上,她没有强迫我这样做,而是我决定我必须这样做。蒂根说,那些恃强凌弱的人唯一害怕的事情就是被人告发,因为他们认为你永远不会告发他们。所以我做了,他们受到了一顿臭骂,我意识到那才是我最害怕的——但它发生了,到目前为止,一切都还好,他们还没有谋杀我!生活并不像这件事发生之前那样可怕,所以也许说出来是个好主意。

遗憾的是,他们拍摄的视频已经向几个人炫耀过了,其中包括艾丹的兄弟和他几个八年级的朋友,所以现在我被称为"胸罩男孩"。这很令人尴尬,但这并没有毁了我的生活。我有蒂根,我有康纳,现在我已经掌握了关于我老爸的所有真相,即使我从未选择让艾丹和他的伙伴对我做出他们所做的事,即使我永远不会对任何人大声说出来,甚至不对老妈说出来,这一切都是值得的，因为如果他们没有这么做，那么也许她就不会告诉我真相。我还是想找到老爸。我还有我的使命。最后他可能会不想认识我，但至少我会知道这个结果。

"好了。"邦德夫人说道。她穿着她日常的便装，因为她要和我们一起去参加学校旅行。她看起来不像是一名校长，更像个母亲。"请大家每人找到一个伙伴好吗？因为在接下来一小时的长途车之旅中，你要一直坐在你的这位伙伴旁边。"

我已经站在蒂根旁边，她是我唯一想坐在旁边的人。无论如何，她身材瘦小，车上也不是很挤。如果我和其他任何人坐在一起，我必须时刻缩紧我的屁股蛋，并且一直担心我的手臂会触碰其他人，并让他们为此烦恼。结果就是我在长途车上始终无法放松，这对我来说真的很烦人。

我们都把行李放在公共汽车下面的特殊抽屉里，站在我们的长途汽车合作伙伴身后，排成一排，然后列队上车。蒂根在我前面，康纳在我身后。

"你可能会后悔今天坐在我旁边的，我的感冒真的很严重。"当我们上车时，蒂根说道。你能看出来，她咳嗽得很厉害。

"你带你的哮喘喷雾剂了吗？"

"当然带了。"

"你身体不好，你的老妈就不担心你来上学的事吗？"

"我老妈是担心，但我不想错过这次旅行。我已经错过了斯凯格内斯的旅行，我受够了。"

"啊，对了。好吧，别担心坐在我旁边，我不会感冒。我的老妈说，这是因为我吃了大量的橘子。"

"不，这是因为你吃了很多各种各样的东西。"康纳在我身后说道，但我只是叫他闭嘴。我不介意。这甚至很有趣。

现在博林布鲁克城堡只是废墟——我在网上查了一下。这座城堡是由布朗德维尔的拉努尔夫建造的——他的名字很有趣。你无法相信这座城堡有多古老，或者真的有人在八百年前曾经住在城堡里，做着诸如吃早餐和

285

刷牙之类的正常事情,尽管他们在一二二〇年的时候还没有牙刷,他们只是用一根小树枝从齿缝间抠出一些食物残渣。我们要去看的是城堡的古老城墙,在花园和树林里散步。我在蒂根旁边坐下。康纳在我们的座位之间探出头,伸了伸舌头,于是我们就转过身来。"我有个好主意。"他用他那种独有的傻傻声音说道(他能发出很多这种好玩的声音),还拉着一张傻脸,"咱们步行走一小时去看另一堵墙,好吗?即使我家里正前方就有一堵这样的墙。"我笑了,但只是私下里笑着,我感到很兴奋。无论如何,这都会比普通学校活动更有趣。

我们抵达那里花了大约一个半小时的时间——这本来应该只花一小时就可以的,但是埃米莉·麦克唐纳晕车,所以我们不得不停下来。她想要把吐的东西都吐在纸袋里,但最后还是溢了出来,洒到了法雷尔老师的膝盖上,她不得不假装她不介意这件事。蒂根也感觉不舒服,但这是因为她感冒了,而不是感觉不舒服。她不得不一直告诉康纳赶紧闭嘴,这样她才可以把头靠在窗户上,闭上眼睛休息。我们两人很长时间以来讨论的是我的寻父任务,今天突然不谈论这个任务了,我感觉有点怪怪的,但是我觉得蒂根可能没有心情谈这件事,不仅是因为她身体状况不好,而且还因为她认为我应该暂时把寻找我老爸的事情稍微向后放一放。她认为我有足够多的事情需要担心了,而且如果我老爸真的喝醉了并且参与了打斗,那他可能根本就不是一个好父亲。我觉得她现在的心情不太适合的另一个原因就是她自己的父亲。她对她老爸很不满。她没有将这种情绪表现出来,但我知道这件事。

虽然那里已经不再有任何城堡,只剩下了一堵堵墙,但可以想象这座城堡还是非常壮观的。当时我们站在本来院子应该在的地方,想象着院子里应该有的房间都已经灰飞烟灭。我们去了大厅所处的地方,而一位说话声音很平静的女士给我们讲述了城堡的历史。

"然后,布朗德维尔的拉努尔夫参加了十二世纪二十年代的十字军东征,回国之后就建造了这座城堡……"

在我旁边,你可以听到蒂根的呼吸声。这听起来像她在吹口哨。我甚至可以听到她的呼吸声盖过了这位女士的谈话声。

"……最终,兰开斯特公爵约翰·奥高特继承了这座城堡,并在理查德二世十岁登基成为国王的时候成了国王的守护者。"

"天哪,你能想象吗,孩子们?"邦德夫人说,"在你们这个年纪成为国王要承担什么样的责任?"

我们都表示无法想象会有怎样的责任。

我们看到了城堡里的人以前准备所有人的饭菜的食堂塔的遗址,甚至还有亨利四世国王可能出生的房间。那个房间看起来并不怎么舒适。

参观讲解结束后,我们在房子周围的树林和田野里散步。我们不得不结伴同行,所以我就和蒂根一起去了,但她走得不那么快,因为她的感冒意味着她的哮喘病很严重,而且她已经气喘吁吁了。不过,她不想让任何人注意到,所以我们走到了离大家稍微远点的地方,不过邦德夫人不停地说:"扎克和蒂根,请快点跟上队伍。"

散步的体验很不错。我们不得不选择走了一条自然形成的小径,路上不断对不同的树木和鲜花的名字做标记,我在自己的头脑里做了一个关于我看到了多少不同树木和鲜花的比赛,但我无法真正集中注意力,因为蒂根的身体状况不怎么好。"我没事。"她一直说道,但她咳嗽的次数越来越多,不得不一次次停下来,拿出她的哮喘喷雾器使用——只是喷雾器似乎没有起到什么作用。你可以听到她在呼吸时发出尖锐的口哨声,当她呼气时和吸气时都会发出这种声音。我试着和她聊天,想让她转移一下注意力,最初她也加入了聊天,但后来我意识到她一言不发了。当蒂根一言不发的时候,就是你需要担心的时刻了。

"我想我应该去找老师。"我一边说道,一边看着我是否能看到我们的队伍,因为我们越来越落后了,"你看上去一点也不好。"

"不,扎克,没事,我没事。"蒂根可以顽固得要命,她不想放弃,但有时候这么固执是很不明智的。"别这么看我。请把我当作不存在。"

她说道。但你怎么能忽视一个无法呼吸的人呢？

我们继续向前走，但是蒂根几乎一直在咳嗽，我们也不断地停下来。她开始哭了起来。"对，我要先找到邦德夫人。"我说道。我不再在乎蒂根可能会对我生气，我只想找人帮忙。"你留在这儿。"那时我的心在怦怦直跳——如果她死了怎么办？如果她死在这里，而我却无法挽救她的生命，又该怎么办？我可能比以往任何时候都更害怕，但我无法表现出来，因为如果蒂根知道我正在恐慌的话，这对她根本没有任何帮助。蒂根就这样坐在地上，但这不像她想要坐在地上，更像是她甚至都不能站立了，我不得不努力不要哭出来，因为她已经无法呼吸，她就是无法呼吸了。她试图吸入氧气——你可以通过她的T恤看到她的肋骨在上下活动——但她越努力，她能吸到的氧气就越少。

"不要哭，蒂根。"我蹲在她旁边，"你这样只会让事情变得更糟。"现在我不想离开她，所以我四处寻找，看看是否可以看到任何人。我确实看到一个看起来像我们小组的团体，但他们的年龄已经太大了。"你会没事的，好吗？"我知道我必须做什么，"我要抱着你走。"

我把手放在她的屁股下，我把她抱起来。她的身体如此轻盈，抱动她非常轻松，我抱着她穿过灌木丛和树木，沿着道路走向我看到的其他在远处的人。时间似乎在不断拉伸。你可以听到我的脚步声和蒂根可怕的吹口哨般的呼吸声，以及吹过树木的微风声，就像它试图替蒂根呼吸一样。我试图和蒂根说话，说些什么让她冷静下来。"想一下咱们的任务，蒂根。"我怀里抱着她，尽可能快地向前走动，而她的双腿则不断撞在我身侧，但是没关系，这种轻撞甚至一点都不疼。"你必须变得更好，因为我们还没有找到我老爸，对吗？我们仍然需要完成任务。我需要你。"然后我看到邦德夫人就在那里，我可以看到她和其他一些孩子站在一起。我一下放下心来，差点哭出来。他们只是站在那里，张着大嘴，一脸惊奇地看着我抱着蒂根，一路沿着坡道走过来。你能看出来，他们无法相信这种情况正在发生。邦德夫人快步走向我们，她进而开始跑过来。"老师！"我停下来，用膝盖将蒂根顶到我的怀里,因为她正在向下滑落,"你必须叫一辆救护车才行了,她的哮喘发作了。"

就像救护车知道我们打算打电话一样,因为救护车真的就在五分钟以内到了。穿着绿色西装的一位女士和男子走了出来,不过他们没有立即带着蒂根坐到救护车上,他们只是走过来,到她旁边跪下。一个人用一条毯子围在蒂根身体周围,另一个人将一个面罩戴在她脸上,他们对她说的话非常贴心:"好了,亲爱的,保持冷静,小可爱,我们会立刻让你的呼吸更容易一些……"这让我感觉好多了。

邦德夫人告诉所有人要退后一步,给蒂根和救护人员一些空间。大家都保持沉默,我们都只是在观看着,尽管这种情况太可怕了,而且我们看到蒂根的脖子和肚子上的肌肉都在不断吸入,在努力试图吸入一些空气,而我们站在这里对此无能为力。这是我生命中最糟糕的时刻。然后康纳开始喊道:"她真要死了,你个大杧果!"赫克斯利老师不得不把他带到一边去。这不是他的错,他并不是故意的。康纳感到压力很大的时候,他的妥瑞氏综合征会变得更糟。但就在那时,我想要堵住他的嘴。我把双手按在耳朵上。我只是想让他闭嘴。

他们通常只让一个人和病人一起乘坐救护车前往医院,这时候,邦德夫人就必须跟着一起走了,但是乔·希尔迪奇说道:"扎克救了她的命,他绝对应该被允许一起去。"然后其他人也随声附和,说我救了她的命,因为是我把蒂根带到了邦德夫人这里,这样他们才可以给她呼叫救护车。

以前我一直幻想着能坐上一辆沿途警报声响个不停的救护车,但直到这件事真的发生在我身上,我才意识到警报只有在紧急情况下才会发生,而紧急情况只会令人恐惧,而不是令人兴奋。

他们仍然让蒂根的脸上戴着氧气面罩。这个面罩发出像是《星球大战》里维德勋爵一样的声响,有些蒸汽从面罩旁边的一些孔洞里冒出来。

"我知道它看起来很可怕。"那位女性护理人员说道,"但这真的会帮助她呼吸。"它被称为雾化器。我只是点了点头——我无法说话——我试图让蒂根的眼睛从面罩上面看着我的眼睛,我还努力地试着微笑。

我们去了医院,但是面罩里的药没有像他们希望的那样发挥多大的作用,所以他们不得不给她另一个雾化器,把她带到医院的另一个地方,在那里,他们可以更好地照顾她。在所有这些情况发生的时候,我只是在专注地表现出我没有心烦意乱,因为如果有人哮喘病发作,保持冷静是非常重要的事情,但是这样做越来越难,因为我真的认为她可能会死掉。

接下来,在他们给她注射了一针,换上了第二个维德勋爵式的氧气面罩之后,她的情况开始变得更好——这是一个奇迹。她的肋骨也不再上下起伏那么多,她的情况真的是非常好了!我一直都在脑海中向上帝秘密祈祷,祈求上帝挽救她的生命。这时,她的老妈出现了。

现在蒂根的老妈已经哭得稀里哗啦了,我不怪她,她肯定非常担心她的孩子——但这确实很烦人,因为蒂根很平静,现在她的老妈到了这里,变得情绪激动,并穿着散发着香烟气味的外套想要拥抱蒂根。而事实上,拥抱和香烟都对哮喘有害。

"宝贝女儿!"她用一只手抚摸着蒂根的头发,用另一只手擦去眼泪,"宝贝,我很担心。我以为我会失去你。我就知道,我就知道我不应该让你去那次旅行……"然后她的老妈转过身对我微笑,尽管她仍然哭着,"而你,扎克,你救了蒂根的命。"

"哦,不,不,我没有。"

"我想就是你救了我的命。"蒂根的声音透过面罩,传了出来。我很高兴她能再次说话,但之后她就开始问她爸爸的事情。

"你有没有告诉他?"她对她老妈说道,"告诉他我在医院里了吗?他要赶过来吗?"

那时她的老妈看起来同时有点尴尬和悲伤。"我确实给他打了电话,宝贝。"她说道,"我告诉他你进了医院。我叫他到这里来看你……让他在他的生命中好好做一次父亲,但我又能怎么办?我能做些什么,蒂根?"

她不再说话。我很高兴。我不希望蒂根变得心烦意乱。

"然后呢？他说什么了？"蒂根问道。现在她已经可以摘下面罩，但是她在哮喘发作后身体极度疲倦，她需要尽可能地放松。

"他说要告诉你他爱你。"经过很长时间的停顿之后，她的老妈答道，"并且他想念你。"通过她说话的方式和她脸上的表情，你能看出来她对蒂根的老爸是真的非常非常生气的。

过了一会儿，蒂根的老妈离开病房，去找医生了解情况。就在那时，蒂根突然之间泪流满面，因为她像我一样，她不喜欢在老妈面前哭泣，她不喜欢打扰她老妈或让她担心。她的目光正在躲着我，努力不在我面前哭泣，因为她总是想要勇敢，想成为那个什么都不怕的蒂根。但我知道她为什么会不高兴。

"你希望……你想让你爸爸来这里，不是吗？"过了一小会儿，我问道，她则点了点头。

"我很想他。"她说道，"我真的很想他，扎克。我只是希望我不要那么想他，因为这真的让我的心很疼。"

"我知道。"我说，因为我也很想我老爸，我甚至从未见过他，所以我甚至无法想象蒂根的感受。

"但是……"我知道我现在必须做些什么。我马上有了一个灵感，"别难过了，因为要是我们找到我老爸——我们会找到他时，我保证——我会把他和你一起分享。也许，也许他也能成为你的老爸？"

接下来，蒂根就笑了，尽管她仍然没有停止哭泣。"好吧。"她说道。我也笑出声来。我想这是因为我为蒂根不会死掉而感到既紧张，又快乐，同时还松了一口气。"好吧，这个安排也算不错。"

我现在必须这样做了，我必须找到我老爸。这样做不仅是为了我和老妈，也是为了蒂根。

朱丽叶

"老爸？是我，朱丽叶。"
"亲爱的。"老爸在这里停顿了一下，"一切都好吗？"
"是的，一切都很好。"
"那就好。我去叫你老妈过来，行吗？"
现在我正躺在床上，当我听到他吸气，正准备朝着客厅里大叫的时候，我沮丧地撞到了床垫。"不，老爸。"我说道。
"啊？什么？"
"实际上，我打电话是想跟你说话。"
我以为我能够独自处理一切事情。在我告诉扎克一切事情之后的短暂时间里，我感觉浑身轻松，毫无负担。我觉得这是我们新生活的开始。在这个新生活里，没有什么秘密再压在我身上，不会在夜晚一人独醒和扎克问的问题结束时压到我的心头上；不会在圣诞节和生日那天始终徘徊在我们身边，是的，特别是在复活节的时候。当我第一次开始向他解释一切时，他立刻脸色苍白。他一言不发地待了很久，然后开始问问题。
扎克："那我老爸是凶手吗？"

我："不，扎克，绝对不是！"

扎克："你是将杰米舅舅的死归结到我老爸头上了吗？"

我："不，我不再这样想了。我觉得他在喝醉酒以及与人打斗方面做了愚蠢的事，但我不怪他，不会怪他。这只是一场悲惨的事故，而你杰米舅舅实在是太不走运了。你知道，他身上发生这样的事情是非常非常罕见的。"

扎克："但是外婆和外公在责怪他，不是吗？"

我："是的，他们以前是这样——我最初也是这样——但这就是他离开我们的原因，亲爱的，不是因为他不想你，而是因为他很难再继续留在格里姆斯比生活。"

我告诉扎克，仅仅因为外婆和外公（特别是外婆）仍然责怪他，而除了鲁莽行事之外，其实他不必为其他任何事情感到内疚。我感觉这次谈话并不像我担心的那么困难。那十年以来，我一直在担心的问题是什么呢？但很快，在那天晚上，在扎克把所有事情都全部仔细考虑过一遍之后，他提出了那个至关重要的问题，让我想起了我内心深处一直担心的问题。

"但是如果外婆仍然讨厌他，也许外公也讨厌他呢，那么即使我们找到了他，他怎么能够成为我老爸呢？他怎么能够来格里姆斯比，在周日晚餐聚会的时候来到外公和外婆家吃饭，来看我，也许和我们住在一起，并且成为我们这个家族的一员？"

当然，我对这个问题没有答案，所以我就这么手足无措，分崩离析了。我再也处理不了：这就是那种责任感，那种面对只有我和扎克以及这个释放之后像个撒欢乱跑的野生巨兽一样的巨大秘密的感觉。蒂根还在医院里接受治疗让一切都变得更加脆弱，更加扑朔迷离，尽管我对我儿子那天所做的事情感到由衷的骄傲，但我需要让别人知道扎克已经知道了这个秘密，老爸似乎是我唯一可以与之倾诉的人。我已经做好了承受他怒火的充分准备。他的责问无非就是："你怎么能这样对你的母亲，朱丽叶？在经历了那一切之后,你还这样对她?"但我也很绝望。我觉得我已经到了承受的极限,再也没有其他选择。每天和扎克生活在一起的不是父亲和母亲,他们不是可以感受到他的悲伤和排斥感的人。在寻找利亚姆并获得所有问题的答案的人生旅程中,他们并不是唯一与他同行的人,多年来这些问题无疑已经造成了无法估量的损害,不断扼杀他的天性并侵蚀他的信心。十年不知道你的父亲是谁,他在哪里,或者他是否爱你——我希望看到我的父母像扎克一样处理这个问题。事实上,我希望看到自己像扎克一样处理这个问题。

所以这是我为他做这件事的好机会,能让我对抗父母并面对任何迎面而来的愤怒,因为我就是一个好母亲。而且我确实知道什么对我的孩子有益。

我告诉老爸我们需要见一面。"找个私密些的地方,某个老妈不会发现或者出现的地方。"

"我明白了。"老爸停顿了一下说道,我可以听到他吞咽口水的声音。"我知道……我知道一个好地方。"似乎他已经知道接下来即将发生的事情。

那天下午当我到达欢乐佳节餐厅时,老爸已经在那里等着了。十年来都没有来过码头这边,这是我在过去几个月中的第二次,到处都充斥着怀旧的气息。我对所有不同的东西有着迷茫的感觉,但一切都没有改变。这个地方肯定没有。十年内没有一点:相同的蓝色塑料座椅粘在裸露的瓷砖地板上,相同的塑料桌布和海景壁画以及墙壁上拿着龙虾笼的人。老爸也坐在他以前坐的老地方,就在右边靠后的地方——然而以前我所认识和所爱的男人到哪里去了?那时候,我的英雄老爸出海时会顶着一头狂野的黑色鬈发,胡子沾上结晶的海盐,他刚一下船,就会抱起我来,而我则喜欢把脸埋进他的胡子里。

而我眼前的这个老爸满头白发,后背和身侧短小,有着疲惫、悲伤的眼睛。就像一个被生活打败的人。我突然开始强烈怀念以往那个意气风发的老爸。

"我给你点了一杯茶。"他说道,而我则脱下外套,把它放在椅子上。在屋外,在我们面对的两个瑞士小木屋风格的窗户外面是一片静止的钢灰色海洋,一条阴暗的地平线,只有几条颜色鲜艳的船只打破了海面上的单调颜色。

"我还自作主张,给你点了一块烤制的茶点饼干。你不节食,是吗?"

"您觉得呢?"

"我想是的,不管怎么说,你还是要吃掉,只是今天的剩余时间里就别吃饭了。"他说道,我则笑出声来——我们两人都在大笑——而那种你知我知的时刻,那种小小的父女亲密,现在感觉是如此弥足珍贵。这都已经是多久以前的事情了啊。

"这样安排还不错。"老爸首先说话,但透过他的眼睛,也是我在他的茶杯之上能看到的他脸上唯一的地方,他看起来似乎很害怕。我希望能够解决这个问题。

"老爸,你还记得我们星期六复活节的时候到你们那里,扎克问了很多有关利亚姆的问题,后来事情都开始有些不对劲,而且你和老妈都生气的事情吗?"

"是你老妈感到很沮丧。"他以一种令我很惊讶的坚定态度纠正了我的话,但鼓励我继续下去。

"是的,好吧,这就是我想和你谈的事情。是关于利亚姆的。"通过他挡在脸前的茶杯,我看到他的眉毛上挑了。这就是发出了警报。"老爸,扎克想找到利亚姆。"我说道,"不止于此,他已经开始寻找他了。"老爸把茶杯放下了。我强迫着自己说出最后一句话。"而我还说过,我会帮助他的。"

在我不知道有多长的时间里(但这段时间已经足够在柜台处穿着工作服的男人,同时也是这里唯一的其他人,点了下午茶并且坐下了),老爸

295

始终一言不发。他没有因为老妈而骤然发怒，没有指责；也没有那种"你到底做了些什么"之类的指控。这很奇怪，但在那一刻，我突然发现了我一直都知道的事情：老爸不会生我的气，因为除了杰米去世后的最初几周，他没有任何愤怒。在老妈对利亚姆持续不断的指责中，他从不支持老妈（虽然公平地说，他也从没有挑战过她），他只是随波逐流而已。对他来说，他感到的不是愤怒，只有深深的如海洋一样无边无际的悲伤，而这正是我似乎永远都无法理解的。我总是感觉到他与老妈处于一个不同的悲伤平面，但他从来没有站出来说过是哪一种悲伤。

"老爸，他迫切希望得到答案，想要了解真相——你知道他对于事情真相的了解是多么迫切。现在想要将那些信息从他身边隔离开已经变得越来越难，我已经不想再这么做了。我不能再这么做了。一直保持这种状态的责任已经太重了。而且他非常渴望一个父亲的形象。"我嘴里滔滔不绝地说个不停，这些话语就如同瀑布般喷薄而出，但将它们说出来让我感到如此放松——虽然我对已经在寻找利亚姆的道路走了多远这个问题不是百分之百诚实。"不仅仅是生物学上的父亲，还有真正陪伴孩子的老爸。这太让人心碎了。你知道我发现了什么吗？"老爸正在把他的杯子放在手心里，他的头低了下来，但我可以看到他脸上的那种紧张。"我找到了他和蒂根制作的那个文件夹，上面列出了他们认识的所有老爸年龄的男人，以及他们如何评价各位老爸、谁会成为最好的老爸……上面的几个父亲名字是学校里一些孩子的父亲，还有辛格先生，就是在我们的小区拥有那个该死的考斯特卡特便利店的家伙！"

"现在他进展到哪一步了？"

"什么？"

"他，也就是你和扎克，已经进行到哪一步了？你知道的，就是在寻找他方面。"老爸说道，根本不与我的眼睛对视。

"还没走几步呢。"现在我还是一副试探性的态度，不知道老爸心里在想什么，我自己又能在这个话题上说多少呢？"你知道的，自从那次糟糕的复活节午餐之后,我就告诉他一些事情,包括利亚姆和他有同样的眼睛颜色,利亚姆是一个水手,但他真正想成为的是一名厨师。扎克很喜欢这样。"我说道,心中想着的却是扎克听到这一切的时候脸上骤然放亮的样子,"他很喜欢他们能有着同样的野心。"

这也是和杰米一样的野心,我也能看到老爸现在的想法。

"无论如何……"我停了下来。也许我已经说了太多,"我只是需要你知道,但暂时不要告诉老妈。我不是说你需要帮助我们找到他,只是请您不要告诉老妈,好吗?"但老爸没有说什么。"老爸,说点什么。你在生我的气吗?"

他摇了摇头,但好像他还没有理解我在说什么。他在自己的思想中迷失了,最糟糕的问题是我仍然没有告诉他所有的一切。今天来到这里,但并没有告诉他一切,那我今天来这里又有什么意义呢?以后我也不会再有这个机会了。

现在老爸用手揉着脸,他看起来一副好像会哭的样子。之前我以为他会生我的气,但现在他只想哭。我探身向前,尽可能镇定地说话,尽管这里只有我们和另外一个人,因为我仍然很害怕接下来将是一场毁灭一切的爆炸。我简直不敢相信他会继续坐在这里,一副看起来很迷茫的样子。

"老爸,扎克已经知道所有的一切了。"我说道,"因为我已经告诉他了。他知道利亚姆直到他将近三周大的时候才离开我们,他知道那天晚上他的父亲和杰米发生了什么事情……他已经知道一切的事情了。"

然后老爸就用双手捂住了脸,他开始哭泣,他的肩膀在不停颤抖着。

他嘴里嘟嘟囔囔地说着一些东西,但是嗓音很平静,我听不到他在说什么。然后他通过他的牙齿吸了口气,就像他需要所有的精神力量才能说出下面的话。

"这是我的错。"

我停下。"不,不,老爸,这不是您的错。"

"是的,就是我的错。"他再次说道,双眼看着我,泪水在他眼中打转。"这就是我的错。"

  "但是,老爸,你根本不可能知道利亚姆那晚会做什么啊。"我说道,"你不可能阻止已经发生过的事情,我也不能——那时候你甚至都不在那里。这是一场悲惨的意外事故。但事实就是这样:一场意外。一场悲惨的事故。"

  但是老爸正在激动地摇头。"不,这是我的错。是的,这就是我的错。"

  我明白了为什么他一直以来都表现得这么奇怪。正如我责备自己因为没有时刻站在扎克身边,害怕无法保护他免受那些校园恶霸的侵害一样,他也在责备自己没有保护杰米远离利亚姆的伤害或当天所发生的事情。他在责备自己那天晚上不在现场。

麦 克

杰米去世以及利亚姆离开格里姆斯比都是那年六月的事，而那年七月下旬的一天早上，琳达手里拿着一封信走进厨房。她用颤抖的手把那封信交给正在吃早餐的我。"他怎么敢？他怎么有这个胆子？"她激动异常，话语则从她的齿间喷吐而出，"他知道咱们肯定会在朱丽叶之前看到这封信，他怎么还敢希望咱们把信交给她？"

我看着这封信。那种用左手写出来的潦草倾斜字体，没错，就是利亚姆的字迹，无论如何，自从杰米死后，我一直在等待着这一刻的到来。我一直都知道我们会再次收到他的消息。我推测他迟早都会打电话给朱丽叶。但很明显，即使是他已经打过电话了，她肯定也是没有什么回应的，所以写信就成了他唯一剩下来的沟通方式。

"也许他认为咱们不认识他的笔迹呢。"我说道。这一刻，我感到既恶心，又闷热。

当时我早餐正吃到一半。我把勺子放下来，把信件在两手间倒换了一下，同时抬头看着琳达，仿佛是想要想清楚该如何处理这封信。琳达则直接看着我，满脸不相信的表情。

"那么，把它撕掉吧。"她有些震惊地说道，"我不了解你的想法是什么，但我对那个男人要说的任何话都不感兴趣——他只会让我恶心——如果他认为朱丽叶会知道他给她写了信的话，那他肯定是想错了。"

她盯着我看了一小会儿，然后当她意识到我肯定不会把这封信撕掉的时候，她满脸厌恶地大步走出厨房，同时还骂我是一点骨气都没有的窝囊废——当然，我知道她骂的话都是真的。

那天，我没有读这封信——我心里根本受不了这件事，而我与琳达有着不同的原因——但显然她并不知道我的原因。然而，两天后，我还是无法抗拒，读了这封信。这就像是一种自我伤害的行为。我想拿出那封信，用这封信死命敲打我的头。我还记得那时候展开那张 A4 纸，随着他的文字显露出来，我的手指带着汗水在纸面上滑动：信件用黑色墨水写成，字体又高又瘦。这是来自利亚姆的信件，提醒我这一切不会消失。这一切的真相，包括我做过的什么、我没做过的什么，以及我没有说过的什么，彻底暴露出了我的全部弱点。

这封信写在一张纸的正反面，但我只读了第一页，上面是一个又一个的道歉，他说他明白他所做的事情是不可原谅的，但他爱他们；如果无法获得他们的宽恕，他也只想要有机会能让大家倾听他所说的话。他唯一想要的就是这么一个机会。"这个世界上最糟糕的事情并不是无法拥抱你和扎克，而是无法再碰触到你。"他写道，"我的心无时无刻不在因为对你的思念而疼痛不止。"看到这句话，我已经忍受不住，我无法继续读下去。问题是，他甚至不需要说出来。在他写下的每个笔画的每一毫米里，我都能感受到对他们两人的渴望。信件中没有写地址，但是他的手机号码就写在信件的右上角。显然他知道朱丽叶有这个号码，不需要再提醒这个号码的存在。但写下这个号码的本意并不是一个提醒，而是想要让她与自己取得联系的绝望请求——但她永远不会做出回应，因为她根本不知道利亚姆写了这样一封信。

我把那封信折起来并放回信封中，这时正是我认为我最厌恶自己的那一刻。因为这封信意味着在我保守的关于那天晚上到底发生了什么事的各种秘密之外,现在又有了一个秘密。他已经伸出手寻求帮助,冒着所有可能遭受拒绝的风险,让自己敞开心扉,几乎是祈求着要求有机会成为朱丽叶和扎克生活的一部分,而因为我,朱丽叶和扎克永远不会知道这件事。

奇怪的是,当时我并没有对扎克感到很内疚。那时他太小了,不会知道这会有什么不同,不会想念他从未有过的东西。但朱丽叶——她就完全不同了。你可以看到她在哀悼着她认为自己每天都会有的生活,而且还在失去她一直都拥有的那种生命活力——这当然是说她曾经有过的上大学、成为一名教师的梦想。她本来会成为一名出色的老师。

我和琳达已经失去了我们的儿子,天知道,这已经让我们足够难受了。但是我们的朱丽叶,她失去了她的弟弟和她孩子的父亲——她所爱的男人。我本可以阻止这一切,但是为了所谓的面子,我没有这样做。我知道自己已经到了我人生的下限,每次看到朱丽叶,我就能重新感觉到这一点。

在接下来的一年左右,我们又收到五封信,每封信都更难以打开,更难以阅读下去。我感觉利亚姆在那些信中对扎克的渴望与我对扎克的爱在以相同的速度增长——我爱着这个曾经住在我家里的孩子,在他自己的父亲不在身边的时间里,我见证了他第一次露出笑容,迈出第一步和发出第一声笑声。我的内疚感也与日俱增。但我本来下定决心要做我认为正确的事情,说出全部的真相——但我知道如果我这样做了,这可能意味着我将会失去所有人,包括扎克——所以我的这种决心消减了。我不能,我不能。只有我知道那天晚上到底发生了什么,还有我们私藏起的那些信件,以及我的所作所为,我不忍心看着我女儿的眼睛。

时间越久,我发现说出真相的机会就越少——这种可能性就像海上的冰山一样远离我,而且离得越远,我就越来越紧紧抓住琳达的话来安慰我自己:"他一直以来就不是什么好人。他就像他的父亲一样——这一点最终会暴露出来。没有他,咱们整个家族都会变得更好。"在杰米去世之前,我从不相信这些话。我在医院走廊里当着利亚姆的面亲口说出这些话的时候,其实我心底也是不相信的。这些话一出口,我就后悔了,因为我知道为什么我会说这些话,还因为这些话都不是真的。

随后几年没有信件再来了。然后扎克就两岁、三岁了,然后突然之间,在二〇〇九年年初,一封带着"西约克郡诺斯阿勒顿军营"的邮戳的信到了我们家。利亚姆已经参军。他被派驻到阿富汗,担任军队厨师。他写道:

> 我想做一些釜底抽薪的事,向你和扎克证明我是一个男人。我想,我不像我的父亲,我和他是完全不同的。最重要的是,我需要向自己证明这一点。扎克出生的时候,我立即就爱上了他,我也从未感到如此自信。我对他和你的爱是如此强烈和真实,我知道我永远不会让你失望。我知道我百分百信任我对你和扎克的爱,这是世界上最好的感觉。但之后就发生了那天晚上的事,你老爸毫不含糊地告诉我,我就是我父亲的模子刻出来的儿子,而且我已经变得像他一样了,我相信他。我在开什么玩笑?我就像是我的父亲,从头到尾一直都是。我让你们所有人失望了,没有我的存在,你们的生活会更美好。但是我挑起的那场打斗是我挑起的第一场,也是最后一场打斗。我知道我对那场打斗的后果有再多的悔恨也不会改变任何一件事,但我需要把这件事告诉你。我需要你知道我此后就没有打出过一拳。这花了我很长时间和很多的反省才想通,但我现在真心相信:这四年足以证明我永远不会再参加打斗了。我相信我是个好人,朱丽叶,我也可以成为一个好父亲。但是你相信吗?这就是问题所在了。你能相信我吗?

我强迫自己继续读下去。利亚姆解释说这是他第一次前往阿富汗。能够帮助提高士兵的士气,这让他非常满意,但是他已经失去了一些朋友,他看到了各种恐怖的事情,不得不在前线做饭。简而言之,他必须是一名士兵,履行士兵的职责。在那之后,我不敢打开任何信件。如果他在前线受伤甚至死亡怎么办（这似乎是不可想象的，但后来我已经失去了我的儿子，而且每天都有不可思议的事情发生在人们身上），而且那天晚上，我从未真正履行过自己的责任。那之后，就是那天在医院走廊里，我在心情激动之下对他说的话。再然后就是这些话摧毁了他的精神并将他赶走了。要是他在死去的时候仍然真的相信我对他的那些评论，那我何以自处呢？特别是我实际上这样说，只是因为告诉他就像他的父亲一样要比我承认事实真相来得更容易，而事实的真相就是，其实我才是那个与我父亲更像的人。

在那之后，又来了三封信，我没有打开任何一封信。直到今天……

因为我需要线索——关于利亚姆现在在哪里的线索。如果我无法改变过去，那么我就需要改变未来。我需要利用我所有的力量让扎克与他的老爸团聚，让我的女儿与她唯一爱过的男人团聚。当然，她从来没有这么说过。我们全家人都善于掩盖自己的心声。但有些事情不需要说出来就已经可以让人明了。

现在琳达已经外出，房子里很安静，只有调得很低的电视声音——电视里播放的是关于邻里纠纷那些鸡毛蒜皮的小事。我不知道播放的是什么，因为我根本没有在看电视，我总是把电视机声音调得很低，用这种声音来淹没我脑海中的声音。那是我心中的恶魔，无论白天黑夜，始终在我身边。

我一直把这些信件放在一个旧高尔夫球袋的底部。我在戒酒之后就开始打高尔夫球了。这件事可能会让我长时间离开家，并让我一直很忙，而高尔夫球袋就放在某个我可以保证琳达永远不会去的地方。现在这里有四封信，我不知道它们中是否有任何东西会对我有所帮助，但确实值得一试。我向上帝祈祷利亚姆还没有移民到澳大利亚，或者更糟糕的是，他可能会写信来说我应该足够男人，站出来说自己在整件事中没有任何责任，并说他再也不想知道我们的消息。

这些信件的日期从二○一○年到最近的二○一三年不等。我从最新的那封信读起。这肯定会给我最新的信息，关于现在他可能在哪里，他是否以及何时离开军队的潜在线索。我用拇指拨弄开信封，折叠好的纸张倒出来，但有没折叠的东西飘到了地板上。这是一张由利亚姆签名、开给朱丽叶的支票，一股血液冲到我的脸上，此刻我的情绪无法完全理清，那种情绪混合了羞耻和悔恨，让人痛得透彻心扉。在我因为太懦弱而没有打开的信件中到底隐藏了多少张支票？在他意识到这些支票没有兑付之前，他到底寄了多少支票出来？我打开信，还是那瘦瘦高高的字体，以及字里行间传来的他的声音。这种声音填满了卧室，充满了我的脑海。这声音让我心中充满了遗憾。

"现在我写这封信是因为我觉得你想要知道，就在本周，终于我和杰米的梦想……"

扎 克

世界真相：蛆虫可以用来治愈伤口。这被称为"蛆疗法"。

"外公，你想知道关于蛆虫的一件好事吗？"

外公则面带微笑，他的眼睛在阳光下微微皱了皱。"关于蛆虫有什么好事吗，扎克？"他说道，打开特百惠的塑料盒子，看着钓鱼用的蛆虫都在里面蠕动。（蛆虫闻起来很恶心，就像散发着恶臭的湿漉漉的狗一样。当你在夏天第一次钓鱼之旅时打开盒子——就像现在这个——这些蛆虫都可以让你快要吐出来。）他把一条蛆虫放在钩子的末端，然后将另外一些蛆虫扔在运河里作为额外的诱饵。"话虽如此，如果真的有，我知道你在所有人中肯定是最先知道的。"

"那是当然了。"我说道，外公帮我将钓鱼竿甩出去。（我只擅长竿钓，我仍然不能真正用钓线轴钓鱼。）"我知道一个非常好的真相。蛆可以用来治愈人的伤口。比如，如果有人患有糖尿病并且他们的皮肤不能很快愈合，那么医生就可以给他们进行'蛆治疗'。"（我在"关于蛆虫的真相"下面查看过的。）"他们会把蛆放在伤口上，这样蛆虫就能清理干净伤口，让伤口愈合得更快。"

"真的吗？以前我可从来不知道。"

"看吧，我告诉过你我有一个关于蛆虫的好真相吧。"

"我不确定我会不会把它归类为好的真相。"外公说道，接下来就把钓竿甩了出去，"我的意思是，这个真相好在是一个我从来不知道的真相，但我不敢想象那些可怕的小蛆虫在我的皮肤上爬来爬去啊，扎克。啊呸。"

外公又扔了几条蛆虫到运河里，然后我们开始等待起来。空气又安静下来。

"外公？"

"嘘。"他把手指放在嘴唇上，对我微笑着，但这次比平常更久，"让咱们安静一下，好吗？坐下来享受此刻的安静和彼此的陪伴。我们可以等会儿再聊天，只是不要在开始时吓跑鱼。"

通常我都很喜欢钓鱼时享受到的安静，这绝对是让人非常放松的体验，特别是如果我在学校里度过了糟糕的一天之后。你可能认为钓鱼很无聊，但这并不是，因为即使你什么都不做，你也会为任何事情都可能发生而感到很兴奋——而且，无论如何，周围并不安静，当你一言不发、安安静静的时候，你就会注意到周围有很多噪声。有时是鸟儿在疯狂唱歌——那种声音不像你认为的那样是一种不错的温柔曲调，它们的声音像疯了一样上下起伏，特别是晚上时刻，就像它们正在努力想要达到最响亮或最高的声音——那些鱼也会吹起泡沫，产生噪声，那种声音听起来就像是你在浴室里放屁的声音，只不过那是一个很小的屁。这个发现让我们开怀大笑。我甚至喜欢一些蚊虫等小虫子，它们会让天空看起来像是初夏的时刻，告诉我还会有很多这样和外公一起钓鱼的日子等着我。但是今天，我很紧张。我不喜欢这种安静。我在想着能不能说点什么话，让我们不用再这样一言不发地坐在这里。我希望我能想到另一个真相，然后说出来。

你看到了，我知道外公已经知道，我知道了我老爸到底发生了什么事，但是我们都没有谈到这件事，这让我无法放松自己。老妈告诉我，她已经将事情告诉外公了。她说不会再有秘密了。说实话，我对一开始就对我保守这么个大秘密的所有人仍然感到有点生气，但我知道他们这样做是为了保护我。他们不想让我知道他们在责怪我老爸导致了杰米舅舅的去世，这就是他们真心不喜欢他的原因，不仅仅因为他放弃了我们，或者是知道我老爸是那个打架并喝醉酒的人。现在我有点失望了。他在"老爸王牌大作战"中的得分并不高。但我还是想找到他。我仍然需要见到他，知道他是怎样一个人。我仍然需要亲自问问他为什么再也没有回来。就像蒂根在医院里说的那样。虽然我不确定他是否有希望成为一个好父亲，但蒂根确切地知道她老爸不会成为好的老爸。这感觉真的很不公平。不过，现在我担心的是，外婆和外公会对我还在寻找我老爸这件事怎么说。

"现在你肯定不用担心你外公了。"在外公打电话来问我是不是想去钓鱼之后，老妈对我这样说，"他可能确实想钓鱼，这样他就可以跟你聊天了，但他并没有生你的气，他明白你为什么需要找到你的老爸，扎克。他说外婆那里他会处理的，你不用担心。"

但当时我正在担心着。如果外公想跟我聊天（以前我们去钓鱼的时候，通常都聊得很不错），那他为什么现在告诉我要保持安静呢？我根本放松不下来。你得放松心情，才能好好钓鱼。这有点像做侦探任务，你必须要有耐心，但你同时必须坚持你的信念。你一旦失去了你会捕到鱼的信念，你就会一条也捕不到。这就像鱼能够看出来你是不是有这个信念一样。

一直以来，似乎这条运河上来看我们的苍鹭也能看出来这一点了，嗯，它能看出来我不喜欢沉默的氛围，因为我看到它突然俯冲了下来，在我们对面坐下。

"你好，苍鹭先生！"它伸展了一下自己的翅膀，像是在身后打开了一个巨大的斗篷。"那你今天在忙什么呢？你抓的鱼比我们还多吧。也许你可以给我们一些小提示吧？让我们知道这些鱼藏在哪里，苍鹭先生！我在和你说话呢，喂……"

"扎克。"外公突然说道。

"嗯？"

"你知道父亲的事情也没关系的,你知道的。"

"你说的是?"我问道,我的肚子猛地翻了一下,因为我已经想到是怎么回事了。

"看,我能看出来你很担心,但这没有必要。我知道你在寻找你的父亲,我也知道,你心里早就知道我知道这件事了,你妈妈已经告诉我了。"

他看着我,我脸上露出了笑容。但是我的心仍然跳得非常快,因为我不知道他在想什么。他是在对我表示不满吗?

"我……我只是想和他见一面。"我说道,这时,外公正转回头去看着水面,因为我一句话都没有回答。"这不是因为我认为他会比您更好,或者比老妈和外婆更好。因为无论如何,你对我总是像我老爸一样,你总是和我一起做老爸的事情,比如看足球和做各种各样的事情,比如钓鱼。这甚至不是因为我没有为杰米舅舅的事情感到很难过,因为我确实感到很难过……"

"扎克。"外公把钓竿放下来,身体前倾,"说真的,扎克,好好听我说。那天晚上,你杰米舅舅身上发生的任何事情以及你父亲在其中涉及的任何问题,这一切都与你无关,你听到了吗?绝对没有任何关系。"

这时正有一大群鸟儿飞过。它们成群结队,一起从天空中划过,天空中像棉花糖一样充满蓬松和粉红色的云彩。我们在旁边看着这些鸟儿的表演,而这些鸟儿在天空中不断为我们变换各种队形。

"我知道。"我说道,"但我仍感觉很难过,因为外婆确实在责怪我老爸。你也在怪我老爸。所以我在去寻找他的时候仍然感觉很难过,也感觉自己做错了……就像这样做是在与您作对一样。"我试着很平静地谈话,免得吓到水里的鱼,但我很高兴我们能够讨论这件事,因为我只需要把心里话全说出来就可以了。

"看,扎克,听我说。"外公说道,苍鹭先生飞走了,就像它知道我们也需要一点隐私一样,"不要担心会吓到鱼或鸟儿,咱们要谈的这件事才真的重要。还记得咱们去钓鱼的那天吗?那天咱们谈到你杰米舅舅是怎么死的。"

"咱们钓到鳟鱼的那天吗?"

"就是那天。"外公笑了,"那天咱们钓了一条鳟鱼。你还记得我告诉过你,他是怎么从桥上坠落摔死的吗?"

"当然,但现在我知道真相不是这样。"

"真相确实不是这样,但我所说的那是一场意外事故,这件事是千真万确的。你还记得我说的这个部分吗?那时候我说这是一个可怕的意外事故,但你永远不应该告诉你外婆我对你这样说过。"

我点了点头,我确实记得。"因为对于不同的人来说,他们眼中的真相是不同的,外婆就不会这样看待这个真相吗?"

"没错。"外公说道,"现在仍然是这种情况。但有时候沉浸在这种悲伤中——就像你外婆那样悲伤——真的是太艰难了,于是你就会转而生气。你杰米舅舅的死确实是一个意外,那天晚上你父亲表现得确实不是他应该表现的样子,但他并不是一个坏人,扎克,他真的不是一个坏人。事实上,他是一个非常好的人,我可以告诉你,这也是一个真相。"

外公能这样说,让我感觉非常好,但我仍然感到头脑有点混乱。

我们两个默默无言地呆坐了一会儿。我们讨论过之后,事情就不再那么尴尬了,我可以集中精力钓鱼,等待着钓竿上传来的拉力,或者水面上传来的宛如在浴室中放屁所产生的水泡,这证明水泡下面就有鱼等着我们抓。突然间,我们耳边又传来了鸟儿那疯狂的高低起伏的声音,就好像它们之间突然在吵架一样。然后,很奇怪的是鸟儿都停了下来,周围又是一片静寂。我有一个非常想问的问题。

"但他仍然没有回来,不是吗?"我说道,但外公继续看着水面。"我老爸,"我说道,"他再也没有回来。"

等外公再说话时,只是传来了一声叹息。"是啊,扎克,他再也没有回来过,"他说道,同时吞咽动作做得很用力,我都能看到他的喉结在上下起伏,"不过如果你还想要找到他,我可以帮助你。我可以帮你找到他。

关于他可能会在哪里,我有了一些线索。"

我简直不敢相信他会这样对我说。我还以为他会生气,而不会帮我!

"但是外婆怎么办?"

"你外婆的事我来处理。"外公说道,"我确实是爱你的,你知道。你确实知道我是爱你的,是吧?"

"当然了。"我说道,因为我确实知道。我早就知道。就像我知道老妈爱我和外婆,甚至可能是蒂根。

"我也爱你。"我说道。这甚至没有让我感到多么尴尬。

"很好。"外公说道,"好。至少咱们在这一点上达成一致意见了。"

我们就这样坐在那里,直到天几乎完全黑下来,太阳变成了一颗巨大无比的红色大块硬糖,一点一点地沉入运河下方。接下来,外公告诉了我关于我老爸这一生的某些故事。也正是在这时候,他给了我一些可以破解我此次调查的线索。

"我们钓到了一只鲈鱼。有这么大呢!"钓鱼之旅结束后,我一冲进外婆和外公家的房子,就这样说道,同时还伸出手比画着这条鱼到底有多大。此刻我心情很好,不但是因为钓到了鱼,还因为外公告诉我的事情——我迫不及待地想要将这些事情告诉蒂根。一切都让人感到兴奋,这样一来的话……但突然之间,我感觉家里怎么有一点气氛诡异。

外婆就坐在黑暗中,老妈也在那里,这太奇怪了,但她没有像她来接我时一样,坐在靠背长椅上喝着茶,她只是站在那里,好像在等我们回家一样。

"我说我们钓到了一条鲈鱼,有这么大呢!"我又对着黑暗中的房间说道。我只是想每个人都正常起来,对我说:"干得好,扎克!知道有多重吗?"就像他们以前对我说的那样。但他们都没有这样做,他们对我钓到的鲈鱼不感兴趣。他们就那样一言不发地坐在黑暗中。这一切太奇怪了。

然后老妈说道:"扎克,亲爱的,你能先到楼上待一会儿,让我和你外婆和外公聊聊天吗?"

然后外婆就对外公大发雷霆地开吼——这太可怕了,我很不喜欢这样——外公低声咒骂着,然后走进了厨房,而外婆则在他身后继续喊道,"呃,才不会!"然后从她的椅子上站了起来,但老妈让她再次坐下。"你怎么敢,迈克尔,你怎么敢走开?"我不知道到底发生了什么,我只知道现在的场景让我感觉很可怕,就像大家每个人都相互讨厌。我看到外公就在厨房。他站在窗前,双手放在头上,看向后院,你还可以看到月亮,它终于占领了大块硬糖一样的太阳之前所在的天空。然后突然之间,就像他下定了决心要做某件事一样,他只是走回了客厅,带着一副坚定的神情。"扎克。"他说道,"我认为你妈妈说得是,我想你应该上楼待一会儿。一切都会很好的,我们用不了太长时间。"

"好吧,我不明白他为什么不应该待在这儿。"外婆说道,"他在这儿可以听到一切。然后他可能会听到我眼中的故事是什么样子,考虑我的意见,因为说句实话,没有人考虑过外婆的意见。"

"扎克,现在到楼上去!"接着,老妈大声喊道,我则立即狂奔上楼。我三步并作两步,快速上楼,虽然在心底,我已经很是厌烦大家总是在没有我在场的情况下讨论各种事情,总是将各种事情,一些重要的事情,比如关于我老爸的秘密——都不让我听到分毫。"请不要把他也拖到这里面来。"我一边向上走着,一边听她说道,"他还只有十岁。"

我走进我的房间,关上了门。这个房间以前是我老妈的房间,但是我留在外婆和外公家过夜的时候,这个房间就是我的了——外婆在床上只放了我的曼联羽绒被套。我站在门边,耳朵紧贴着门。我不想听,但我实在忍不住啊。这就像你知道你不应该吃另一袋薯片,但是你还是吃了,结果之后就觉得很难受。我能听到他们说的一切。

外婆:"你们怎么能这样?竟然告诉我这些事?你们怎么能这样——还是你们两个人?"

老妈:"但是,老妈,您觉得咱们要在以后的日子里就一直这样下去吗?不让他了解所有的这一切吗?"(我知道她指的就是我。)"我们做不到的。真相有时候就是这么不经意间出来的。"

外婆:"那并不意味着你还得去找他!你就是故意这样做来让我心烦意乱的。"

噢,天哪,她知道我的"寻父"任务了。怎么知道的?

外公:"琳达,拜托——哦,该死的。"(外公说脏话,这真令人难以置信。)"咱们需要谈一谈了。"

(然后就是一片静寂。)

外婆:"谁可以解释一下?你是什么意思?"(又是一阵长长的静寂。)"上帝啊,迈克尔,不要告诉我你也在帮着扎克寻找利亚姆?!"

我转动身体,背靠着门。月中人就在那里,带着他那副悲伤而善良的面孔就挂在我卧室的窗外。似乎它是专门而来,就为了让我不再孤单。

外婆(再次说道):"是谁给了你勇气,让你觉得我能在看到他的脸的时候,想不起杰米的脸?回答我。咱们怎么还能够再欢迎他回到咱们家里,与他一起度过圣诞节,并让他进入咱们的房子里,我亲生儿子就是因为他,才不在人间!你觉得我还没受够这些吗?我受的苦还不够吗?"

外公:"琳达,拜托。别说了。别再把所有责任都归咎在利亚姆身上。"

外婆:"你说为什么?你说为什么?我只知道那天晚上是你开车送两个年轻人到了酒吧,当时他们头脑清醒,活蹦乱跳,结果呢,只有一个活了下来。而活下来的还不是我的儿子。我已经没有儿子了。我太想念他了……"

当时我只能听到外婆哭泣的声音。这太可怕了。然后我听到有脚踩在楼梯上,一路过来,老妈在我反应过来之前推开了门,把我推飞了出去。

"天啊,扎克,你没听见下面说什么吧?"

"没听见。"我撒了谎。

"听没听到都无所谓了。"她说道,"来吧,咱们要回家了。"

我已经知道接下来我要做什么了。

朱丽叶

在这个世上,如果将令人心悸的时刻进行排名的话,意识到你的孩子不幸失踪了的一刻恐怕是最让人揪心的时候。很多人说那时候一切都会变慢,而我认为一切都会加速——你的心、你的恐惧、你的爱、你生活中的重点。你所拥有的一切都会在那个瞬间发生碰撞,然后爆炸燃烧。人生的警笛骤然就响了起来。

昨天老妈刚说过她已经知道那个"寻父"任务(保罗舅舅告诉她,扎克曾经去了码头上询问利亚姆的事情,而且他也见过我到了那里。老妈在知道我已经开始告诉扎克关于他父亲的消息之后,就把自己知道的东西整合分析,知道了真相),结果今天早晨,我刚进入扎克的房间,就发现他不在他的床上。床已经收拾好,就好像他从没在床上睡过。没有急于换衣服的迹象,窗户也没有打开(后来我发现这是因为他在我睡着时,就从前门溜出去了——我们这所房子的安全性也不过如此)。

我站在他空荡荡的房间里,外面的阳光穿过他拉起来的曼联窗帘,为这个房间带来红色的光亮和宛如心房般的温暖,而我心里正在朝着自己的胸膛疯狂扫射着子弹。昨晚,他非常沮丧不安。为他可能伤害到他的外婆而感到不安,也为他开始了寻找他父亲的任务会让他外婆伤心欲绝而感到心烦意乱。但是他仍然认为他必须继续完成这个任务,问题就在这里。他才十岁,怎么就已经感觉自己在不同的选择间难以抉择了?我知道,作为他的老妈,对于像扎克这样道德感与其年龄不符的孩子来说,这就是一场灾难。他会很情绪化,也会很冲动。没有人知道他可能会在哪里或者他可能已经做了什么。

我很快就穿好衣服,出门去了蒂根家——如果真有人知道他会在哪里,那肯定是蒂根了。这是多么美好的一天,清澈的蓝天,随着我走动,太阳在一座座高楼的顶部时隐时现,仿佛在嘲笑着我和我的恐慌。现在差不多已经到了五月中旬——距离杰米去世纪念日已经过去了三个星期——这更让我感到震惊。这难道又预示着另一个会改变我们人生的痛苦事件吗?

我快步穿过小区,走向蒂根所在的街区,同时感觉到我的肩胛骨间有汗水的刺痛感传来,接着就看到一个女人朝我跑来。起初我认为不可能是她,因为她从未离开过自己家的房子。但随着她越走越近,我从她油腻的头发和奇怪的步态中意识到,毫无疑问,这就是蒂根的老妈妮姬。现在她已经歇斯底里了,好像是刚从一场自然灾害中逃脱出来。

"朱丽叶!她不在她的床上!老天啊,天啊……"

她投入我的怀抱。她浑身散发着油炸食物、悲伤和香烟的气息。我拥抱着她。"没关系的,妮姬。扎克也不在他的床上,所以他们肯定是在一起的。我确信他们肯定没事。他们刚刚要去开始某个小小的冒险。"尽管我自己也恐慌得不行,但我仍然保持轻松的语调,尽量保持乐观的态度。她比我更需要这种安慰,这一点已经非常清楚。要是我现在是喝醉的,那现在她肯定就已经清醒过来了。

"要是她没带哮喘吸入剂怎么办?现在她身体还不太好。她可能会死的啊,朱丽叶,她可能会死的。我的宝贝!天啊……"她伏在我的肩膀上啜泣。

"他们会在一起的,妮姬,他们会照顾对方的。老实说,别担心。他们不会走得太远的。"

我把妮姬带回了她家里,给她泡了一杯茶——处于现在这个状态的她恐怕谁也没法儿依靠她做什么事。随后我检查了一下蒂根是不是带了她的吸入器(她确实带了),请求妮姬先不要打电话给警察(现在还没有打),接着我给我父母打了电话。

"老妈?"

迎接我的是一片沉默,然后是一个冰冷异常的声音:"有事吗?"

"老妈,我需要您来帮助我。"(现在我甚至没有时间说"我没时间争吵"。)"听着,不要惊慌。"(但我知道,现在在她已经惊慌了。在失去了一个儿子之后,就是丢失了车钥匙,她都会感到惊慌一场。)"但今天早上,扎克不在他的床上,蒂根也没有在她的床上。目前我们不知道他们俩在哪儿。您能让老爸接电话吗?"

"你是什么意思,他不在床上?那他现在又在哪里呢?"

"我们还不知道,我不知道。但我不担心,现在还不用担心。"我撒了个谎,"我现在可以和老爸说话了吗?"

老妈暂停一下,然后说:"你老爸不在这里。"我正在看着妮姬慢慢地啜饮着她手中的茶,身体还像病人一样摇晃着。"我把他赶出去了。"

"老妈!"

"你最好打他的手机,他会解释的。但是现在你需要担心的是扎克了。扎克……"她停顿了一下,一段很长时间的停顿,"还有就是找到利亚姆。"

"惠特比?"

在老爸将关于扎克下落的信息告诉我时,显然他已经从他昨晚过夜的地方出发,正在前来妮姬公寓的路上了,而现在我仍然在这里等着他。(当然,他最终还是会来到哈乐昆小区。当然,他会来这里……)"惠特比?"

我口中复述了一遍,"他到底为什么要去惠特比呢?"

"你一定要相信我,朱丽叶。"他的声音因睡眠不足而显得很生硬,并且在说话的同时试图尽快前行,"我可以解释的——我也会解释——但首先咱们必须尽快到那里去。你认识一个有车的人吗?"(老爸在杰米去世后不久就不再开汽车了。他说在路上开车感觉风险太大了,他不能冒险让其他任何不好的事情发生在我们家里。)

"不认识!"

"杰森也没有?"

"没有,他到哪儿都是跑步去的。"

"劳拉呢?"

"没有。哦,别挂电话,等一下。也许她男朋友有一辆车,咱们可以借来用用。"我脑海中尽量想象着戴夫的样子,以及我是否曾经见过他坐在车里的样子。然后我就给劳拉打了电话。

"他确实有一辆车,但已经放在车库里了。上周车子的离合器坏了。"劳拉说道,"所以恐怕他也帮不上什么忙。"在我即将绝望的时候,她又开口说:"不过我知道一个男的可以帮忙。"

当老爸和我到了"三明治大王"时,她正两手插在夏威夷鸡肉混合物里忙着干活。雷蒙德正在打开包装,取出各种物资,他们两人都在因为我们的事而惊慌失措。

我看到劳拉把三明治送货车的车钥匙从钥匙链上取了下来,而钥匙链就悬挂在微波炉旁边。她手里拿着钥匙在空中晃荡着。

"哦,上帝啊,劳拉,不行。"搞清楚她心中的想法后,我立马说道,"吉诺永远不会原谅我。"

"我可以开车,我完全有能力开车。雷蒙德,今天你能管理一下咱们这家店铺吗?我来付钱给你,一点五倍?"

"劳拉,说真的,我会丢掉这份工作的。"我说道。

"但这是为了找到扎克。"

"正因为是为了扎克!"我脑海中正想着吉诺穿着沾满巧克力的裤子走进来,我就不得不早点离开的时候;吉诺是怎么发现我们在为杰森制作三明治的;当时他还说我的儿子这么干是在要他的命,而我的行为对他而言更是雪上加霜……

"上帝啊,朱丽叶。"劳拉抓起她的外套,向门口走去,"有时候他可能有点浑蛋,但他并不是什么妖魔鬼怪。咱们对人性还是要相信的。现在他还不在格里姆斯比呢,所以他不需要知道,无论如何,要是他有什么问题,我来处理。我会把汽油钱还回来的。让咱们做一次翘课高手菲利斯①吧,到时候把里程表调回来就行了。"

老爸和我别无选择,只能跟着她到外面的货车那儿。

"但这个从来没能成功!"

"什么没能成功?"

"在电影中,在卡梅隆想要把他父亲跑车的行驶里程表调回去的时候,根本就没有成功。"

她解锁了货车,打开了门。"请你闭嘴,好吗?快点上车。"

在货车前面的司机旁边,只有仅供一个人坐的空间,所以老爸和我就坐在了后面的车厢里,坐在一堆空板条箱和一箱箱的物资之间。这里没有安全带,这个样子绝对是违法的,但这反而是我最不关心的问题。现在我关心的只是找到扎克。

在这段旅程的前半小时里,我们就靠在货车的前半段,指导劳拉怎么驶上正确的道路,因为我们发现,虽然她会开车,但实际上她已经有整整一年没有碰过车了,当然,她也从来没有驾驶过货车。不过,最后我们终于让她开上了正确的道路,除了收音机的低音之外,一切都安静了。我想

---

① 菲利斯·比勒,《春天不是读书天》(Ferris Bueller's Day Off)中的男主人公。该片讲述了中学生菲利斯与女友米娅及好友卡梅隆一同逃学并在芝加哥市内到处游玩,被老师围追堵截的故事。

我已经意识到老爸一直都没有说话,但一方面是因为我已经习惯了,另一方面是因为我太过全神贯注,太忙于在我的手机上刷动屏幕,祈祷着会有来自蒂根老妈或者扎克本人的消息。突然间,我抬起头来,老爸正在看着我。我凝视着他的眼睛看了一会儿,期待着他能把目光移开,但他没有,这让我心里感到很不安。

"老爸?"

他没有说话。

"老爸,你还好吗?一切都会好起来的。咱们会找到他的。"

"我有些事必须要和你谈一谈,朱丽叶。"他说道。

"是的,我知道。"我记得老妈说把他赶出来了,"但那些事可以等到咱们到了那儿再说,好吗?"

"不行,这些事情是我现在就得告诉你的。"

扎 克

真相：章鱼都有三颗心脏。

惠特比是我一生中到过的最漂亮的地方。我无法相信在英国的所有地方中，我老爸会住在这样一个地方。这里有一个巨大的海滩，甚至比克里索普斯更好，还有悬崖、船只和老虎机（克里索普斯简直没法儿比）和一座巨大的山丘，上面有一座摇摇欲坠的巨大城堡。整座山简直酷毙了，看起来像是恐龙骨架被烧焦了放在那里。

"那是什么？"我大声对蒂根问道，因为我的声音需要盖过海鸥的声音——这些海鸥的叫声甚至比在格里姆斯比都更响亮。

"那是惠特比修道院。"

"你怎么知道的？"

"因为我的阿姨希拉一直在那里，那里非常非常有名。以前德古拉也住在那里的。"

"什么？"我抬头看着修道院，想象着德古拉穿着一身黑色斗篷，立在修道院边缘栖息，血液从他嘴唇上一滴滴地滴落下来。"你是什么意思，以前德古拉住在那里？"

"扎克，不要再问问题了。"蒂根一边穿过马路，一边说道，"到目前为止，咱们还只去过三家餐馆，咱们要做的事还有很多呢。"

她是对的。"寻父"任务是我们来到这里的原因——也是唯一的原因——就是现在我们离得太近了，让我都开始变得紧张起来。这件事终于要发生了，我要去见我老爸了。如果他不想认我，我该怎么办？如果就像他在我还是个孩子的时候一样（尽管老妈说事情的真相根本不是那样的，他离开我们完全是因为杰米舅舅的去世，而不是因为我），他不喜欢我的样子，我该怎么办？对我来说，这些东西的意义太过巨大了。我对此的渴望超过了我对我生命中想要的任何东西的渴望，而且我还一直在用眼睛寻找那些带着冰激凌走路的人，或者走上修道院台阶的人，并且希望我是他们其中之一。此刻我只想做正处于度假中的随意一个人，只要不是扎克·哈钦森正在他生命中最重要的一天就行。

当外公告诉我，我老爸就住在惠特比，并拥有一家海鲜餐馆时，我简直不敢相信。这是有生以来最大的线索，以前他从来没有告诉过我，但那是因为他从来不知道我在找我老爸，还因为他担心我是因为所发生的一切而想要找到我老爸。他担心这会让我心烦意乱。但是一旦他明白我真的需要找到老爸时，他就想出手帮我，于是他就告诉了我有关老爸住在这里，并拥有一家海鲜餐馆的消息，这正是老爸和杰米舅舅一直所梦想的那样。他完成了杰米舅舅梦想中想要完成的事情。这更能证明老爸他非常想念杰米舅舅。

然后我在外婆家里偷听到了可怕的争吵，我知道这很不好，但我和蒂根还是决定我们需要做一些激烈一点的事情，我们必须一劳永逸地完成我们的调查。毕竟我们发现似乎每个人都对其他人感到不满，所以如果我找到了我老爸，并且最后发现结果并不好，那么也不会有什么比现在更糟糕了——但我有一种非常强烈的感觉，那就是这件事的最终结果会很好。这是一个不可错过的机会，特别是现在我们有了最重要的线索。

所以我和蒂根就从我们的存钱罐中收集了所有的钱（一共是四十九点七六英镑），接着我们在格里姆斯比坐上了公共汽车。此次行程只有我和她，而当时还是那么早，沿街收取垃圾的卡车还在街上工作，太阳仍在上升的过程中，正是最耀眼的时候，让世界上的一切都感觉焕然一新。这感觉就像是我做过的最惊悚、最令人兴奋的事情。我为老妈感到难过，因为我知道她肯定会非常担心，但我也知道这是值得的。我脑子里有一个不能忽视的声音——一个主要的任务规则是你必须完成这些任务，而且，除非你完成了这些任务，否则就没有任何价值。

当我们来到这里后，我们的做事方法是前去每家海鲜餐馆，询问利亚姆·琼斯是否在那里工作。不管怎么说，在我们看到他时，我们就能认出他，因为我们有一些非常重要的线索。我们知道他有着和我一样真正浅蓝色的眼睛、黑色的头发和缺失一半的拇指。无论如何，我曾在凯丽姑姑家里看到过他的照片。我在任何地方都能认出我老爸。

我们找到了另一家餐馆，叫作马里奥餐馆，餐馆外面有一块板子，上面写着"惠特比的最精美海鲜"。这家餐馆看起来比我们刚刚去过的那个更时髦，之前的那家主要售卖鱼和薯条，而这里的餐馆桌子周围有鱼缸——我希望没有人会吃那里的金鱼。我希望你在那里坐着吃法式焗龙虾时，那些金鱼只是让你观赏用的。

蒂根直接大步向餐厅后面走去，询问这是不是我老爸的餐厅，而我则待在餐厅的部分。我比蒂根更害羞，但这没关系。如果你们是一对搭档的侦探，那么团队中有一个自信的人和一个更害羞的人总是好的——因为另一个人直接进入开展调查时，这个害羞的人可以环顾四周，观察周围情况。这么做也是很正确的，因为就在那时，一个男子从餐厅楼梯上下来。他三步并作两步地走着，一边走，一边吹着口哨，因此你能看出来他一直都这样做，而且他还在这里工作，因为他穿着像服务员一样的白衬衫。

"对不起，请问这是一家海鲜餐馆吗？"

他微笑了一下，好像他以为我的问题很有趣一样。

"是的，是的，你看不到这里的食物吗？"

然后那个男人开始大笑起来，我也附和地笑了一下，表示一下礼貌，虽然我不知道现在有什么好笑的地方，然后那个男人说道："那么，需要我帮你吗，年轻人？你在找人吗？"

就在这时，我问他，利亚姆·琼斯是否在这里工作，而这个男人知道我老爸的名字，他知道我老爸是一名厨师。"啊，巧了。"他说道，"利亚姆·琼斯，他不在这里工作，但我知道他在哪里工作。"

我老爸的餐厅被称为牡蛎餐厅——我喜欢这个名字——而且餐厅就坐落在一个悬崖上。那个男人告诉了我们到那里的路线。我们不得不返回我们刚才所在的大桥，然后面朝大海方向，再往上走很多台阶。这听起来很辛苦，但为了与老爸见面，我宁愿走比这条路长十倍的道路。惠特比是一个非常繁华的地方，有大量的汽车和行人从桥上通过，但由于人流车流过多，所以两者都只能慢慢来；没人能加快跑动，因为这里根本没有空间让人这样做。突然，当我们在桥上走到一半时，蒂根停了下来。"扎克。"她转过身来，眼睛睁得很大，"那是你的外婆！"

"什么？肯定不是。这不可能。"

"就是，那就是你外婆。"她说道，她还不得不大声喊着，让自己的声音盖过海鸥和汽车的声音，"我敢拿我的命发誓，她就在那辆刚过桥的出租车里！"

"别傻了，我的外婆怎么会来惠特比？"我说道，慢跑过去想要追上她，"她怎么会知道我在这儿呢？"但是接下来，我感觉就像是正有蚂蚁爬过我的皮肤，因为除非她百分百肯定——至少百分之九十五的肯定——否则蒂根永远不会说拿她的生命发誓。要是外公告诉了外婆，说他告诉过我关于我老爸住在这里的事情，那我该怎么办？要是她非常生气，以至她亲自前来阻止我，或者因为杰米舅舅的事和我老爸打起来怎么办？

"她看起来什么样子？"

"你外婆啊！"蒂根说道，"她的嘴角看起来很伤心——绝对是她。"

以前我没有想过外婆的嘴角会显得很悲伤，但是当蒂根给我学了一下外婆的样子，我意识到她是对的。我感到有些恶心（但主要是饥饿，因为我早餐只吃了一个双层夹心三明治，原因当然是我们不得不为乘坐公共汽车和来我老爸的餐厅省钱）。但现在我想不起外婆了，我必须完成任务。如果我现在就开始担心我的家人会来惠特比阻止我，那么我可能会因为太过害怕而放弃这次任务。

你无法相信从我老爸的餐厅向外看时所观察到的景色。它甚至比从蒂根的卧室俯视整个格里姆斯比的景色更好。整个建筑基本上都由窗户组成，所以如果你从前面看一眼（我们仍然站在外面，想要鼓起勇气进入餐厅），你可以从餐厅一端的窗户直接看到餐厅另一端的窗户，看到对面的景色。当然，那里就是大海的景色，大海是如此蔚蓝，看起来仿佛不是真的，太阳闪闪发光让你感觉只是看着它，人就能感到非常快乐。我想知道我老爸是否曾经看过这样的美景，然后心里想着我（可能不会吧，因为这里的景色太美了，看到这里的美景，恐怕你不会想别的什么东西）。但即使他没有想着我，只要知道他每天看到的东西都已经让我感觉很美好了——这就像是我已经更了解他了一样。

"扎克。"蒂根正在用胳膊肘捅着我，"那咱们不打算进去吗？"我点点头，但我的肚子疼了起来。我不知道是因为我太紧张了，还是因为我饿了——但这都是同样的感觉啊。

"你好。"前台有一位女士在桌子后面，就像坐在鱼市那边桌子后面的那位女士，除了这儿只有一部电话可以接听（我专门检查过）。那位女士看着我们身后，好像在等待着别的人出现。然后，当发现没有其他人来时，她转向我们。"需要帮忙吗？"

我看向蒂根，我不知道该说些什么。但是此时蒂根的表现让我惊艳不已。"请您给我们安排一张桌子好吗？我们是一路从格里姆斯比来到这里的。"

那位女士皱了皱眉头，再次看着我们身后。"你们自己来的？"

"是的。"蒂根说道，"我们今天早上才坐上的公共汽车，从那以后，他只吃了一个双层夹心三明治，我只吃了一袋培根味玉米片，所以我们绝对是快要饿死了。"

"好吧。"那位女士答道，我看到她的嘴角有些扭曲。

她看起来很伤心的样子，好像她马上就要因为我们只有两个小孩子在一起而拒绝我们，但是蒂根接着说道："我们是自己过来的，但我父母也在赶来。现在他们只是遇到一点交通问题。"她停顿了一下，转头看向我。我的心脏怦怦跳个不停，唯恐所有这一切突然出现问题。"你看，他们现在还在修道院那边，了解关于德古拉的故事。我们有点害怕，所以我们先来这里，占一张桌子吃饭。"

那位女士的目光从蒂根身上转到我身上，然后转到餐厅的另一边，而我说了一点祈祷词：拜托，上帝，我们马上就能完成任务了。请您发发慈悲，让她允许我们进去吧。

"如果您愿意，您可以打电话给我老妈。"蒂根说道。虽然这可能是我人生中最严肃的时刻，但是一阵傻笑声还是从我嘴里传了出来。我不得不努力再次把它压回去。我无法相信她是一个如此优秀的冒险者！她甚至连个电话都没有呢！

然后是一段长时间的停顿。这种停顿似乎在永远持续下去，但那位女士接着说道："不，我相信你。在我看来，你是位非常诚实的小姐。现在，让我给你们找一个很好的餐桌。要个什么座？四人座？"

现在已经有很多人吃饭了，每个人的声音都在呼应——这是一种很好听的声音，每个人都玩得很开心——天花板上有硕大而奇特的灯具，而且真的很高，桌布也是如此洁白无瑕，简直能闪瞎你的双眼，阳光在所有的刀叉上闪烁着，可能是因为它们是真正的银质餐具。这是我一生中到过的最时髦的餐厅，甚至要比托比烤肉餐厅还要时髦，虽然我敢打赌他们这里肯定没有那种你在烤肉餐厅那里能吃的蔬菜或大约克郡布丁,而且在这位女士一路把我们带到餐桌时,我一直在四处打量,寻找我老爸的踪迹。我心里想到他可能随时会从厨房里走出来,而且也许他现在已经在这个房间里,和我一样呼吸着同样的空气,这些想法让我的心脏像发疯一样跳动着。这是我曾经拥有过的最可怕、最疯狂的感觉。我感到有些头晕,就像我随时可能会晕倒一样。

"这张桌子还好吗?"那位女士说道。这个位置已经不是"还好"这个级别了,因为桌子就在窗户旁边,所以你可以从这里俯视大海,看着飞过的海鸥,和海鸥打招呼,而我正面对着厨房,所以要是我老爸出来,我会是第一个看到他的人。那位女士给我们每人一个菜单。菜单外包着厚重的蓝色皮革,上面印着金色文字——我敢打赌这些菜单本身就成本高昂。

"等你们的父母到了,而且你们也已经准备好了后,有人会来接你们点的单子。你们等待父母过来的时候,可以先顺便看看菜单?"

我和蒂根只是看着对方,满面微笑。"噢,我的上帝,就差最后一步了。"这位女士刚走,蒂根就说道,"我还以为她永远都不会让咱们进来呢。"

"你真是个天才!"

"需要我现在去厨房看看吗?"她说道,"去看看我能不能找到他?"

"别,我还没准备好。"我说道,"我太紧张了,还感到有点恶心。我觉得我可能吃不下去任何东西了。"

"天哪,你真的是很紧张。"蒂根说道。我则笑出声来,我甚至感觉好受了一点。

"要是我是你,我也会很紧张的,但现在咱们已经在这里了,现在咱们离任务结束已经很近了,扎克!只要想想你遇见他的时候,以及咱们完成任务时,你会有什么感受就行了。"

"但如果他不喜欢我呢?"

"你在说什么呢?"蒂根说道,"他为什么会不喜欢你呢?"

"我不知道。"这是我第一次大声说出来这个问题，我突然害怕它可能会成真，"也许他不会。你不会喜欢每个人，是吧？也许他从来不希望我变成这样……你懂的。"

"什么？"

当我把这件事说出来的时候，我不得不转头向窗外望去，因为这件事即使在蒂根面前，也让我感到很尴尬。"体形很大。"我说道，"我体形很大，不是吗？我比大多数十岁的孩子都大。"

蒂根看起来很困惑。"所以呢？你也比大多数十岁的孩子更善良，更有趣，更好，而且无论如何，我体形也比大多数十岁的孩子都要小。我穿的衣服都是七岁孩子的号呢！"

这是真的，但我有点忘记蒂根真的体形很小了。也许在了解某人之后，你就会忘记这样微不足道的事情。

趁着前面的那位女士正忙着接待大家进入餐厅的时候，我们决定快点下单点一些食物。一点钟肯定是大家在惠特比要吃正餐的时候，因为突然间这里就变得很拥挤。我们认为我老爸肯定会在某个时间点走出来。也许如果我们点了某些昂贵的东西，那么他就是那个为我们服务的人，会来解释一下菜里有什么，就像以前他和杰米舅舅一起玩"厨艺大师"游戏的时候那样——这一切都是我老妈告诉我的。

唯一的问题是，你无法理解菜单，因为里面的菜式大多数是用外语写的，我们从来没有听过像"bouillabaisse[①]"的东西（这样的单词你能怎么读？这是有史以来最愚蠢的词了）。但是一位女服务员很快就过来了。她看起来年纪并不是很大。我们认为她最有可能是十年级，我们点了一些对虾，因为我们知道这个单词和对虾的味道，然后是一些边上配有薯条的贻贝。这一切都很美味，我也一直在看着厨房门，但他仍然没有出来，所以我们点了一些扇贝和一条称为大菱鲆的鱼，然后……

"我们要点一份新加坡香辣蟹。"当女服务员第三次来到这里时，蒂

---

① 法式海鲜汤。

根说道。这时我们已经完成了对虾和贻贝（我们仍然有一些薯条、扇贝和一半的大菱鲆还没有吃完）。女服务员皱着眉头。她看起来很惊讶。

"你们确定吗？"

"当然了。"我们都说道。

"因为这是一个很大的主菜——是另一个主菜。"你能看出来，其实她想说的是"你们已经吃了很多东西了"以及"现在你们这么做就太贪婪了吧"，但是她知道这是不礼貌的行为。不过我们说很确定要点这些菜，而且无论如何，我们都已经下单了，直到那时，我才看了看我们的餐桌，意识到我们点了多少食物，我就纳闷儿我们是怎么把这么多食物吃掉的，或者更糟糕的是，我们怎么才能付得起这么多钱。

蒂根一点都不担心。"扎克，这是你老爸的餐厅。"她一边说着，一边用叉子叉出贻贝（以前她从未吃过贻贝，但她并不害怕，这就是最典型的蒂根）。"你不需要付钱的。"她一边说着，一边再次用她老鹰般锐利的眼睛查看了一下前台，以确保那位女士没有注意到我们的父母一直没有到，也没有注意到事实上蒂根对她说的是一个大谎话。然后蒂根说了一些有趣的事情，那就是贻贝在食物界中就是和西蓝花对立的东西，因为西蓝花虽然看起来不错，但尝起来味道很恶心，而贻贝则与之相反：看起来很恶心，但尝起来味道很不错。我们正在想着有哪些彼此对应的食物（这个做起来比你想象的更难），我没有说话，我的胃里来了一次大翻转，因为这时候厨房的门打开了，我老爸走了出来。我知道这就是我老爸，因为他正穿着一身白色的厨师服，就像在我房间的照片里，杰米舅舅穿的那样，他一头黑色头发，看起来就像我看到的照片。他不瘦也不胖，他只是完美的正常体形。然后他就几乎来到了我们的餐桌旁，我看到了他的眼睛。那双眼睛和我的眼睛完全一样。

"嘿，两位好。"他用一只脚斜跨过另一只脚，双手压在桌子上——我看到他只有一半的拇指！我看着蒂根。她也看到了。"我知道你们已经点了新加坡香辣蟹？"

我们点了点头，但我们都说不出话来，我们正忙着看着他的拇指和眼睛，然后看着对方。"顺便说一句，很棒的选择。这可能是我最喜欢的菜，也绝对……"——他用手做了一个小小飞吻的动作，即使我们不能说话，这仍然让我们微笑出来——"味道棒极了，里面加了大蒜和辣椒，这道菜承载了辛辣和芬芳的恰当平衡……"就像我一样，他对烹饪充满热情。"但我只是想确信，你们知道这只螃蟹是三十六磅吗？这道菜用了整只螃蟹，我看到你们已经点了很多食物，其中一些你们还没有吃过，我只是想确定"——他身体前倾，靠近我们，让其他人都听不到我们的声音，这样一来，他就在用瞳孔周圈黄色的浅蓝色眼睛看着我那双瞳孔周圈黄色的浅蓝色眼睛，我的心跳动得如此响亮，他肯定能够听到我心跳的声音——"你们有办法支付这些饭菜的钱吗？我注意到你们没和你们的老妈或老爸在一起，而且账单过来的时候，你们也一点没有慌张的样子。"

这一切来得太快，我的头脑一时处理不过来，我的嘴巴也闭上了，我感觉自己就要哭了。"不要哭。"我心里在对自己说，"无论做什么，你都不能哭。"而我正在看着我老爸——我自己的老爸，有着我老爸的双臂、双手、脸庞和半个拇指，此刻血液也正在他的体内流动着，这与我的血液、我的基因有一半相同。然后我说道："我付不起这些钱。"我一字一顿地说出了自己想说的话，"真的很抱歉。对不起，我们点了所有这些食物，真的是眼大肚子小了……我只是……我想见你。"

利亚姆微笑着。"想见我？"他说道，"为什么？"

"因为你是我老爸。"

他不再说话。我想让他继续说话。但他一动没动。他只是继续靠在桌子上盯着我，但现在他甚至都没有笑容，他看起来非常严肃。然后他转身，这样他就面向另一个方向了，他弯下腰，双手捂住了脸。

我看向蒂根。我的喉咙紧张得有些痛了。哪里错了吗？为什么他转过身去了？他跟我生气了吗？不高兴见到我吗？难道"寻父"任务是我们一直以来有过的最糟糕的想法吗？然后我就做了我一直害怕自己会做的事情：我开始哭了，我根本控制不住自己。

蒂根身体前倾靠向我。"没关系，扎克。"她说道，但你能看出来她也很担心。她看起来很害怕，而她从来不会显得很害怕，但我老爸仍然没有转过身来。"没关系，别哭了。"

但之后老爸就转过身来，他也在哭着。他在我身边坐下。我很害怕接下来他要做什么，要说些什么，但接着他做了一件我没想到他要做的事：他用双臂搂着我，把我拉近他的身体，让我的脸就靠在他的脸旁边，他身上散发出鱼味（但真的很好闻，是那种鱼类菜肴的味道）和除臭剂的味道，还有我老爸的味道——因为所有的老爸都有自己的气味，就像老妈，甚至是外婆和外公都有自己的气味。

"你为什么哭？"我说道，即使很难听到我自己的声音，因为我的嘴被他的白色厨师服盖起来了，"你难过吗？你失望吗？"

"不是，我太高兴了。"他说道，"你怎么哭了？你难过吗？"

"不，我也太高兴了。"我说道，而老爸抱了我很久，蒂根伸手过去，吃掉了我的薯条，我和老爸的脸颊很近，脸也贴得很近，这样我才能感觉到他扎人的胡楂，而且我不小心尝到了他眼泪的咸味。

我和老爸就这样一直看着对方。我们一直在看着对方，然后笑出声来，老爸告诉我们旁边桌子旁的人，我是他的儿子。我和蒂根告诉了他我们是如何开始寻找他的任务，以及我们如何永不放弃的。（他的脸颊上流下了泪水——事实证明，老爸对于哭泣没有感到一点尴尬。）老爸说他有很多问题要问，想问我所有关于我老妈的情况，以及她现在怎么样了，但他现在首先要为我们搞定一下新加坡香辣蟹，然后他会看看是否有人可以接手他的工作，这样他下午就可以休息一下。这是最美好的一天，也是我生命中最美好的时刻，比钓到鳟鱼的时刻更美好，也比触摸黄貂鱼，甚至给海豚肚子挠痒痒更美好。我想到了我的杰米舅舅和在天堂中敲门的游戏，我觉得在我去世，上了天堂以后，这一刻绝对会成为我最喜欢的那道门，我会一遍一遍地敲门，再次体验这美好的一刻。

当老爸进入厨房时,蒂根和我有点快乐得发疯了。我们无法相信我们真的找到他了,我们无法相信我们的任务就这样完成了!

但是,透过我的眼角,我看到餐厅门打开了,我老妈走了进来,紧随其后的是我外公。

突然我的全身都冰冷一片。

"天啊。"蒂根看到他们朝我们走来时说道,"该死的。"

然后——我想这是因为我们在找到老爸并和他会面的过程中吃了太多的蛋奶糕——就在老妈和外公走向我们的桌子的时候,餐厅门再次打开,我几乎晕倒了,因为这次是我的外婆走了进来。按照外公的说法,现在是生活中出现了酸酸的大黄,但是以最极端的方式出现。

这太不公平了。我们已经做了这么多。我已经找到了老爸,他很高兴我来找他,而且他现在还在为我,为他儿子烹饪一只新加坡香辣蟹,现在我们马上要在一起度过下午的时间。我正打算告诉老妈,让他们见面,这样他们就能再次坠入爱河。但我还没准备好告诉她这件事。我想选择一个完美的时刻——不是想让她在现在这个我还没有准备好的时刻就来到这里——我只是想和老爸相处的时间更长一点。我有生以来都在希望这一天的到来,肯定是自从我们在二月开始"寻父"任务之后就一直这样盼望,现在它甚至在开始之前就要被毁掉,因为外婆马上就要来阻止我们了。而且我感觉很糟糕。真的,外婆失去了杰米舅舅,我也替她感到伤心,但这还不足以成为让我老爸不再做我老爸的有效理由。这不足以让我们永远不再幸福。

但是我老妈正直奔我们而来,紧随其后的就是外公,然后是外婆,整个餐厅似乎已经安静下来。每个人都在看着我们。就在这时,在这个世界上最糟糕的时刻,老爸托着新加坡香辣蟹走出了厨房。他正从一个方向走向我们,而我老妈、外婆和外公则从另一个方向向我们走来。

老妈紧紧拥抱着我。"扎克,天啊。蒂根——感谢上帝,你们都没事。"

然后老爸就端着新加坡香辣蟹站在那里,他的眼睛就盯着老妈的眼睛，然后是外公的眼睛，最后是外婆的眼睛。我的心碎了，因为所有的一切都完了，我就知道，甚至在这开始之前，我还没有和老爸在一起待过一天呢。

外公看着老爸。外公肯定要马上开始向他大吼，和他说杰米舅舅以及外婆曾经有多伤心，但老爸紧接着就说道："不是现在，麦克。扎克还在这儿呢，现在我们先不谈论这个问题，好吗？"

外公看了我很久，他的眼里满含泪水，然后他点了点头，就像他向我鞠躬一样，接着，他走了出去。我说道："求求你了，外婆。"因为她也在看着老爸，她看起来准备好了来一场战斗。"请不要对老爸大喊大叫。"

外婆说道："亲爱的，我不会对你老爸大喊大叫的。如果真要大喊大叫的话，也应该是他对着我，也肯定是对着你外公。"这话听得让我费解不已，我有很多的问题。但无论如何，我正忙着看着我老妈，而老妈则双眼紧盯着站在那里、托着新加坡香辣蟹的老爸。你能看出来，她仍然爱着他。你可以在她眼里看到她的爱。

麦 克

　　现在我就站在这里了——来到了这场旅程的结尾。站在惠特比的这个码头上,我感觉就像来到了天涯海角,我和挪威之间除了北海,别无他物。尽管阳光明媚,但风力却很强劲。我就站在这里,肯定也算得上是一景了,一阵大风过来,几乎能把我吹落到大海里,但我不在乎。事实上,我更倾向用这种方式结束自己的生命。我的儿子已经不在人间,形单影只地深埋地下,而我也慢慢搞清楚这个既不温馨,也不舒适的结论,向我自己承认了这一切,那就是以这种方式直面自然之力就是我罪有应得。

　　"我需要了解我们是如何走到这一步的。"我记得在一月第一次去见卡萝尔的时候,我曾经这样对她说,"我需要理解我们的儿子为什么会死,为什么我不能去保护他。"现在我真的理解了:狂喝滥饮;酒精上瘾;身为一个人和一个男人的弱点。如果我曾经更坚强,更男人一点,那么杰米仍然会在这里;扎克也会有他的父亲陪伴;朱丽叶会有利亚姆的陪伴。酗酒一直以来就是我和这个家庭的毁灭源头,所以也许我可以安慰自己说,至少我在放弃酗酒方面非常成功。悲剧的是,在我真的放弃酗酒之前,一切该发生和不该发生的都已经发生了。

二〇〇五年六月十一日那天晚上，我犯了戒酒中的酒鬼会犯下的致命错误。"我做得太好了，五个月没有喝酒。稍喝一小杯肯定也无伤大雅的。"但这杯酒确实带来了伤害——这伤害波及了我和我爱的每个人。

首次成为外公后，我一直都感到头晕目眩。但是眩晕对于酒鬼来说是一个危险区域——幸福、悲伤和任何极端的情绪都同属此列。"一个男人当然可以为他的第一个外孙的到来干杯了。"这就是那天晚上，我站在酒吧时对杰米说的话，只是一眼看到那些酒瓶中五颜六色的酒国风光，我的脉搏就会加快。"稍喝一小杯肯定也无伤大雅的。"就像我向琳达承诺的那样，我给杰米和利亚姆做了垫肚子的面食，然后开车把他们送到了酒吧。我甚至还让他们下车，然后转身准备回家。但接着我的脑海中有一个开关打开了。我已经达到了自律的极限，或者说，我真的觉得自己可以控制住，我不知道我能控制住什么，但是"稍喝一小杯肯定也无伤大雅的"这句话进入了我的脑海，让我的心神失守，在意识到我在干什么之前，我已经喝下了两杯、三杯和四杯……那只清醒的小船倾覆，无法再挽回的一刻已经到来并过去了，我简直到了天堂。天啊，这才是幸福啊。但是，就在我掉落水中挣扎着想要摆脱这种深度时，我心中就响起了一个声音："一个男人当然可以为他第一个外孙的出生喝上一杯，一个男人当然可以给他未来的女婿和他的儿子买上一杯酒，庆祝一下今天这样重要的事情。"随之出现的饮酒借口一个接一个。我感到满心骄傲，充满欢腾的劲头（由于我已经喝醉，这些情绪自然就来了）。我爱杰米，我爱利亚姆，我爱扎克和那个酒吧里的每个人。但是后来一品脱又一品脱地喝下去，一杯又一杯地喝下去，我们讨论的话题很快就从那种极度亢奋的事情转变为添油加火，然后是相互威胁想要打架的话。

之后我去了男卫生间。在小便池那边，克里斯·海德就站在我旁边。他一直就是一个总想撩拨别人怒火的商人，他开始在旁边谈论这个、谈论那个，什么有的没的说个不停，但我能感觉到自己被激怒了。在我们离开卫生间时，利亚姆碰巧进卫生间。当时他已经喝醉了，虽然没有像我一样醉，但是在喝了我灌给他的几品脱福斯特啤酒以及龙舌兰配酒之后，他恐怕也快要醉到我这个程度了。因此，看到他喝醉了，成了一个很容易攻击的目标，海德也开始想要激怒他。他把我们两个人挤在男卫生间的门和酒吧的门之间的一个角落里，开始对我们尽情嘲笑——就像我说的那样，什么有的没的说个不停。但接着事情就变得很严重，他选择了对错误的人说错误的话。"我刚才看见你们家的闺女了，麦克——她现在已经是个大姑娘，不是吗？你是想让她出来浪一浪吗？"

我看向利亚姆。他正皱着眉头，想要搞清楚他刚听到的东西，可能脑海中正希望他没有听错什么东西吧。

"两个星期之前，她还怀着孕呢，你这个笨蛋。"我说道。一时间，我勃然大怒。

然后海德放声大笑起来，就是那个，他的那个诡异笑容……我觉得我的血液沸腾了起来。我像野兽一样向他冲过去。我把他抵在男卫生间对面的墙上，抓着他的头发，把他的头向后掀起来，一口唾沫吐到了他那张愚蠢的脸上："该死的，你再说一次我家人的脏话，老子立马杀了你。"不过才喝了四品脱而已，天知道我还能说出什么来，因为我可能是一个醉鬼，但我从来不是一个暴力的人。我已经戒了五个月的酒，现在这种饮酒的感觉比以往将我抓得更紧了。他又说了别的什么话，我再次冲向他时，利亚姆站出来试图阻止打斗，把我们两人分开，接着把我拉到一边。"麦克，也许是你该回家的时候了。"他说道，"别把你的精力浪费在这种废物身上——如果她知道你也出来喝酒的话，想想琳达会说的话。想想你之前做得有多好。"

但是这时候海德走了出去，经过我身边的时候，还轻弹了一下我的肩膀。"伙计，我还没跟你说完呢。一会儿见。"在那一刻，就像聚会上的灯光骤然打开一样，我恢复了理智。"要我，还是要继续酗酒，你自己选一个，麦克。"我能听到脑海中回荡的琳达说的话语，我看到她在全无办法的时候发出的最后通牒。"继续狂喝滥饮，还是咱们的家，你自己选一个。"显然有一些东西让我恍然大悟了，因为我们刚一回到酒吧，我就收拾东西，在没有告别杰米或利亚姆的情况下，就这样走开了，让他们留在了海德身边，我上了车，然后开着车，以远远超过极限的速度开回了家里。

那时甚至不到九点。如果我直接回家，当琳达六点钟下夜班回家时，我可能已经清醒过来了，这样她肯定不会知道。这就是我的想法。

但我已经挑起了打斗，不是吗？我已经用酒精给家里的男人们加油了，并启动了一环接一环的多米诺骨牌效应，而这种效应最终会导致我的孩子死去，导致我们这个家庭也变成一片废墟。不过，当时我并没有想到这一点。我只想到自己，想到琳达的愤怒，想到如果她发现我重染旧习，而不是照看家里的男人们，特别是我们的儿子，我会失去什么。

然后就是两点钟的时候，杰米奄奄一息地躺在医院的病床上，当时我脑海中没有想到我做了什么，甚至没有考虑利亚姆做了什么。我只想到了杰米，只愿意让他继续活下去。当时我竟然仍满怀希望——可见我是怎样一个愚蠢的浑蛋——我希望一切都会好起来的。但最后杰米去世了。不可能的事情发生了，我整个人就崩溃了。

也是在这个时候，我说出了"你就像你的父亲一样"这样的话。在那个情绪的累积点，我也相信了我说的这些话。一个月，也许两个月，我告诉自己这是真的，如果没有他，我们这个家庭会更好。扎克和朱丽叶幸运地逃脱了他的魔掌。我甚至高兴地加入了琳达的责备运动和她对利亚姆的讽刺中。但随着时间的推移，那些信件到来了——正如我一直知道的那样——我的这种信念变得越来越难以坚持下去。但是当然，到那时，我已经彻彻底底爱上了我的外孙。我对他的爱比我知道的对另一个人的爱还要厚重。我无法放弃他。我也无法对他坦言那天晚上所发生的事情。我不能，也不愿意承担我在其中的责任。

直到现在。

我抬眼望去——眼前的海面在我面前伸展而去，目光所及之处尽是蔚蓝色，而我脑海中想到的是在由我引发的一系列事件中，在当晚由利亚姆挑头的一场打斗中，杰米被海德击倒在地，摔倒在地上的一幕以及我看到他活着的最后时刻。然后我径直走回餐厅，走进去。我看到了我的女儿、我的外孙和我的妻子。我知道我很可能会失去他们所有人。

"朱丽叶。"我说道。我在这样说的时候也在看着利亚姆。我让自己直视他的眼睛。"咱们可以换个地方吗？我得和你谈谈。我必须告诉你所有的真相。"

朱丽叶

扎克跳起舞来就像他的父亲，或者说，利亚姆跳起舞来就像他的儿子，我不确定到底是谁像谁。现在我正在看着他们俩，在一片迪斯科灯光的旋涡中，随着贾老板[①]的音乐一起跳舞（利亚姆是扎克十一岁生日派对的音响效果负责人），他们跳舞的方式差不多：他们两人的脚移动距离不大，但是有很多"上半身"动作。其中有很多用到胳膊、膝盖和臀部的动作，而且会做很多臀部的动作。他们也以同样的方式打哈欠，总是有着不必要的响声，然后总是说"对不起"。利亚姆第一次这样做的时候，扎克和我难以置信地看着对方。他们两人都害怕黄蜂，不过扎克是对黄蜂的叮咬过敏——我不知道利亚姆像哑剧贵妇人一样晃来晃去的借口是什么——他们认为马麦酱拌意大利面是一种真正好吃的饭，并且要是他们吃这种面的时间不超过三小时，他们的心情就会变得很糟糕。请注意，现在我也是这种情况。这已经不是父子之间的事情，已经升格成了一个家庭的事情，甚至可能是影响全人类的事情。

[①] "贾老板"指贾斯汀·汀布莱克（Justin Timberlake），美国男歌手、演员、音乐制作人、主持人，前男子演唱组合超级男孩成员。

小大人

自从利亚姆回到扎克的生活中以来,过去两周半,我还发现了其他什么事情呢?他对于我们的生活有着怎样的影响呢?我知道了我以前不知道的事情,我这也只是猜想和推测。但是扎克,他知道。他似乎从一开始就知道真相,或者至少说知道一切都会好起来。或许他只是有信仰——这与知道不同,这是信任。虽然在这个寻找他父亲的任务中,有时候感觉他坚信的那一刻就会到来,但他大部分时间仍将信心埋在心底,当他感觉到信心在不断丢失时,他就会追过去——这就像他在追踪他的父亲一样——而且将它带给我,带给我们这个家庭。我为此感到骄傲。现在我正在看着他,看着他和康纳以及蒂根聊天的同时一边跳舞,就像一个普通的十一岁的孩子,而我的心中则在想着他对我而言绝非平凡——他就是我非凡的儿子。

卡萨布兰卡俱乐部另一边的一些东西引起了我的注意——有一扇门打开,我看到有一抹粉红色的傍晚天空,我意识到这是我老爸离开了。在派对结束前一小时,他没有说再见,他只是溜走了。我就这样看着他走了,然后五分钟后,我看到老妈也跟着走了,但他们今晚不会去同一所房子,很长时间内都不会了,也许永远也不会了。但至少他们在聊天,而且我感觉对他们两个人以及我们这家人来说,这才是真正的复苏开始的地方。毕竟当你不知道真相时,甚至当你不知道你正在处理什么样的伤口时,你怎么能开始愈合呢?

尽管如此,扎克还是希望他的外公能够排除万难,参加他的派对,但这并不是说他没有和他的情绪做过斗争。

"但如果我连续十年说一个谎,我会被永远禁足的。"前几天他说道,"即使这是一个故意遗漏事实的谎言。"在老爸坦白了那天晚上真正发生的事情之后,扎克和我谈论了谎言的问题,扎克毕竟是扎克,他在网上搜索了"谎言的种类"。正是在网上,他发现了"故意遗漏事实的谎言"[①]这个术语,从那以后,他就一直在向别人介绍这个术语。我不介意他这样

[①] 故意遗漏事实的谎言(lie of omission),即忽略重要事实,给人以错误理解。

做。我认为这会让他感觉更好。他发现原谅他外公故意遗漏事实的谎言要比真正的欺骗更容易。他知道我老爸有他自己的理由,其中很多是关于他这个外孙的。老爸很害怕失去他。

"宽恕"这一概念对扎克来说一直是个新事物,我知道他一直在思考这个问题。今天早上,当我们在庞德斯趣乔廉价商店购买这个派对上要用的装饰品、派对袋和气球时,突然他说道:"为什么外公不会受到惩罚?"

"哦,他现在正受到惩罚呢。他已经受到了惩罚。"我放下我拿着的某个东西,双眼看着他,"首先来说,他让你和我们所有人失望,我确信他会感到内疚。这就是对他的惩罚。"

接下来,扎克一言不发,然后当我们满载而归,步行回家时,他说道:"但我有些困惑,老妈。因为我对外公真的很生气,但我仍然爱着他。"

我说道:"我也是,扎克。我也是。"因为这是真的。我知道,爱有自己的思想,只是因为有人做了坏事,某些不可思议的事情,但你不会停止对他们的爱。你不能像关掉开关一样停掉我们对他们的爱。我试过了。我十年以来都试图停掉我对利亚姆的爱,但现在当我看着他和我们的儿子一起跳舞时,我意识到这么长时间以来,我都以为自己在生气,一直抱怨着利亚姆的离开,但我从未停止对他的爱。在只需要相信老妈的话,认为利亚姆就像他的父亲一样无可救药可以更轻松解决一切问题的时候,我也从未停止过对他的爱。我唯一的感受就是我遭到了抛弃。我心底渴望着、盼望着,为重新找到他而克服重重困难。只是他从未回来。

我决定趁着大家都还在忙着跳舞的时候,到外面呼吸一下新鲜空气,之后我就必须要认真地开始清理工作,然后用垃圾桶来收集纸盘和剩下的比萨饼。卡萨布兰卡俱乐部外面的空气清新凉爽,我靠在墙上——在感受过室内高温的迪斯科灯光和几个十一岁孩子跳舞跳得大汗淋漓之后,我甚至感觉墙壁也很凉爽——我从一个塑料杯里喝了一口我的坦格[①]汽水。天

[①] 坦格(Tango),是碧域(Britvic plc,英国软饮料生产商)在英国、爱尔兰、瑞典、挪威、匈牙利和马耳他销售的一种软饮料。

空也像是被坦格汽水染色过。我想，扎克肯定也会这样描述的。天空中的纹路混杂着橙色和粉红色，甚至是紫色，而太阳马上就要落山了，散发的热量也在不断减少。

　　扎克之所以决定在这里，而不是在托比烤肉餐厅举行生日聚会，是因为他相信这里是一个只会有美好时光的地方。我认为他是对的。这里确实发生且曾经发生过各种各样的美好事件——而且这些好事既发生在我们这个家庭，也发生在其他家庭。我已经发现了，这就是不快乐的秘密——抑郁的状况阻止你认为好事会发生在你身上，但这并不意味着好事不会发生在你身上。

　　这时俱乐部的门打开了，门发出吱吱声，砾石上有脚步声传来。然后杰森出现了。

　　"嘿嘿。这位妈妈正在独享自己的美好时光是吧？"

　　"难道这儿不允许吗？"

　　他来到我旁边站好。"我想肯定是允许啊。"他说道，双臂交叉在胸前，斜靠在墙上，"不过说实话，扎克和我两个人制作了今晚所有的三明治，利亚姆帮着搬了桌子，负责调控音乐，那么你做了什么呢？"

　　"不说话没人当你是哑巴。"尽管我知道他在戏弄我，但是我还是用胳膊肘捅了他一下，说道，"当然是我独自一人养育儿子十一年的辛苦了！"

　　接下来就是一段长时间的沉默，只有海鸥的叫声——即使是现在，我也注意不到这些鸟儿，以及从卡萨布兰卡俱乐部里传来的《天花板上漫舞》[①]声才打破了我们的沉默。

　　"那你觉得他怎么样？"我说道，转向杰森。

　　"谁？扎克？"

　　"不，利亚姆，你个傻瓜，现在你也算见过他了。"

[①] 《天花板上漫舞》（*Dancing on the Ceiling*），歌曲名。

杰森看向别处,然后看向地板,然后自己傻笑了一下,我也笑了。我真的不知道为什么。

"他看起来像个可爱的家伙,不过我对他的看法才最是无关紧要的。你对他的看法才是最重要的事情。"

"你这是什么意思?"我问道,而杰森则来了一声很戏剧性的叹息,这让我不禁想到他只是故意这样做的。

"好吧,一直以来都是他,让咱们面对现实吧。"他说道,看着我,他的笑容比平常显得更加厚脸皮。"不是吗?说实话。我想,你一直以来想要找到的男人就是他,这个你所爱的男人……不,现在我是知道了——而扎克也顺便知道了,"他抬起一根手指,脸上露出了一种欠揍的沾沾自喜的表情,表明他已经看穿我了,"你仍然爱着他。"

我不知道我应该对此说什么,他认为我的反应会是什么,他对此的想法或感受是什么,我仔细观察了他的脸,寻找线索,但他什么线索都没有透露出来。

"你看,我很抱歉……在咱们去公园跑步时,你知道。"

"没关系。毕竟我对所有人来说都是不可抗拒的。"

我发出啧啧声,翻了个白眼。"是是是,好吧,总体来说,非常抱歉。"我说道,杰森耸了耸肩。

"千万别说抱歉。我的生活中不是还有你吗,是吧?无论如何,我真正想念的人是扎克。"

"哈!"我说道,"他的魅力很大啊。"

"那是。我只是说实话而已。我们会对着同样的事情发笑,我们真的很合拍。我也喜欢和他一起出去玩。"

"他也喜欢和你在一起。"我说道。

就在这时,法瑞尔·威廉姆斯[①]的《高兴》[②]开始播放起来——这正

---

① 法瑞尔·威廉姆斯(Pharrell Williams),美国歌手、音乐制作人。
② 《高兴》(Happy)是2013年上映的美国电影《神偷奶爸2》的主题曲。

是扎克的最爱——随后,利亚姆出现了。我只能看出他的体形轮廓。现在,太阳已经在卡萨布兰卡俱乐部后面的地方落下了。"我就不做电灯泡了。"杰森说道,他拍拍利亚姆的肩膀。"音乐编排不错,伙计。"他说道,然后他回到了里面。

利亚姆也靠在我旁边的墙上,离我如此近,我几乎可以感受到他一只手臂传过来的温暖,感受到我曾经认识并且曾经爱过的那些细细的黑色绒毛,我将全部心神集中在这些绒毛上,内心则掐着自己的胳膊来确定这些都是真的:现在他就在这里,这一切都是真的。他的手臂离我只有几毫米,我们的双手几乎触碰到对方。

"我希望我没有打搅你们的什么事情吧。"他说道。

"不,不,我只是呼吸一点新鲜空气。"

"我给你带了这个——你还最喜欢这个吗?"他递给我一瓶百威冰啤。

"帅哥,这些年你去哪里了?"我说道,当我们意识到我所说的话时,我们都笑了出来,笑声有些尴尬。然后我坐到了地上,利亚姆也跟着坐下。在我们对话之间,海鸥的声音仍然在此起彼伏。

"不过说真的,这些年你去哪儿了?"等到我实在忍不住的时候,我就问道,"在过去十一年里,你去过哪里?因为这些年太可怕了。"——我终于说出来了(现在我害怕失去什么?)——"没有你,真是太可怕了。"

"我给你写过信,朱丽叶。"他的声音很沮丧,很累,充满遗憾。

"我知道,但我没有见过那些信。"

"我甚至给你打过电话,但到我这么做的时候,你一定已经换了号码。"

过去三周里,类似上面的对话已经进行过很多次了。现在我读了这些信。(也看到他发过来的支票——当然,都是他寄来的,这才是真正的利亚姆。)有些墨水被我的眼泪弄脏了。在我们这个家庭过去十一年来所保留的所有秘密中,这些信件是对我伤害最大的东西,我不确定我是否可以原谅老爸在这件事上的所作所为。只有时间会给出答案。

我想这就是苦乐参半。现在利亚姆和我的距离甚至没有一厘米远,但是我们之间浪费的时间却无法计算。如果不是因为扎克,我们根本就不会坐在这里。

就好像利亚姆已经读懂了我的想法一样。"你知道,不仅仅是我给你写了信。"他突然说道,我疑惑地看着他。那双惊人的蓝眼睛回望着我,我想我一直都在思念这双眼睛,思念利亚姆,如此地思念。我的上帝啊,这双眼睛看上去就像看着我的儿子一样。我们的儿子。"扎克给我写了一封信。他把这封信交给了凯丽,凯丽又把这封信寄给了我。他在信里要求我参加他的第十一个生日聚会。"他说道,而我充满惊讶的沉默则表明他应该继续说下去。"信中说每个人都为我的离开而生气,但如果我见到他,他认为我会改变主意的。"

我脸上露出了微笑。这才是我的儿子啊!

"他有这个信心。自信,咱们的儿子,你知道的。"利亚姆说道。"也许这是真的。"我心里想着,"也许这是真的。"

"现在我认为他的信心肯定会增长的。"我说道。

接下来,这里只有我们、音乐和海鸥,我们两人静默无言。我们都站起身来,将目光透过俱乐部的窗户看向里面——迪斯科灯光正在窗户上面移动着——我们就那样看着我们的儿子在他的生日聚会上活动!他正在跳舞,头部上下摆动,脸上咧嘴笑着,头发因为汗水而黏在头上。

"他是一个了不起的孩子。你在这方面做得实在太好了。"他说道。

"我知道。"我说道,我指的是关于扎克的那部分,"我为他感到骄傲。他是如此可爱、风趣、聪明、乐于助人,利亚姆,你会看到的。无论如何,我都是这样想的。"

利亚姆先是沉默,在那里静静地看着扎克,慢慢地沿着窗台移动他的手,轻轻地放在我的手上。"他当然是了。"他说道,双眼仍然盯在扎克身上,"因为你也是这样的人啊。"

扎 克

事实的定义：可证明为真的事物。

二〇一六年八月

"你竟然还保留着十月的那些糖果。"我看着蒂根卧室中间的万圣节小桶说。这是唯一剩下的东西，其他所有东西都已经装在了各类盒子里，由我老妈、老爸或杰森搬着，正送去搬家货车里。

"那里面只有甘草花边糖了。那种糖吃起来真令人恶心。"她伸出舌头，做了一个鬼脸。我肯定会很想念她的那张脸并且她以后就会住在我旁边的小区里了。"如果你想要，你可以留下来？这可以作为我的离开礼物给你。"

"还是不了。"我说道，"这些糖还是怀念一下就好，吃还是算了。"

我们两人就站在空荡荡的房间里四处看着。现在房间里没有家具，只有盒子和那个孤独的万圣节小桶，看起来很压抑。当真正看到之前，你无法相信这里潮湿发霉的状况有多糟糕。霉斑布满天花板，就像是乌云覆盖了整个天花板。最重要的是，你无法相信我们竟然在这样一个恶心的房间里过得很愉快。在我的余生中，我都会记住在这里度过了多少有趣的时光。

蒂根在乌节大道上的新房子非常好。房子位于一条全新的街道上，种有很多小树，甚至还有一个闪亮的黑色前门。但我还是会想念这间卧室。不过，蒂根没有搬得太远，我们仍然可以一起出去。

蒂根叹了口气。"这是一个这么邋遢的地方，不是吗？"她说道，同时环顾四周，"是你才让我离开这里的，扎克。还得多亏你写了那封信。"

"我不认为这只是我写信的功劳。但也许那封信也有所帮助。"

"是的，你老妈说得对，成年人最后还是会听孩子们的话。"

"说得对。"我说道，"最后会是这样的。"

突然有人尖叫了起来——我和蒂根看着对方，然后马上跑到了窗口——我知道这可能是我们最后一次这样做了。感觉就像我们最后一次做很多的事情。然后，你简直无法相信，这尖叫声竟然是来自我老妈！

"天啊。"蒂根说道。

"哦，不。"我加入了，"不是吧。"

老妈和老爸本来应该搬着蒂根家的杂物盒子去搬家货车那里，但看起来好像他们在光天化日之下开始了吵架！

但接着我就意识到，老妈的尖叫实际上是一种笑声，他们并没有吵架——老爸只是试图把她扛在肩膀上，想把她扛着穿过小区！她不断踢腿、尖叫，老爸也在放声大笑。但之后老爸就把她放下来，整理好她的裙子（因为你几乎可以看到她走光了），然后吻了她。最初这只是一个恰如其分的接吻，结果这个吻持续了很长很长时间！让狗粮撒满了小区。老爸抱着老妈，老妈的手臂紧紧地缠在他身上，即使他们的嘴被压在一起，你也能看出来他们在微笑。

我们两人就这样看着他们。

"嗯，这一幕。"在过了很长很长时间之后，蒂根才说道，"才是你所说的真爱啊。"

我想起了我们钓到一条鳟鱼那天，外公对我说的话——关于不同人眼中的真相如何不同。但是我觉得，这一真相对我们所有人来说都是一样的。

"我知道。"我说道。因为我的确知道。

致 谢

本书的写作过程持续了很长时间。事实上，写作时间太长了，我自己家的小小男子汉——我的儿子弗格斯——在我开始写这本书的时候才九岁，而现在已经十几岁了。我要感谢他提醒我孩子们拥有的美好信念和乐观态度，并且在我需要让扎克的声音更加真实时，他总是我寻求帮助的第一站。（"老妈，大家说'很好'的时候已经不再用'sick'这样的词了……"）

无论这本书的销售情况好与否，对于我来说，我在组织起一个令人难以置信的团队方面已经取得了巨大的成功。"谢谢你"这个词对利齐·克雷默来说似乎不能表达我的感激之情，利齐·克雷默不仅是一位极具天资的代理人，也是一个尤为特别的人。她让我在作家的职业生涯和个人的成长生涯中都取得了长足的进步，她也肯定知道我有多爱和欣赏她。然而，我不仅拥有梦寐以求的代理人，而且还有业界最好的编辑。山姆，我永远感激你为本书的编辑和出版所带来的非凡的体贴、迸发的智慧和展现的激情。我感觉是你们的帮助成就了我，我很高兴你和出版社的每个人都选择了我！整个团队一直很神奇，但在此我要特别感谢阿美·史密森，她负责设计了完美华丽的书套。

　　还要感谢哈里特·穆尔充满智慧的阅读和笔记，感谢她对扎克的爱，并为扎克带来了我所能希望带来的众多读者！感谢奥莉薇娅，戴维海哈姆公司的外国版权团队和每个人——我非常感谢你们的热情。有一些特别的人帮助我研究和写作这本书，我要感谢他们付出的时间和慷慨：首先要感谢的必须是保罗·勒绍恩——大家都称呼他为"绍尼"——没有他，这本书肯定不会写成。二〇一四年四月，当我开始调查格里姆斯比的时候，我所知道的就是我想要写一个关于前渔夫角色的文章。我本来希望在格里姆斯比找到灵感，毕竟那里曾经是"欧洲的渔业之都"，但是多亏了身为前渔民的绍尼，我带回了更多的东西：无数非凡的故事，几乎所有的故事都能在这本书里发现它们的影子，除此以外，还有一包质量绝佳的格里姆斯比黑线鳕鱼！

　　我很幸运有这么多支持我的作家朋友，但我要特别感谢罗西·沃尔什，他从一开始就喜爱并慷慨地支持这本书。（罗西，你让我对这本书的感受就像一种特殊的、作家式的礼物，谢谢你。）另外，在协助研究方面，我要感谢克莱尔·麦金托什、多萝西·莫德森和韦尔斯比学院附属学校、吉米·赖斯、阿利斯泰尔·斯科特、杰森·穆加特罗伊德和诺尼·里德博士。我一如既往地爱着和感谢路易斯，他是我的第一个读者，也一直支持着我。我所有的写作界和其他业务方面的好朋友、我的家人，能拥有你们是我的幸运，感谢你们！

故译新编

许钧 谢天振 主编

冯至译作选

冯至 译
杨武能 编

商务印书馆

主编的话

2019年，是五四运动一百周年。最近一段时间，我们一直在思考与翻译有关的一些问题：在五四运动前后，为什么翻译活动那么活跃？为什么那么多学者、文人重视翻译、从事翻译？为什么围绕翻译，有那么多的争论或者讨论？

五四运动涉及面广，与白话文运动、新文学运动乃至新文化运动之间有着深刻的互动性和内在一致性。考察翻译活动对于五四运动的直接与间接的影响，首先引起我们关注的，是一个"新"字。新文学运动与新文化运动自不必说，"新"是其追求与灵魂。而白话文运动，虽然没有一个明确的"新"字，但相对于文言文，白话文蕴涵的就是一种"新"的生命——语言与文字的崭新统一，为新文体、新表达、新思维的产生拓展了新的可能性。

"新"首先意味着与"旧"的决裂，在这个意义上，五四运动所孕育的启蒙与革命精神体现在语言、文学、文化等各个层面。追求新，有多重途径。推陈出新，是其一，著名的文艺复兴运动具有这样的特征，拿鲁迅的话说，"在意大利文艺复兴的意义，是把古时好的东西复活，将现存坏的东西压倒"。但是，五四运动不能走这条路，鲁迅最反对的就是把旧时代的"孔子礼教"拉出来。此路不通，便只有开辟另一条道路，那就是在与孔孟之道决裂，与旧思想、旧道德决裂的同时，向域外寻求新的东西，寻求新的思想、新的道德。这样一来，翻译便成了必经之路。

如果聚焦五四运动前后的翻译，我们可以发现以下事实：一是翻译受到了前所未有的重视；二是众多学者做起了翻译工作；三是刊物登载的很多是翻译作品；四是西方的各种重要思潮通过翻译涌入了中国。就文学而言，梁启超的"欲新一国之民，不可不先新一国之小说"之思想受到了普遍认同。而要"新"中国之小说，翻译则为先导，其影响深刻而广泛。首先，借助翻译之道，中国的文人与学者有了观念的革新；其次，在不同的文学体裁的内在结构与形式方面，翻译为投身新文学运动的作家提供了可资借鉴的新路径；最后，翻译在为新文学运动注入了具有差异性的外国文学因子的同时，也给新文学运动的积极参与者开拓了进一步认识中国文学传统、反思自身，在借鉴与批判中确立自身的可能性。

一谈到五四运动前后的翻译，我们会想到梁启超、鲁迅、陈望道，还会想到戴望舒、徐志摩、郭沫若……这一个个名字，一想到他们，我们就会感觉到中外文学与文化交流史仿佛拥有了生命，是鲜活的，是涌动的。五四运动前后的这些翻译家就像是一个个重要的精神坐标，闪烁着启蒙之光，引发我们对中华文明的发展与中华民族的伟大复兴作深层次的思考。

创立于维新变法之际的商务印书馆，素有翻译之传统，是译介域外新思潮、新观念、新思想的先行者，一直起着引领的作用。在纪念五四运动一百周年之际，商务印书馆决定有选择地推出五四运动前后翻译家独具个性的"故译"，在新的时期赋予其新的生命、新的价值，于是便有了这套"故译新编"。

"故译新编"，注重翻译的开放与创造精神，收录开风气之先、勇于创造的翻译家之作。

"故译新编"，注重翻译的个性与生命，收录对文学有着独特的理解与阐释、赋予原作以新生命的翻译家之作。

"故译新编"，注重翻译的思想性，收录"敞开自身"，开辟思想解放之路的翻译家之作。

阅读参与创造，翻译成就经典，我们热切地希望，通过读者朋友具有创造性的阅读，先辈翻译家的"故译"，能在新的时期拥有新的生命，绽放新的生命之花。

许　钧　谢天振
2019 年 3 月 18 日

编辑说明

1. 本丛书所收篇目多为20世纪上半叶刊布,其语言习惯有较明显的时代印痕,且译者自有其文字风格,故不按现行用法、写法及表现手法改动原文。

2. 原书专名(人名、地名、术语等)及译名与今不统一者,亦不作改动;若同一专名在同书、同文内译法不一,则加以统一。如确系笔误、排印舛误、外文拼写错误等,则予径改。

3. 数字、标点符号的用法,在不损害原义的情况下,从现行规范校订。

4. 原书因年代久远而字迹模糊或残缺者,据所缺字数以"□"表示。

5. 编校过程中对前人整理成果多有借鉴,谨表谢意。

目录

前言 / 001

歌德

普罗米修士 / 014

漫游者的夜歌 / 018

掘宝者 / 019

迷娘之歌 / 022

谁解相思渴…… / 024

不要用忧郁的音调 / 025

我要潜步走到家家门旁…… / 027

不让我说话，只让我缄默…… / 028

在呼吸中有双重的恩惠…… / 029

水的颂歌 / 030

守望者之歌 / 031

神秘的合唱 / 032

中德四季晨昏杂咏 / 033

格言诗二十六首 / 040

玛利浴场哀歌 / 048

荷尔德林

命运之歌 / 058
给运命女神 / 060

海涅

星星们动也不动……/ 062

乘着歌声的翅膀……/ 063

一棵松树在北方……/ 065

一个青年爱一个姑娘……/ 066

他们使我苦恼……/ 067

他们坐在桌旁喝茶……/ 068

一颗星星落下来……/ 070

罗累莱/ 072

你美丽的打渔姑娘……/ 074

每逢我在清晨……/ 075

这是一个坏天气……/ 077

我们那时是小孩……/ 079

我的心,你不要忧悒……/ 082

你像是一个花朵……/ 083

世界和人生太不完整……/ 084

哈尔次山游记序诗/ 085

牧童/ 087

宣告/ 089

海中幻影 / 091

向海致敬 / 096

问题 / 100

蝴蝶爱着玫瑰花…… / 102

蓝色的春天的眼睛…… / 103

你写的那封信…… / 104

星星迈着金脚漫游…… / 105

天是这样黯淡、平凡…… / 106

海在阳光里照耀…… / 107

教义 / 108

警告 / 110

夜巡逻来到巴黎 / 111

变质 / 114

生命的航行 / 116

倾向 / 118

掉换来的怪孩子 / 120

中国皇帝 / 122

镇定 / 125

颠倒世界 / 128

领悟 / 131

等待着吧/ 133

夜思/ 134

西利西亚的纺织工人/ 137

颂歌/ 139

与敌人周旋/ 141

一六四九——一七九三——???/ 142

现在往哪里去？/ 145

世道/ 148

死祭/ 149

一八四九年十月/ 151

决死的哨兵/ 156

奴隶船/ 158

抛掉那些神圣的比喻……/ 168

善人/ 170

克雷温克尔市恐怖时期追忆/ 176

谒见/ 179

泪谷/ 184

谁有一颗心……/ 186

我的白昼晴朗……/ 187

德国，一个冬天的童话（节选）/ 188

你不爱我……/ 284
爱人儿,你说为什么……/ 285
我们傍坐打渔房……/ 287

尼采

星辰道德 / 290
新的哥伦布 / 291
秋 / 292
伞松与闪电 / 295
在敌人中间 / 296
最后的意志 / 297

里尔克

秋日 / 300

豹 / 301

Pietà / 302

一个妇女的命运 / 304

爱的歌曲 / 305

总是一再地…… / 306

啊,朋友们,这并不是新鲜…… / 307

啊,诗人,你说,你做什么…… / 308

致奥尔弗斯的十四行(选译) / 309

布莱希特

题一个中国的茶树根狮子/ 326

赞美学习/ 327

一个工人读书时的疑问/ 329

将军,你的坦克是一辆强固的车……/ 331

战后小曲/ 332

德国/ 333

焚书/ 336

向季米特洛夫同志致敬/ 337

前言

1980年代,笔者在一篇《文学翻译断想》中提出:"真正的文学翻译家,应该同时是学者和作家";要做文学翻译家,必须具有作家的素养和文笔。[1]反过来讲,作家只要外语好,具备相关的文化背景知识,做文学翻译就比较容易。因此,在中国现代文学史乃至世界文学史上,兼为翻译家的作家可谓大有人在,举不胜举。至于说诗人译诗,那只是把讨论限定到了诗的范畴,道理完全一样,那就是诗歌翻译家应该同时是学者和诗人。

冯至兼为作家、学者和翻译家,却首先是位诗人,堪称理性的诗歌翻译家。他精通德语,喜爱和翻译过歌德、海涅、里尔克等德语诗人的作品,其诗歌创作也受到了他们的影响。他的诗歌翻译和创作相辅相成,相得益彰。

冯至的诗歌创作——主要指新诗——可分四个阶段。

第一阶段是1921年至1929年。

冯至1921年夏天进入北京大学学德语,自然而然地接触到了德语诗歌。1920年代的特殊社会环境和时代气氛,还有他的家庭境况、社会经历和个性气质,都使冯至最亲近德国"狂飙突进后兴起的浪漫主义文学"。他耽读青年歌德的《少年维特之烦恼》,同情海涅、荷尔德林这样"身世有难言之痛"的诗人,觉得充满神秘色彩和无休止渴望的浪漫派文学能丰富他"空洞的幻想",对奥地利诗人莱瑙提出的"世界悲苦"的惊人口号也产生了强烈的共鸣。[2]

这时冯至开始翻译一些他喜爱的德语诗人的作品:经郁达夫推荐,他在1924年暑假"抱着字典"翻译了海涅的《哈尔次山游记》,使这一镶嵌、穿插着许多诗歌的优美散文成了第一部完整介绍到中国来的海涅作品,也是冯至第一部有影响的名著名译。第二年夏天,通过留学德国的叔叔冯文潜,他读到了荷尔德林小说《徐培里昂》里的《命运之歌》,大为感动,旋即翻译出来发表在同年年底出版的《沉钟》周刊上。1926年,他翻译了莱瑙《芦苇歌》五首中的四首,一些朋友和冯至都觉得就像他"自己的创作",因此被破例收进了《北游及其他》里……[3]

长期地接触、阅读、研究和翻译德语诗歌,冯至自身的创作不可避免地受到了影响。他自己便承认,早期的抒情诗便可以看出德语诗歌影响的痕迹;他的几首叙事诗虽取材于本国的民间故事和古代传说,形式和风格却借鉴了德语的叙事谣曲(Ballade),向歌德的《魔王》和海涅的《罗累莱》等杰作学了不少东西。[4]

冯至第一阶段的创作无论是情调、意境还是格律,与德语浪漫主义诗歌尤其是海涅的抒情诗相似相近,绝大多数只是潜移默化的结果,只是自然而然的共鸣,不一定是有意识的模仿学习,所以也就不显得生硬,也不大容易一对一地进行比照、分析。但是,我们读着他的《不能容忍了》《孤云》《在海水浴场》《晚报》《风夜》以及《北游》等等,细加揣摩体会,便分明感到德语浪漫主义诗人特别是海涅的影响的存在。冯至曾将自己第一阶段诗歌创作的特点归结为:"形式比较多样,语调比较自然……从这里边还看得出五四以后一部分青年的苦闷。"[5]这个总结,说明他早期创作接近德语浪漫主义诗歌,尤其接近以自然音调、真实情感唱出自身的哀愁和人世的悲苦的海涅。

冯至诗创作的第二阶段在1940年代的前半期,主要成果为写成于1941年的《十四行集》。

在之前的十一二年中,他总共只写了十来首诗,诗歌之泉几近枯竭。不过枯竭是表面现象。他实际上在这些年大大丰富了人生阅历,吸收了更多的哲学的和诗的营养,为自己创作成熟的第二阶段作了充分准备。

1930年,冯至留学德国,研修德国文学和哲学。他先后在以德国浪漫派文学和存在主义哲学的圣地著称的海德堡长时间生活,"听雅斯丕斯讲存在主义哲学,读基尔克戈特和尼采的著作,欣赏梵诃和高甘的绘画,以极大的兴趣诵读里尔克的诗歌"[6]，最后在 1935 年夏天，以一篇研究浪漫派诗人诺瓦利斯的论文获得了哲学博士学位。冯至在德五年，确实深受存在主义哲学以及具有这一哲学倾向的奥地利诗人里尔克的影响。

一谈起诗人第二阶段的创作和《十四行集》，就会提到里尔克，就会强调他的《致奥尔弗斯的十四行》给冯至的启迪和影响，这无疑也是正确的。因为在留学德国的五年，冯至的确是怀着"极大的兴趣诵读里尔克的诗歌：《祈祷书》《新诗》《布里格随笔》《杜伊诺哀歌》和十四行诗"，"还有那写不尽也读不完的娓娓动人的书简"；尤其是这些书简，简直成了身处异邦的诗人"最寂寞、最彷徨的时候的伴侣"。[7]从冯至讲这些情况的同一篇纪念里尔克逝世十周年的专文中我们还知道，他早在 1926 年就读了里尔克的早期杰作《旗手克里斯多夫·里尔克的爱与死之歌》，并对这位奥地利诗人一见倾心，把他的散文诗《旗手》看作"一部神助的作品"。

四十多年后，冯至在《外来的养分》一文中透露，他当初"还是以读浪漫主义诗歌的心情"阅读和欣赏里尔克的《旗手》的；这一事实，不是也从诗作者里尔克和同为诗人的欣赏接受者冯至这两个不同侧面，证明了浪漫主义与现代主义的血缘关系吗？而且冯至不只反复认真阅读里尔克，他还翻译了他的《豹》等名诗以及《给一个青年诗人的十封信》和小说《马尔特·劳利得·布里格随笔》的片断。在翻译这些作品过程中，冯至受到的影响无疑更大，以至感到里尔克的"许多关于诗和生活的言论都像是对症下药"，给了他"以极大的帮助"，说里尔克的话"当时都击中了我的要害，我比较清醒地意识到我的缺陷，我虚心向他学习"。[8]这样，正像冯至自己总结的，他便"在里尔克的影响下过了十几年"；之所以如此，原因之一在于他认为里尔克的作品"能够表达出现代人的苦闷"。[9]

也许，在耽读和译介里尔克的 30 年代，冯至是潜心于学习、观看、思索和接受了吧，因此自己几乎没有写诗。但是，1941 年一个冬天的下午，他走在昆明附近的一条山径上突然诗兴大发，神驰太古和宇宙，"随着脚步的节奏，信口说出一首有韵的诗，回家写在纸上，正巧是一首变体的十四行"；这便是冯至自己说的《十四行集》"偶然"的开端。[10]

其实，冯至和了解他 1930 年代的人都知道，这绝非什么"正巧"与"偶然"，而是他长期虚心向里尔克学习、受里尔克影响的自然而又强烈的表现。这表现是多方面的：在形式上，《十四行集》和《致奥尔弗斯的十四行》一样，都采用了这种格律原本十分严格的意大利诗体较为自由的多种变体;在内容上,《十四行集》和里尔克的代表作一样,也充满了对人生、宇宙、生命存在、生与死的关系和死的意义等等的思考,而且同样往往通过对物的观察来完成,一如里尔克的所谓"咏物诗"。例如第一首里的昆虫,第二首里的树木和歌曲,第四首里的鼠曲草,第五首里的水城威尼斯,以及反复出现在其他各首中的山川风云、原野小路乃至日常用具等等,都是冯至进行和完成上述哲学沉思的凭借。

但是,在这个阶段影响冯至的并非仅仅只有里尔克,虽然他是他们中最主要的一个!

在1987年发表的拙文《冯至与德国文学》中,我就曾经"不同意把问题看得过分绝对,好像冯至最有代表性的作品《十四行集》中仅仅只有里尔克似的"。我并且认为,就冯至一生而言,倘使要在与他"关系密切的外国诗人中,一定得找出影响最深的一个",那便"不是里尔克,而是歌德"。我还说,"即以《十四行集》为例","便不难发现歌德的影子";"凡是读过他译的《幸福的渴望》等歌德哲理诗的人,恐怕都不会怀疑《十四行集》受了歌德的影响吧"。除去《幸福的渴望》,歌德的其他哲理诗如《变化中的持久》

《水上精灵之歌》以及《蛇皮》等，还有冯至1930年代后半期开始研究的更富于哲理的《浮士德》和《维廉·麦斯特的学习时代》，以及他早年反复诵读和迷恋的《维特》，应该说也对《十四行集》有过或直接或间接，或明显或隐蔽的影响。就讲《维特》吧，其中不是已充满关于生与死的意义的思考，已视死为回归自然父亲的怀抱，从而潜藏着"死与变"这一思想的萌芽么？

冯至诗歌创作的第三阶段在1949年后。此时他仍未脱离德语诗歌的影响，只是很快恢复了自己与海涅的旧谊，并让这位曾是马克思、恩格斯朋友的革命民主主义诗人，取代了里尔克和歌德的地位；这在当时的社会条件和政治、文艺气氛中，也属理所当然，不足为怪。冯至不仅写了一些介绍海涅的文章，还在1956年出版了一部流传广、影响很大的《海涅诗选》，如诗人绿原说的"在诗歌翻译方面为我们留下了迄今难以超越的典范"[11]。

中华人民共和国成立后的近二十年，冯至亲近海涅，但已不欣赏他早年那些失恋的哀叹，而极为称赞他后来为表示"对于丑恶事物的憎恨和愤怒"而作的或者"素描式的讽刺"，或者"漫画式的讽刺"，并以《海涅的讽刺诗》为题写了一篇专文，阐述自己研究之所得。[12]甚至到了"文革"中的

1973年，冯至还翻译海涅的政治讽刺长诗《德国，一个冬天的童话》，且于同时写成一首七绝："当年海涅成风尚，罗累莱歌舟子情；重展旧编新耳目，齐鸣万箭射毒鹰。"1977年，这部译著出版，冯至在《译者前言》中又专门谈了海涅的讽刺艺术。

比之于里尔克和海涅，我感觉1985年以后冯至与歌德却更加亲近。这儿当然说的是老年的歌德，是《浮士德》和《维廉·麦斯特的学习时代》的歌德，是洞悉宇宙、人生的大诗人、大哲人歌德。这么讲不只因为他在诗中不止一次援引歌德，像他的《给一个患白内障的老人》："我不同意说老人是个李耳王（语出歌德）/也不愿看痴呆的老寿星/我欣赏浮士德失明后的一句话/眼昏暗，心里更明亮"——分明已是冯至与歌德在对话，在讨论。值得注意的还有冯至那些思索宇宙、人生、历史、时间的诗都非常之精炼、警辟，如《赠妻》《咏陈子昂》《给亡友》《雾中看花》《在病院里之二》等，都像一些格言诗乃至警句。这让人想起歌德这位写作警句和格言诗的圣手；而1978年，冯至近二十多年来发表的第一篇论歌德的文章，正是《歌德的格言诗》。[13]在这篇文章中，冯至译引的不少歌德谈论时间、人生、青年和老年以及文艺问题的格言诗和警句，都同样短小精悍，同样富于睿智。

冯至一生的诗歌创作都受了他翻译过的歌德、海涅、里尔克等德语诗人的影响，在与他们几乎是大半生的交谊中，都有意无意地得到过他们的启迪，从他们的作品和思想里吸取过养分。但是，对于成熟而杰出的老诗人冯至，我不说单方面的接受影响，而宁肯用"共鸣"或者"对话"这样的词儿，来说明他与歌德、海涅、里尔克等德语诗人的关系。

受篇幅限制，诗人冯至译诗的话题就此打住，最后说说这个诗集的选编问题。笔者巴蜀译翁奉浙江大学中华译学馆馆士许钧教授之命，承蒙冯至长女冯姚平大姐的鼓励、支持，来完成选编任务，在结稿时感到一个大大的遗憾：同样受篇幅限制，恩师冯至的一些名译佳译不得已割爱了，例如可谓珍稀样式的《德国，一个冬天的童话》，就只摘选了一小部分。许钧教授安慰我说：这只是精选本，等他实施更宏大的出版计划时可以弥补遗憾。但愿如此！

行文至此，我不由得从眼前这个大遗憾想到一个性质相同的更大的遗憾：20 世纪 80 年代初，我研究生毕业不久，在母校南京大学开会时顺便拜访译林出版社，受到社长李景端让我选编一部《海涅抒情诗选》的重托。我喜出望外，立刻便想到要把恩师冯至译的海涅抒情诗全部选进去，因为他无疑是众所公认的译介海涅诗歌的权威。李景端社长自然完全赞成我的想法。谁知我去跟出版了《海涅诗选》的人民文学出版社商量时，对我来说原本是亦师亦友的绿原却激烈反对。尽管当时还没有版权法，出版社跟着译者也不兴签合同，人民文学出版社没有独享《海涅诗选》出版权的依据和道理。但我个人十分尊敬和感激绿原，不好意思与他争论，再说我也理解他维护本社权益的立场，只能耐着性子求他给予照顾和宽容。结果好说歹说，我磨来磨去，他终于同意我从人文的本子里"选用几首"……

　　署名冯至、钱春绮、杨武能翻译的译林版《海涅抒情诗选》总算出了书，而且一印就印了二十多万册，随后的一些年也畅销不衰。尽管如此我作为选编者，多少年来一直深感遗憾甚至内疚，须知它选收的冯至译诗实在太少了，虽说并非完全按照绿原的要求仅仅"选用几首"。很长时间我都因为选编出版这本书而惴惴不安，担心冯至老师会对我产生不好的看法，担心同事同行会骂我见利忘义。然而令我宽慰的是，恩师冯至根本就没有在意这一鸡毛蒜皮的小事，一如既往地给我教诲，给我帮助。

　　三十多年前的事情了，冯至老师早已离开我们，可我仍旧念念不忘，一定要在什么时候找一个适当的机会，好好弥补一下这个对我而言十分重大的遗憾。

巴蜀译翁　杨武能
2019年春节于广西北海金滩悦海阁

注释：

1　杨武能：《阐释、接受与再创造的循环——文学翻译断想》，《中国翻译》1987年第6期。

2　冯至：《外来的养分》，《外国文学评论》1987年第2期。

3　冯至：《诗文自选琐记》，《冯至选集》"代序"，四川文艺出版社，1985年。

4　冯至：《外来的养分》。

5　冯至：《诗文自选琐记》。

6　冯至：《自传》，载《冯至选集》第2卷。

7　冯至：《里尔克——为十周年祭日作》，载《冯至选集》第2卷。

8　冯至：《外来的养分》。

9　冯至：《爱情诗与战斗诗》，载《东欧杂记》，人民文学出版社，1951年。

10　冯至：《十四行集》序，载《冯至选集》第1卷。

11　绿原：《你会得到一个王国——〈论歌德〉读后散记》，《外国文学评论》1990年第3期。

12　参见《冯至选集》第2卷。

13　冯至：《论歌德》，上海文艺出版社，1986年。

歌德

普罗米修士[1]

宙斯[2]，你用云雾
蒙盖你的天空吧，
你像割蓟草的儿童一般，
在栎树和山顶上
施展伎俩吧！
可是你不要管
我的大地，
我的茅屋，这不是你盖的，
不要管我的炉灶，
为了它的烈火
你嫉妒我。

群神，日光下我没有见过
比你们更贫穷的！
你们用祭品，
用祈祷的气息
贫乏地营养着
你们的尊严，

若不是儿童们和乞丐
是些满怀希望的傻子,
你们就会饿死。

当我是个儿童时,
不知道怎样应付,
我把我迷乱的目光
转向太阳,好像那里
有个耳朵听我的怨诉,
有个心和我的一样
怜悯被压迫者。

那时谁帮助我
抵抗狄坦[3]们的傲慢?
谁把我从死亡里,
从奴役里救出?
圣洁的火热的心,
不是你自己完成了这一切吗?
可是你,受了蒙骗,
年轻而善良地

向那上边的睡眠者
热烈表示过救命的感谢!

宙斯,要我尊敬你?为什么?
你可减轻了
任何重担者的痛苦?
你可遏止了
任何受威吓者的眼泪?
把我锻炼成人的
不是全能的时代
和永恒的命运吗?
它们是我的也是你的主人!

你在妄想吗,
只因为不是
一切青春的梦都能实现,
我就应该憎恨人生,
逃入沙漠?

我坐在这里制造人,

按照我的形象，

这个族类跟我一样，

去受苦，去哭泣，

去享受，去欢乐，

并且看不起你，

跟我一样！

1774年　秋

发表于《译文》1957年第3期

注释：

1　希腊神话里的英雄，从天上把火送给人间，因此获罪被天神囚系在高加索山上；他体现着人的创造力和反抗精神。歌德在狂飙突进时期曾取材普罗米修士的传说写一剧本，但未完成；这首诗是这未完成的剧本里的一段独白。全诗除第四节外，所有的第二人称都是指的天神。

2　希腊群神中最高的统治者。

3　希腊神话中最早的神族，曾与宙斯对抗。

漫游者的夜歌

一切峰顶的上空
静寂,
一切的树梢中
你几乎觉察不到
一些声气;
鸟儿们静默在林里。
且等候,你也快要
去休息。

引自《一首朴素的诗》,原载《论歌德》

掘宝者

囊空如洗,病在心头,
难熬过长日无聊。
财富是至上的产业,
贫穷是最大的苦恼!
为消除我的痛苦,
我去挖掘一件珍宝。
"你据有我的灵魂!"
用自己的鲜血写好[1]。

我画了魔圈套着魔圈,
聚集了腐骨和败草,
燃烧起奇异的火焰;
我的咒语也念完了。
按照学来的手法,
我挖掘古代的珍宝
在魔杖指定的地方;
夜色如漆,风雨潇潇。

我望见远处有一个光,
它走来了像一颗星星
从那最远的远方,
这时正敲着夜半钟声。
不容人有丝毫准备,
那光芒忽然更明亮,
从一个美童子捧着的、
盛满圣浆的杯中射放。

我看见密致的花冠下
闪烁着俊美的双眼;
在圣浆璀璨的天光中
他迈进了我的魔圈。
他殷勤地劝我吸饮;
我想:这样一个男孩
带来美丽光明的赠品,
绝不是一个魔鬼走来。

"吸饮纯洁生命的欢悦!
你就会理解这个训词,

不要再来到这个地方

念些恐怖的咒誓。

这里挖掘徒劳无益。

白天工作!晚间欢聚!

周间勤劳!节日快乐!

这是你将来的咒语。"

1797年5月

首发于1926年10月《沉钟》半月刊第5期,署名琲琲;

重译后发表于1957年2月《译文》第3期,署名冯至

注释:

1 根据传说,掘宝者发掘宝物,必须事先把自己的灵魂卖给魔鬼。卖灵魂的契约要用自己的血来写。

迷娘之歌

你认识吧,那柠檬盛开的地方,
金橙在阴沉的叶里辉煌,
一缕熏风吹自蔚蓝的天空,
番石榴寂静,桂树亭亭——
你可认识那地方?
　　　　到那里,到那里!
啊,我的爱人,我要和你同去!

你认识吗,那白石为柱的楼阁,
广厦辉耀,洞房里灯光闪烁,
大理石向着我凝视:
可怜的孩子,人们怎样欺侮了你?——
你可认识那楼阁?
　　　　到那里,到那里!
啊,我的恩人,我要和你同去!

你认识吗,那座山和它的云栈?
骡儿在雾中寻它的路线,

洞穴中伏藏着蛟龙的苗裔，
岩石欲坠，潮水打着岩石——
你可认识那座山？
　　　到那里！到那里
是我们的途程，啊父亲，让我们同去！

译自《维廉·麦斯特的学习时代》

谁解相思渴……

谁解相思渴,
谁知我心伤!
远离众欢乐,
孤单何苍凉。
举首天寥廓,
极目向彼方。
爱我识我者,
噫嘻在远乡。
我神多眩惑,
焦灼我心肠。
谁解相思渴,
谁知我心伤!

译自《维廉·麦斯特的学习时代》,以《迷娘》为题发表于 1924 年《文艺旬刊》第 18 期

不要用忧郁的音调

不要用忧郁的音调
歌唱夜的寂寞：
啊美女们窈窕，
夜里正好会合。

正如女人对于男人
是那最美的一半，
夜占去一半光阴，
也是最美的一半。

你们可能喜欢白昼，
它只是把欢乐打断，
它没有旁的用处，
只善于让人们分散。

但如果在夜的时辰
流逝朦胧的灯影，
嘴唇挨近嘴唇
倾吐调笑和爱情；

如果癫狂的少年
一向急躁而热衷,
常得到一点爱怜,
停留于轻佻的戏弄;

如果夜莺给情人们
唱出深情的歌曲,
可是对于不自由的愁人,
只像是哀怨如缕:

谁的心不轻微跳动
倾听午夜的钟声,
它缓缓地敲击十二次,
预告休息和安宁!

所以在这漫长的白昼,
要记住,亲爱的胸怀:
每个白昼有它的痛苦,
可是夜有它的愉快。

译自《维廉·麦斯特的学习时代》

我要潜步走到家家门旁……

我要潜步走到家家门旁,
我站立着,规矩而静寂,
慈悲的手将要递给食粮,
并且我将要往下走去。
每个人都将要显得幸福,
若是我在他的面前站立;
他将要落下来一滴泪珠,
我不知道他为什么哭泣。

译自《维廉·麦斯特的学习时代》

不让我说话，只让我缄默……

不让我说话，只让我缄默，
因为守秘密是我的义务；
我要把我整个的内心向你陈列，
只是那命运不愿意这样做。

太阳在始终不停地运行，
时间一到，黑夜也必须放出光明；
坚硬的岩石张开它的胸怀，
不嫉妒地球把它深藏的源泉喷涌出来。

每一个人都在他朋友的怀中寻求安谧，
在那里心事能够流泣成为诉怨；
只是誓言使我双唇紧闭，
只有上帝才能使它倾心而谈。

译自《维廉·麦斯特的学习时代》

在呼吸中有双重的恩惠……

在呼吸中有双重的恩惠:
把空气吸进来又呼出去。
吸进感到压迫,呼出就清爽;
生命是这样奇异地混合。
你感谢神,如果他压抑你,
感谢他,如果又把你放松。

水的颂歌

一切都从水里产生!

一切都被水保持!

海洋,给我们你永恒的统治。

如果你不遣送云霓,

不施舍丰富的清溪,

不让河水流来流去,

不完成滔滔的江水,

哪里会有山岳、平原、世界?

是你保持那最清新的生机。

译自《浮士德》,原载《论歌德》

守望者之歌

为观看而降生,
为瞭望而工作,
我置身于望楼,
为宇宙而欢乐。
我眺望远方,
我俯视近处,
望月亮和星辰,
视树林和麋鹿。
我在宇宙万象中
看见永恒的装饰,
正如我喜爱它们,
我也喜爱自己。
你们幸福的眼睛,
你们目光所及,
不论是些什么,
都是这样美丽!

译自《浮士德》,原载《论歌德》

神秘的合唱

一切无常的
只是一个比喻；
不能企及的
这里成为事迹；
不能描述的
这里已经完成；
引渡我们的
是永恒的女性。

译自《浮士德》，原载《立斜阳集》，
工人出版社，1989 年

中德四季晨昏杂咏

一

怎能辜负好春光,
吏尘仆仆人消瘦;
梦魂一夜到江南,
草色青青水色秀——
临流赋新诗,
踏青携美酒,
一杯复一杯,
一首复一首。

二

白烛垂垂似含羞,
皎若明星洁百合;
爱焰自彼心之中
缓缓开展光和热。

水仙开放这样早,
一行行开在园里,

素心的人们要知道,
它们等待谁,争立如许?

三
从牧场牵去群羊,
牧场上,一片绿草新生;
杂花将次第开放,
地上的乐园,装点将成。

希望展在面前,
轻纱犹如云雾;
云开日现,事事如愿,
给我们带来幸福!

四
孔雀的鸣声虽恶,但是
令我想起翩翩的羽衣,
它的声音也就没有憎意。
印度的鹅,却不能同语,
我无法将它容忍,
这丑禽叫起来那样乖戾。

五

为这夕阳的金光
展开你欢愉的光彩,
让你尾上的花轮
踊跃地和日光争赛!
日光在原野里探求
何处开花,有青天笼罩,
它看见一对情人,
它觉得最为美好。

六

杜鹃乃及夜莺,
都愿意挽住阳春,
无奈炎夏逼无情,
漫天遍野,是蔓草荆蓁。
那棵树上的疏叶
也渐渐地变得浓密,
我曾经由新绿稀疏处
送眼波将爱人偷觅。
琉璃瓦,今遮住,
画栋雕栏也无觅处:

我目光向那边探寻
我的东方永久常驻。

七
那一番比阳春更艳,
那使我常常留恋,
况又是平原草浅;
曾记得在园里,
来就我,翩翩地,
心事,从头细诉——
我永久是她的所有,
怎能够教我忘记。

八
暮色徐徐下沉,
身边的都已变远,
金星美好的柔光
高高地首先出现!
一切动移不定,
雾霭蒙蒙地升起;
一片平湖反映

夜色阴森的静寂。

在那可爱的东方
我感到月的光辉，
柳条袅袅如丝
戏弄着树旁湖水。
透过阴影的游戏
颤动卢娜的媚影，
眼里轻轻地潜入
沁人肺腑的清冷。

九
过了蔷薇时节，
才晓得蔷薇的价值。
有亭亭最后的一枝
补足了满园的花色。

十
你称作花中的女王，
你被承认最为美丽；
证明都无从否定，

纷争亦因之平息。
你不是空空的幻影,
你是信仰与观照的合一;
努力探索,永不疲倦,
追求世间的定律原理。

十一

"迷惘使我彷徨
在这无味的清谈,
去者不能残留,
面前的又已消散;
灰色编成的网罗
围绕我局促不安。"
你要心安!永存的
有恒久的定例,
蔷薇与百合自开自去。

十二

"旧梦俱已消沉,
去爱抚蔷薇代替少女,
同树木共语代替哲人;

我们却不能赞美。
于是有朋友来临，
都立在你的身侧，
你要自奉奉人，
平芜间有美酒笔墨。"

十三

你们可要扰此平和？
请让我伴着我的杯盏；
人尽可以同旁人去学，
只有单人能独享灵感。

十四

"那么，在我们未走之先，
你可有一些良言赠与？"——
平息你向远方、将来的希求，
努力于此地和此时之所宜。

发表于 1924 年 4 月《小说月报》，
其中第八首据《论歌德》所载的重译文

格言诗二十六首

一

一小时有六十分钟,
一昼夜超过了一千。
小孩子!要有这个认识,
人能有多么多的贡献。

二

我的产业是这样美,这样广,这样宽,
时间是我的财产,我的田地是时间。

三

你的昨天若是明朗而坦然,
你今天工作就自由而有力,
也能够希望有一个明天,
明天能取得不更少的成绩。

四

急躁没有用,

后悔更没用；
急躁增加罪过，
后悔给你新罪过。

五
你若要为你的意义而欢喜，
就必须给这个世界以意义。

六
世界上事事都可以担受得起，
除却接连不断的美好的时日。

七
你若要为全体而欢喜，
就必须在最小处见到全体。

八
谁若游戏人生，
他就一事无成；
谁不能主宰自己，

永远是一个奴隶。

九
像是星辰,

不匆忙,

也不停息,

每个都围转着

自己的重担。

十
对于我没有更大的苦闷,

甚于在天堂里独自一人。

十一
你若要迈入无限,

就只在有限中走向各方面。

十二
什么是一个乡愿?

是一个空肠,

填满了恐惧和希望。
上帝见怜!

十三

一个老人永远是个李耳王——
凡是手携手共同工作的、争执的,
久已不知去向,
凡是和你一起爱过的、苦恼的,
已依附在其他的地方;
青年在这里自有天地,
这是愚蠢的,若是你向往:
来吧,跟我一块儿老去。

十四

"你说,你怎么如此泰然地担当
那些粗暴的青年的狂妄?"
诚然,他们会是不堪忍受的,
若不是我也曾经是不堪忍受的。

十五

病的东西我不要品尝,

作家们首先要恢复健康。

十六　给合众国

美利坚，你比我们的
旧大陆要幸福；
你没有颓毁的宫殿，
没有玄武岩。
无用的回忆，
徒然的争执，
不在内部搅扰你，
在这生气蓬勃的时代。

幸福地运用现在！
若是你们的子孙从事文艺，
一个好的命运维护他们
不去写骑士、强盗、鬼魂的故事。

十七

我愿意把热情
比作牡蛎，亲爱的先生，

如果你们不在新鲜时吃
它就实在是一份坏菜。
兴奋不是罐头青鱼，
人们把它装起来保存几载。

十八
尽你可能，负担你的灾殃，
莫向任何人抱怨你的厄运；
当你向朋友抱怨"一件"不幸，
他立即还给你"一打"不幸。

十九
最伟大的，人们不愿达到，
人们只嫉妒他们的同类；
这是世界上最坏的嫉妒者，
他把每个人都看作他的同类。

二十
常春藤和一个温柔的心
它们盘绕，生叶而开花，

若是得不到树干和墙壁,
就必定腐败,必定死亡。

二十一
我若是愚蠢,他们都承认我,
我若有道理,他们就要骂我。

二十二
这样的人大半是命途多舛,
他把他能够做的放在一边,
大胆去做他所不了解的事项;
这并不奇怪,他自蹈灭亡。

二十三
你若要建造一个美好的生活,
就必须不为了过去而惆怅,
纵使你有一些东西失落。
你必须永久和新降生一样;
你应该问,每天要的是什么,
每天要什么,它会告诉你说;

必须为自己的工作欢喜,
你也将要尊重他人的成绩;
特别是不要憎恨人,
把其余的都委托给神。

二十四

在晚间我拍死了一千个苍蝇,
在黎明却有一个把我搅醒。

二十五

无聊是一种恶草,
却也是助消化的香料。

二十六

编一个花圈比为它找一个
适合的头要容易得多。

前十六首原载《论歌德》,
后十首原载 1947 年 2 月 1 日《益世报》

玛利浴场哀歌

　　如果人在他的痛苦中静默，一个神就让我说，我苦恼什么。[1]

如今我对再见该抱什么希望，
对今天还关闭着的花苞?[2]
是乐园，是地狱，都为你开放；
心情激动，是怎样不定飘摇!——
再没有疑问! 她走到天底门槛，
她高高举起你在她的双腕。

你那时被迎接在乐园，
好像你值得享永久美丽的生意；
再也用不着企求，希望，祝愿，
这里便是内心努力底目的，
当你向着这唯一的美观看，
渴慕的泪泉便立即枯干。

白昼怎不鼓起迅捷的羽翼，

分分的光阴仿佛都逼着赶来!
黄昏底吻,一个忠实结合的印记:
纵使当着明日的太阳,它也存在。
时辰彼此相似,在温柔游荡,
姊妹般,却又不完全相像。

最后的吻,甜美而残忍,它切断
错综情意底华丽的藤葛。
于是跑啊,脚又停滞,躲避着门槛,
像里边一个执火剑的天使将他驱逐[3];
阴郁的途中,目光懊恼地凝视,
回头看,乐园的门却紧紧关闭。

于是自家紧紧关闭,好像
这颗心从未开启,也未曾感到
那些幸福的时辰在她的身旁
和天上粒粒的星比赛照耀;
懊恼,忏悔,谴责,忧郁
折磨它,在沉闷的氛围里。

世界是不是还在？岩壁再也不
被神圣的阴影笼罩？
庄稼难道就不成熟？碧绿的平芜
就不伸向河流，展遍树丛牧草？
那时而无形象，时而万象具呈
超世的伟大就不窿廓空中？

活动得何等轻盈，何等明媚，
仿佛天使般从严肃的云台，
一个窈窕的影子从氤氲中升起
它多像她在蔚蓝的天海！
你看她在欢悦的舞中自由自在，
在最可爱的形体中她最为可爱。

可是你只可以在瞬间把牢
一个空中的幻影来替代她；
回到心里来吧，心里更容易得到，
在心里，她在许多形象中演化；
一个人演变成无数的形象，
越变越可爱，千番百样。

她迎接我在门前徜徉，
随后次第加惠于我；
就在末次吻之后还将我赶上，
在我唇边压上最末一个：
图像永远这样明鲜生动，
用火焰底文字写在诚挚的心中。

这颗心坚固有如修筑雉堞的高墙，
它为她而保重自身，也保护她在里面，
它为她而欢悦自己的持续久长，
它才自觉，若是她有所显现，
在这般可爱的墙内更为逍遥，
还在怦怦跳动，为一切而对她感恩图报。

即使爱的能力，互爱的必需
都消逝了，变得无影无踪，
立刻却找到了希望的欢愉，
快乐地去计划，决断，迅速行动！
若是爱给爱者以灵感，
这在我身上曾最可喜地实现；

多亏了她!一种内心的忌惮
讨厌地沉重,压住灵魂和身体:
在心灵空虚底荒凉的空间
目光被些恐怖的幻影围起;
从熟识的门槛内有希望朦胧,
她自己出现于和煦的阳光中。

神底和平(我们读古哲名言)[4],
在世上使你们幸福,甚于理性,
在最亲爱的人底前边,
正好和它相比的,是爱底和平;
心平息,那最幽深的心愿:
我属于她,是什么也不能扰乱。

在我们胸怀纯洁处涌起一种追慕
情愿将自己由于感谢的心情
献给更崇高、更纯洁的生疏事物,
为自己破解那永久的无名;
我们说:虔诚!——这样幸福的高巅
我觉得有分,当我立在她的面前。

在她的眼前,像是受着日光底支配,
在她呼吸前,像是在温暖的春风中,
自我底意识在严冬的穴内
冰僵得这样久,如今却已消融;
自私,自是,都不再延续,
在她来临前它们都已吓走。

她好像说:"一时复一时
生命和蔼地呈现给我们,
昨天的留给我们些许信息,
明日的又禁止我们知闻;
如果我们怕那黄昏来临,
日落了,看看还有什么使我欢欣。

"所以要做得像我一样,聪明而欢乐,
看定了刹那,不要推延!
快快地迎上它,亲切而活泼,
在工作中为了欢喜,也为了爱恋;
只要你永久天真,坦白胸怀,
你就是一切,不会失败。"

我想，你说得好，为了陪伴，
上帝把刹那的恩惠赠给你，
人人觉得在你温柔的身畔
一瞬间是命运底宠儿；
但你示意我离开的目光，令我生畏，
有什么用呢，学这么高深的智慧！

现在我远了！现在这一分钟时间
该如何打发它呢，我无法述说；
她在美上又给我一些善，
善只苦恼我，我必须摆脱；
一种不能抑制的思恋追逐我，
除去无边的泪却束手无策。

就往下涌吧！流个不停；
可是从未能止住内心的火焰！
刚才休停，又在我的胸头掣动，
生和死在里面恐怖地争战。
也许有些药草解除身体的痛苦；
只是精神却缺少决断和意志。

也无从理会,他怎好把她失却?
他几千遍反复她的图像:
时而停留,时而又被撕去,
时而暗淡,时而闪出纯洁的光芒;
这去而复来,潮升潮退,
何所得于这些许的安慰?

把我丢在这里吧,忠实的伴侣[5]!
让我单独在巉岩、沼泽的中间;
永远前进吧!你们的世界没有关闭,
地也广,天也伟大庄严;
你们观察,研究,事事搜罗,
自然的神秘被你们摸索。

一切属于我,我自己却已失落,
我曾经是群神的爱宠;
他们试炼我,给我潘多拉[6],
所以财宝丰富,危险更丰;
他们逼我亲吻好施舍的口唇,
他们分离我,让我沉沦。

1823年9月5日,年逾古稀的歌德在玛利浴场和他所爱恋的十九岁少女乌尔利克·封·雷维索夫分离后,一路心情起伏,写成这首哀歌。

1937年1月20日　译者志

发表于1937年《新诗》第1卷第5期

注释:

1　这两句题词引自歌德戏剧《塔索》第五幕第五场。

2　此诗头两句是说作者对于1823年8月第三次与乌尔利克相逢不抱"希望",并为后文所抒发的求爱遭拒的悲伤心情定下了基调。

3　据《旧约·创世纪》,大天使迦百利奉上帝之命,手持火剑将偷吃禁果的亚当、夏娃逐出伊甸园。

4　参阅《新约·腓立比书》第4章第7节:"上帝所赐出人意外的平安,必在基督耶稣里,保守你们的心怀意念。"

5　指在归途陪伴歌德的随从斯塔德尔曼和秘书约翰。

6　希腊神话中宙斯为惩罚人类盗火而派往人间的、用黏土制成的美女。诸神赐予她各种美好品性,宙斯却赐给她一只小盒,内藏一切灾祸。

荷尔德林

命运之歌

你们在太空的光明里遨游,
　　踏着柔软的云层,幸福的群神!
　　灿烂的神风轻轻地
　　　吹拂着你们,
　　　　像女琴手的纤指触动
　　　　　神圣的琴弦。

没有命运的拨弄,天神们呼吸
　像酣睡的婴儿,
　　淳朴的花蕾里
　　蕴藏着天真,
　　　他们的精神
　　　　却永远开花,
　　　　　幸福的目光
　　　　　　望着宁静的
　　　　　　　永恒的明朗。

可是我们命定了

没有地方得到安息，
　苦难的人们
　　消失着，陨落着
　　　盲目地从一个时辰
　　　到另一个时辰，
　　　　像是水从巉岩
　　　　　流向下边的巉岩
　　　　　长年地沦入无底。

原载冯至：《涅卡河畔——
"忆旧与逢新散记"之一》，1981年

给运命女神

只给我"一个"夏,你们掌权的神!
还有一个秋为了成熟的歌曲,
　　使我的心,饱尝了甜美的
　　游戏,随后更情愿地死亡。

灵魂,在人世不得享受过他的
神权,在下边冥土里也不安宁;
　　可是我若有一天完成了
　　那悬在我心上的圣业,诗,

我就欢迎,啊,那阴世的安静!
纵使我的弦琴不陪伴我下去,
　　我也满足;我"一次"曾生活
　　像群神,我再也没有需求。

发表于 1925 年 12 月 5 日《沉钟》周刊第 8 期

海涅

星星们动也不动……

星星们动也不动,
高高地悬在天空,
千万年彼此相望,
怀着爱情的苦痛。

它们说着一种语言,
这样丰富,这样美丽;
却没有一个语言学家
能明白这种言语。

但是我学会了它,
我永久不会遗忘;
而我使用的语法
是我爱人的面庞。

译自《抒情插曲》(1822—1823)

乘着歌声的翅膀……

乘着歌声的翅膀,
心爱的人,我带你飞翔,
向着恒河的原野,
那里有最美的地方。

一座红花盛开的花园,
笼罩着寂静的月光;
莲花在那儿等待
它那知心的姑娘。

紫罗兰轻笑调情,
抬头向星星仰望;
玫瑰花把芬芳的童话
偷偷地在耳边谈讲。

跳过来暗地里倾听
是善良聪颖的羚羊;
在远远的地方喧腾着

圣洁河水的波浪。

我们要在那里躺下,
在那棕榈树的下边,
啜饮爱情和寂静,
沉入幸福的梦幻。

译自《抒情插曲》(1822—1823)

一棵松树在北方……

一棵松树在北方
孤单单生长在枯山上。
冰雪的白被把它包围,
它沉沉入睡。

它梦见一棵棕榈树,
远远地在东方的国土,
孤单单在火热的岩石上,
它默默悲伤。

译自《抒情插曲》(1822—1823),
发表于《人民文学》1956 年第 4 期

一个青年爱一个姑娘……

一个青年爱一个姑娘，
姑娘却相中另外一个人；
这个人又爱另一个姑娘，
并且和她结了婚。

这个姑娘一时气愤，
嫁给她偶然遇到的
任何的一个男人；
这青年十分苦闷。

这是一个古老的故事，
可是它永久新鲜；
谁正巧碰到这样的事，
他的心就裂成两半。

译自《抒情插曲》(1822—1823)

他们使我苦恼……

他们使我苦恼,
气得我发青发白,
一些人用他们的恨,
一些人用他们的爱。

给我的面包掺上毒药,
给我的酒杯注入毒鸩,
一些人用他们的爱,
一些人用他们的恨。

可是她,她最使我
苦恼、气愤和悲哀,
她从来对我没有恨,
也从来对我没有爱。

译自《抒情插曲》(1822—1823)

他们坐在桌旁喝茶……[1]

他们坐在桌旁喝茶,
他们谈论着爱情。
先生们都有美感,
太太们都有柔情。

枯瘦的宫廷顾问说:
"爱情必须是柏拉图式。"[2]
顾问夫人轻轻冷笑,
"啊!"她却叹了一口气。

寺僧张开了大嘴:
"爱情不能太粗狂,
不然就会损害健康。"
小姐轻轻低语:"怎么讲?"

伯爵夫人忧郁地说:
"爱情是一种受难!"
她温和地把一杯茶

捧在男爵先生面前。

桌旁还有一个空座位，
我的爱人，你却不在。
宝贝儿，但愿你也这样
谈论谈论你的爱。

译自《抒情插曲》(1822—1823)

注释：
1 这首诗讽刺当时所谓上层社会里虚伪的爱情。
2 柏拉图式的恋爱是指精神的、非肉体的恋爱。

一颗星星落下来……

一颗星星落下来
从它闪烁的高空!
这是一颗爱情的星,
我看它在那里陨落。

苹果树上落下来
许多的花瓣花朵。
吹来轻佻的微风,
它们把落花戏弄。

天鹅在池里歌唱,
它浮过来浮过去,
它越唱声音越轻,
最后伸入水的坟墓。

这样的寂静、阴暗!
花瓣花朵都吹散,
那颗星戛然粉碎,

天鹅歌[1]也无声中断。

译自《抒情插曲》(1822—1823)

注释:
1 天鹅歌指死前的最后之歌。

罗累莱[1]

不知道什么缘故，
我是这样的悲哀；
一个古代的童话，
我总是不能忘怀。

天色晚，空气清冷，
莱茵河静静地流；
落日的光辉
照耀着山头。

那最美丽的少女
坐在上边，神采焕发，
金黄的首饰闪烁，
她梳理金黄的头发。

她用金黄的梳子梳，
还唱着一支歌曲；
这歌曲的声调，

有迷人的魔力。

小船里的船夫
感到狂想的痛苦;
他不看水里的暗礁,
却只是仰望高处。

我知道,最后波浪
吞没了船夫和小船;
罗累莱用她的歌唱
造下了这场灾难。

译自《归乡集》(1823—1824)

注释:

1 罗累莱(Lorelei)是传说中的一个魔女,她坐在莱茵河畔一座巉岩顶上,用歌声引诱河上的船夫。

你美丽的打渔姑娘……

你美丽的打渔姑娘,
把小船摇到岸边;
到我这里坐下吧,
让我们握手言欢。

你不要过分害怕,
把头放在我的心旁;
你天天无忧无虑
委身于狂暴的海洋。

我的心也像大海,
有风暴,有潮退潮涨,
也有些美丽的珍珠
在它的深处隐藏。

译自《归乡集》(1823—1824)

每逢我在清晨……

每逢我在清晨
从你的房前走过，
我看见你在窗内，
亲爱的，我就快乐。

你探索着凝视着我，
用你深褐的眼睛：
"你这他乡多病的人，
你是谁，你有什么病？"

"我是一个德国诗人，
在德国的境内闻名；
说出那些最好的名姓，
也就说出我的姓名。

"我跟一些人一样，
在德国感到同样的痛苦；

说出那些最剧烈的苦痛,

也就说出我的痛苦。"

译自《归乡集》(1823—1824)

这是一个坏天气……

这是一个坏天气,
下雨刮风又飘雪;
我坐在窗边向外望,
望着外边的黑夜。

一粒寂寞的微光闪闪,
它慢慢地向前摇摆;
是一个妈妈提着小灯
在那里晃过大街。

我相信,她购买了
鸡蛋、黄油和面粉;
她要给她的大女孩
烤一块蛋糕点心。

女孩在家里倒在靠椅上,
睡眼蒙眬地看着灯光;

金黄的卷发波浪一般
拍打着甜美的面庞。

译自《归乡集》(1823—1824)

我们那时是小孩……[1]

我们那时是小孩,
两个小孩,又小又快乐;
我们爬进小鸡窝,
我们藏入草垛。

若是人们走过,
我们就学着鸡叫——
"咯咯——咯咯!"他们以为,
这是公鸡在叫。

我们把院里的木箱,
裱糊得美丽新鲜,
做成一个漂亮的家,
一块儿住在里边。

我们邻家的老猫,
常常走来访问;
我们鞠躬、请安,

向它献尽殷勤。

我们小心和蔼
问它身体平安;
从此对一些老猫
总是这样寒暄。

我们也常常坐着谈话,
事理通达像老人一样,
我们抱怨,在我们的时代
一切都比现在强;

爱情、忠诚和信仰
都从世界里勾销,
咖啡是多么贵,
金钱是多么少!——

儿时的游戏早已过去,
一切都无影无踪——
金钱、世界和时代,

信仰、爱情和忠诚。

译自《归乡集》(1823—1824)

注释：

1　这首诗是海涅写给他的妹妹的。

我的心，你不要忧悒……

我的心，你不要忧悒，
把你的命运担起。
冬天从这里夺去的，
新春会交还给你。

有多少事物为你留存，
这世界还是多么美丽！
凡是你所喜爱的，
我的心，你都可以去爱！

译自《归乡集》(1823—1824)

你像是一个花朵……

你像是一个花朵,
这样可爱、纯净、美丽;
我看着你,一缕忧思
就潜入我的心里。

我觉得好像应该
把手按住你的头顶,
祈求神永久保佑你
这样可爱、美丽、纯净。

译自《归乡集》(1823—1824)

世界和人生太不完整……[1]

世界和人生太不完整——
我要向德国的教授请教。
他会把人生拼凑在一起,
做出一个可以理解的系统;
用他的睡帽和他的烂睡衣
堵住这世界大厦上的窟窿。

译自《归乡集》(1823—1824)

注释:

1 这首诗讽刺德国的学者用他们主观的唯心主义牵强附会地来解释世界和人生。

哈尔次山游记序诗

黑色的上衣,丝制的长袜,
白净的体面的袖口,
柔和的谈话和拥抱——
啊,但愿他们有颗心!

心在怀里,还有爱情,
温暖的爱情在心里——
啊,他们的滥调害死我,
唱些装腔作势的相思。

我要登上高山去,
那里有朴素的人家,
在那里,胸怀自由地敞开,
有自由的微风吹拂。

我要登上高山去,
那里高高的枞树阴森,
溪水淙淙,百鸟欢歌,

飘荡着孤傲的浮云。

分手吧,你们光滑的客厅,
油滑的先生,油滑的妇女!
我要登上高山去,
笑着向你们俯视。

译自《哈尔次山游记》(1824)

牧童

牧童是一个国王,
宝座是绿色的山冈,
巨大的黄金的王冠,
是他头上的太阳。

绵羊卧在他的脚下,
这些谄媚者,标着红十字;
牛犊是他的侍从,
骄傲而威武地漫步。

山羊是宫廷的优伶,
还有牝牛和鸣禽,
吹着笛子,摇着小铃,
都是宫廷的乐人。

奏乐唱歌这样动听,
还有枞涛和流水
在丁丁冬冬作响,

国王也蒙眬入睡。

那条狗,他的大臣[1],
这时必须执政,
它汪汪地吠叫
四围响起了回声。

年少的国王说梦话:
"国政是这样繁难,
啊,但愿我是在家里,
在我的女王身边!

"在女王温软的怀里
我的头得到安静,
我的广大的国土!
都在她美丽的眼中!"

译自《哈尔次山游记》(1824)

注释:
1 这里可能是指奥地利首相梅特涅。

宣告

暮色朦胧地走近,
潮水变得更狂暴,
我坐在岸旁观看
波浪的雪白的舞蹈,
我的心像大海一样膨胀,
一种深沉的乡愁使我想望你,
你美好的肖像,
到处萦绕着我,
到处呼唤着我,
它无处不在,
在风声里,在海的呼啸里,
在我的胸怀的叹息里。

我用轻细的芦管写在沙滩上:
"阿格内斯,我爱你!"
但可恶的波浪
打在这甜美的自白上,
把它消灭。

折断的芦管、冲散的沙粒、

泛滥的波浪,我再也不信任你们!

天色更暗,我的心更热狂,

我用强大的手,从挪威的树林里,

拔下最高的枞树,

把它插入爱特纳[1]的火山口,

用这样蘸着烈火的笔头

写在黑暗的天顶:

"阿格内斯,我爱你!"

从此这永不消灭的火字

每夜都在那上边燃烧,

所有的后代子孙

都欢呼着读这天上的字句:

"阿格内斯,我爱你!"

译自《北海集》(1825—1826)

注释:

1 爱特纳(Ätna)是欧洲最大的火山,在西西里岛上。

海中幻影

但是我躺在船边，
梦眼蒙眬，向下观看，
看着明镜般的海水，
越看越深——
深深地看到海底，
起始像是朦胧的雾霭，
可是渐渐色彩分明，
显露出望楼和教堂的圆顶；
最后，日光晴朗，露出来一座城，
具有古老的荷兰风味，
人们来回走动。
老成持重的男人们，穿着黑外衣，
戴着雪白的绉领和光荣的项链，
佩着长剑，一副长的面孔，
他们迈过拥拥挤挤的市场
走向高台阶的市议厅，
那里有帝王的石像守护，
拿着权杖和宝剑。

不远的地方,房屋排列成行,

窗子镜一般地明亮,

菩提树修剪成圆锥形,

房屋前有绸衣窸窣的少女游荡,

细长的身材,如花的面貌,

羞怯地被黑色的小帽

和涌出来的金发围绕。

杂色的侍从们穿着西班牙式的服装,

意气扬扬地走过,还点头致意。

上年纪的妇女,——

穿着褐色过时的衣裳,

手里拿着赞美诗和念珠,

钟声和洪亮的风琴声

催促她们

迈着碎步,

跑向大礼拜堂。

我自己深深感到

远方的声响含着神秘的悚惧!

无穷的渴望、深沉的忧郁

浸入了我的心，
我几乎还没有痊愈的心；——
我觉得心里的伤痕
好像被可爱的嘴唇吻开，
它们又在流血，——
热烈的、红色的血滴，
一滴滴缓缓地滴下，
滴到那下边深深的海市里
一座老屋——
一座有高高尖顶的老屋上边，
那里忧郁地没有一个人，
只是在窗前
坐着一个女孩，
她的头偎在臂上，
一个可怜的、被人遗忘的女孩——
我却认识你，可怜的、被人遗忘的女孩！

你躲避着我，
隐藏这样深，深到海底，
是闹着孩子的脾气，

你再也不能上来,
人地生疏坐在生疏的人们中间,
几百年之久,
这中间,我的灵魂充满怨恨,
我在大地上到处找你,
并且永久找你,
你这永久亲爱的,
你这长久失落的,
你这终于找到的——
我找到了你,我又看见
你甜美的面庞,
聪明的、忠实的眼睛,
可爱的微笑——
我决不再丢开你,
我要下来到你身边,
我伸开两臂
跳下来到你的心旁——
但是正在这时刻,
船长捉住我的脚,
把我从船边上拉回,

他喊着,又愤怒地发笑:

"博士呀,你可是中了魔?"

译自《北海集》(1825—1826)

向海致敬

塔拉塔[1]！塔拉塔！
我向你致敬，你永恒的大海！
我从欢呼的心里
向你致敬一万遍，
像当年一万颗希腊人的心
那样向你致敬，
那些克服不幸的、渴望家乡的、
闻名世界的希腊人的心。

潮水汹涌，
它们汹涌、咆哮，
太阳急速地注下来
嬉戏的蔷薇色的光辉，
惊起的海鸥群
长鸣飞去，
马蹄橐橐，盾牌在响，
声震远方，像是胜利的欢呼：
"塔拉塔！塔拉塔！"

我向你致敬，你永恒的大海！
你的水向我喧腾，你是故乡的言语，
在你汹涌的波浪世界上
我看着水光闪烁像童年的梦幻，
旧日的回忆又向我重新述说
一切可爱的美丽的玩具、
一切光亮的圣诞节的礼品、
一切红色的珊瑚树、
金鱼、珍珠、彩色的贝壳，
这些你都神秘地保存着
在下边透明的水晶宫里。

啊，在荒凉的他乡我是多么憔悴！
我的心在我的怀里，
像一朵凋萎的花
在植物学家采集标本的铁盒里。
我像是一个病人，
在阴暗的病房度过漫长的冬天，
如今我忽然离开了它，
碧绿的、被太阳唤醒的春天

照得我眼花缭乱,
白花盛开的树木风吹作响,
地上幼小的花朵望着我
用彩色斑斓的、芬芳的眼睛,
到处在放香、作响、呼吸、欢笑,
小鸟们在蔚蓝的天空歌唱——
"塔拉塔!塔拉塔!"

你勇敢的退却的心!
北方的蛮女们怎样常常,
怎样令人难堪地常常迫害你!
她们从大的、胜利的眼里
射出灼热的利箭;
她们用尖酸刻薄的语言
威胁我要劈开我的胸腔;
她们用楔形文字的短简
打碎我可怜的、昏迷的头脑——
我徒然用盾牌去挡,
箭嗖嗖地射来,刀不断在砍,
我被北方的蛮女们

赶到了海边——
我自由地喘一口气向海致敬,
可爱的,救命的大海,
"塔拉塔!塔拉塔!"

译自《北海集》(1825—1826)

注释:

1 "塔拉塔"(Thalatta),希腊语"海"的译音。希腊历史学家塞诺封(Xenophon)在他的《进军记》(*Anabasis*)里记载,公元前401年希腊雇佣兵参与波斯内战,失败后剩下一万名退却,在望见黑海时,齐声喊道:"塔拉塔!塔拉塔!"(海呀!海呀!)

问题

在海边,在荒凉的黑夜的海边,
站着一个青年人,
怀里填满忧郁,脑里充满怀疑,
焦灼的唇向着涛浪发问:

"啊,你们给我解答这生命的隐谜,
这充满苦恼的、古老的谜,
许多头脑已经为它绞尽脑汁,
古埃及祭师帽里的头脑,
回教徒缠头巾里和学者黑帽里的头脑,
戴着假发的头脑,和千千万万
其他可怜的、流汗的人们的头脑——
你们告诉我,人有什么意义?
他从哪里来?他向哪里去?
谁住在天上边金黄的星星里?"
涛浪喧腾着它们永久的喧声,
风在吹,云在奔驰,

星光闪闪,冷冷地漠不关心,
可是一个傻子等待着回答。

译自《北海集》(1825—1826)

蝴蝶爱着玫瑰花……

蝴蝶爱着玫瑰花,
围绕她飞翔千百回,
多情的日光爱蝴蝶,
围绕他用金色的光辉。

可是玫瑰又爱谁?
我很愿意得个分明。
是那歌唱着的夜莺?
是那沉默无语的金星?

我不知道,玫瑰在爱谁;
我却是爱你们一切:
金星和夜莺,
日光、玫瑰和蝴蝶。

译自《新春集》(1828—1831)

蓝色的春天的眼睛……

蓝色的春天的眼睛
从草里向外观看；
这些可爱的紫罗兰，
我挑选它们编个花环。

我一边采掇一边想，
所有这些思想
都在我心里叹息，
夜莺儿高声歌唱。

我想的，它都唱出来，
歌声嘹亮，回音四起；
整个的树林已经
知道我心里的秘密。

译自《新春集》(1828—1831)

你写的那封信……

你写的那封信,
并不能使我悲伤;
你说你不再爱我,
你的信却是这样长。

好一篇小的手稿!
十二页,层层密密!
人们真是要分开,
不会写得这样详细。

译自《新春集》(1828—1831)

星星迈着金脚漫游……

星星迈着金脚漫游,
胆子小,步履轻,
大地睡在夜的怀里,
它们怕把它惊醒。

静默的树林在倾听,
一片叶,一个绿耳朵!
山好像在做梦,
伸出它影一般的胳膊。

可是什么在那里喊?
回声侵入我的心。
是爱人的声音吗,
可只是一只夜莺?

译自《新春集》(1828—1831)

天是这样黯淡、平凡……

天是这样黯淡、平凡！
这座城还是这座城[1]！
它总是这样愚蠢可怜地
在易北河投下倒影。

长鼻子，还是无聊地
擦鼻涕，和往日一般，
不是伪善的卑躬屈节，
就是妄自尊大的傲慢。

美丽的南方！我多么尊敬
你的神和你的天，
自从我和这堆人垃圾，
和这样的天气又见了面。

译自《新春集》(1828—1831)

注释：

1 这座城指汉堡。

海在阳光里照耀……

海在阳光里照耀,
好像是一片黄金,
兄弟们,一旦我死了,
请把我沉入海心。

我永久这样爱海,
海也用它的柔潮
常常清凉我的心;
我们都彼此要好。

译自《不同的女子》(1832—1839)

教义

敲起鼓来,你不要恐惧,
去吻一吻随军小贩的少女!
这就是全部的学问,
这就是书里最深的意义。

把人们从昏睡中敲起,
敲着起身鼓,用青春的力气,
敲着鼓永远向前迈进,
这就是全部的学问。

这是黑格尔的哲学[1],
这是书里最深的意义!
我聪明,又是一个好鼓手,
所以我懂得这个道理。

1842

译自《时代的诗》(1829—1856)

注释：

1 海涅曾经受过黑格尔左派哲学的影响，所以他在主张实践时，说"这是黑格尔的哲学"。

警告

忠实的朋友,你算完蛋啦!
你竟让这样的书籍印行!
你若要名誉和金钱,
就必须俯首听命。

我从来没有向你劝告过,
在人民面前这样讲说,
这样讲说那些牧师,
这样讲说最高的统治者!

忠实的朋友,你算完蛋啦!
公侯们有长胳膊,
牧师们有长舌头,
可是人民有长耳朵!

1829

译自《时代的诗》(1829—1856),

发表于《人民文学》1956年第4期

夜巡逻来到巴黎[1]

夜巡逻迈着进步的长腿，
你跑来了，这样地慌张！
我家里的亲人近来怎样，
祖国是否已经解放？

那里非常好，寂静的幸福
在礼义之家滋长；
平静安全，采取和平的道路，
德国从自己的内部发展。

不像法国那样表面繁荣，
自由只激动生活的外部；
一个德国人怀抱自由
只是在内心的深处。

科隆大教堂就要完成，
我们感谢霍亨索伦家族；[2]
威特巴赫送来玻璃窗，[3]

哈布斯堡[4]也给了捐助。

宪法和自由的法令,
都答应了我们,我们保有这个诺言,[5]
国王的话像尼伯龙根宝物[6],
深深地沉在莱茵河里边。

自由的莱茵,河流里的布鲁图斯[7],
再也不会被人抢走!
荷兰人绑住它的脚,
瑞士人按住它的头。

上帝还要赐我们一支舰队,[8]
爱国者精力饱满,摇着船橹,
快乐地驾驶德国的桡船;
禁锢的惩罚也被消除。

春天在开化,豆荚在爆裂,
在自由的自然里自由呼吸!
我们整个的出版社都被查禁[9],

图书检查最后也就自然消失。

1842

译自《时代的诗》(1829—1856)

注释：

1 夜巡逻是指法兰次·丁格尔史推特（Franz Dingelstedt，1814—1881），他在1840年发表了他的《一个世界主义的夜巡逻之歌》，所以海涅这样称呼他。他在1841年冬作为一个报纸的记者到了巴黎，这年11月他和海涅相识。

2 科隆（Köln）是莱茵河畔的一个城市，那里的大礼拜堂从1248年就起始建筑，几世纪之久没有完成。霍亨索伦（Hohenzollern）是普鲁士王族。普王威廉三世和威廉四世时又继续建筑这座礼拜堂。

3 威特巴赫（Wittelsbach）是巴燕国王族。巴燕国王路德威希一世送给这大礼拜堂五面玻璃窗。

4 哈布斯堡（Habsburg）是奥地利皇族。

5 普鲁士王威廉三世曾在1815年允诺制定宪法，终未实现。

6 中世纪传说，尼伯龙根族的宝物（Nibelungenhort）被沉入莱茵河，没有人知道在什么地方。

7 布鲁图斯（Brutus，公元前85—公元前42），罗马政治家，曾刺杀凯撒大帝。

8 从19世纪40年代起德国开始建立海军。

9 从1841年12月到1842年5月康培（Campe）出版社所有的书籍在普鲁士都被禁止。康培出版社在当时比较进步，出版海涅的作品。这首诗曾经被康培出版社印成活页传播。

变质

自然也变坏了吗,
它接受了人的缺陷?
我觉得,植物和动物
如今都像人那样欺骗。

我不相信百合花的纯洁,
蝴蝶儿在和她调戏,
这花衣的浪子吻她,
最后带着她的天真飞去。

我也不认为紫罗兰
这朵小花有多少谦虚,
她用妩媚的香气引诱人,
她暗地里渴望着荣誉。

我也怀疑那只夜莺,
她唱的是不是她的实感;
她夸张、啼泣、发出颤音,

我觉得,只由于她的老练。

真理从地上消失,
忠诚也无影无踪。
狗还是摇尾放出臭味
和往日一样,可是再也不忠诚。

译自《时代的诗》(1829—1856)

生命的航行[1]

日光闪烁着晃来晃去,
波浪摇荡着快乐的小舟。
一片欢笑和歌唱！我坐在里边
轻松愉快,和些亲爱的朋友。

小舟完全撞成了碎片,
朋友们都不善游泳,
他们在祖国沉没了；
暴风把我吹到塞纳河畔[2]。

和新的同志们登上一只新船；
他乡的潮水汹涌,
把我的船摇来摇去——
故乡多么远！我的心多么沉重！

又是一片欢笑和歌唱——
风在呼啸,船板戛戛地响——
天空消逝最后的星光——

多么沉重我的心！多么远我的故乡！

译自《时代的诗》(1829—1856)

注释：

1　海涅在1843年把这首诗赠给丹麦童话诗人安徒生。
2　塞纳（Seine）河畔，指巴黎。

倾向[1]

德国的歌手，要歌颂
德国的自由，让你的歌
把我们的灵魂掌握，
像马赛曲的歌声，
鼓舞我们去行动。

不再像维特那样呻吟，
他的心只为绿蒂燃烧[2]——
你要告诉你的人民
钟声敲起来的警告，
舌锋像匕首，像剑刀！

不再是柔和的笛箫，
不再是田园的情调——
你是祖国的喇叭，
是大炮，是重炮，
吹奏、轰动、震撼、厮杀！

不停地吹奏、轰动、震撼，

直到最后的压迫者逃亡——

只向着这个方向歌唱吧，

但是要让你的诗篇

尽可能这样地一般。

1842
译自《时代的诗》(1829—1856)

注释：

1 在19世纪40年代，德国小资产阶级革命的热狂在一些诗歌里得到了反映。这些诗由于作者缺乏生活上的实践，多是内容空洞，语言夸大，流于一般化。这首诗是针对这种情况而写的。

2 维特和绿蒂是歌德的小说《少年维特之烦恼》里的主要人物。

故|译|新|编

掉换来的怪孩子[1]

一个孩子有个大葫芦头,

浅黄的髭须,苍老的发辫,

蜘蛛般的长臂可是很强健,

有巨大的胃,肠子却又小又短——

这是一个排长[2]把婴儿偷去,

掉换来一个怪孩子,

偷偷地放在我们的摇篮里——

这个畸形儿,也许就是

所多玛的老人[3]用谎话,

用他喜爱的欺诈造成的——

我不用说出这怪物的名字——

你们都应该把他淹死或烧死!

译自《时代的诗》(1829—1856)

注释:

1 德国民间传说,摇篮里的婴儿常常被妖魔用一个丑恶的怪孩子掉换。这里指的是普鲁士。

2 排长,指普鲁士王族。

120

3　所多玛（Sodom），死海边城名，据《旧约·创世纪》记载，这城里的人荒淫欺诈，后来全城遭到毁灭。这里的所多玛老人指普鲁士国王腓特烈二世，因为普鲁士是通过他的狡猾欺诈而强大起来的。

中国皇帝[1]

我父亲是一个俗汉,
一个庸俗无聊的小人;
但是我喝我的烧酒,
我是伟大的皇帝至尊。

这是一种魔术的饮料!
我在我的心里发现:
只要我喝了烧酒,
中国就立刻富强。

这个世界中央的国家
就变成一片花的原野,
我自己几乎成为男子汉,
我的老婆也怀了孕。

到处都是丰满、富饶,
病人都恢复了健康;

我的宫廷圣人孔夫子[2]
得到最清楚的思想。

兵士的粗面包——多快乐!
变成了扁桃仁蛋糕;
我国内所有的穷人
都穿着绒衣、绸衣逍遥。

全体的贝勒、贝子,
和那些伤兵伤将,
都摇摆他们的辫子,
又得到青春的力量。

大宝塔建筑完成[3],
这信仰的象征和保障,
最后的犹太人在那里受洗,
还得到金龙勋章。

革命的精神都消失,
最高贵的满人在喊:

"我们不要宪法,
我们要棍子、皮鞭!"

爱斯古拉普[4]的弟子们
谏诤我不要喝酒,
但是我喝我的烧酒,
是为我国家的幸福。

再来一杯,再来一杯!
味道像甘露琼浆!
幸福的百姓也有葡萄酒,
他们欢呼:万寿无疆!

译自《时代的诗》(1829—1856)

注释:

1 这首诗讽刺普鲁士国王威廉四世的唯心主义。
2 指唯心主义哲学家谢林(Schelling)。
3 指科隆教堂。
4 爱斯古拉普(Äskulap),希腊医神。

镇定

我们睡,像布鲁图斯那样睡觉——
可是他醒过来就把冷冰冰的刀
深深地插入凯撒的胸脯!
罗马人都爱吃暴君的血肉。

我们不是罗马人,我们吸着烟草。
每一个民族有他自己的爱好,
每一个民族有他自己的尊严;
在史瓦本,人们煮着最好的肉团。

我们是日尔曼人,善良而安闲,
我们有着健康的草木般的睡眠,
我们睡醒了,也常常口渴,
可是不想喝公侯们的鲜血。

我们忠实,像橡树和菩提的木料,
我们为自己的忠实感到骄傲;
在橡树和菩提的国里,

将永久不会有一个布鲁图斯。

纵使我们有一个布鲁图斯,
他也绝不会找到凯撒大帝,
他将要白白地把凯撒寻找;
我们有上好的胡椒蜜糕。

我们有三十六个大小君主,
(这并不太多!)每一个君主
都有一颗星在他们心上保护,
他们用不着担心三月十五[1]。

我们把他们叫做君父,
他们世代承袭的国土
叫做我们的祖国、家乡;
我们也爱吃酸菜配香肠。

当我们的君父出来散步,
我们就恭恭敬敬地脱帽低头;
德意志,这个虔诚的育儿所,

不是罗马的凶手的巢窝。

1844

译自《时代的诗》(1829—1856)

注释：

1　布鲁图斯在公元前44年3月15日刺死凯撒。

颠倒世界

这真是颠倒的世界,
我们走路头朝着地!
猎人一打一打地
被那些鹧鸟射死。

如今马骑在人背上,
小牛在烹炸厨子;
天主教夜猫为教学自由
和光明的法律战斗。[1]

赫令[2]成为一个长裤党人,
贝蒂娜[3]告诉我们真理,
一个穿靴子的雄猫
在舞台上搬来索福克勒斯。[4]

一个猴子给德国英雄们
建筑起烈士祠堂。[5]
据德国的报纸报道,

马斯曼[6]最近把头发梳光。

日尔曼的熊成为无神论者,
他们再也不信仰耶稣;[7]
可是法国的鹦鹉们
都成为善良的基督徒。[8]

在乌克马克的官家报纸,
搞的事情荒唐透顶:
那里一个死人给活人
写了最卑鄙的墓铭。[9]

我们不要逆着潮流游泳,
弟兄们!这对我们没有帮助!
让我们登上泰卜罗夫山[10],
把"国王万岁"高呼!

1844

选自《时代的诗》(1829—1856)

注释：

1　1844年夏天，有些天主教徒脱离教会，发起德意志天主教运动。

2　赫令（Häring，1798—1871），当时普鲁士的一个御用诗人，忽然在1843年著文反对书报检查，遭到普王威廉四世的谴责。

3　贝蒂娜，指女作家贝蒂娜·封·阿尔尼木（Bettina von Arnim，1785—1859）。她在1835年出版《歌德和一个孩子的通信》，里边虚构多于真实；后来在1843年出版《这本书属于国王》，里边思想进步，真实地描写了柏林劳动人民的贫困，遭到禁止。

4　《穿靴子的雄猫》，是一个讽刺剧本的名称。这里指的是它的作者蒂克。蒂克被威廉四世请到柏林，在1841年导演索福克勒斯的悲剧。

5　巴燕国王路德威希在雷根斯堡（Regensburg）建筑英雄烈士祠。

6　马斯曼（Massmann，1797—1874），德国语言学教授，一向囚首垢面，不修边幅。

7　指当时的哲学家费尔巴哈等。

8　指一部分法国的哲学家，常常重复康德以后的德国哲学的思想。

9　乌克马克（Ukermark），地名。这家报纸指的是当时的《普鲁士通报》，1844年登载一篇文章批评革命诗人赫尔威的诗集《一个生活者的诗》，甚至做人身攻击，并且给赫尔威拟好了墓铭。

10　泰卜罗夫山（Templower Berg），柏林地名。

领悟

你眼前可是拨开了云雾?
米歇尔[1]!你如今可觉察到,
人们骗走了最好吃的汤,
从你嘴边骗得十分巧妙?

他们答应补充你的损失,
给你纯净的天上的欢悦,
天上那些天使在烹调
没有肉的幸福极乐!

米歇尔,是你的信仰减弱,
还是你的胃口加强?
你拿起生命的酒杯,
把异教徒的歌曲歌唱!

在地上就营养你的肚皮吧,
米歇尔,什么也不要怕,

将来我们躺在坟墓里,

那里你能够静静地消化。

1844

译自《时代的诗》(1829—1856)

注释:

1　米歇尔(Michel),男人的名字,人们常用这个名字称呼那些迟钝而又善于忍耐的人。这里指的是德国人。

等待着吧

因为我的闪电是这样出色，
你们就以为，我不能雷鸣！
你们搞错了，因为我同样
有一种打雷的本领。

一旦那正当的日子来到，
这本领就恐怖地得到证明；
你们将要听到我的声音，
是长空霹雳，风雨雷霆。

暴风雨将要在那一天
甚至把一些橡树吹倒，
一些教堂的高塔要倒塌，
一些宫殿也将要动摇！

1844

译自《时代的诗》(1829—1856)，
发表于《人民文学》1956年第4期

夜思

夜里想起德意志，
我就不能安眠，
我的热泪滚滚，
我再也不能闭眼。

一年年来了又去！
自从我离开了母亲，
已经过了十二年；
渴念和想望与日俱深。

渴念和想望与日俱深。
这老人迷住了我的心，
我永久想念着她，
愿上帝保佑这老人！

老人是这样地爱我，
在她写给我的信中，
我看出她的手怎样颤抖，

她的心怎样激动。

母亲永久在我的心里,
十二个长年在那儿流,
十二个长年都已流去,
自从我不把她放在心头。

德意志将永世长存,
这是个内核坚实的地方;
它的橡树,菩提树,
将不断勾起我的怀想。

若是母亲不在那里生存,
我不会这样渴念德意志;
祖国总不会衰朽,
可是母亲能够死去。

自从我离开了那里
许多我爱过的人
都沉入坟墓——我若数一数,

我的心血就要流尽。

可是必须数——我的苦恼
随着死者的数目高涨,
好像尸体滚到我的胸上——
感谢上帝!尸体最后都消亡!

感谢上帝!从我的窗户射进
法兰西爽朗的晨光;
我的妻子走来,清晨般地美丽,
她的微笑赶走了德意志的忧伤。

1843 夏

译自《时代的诗》(1829—1856)

西利西亚的纺织工人[1]

忧郁的眼里没有眼泪,
他们坐在织机旁,咬牙切齿:
"德意志,我们在织你的尸布,
我们织进去三重的诅咒——
　　我们织,我们织!

"一重诅咒给那个上帝,
饥寒交迫时我们向他求祈;
我们希望和期待都是徒然,
他对我们只是愚弄和欺骗——
　　我们织,我们织!

"一重诅咒给阔人们的国王,
我们的苦难不能感动他的心肠,
他榨取我们最后的一个钱币,
还把我们像狗一样枪毙——
　　我们织,我们织!

"一重诅咒给虚假的祖国,

这里只繁荣着耻辱和罪恶,

这里花朵未开就遭到摧折,

腐尸和粪土养着蛆虫生活——

　　我们织,我们织!

"梭子在飞,织机在响,

我们织布,日夜匆忙——

老德意志,我们在织你的尸布,

我们织进去三重的诅咒,

　　我们织,我们织!"

1844

译自《时代的诗》(1829—1856)

注释:

1　1844年,西利西亚(Schlesien)地方的纺织工人不堪剥削者的压迫,进行反抗,是德国早期工人运动中的大事件。海涅此诗就是为声援这次运动而写的。

颂歌[1]

我是剑,我是火焰。

黑暗里我照耀着你们,
战斗开始时,
我奋勇当先
走在队伍的最前列。

我周围倒着
我的战友的尸体,
可是我们得到了胜利。
我们得到了胜利,
可是周围倒着
我的战友的尸体。

在欢呼胜利的凯歌里
响着追悼会严肃的歌声。
但我们没有时间欢乐,
也没有时间哀悼。

喇叭重新吹起,

又开始新的战斗。

我是剑,我是火焰。

1830

译自《时代的诗》(1829—1856)

注释:

1 原诗是散文诗,参考俄文译本,用了分行的形式。

与敌人周旋

你兴奋,你有勇气——
这也好!
可是不能用兴奋的财宝
代替慎重思考。

敌人战斗,不是为光明正义,
我知道——
可是他有短枪,不少的重炮,
许多百磅大炮。

你要镇定地把枪拿起——
把枪机扳好——
瞄好准——当敌人倒下,
你的心也能为了快乐爆炸。

译自《时代的诗》(1829—1856)

一六四九——一七九三——???[1]

不列颠人杀他们的国君，
显得太粗鲁太残忍。
查理王在白厅[2]里不能成眠，
度过他最后的夜晚。
人们歌唱嘲骂在他的窗外，
还乒乒乓乓钉他的断头台。

法兰西人也客气不了许多。
他们用一辆雇用的马车
把路易·卡贝[3]运往刑场；
他们并不给他一辆
按照旧日的礼仪习惯
合乎陛下身分的御辇。

更不堪是马丽·安东尼特[4]，
因为她只得到一辆双轮车；
没有侍从和更衣的女官，
只有一个长裤党人和她做伴。

卡贝寡妇含着冷笑,傲慢自尊,
撇出哈布斯堡厚重的下唇。

法兰西人、不列颠人都是天生地
没有深情;有深情的
只有德意志人,他们永久一往情深,
甚至在恐怖行动的时辰。
德意志人处理他们的国君
将要永久地戴德感恩。

一辆宫廷马车六匹马拉,
六匹马都披着黑纱戴着黑花,
车头上高坐着哭哭啼啼的马夫,
扬着悲悼的鞭子——德国的君主
将来就这样送到刑场受刑,
人们切断他的头,还是毕恭毕敬。

译自《时代的诗》(1829—1856),
发表于《人民文学》1956年第4期

注释：

1　一六四九，指英国资产阶级革命，英国人民在这年处死英王查理一世。一七九三，指法国大革命时，处死法王路易十六和他的妻子马丽·安东尼特。

2　白厅，当时英王的王宫。

3　卡贝（Capet），法国王族的姓。

4　马丽·安东尼特是奥皇的女儿。

现在往哪里去?

现在往哪里去？愚蠢的脚
要把我送回德国；
可是我的理智很聪明，
它摇着头，好像在说：

"战争虽然已经结束，
军事法庭却没有撤销，
人们说，你从前写过
许多值得枪毙的文稿。"

这是真的，一旦被枪毙，
我觉得并不愉快；
我不是英雄，我缺乏
慷慨激昂的姿态。

我也愿意到英国去，
只要那里没有煤烟，
还有英国人——他们的气味

已经使我呕吐、痉挛。

有时也动过念头,
向着美国扬起船帆,
向那庞大的自由棚圈,
里边住满平等的俗汉——

这样一个国家使我恐怖,
那里的人嘴里嚼烟叶,
他们打九柱没有王柱,[1]
他们吐痰没有痰壶。

俄罗斯,这美丽的国土,
也许会给我快感,
可是我不能在冬天
忍受那里的皮鞭[2]。

我悲哀地仰望高空,
千万颗星星向我眨眼——
但是我自己的星星

没有地方能够看见。

在天空金黄的迷宫里
它也许迷失了方向，
像我自己迷失在
混乱的人间一样。

1848年 革命后

注释：

1 九柱戏，是用一个木球打九根圆柱的游戏，又叫做"打地球"；九柱中有一根王柱。
2 指沙皇尼古拉一世的反动统治。

世道

如果有许多财物,
得到的便越来越多。
若只有很少的财物,
很少的财物也被抢夺。

但如果你一无所有,
啊,就让人家埋葬你——
因为只是有些财物的人
才有一个生存的权利。

死祭

人们不歌唱弥撒,
人们不做卡多式[1],
什么也不说,什么也不唱,
在纪念我的死亡的时日。

可是也许在这样的日子,
如果天气美好而温和,
马蒂尔特夫人和保兰[2]
就散步到蒙马特[3]。

她带来千日红编的花圈,
把我的坟墓修饰,
她叹息着说:"可怜的人!"[4]
眼光里含着湿润的忧郁。

可惜我住的地方太高,
我不能给我心爱的人
在这里搬来一把椅子;

啊！她疲乏得脚站立不稳。

甜美的、顽强的孩子,
回家时你不要徒步；
你看那栅栏旁边
有一辆马车出租。

注释：

1 卡多式（Kadosch）,犹太人在纪念死者时给死者做的祈祷。
2 马蒂尔特（Mathilde）,海涅的爱人；保兰（Pauline）,是马蒂尔特的女友。
3 蒙马尔特（Montmartre）,在巴黎北部,那里有墓园。
4 原文是法语"Pauvre homme!",因为马蒂尔特是法国人。

一八四九年十月[1]

强烈的风已经平息,
家乡又恢复了寂静;
日尔曼,这个大孩子,
又为了圣诞节树高兴。

我们现在要享家庭幸福——
更高的想望就要遭殃——
和平的燕子已经回来,
它曾经搭窠在我们房顶上。

树林与河流都舒适地休息,
月光笼罩它们是多么温柔;
只有时一声响——是枪声吗?——
也许是在枪杀一个朋友。

也许是手里拿着武器,
人们打中了一个疯汉,
(不是人人都有这样多的理智,

像弗拉苦斯²跑得那样勇敢。)

一声响,也许是一个庆祝会,
为了纪念歌德在放鞭炮!³
赞塔克从坟墓里出来⁴
欢迎烟火的喧哗——这古老的琴调。

李斯特也又出现了,这个弗朗茨⁵,
他还活着,他没有流血倒在
匈牙利的一个战场上⁶,
俄国人,克罗地亚人都没有把他杀害。

自由的最后的堡垒倒下了,
匈牙利流着血死去——
法兰次骑士却安然无恙,
他的军刀——如今放在抽屉里。

这个法兰次还活着,将要成为老人
被他的孙儿们围绕,
述说匈牙利战争的奇迹——

"我这样躺着,这样挥动我的刀!"[7]

我一听到匈牙利这个名称,
我觉得我的德国内衣太狭小,
它下边好像一片大海在沸腾,
好像有喇叭的声音向我号召。

那久已消逝的英雄传说
又在我的心里作响,
那铁一般粗暴的战士的歌
歌唱着尼伯龙根族的灭亡[8]。

都是同样的旧日的传闻,
都是同样的英雄的遭逢,
只不过姓名有了改变,
都是同样的"值得称赞的英雄"[9]。

这也是同样的命运——
英雄必须按照着旧例,
不管旗帜飘扬多么骄傲、自由,

还是败倒于野兽的暴力。

这回牛和熊结成一个联盟[10]——
马扎尔[11],你倒了下去;
可是你要聊堪自慰,
因为我们蒙受着更深的羞耻。

牛和熊究竟是正派的畜类,
它们相当正直地征服了你;
可是我们却陷入狼、猪
和下流的狗的羁绊里。

它们呼号、吼叫、狂吠,
我难以忍受这些胜利者的气味。
沉静吧,诗人,这伤害你的身体,
还是静默好,你已经这样憔悴。

注释:

1 这首诗讽刺德国 1849 年革命失败后的"太平景象",并对匈牙利人民独立战争的失败给予同情。

2　弗拉苦斯（Flaccus）是罗马诗人贺拉斯（Horace，公元前65—公元前8）的名字，他曾在战场上脱逃。

3　1849年8月28日，德国各地庸俗地举行歌德诞生百年纪念。

4　赞塔克（Sonntag，1806—1854），女歌唱家，从1830年脱离舞台生活，1849年又出来表演。

5　弗朗茨·李斯特（Franz Liszt，1811—1886），匈牙利音乐家。这时他充当魏玛的宫廷音乐师。

6　指匈牙利人民的独立斗争。1849年奥皇与俄国沙皇联合镇压了匈牙利人民的起义。

7　莎士比亚剧本《亨利四世》上篇，第2幕第4场福斯塔夫（Falstaff）的一句夸大的话。

8　德国中古史诗《尼伯龙根之歌》（*Nibelungenlied*）叙述被称为尼伯龙根族的英雄们的灭亡。

9　这句见于《尼伯龙根之歌》的第1章第1节。

10　牛指奥地利，熊指俄国。

11　马扎尔（Magyar）即匈牙利人。

决死的哨兵[1]

在自由战争的最前哨,
三十年来我忠实地坚持。
我战斗,并不希望胜利,
我知道,绝不会健康地回到家里。

我日夜警醒着——我不能睡眠,
像是在一群战友的帐篷里——
(这些好人的鼾声把我搅醒,
每逢我有一些儿睡意。)

在那些夜里我常常感到无聊,
也感到恐惧——(只有傻子才毫无恐惧)——
为了驱除恐惧,我于是哼出来
一首讽刺诗泼辣的韵律。

是的,我警醒地立着,枪在怀里,
附近出现一个可疑的坏蛋,
我射得准,向他丑恶的肚皮

打进一颗热的、滚热的子弹。

这中间当然也能够出现，
这样一个坏蛋——啊，我不能否认——
会同样地射得很准，
伤口裂开——我的鲜血流尽。

一个岗哨空了！——伤口裂开——
一个人倒下了，别人跟着上来——
我的心摧毁了，武器没有摧毁，
我倒下了，并没有失败。

发表于《人民文学》1956年第4期，
标题为《最前哨》

注释：

1 原诗题为法语"Enfant perdu"，意思是站在最危险的岗位的哨兵，这样的哨兵往往是九死一生。

奴隶船

一

运货监督曼赫尔·望·柯克,
坐在他的舱里精打细算;
他计算着货运的数目,
估计有多少利润好赚。

"橡胶很好,胡椒很好,
有三百件木桶和麻袋;
我也有金粉和象牙——
都赶不上这批黑货可爱。

"在塞内加尔河¹边我换来了
六百个黑人,价格低廉。
都像是最好的钢铁,
肌肉结实,筋络强健。

"我以货易货,用的是
烧酒、琉璃珠、钢制器材;

只要有一半给我活着，
我就能获利百分之八百。

"在里约热内卢[2]的海港
只要有三百头黑人生存，
刚萨勒斯·彼赖洛公司
买一头给我一百都卡顿[3]。"

这时曼赫尔·望·柯克
忽然从他的沉思里惊醒；
船上的外科医师走进来，
这是望·德尔·斯密逊医生。

这是个瘦得皮包骨的人物，
鼻子上长满了红瘤——
望·柯克喊道："水上的看护长，
我可爱的黑人们近来怎样？"

医生感谢他的盘问，
他说："我特来向你报告，

昨天夜里的死亡率
特别显著地增高。

"过去平均每天死两个,
昨天却有七名死亡,
是四男三女——这个损失
我立刻记入了流水账。

"我仔细检查了尸体;
这些坏蛋有时伪装死亡,
为的是让人早日把他们
投入大海的波浪。

"我从死者身上取下铁链,
像我通常所做的那样,
叫人们在清晨的时刻
把尸体抛入海洋。

"立刻从潮水里涌出
成群的鲨鱼队伍,

这都是我的食客,
他们这样喜爱黑人的肉。

"自从我们离开了海岸,
它们就追随着船的踪迹;
这些畜类嗅着尸体的气味,
感到强烈的贪婪的食欲。

"看起来也十分有趣,
它们怎样用嘴捉取尸体,
这个捉住头,那个捉住腿,
其他的把内脏吞了下去。

"它们把一切都吞完,
还快快乐乐围着我们的船,
它们瞪着大眼望我,
好像要感谢这顿早餐。"

可是望·柯克叹息着,
把他的话头打断:

"我怎样能和缓这个灾殃?
怎样阻止死亡率的进展?"

医生回答:"由于自己的罪过
许多的黑人才死去;
他们浑浊的呼吸
败坏了船舱的空气。

"也有许多人死亡由于忧郁,
因为他们感到致命的无聊;
通过一些空气、音乐和舞蹈,
他们的病能够治疗。"

望·柯克喊道:"一个好计谋!
我忠实的可敬的医生
跟亚历山大的师傅,
亚里士多德是同等聪明。

"德尔夫特[4]的郁金香品种改良会,
它的会长是足智多谋,

可是比起你的才智,
连你的一半都没有。

"奏乐!奏乐!叫黑人们
都到甲板上边舞蹈。
谁不肯蹦跳取乐,
鞭子就要严加训导。"

二
高高地从深蓝的天幕
闪烁着千万颗星星,
它们焦灼渴望,又大又聪明,
像美丽的妇女的眼睛。

它们俯视着汪洋大海,
大海上广阔地蒙着一层
放射磷光的绯红的烟霭;
波浪在纵情地沸腾。

奴隶船上没有船帆飘扬,

船好像是停止不动；
可是甲板上灯光闪闪，
演奏出舞蹈的乐声。

舵手拉着提琴，
厨子吹着笛箫，
医生吹着喇叭，
一个船童把鼓敲。

大约一百黑人，男男女女，
他们疯狂一般地旋转，
他们欢呼、蹦跳，每一跳
都合乎节奏地响着铁链。

他们狂欢地摩擦着甲板，
一些黑色的美人
纵情地抱着裸体的伙伴——
这中间发出呻吟的声音。

监管人是个"享乐能手"，

不断地用皮鞭抽击，
刺戟怠惰的舞蹈者，
鼓动他们快乐的情绪。

的答嘟答，的东的东东！
喧哗从海水的深处
唤醒在那里睡眠的
愚蠢的水里的怪物。

几百条鲨鱼睡眼蒙眬，
都向着这里浮来；
它们瞪着眼向船仰望，
它们都惊奇，都发了呆。

它们知道，早餐的时刻
还没有到来，它们打着呵欠，
张大了口腔；两颚上的牙
像锋锐的锯齿一般。

的答嘟答，的东的东东——

舞蹈总是舞不完。
鲨鱼咬着自己的尾巴,
它们感到不耐烦。

我相信,许多这类的家伙
对音乐都没有感情。
阿尔比昂伟大的诗人[5]说过:
"不要信任不爱音乐的畜生!"

的东的东东,的答嘟答——
舞蹈总是舞不完。
曼赫尔·望·柯克合掌祈祷,
他靠着船头的桅杆。

"主啊,为了基督的缘故,
请饶恕这些黑色的罪人!
纵使他们触犯了你,你要知道,
他们是牛一样的愚蠢。

"为了基督的缘故,饶他们的命吧,

基督为我们大家死亡!

因为我若不剩下三百头,

我的买卖就要遭殃。"

译自《1853—1854的诗》

注释:

1　塞内加尔河(Senegal River),在非洲西部。

2　里约热内卢(Rio de Janeiro),巴西首都。

3　都卡顿(Dukaten),金币名称。

4　德尔夫特(Delft),荷兰城名。

5　阿尔比昂(Albion),英国最古老的名称。阿尔比昂伟大的诗人,指莎士比亚。"不要信任不爱音乐的畜生!"这句话见莎士比亚的《威尼斯商人》。

抛掉那些神圣的比喻……

抛掉那些神圣的比喻,
抛掉那些虔诚的假定——
我们不要拐弯抹角,
来解答这些被诅咒的疑问。

为什么正义者痛苦流血,
曳着沉重的十字架,
坏人反而充作胜利者,
幸福地骑着高大的骏马?

这罪过是什么根由?是不是
我们的主已经不是全能?
或者他本人在搞些坏事?
若是这样,可真是卑鄙。

因此我们追问不停,
直到人们用泥土一把
最后堵住我们的嘴——

难道这也算是一个回答?

> 译自《1853—1854 的诗》,
> 发表于《人民文学》1956 年第 4 期,
> 标题为《放弃那些神圣的比喻……》

善人

有两个亲爱的兄妹,
妹妹穷,哥哥阔。
"给我一片面包吧。"
穷人向着阔人说。

阔人向着穷人说:
"今天不要搅扰我。
我今天举行盛宴,
请市议会的贵客。

"一人喜欢甲鱼汤,
另一个喜欢菠萝,
第三人爱吃野鸡
加上培利郭[1]的松蘑。

"第四人只吃海鱼,
第五个也大吃斑鳟,
第六个人什么都吃,

还有很大的酒瘾。"

可怜的、可怜的妹妹
挨着饿回到家里；
她倒在草垫子上，
深深地叹息死去。

我们都必须死亡！
最后死神的镰刀，
跟对待妹妹一样，
把阔哥哥也割掉。

当这有钱的哥哥
看着他死期将近，
他写下他的遗嘱，
还请来了公证人。

教会里的牧师，
著名的动物馆，
还有一些学校，

都分到大批遗产。

这个伟大的立嘱人,
还把大量的金钱
捐给犹太传道会,
捐给盲哑学院。

他赠送一口钟
给圣·史推芳教堂,
用最好的金属铸成,
重量有五万磅。

这是一口大钟,
早晚都在鸣响,
赞颂他的光荣,
他是万古流芳。

它用铁舌头宣布,
他做了多少好事,
给各种信仰的市民

和他居住的城市。

你人类里的大善人！
跟活着的时候一样，
大钟把你的善举
在死后也——颂扬！

葬礼隆重举行，
行列光华灿烂；
群众都拥过来，
恭恭敬敬地惊叹。

一辆黑色的车，
有如一座神龛，
插着鸵鸟的黑羽，
车上安放着木棺。

蒙罩着银丝刺绣，
镶饰着许多银片；
黑底上衬托白银，

给人强烈的美感。

六匹马拉着这辆车,
黑布把马身蒙蔽;
这像是宽大的丧服
一直垂到四蹄。

仆人穿着黑制服
紧跟在棺材后边,
用雪白的手帕
遮着哭丧的红脸。

城里的全体名流,
黑色的盛典车辆,
排成长长的行列,
在后边摇摇荡荡。

在这送殡的行列里,
这是自然的道理,
也有市议会的老爷,

可是不是全体。

爱吃野鸡松蘑的
那位今天没有到；
他得了消化不良症，
在不久以前死了。

译自《1853—1854的诗》，
发表于《人民文学》1956年第4期

注释：

1 培利郭（Périgord），地名，在法国西南，以产松蘑闻名。

克雷温克尔市恐怖时期追忆[1]

我们,市长和市议会,
对治安无限关怀,
向忠诚的市民各阶层
颁布下边的指令:

"大半都是外国人、外乡人
在我们中间散布叛逆精神。
这样的罪人,感谢上帝,
很少是本地的儿女。

"神的否定者多半也是他们;
谁若是背叛了他的神,
那么他对于人世的官府
最后也将要不听管束。

"对于犹太人和基督徒
服从上级是头等的义务。
所有的犹太人和基督徒,

天一黑就要关门闭户。

"若有三个人站在一起,
就必得赶快分离。
若是手里没有灯,
夜半深巷就不得通行。

"每个人在商会里,
都要缴出他的武器;
各种各样的火药,
也在同一地方呈缴。

"谁在街上信口批评,
就立即处以极刑;
若是批评只用姿态,
也同样严惩不贷。

"要信任你们的市府,
它对国家忠诚爱护,
它的行政智广恩深,

你要永久把嘴儿闭紧。"

译自《1853—1854 的诗》

注释:

1 克雷温克尔(Krähwinkel),设想的一个城市名称,代表德国狭隘、庸俗而专制的小城市。

谒见[1]

"我不像古代的法老[2],
把小孩溺死在尼罗河中;
我也不是希律暴君[3],
下命令屠杀儿童。

"我要像从前我的救世主,
看见孩子就感到愉快;
叫孩子们到我这里来,
尤其是史瓦本的大小孩。"

国王这样说,侍从跑出去,
他回来时带了进来
史瓦本的大小孩,
这小孩向着国王礼拜。

国王说:"你可是史瓦本人?
这不算一个耻辱。"
——"对啦!"史瓦本人回答,

"我降生在史瓦本国土。"

"你可是七个史瓦本人[4]的后代?"
国王问。史瓦本人回答:
"我只是其中一个人的,
并不是七个人共同的后代。"

国王继续垂问:"在今年
史瓦本的团子做得可好?"——
"我感谢垂问,"史瓦本人回答,
"团子都做得很好。"

"你们可还有伟大的人?"
国王问。史瓦本人回答:
"目前没有伟大的人,
我们现在只有肥人。"

国王继续问:"后来门采尔[5]
可是又挨了许多嘴巴?"
——"我感谢垂问,"史瓦本人回答,

"旧日的嘴巴已经够他消受。"

国王说:"我的可爱的人,
你不像你的外表这样蠢。"
——"在摇篮里妖魔把我掉换,"
史瓦本人回答,"这是主要原因。"

国王说:"史瓦本人一向
爱他们祖国的国土——
告诉我说,是什么
把你从你的故乡赶走?"

"天天只有萝卜和酸菜,"
史瓦本人又回答,
"妈妈若是给我炖肉吃,
我也许在那里留下。"

"说出你的请求!"国王说。
史瓦本人于是屈膝跪下,
他喊道:"啊,请您把自由

再还给人民,我的陛下!

"人是自由的,不是生下来
命里就规定是奴隶——
啊,陛下,请您还给德国人民
他们的人的权利!"

国王深深地受了感动——
这真是美好的一幕——
史瓦本人用他的袖口
擦去眼里的泪珠。

国王最后说:"一个美梦!
——再见吧,你要更聪明一些;
我给你两个伴送人,
因为你是个梦游患者。

"是两个可靠的宪兵
他们把你护送到国境——
我已经听到鼓声在响

再见吧!我必须出去阅兵。"

一个动人的结局

结束了这动人的谒见。

从此国王再也不叫人

把小孩子带到他的面前。

译自《1853—1854 的诗》

注释:

1 德国革命诗人赫尔威于1842年谒见了普鲁士王威廉四世,随后被普鲁士驱逐出境。他生在史瓦本。

2 法老是埃及国王的称号。《旧约·出埃及记》里说:"法老吩咐他的众民说,以色列人所生的男孩,你们都要丢在河里……"

3 希律是犹太国王,因为要杀刚降生的耶稣,他下命令把国境内两岁以内的小孩都杀光。见《新约·马太福音》第2章。

4 七个史瓦本人是德国童话里的人物。

5 门采尔(W. Menzel,1798—1873),当时的文艺批评家,被书贾打过嘴巴。

泪谷

夜风呼呼地吹入顶窗,
在那顶楼的床上
躺着两个可怜的人;
他们是这样苍白、瘦损。

一个可怜的人在说:
"用你的胳膊抱住我,
你的唇紧吻我的唇,
我要从你身上得到体温。"

另一个可怜的人说:
"当我看着你的眼,
我的贫困和饥寒——
一切人世的痛苦都消散。"

他们吻得多,哭得更多,
他们握着手,叹着气,
他们有时笑,甚至唱歌,

最后没有一些儿声息。

第二天早晨来了检察官,
还带来了一个好医生,
医生检验了这两个尸体,
给予了死亡的证明。

他说,严寒的天气
结合着胃的空虚,
造成了这两人的死亡,
至少促进了死亡的速率。

他补充说,若是寒潮来到,
毛毯保暖非常需要,
他还同样地推荐,
要有健康的养料。

译自《遗稿》

谁有一颗心……

谁有一颗心，心里有着爱，
就被人弄得半死不活，
我如今躺在这里，
被人堵住口，绑着绳索——

一旦我死了，舌头也会
被人从尸体上割掉；
因为他们怕我说说讲讲
又走出地府阴曹。

死者在墓穴里边，
将要无声无息地腐朽，
对我施展的可笑的罪行，
我永久不会泄露。

译自《遗稿》

我的白昼晴朗……

我的白昼晴朗,我的黑夜幸福。
当我弹起诗琴,人民都向我欢呼。
那时我的歌是快乐和火焰,
煽动一些美丽的热烈的情感。

我的夏天还在开花,可是我已经
把收获向我的仓库里运送——
许多事物使世界这样可贵、可爱,
可是这些事物我如今就要离开。

乐器从我的手里落下。那只酒杯,
我曾经愉快地放在骄傲的唇边,
如今它打碎了,碎成许多碎片。

神啊!死亡是多么丑恶可悲!
神啊!在这甜美亲切的人间
生活有多么亲切,有多么甜美!

1846

译自《遗稿》

德国,一个冬天的童话（节选）

第一章

在凄凉的十一月,
日子变得更阴郁,
风吹树叶纷纷落,
我旅行到德国去。

当我来到边界上,
我觉得我的胸怀里
跳动得更为强烈,
泪水也开始往下滴。

听到德国的语言,
我有了奇异的感觉;
我觉得我的心脏
好像在舒适地溢血。

一个弹竖琴的女孩,
用真感情和假嗓音

曼声歌唱,她的弹唱
深深感动了我的心。

她歌唱爱和爱的痛苦,
她歌唱牺牲,歌唱重逢,
重逢在更美好的天上,
一切苦难都无影无踪。

她歌唱人间的苦海,
歌唱瞬息即逝的欢乐,
歌唱彼岸,解脱的灵魂
沉醉于永恒的喜悦。

她歌唱古老的断念歌[1],
歌唱天上的催眠曲,
用这把哀泣的人民,
当做蠢汉催眠入睡。

我熟悉那些歌调与歌词,
也熟悉歌的作者都是谁;

他们暗地里享受美酒,
公开却教导人们喝白水。

一首新的歌,更好的歌,
啊朋友,我要为你们制作!
我们已经要在大地上
建立起天上的王国。

我们要在地上幸福生活,
我们再也不要挨饿;
绝不让懒肚皮消耗
双手勤劳的成果。

为了世上的众生
大地上有足够的面包,
玫瑰,常春藤,美和欢乐,
甜豌豆也不缺少。

人人都能得到甜豌豆,
只要豆荚一爆裂!

天堂,我们把它交给
那些天使和麻雀。

死后若是长出翅膀,
我们就去拜访你们,
在天上跟你们同享
极乐的蛋糕和点心。

一首新的歌,更好的歌!
像琴笛合奏,声调悠扬!
忏悔的赞诗消逝了,
丧钟也默不作响。

欧罗巴姑娘已经
跟美丽的自由神订婚,
他们拥抱在一起,
沉醉于初次的接吻。

虽没有牧师的祝福,
也不失为有效的婚姻——

新郎和新娘万岁,
万岁,他们的后代子孙!

我的更好的、新的歌,
是一首新婚的歌曲!
最崇高的庆祝的星火
在我的灵魂里升起——

兴奋的星火热烈燃烧,
熔解为火焰的溪流——
我觉得我无比坚强,
我能够折断栎树!

自从我走上德国的土地,
全身流遍了灵液神浆——
巨人又接触到他的地母,[2]
他重新增长了力量。

说明

　　这首长诗的第一章,表达了作者经过十二年的流亡生活又踏上祖国土地时所感到的内心的激动。诗中提到两种截然不同的歌,一种是弹竖琴的女孩弹唱的"断念歌"和"催眠曲",一种是作者所要制作的更好的、新的歌。前一种歌的作者指的是当时一些反动的浪漫主义诗人们,他们与教会合流,用虚伪的爱情和宗教麻痹人民,脱离现实,为封建统治阶级的利益服务。后一种歌则充满信心和热情,宣传早期社会主义思想,在世界上消除剥削。在《序言》中提到的"另一部书"即《关于德国的通信》里,有一段话和诗里的精神是一致的:"消灭对天堂的信仰,不仅具有道德的重要性,也有政治的重要性;人民群众不再以基督教的忍耐承受他们尘世上的苦难,而是渴望地上的幸福。共产主义是这转变了的世界观的自然的结果,并且遍及全德国。"

注释:

1 宗教上麻痹劳苦人民乐天知命、不要起来反抗的歌曲。
2 "巨人",指希腊神话中的安泰(Antäus)。安泰的父亲是海神,母亲是地神。安泰在和敌人战斗时,只要一接触到他的母亲大地,他便有不可战胜的新的力量。

第二章

当小女孩边弹边唱,
弹唱着天堂的快乐,
普鲁士的税关人员
把我的箱子检查搜索。

他们搜查箱里的一切,
翻乱手帕、裤子和衬衣;
他们寻找花边,寻找珠宝,
也寻找违禁的书籍。

你们翻腾箱子,你们蠢人!
你们什么也不能找到!
我随身带来的私货,
都在我的头脑里藏着。

我有花边,比布鲁塞尔、
麦雪恩的产品更精细,[1]
一旦打开我针织的花边,
它的锋芒便向你们刺去。

我的头脑里藏有珠宝,
有未来的王冠钻石,
有新的神庙中的珍品,
伟大的新神还无人认识。

我的头脑里有许多书,
我可以向你们担保,
该没收的书籍在头脑里
构成鸣啭的鸟巢。

相信我吧,在恶魔的书库
都没有比这更坏的著作,
它们比法莱斯勒本的
霍夫曼的诗歌危险更多。[2]

一个旅客站在我的身边,
他告诉我说,如今我面前
是普鲁士的关税同盟,
那巨大的税关锁链。

"这关税同盟"——他说——
"将为我们的民族奠基,
将要把四分五裂的祖国
联结成一个整体。

在所谓物质方面
它给我们外部的统一;
书报检查却给我们
精神的、思想的统一——

它给我们内部的统一,
统一的思想和意志;
统一的德国十分必要,
向内向外都要一致。"

说明

作者进入德国国境,受到普鲁士税关人员的检查,但是作者认为,自己头脑里的革命思想是任何反动势力所不能禁止或没收的。在这一章诗的后四节,作者借用一个旅伴对于以普鲁士为首的德意志各邦的关税同盟的"称赞",讽刺了关税同盟和书报检查令。当时由于德国工业逐渐发展，德国资产阶级提出关税统一和政治统一的要求，普鲁士政府于1834年发起关税同盟，除奥地利外，德意志各邦大多数都参加了。关税同盟对于德国经济的发展，起了一定的促进作用，但它也为普鲁士在经济上的领导地位打下基础。海涅为德国的民主统一而斗争，可是由于痛恨反动的普鲁士在德意志各邦称霸，他也就全盘否定关税同盟，这是带有片面性的。至于书报检查令，则完全是反动的。它肇端于1819年德意志同盟议会通过的"卡尔巴特决议"，这决议对德国人民的进步活动从各方面进行迫害；1841年，普鲁士政府又颁布"新书报检查令"，扼杀进步思想的传播。海涅是书报检查的受害者，他的著作经常受到检查官的删削涂改。

注释：

1 布鲁塞尔是比利时的首都，麦雪恩（Mecheln）是比利时北部的城市；两地都以制造精巧的花边闻名。

2 法莱斯勒本的霍夫曼（Hoffmann von Fallersleben，1798—1874），姓霍夫曼，出生在法莱斯勒本，资产阶级自由主义诗人。由于德国人中姓霍夫曼的比较多，故附加地名，以示区别。1840—1841年，他先后出版两卷《非政治的诗歌》，诗歌中有浮浅的自由思想，被普鲁士政府撤销他在布累斯劳（Breslau）大学的教授职位。但与此同时，霍夫曼为了争取德国统一，写出《德国人之歌》，该诗以"德国，德国超越一切……"开端，后被沙文主义的德国用作国歌。

第三章

在亚琛古老的教堂
埋葬卡罗鲁斯·麦努斯[1]——
（不要错认是卡尔·麦耶尔，
麦耶尔住在史瓦本地区。[2]）

我不愿作为皇帝死去
埋葬在亚琛的教堂里；
我宁愿当个渺小的诗人
在涅卡河畔斯图克特市[3]。

亚琛街上，狗都感到无聊，
它们请求，做出婢膝奴颜：
"啊外乡人，踢我一脚吧，
这也许给我们一些消遣。"

在这无聊的巢穴

一个小时我就绕遍。
又看到普鲁士军人,
他们没有多少改变。

仍旧是红色的高领,
仍旧是灰色的大氅——
("红色意味法国人的血"
当年克尔纳这样歌唱。[4])

仍旧是那呆板的队伍,
他们的每个动转
仍旧是形成直角,
脸上是冷冰冰的傲慢。

迈步仍旧像踩着高跷,
全身像蜡烛般地笔直,
曾经鞭打过他们的军棍,
他们好像吞在肚子里。

是的,严格训斥从未消逝,

他们如今还记在心内；
亲切的"你"却仍旧使人
想起古老的"他"的称谓。⁵

长的髭须只不过是
辫子发展的新阶段：
辫子，它过去垂在脑后，⁶
如今垂在鼻子下端。

骑兵的新装我觉得不错，
我必须加以称赞，
特别是那尖顶盔，
盔的钢尖顶指向苍天。⁷

这种骑士风度使人想起——
远古的美好的浪漫谛克，
城堡夫人约翰娜·封·梦浮康，
以及福格男爵、乌兰、蒂克。⁸

想起中世纪这样美好，

想起那些武士和扈从，
他们背后有一个族徽，
他们的心里一片忠诚。

想起十字军和骑士竞技，
对女主人的爱恋和奉侍，
想起那信仰的时代，
没有印刷，也没有报纸。

是的，我喜欢那顶军盔，
它证明这机智最高明！
它是一种国王的奇想！
画龙不忘点睛，那个尖顶！

我担心，一旦暴风雨发作，
这样一个尖顶就很容易
把天上最现代的闪电
导引到你们浪漫的头里！——

（如果战争爆发，你们必须

购买更为轻便的小帽;
因为中世纪的重盔
使你们不便于逃跑。)[9]

我又看见那只鸟,
在亚琛驿站的招牌上,
它毒狠狠地俯视着我,
仇恨充满我的胸膛。

一旦你落在我的手中,
你这丑恶的凶鸟,
我就揪去你的羽毛,
还切断你的利爪。

把你系在一根长竿上,
长竿在旷远的高空竖立,
唤来莱茵区的射鸟能手,
来一番痛快的射击。

谁要是把鸟射下来,

我就把王冠和权杖

授给这个勇敢的人!

向他鼓吹欢呼:"万岁,国王!"

说明

作者在这一章里抒发了他对普鲁士反动政府的仇恨。通过关于普鲁士军人的服装和举止行动的描述,反映了普鲁士军队的顽固和愚昧。并指出,德国反动的浪漫主义诗人与普鲁士国王威廉四世沆瀣一气,从文武两方面美化中世纪,维护封建制度。作者最后号召莱茵区的人民对准普鲁士国徽上的鹰鸟进行射击,直到把它射下。莱茵区虽属于普鲁士,但是莱茵区的人民长期受到法国资产阶级革命的影响,思想进步,反普鲁士统治的势力较大。

注释:

1 亚琛(Aachen)是德国边界毗邻比利时的一座古城,查理曼大帝(Karl der Grosse,742—814)埋葬在亚琛的教堂里。卡罗鲁斯·麦努斯(Carolus Magnus)是查理曼大帝的拉丁名字。

2 史瓦本(Schwaben)是德意志民族的一个支族,居住在德国南部,这个地区也叫做史瓦本。史瓦本诗派的诗人思想保守,写些歌颂自然和民族主义的诗歌,海涅常批评和讽刺他们。卡尔·麦耶尔(Karl

Mayer,1786—1870)是史瓦本诗派中的一个诗人。海涅在《史瓦本镜鉴》(Der Schwabenspiegel)中写道:"卡尔·麦耶尔先生,他的拉丁名字叫做卡罗鲁斯·麦努斯,……他是一个无力的苍蝇,歌唱金甲虫。"

3 史瓦本诗派的诗人们大都聚集在涅卡(Neckar)河畔的斯图加特(Stuttgart),史瓦本的方言把它叫做斯图克特(Stukkert)。

4 克尔纳(T. Körner,1791—1813),德国反拿破仑的民族主义诗人。"红色意味法国人的血",是克尔纳的诗句。

5 18世纪末以前,德国习惯上级对下级讲话,不称"你",而称"他"。

6 在18世纪,普鲁士的士兵都拖着辫子,19世纪初才废止。

7 威廉四世在1842年给普鲁士军队颁布新服装,头戴尖顶盔。

8 约翰娜·封·梦浮康(Johanna von Montfaucon)是柯兹培(A. V. Kotzebue,1761—1819)在1800年发表的与之同名的一部剧本的女主角,剧本取材于14世纪。福格男爵(Freiherr Fouqué,1777—1843)、乌兰(J. L. Uhland,1787—1862)、蒂克(L. Tieck,1773—1853),都是当时闻名的浪漫主义作家,他们的诗歌和小说多取材于中世纪。这里海涅故意用乌兰、蒂克与浪漫谛克协韵。"浪漫谛克"是浪漫主义的音译。

9 这一节在发表时删去,是根据手稿补上的。

第四章

夜晚我到了科隆，
听着莱茵河水在响，
德国的空气吹拂着我，
我感受到它的影响——

它影响我的胃口。
我吃着火腿煎鸡蛋，
还必须喝莱茵葡萄酒，
因为菜的味道太咸。

莱茵酒仍旧是金黄灿烂，
在碧绿的高脚杯中，
要是过多地饮了几杯，
酒香就向鼻子里冲。

酒香这样刺激鼻子，
我欢喜得不能自持！
它驱使我走向夜色朦胧，
走入有回声的街巷里。

石砌的房屋凝视着我,
它们好像要向我讲起
荒远的古代的传说,
这圣城科隆的历史。

在这里那些僧侣教徒
曾经卖弄他们的虔诚,
乌利希·封·胡腾描写过,
蒙昧人曾经统治全城。[1]

在这里尼姑和僧侣
跳过中世纪的堪堪舞[2];
霍赫特拉顿,科隆的门采尔,
在这里写过狠毒的告密书。[3]

这里火刑场上的火焰,
把书籍和人都吞没;
同时敲起了钟声,
唱起"圣主怜悯"歌。

这里，像街头的野狗一般，
愚蠢和恶意献媚争宠；
如今从他们的宗教仇恨，
还认得出他们的子孙孽种——

看啊，那个庞大的家伙
在那儿显现在月光里！
那是科隆的大教堂，
阴森森地高高耸起。

它是精神的巴士底狱[4]，
狡狯的罗马信徒曾设想：
德国人的理性将要
在这大监牢里凋丧！

可是来了马丁·路德[5]，
他大声喊出"停住！"——
从那天起就中断了
这座大教堂的建筑。

它没有完成——这很好。
因为正是这半途而废,
使它成为德国力量
和新教使命的纪念碑。

你们教堂协会[6]的无赖汉,
要继续这中断的工程,
你们要用软弱的双手
把这专制的古堡完成!

真是愚蠢的妄想!你们徒然
摇晃着教堂的募捐袋,
甚至向异端和犹太人求乞,
但是都没有结果而失败。

伟大的弗朗茨·李斯特
徒然为教堂的工程奏乐,[7]
一个才华横溢的国王
徒然为它发表演说![8]

科隆的教堂不能完成,
虽然有史瓦本的愚人
为了教堂的继续建筑,
把一整船的石头输运。[9]

它不能完成,虽然有乌鸦
和猫头鹰尽量叫喊,
它们思想顽固,愿意在
高高的教堂塔顶上盘旋。

甚至那时代将要到来,
人们不再把它完成,
却把教堂的内部
当作一个马圈使用。

"要是教堂成为马圈,
那么我们将要怎么办,
怎样对待那三个圣王,
他们安息在里边的神龛?"[10]

我这样听人问,在我们时代
难道我们还要难以为情?
三个圣王来自东方,
他们可以另找居停。

听从我的建议,把他们
装进那三只铁笼里,
铁笼悬在明斯特的塔上,
塔名叫圣拉姆贝尔蒂[11]。

裁缝王坐在那里[12]
和他的两个同行,
但是现在我们却要用铁笼
装另外的三个国王。

巴塔萨尔先生挂在右方,
梅尔希奥先生悬在左边,
卡斯巴先生在中央——天晓得,
他三人当年怎样活在人间!

这个东方的神圣同盟[13],
如今被宣告称为神圣,
他们的行为也许
不总是美好而虔诚。

巴塔萨尔和梅尔希奥
也许是两个无赖汉,
他们被迫向他们国家
许下了制定宪法的诺言,[14]

可是后来都不守信用——
卡斯巴先生,黑人的国王,
也许用忘恩负义的黑心
把他的百姓当作愚氓。

说明

像前一章对于普鲁士反动政府一样,作者在莱茵河畔最大的城市科隆,面对着科隆大教堂,抒发了他对于封建制度的精神支柱教会尤其是天主教教会的憎恨。这座大教堂兴建于1248年,到了16世纪,因宗教改革停止建筑,有三百年之久。1842年，又继续修建，直到1880年才全部完成。作者把这座大教堂看作是锢闭人民精神的牢狱。他在回顾天主教教会在中世纪所犯下的罪行的同时，认为这次继续修建的活动，是当时德国反动势力猖狂的一种表现。他希望，这个建筑不要完成，就是已完成的教堂内部，将来也只会被当作一座马圈使用。最后，作者用基督教会中关于三个圣王的传说，影射"神圣同盟"三个主要国家普鲁士、奥地利、沙皇俄国的统治者对人民的压迫和欺骗。

注释：

1 乌利希·封·胡腾（Ulrich von Hutten，1488—1523），宗教改革时代的人文主义者，参与《蒙昧人书札》（*Epistolae obscurorum virorum*，1515—1517）的写作，讽刺当时的僧侣，称僧侣为蒙昧人。

2 堪堪舞（Cancan）是1830年后流行于西欧的一种热狂放荡的舞蹈，作者用以指教会僧侣的热狂行动。

3 霍赫特拉顿（Hochstraaten，1454—1527），科隆的神学者，人文主义者的首要敌人，海涅称他为"科隆的门采尔"。门采尔，反动作家，在1835年建议德国政府查禁"青年德意志"派进步作家的著作，其中包括海涅的著作。

4 巴士底狱（Bastille），法国专制政府用以镇压人民的牢狱，1789年大革命时被起义的人民摧毁。

5 马丁·路德（Martin Luther，1483—1546），德国宗教改革的领袖。

6 教堂协会，1842年在科隆成立，目的是完成科隆大教堂的建筑。

7 1842年9月教堂继续修建开始时，弗朗茨·李斯特公开演奏，募集基金。

8 普鲁士国王威廉四世也为教堂继续修建作过演说。

9 教堂协会在斯图加特的分会，为了教堂修建，运来一船石头。

10 《新约·马太福音》里记载，基督诞生时，有三个东方的博士来朝拜。后来在传说中这三个博士演变为三个国王。这三个圣王的名字叫做巴塔萨尔（Balthasar）、梅尔希奥（Melchior）和卡斯巴（Caspar），其中卡斯巴是黑人的国王。1169年，他们的遗骨移到科隆，随后就供在大教堂的神龛内。

11 圣拉姆贝尔蒂（Sankt Lamberti）教堂在明斯特（Münster）。在农民战争时期，有三个再洗礼派的领袖被杀害，他们的尸体装在三个铁笼里，悬挂在这个教堂的塔顶上示众。这三人都是裁缝出身。

12 以下五节是在单行本里增添的；最初在《新诗》里发表时，只有这样一节，这节在单行本里删去了：

> 三头统治中如果少一个，
> 就取来另外的一个人，
> 用西方的一个统治者
> 代替那东方的国君。

这里所说的"西方的一个统治者"，系指普鲁士国王。

13 指普、奥、俄三国在1815年结成的神圣同盟。同盟的目的是为了维护维也纳会议的决议，镇压革命运动。

14 普鲁士国王威廉三世在 1813 年向全国宣布，将制定宪法，但他后来背弃了这个诺言，他的儿子威廉四世也没有实行。

第五章

当我来到莱茵桥头，
在港口堡垒的附近，
看见在寂静的月光中
流动着莱茵父亲。

"你好，我的莱茵父亲，
你一向过得怎样？
我常常思念着你
怀着渴想和热望。"

我这样说，我听见水深处
发出奇异的怨恨的声音，
像一个老年人的轻咳，
一种低语和软弱的呻吟：

"欢迎，我的孩子，我很高兴，

你不曾把我忘记；
我不见你已经十三年，
这中间我很不如意。

在碧贝利希我吞下石头，
石头的滋味真不好过！[1]
可是在我胃里更沉重的
是尼克拉·贝克尔的诗歌[2]。

他歌颂了我，好像我
还是最纯贞的少女，
她不让任何一个人
把她荣誉的花冠夺去。

我如果听到这愚蠢的歌，
我就要尽量拔去
我的白胡须，我真要亲自
在我的河水里淹死！

法国人知道得更清楚，

我不是一个纯贞的少女，
他们这些胜利者的尿水
常常掺和在我的水里。

愚蠢的歌，愚蠢的家伙！
他使我可耻地丢脸，
他使我在政治上
也有几分感到难堪。

因为法国人如果回来，
我必定在他们面前脸红，
我常常祈求他们回来，
含着眼泪仰望天空。

我永远那样喜爱
那些可爱的小法兰西——
他们可还是穿着白裤子？
又唱又跳一如往昔？

我愿意再看见他们，

可是我怕受到调侃,
为了那该诅咒的诗歌,
为了我会当场丢脸。

顽皮少年阿弗烈·德·缪塞[3],
在他们的前面率领,
他也许充当鼓手,
把恶意的讽刺敲给我听。"

可怜的莱茵父亲哀诉,
他如此愤愤不平,
我向他说些慰藉的话,
来振奋他的心情。

"我的莱茵父亲,不要怕
那些法国人的嘲笑;
他们不是当年的法国人,
裤子也换了另外一套。

红裤子代替了白裤子,

纽扣也改变了花样,
他们再也不又唱又跳,
却低着头沉思默想。

他们如今想着哲学,
谈论康德、菲希特、黑格尔,
他们吸烟,喝啤酒,
有些人也玩九柱戏[4]。

他们像我们都成为市侩,
最后还胜过我们一筹;
再也不是服尔泰的弟子,
却成为亨腾贝格的门徒。[5]

不错,他还是个顽皮少年,
那个阿弗烈·德·缪塞,
可是不要怕,我们能钳住
他那可耻的刻薄的口舌。

他若把恶意的讽刺敲给你听,

我们就向他说出更恶意的讽刺，
说说他跟些漂亮女人们
搞了些什么风流事。

你满足吧，莱茵父亲，
不要去想那些恶劣的诗篇，
你不久会听到更好的歌——
好好生活吧，我们再见。"

说明

海涅把莱茵河比作一个久经事变的老人，把它叫做"莱茵父亲"。海涅少年时期，莱茵区被拿破仑率领的法国军队占领，受到法国资产阶级革命思想的影响，人民享有较多的自由，这是在德国任何其他地区所没有的；拿破仑失败后，莱茵区由普鲁士统治，许多方面又恢复老样子，海涅对此深感不满。作者在与"莱茵父亲"的对话中，表达了他对那个时期的怀念，嘲讽了德国狭隘的民族主义，也描述了法国的现状，完全不是革命时期那种朝气蓬勃的景象了。最后作者预示，他在第一章里所提到的"更好的歌"，不久将要代替那种狭隘的民族主义的"恶劣的诗篇"。

注释:

1 纳骚(Nassau)公国和黑森(Hessen)公国因河运问题发生争执。黑森政府于1841年2月在碧贝利希(Biberich)附近的莱茵河里沉下103艘船的石头,阻挡纳骚公国的通航。

2 尼克拉·贝克尔(Niklas Becker, 1810—1845),当时一首流行的《莱茵歌》的作者。这首歌作于1840年,首句是"他们不应占有自由的、德国的莱茵河"。

3 阿弗烈·德·缪塞(Alfred de Musset, 1810—1857),法国诗人,他写了一首诗《德国的莱茵河》,给贝克尔的《莱茵歌》以尖锐的讽刺。

4 九柱戏是一种赌赛的游戏。一端摆上九根棒形的圆柱,赌赛者从另一端用木球向圆柱抛去,以撞倒圆柱多少定胜负。

5 服尔泰(Voltaire, 1694—1778),法国启蒙运动的思想家。亨腾贝格(E. W. Hengstenberg, 1802—1869),一个反动的柏林大学神学教授。

第六章

有一个护身的精灵,

永远陪伴着巴格尼尼,

有时是条狗,有时是

死去的乔治·哈利的形体。[1]

拿破仑每逢重大的事件,

总是看到一个红衣人。

苏格拉底有他的神灵,
这不是头脑里的成品。[2]

我自己,要是坐在书桌旁,
夜里我就有时看见,
一个乔装假面的客人
阴森森站在我的后边。

他斗篷里有件东西闪烁,
他暗地里在手中握牢,
一旦它显露出来,
我觉得是一把刑刀。

他显得体格矮胖,
眼睛像两颗明星,
他从不搅扰我的写作,
他站在远处安安静静。

我不见这个奇异的伙伴,
已经有许多的岁月。

我忽然又在这里遇见他,
在科隆幽静的月夜。

我沿着街道沉思漫步,
我见他跟在我的后边,
他好像是我的身影,
我站住了,他也停止不前。

他停住了,好像有所期待,
我若迈开脚步,他又紧跟,
我们就这样走到
教堂广场的中心。

我忍不住了,转过身来说:
"现在请你向我讲一讲,
你为什么在这荒凉深夜
跟随我走遍大街小巷?

我总在这样时刻遇见你,
每逢关怀世界的情感

在我的怀里萌芽,每逢
头脑里射出精神的闪电。

你这样死死地凝视我——
在这斗篷里隐约闪烁,
请说明,你暗藏什么东西?
你是谁,你要做什么?"

可是他回答,语调生硬,
他甚至有些迟钝:
"不要把我当作妖魔驱除,
我请求你,不要兴奋。

我不是过去时代的鬼魂,
也不是坟里跳出的草帚,
我并不很懂得哲学,
也不是修辞学的朋友。

我具有实践的天性,
我永远安详而沉默,

要知道：你精神里设想的，
我就去实行，我就去做。

纵使许多年月过去了，
我不休息，直到事业完成——
我把你所想的变为实际，
你想，可是我却要实行。

你是法官，我是刑吏，
我以仆役应有的服从
执行你所作的判决，
哪怕这判决并不公正。

罗马古代的执政官，
有人扛着刑刀在他身前。
你也有你的差役，
却握着刑刀跟在你后边。

我是你的差役，我跟在
你的身后永不离叛，

紧握着明晃晃的刑刀——

我是你的思想的实践。"

说明

　　这章诗表达了海涅的一个重要的观点，即思想必须见诸行动。海涅在《论德国宗教和哲学的历史》中说，我们的思想"使我们不得安宁，直到我们赋予它以形体，促使它成为感性的现象为止。思想要成为行动，语言要成为肉体"。他还说，罗伯斯庇尔的革命行动就是卢骚的思想的实践。作者在这里把自己分为两个人：一个是思想者，一个是实行者；一个是法官，一个是刑吏。后者紧紧跟在前者的后边，带有几分恐怖气氛，迫切地要求思想要行动，判决要执行。

注释：

1　巴格尼尼（N. Paganini，1782—1840），意大利提琴演奏家。乔治·哈利（Georg Harrys，1780—1838），德国作家，有一段时间陪伴巴格尼尼作演奏旅行。
2　古希腊唯心主义哲学家苏格拉底（Sokrates）认为人的身内有一个神灵，人能听到神灵的声音，按照声音的指使行动。

第七章

我回到屋里睡眠,
好像天使们催我入睡,
躺在德国床上这样柔软,
因为铺着羽毛的褥被。

我多么经常渴望
祖国的床褥的甜美,
每当我躺在硬的席褥上
在流亡中长夜不能成寐。

在我们羽毛被褥里,
睡得很香,做梦也甜,
德国人灵魂觉得在这里
解脱了一切尘世的锁链。

它觉得自由,振翼高扬
冲向最高的天空。
德国人灵魂,你多么骄傲,
翱翔在你的夜梦中!

当你飞近了群神,
群神都黯然失色!
你一路上振动你的翅膀,
甚至把些小星星都扫落!

大陆属于法国人俄国人,
海洋属于不列颠,
但是在梦里的空中王国
我们有统治权不容争辩。

我们在这里不被分裂,
我们在这里行使主权;
其他国家的人民
却在平坦的地上发展——

当我入睡后,我梦见
我又在古老的科隆,
沿着有回声的街巷
漫步在明亮的月光中。

在我的身后又走来
我的黑衣乔装的伴侣。
我这样疲乏,双膝欲折,
可是我们仍然走下去。

我们走下去。我的心脏
在胸怀里耆然割裂,
从心脏的伤口处
流出滴滴的鲜血。

我屡次用手指蘸血,[1]
我屡次这样去做,
用血涂抹房屋的门框,
当我从房屋门前走过。

每当我把一座房屋
用这方式涂上标记,
远处就响起一声丧钟,
如泣如诉,哀婉而轻细。

天上的月亮黯然失色，
它变得越来越阴沉；
乌云从它身边涌过
有如黑色的骏马驰奔。

可是那阴暗的形体
仍然跟在我的后边，
他暗藏刑刀——我们这样
漫游大约有一段时间。

我们走着走着，最后
我们又走到教堂广场；
那里教堂的大门敞开，
我们走进了教堂。

死亡、黑夜和沉默，
管领着这巨大的空间；
几盏吊灯疏疏落落，
恰好衬托着黑暗。

我信步走了很久
沿着教堂内的高柱,
只听见我的伴侣的足音
在我身后一步跟着一步。

我们最后走到一个地方,
那里蜡烛熠熠发光,
还有黄金和宝玉闪烁,
这是三个圣王的圣堂。

可是这三个圣王,
一向在那里静静躺卧,
奇怪啊,他们如今
却在他们的石棺上端坐。

三架骷髅,离奇打扮,
寒碜的蜡黄的头颅上
人人藏着一顶王冠,
枯骨的手里也握着权杖。

他们久已枯死的骸骨
木偶一般地动作；
他们使人嗅到霉气，
同时也嗅到香火。

其中一个甚至张开嘴，
做了一段冗长的演讲；
他反复地向我解说，
为什么要求我对他敬仰。

首先因为他是个死人，
第二因为他是个国王，
第三因为他是个圣者——
这一切对我毫无影响。

我高声朗笑回答他：
"你不要徒劳费力！
我看，无论在哪一方面
你都是属于过去。

滚开!从这里滚开!
坟墓是你们自然的归宿。
现实生活如今就要
没收这个圣堂的宝物。

未来的快乐的骑兵
将要在这里的教堂居住,
你们不让开,我就用暴力,
用棍棒把你们清除。"

我这样说,我转过身来,
我看见默不作声的伴侣,
可怕的刑刀可怕地闪光——
他懂得我的示意。

他走过来,举起刑刀,
把可怜的迷信残骸
砍得粉碎,他毫无怜悯,
把他们打倒在尘埃。

所有的圆屋顶都响起
这一击的回声，使人震惊！
我胸怀里喷出血浆，
我也就忽然惊醒。

说明

  这一章是前一章的继续。作者通过一个梦叙述那个"黑衣乔装的伴侣"怎样实践他的革命思想。作者再一次用他在第四章里已经提到过的三个圣王来比喻旧时代陈腐的事物。这三个残骸早就应该把圣堂让给"未来的快乐的骑兵"居住，但他们盘踞在那里，不肯退出。其中一个甚至说，因为他是"死人""国王""圣者"，所以有理由在这里受人尊敬。最后只有用暴力把他们打倒。在描写这个梦以前，作者对于德国人满足于只在思想中寻求自由的落后状态给以讽刺。诗人席勒在1801年写过《新世纪的开端》一诗，其中提到法国人主宰陆地，英国人占领海洋，德国人则走向内心，"自由只在梦国里存在，美只在诗歌中繁荣"。可见这种逃避现实的唯心主义的思想在落后的德国是相当普遍的，甚至席勒对此都不以为耻，而加以颂扬。

注释：

1 作者在这里运用了《旧约·出埃及记》第12章犹太人在门框上涂抹羊血作为标志的故事。不过意义正相反，犹太人涂抹羊血是为了免于灾难，诗里的主人公在人家的门框上涂抹了他的心血，是对这家的惩罚；立即响起一声丧钟，这意味着他的伴侣将执行他的判决。

第八章

从科隆到哈根的车费，
普币五塔勒六格罗舍[1]。
可惜快行邮车客满了，
只好乘坐敞篷的客车。

晚秋的早晨，潮湿而暗淡，
车子在泥泞里喘息；
虽然天气坏路也不好，
我全身充溢甜美的舒适。

这实在是我故乡的空气，
热烘烘的面颊深深感受！
还有这些公路上的粪便，

也是我祖国的污垢!

马摇摆它们的尾巴,
像旧相识一样亲热,
它们的粪球我觉得很美,
有如阿塔兰特的苹果[2]。

我们经过可爱的密尔海木,
人们沉静而勤劳地工作,
我最后一次在那里停留,
是在三一年的五月。

那时一切都装饰鲜花,
日光也欢腾四射,
鸟儿满怀热望地歌唱,
人们在希望,在思索——

他们思索,"干瘪的骑士们[3],
不久将要从这里撤走,
从铁制的长瓶里

给他们斟献饯行酒!

'自由'来临,又舞蹈,又游戏,
高举白蓝红三色的旗帜[4],
它也许甚至从坟墓里
迎来死者,拿破仑一世!"[5]

神啊!骑士们仍旧在这里,
这群无赖中有些个
来时候是纺锤般地枯瘦,
如今都吃得肚皮肥硕。

那些面色苍白的流氓,
看来像"仁爱""信仰"和"希望",
他们贪饮我们的葡萄酒,
从此都有了糟红的鼻梁——

并且"自由"的脚脱了臼,
再也不能跳跃和冲锋;
法国的三色旗在巴黎

从塔顶忧郁地俯视全城。

皇帝曾经一度复活,
可是英国的虫豸却把他
变成一个无声无息的人,
于是他又被人埋入地下[6]。

我亲自见过他的葬仪[7],
我看见金色的灵车,
上边是金色的胜利女神,
她们扛着金色的棺椁。

沿着爱丽舍田园大街,
通过胜利凯旋门,
穿过浓雾蹈着雪,
行列缓缓地前进。

音乐不谐调,令人悚惧,
奏乐人都手指冻僵。
那些旌旗上的鹰隼

向我致意，不胜悲伤。

沉迷于旧日的回忆，
人们都像幽灵一般——
又重新咒唤出来
统治世界的童话梦幻。

我在那天哭泣了。
我眼里流出眼泪，
当我听到那消逝了的
亲切的喊声"皇帝万岁！"

说明

作者乘车从科隆去哈根（Hagen），路过密尔海木（Mühlheim）。海涅于1831年5月离开祖国去巴黎时，曾路过这里。这个莱茵区的城市当时在法国1830年7月革命的鼓舞下，革命热情高涨，人们以为可以把普鲁士的士兵赶走。这里还表达了莱茵区居民对于拿破仑的怀念。关于拿破仑，恩格斯在《德国状况》（1845）里说："对德国来说，拿破仑并不像他的敌人所说的那样是一个专横跋扈的暴君。他在德国是革命的代表,是革命原理的传播者,是旧的封建社会的摧毁人。"(《马克思恩格斯全集》第2卷第636页)后来恩格斯在《暴力在历史中的作用》一文中也指出,莱茵居民在1848年以前一直是"亲法的",并且说:"海涅的法国狂,甚至他的波拿巴主义也不过是莱茵河左岸人民普遍情绪的反映?"(《马克思恩格斯全集》第21卷第508页)但是十二年后,作者重来此地,只见一切如故,普鲁士的军队仍旧在这里驻扎。并且通过关于拿破仑葬仪的叙述,他告诉德国人说,现在的法国也不是革命时期的景象了,代之而起的是资产阶级唯利是图的市侩社会。这一章可与前边的第五章参照。

注释:

1 塔勒和格罗舍,是当时普鲁士货币的名称。

2 阿塔兰特(Atalanta)是希腊传说中善跑的美女。向她求婚的人必须跟她赛跑,谁若胜过她,才能娶她。但是跟她赛跑的人都输了。后来爱神给希波梅内斯(Hippomenes)三个金苹果,希波梅内斯在赛跑时,故意把金苹果抛在地上,阿塔兰特弯腰去拾苹果时,希波梅内斯跑到她前边去了。

3 "骑士们"指普鲁士的士兵。

4 白、蓝、红,是莱茵区旗帜的颜色。

5 莱茵区人民向往死去的拿破仑的再来,主要是为了摆脱普鲁士的统治。

6 拿破仑失败后,1814 年被放逐到地中海上的厄尔巴(Elba)岛。1815 年 3 月拿破仑逃回法国,掌握政权一百天,被反法联盟军击败,囚禁在位于南大西洋的英国属地圣海伦娜(Sankt Helena)岛上,于 1821 年死在那里。

7 拿破仑的灵柩运回法国后,法国政府在 1840 年 12 月 15 日为拿破仑举行葬礼,葬在巴黎荣军院里。关于这次葬礼的凄凉景象,海涅在一部报道法国的政治、艺术与人民生活的著作《路苔齐亚》(Lutezia)第一部分第 29 节里有类似的叙述。

第九章

我早晨从科隆出发,
是七点四十五分;
午后三点才吃午饭,
这时我们到了哈根。

饭桌摆好了。这里我完全
尝到古日尔曼的烹调,
祝你好,我的酸菜,
你的香味使人魂销!

绿白菜里蒸板栗!
在母亲那里我这样吃过!
你们好,家乡的干鱼!
在黄油里游泳多么活泼!

对于每个善感的心
祖国是永远可贵——
黄焖熏鱼加鸡蛋
也真合乎我的口味。

香肠在滚油里欢呼!
穿叶鸟[1],虔诚的小天使,
经过煎烤,拌着苹果酱,
它们向我鸣叫:"欢迎你!"

"欢迎你,同乡,"——它们鸣叫——
"你长久背井离乡,
你跟着异乡的禽鸟
在异乡这样长久游荡!"

桌上还有一只鹅,
一个沉静的温和的生物。
她也许一度爱过我,
当我俩还年轻的时候。

她凝视着,这样意味深长,
这样亲切、忠诚,这样伤感!
她确实有一个美的灵魂,
可是肉质很不嫩软。

还端上来一个猪头,
放在一个锡盘上;
用月桂叶装饰猪嘴,
仍然是我们家乡的风尚。

说明

　　这是一首游戏诗,没有多少含义。在德国,人们用鹅比喻愚蠢的女人。"用月桂叶装饰猪嘴",讽刺庸俗社会里对拙劣诗人的吹捧。

注释：

1 穿叶鸟，原文 Krammetsvogel，属于鹈鸟类，北京民间叫做穿叶儿，所以译为穿叶鸟。

第十章

刚过了哈根已是夜晚，
我肠胃里感到一阵寒颤。
我在翁纳的旅馆里
才能够得到温暖。

那里一个漂亮的女孩
亲切地给我斟了五合酒[1]；
她的鬈发像黄色的丝绸，
眼睛是月光般地温柔。

轻柔的威斯特法伦口音，
我又听到，快乐无穷。
五合酒唤起甜美的回忆，
我想起那些亲爱的弟兄。

想起亲爱的威斯特法伦人,
在哥亭根我们常痛饮通宵,
一直喝到我们互相拥抱,
并且在桌子底下醉倒!

我永远这样喜爱他们,
善良可爱的威斯特法伦人,
一个民族,不炫耀,不夸张,
是这样坚定、可靠而忠心。

他们比剑时神采焕发,
他们有狮子般的心胸!
第四段、第三段的冲刺[2],
显示得这样正直、公正!

他们善于比剑,善于喝酒,
每逢他们把手向你伸出
结下友谊,便流下眼泪;
他们是多情善感的栎树。

正直的民族,上天保佑你们,
他赐福于你们的后裔,
保护你们免于战争和荣誉,
免于英雄和英雄事迹。

他总把一种很轻微的考验
赠送给你们的子孙,
他让你们的女儿们
漂漂亮亮地出嫁——阿门[3]!

说明

　　作者路过威斯特法伦(Westfalen)省的翁纳(Unna)城,回想起他在哥亭根(Göttingen)大学读书时威斯特法伦社团的团友们。海涅一度参加过这个社团。大学里社团的活动经常是喝酒比剑。这些人青年时很正直,而且多情善感,但是后来大都与世浮沉,过着庸俗的市民生活。最后两节,作者为他们所祈求的,也正是作者所不愿见到的实际情况。这是海涅讽刺诗中的另一种手法。

注释：

1 五合酒是用甘蔗酒、糖、柠檬汁、茶、水混合成的一种饮料。
2 第四段、第三段，在击剑术中是容易伤及对手的两段程序。
3 阿门（Amen），是基督教会里祈祷或祝福完毕时的一个常用的词，有千真万确、全心所愿等含义。

第十一章

这是条顿堡森林，

见于塔西图斯的记述，

这是古典的沼泽，

瓦鲁斯在这里被阻。[1]

柴鲁斯克族的首领，

赫尔曼，这高贵的英雄，

打败瓦鲁斯；德意志民族

在这片泥沼里获胜。

赫尔曼若没有率领一群

金发的野蛮人赢得战斗，

我们都会成为罗马人，

也不会有德意志的自由!

只有罗马的语言和习俗
如今会统治我们的祖国,
明兴甚至有灶神女祭师,
史瓦本人叫做吉里特![2]

亨腾贝格成为脏腑祭师,
拨弄着祭牛的肚肠。
奈安德会成为鸟卜祭师,
他观察鸟群的飞翔。[3]

毕希-裴菲尔要喝松脂精[4],
像从前罗马妇女那样,——
(据说,她们这样喝下去,
小便的气味会特别香。)

劳麦不会是德国的流氓,
而是个罗马的流氓痞子。[5]
弗莱里拉特将写无韵诗,

像当年的贺拉修斯。[6]

那粗鲁的乞丐杨老爹,
如今会叫做粗鲁怒士。[7]
天啊!马斯曼将满口拉丁,
这个马可·图留·马斯曼奴斯。[8]

爱真理的人将在斗兽场
跟狮子、鬣犬、豺狼格斗,
他们绝不在小幅报刊上
去对付那些走狗。

我们会只有一个尼罗,
而没有三打的君主。
我们会把血管割断,
抗拒奴役的监督。[9]

谢林将是一个塞内卡,
他会丧身于这样的冲突。[10]
我们会向柯内留斯说:

"任意涂抹不是画图!"[11]——

感谢神！赫尔曼赢得战斗，
赶走了那些罗马人；
瓦鲁斯和他的师旅溃败，
我们永远是德国人！

我们是德国人，说德国话，
像我们曾经说过的一般；
驴叫做驴，不叫阿西奴斯[12]，
史瓦本的名称也不改变。

劳麦永远是德国的流氓，
还荣获了雄鹰勋章。
弗莱里拉特押韵写诗，
并没有像贺拉修斯那样。

感谢神，马斯曼不说拉丁，
毕希-裴菲尔只写戏剧，
并不喝恶劣的松脂精

像罗马的风骚妇女。

赫尔曼,这都要归功于你,
所以为你在德特摩尔城[13]
立个纪念碑,是理所当然,
我自己也曾署名赞成。

说明

在这一章里作者对于德国的国粹主义者进行尖锐的讽刺,这些国粹主义者在荒远的古代去寻找所谓"德意志的自由"。在海涅写这篇长诗的同时,马克思在《〈黑格尔法哲学批判〉导言》里写道:"具有条顿血统并有自由思想的那些好心的热情者,却到我们史前的条顿原始森林去找我们自由的历史。但假如我们自由的历史只能到森林中去找,那么我们的自由历史和野猪的自由历史又有什么区别呢?况且谁都知道,在森林中叫唤什么,就有什么回声。还是不要触犯原始的条顿森林吧!"(《马克思恩格斯全集》第1卷第454—455页)这一章诗的主题和马克思的这段话是一致的。作者还利用德语和拉丁语的文字游戏,把德国人名拉丁化,对当时德国文化界的显赫人物给以嘲讽,而对于古代的罗马也不像一般资产阶级学者那样加以美化。

注释:

1 古罗马历史家塔西图斯(Tacitus,50?—117)著有《日尔曼尼亚》一书,书中记载了条顿堡森林的战役。属于日尔曼人的柴鲁斯克族(Cherusker)的首领赫尔曼(Hermann)于公元9年在条顿堡森林中击败瓦鲁斯(Varus)统帅的罗马军队。

2 古罗马的女灶神名维斯塔(Vesta),她的女祭师必须永葆童贞,看守"永恒之火"。明兴(München)是德国南部的重要城市,一般译为慕尼黑。吉里特(Quirite)是罗马公民的尊称。

3 脏腑祭师(Haruspex),古罗马的一种祭师,他们根据祭牛内脏的部位占卜。奈安德(Neander,1789—1850),柏林神学教授。鸟卜祭师(Augur)根据鸟的飞翔预言神的意图。

4 毕希-裴菲尔(Birch-Pfeiffer,1800—1868),德国女演员兼剧作家。

5 劳麦(F. V. Raumer,1781—1873),德国反动的历史学家。

6 弗莱里拉特(F. Freiligrath,1810—1876),德国19世纪40年代的革命诗人。贺拉修斯(Horatius,公元前65—公元前8),古罗马诗人。古罗马诗是不押韵的。

7 杨(F. L. Jahn,1778—1852),德国体育学家,他早年参加反拿破仑的战争,后来思想保守,成为国粹主义的民族主义者。

8 马斯曼(H. F. Massmann,1797—1874),德国语言学家兼体育学家,也是国粹主义者。作者把他和罗马政治家兼演说家马可·图留·西塞罗(Marcus Tullius Cicero,公元前106—公元前43)相比,所以把马斯曼的姓拉丁化,并冠以西塞罗的名字。

9 尼罗(Nero,37—68),罗马暴君,他迫使他的师傅政治家兼哲学家塞内卡(Seneca,?—65)割断血管自杀。德意志联邦共有三十六邦,所以说是"三打"。

10 谢林(F. W. Schelling, 1775 1854),德国唯心主义哲学家,1841年普王威廉四世把谢林从明兴召往柏林,因此作者想到塞内卡的下场。

11 柯内留斯(P. V. Cornelius, 1783—1867),德国画家。"任意涂抹不是画图",是拉丁文谚语,诗中用的拉丁原文:"Cacatum non est pictum."

12 拉丁语称驴为asinus,音译为阿西奴斯。

13 德特摩尔(Detmold)是条顿堡森林东边的一座城市。1838年起始在那里给赫尔曼建立纪念碑。

第十二章

在夜半的森林里

车子颠簸着前进,

戛然一声车轮脱了轴,

我们停住了,这很不开心。

驿夫下车跑到村里去,

在夜半我独自一人

停留在树林子里,
四周一片嗥叫的声音。

这都是狼,嗥叫这样粗犷,
声音里充满了饥饿。
像是黑暗里的灯光,
火红的眼睛闪闪烁烁。

一定是听到我的来临,
这些野兽对我表示敬意,
它们把这座树林照明,
演唱它们的合唱曲。

这是一支小夜曲,
我看到,它们在欢迎我!
我立即摆好姿势,
用深受感动的态度演说:

"狼弟兄们,我很幸福,
今天停留在你们中间,

满怀热爱对我嗥叫,
有这么多高贵的伙伴。

我这一瞬间感到的,
真是无法衡量;
啊,这个美好的时刻,
我是永远难忘。

我感谢你们的信任——
你们对我表示尊敬,
这信任在每个考验时刻
都有真凭实据可以证明。

狼弟兄们,你们不怀疑我,
你们不受坏蛋们的蒙骗,
他们向你们述说,
我已叛变到狗的一边。

说我背叛了,不久就要当
羊栏里的枢密顾问——

去反驳这样的诽谤，
完全对我的尊严有损。

我为了自身取暖，
有时也身披羊裘，
请相信，我不会到那地步，
热衷于羊的幸福。

我不是羊，我不是狗，
不是大头鱼和枢密顾问——
我永远是一只狼，
我有狼的牙齿狼的心。

我是一只狼，我也将要
永远嗥叫，跟着狼群——
你们信任我，你们要自助，
上帝也就会帮助你们！"

这是我的一段演说，
完全没有预先准备好；

柯尔卜把它改头换面
刊印在奥格斯堡《总汇报》。[1]

说明

  这是很重要的一章。海涅流亡在巴黎，经常对两方面作战。他一方面受以普鲁士为首的德国反动势力的迫害，另一方面有些资产阶级自由主义激进派的"革命者"也对他进行攻击。这些资产阶级自由主义激进派的"革命者"往往提出些空洞的口号，不切实际，海涅认为这对于革命事业没有好处，给以批评。因此他们认为海涅是背叛了革命而与敌人妥协，甚至给海涅制造流言，肆意诽谤。作者在这一章里申述了他忠于革命的立场。与一般惯用的比喻相反，作者把狼比做坚定的革命者，不是比做坏人。在夜里，他和这些"狼弟兄"会合，表明了他的态度。读这一章可以参考这篇长诗的《序言》。

注释：

1 海涅在巴黎，经常给奥格斯堡（Augsburg）的《总汇报》（*Allgemeine Zeitung*）写信。柯尔卜（G. Kolb，1798—1865）长期担任《总汇报》的编辑，为了能取得书报检查的通过，他往往任意删改海涅的通信。

第十三章

太阳在帕德博恩上升[1],
它的神情十分沮丧。
它实际在干一件讨厌的事——
把这愚蠢的地球照亮!

它刚照明了地球的一面,
它就把它的光迅如闪电
送到另一边,与此同时
这一面已经转为黑暗。

石头总为西锡福斯下滚,
达纳乌斯女儿们的水筲
总不能把水盛满,[2]
太阳照亮地球,总是徒劳!——

当晨雾已经散开,
我看见在大路旁
曙光中有耶稣的塑像

被钉在十字架上。

我看见你,我可怜的表兄,
每一次我都满怀忧愁,
你这呆子,人类的救世主,
你曾要把这世界解救!

高级议会的老爷们,
他们把你虐待摧残。
谁叫你谈论教会和国家
也这样肆无忌惮!

这是你的厄运,在那年代
还没有发明印刷术;
不然关于天上的问题
你也许会写成一本书。

对地上有所讽喻的字句,
检查官会给你删去,
书报检查在爱护你,

免得在十字架上钉死。

啊！只要把你的山上说教[3]
改变为另外一种文词，
你能够不伤害那些善人，
你有足够的才能和神智！

你却把兑换商、银行家
甚至用鞭子赶出了圣殿[4]——
不幸的热狂人，你如今
在十字架上给人以戒鉴！

说明

　　这一章的前三节表达了作者一种消极的悲观思想，对人类的进步持怀疑态度，这和他对革命事业热烈欢迎，对"更好的歌"抱有信心，是互相矛盾的。这种矛盾的思想在海涅的作品里经常有所反映。作者用十字架上的耶稣比喻彻底的革命者在旧社会里所遭受的难于避免的命运。海涅对于基督教会，尤其是对于天主教会是深恶痛绝的，但他对于原始的耶稣的形象则表示尊敬和同情。他虽然在这里用一种嘲讽的口吻把他叫做"表兄",叫做"呆子",但仍然把耶稣说成是穷人的朋友、富人的敌人,是彻底的革命者。

注释:
1 帕德博恩(Paderborn),威斯特法伦省的一个城市。
2 西锡福斯(Sisyphus),希腊传说中科林特(Korinth)的第一个国王,非常狡诈,死后被罚在阴间把一块沉重的大理石从山下搬运到山顶,每逢快到山顶时,那块石头便从山上滚下来。达纳乌斯(Danaos),古希腊的一个国王,有五十个女儿,除一个女儿外,这些女儿在结婚的第一夜都把她们的丈夫杀死。她们被处罚在阴间永远用一个底下有窟窿的水桶取水。这两个故事通常用以比喻永远不能完成的沉重的工作。
3 耶稣的山上说教阐述了他所宣传的教义,事见《新约》中《马太福音》第5—7章,《路加福音》第6章。
4 《新约·马可福音》第11章:"耶稣进入圣殿,将里面做买卖的人赶出去,推倒兑换银钱的人的桌子……教训他们说:'经上不是说,我的殿必称为万国祷告的地方吗?你们竟将这殿当作盗贼的巢穴了。'经士和众祭司长听见这话,就图谋要杀害他。"

第十四章

潮湿的风,光秃的大地,
车子在泥途中摇荡;
"太阳,你控诉的火焰!"

我的心里这样响,这样唱。

这是那古老民歌的尾韵,
我的保姆常常歌唱——
"太阳,你控诉的火焰!"
它像号角一般鸣响。

歌词里有一个凶手,[1]
他生活愉快,得意扬扬;
最后发现他在树林里
吊在一棵老柳树上。

凶手的死刑判决书
被钉在柳树的树干;
这是复仇者的密审——
"太阳,你控诉的火焰!"

太阳是有力的控诉者,
它使人给凶手定下罪案。
娥悌里临死时喊道:

"太阳,你控诉的火焰!"

我想起这首歌,也就想起
我的保姆,那慈爱的老人,
我又看见她褐色的脸,
脸上有褶子和皱纹。

她出生在明斯特地区,
她会歌唱,也会讲说
许多阴森森的鬼怪故事,
还有童话和民歌。

我的心是多么激动,
当老人说到那个王女,[2]
她孤零零独坐荒郊,
把金黄的头发梳理。

她被迫充当牧鹅女
在那里看守鹅群,
傍晚赶着鹅又穿过城门,

她十分悲伤，不能前进。

因为她看见一个马头
突出地钉在城门上，
这是那匹可怜的马，
她骑着它到了异乡。

王女深深地叹息：
"噢，法拉达，你挂在这里！"
马头向着下边叫：
"噢，好苦啊，你走过这里！"

王女深深地叹息：
"要是我的母亲知道！"
马头向着下边叫：
"她的心必定碎了！"

我屏止呼吸倾听，
当老人讲到红胡子的事迹，
她态度更严肃，语气更轻，

讲说我们神秘的皇帝。[3]

她向我说,他并没有死,
学者们也信以为实,
他隐藏在一座山中,
统帅着他的武装战士。

山名叫做基甫怀舍,
山里边有洞府一座;
高高圆顶的大厅里
吊灯阴森森地闪烁。

第一座大厅是马厩,
在那里能够看见
几千匹马,装备齐全,
站立在秣槽旁边。

它们都驾了鞍,笼上辔,
可是所有这些马匹,
口也不叫,脚也不踢,

像铁铸的一般静寂。

人们看见第二座大厅里
战士们在枯草堆上睡倒,
几千名战士,满脸胡须,
都是英勇顽强的面貌。

他们从头到脚全副武装,
可是所有这些好汉,
动也不动,转也不转,
他们都躺得稳,睡得酣。

第三座大厅高高堆积着
宝剑、斧钺和标枪,
银制的铠甲,钢制的盔胄,
古代法兰克的火枪。

大炮很少,可是足够
组成一堆战利品。
一面旗帜高高竖起,

它的颜色是黑红金。

皇帝住在第四座大厅,
已经有许多世纪,
他靠着石桌,手托着头,
坐的也是一座石椅。

他的胡子一直拖到地,
红得像熊熊的火焰,
他屡次蹙紧眉头,
有时也眨动双眼。

他是在睡,还是在沉思?
人们不能查看仔细;
可是一旦时机到了,
他就会猛然兴起。

他便握住那面好旗帜,
他呼喊:"上马!上马!"
他的武装队伍都醒过来,

从地上跳起,一阵喧哗。

一个个都翻身上马,
马在嘶叫,马蹄杂沓!
他们驰向喧嚣的世界,
吹起行军的喇叭。

他们善于骑马,善于战斗,
他们得到了充足的睡眠。
皇帝执行严厉的审讯,
他要把凶手们惩办——

高贵的少女日尔曼尼亚[4],
她鬓发金黄,仪表非凡,
曾受过凶手们的暗害——
"太阳,你控诉的火焰!"

有些凶手坐在城堡里笑,
他们自以为能够藏躲,
他们逃不脱复仇的绞索——

逃不脱红胡子的怒火——

老保姆的这些童话，
听着多么可爱，多么甜！
我的迷信的心在欢呼：
"太阳，你控诉的火焰！"

说明

与前一章的第三节相反，作者在这一章里对太阳作了热情的歌颂。作者代表受迫害的人们的心理和希望，说太阳是"控诉的火焰"，用以象征历史的规律，尽管"凶手们"能暂且猖獗一时，但在昭昭红日下，最后他们必定会受到惩罚，真理和正义得到胜利，受迫害者获得解放。作者回忆他童年时期的一个老保姆，她常常给他讲故事、唱民歌，他终生难忘。这里叙述的老保姆给他说唱的一首民歌、一篇童话、一个传说，都是封建社会的产物，含有唯心论、宿命论思想，尤其是关于红胡子的传说，本来就是德国国粹主义的民族主义者的幻想，海涅在下边的两章给以尖锐的讽刺，但是在这章里作者只是用以歌颂"控诉的火焰"的威力。

注释：

1 这首民歌的歌词全文没有流传下来。内容大意是：少女娥悌里（Ottilie）被凶手杀死，临死时曾喊道："太阳，你控诉的火焰！"后来那凶手被秘密审判的复仇者吊死在一棵树上。这首民歌的两节片断，海涅曾记在他的《回忆录》(*Memoiren*) 里。

2 这是格林（Grimm）兄弟《童话集》中《牧鹅女》的故事。一个王后有一个女儿，嫁给远方的一个王子。王后叫女儿骑一匹能讲话的马去成婚，并由一个侍女护送。马名法拉达（Falada）。在路上侍女威胁王女，把新娘的衣服骗过来穿在自己身上，冒充王女与王子结婚，并命王女在城外放鹅。她还下令杀死能讲话的法拉达，把马头挂在城门上，但是马头还能讲话。王女从城门走过，她便和马头交谈。最后揭穿了侍女的罪行，王女与王子结婚，将侍女处死。诗中王女与法拉达的对话，和童话中的对话基本上是一致的。

3 红胡子（Barbarossa）皇帝是德意志民族神圣罗马帝国皇帝腓特烈一世（Friedrich I, 1123—1190）的别号。他在1152年即皇位，后来参加第三次十字军东征，在小亚细亚的一条河流里淹死。民间传说，他并没有死，回到了德国，带领他的人马睡眠在哈尔次（Harz）山附近的基甫怀舍（Kyffhäuser）的山洞里，将来有一天他还会醒过来。关于海涅对这传说的看法，参看下两章。

4 日尔曼尼亚（Germania），是德国的拟人称呼。

第十五章

一阵细雨淋下来,
冷冰冰像是针尖。
马忧郁地摇着尾巴,
在泥里挣扎,全身流汗。

驿夫吹动他的号角,
我熟悉这古老的角声——
"三个骑士骑马出城门!"[1]
我觉得恍如梦境。

我昏昏欲睡,我就睡着了,
看啊!最后我梦见
置身于那座奇异的山中,
在红胡子皇帝身边。

他再也不像一座石像
坐在石桌旁的石椅上;
他的外表并不尊严
像人们平日想象的那样。

他蹒跚踱过几座大厅,
东拉西扯和我亲切交谈。
他像一个古董收藏家
把珍品和宝物指给我看。

在武器厅里他向我说明,
人们怎样使用棍棒,
他还把几支剑上的锈
用他的银鼠皮擦光。

他拿来一把孔雀羽扇,
给一些铠甲、一些盔胄,
还给一些尖顶盔,
掸去了上边的尘土。

他同样掸掉旗上的灰尘,
他说,"我最大的骄傲是——
还没有蠹鱼咬烂旗绸,
旗柄也没有被虫蛀蚀。"

当我们来到那座大厅,
几千名战士装备整齐,
都睡倒在那里的地上,
老人说起话来,满心欢喜:

"我们要轻轻地说话走路,
我们不要惊醒这些人;
一百年的岁月又过去了,
今天正是发饷的时辰。"

看啊!皇帝轻悄悄地
走近那些熟睡的兵士,
在他们每个人的衣袋里
偷偷地掖进一块金币。

我惊异地望着他,
他这么说,面带微笑:
"我发给每个人一块金币
作为一个世纪的酬劳。"

马在养马的大厅里
排成长长的静默的行列,
皇帝搓着自己的手,
好像是特别喜悦。

他数着马匹,一匹又一匹,
拍打着它们的肋部;
他数了又数,他嘴唇颤动
以令人可怕的速度。

"这些马还不够用,"
他最后懊丧地说道——
"兵士和武器都已充足,
但马匹还是缺少。

我派遣出许多马贩子
到全世界四面八方,
他们为我选购良马,
已经有相当大的数量。

等到马的数目齐全,
我就开战,解放我的祖国
和我的德国的人民,
人民忠诚地期待着我。"

皇帝这样说,我却叫道:
"开战吧,你这老伙计,
开战吧,马匹如果不够,
就用驴子来代替。"

红胡子微笑着回答:
"开战完全不要着急,
罗马不是一天筑成,
好东西都需要时日。

今天不来,明天一定来到,
栎树都是慢慢地生长,
罗马帝国有一句谚语:
谁走得慢,就走得稳当。"[2]

说明

第十五、十六两章的内容都是在梦中跟红胡子皇帝的对话。第十四章里所写的红胡子皇帝，由于出自老保姆的口述，在儿童的心中成为有威望的人物，几座大厅的气氛也是严肃的。但是在第十五章以后就完全不同了。长期以来，德国国粹主义的民族主义者希望所谓古代日尔曼精神的再现，把长期睡眠的红胡子皇帝一日将要觉醒作为祖国复兴的象征。海涅认为这是违反历史规律的，所以在这里红胡子再也不是审讯"凶手们"、拯救日尔曼尼亚的皇帝，而成为卖弄古董的可笑的角色了。他口头上说的解放祖国和德国人民，是永远不会实现的。

注释：

1 这是一首流行的民歌，见于德国浪漫派诗人阿尼姆（Arnim）与布伦塔诺（Brentano）合编的民歌集《儿童的奇异的号角》（*Des Knaben Wunderhorn*）里。

2 这句谚语，原诗中用的是意大利文：Chi va piano，va sano。

第十六章

车子的震荡把我惊醒,
可是眼皮立即又合拢,
我昏昏沉沉地入睡,
又做起红胡子的梦。

我跟他信口攀谈,
走遍有回声的大厅,
他问我这,问我那,
渴望我说给他听。

自从许多年,许多年,
也许是从七年战争,
关于人世间的消息,
他不曾听到一点风声。

他问到摩西·门德尔孙[1],
问到卡尔新,还很关心地
问到路易十五的情妇,
杜巴侣伯爵夫人[2]。

我说,"啊皇帝,你多么落后!
摩西和他的利百加
已经死了许久,他的儿子
亚伯拉罕也长埋地下。

亚伯拉罕和列亚产生了
名叫费利克斯的小宝贝,
他在基督教会飞黄腾达,
已经是乐队总指挥。[3]

老卡尔新也同样去世,
女儿克伦克也已死去,
我想,现在还在人间的
是孙女维廉娜·赤西。[4]

在路易十五统治时期,
杜巴侣活得快乐而放荡,
她已经变得衰老,
当她命丧在规罗亭[5]上。

那国王路易十五
在他的床上平安死去,
路易十六却上了规罗亭,
跟王后安东尼特在一起。[6]

王后完全合乎她的身份,
表现出很大的勇气,
杜巴侣却大哭大喊,
当她在规罗亭上处死。"

皇帝忽然停住脚步,
他对着我瞠目而视,
他说,"我的老天啊,
什么是规罗亭上处死?"

我解释说,"规罗亭上处死,
是新的方法一种,
不管是什么阶层的人,
都能把他的生命断送。

人们为了这种方法
制造一种新的机器,
这是规罗亭先生的发明,
机器名称就用他的名字。

你被捆在一块木板上;
——木板下沉;——你迅速被推入
两根柱子的中间;
——上面吊着一把三角斧;

——绳索一拉,斧子落下来,
这真是快乐而爽利;
在这时刻你的头颅
掉落在一个口袋里。"

皇帝打断了我的话:
"你住嘴,关于你说的机器,
我真是不愿意听,
我起誓不使用这种东西!

尊严的国王和王后!
在一块木板上捆起!
这真是极大的不敬,
违背一切的礼仪!

这样亲昵地用'你'称呼我,
你是什么人,竟如此大胆?
你这小子,等着吧,我将要
把你狂妄的翅膀折断!

当我听你这样说,
怒火在深心里燃烧,
你一呼一吸已经是
叛国罪和大逆不道!"

老人向我咆哮,既无节制,
也不容情,这样愤慨激昂,
这时我也爆发出来
我的最隐秘的思想。

"红胡子先生，"——我大声喊叫——
"你是一个古老的神异，
你去睡你的吧，没有你
我们也将要解救自己。

共和国人会讥笑我们，
他们若看见我们的首领
是个执权杖戴王冠的鬼魂；
他们会发出刻薄的嘲讽。

我再也不喜欢你的旗帜，
我对黑红金三色的喜爱，
已经被当年学生社团里
老德意志的呆子们败坏。[7]

在这古老的基甫怀舍，
你最好永远待在这里——
我若是把事物仔细思量，
我们根本用不着皇帝。"

说明

　　这一章是前一章的继续,在对话中更显示出红胡子是过去中世纪封建帝王的幽灵,他不可能再起任何作用。他对于18世纪末期发生的重大的政治变革一无所知,他的知识只停留在普鲁士王腓特烈二世发动的七年战争(1756—1763)时期。他对于许多新事物不能理解,更不用说法国资产阶级革命期间把国王和王后送上断头台那样在他看来是大逆不道的事了。作者对他讲说送上断头台的程序时,态度非常冷静;而他则怒火如焚,不能忍受。两人的谈话越说分歧越大,最后作者说出他的主要思想:"没有你我们也将要解救自己","根本用不着皇帝"。

注释:

1　摩西·门德尔孙(Moses Mendelssohn, 1729—1786),柏林的哲学家。卡尔新(A. L. Karschin, 1722—1791),德国女诗人。

2　杜巴侣伯爵夫人(Contesse du Barry, 1741—1793),法王路易十五的情妇。1774年路易十五死后,退出宫廷。法国大革命期间,罗伯斯庇尔下令将她逮捕,在断头台上处死。

3　摩西·门德尔孙的妻子本不叫利百加(Rebekka),《圣经·旧约》中,摩西的妻子叫利百加,所以海涅把门德尔孙的妻子也称为利百加。门德尔孙的第二个儿子叫亚伯拉罕(Abraham),亚伯拉罕的妻子叫列亚（Lea）。亚伯拉罕·门德尔孙的儿子是音乐家费利克斯·门德尔孙（Felix Mendelssohn，1809—1847）。

4 克伦克（K. L. V. Klenke，1754—1812），是卡尔新的女儿，女作家，写戏剧和诗歌。维廉娜·赤西（Wilhelmine Ch. v. Chézy，1783—1856），是克伦克的女儿，也是女作家，写小说诗歌，与海涅相识。

5 规罗亭就是断头台，因系医生规罗亭（J. I. Guillotin，1738—1814）所发明而得名。

6 在法国大革命期间，法国国王路易十六和王后安东尼特（Antoinette）都被判死刑，于1893年先后在断头台上被处死。

7 学生社团，是从反拿破仑战争时期起，德国大学生普遍组成的一些团体，第十章说明中提到的威斯特法伦社团也属于这一类。这些社团的政治倾向是各种各样的，有的从爱国主义演变为狭隘的民族主义，幻想中世纪封建王朝的再现，是很反动的。

你不爱我……

你不爱我，你不爱我，
这并不能愁苦我，
只要我看看你的面庞，
我快乐就好像国王。

你嗔我，甚至嗔我，
你小红嘴你这样说：
女孩儿，只要给我接吻，
我自己便得了无量慰问。

爱人儿,你说为什么……

爱人儿,你说为什么,
玫瑰花恁般憔悴?
绿茵的地上,为什么
紫罗兰恁般无语?

空中云雀为什么,
唱着如怨如诉的歌曲,
凤仙花们为什么,
放出不愉快的气息?

日光俯照着,为什么
照得田野恁般忧愁?
究竟大地为什么,
恁般凄凉像一座荒丘?

爱人儿,你说为什么,
我恁般消瘦伤泣?

呵,说吧!我全心心爱的人儿,

你为什么将我抛弃。

1923 年 10 月 10 日　黄昏译

我们傍坐打渔房……

我们傍坐打渔房，
我们向海水凝视；
海雾已自远处来，
已经升至高处。
在那灯塔上边
灯光渐渐燃点，
在那远远的地方，
有一只船儿发现。
我们说暴风难船，
水手是怎样生活，
我们说无边海际，
洋溢着恐怖快乐。
我们说南又说北，
说着远方的海岸，
那些奇异的民族，
他们奇异的习惯。
恒河畔花香水明，
丰茂的树木盛开，

在白莲前边跪拜,

矮小的腊泼兰[1]人,

平头,宽口,而肮脏;

蹲聚在火边烤鱼,

又喧杂,又扰攘。

女孩儿肃肃静听,

后来都默默无言,

不见了小船儿,

已是十分黑暗。

注释:

1 即拉普兰(Lapplond),瑞典北部地区。

尼采

星辰道德

在星的轨道上定下前缘,
星辰啊,黑暗与你何干?

幸福地绕去,穿过这时代!
它的哀苦离你生疏而辽远!

你的光属于最远的世界!
同情对于你应该是罪孽!

只一句诫言与你相宜:要清洁!

新的哥伦布

女友——哥伦布说——再也
不要信赖盖奴阿[1]的人!
他永久凝视蔚蓝——
最远方的诱他太甚。

最生疏的我才觉得可贵!
盖奴阿——它沉没,消逝!
心,永久冷!手,把住舵!
我前边是海洋——陆地?——陆地?

紧紧地站定脚根!
我们永久不能回还!
远望啊;从远方向我们致意
一个死,一个光荣,一个狂欢!

注释:
1 盖奴阿(Genua),即热那亚,意大利重要港口城市。

秋

这是秋天：——它还憔悴你的心！
飞走吧！飞走吧！
太阳挨上山
攀登又攀登
一步一休息。

宇宙怎么这样凋零！
在疲乏紧张的弦上
风唱着它的歌。
希望消亡——
风在哀悼。

这是秋天：它——还憔悴你的心！
飞走吧！飞走吧！——
啊，树上的果实，
你战栗，凋落？
夜教给你

怎样一个秘密,
冰冷的战悚铺上了
你绯红的面颊?——

你静默,不回答?
谁还说话?

这是秋天:——它还憔悴你的心!
飞走吧!飞走吧!——
"我并不美丽"
——野菊这样说——
"可是我爱人间
我安慰人间——
他们现在还该看看花,
向我弯下腰,
啊!折下我——
在他们眼中
又闪烁着回忆,
回忆比我更美丽的;

——我看见了,看见了,——就这样死去!"——

这是秋天:它——还憔悴你的心!
飞走吧!飞走吧!

伞松与闪电

我生长,越过了走兽人间;
我谈话——却无人与我交谈。

我生长得太高了,太寂寞——
我等候;我可等候着什么?

离我太近的,是云的宝殿,
我等候着最早的闪电。

在敌人中间

——根据一句吉卜西人的谚语写成

那里是绞架,这里是绞绳,
还有刽子手红色的胡须;
毒狠的目光,四围是群众——
在我的天性里这并不新奇!
我早就认得这个把戏,
我笑着向你们喊叫一声:
"没有用,没有用,把我绞死!
死吗?死呀,我却不能!"

你们是乞丐!所以你们嫉妒
我有的到不了你们手里;
我诚然痛苦,我诚然痛苦——
但是你们——你们死去,死去!
纵使我被处刑了几百次,
我还是呼息,雾霭与光明——
"没有用,没有用,把我绞死!
死吗?死呀,我却不能!"

最后的意志

这样死，
像我曾经看见的他这样死——
那朋友，他把闪电同目光
神圣地投给我阴暗的青春！
放肆而深沉，
战场中一个舞人——
战士中他是最活泼的，
胜者中他是最沉重的，
在他运命上站定一个运命，
前思后想，强硬——

为了胜利而战栗，
为了死者胜利而欢呼；

当他死时，吩咐着
——他吩咐，要毁灭——
这样死，
像我曾经看见的他这样死：
胜利着，毁灭着……

里尔克

秋日

主啊，是时候了。夏日曾经很盛大。
把你的阴影落在日晷上，
让秋风刮过田野。

让最后的果实长得丰满，
再给它们两天南方的气候，
迫使它们成熟，
把最后的甘甜酿入浓酒。

谁这时没有房屋，就不必建筑，
谁这时孤独，就永远孤独，
就醒着，读着，写着长信，
在林荫道上来回
不安地游荡，当着落叶纷飞。

1902 巴黎

原载《外国现代派作品选》第 1 册，
上海文艺出版社，1980 年

豹
——在巴黎植物园

它的目光被那走不完的铁栏
缠得这般疲倦,什么也不能收留。
它好像只有千条的铁栏杆,
千条的铁栏后便没有宇宙。

强韧的脚步迈着柔软的步容,
步容在这极小的圈中旋转,
仿佛力之舞围绕着一个中心,
在中心一个伟大的意志昏眩。

只有时眼帘无声地撩起——
于是有一幅图像浸入,
通过四肢紧张的静寂——
在心中化为乌有。

1903

发表于1932年11月《沉钟》半月刊第15期,收入《外国现代派作品选》第1册时有修改

Pietà[1]

耶稣，我又看见你的双足，
当年一个青年的双足，
我战兢兢脱下鞋来洗濯；
它们在我的头发里迷惑，
像荆棘丛中一只白色的野兽。

我看见你从未爱过的肢体
头一次在这爱情的夜里。
我们从来还不曾躺在一起，
现在只是被人惊奇，监视。

可是看啊，你的手都已撕裂：——
爱人，不是我咬的，不是我。
你心房洞开，人们能够走入：
这本应该只是我的入口。

现在你疲倦了，你疲倦的嘴
无意于吻我苦痛的嘴——

啊，耶稣，何曾有过我们的时辰？

我二人放射着异彩沉沦。

1906　巴黎

发表于1936年12月《新诗》第1卷第3期，

收入《外国现代派作品选》第1册

注释：

1　在西方雕刻绘画中表现耶稣死后他的母亲马利亚十分悲痛的情景，叫做Pietà（Pietà是意大利语，有悲悯、虔诚的含义）。这类作品中有时除马利亚和已死的耶稣外，还有其他的人，其中最常见的是马利亚·马格达雷娜（中文《新约》译为"抹大拉的马利亚"）。这首诗写的是马利亚·马格达雷娜对耶稣的热爱。

一个妇女的命运

像是国王在猎场上拿起来
一个酒杯,任何一个酒杯倾饮,——
又像是随后那酒杯的主人
把它放开,收藏,好似它并不存在;

命运也焦渴,也许有时拿动
一个女人在它的口边喝,
随即一个渺小的生活,
怕损坏了她,再也不使用,

放她在小心翼翼的玻璃橱,
在橱内有它许多的珍贵
(或是那些算是珍贵的事物。)

她生疏地在那里像被人借去
简直变成了衰老,盲聩,
再也不珍贵,也永不稀奇。

1906　巴黎

发表于 1936 年 12 月《新诗》第 1 卷第 3 期,
收入《外国现代派作品选》第 1 册

爱的歌曲

我怎么能制止我的灵魂,让它
不向你的灵魂接触?我怎能让它
越过你向着其他的事物?
啊,我多么愿意把它安放
在阴暗的任何一个遗忘处,
在一个生疏的寂静的地方,
那里不再波动,如果你的深心波动。
可是一切啊,凡是触动你的和我的,
好像拉琴弓把我们拉在一起,
从两根弦里发出"一个"声响。
我们被拉在什么样的乐器上?
什么样的琴手把我们握在手里?
啊,甜美的歌曲。

1907 卡卜里

总是一再地……

总是一再地，虽然我们认识爱的风景，
认识教堂小墓场刻着它哀悼的名姓，
还有山谷尽头沉默可怕的峡谷；
我们总是一再地两个人走出去
走到古老的树下，我们总是一再地
仰对着天空，卧在花丛里。

1914

啊，朋友们，这并不是新鲜……

啊，朋友们，这并不是新鲜，
机械排挤掉我们的手腕。
你们不要让过度迷惑，
赞美"新"的人，不久便沉默。

因为全宇宙比一根电缆、
一座高楼，更是新颖无限。
看哪，星辰都是一团旧火，
但是更新的火却在消没。

不要相信，那最长的传递线
已经转动着来日的轮旋。
因为永劫同着永劫交谈。
真正发生的，多于我们的经验。
将来会捉取最辽远的事体
和我们内心的严肃融在一起。

1922　米索

发表于 1936 年 12 月《新诗》第 1 卷第 3 期，
收入《外国现代派作品选》第 1 册

啊，诗人，你说，你做什么……

啊，诗人，你说，你做什么？——我赞美。
但是那死亡和奇诡
你怎样担当，怎样承受？——我赞美。
但是那无名的、失名的事物，
诗人，你到底怎样呼唤？——我赞美。
你何处得的权力，在每样衣冠内，
在每个面具下都是真实？——我赞美。
怎么狂暴和寂静都像风雷
与星光似的认识你？——因为我赞美。

1921 米索

发表于 1936 年 12 月《新诗》第 1 卷第 3 期，
收入《外国现代派作品选》第 1 册

致奥尔弗斯的十四行 (选译)[1]

上卷第九首

只有谁在阴影内
也曾奏起琴声,
他才能以感应
传送无穷的赞美。

只有谁曾伴着死者
尝过他们的罂粟,
那最微妙的音素
他再也不会失落。

倒影在池塘里
也许常模糊不清:
记住这形象。

在阴阳交错的境域
有些声音才能

永久而和畅。

1922 米索

注释：

1 奥尔弗斯（Orpheus）是古希腊传说中的歌手，他的歌唱和琴声能感化木石禽兽。阴间的女神也被他的音乐感动，允许他死去的妻子重返人世，但约定在回到人世的途中，奥尔弗斯不许回顾他的妻子。奥尔弗斯没有遵守诺言，半路上回头看了看他的妻子，因此他的妻子被护送他们的使者又带到阴间去了。

上卷第十七首

最底层的始祖，模糊难辨，
那筑造一切的根源，
他们从来没有看见
地下隐藏的源泉。

冲锋钢盔和猎人的号角，
白发老人的格言，
男人们兄弟交恶，
妇女像琵琶轻弹……

树枝与树枝交错，

没有一枝自由伸长……

有一枝！啊向上……向上……

但它们还在弯折。

这高枝却在树顶上

弯曲成古琴一座。

说明

在欧洲，一个家族的世系常用树形标志，称为世系树。始祖是最下层的树根，繁衍的子孙是树干上生长的枝条。作者用这个图像，表示他对于一个家族演变的看法。始祖年代久远，无从考查。他的后代有战士，有猎夫，老人留下经验之谈，同族间也常发生纷争，妇女则像是琵琶，弹奏时发出悦耳的声音。子孙后代像错综交叉的枝条，互相牵制，不得自由发展。但是有一枝不断向上伸长，最后自身编成一座古琴。"古琴"象征文艺。"古琴"原文为"Leier"，这个词在诗集中经常出现，它是奥尔弗斯使用的乐器。

上卷第十九首

纵使这世界转变
云体一般地迅速,
一切完成的事件
归根都回到太古。

超乎转变和前进之上,
你歌曲前的歌音
更广阔更自由地飘扬,
神弹他的琴。

苦难没有认清,
爱也没有学成,
远远在死乡的事物
没有揭开了面幕。
唯有大地上的歌声
在颂扬,在庆祝。

1922 米索

上卷第二十首

主啊，你说，我用什么向你奉献，
你教导万物善于听取？——
我回忆春季的一天，
一个晚间，在俄国——骏马一匹……

这白马独自从村里跑来，
前蹄的上端绑着木桩，
为了夜里在草原上独自存在；
它拳曲的鬣毛在脖颈上

怎样拍击着纵情的节拍，
它被木桩拖绊着奔驰，
骏马的血泉怎样喷射！

它感到旷远，这当然！
它唱，它听，——你的全部传奇
都包括在它的身内。
　　它这图像，我奉献。

说明

作者在诗里呼唤的"主",不是基督教的上帝,而是用歌声琴声感动禽兽木石、超越生死界限的奥尔弗斯。

这首诗主要是一匹马的奔腾给作者留下的永不磨灭的印象。里尔克曾于1900年5月至8月偕同露·沙罗美(Lou Salomé)第二次访问俄国。他在1922年2月11日写给露·沙罗美的信里说:"……那匹马,你知道,那自由的、幸福的马,脚上戴着木桩,有一次在傍晚伏尔加草原上飞跑着向我们跳来——我怎样把它当作给奥尔弗斯的一件Ex voto(供品)!——什么是时间?——什么时候是现在?过了这么多年它向我跳来,以它全身的幸福投入广阔无边的感觉。"从信里可以看出,作者写这首诗时还真实地感受到二十多年前那匹白马在旷野上的奔驰。

原诗没有遵守十四行的限制,多了半行,译诗也按照了原诗的形式。

上卷第二十一首

春天回来了。大地
像个女孩读过许多诗篇;
许多,啊许多……她得到奖励
为了长期学习的辛酸。

她的教师严厉。我们曾喜欢
那老人胡须上的白花。
如今,什么叫绿,什么叫蓝,
我们问:她能,她能回答!

地有了自由,你幸福的大地,
就跟孩子们游戏。我们要捉你,
快乐的大地。最快活的孩子胜利。

啊,教师教给她多种多样,
在根和长期困苦的干上
刻印着的:她唱,她歌唱!

说明

　　作者原注:"这首短小的春歌我可以说是对于一段奇特的舞蹈音乐的解释,这是我在郎达(西班牙南部)一座小的修女教堂里早晨做弥撒时从修道院学童那里听到的。学童们总是按着舞蹈的节拍手持三角铁和铃鼓唱着我不懂得的歌曲。"(里尔克曾于1912年12月至次年2月旅居郎达。)

　　这首诗里把春天回来后的大地比作一个勤学的女孩,她在学校里辛苦的学习正如大地经历了冬天。最后两行的根和干，语义双关，既指经冬的树根和树干，也指枯燥的语法书中的词根和词干。

下卷第四首
这是那个兽，它不曾有过，
他们不知道它，却总是爱——
爱它的行动，它的姿态，它的长脖，
直到那寂静的目光的光彩。

它诚然不存在。却因为爱它，就成为
一个纯净的兽。他们把空间永远抛掉。
可是在那透明、节省下来的空间内
它轻轻地抬起头，它几乎不需要

存在。他们饲养它不用谷粒，
只永远用它存在的可能。
这可能给这兽如此大的强力，

致使它有一只角生在它的额顶。

它全身洁白向一个少女走来——
照映在银镜里和她的胸怀。

说明

独角兽在欧洲的传说中，有如中国的麒麟。麒麟象征祥瑞，独角兽象征少女的贞洁。作者原注："独角兽有古老的、在中世纪不断被赞颂的少女贞洁的含义；所以被认为，这个不存在者对于人世间只要它出现，就照映在少女给它举着的银镜中（见15世纪的壁毯）和少女的身内，这作为一面第二个同样净洁、同样神秘的镜子。"这里所说的"15世纪的壁毯"系指法国克吕尼博物馆陈列的六幅壁毯，总题为《少女与独角兽》，里尔克对此很感兴趣，在他的长篇小说《布里格随笔》里作过细致的描述。

下卷第六首

玫瑰，你端居首位，对于古人
你是个周缘单薄的花萼。
对于我们你的生存无穷无尽，
却是丰满多瓣的花朵。

你富有，你好像重重衣裹，
裹着一个身体只是裹着光；
你的各个花瓣同时在躲
在摒弃每件的衣裳。

你的芳香几世纪以来
给我们唤来最甜的名称；
忽然它像是荣誉停在天空。

可是，我们不会称呼它，我们猜……
我们从可以呼唤来的时间
求得回忆，回忆转到它的身边。

说明

　　玫瑰在里尔克的创作里占有重要地位，他认为玫瑰是花中最高贵的。可是在古代玫瑰单薄朴素，作者原注："古代的玫瑰是一种简单的 Eglantine（野玫瑰），红的和黄的，像在火焰中的颜色。在瓦利斯这里它开花在个别的花园内。"

　　诗的第二节写玫瑰自身含有矛盾：多层的花瓣既像是重重衣裹，又像是拒绝衣裳，因为花瓣也属于花的身体。里尔克的诗里常常阐述与之相类似的矛盾。

最后两节认为最美的事物如玫瑰的芳香难以命名,像是荣誉在空中不可言传。这不禁使人想起莎士比亚《罗密欧与朱丽叶》第二幕第二景中的名句:"姓名又算什么?我们叫做玫瑰的,不叫它玫瑰,闻着不也一样地甜吗?"(曹禺译)

下卷第八首

你们少数往日童年的游伴
在城市内散在各处的公园:
我们怎样遇合,又羞涩地情投意满,
像羊身上说话的纸片。

我们沉默交谈。我们若有一次喜欢,
这喜欢属于谁?是谁的所有?
它怎样消逝在过往行人的中间,
消逝在长年的害怕担忧。

车辆驶过我们周围,漠不关情,
房屋坚固地围绕我们,却是幻境,
什么也不认识我们,万物中什么是真实?

没有。只有球。它们壮丽的弧形。
也不是儿童……但有时走来一个儿童,
啊,他在正在降落的球下消逝。

——《怀念艾光·封·里尔克》

说明

艾光·封·里尔克(Egon von Rilke,1873—1880)是里尔克的堂兄,童年夭折,里尔克常常思念他。作者在这首诗里写他童年时的经验。游戏的伴侣们互相遇合,相对无言,但都感到高兴,外界的事物对他们都是生疏的,好像与他们无关。只有他们游戏时抛掷的球是真实的,形成弧形,而他们中间的一个在球正在降落时消逝了。

关于第一节第四行中"说话的纸片",作者原注解释:"羊(在绘画上)只借助于铭语带说话。"中世纪的绘画在人物或生物旁常附有文字说明,称为铭语带。

下卷第十九首

黄金住在任何一处骄纵的银行里,
它跟千万人交往亲密。可是那个
盲目的乞丐,甚至对于十分的铜币
都像失落的地方,像柜下尘封的角落。

在沿街的商店金钱像是在家里,
它用丝绸、石竹花、毛皮乔装打扮。
金钱醒着或是睡着都在呼吸,
他,沉默者,却站在呼吸间歇的瞬间。

啊,这永远张开的手,怎能在夜里合攥。
明天命运又来找它,天天让它伸出:
明亮,困苦,无穷无尽地承受摧残。

一个旁观者却最后惊讶地理解还称赞
它长久的持续。只是歌唱者能陈述。
只是神性者能听见。

说明

　　贫穷与困苦,在里尔克的诗歌和散文里常常读到。在《祈祷书》《图像书》《布里格随笔》以及后期某些作品中有些篇章和段落不仅描述,而且有时还赞颂贫苦。里尔克观看他那时代的社会,金钱统治一切,产生许多罪恶,因而对于贫穷和困苦有些圣洁之感。所以他说,歌唱者能为贫困代言,有神性的人能听到歌唱。

下卷第二十五首

听,你已经听到最初的耙子
在工作;早春强硬的地上
在屏息无声的寂静里
又有人的节拍。你好像从未品尝

即将到来的时日。那如此常常
已经来过的如今回来,又像是
新鲜的事物。永远在盼望,
你从来拿不到它。它却拿到了你。

甚至经冬橡树的枯叶
傍晚显出一种未来的褐色。
微风时常传送一个信号。

灌木丛发黑。可是成堆的肥料
堆积在洼地上是更饱满的黑色。
每个时辰走过去,变得更年少。

说明

　　这首诗直接描述作者在初春时的感受。春天每年都会来的，但是每次春天的到来，人们都觉得新鲜，好像过去不曾来过。橡树的树叶没有完全凋落，但已有褐色的嫩芽。这里以及第四节的前两行都是用颜色形容初春的景色。最后一行的"时辰"是比拟为一个女性，她走过去，不是变老，而是变得更年轻。

作者原注：这首诗是"上卷第二十一首学童们短小的春歌的对歌"。

1991年10月译 11月誊抄

发表于《世界文学》1992年第1期

布莱希特

题一个中国的茶树根狮子

坏人惧怕你的利爪。
好人喜欢你的优美。
我愿意听人
这样
谈我的诗。

原载《布莱希特选集》，人民文学出版社，1959 年

赞美学习

学习最简单的事物!
你们的时代来到了
学习对你们绝不太晚!
学习入门的书,这还不够,但是
学习它!不要怕劳苦!
开始吧!你必须知道一切!
因为你要担任领导。

学习吧,夜店里的男人!
学习吧,监狱里的男人!
学习吧,厨房里的女人!
学习吧,六十岁的老人!
因为你要担任领导。
寻找学校,无家可归的人!
获取知识,挨冷受冻的人!
饥饿的人,抓取书本:这是一个武器。
因为你要担任领导。

不要怕问人,同志!
不要听信别人
要亲自检查!
不是你亲身知道的
你就不知道。
要检查账目,
这笔账要由你来付。
把手指放在每笔款上,
问:这笔款是怎么来的?
因为你要担任领导。

1932

发表于《译文》1955 年第 7 期,

收入《布莱希特选集》

一个工人读书时的疑问

谁建筑了七座城门的特贝城[1]?
书里边写着国王们的名字。
那些岩石,是国王们拉来的吗?
还有破坏过许多次的巴比伦——
谁又重建它这么多回?在金碧辉煌的利玛[2],
建筑工人住在什么样的房子里?
泥瓦匠们在万里长城建成的那晚
他们都到哪里去?伟大的罗马
到处是凯旋门。谁建立了它们?那些皇帝
战胜了谁?万人歌颂的拜占廷
只有宫殿给它的居民吗?就是传说里的阿特兰提司[3],
在大海把它吞没的夜里,
沉溺的人们都喊叫他们的奴隶。
年轻的亚历山大征服印度。
他一个人吗?
凯撒打败高卢人。
他至少随身也要有个厨子吧?
西班牙的菲利浦王[4],在他的海军

覆没的时候哭泣。此外就没人哭吗?

七年战争,腓特烈二世打胜了。

除了他还有谁打胜了?

每一页一个胜利。

谁烹调胜利的欢宴?

每十年一个伟人。

谁付出那些代价?

这么多的记载。

这么多的疑问。

1936

发表于《译文》1955 年第 7 期,

收入《布莱希特选集》

注释:

1 特贝是希腊公元前 4 世纪的名城。
2 利玛是秘鲁的首都。
3 阿特兰提司,希腊传说中西方的一洲,沉没在大西洋中。
4 西班牙国王菲利浦二世(1527—1598)在 1588 年与英国作战,海军全部覆没。

将军,你的坦克是一辆强固的车……

将军,你的坦克是一辆强固的车。
它能摧毁一座树林,碾碎成百的人。
但是,它有一个缺点:
它需要一个驾驶员。

将军,你的轰炸机是坚固的。
它飞得比暴风还快,驮得比大象还多。
但是,它有一个缺点:
它需要一个装备员。

将军,人是很有用的。
他会飞,他会杀人。
但是,他有一个缺点:
他会思想。

发表于《译文》1955年第7期,
收入《布莱希特选集》

战后小曲

飞吧,风筝,飞吧!
天空里没有战争。
绳是一根长绳,放你
越过莫斯科到北京。
飞吧,风筝,飞吧!

转吧,陀螺,转吧!
街道又重新完整。
爸爸他把新房盖,
妈妈在旁选石块。
转吧,陀螺,转吧!

1950

发表于《译文》1955 年第 7 期,
收入《布莱希特选集》

德国

　　让别人说他们的耻辱，我说我的

啊德国，苍白的母亲！
你是怎样污秽地
坐在各民族中间。
在被玷污者的中间
你格外显眼。

你的儿子里最穷的
被打死躺下。
当他最饥饿时，
你另一些儿子们
向他举起拳头。
这举世传闻。

用他们这样举起的拳头
向他们的兄弟举起，
如今他们无耻地在你面前

招摇,还对你嘲笑。
这人人知晓。

在你的家里
谎言大声咆哮。
但是真理
必须沉默。
是这样吧?

为什么压迫者都在周围称赞你,
被压迫者却都控告你?
被剥削者
都用手指指着你,
剥削者却夸奖你在家里
想出来的制度!

同时大家都看见你
隐瞒你血污的裙角,
那是你最好的
儿子的血迹。

从你家里喊出来的话,人们听着笑。
但是谁看见你,就去拿刀
你看见一个女强盗,
啊德国,苍白的母亲!
你的儿子们怎样污损了你,
使你坐在各民族中间
是一个笑柄或一个恐惧!

1933

焚书

政权命令，把有害知识的书
公开焚烧，到处赶着牛
拉着满载书籍的车
到柴火堆上，一个被驱逐的诗人，
最优秀的一个，端详焚书的书单，
他惊讶地发现，他的书
没列在里边。他愤愤不平
跑到书桌旁，给当权者写一封信。
烧掉我！他飞笔直书，烧掉我！
不要这样对待我！不要剩下我！
我不是总在我的书里报道真理吗？可是现在
我被你们看待像个说谎者！
我命令你们：烧掉我！

向季米特洛夫同志致敬

（当他在莱比锡法西斯法庭前斗争时）

季米特洛夫同志！
自从你在法西斯法庭前斗争，
被成群的冲锋队匪徒和刽子手包围，
通过钢鞭和橡皮棒的呼啸
大声而清楚地喊着共产党的声音
在德国的中心。

欧洲各国都听得到，它们
超越边界向黑暗倾听，甚至在黑暗里，
在德国
被掠夺一空的、被棍棒打倒的
坚持战斗的人们
也都听得到。
季米特洛夫同志，你珍惜使用给予你的
每分钟，使用还能公开的
那一小块地，
为我们大家。

德语不很纯熟,

总是一再地被喊声压倒,

多次被拉下去,

受着镣铐的摧残

你总是一再地提出你的可怕的问题,

控告这些罪犯,

致使他们喊叫,把你拉下去,

他们这样招供,他们没有理只有暴力,

而你能被打死却不能屈服。

因为有千百个战斗者

还有他们地下室里打得血淋淋的人们,

纵使跟你一样我们看不到,

他们都跟你一样在抵抗

这个暴力,

他们可能被屠杀,

却不能屈服,

跟你一样,被嫌疑为饥饿斗争,

被指责对剥削者叛乱,

被控告对压迫战斗,

被证实做的是

正义的事业。

图书在版编目（CIP）数据

冯至译作选 / 冯至译；杨武能编. —北京：商务印书馆，2019
（故译新编）
ISBN 978-7-100-17534-0

Ⅰ.①冯… Ⅱ.①冯…②杨… Ⅲ.①冯至（1905-1993）—译文—文集 Ⅳ.①I11

中国版本图书馆CIP数据核字（2019）第103417号

权利保留，侵权必究。

故译新编
冯至译作选
冯　至　译
杨武能　编

商　务　印　书　馆　出　版
（北京王府井大街36号　邮政编码100710）
商　务　印　书　馆　发　行
上海雅昌艺术印刷有限公司印刷
ISBN　978-7-100-17534-0

2019年8月第1版	开本 787×1092 1/32
2019年8月第1次印刷	印张 11⅜

定价：56.00元